A PERSUASÃO FEMININA

A PERSUASÃO FEMININA

MEG WOLITZER

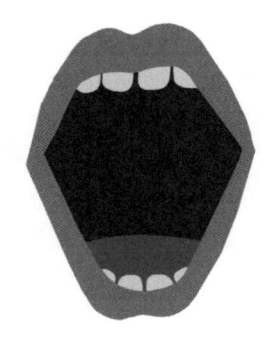

TRADUÇÃO
SIMONE CAMPOS

Rocco

Título original
THE FEMALE PERSUASION

Copyright © 2018 *by* Meg Wolitzer

Todos os direitos reservados; incluindo o de reprodução
no todo ou em parte sob qualquer forma.

Edição brasileira publicada mediante acordo com
Riverhead Books, um selo da Penguin Publishing Group,
uma divisão da Penguin Random House LLC.

Direitos para a língua portuguesa reservados
com exclusividade para o Brasil à
EDITORA ROCCO LTDA.
Av. Presidente Wilson, 231 – 8º andar
20030-021 – Rio de Janeiro – RJ
Tel.: (21) 3525-2000 – Fax: (21) 3525-2001
rocco@rocco.com.br
www.rocco.com.br

Printed in Brazil/Impresso no Brasil

preparação de originais
TIAGO LYRA

CIP-Brasil. Catalogação na fonte.
Sindicato Nacional dos Editores de Livros, RJ.

W842p	Wolitzer, Meg
	A persuasão feminina / Meg Wolitzer; tradução de Simone Campos. – 1. ed. – Rio de Janeiro: Rocco, 2019.
	Tradução de: The female persuasion ISBN 978-85-325-3138-4 ISBN 978-85-8122-766-5 (e-book)
	1. Ficção americana. 2. Feminismo. I. Campos, Simone. II. Título.
19-55439	CDD-813 CDU-82-3(73)

Vanessa Mafra Xavier Salgado – Bibliotecária – CRB-7/6644

O texto deste livro obedece às normas do
Acordo Ortográfico da Língua Portuguesa.

Este livro é uma obra de ficção. Nomes, personagens, lugares e incidentes são produtos da imaginação da autora ou foram usados de forma fictícia. Qualquer semelhança com pessoas reais, vivas ou não, negócios, empresas, acontecimentos ou localidades é mera coincidência.

Este livro é dedicado a:

Rosellen Brown
Nora Ephron
Mary Gordon
Barbara Grossman
Reine Kidder
Susan Kress
Hilma Wolitzer
Ilene Young

sem as quais...

PARTE UM

As fortes

UM

Greer Kadetsky conheceu Faith Frank em outubro de 2006 na Universidade Ryland, onde Faith fora ministrar a Conferência em Memória a Edmund e Wilhelmina Ryland; e embora naquela noite a capela estivesse lotada de estudantes, alguns fervilhantes de comentários mal-educados, era incrível, porém verdade, que, entre todas as pessoas no recinto, Greer tivesse sido a que chamou a atenção de Faith. Greer, então caloura nessa faculdade qualquer nota no sul de Connecticut, era seletiva e furiosamente tímida. Ela dava muitas respostas, mas raramente opiniões. "O que não faz nenhum sentido, porque estou abarrotada de opiniões. Sou uma pinhata de opiniões", dissera ela a Cory em uma de suas sessões noturnas de Skype após serem separados pela faculdade. Ela sempre fora uma aluna incansável e uma leitora dedicada, mas achava impossível se pronunciar daquela forma ousada e criativa que via outras pessoas fazerem. Na maior parte da sua vida, aquilo não tinha tido importância, mas naquele momento estava tendo.

Então o que teria Faith Frank reconhecido nela e gostado tanto? Talvez, pensou Greer, fosse a possibilidade de audácia, levemente sugerida pela mecha azul elétrico que riscava um lado de seu cabelo tão comum, marrom-mobília. Mas várias das universitárias tinham tingido parcialmente suas melenas com cores de guloseimas de quermesse de interior. Talvez fosse só porque Faith, que aos sessenta e três anos era uma pessoa influente e relativamente famosa que viajava pelo país há décadas falando com fervor sobre a vida das mulheres, tivesse sentido pena da Greer, com seus dezoito anos, que naquela noite estava desarticulada e intimidada. Ou talvez Faith assumisse automaticamente uma atitude generosa e atenta perto de quem estivesse pouco à vontade no mundo.

De fato, Greer não sabia o motivo de ter recebido atenção de Faith. Mas o que sabia com certeza, ao menos depois de algum tempo, era que ter conhecido Faith Frank fora o vibrante começo de tudo. Muita água ainda iria rolar até o indizível fim.

⌇

Haviam transcorrido sete semanas de universidade para Greer quando Faith apareceu. Boa parte desse tempo, daquele prenúncio excruciante, ela havia passado absorta em sua própria infelicidade, praticamente sendo sua curadora. Na primeira sexta-feira de Greer em Ryland, as paredes dos corredores do alojamento emanavam o rugido ambiente da formação de uma vida social coletiva, como se houvesse um gerador localizado no fundo do prédio. A turma de 2010 estava entrando na faculdade em uma época de suposta assertividade mútua entre os gêneros — uma época de estrelas de futebol feminino e camisinhas estocadas com confiança no compartimento externo das bolsas, o anel pressionando a embalagem feito um alto-relevo numa lápide. Enquanto todo mundo no terceiro andar se preparava para sair, Greer, que não planejara ir a lugar algum, e sim ficar no quarto para ler o Kafka de seu curso de literatura para calouros, ficou observando. Observou as meninas de pé com as cabeças de lado e os cotovelos projetados enfiando brincos na orelha, e os meninos esparzindo o corpo com um desodorante chamado Stadium, que parecia ser metade seiva de pinheiro, metade molho de churrasco adocicado. Então, superexcitados, todos deixaram o alojamento e se esparramaram pelo campus, encaminhando-se a várias festas escurinhas que vibravam ao som de idênticos graves trepidantes.

O edifício Woolley era velho e decrépito, um dos mais antigos do campus, e as paredes do quarto de Greer, conforme as descrevera a Cory no dia de sua chegada, tinham uma cor perturbadora de aparelho de surdez. As únicas pessoas que continuaram ali naquela noite depois do êxodo eram um sortimento de almas perdidas e desencontradas. Um menino do Irã parecia imensamente triste, seus cílios em feixes raiados e úmidos. Ele estava sentado em uma poltrona da área de convivência do primeiro andar com o computador no colo, contemplando-o com uma expressão infeliz. Quando Greer entrou no salão – seu quarto, um dos raros com um só ocupante, era deprimente demais para passar a noite toda, e ela fora incapaz de se concentrar no livro –, ficou atônita ao perceber que ele estava simplesmente olhando para o seu protetor de tela, que era uma foto dos pais e da irmã, todos sorrindo para ele de muito longe. A imagem da família flutuava pela tela do computador e quicava suavemente contra as laterais, e depois lentamente começava a voltar.

Quanto tempo ele ficaria observando sua família quicar?, pensou Greer, e embora não estivesse com a menor saudade dos seus pais – ainda estava brava com eles pelo que tinham feito, que resultara em sua vinda para Ryland –, sentiu pena daquele menino. Ele estava longe de uma casa em outro continente, em um lugar que alguém talvez tivesse erradamente lhe dito ser uma faculdade americana de primeira linha, um centro de aprendizagem e descobertas, praticamente uma Atenas aninhada na Costa Leste dos EUA. Depois de ter logrado o feito considerável de chegar até ali, agora se via sozinho e rapidamente compreendendo que na verdade aquele lugar não era nenhuma maravilha. E, além disso, estava sentindo uma saudade terrível de sua família. De saudades ela entendia, porque sentia uma falta tão contínua e urgente de Cory que aquilo parecia também um grave trepidante vibrando em seu peito, e olha que ele só estava a 180 quilômetros, em Princeton, não do outro lado do mundo.

A solidariedade de Greer continuou se contraindo e expandindo, até que no umbral da área de convivência surgiu uma moça muito pálida apertando o próprio ventre e perguntando: "Algum de vocês tem remédio pra diarreia?"

"Desculpe, não tenho", disse Greer, e o rapaz só fez que não.

A menina acolheu suas respostas com um cansaço resignado, e então, por falta de opções, se sentou junto deles. Serpeando pelas paredes porosas vinha o cheiro de manteiga com butil-hidroquinona terciária, atraente mas imprópria para a tarefa de alegrar qualquer pessoa. Momentos depois, isso foi seguido pela fonte do cheiro, um grande balde plástico de pipoca trazido por uma garota de roupão e pantufas. "Comprei aquela com manteiga de cinema", disse-lhes como que para aumentar a tentação, estendendo o pote.

Pelo jeito, pensou Greer, essa vai ser a minha turma, hoje e provavelmente todo sábado à noite daqui em diante. Não fazia sentido; ela não se encaixava naquele grupo, e ainda assim estava no meio deles, era uma deles. Então ela pegou uma mão cheia de pipoca, que estava tão encharcada que lhe pareceu ter mergulhado os dedos numa sopa. Greer estava prestes a se sentar e tentar conversar; cada um poderia contar de si para o outro, e dizer como estava infeliz. Ela permaneceria naquele salão, mesmo que Cory mais cedo a tivesse incentivado a não ficar sem sair aquela noite, e sim ir a alguma festa ou algum evento no campus. "Tem que haver alguma coisa", ele tinha dito. "Aulão de improviso. Faculdade sempre tem improviso." Era seu primeiro fim de semana na faculdade, e ele achava que ela devia simplesmente dar uma chance.

Mas ela havia dito que não, que não estava com vontade de dar chance nenhuma, preferia viver aquilo do seu jeito. Durante a semana, seria uma superaluna, trabalhando num escaninho da biblioteca, cabeça pendente sobre o livro feito a de um joalheiro em cima da lupa. Livros eram seus antidepressivos, um ISRS vigoroso. Ela sempre fora dessas meninas com pés metidos em meias e sob a carteira, boca entreaberta de concentração quase narcótica. Quaisquer palavras escritas dançavam de mãos dadas para ela, criando imagens tão vívidas quanto a da família quicante do menino iraniano. Ela aprendera a ler antes do jardim de infância, primeira vez em que suspeitara que seus pais não estavam tão interessados nela assim. Então seguira em frente, devorando livros infantis com seu antropomorfismo previsível, progredindo com o tempo para a estranha e bela formalidade do século XIX, e se deslocando no tempo ao mergulhar em histórias de guerras sanguinárias, debates sobre Deus e a falta dele. Aquilo ao que ela reagia mais vigorosamente, às vezes até de maneira física, eram romances. Uma vez Greer lera *Anna Kariênina* de um ímpeto tão incessante que seus olhos ficaram fatigados e vermelhos, e precisou ficar deitada com uma toalhinha sobre eles como se fosse, ela mesma, uma heroína literária de eras passadas. Os romances a haviam acompanhado desde a infância, aquele prolongado período de isolamento, e, provavelmente, fariam o mesmo durante o que quer que viesse pela frente na idade adulta. Seja lá o quanto as coisas piorassem em Ryland, ela sabia que pelo menos conseguiria ler, porque aquilo era a universidade, e era isso que se fazia nela.

Mas naquela noite, os livros não a seduziam, então continuaram intocados e ignorados. Naquela noite universidade significava ou festa, ou ficar sentada num insípido salão de alojamento estudantil, sem livros, como que de castigo. Ficar amargurada, ela sabia, podia ser uma vantagem. Diferentemente da infelicidade pura e simples, a amargura tinha *sabor*. Aquela demonstração de amargura seria só dela. Seus pais não a veriam; nem mesmo Cory Pinto, lá em Princeton, a veria. Ela e Cory tinham crescido juntos, e tinham se apaixonado e se envolvido desde o ano anterior; e mesmo que tivessem jurado que pelos quatro anos de faculdade entrariam no Skype a toda hora para se ver – a nova função de vídeo lhes permitiria de fato se ver –, e pegariam carros emprestados para se visitarem ao menos uma vez por mês, estariam totalmente separados certa noite. Ele tinha se vestido com um suéter mais arrumado para ir a uma festa. Há algumas horas, ela vira a versão dele no Skype se aproximar da webcam, todo poros e narinas e testa de crateras.

"Tenta se divertir aí", dissera ele, sua voz engasgando um pouco por conta de uma configuração bugada do sistema. Então ele se virou e mostrou um indicador em pé para John Steers, seu colega de quarto fora de cena, como se lhe dissesse: Só um segundinho. Deixe só resolver isso daqui.

Greer tinha encerrado a chamada rapidamente, não querendo ser vista como um "isso daqui" – alguém que precisava ser "resolvida", a carente da relação. Naquele momento estava sentada no salão Woolley, baixando e levantando sua mão de pegar pipoca, olhando os pôsteres afixados ao redor com a manobra de Heimlich e testes para bandas indie e um piquenique para alunos cristãos no Pátio Oeste, chova ou faça sol. Uma menina passou pelo salão e deu uma parada; depois ela admitiria tê-lo feito mais por bondade do que por interesse. Ela parecia um garoto elegante e sensual, perfeitamente arrumado, com uma estética Joana D'Arc imediatamente legível como gay. Ela absorveu a visão da sala bem iluminada com pessoas deslocadas, franziu a testa deliberando, e por fim anunciou "Vou dar uma conferida numas festas, se alguém quiser vir".

O garoto fez que não e retornou à imagem em sua tela. A menina com a pipoca só continuou comendo, e a outra adoentada agora debatia com alguém no celular se deveria ir procurar a enfermaria. "Eu sei que por um lado eles podem me ajudar", dizia ela. "Mas, por outro, não tenho ideia de onde ficam." Pausa. "Não, não dá pra ligar pra segurança e pedir para *me levarem lá*." Outra pausa. "E de qualquer modo, acho que é só nervosismo."

Greer olhou para a menina-rapaz e fez que sim com a cabeça, e a menina repetiu o gesto para ela, virando o colarinho de seu casaco para cima. Na penumbra do saguão, empurraram juntas as pesadas portas corta-fogo da saída. Só quando Greer chegou lá fora, sentindo o vento tremular o tecido fino de sua camisa, é que lembrou que estava sem casaco. Mas teve certeza de que não deveria estragar o momento perguntando se podia ir rapidinho no terceiro andar pegar um suéter.

"Pensei em a gente dar uma passada em vários eventos", disse a menina, que se apresentou como Zee Eisenstat, de Scarsdale, Nova York. "Vai ser um tubo de ensaio pra vida na faculdade."

"Exatamente", afirmou Greer, como se aquilo também tivesse sido ideia dela.

Zee as levou até a Casa Espanhola, uma casa pré-fabricada de tábuas nos limites do campus. Assim que entraram, um garoto à porta disse "*Buenas noches, señoritas*", e entregou a elas copos com o que disse ser sangria virgem, mesmo que Greer tenha travado uma breve conversa com outra moradora da casa sobre se a sangria virgem na verdade não era virgem coisa nenhuma.

"*Licor secreto?*", perguntou Greer baixo em espanhol, e a menina olhou para ela com dureza e disse, também em espanhol, "*inteligente*".

Inteligente. Por anos lhe bastara ser a garota inteligente. Tudo o que aquilo queria dizer, no começo, era que você conseguia responder o tipo de pergunta que professores fazem à turma. Parecia que o mundo todo se baseava em fatos, e isso fora um alívio para Greer, que conseguia perfilar fatos com grande facilidade, feito uma mágica tirando moedas de trás de qualquer orelha que se apresentasse. Os fatos apareciam à sua frente, aí ela simplesmente os articulava, e assim ficou conhecida como a mais inteligente da sala.

Depois, quando não mais eram apenas fatos o que se requisitava, ficou muito mais difícil para ela. Ter que se expor tanto – suas opiniões, sua essência, a substância específica que se movia no seu íntimo, fazendo de você, você – exauria e assustava Greer, e era nisso em que pensava enquanto ela e Zee seguiam para o próximo destino, o Estúdio de Artes Plásticas Lamb. Como Zee, sendo caloura, ficara sabendo daquelas festas não estava claro; elas não haviam sido citadas no Semanário de Ryland.

O ar no estúdio estava carregado de terebintina, que quase servia como estimulante sexual, dado que os alunos de artes, todos de boa posição social, pareciam extremamente atraídos uns pelos outros. Às duplas e trios, tinham corpos magríssimos e calças borrifadas de tinta e desenhos nas mãos e alargadores de orelha e olhos notavelmente reluzentes. No meio do piso branco de madeira, uma menina era carregada nos ombros por um rapaz, gritando: "*BENNETT, PARA COM ISSO, VOU DESPENCAR E MORRER, E MEUS PAIS VÃO METER PROCESSO NESSA SUA CARA DE PAU!*" Ele – Bennett – a transportava em círculos cambaleantes enquanto ainda era jovem e forte feito Atlas para aguentar com ela assim, e enquanto ela ainda era leve o suficiente para ser aguentada.

Os estudantes de artes só estavam a fim mesmo era um do outro. Era como se Greer e Zee tivessem esbarrado em uma subcultura numa clareira de floresta. Não parava de se falar em "olhar masculino", embora de primeira Greer tenha ouvido "olá masculino", mas depois por fim ela entendeu. Ela e Zee saíram de fininho pouco depois de terem chegado, e uma vez lá fora, foram imediatamente seguidas por outra caloura que decidira despreocupadamente e sem rodeios se atrelar a elas. Ela se apresentou como Chloe Shanahan, e parecia aspirar a certo gênero de sensualidade de shopping, com salto agulha, jeans Hollister e uma fieira de finas pulseiras prateadas que lembrava uma mola de metal. Dizia ela que tinha ido parar no estúdio de artes plásticas por engano; na verdade estava procurando a Theta Gamma Psi.

"É uma fraternidade?", disse Zee. "Por quê? Costumam ser um nojo."

Chloe deu de ombros. "Eles devem ter chope e música alta. É só o que preciso por hoje."

Zee olhou para Greer. Será que ela queria ir para uma festa de fraternidade pra valer? Ela queria isso menos do que muitas coisas; mas também não queria ficar sozinha, então talvez quisesse, sim. Pensou em Cory se escorando numa parede naquele exato minuto, rindo de alguma coisa. Viu uma porção de gente erguendo o olhar para ele — era sempre a pessoa mais alta de qualquer lugar — e rindo em resposta.

Greer, Zee e Chloe eram uma tríade improvável, mas ela ouvira dizer que isso era típico da vida social das primeiras semanas de faculdade. Pessoas que não tinham nada em comum se associavam breve e emocionalmente, como os membros de um júri ou os sobreviventes de um avião que caiu. Chloe as levou pelo Pátio Oeste, e depois deram a volta por trás da fortaleza que era a Biblioteca Metzger, toda iluminada e dolorosamente vazia, como um supermercado 24 horas no meio da madrugada.

O site de Ryland continha umas poucas fotos nominais de alunos de óculos protetores fazendo alguma coisa com um maçarico num laboratório, ou espremendo os olhos para ler um quadro branco abarrotado de cálculos, mas o restante das fotos eram sociais e manjadas: patinação no gelo vespertina num lago congelado, uma foto clássica de três alunos batendo papo sob uma árvore, um imponente carvalho. Na verdade, o campus tinha apenas um exemplar dessa espécie, que havia sido fotografado até a exaustão. Durante o dia, alunos esparsos se arrastavam para a aula pelas vielas do campus mal-ajambrado, às vezes até de pijama, como os membros de uma cordial família de ursos num livro infantil.

Quando caía a noite, porém, é que a faculdade ganhava vida. Seu destino naquela noite era uma sede de fraternidade ampla e corroída com música trovejante. *Vida à grega*, assim isso era chamado pelos catálogos da universidade. Greer se imaginou mandando mensagem para Cory mais tarde, escrevendo: "Vida grega: como assim? kd o aristóteles e a baclava?" Mas de repente os costumeiros comentários maliciosos que tanto se divertiam em tecer eram irrelevantes, porque ele não estava ali, nem sequer estava perto, e naquele momento ela estava dentro de um pórtico amplo na companhia daquelas duas garotas tiradas à sorte, encaminhando-se para os cheiros tóxicos e os convidativos, e, indiretamente, no fim das contas, para Faith Frank.

Naquela noite, o drinque da casa se chamava Ryland Fling, e tinha o rosa pálido de um refresco genérico, mas imediatamente teve um efeito potente e amortecedor em Greer, que pesava 50 quilos e jantara apenas uns tristes montinhos de salada do bufê. Geralmente o gume da lucidez a agradava, mas naquele momento ela sabia que ficar lúcida só ia deixá-la triste de novo, de forma que drenou seu primeiro Ryland Fling ultradoce de um copo plástico com uma protuberância afiada no fundo, depois entrou na fila para esperar o segundo. As bebidas, além do que ela já bebera na Casa Espanhola, fizeram efeito.

Logo ela e as duas outras moças dançavam em círculo, como se fosse para agradar a um sheik. Zee era excelente dançarina, deslizando os quadris e movimentando os ombros, e ainda assim mexendo o resto com estudado minimalismo. Chloe, a seu lado, formava desenhos com as mãos, suas inúmeras pulseiras tilintando. Greer não tinha estilo definido e, raro para ela, estava à vontade. Quando todas cansaram, se atiraram num sofá bulboso de couro preto que tinha um vago cheiro de linguado frito. Greer fechou os olhos enquanto uma música chata de hip-hop, uma do Pugnayshus, começava a tocar:

"*Tell me why you wanna rag on me*
When I'm in a state of perpetual agony..."

"Adoro essa música", disse Chloe, exatamente quando Greer começava a dizer: "Detesto essa música." Ela parou de falar, não querendo rejeitar o gosto de Chloe. Então Chloe começou a cantar junto: "... *perpetual a-go-ny...*", enunciava ela, doce e melíflua como uma integrante de coral infantil.

Acima delas, Darren Tinzler descia a passos largos a ampla e majestosa escadaria. Ele ainda não fora identificado como Darren Tinzler, ainda não lhe tinha sido atribuída nenhuma importância, e era ainda um integrante anônimo da fraternidade de pé em frente ao vitral ametista do patamar, com seu peito largo, cabelo sobejante e olhos muito separados sob um boné ao contrário. Ele esquadrinhou o recinto, e, uma vez tendo deliberado, rumou para onde estavam as três e suas feminilidades em concentrado. Chloe tentou atender o chamado feito uma pequena sereia se precipitando à superfície do mar, mas não conseguiu se aprumar completamente. Zee, quando ele dubiamente voltou sua atenção para ela a seguir, fechou seus olhos e estirou a mão espalmada, como se estivesse fechando uma porta bem devagar na cara dele.

O que deixava Greer, que, é claro, também não estava disponível. Ela e Cory estavam selados feito um só, e mesmo que não estivessem, ela sabia que era meiga e centrada demais para alguém como aquele playboy, apesar de ela ter seu apelo muito específico, por ser pequena, compacta e determinada feito um esquilo voador. Seu cabelo escuro era liso e lustroso; a chispa de cor fora acrescentada em casa com um kit de farmácia na segunda série do ensino médio. Ela tinha feito isso de pé sobre a pia do banheiro do segundo andar, deixando a pia toda azul, assim como o tapete e a cortina do chuveiro, até que no fim o banheiro mais parecia o cenário de um filme de terror num planeta alienígena.

Ela pensava que aquela mecha colorida não ia durar muito tempo. Mas quando no terceiro ano ela e Cory de repente se envolveram, ele gostou de acariciar aquela cor inesperada, de forma que Greer a deixou lá. Logo no começo do namoro, quando ele costumava parar o olhar nela por muito tempo, muitas vezes ela instintivamente baixava a cabeça e desviava os olhos. Até que finalmente ele dizia: "Não olha pra lá. Volta pra mim, volta."

Agora Darren Tinzler virava seu boné para a frente e cumprimentava-a como se estivesse usando uma cartola. E por causa daqueles Ryland Flings tão fortes, que tinham baixado drasticamente a guarda de Greer, ficou de pé e separou as mãos na altura da cintura, para os dois lados, como se levantasse uma saia longa em reverência, e inclinou a cabeça. "Que ocasião mais distinta", murmurou para si.

"Como é?", disse Darren. "Ô da Mecha Azul, você tá viajando."

"Na verdade, não é verdade. Estou só passeando."

Ele a olhou intrigado, depois a levou para um canto, onde apoiaram seus copos sobre uma pilha de jogos de tabuleiro amassados e há muito ignorados – Batalha Naval, War, Master temático de *Star Wars*, Master temático de *Três é demais*. "Esses jogos aqui foram salvos da grande enchente de 1987?", perguntou ela.

Ele ficou olhando para ela. "Quê?", perguntou por fim, como se estivesse aborrecido.

"Nada."

Ela disse que estava no alojamento Woolley, e ele disse: "Meus pêsames. Lá é deprimente demais."

"É mesmo", disse ela. "E as paredes são cor de aparelho de surdez, não é?" Cory, ela lembrava, tinha dado risada ao ouvir aquilo e dito "amo você". Mas Darren só fez um olhar para ela daquele jeito irritado de novo. Ela achou ter visto até uma certa repugnância na expressão dele. Mas de repente ele sorria de novo, então talvez ela não tivesse visto direito. A expressão humana tinha possibilidades demais, e elas se sucediam feito uma célere apresentação de slides, uma após a outra.

"Tem sido meio mais ou menos", revelou ela. "Não era para eu estar aqui em Ryland, na verdade. Houve um erro enorme, mas foi o que aconteceu, e não tem mais jeito."

"Sério mesmo?", perguntou ele. "Era para você estar em outra faculdade?"

"Sim. Um lugar muito melhor."

"Ah, é? E onde era?"

"Yale."

Ele riu. "Essa é boa."

"Eu *ia*", disse ela. Então, mais indignada: "Eu passei."

"Claro que passou."

"*Passei* mesmo. Mas não deu certo, e é complicado demais pra explicar por quê. Então, cá estou."

"Cá está", disse Darren Tinzler. Ele estendeu a mão com modos de proprietário e com os dedos friccionou o colarinho da camisa dela, e ela ficou estatelada e não soube o que fazer, porque aquilo não estava certo. A outra mão dele experimentou subir pela blusa dela, e Greer congelou atônita por um momento enquanto ele localizava o côncavo do seu seio e o sopesava, tudo isso ainda olhando-a nos olhos, sem piscar, simplesmente *olhando*.

Ela se afastou dele com um repelão e disse: "O que é isso?"

Mas ele continuou segurando, apertando seu peito forte e dolorosamente, torcendo a pele. Quando se afastou de vez, ele segurou-a pelo pulso e a puxou para perto, dizendo: "Como assim, o que é isso? Você fica aí me dando mole com esse papinho de entrar em Yale."

"Me *solta*", disse ela, mas ele não soltou.

"Ninguém mais vai querer te comer, Azulzinha", prosseguiu ele. "Só se for por pena. Você tinha que me agradecer se eu te quis por dois segundos. Para de se achar. Você nem gostosa é."

Então ele soltou o pulso dela e deu-lhe um empurrão como se ela é que tivesse sido agressiva. Em meio a essa cena o rosto de Greer começara a pegar fogo e sua boca ressecara até parecer um trapo seco. Sentia-se outra vez engolida pela familiar sensação de não conseguir expressar o que sentia. Aquela sala a estava comendo viva — a sala e a festa e a faculdade e a noite.

Parecia que ninguém tinha notado a cena, ou ao menos ninguém tinha ficado surpreso. Aquele quadro vivo acontecera à vista de todos: um sujeito botando a mão em cima da camisa de uma menina, segurando com força, depois lhe dando um empurrão. Ela era tão insignificante quanto Ícaro se afogando no canto do quadro de Bruegel que estudaram logo em seu primeiro dia de aula. A faculdade era assim, e uma festa de faculdade era assim. O jogo de pregar o rabo no burrico estava sendo jogado, enquanto várias pessoas cantavam "Vai, Kyla, vai, Kyla" monotonamente para uma garota vendada que segurava uma cauda de papel e dava passinhos de bebê desajeitados para a frente. Noutro canto, um menino vomitava discretamente em um chapéu pokpie. Greer pensou em correr para a Enfermaria, onde poderia ficar deitada numa maca ao lado da qual talvez houvesse outra com a menina do Woolley com diarreia, tendo as duas iniciado a faculdade de modo tão agourento.

Mas Greer não precisava ir até lá; só precisava deixar aquele lugar. Ouviu a suave risada de Darren repercutir ao fundo enquanto avançava rápido pela multidão, depois pela varanda com um balanço lamentoso em que duas pessoas estavam engatadas, e então no gramado da faculdade, que, como ela sentia na sola de suas botas, ainda estava fofo do verão mas já começava a perder o viço nas pontas.

Nunca ninguém a tocara daquele jeito, pensou enquanto voltava andando rápido, trêmula, pelo campus. Naquela noite escura e excruciante, sozinha consigo mesma naquele novo lugar, ela tentava entender o que tinha acontecido. Claro que tanto homens como meninos já haviam muitas vezes lhe feito comentários rudes ou escabrosos, como faziam a todas, em toda parte. Aos onze anos Greer ouvira murmúrios dos motoqueiros que batiam ponto na KwikStop de Macopee. Certo dia de verão, quando fora até lá comprar seu picolé preferido, o Klondike Choco Taco, um homem com barba tamanho ZZ Top tinha chegado junto dela, olhou-a de cima a baixo com seu short e camisetinha sem manga, e soltado sua opinião: "Menina, você é reta feito uma tábua."

Greer não possuía quaisquer meios de se defender do ZZ Top, nenhum jeito de soltar alguma farpa ou fazer algo que o impedisse ou mesmo simplesmente dizer que não tinha gostado. Diante dele ela ficara sem palavras, sem resposta, sem defesa. Não era uma menina daquelas que pareciam estar por toda parte, mãos na cintura, aquelas descritas em certos livros e filmes como "petulantes", ou, mais recentemente, "duronas". Até mesmo agora, na sua faculdade, havia meninas assim, autoconfiantes até dizer foda-se, seguras de seu lugar no mundo. Sempre que encontravam obstáculos como machismo deslavado ou qualquer outra grosseria genérica, elas ou o combatiam, ou reviravam os olhos e faziam como se fosse simplesmente algo imbecil demais para merecer atenção. Não perderiam tempo pensando em gente como Darren Tinzler.

No gramado, pessoas caminhavam juntas na atmosfera revitalizante, após deixar festas que estavam definhando, ou rumando para outras, menores, que mal haviam começado. Estava no meio da madrugada; a temperatura caíra, e Greer, sem casaco, estava com frio. Quando chegou ao Woolley a menina da pipoca estava adormecida no salão comum, abraçada ao baldão de plástico, cujo fundo agora não continha mais que um punhado de milhos não estourados, parecendo um congresso de joaninhas.

"Alguém fez uma coisa comigo", sussurrou Greer à menina inconsciente.

Nos dias que se seguiram ela repetiria alguma versão disso a diversas pessoas conscientes, primeiro porque ainda estava muito perturbada, mas depois porque estava muito indignada. "Parecia que ele se sentia no direito de fazer o que quisesse", Greer contou a Cory no telefone com uma espécie de assombro furioso. "Ele não ligava pro que eu senti. Simplesmente achava que era direito dele."

"Queria poder estar aí com você agora", disse Cory.

Zee lhe disse que ela deveria denunciá-lo. "A administração precisa saber disso. É assédio, sabe."

"Eu estava bebendo", disse Greer. "Tem isso."

"E daí? Mais motivo ainda para ele não bulir com você." Quando Greer não respondeu, Zee alertou: "Acorda, Greer, isso não pode ficar assim. É muita sacanagem."

"Talvez seja coisa de Ryland. Isso não aconteceria em Princeton, acho eu."

"Deus do céu, tá falando sério? Claro que aconteceria."

Zee era politizada, inata e vigorosamente. Desde nova, defendia os direitos dos animais; pouco depois, se tornara vegetariana, e com o tempo a intensidade dos seus sentimentos para com os bichos se estendeu às pessoas, e ela adotou também os direitos das mulheres, dos LGBT, a guerra e sua inevitável maré de refugiados, e, por fim, a mudança climática, que fazia você imaginar os animais do futuro, as pessoas do futuro, todos em perigo e sem ar, drenados de possibilidades.

Mas Greer ainda não havia desenvolvido muito sua vida política interior; sentia-se apenas nauseada e relutante ao se imaginar preenchendo um relatório e tendo que ficar sozinha na sala do reitor Harkavy em Masterson Hall com uma prancheta no colo, redigindo uma denúncia contra Darren Tinzler em sua caligrafia certinha de boa menina. Suas letras ainda eram bulbosas, gordinhas e juvenis, gerando desconexão entre o teor do seu escrito e a forma em que o escrevera. Quem iria sequer levar aquilo a sério?

Greer pensou no fato de os nomes das vítimas serem deixados de fora de denúncias de abusos sexuais. A ideia de que *fizeram algo a você* parecia te comprometer, fazendo seu corpo – que normalmente vivia às escuras sob suas roupas – de repente existir à luz. Para todo sempre, caso alguém descobrisse, você seria uma pessoa cujo corpo fora violado, invadido. Também, para todo sempre, você seria alguém com um corpo vívido e imaginável. Comparado com esse tipo de coisa, o que lhe acontecera era ninharia. E então, mais uma vez, Greer pensou em seus seios, que também poderiam ser descritos dessa forma. Ninharia. Aquele era o seu valor.

"Não sei, não", disse Greer a Zee, ciente de que uma espécie familiar de imprecisão se avizinhava. Às vezes ela dizia "não sei, não" mesmo sabendo. O que queria dizer era que era mais confortável continuar na imprecisão do que sair dela.

À medida que o momento com Darren Tinzler foi ficando para trás, ia também ficando menos real, até que por fim virou uma simples anedota que Greer desconstruiu mais de uma vez com algumas meninas do seu alojamento, todas de pé no banheiro comum segurando seus organizadores de banheiro plásticos que suas mães haviam lhes comprado para a faculdade, de forma que mais pareciam um monte de crianças se encontrando para brincar na areia. Todas sabiam, àquela altura, que era melhor manter distância do odioso Darren Tinzler, e por fim o tópico se exauriu, e exauriu as pessoas pensando nele. Não era estupro, assinalara Greer; nem passava perto. Já parecia muito menos importante do que parecia estar acontecendo naquela época em outras universidades: o boa-noite-cinderela de jogadores de rúgbi, as ocorrências policiais, a indignação.

Mas, no decorrer das semanas seguintes, meia dúzia de outras alunas de Ryland tiveram seus próprios incidentes com Darren Tinzler. Nem sabiam necessariamente o nome dele, de início; ele era simplesmente descrito como um cara de boné e com "olhos de carpa", como disse uma delas. Certa noite, no refeitório, Darren sentou-se com seus amigos e ficou observando uma aluna do segundo ano por um longo tempo, sem pressa; olhou para ela fixamente no meio da multidão enquanto ela levava uma colher de alguma coisa zero gordura até a boca. Noutra noite, ele estava na sala de leitura da biblioteca, mal-ajambrado a uma mesa cor de caramelo, de olho em uma aluna que progredia aplicadamente nos *Princípios de microeconomia* de Mankiw.

Então quando ela se levantava para conversar com um amigo ou levar sua bandeja ou pegar um suco de oxicoco que supostamente sararia sua infecção urinária das torneiras miraculosamente abundantes que definiam a vida universitária, ou simplesmente se alongar e se estalar um pouco, juntas fazendo *tlec-tlec-tlec*, ele se levantava junto, e andava resoluta e rapidamente na direção dela, para garantir que ficassem devidamente emparelhados.

Quando estivessem juntos em algum nicho ou escondidos por uma parede ou longe de quaisquer testemunhas, ele puxava conversa. Assim ele percebia sua educação ou gentileza ou até mesmo sua vaga receptividade como interesse, e talvez às vezes fosse. Mas aí ele sempre partia para o contato físico, seja com a mão por baixo da blusa, na virilha ou até mesmo, certa vez, com uma rápida deslizada do dedo pelos lábios. E, quando ela se incomodava, ele ficava bravo e a apertava forte, fazendo-a gritar, e depois a puxava para perto, dizendo alguma versão de "Quem vê até acredita nesse seu susto. Vai enganar outro, putinha".

Em todas as ocasiões a moça lhe dava um repelão dizendo "Sai daqui", ou simplesmente saía andando duro, dizendo "seu escroto", ou sem dizer nada e mais tarde contando à colega de quarto o que tinha acontecido, ou talvez não dizendo a ninguém, ou então preocupada chamando as amigas naquela noite para lhes perguntar, "Por acaso eu tenho cara de puta?", para que então se amontoassem a seu redor e lhe dissessem: "Não, Emily, você tem cara de incrível. Adoro seu visual, é tão livre."

Mas então, certa noite, no Havermeyer, que ainda era chamado de alojamento "novo" apesar de ter sido construído em 1980 e ter um estilo soviético em meio a todo o espalhafato arquitetônico que definia o campus de Ryland, uma aluna do segundo ano chamada Ariel Diski retornou ao quarto muito tarde, encontrando um garoto à espera na falecida cabine telefônica do quarto andar. Não havia mais telefone na cabine, só uma série de buracos entupidos com chiclete dos quais o telefone público fora arrancado, e um banco de madeira para ficar sentado naquela pequena câmara inútil. Ele abriu a rangente porta sanfonada de vidro e foi até ela, parando em seu caminho, conversando com ela, e até mesmo falando algo que a divertiu. Mas logo ele havia passado a mão onde não devia e a empurrava na direção do seu quarto; ela se afastou dele, momento em que ele ficou bravo e a puxou para perto pelo cinto da calça.

Mas Ariel Diski havia estudado krav magá no colégio com um professor de educação física israelense, e acertou Darren bem no meio do tórax com um golpe de cotovelo perfeitamente executado. Ele zurrou de dor, portas se abriram pelo corredor inteiro, pessoas apareceram em diversos estágios de nudez e descabelamento, e por fim a segurança adentrou o prédio com seus walkie-talkies cheios de chiado. E embora Darren Tinzler já tivesse desaparecido nesse momento, foi facilmente identificado e detido na Theta Gama Psi, onde fingia estar muito absorto numa partida para um de Master temático *Star Wars*.

Logo as outras moças se ajuntaram e vieram a público, e se a universidade de início tentou evitar qualquer tipo de divulgação daquele fato, após a pressão as autoridades concordaram em promover uma audiência disciplinar. Ela se realizou em um laboratório de biologia sob a luz pálida e dispersa de uma sexta à tarde, quando todos já estavam com a cabeça no fim de semana por vir. Greer, quando chegou sua vez de falar, ficou de pé perante uma mesa negra lustrosa forrada de bicos de Bunsen e praticamente sussurrou aquilo que Darren Tinzler lhe fizera e falara na festa aquela noite. Ela acreditou ter tido febre depois de prestar depoimento, uma febre descontrolada, inflamada. Febre *escarlate*, talvez.

Darren estava sem seu boné de sempre; seu cabelo louro achatado parecia um círculo de grama que ressecara soterrado sob uma piscininha infantil. Por fim, ele leu uma declaração: "Só quero dizer que eu, Darren Scott Tinzler, da turma de 2007, estudante de Comunicação, natural de Kissimmee, na Flórida, tenho um pouco de dificuldade de ler os sinais do sexo oposto. Nesse momento estou profundamente envergonhado, e peço desculpas pelas repetidas vezes em que tive problemas em interpretar sinais sociais."

A decisão foi comunicada dentro de uma hora. A chefe do comitê disciplinar, uma jovem vice-reitora, anunciou que Darren teria permissão para continuar frequentando o campus caso concordasse em comparecer a três sessões de aconselhamento com uma terapeuta comportamental da localidade chamada Melanie Strapp, Mestra em Serviço Social, cujo website dizia que sua especialidade era o controle de impulsos. Uma ilustração mostrava um homem baforando freneticamente um cigarro, e uma mulher infeliz comendo um donut.

Houve uma comoção forte porém difusa no campus. "Isso é o cúmulo da misoginia", disse uma aluna do último ano quando estavam todas na sala comum do Woolley certo fim de noite.

"E é incrível como a chefe do comitê não teve a menor empatia com as vítimas", disse uma moça do segundo ano.

"Ela deve ser dessas que detestam outras mulheres", disse Zee. "Que vaca." Então começou a cantar uma paródia de uma canção de musical que os pais de Greer gostavam. "*Mulheres... mulheres que odeiam mulheres... são as maiores vacas... do mundo...*"

Greer disse: "Que horror! Não se chama ninguém de *vaca*."

Zee retrucou: "Sua vaca", e todas riram. "Ah, qual é", prosseguiu Zee. "Eu falo o que eu quiser. Se chama ter agência."

"Não diga *agência*", disse Greer. "É pior ainda."

Greer e Zee tomaram parte em longas conversas sobre Darren com outras pessoas no refeitório; ficavam até o pessoal que trabalhava lá as expulsar. Era difícil de manter alimentada a chama da raiva, e apesar dessas conversas e de um editorial extremamente bem argumentado de uma aluna do último ano no *Ryland Clarion*, duas das envolvidas disseram que não queriam que o caso se prolongasse mais.

Ainda assim, Greer não parava de pensar nele. Não pelo incidente em si – este quase já se apagara exceto por um resíduo de memória –, mas sim porque lhe parecia uma injustiça ele ser tolerado por ali. *Injustiça*: parecia a palavra de uma criança birrenta se queixando aos pais.

"Desculpe, não aguento mais ficar pensando nele", disse Ariel Diski certa manhã no grêmio estudantil, depois de Greer se aproximar timidamente dela. "Estou superocupada", disse Ariel, "e ele é só um escroto qualquer."

"Eu sei disso", disse Greer. "Mas talvez dê pra fazer mais alguma coisa. Minha amiga Zee acha que dá."

"Olha, eu sei que você ainda está com a cabeça nisso", disse Ariel, "mas sem ofensa, vou começar a estudar Direito e não posso me estressar. Desculpe, Greer, pra mim já deu."

Naquela noite, Zee e Greer e Chloe ficaram no quarto de Zee, pintando as unhas dos pés daquele verde pardo de fardas de soldado. O quarto exalava um odor químico fermentado que as deixava um tanto enjoadas e desvairadas. "Você podia falar com a Aliança das Mulheres", aconselhou Zee. "Elas podem ter alguma ideia."

"Ou não. Minha colega de quarto foi a uma das reuniões", disse Chloe. "Falou que tudo o que fazem é assar brownies em protesto pela mutilação genital."

Ryland não era um lugar muito politizado, de forma que você se conformava com o que tivesse. Muito de vez em quando, se erguia uma inesperada onda de protesto. Quando a ruidosa Guerra do Iraque já contava com alguns anos, Zee e duas alunas do segundo ano às vezes eram vistas na entrada da Metzger com um megafone e panfletos. Depois houve uma série de panfletos da diminuta porém bem organizada Associação dos Estudantes Negros. O grupo antimudança climática se tornara uma constante e sombria presença, e Zee também fazia parte dele. O céu está caindo, diziam sem parar às outras pessoas, o céu em ebulição.

"Sabe", disse Zee, "uma vez eu fabriquei e vendi camisetas para levantar dinheiro em prol dos animais lá em Scarsdale, quando eu era pequena. Fiquei pensando que podíamos fazer camisetas com a cara do Darren Tinzler e distribuí-las. E, embaixo da cara, as palavras 'Presença Não Desejada'."

Fez-se uma vaquinha, e cinquenta camisetas baratinhas foram rapidamente arrematadas de um atacado online em liquidação, e Greer, Zee, e Chloe ficaram até tarde no porão do Woolley, entre bicicletas armazenadas e máquinas de lavar trepidantes e o chuá dos canos d'água e esgoto sobre suas cabeças, passando a ferro *transfers* do rosto de Darren Tinzler porque era mais barato do que mandar fazer. Lá pelas quatro da manhã o braço de Greer ainda malhava forte o ferro quente e pontudo sobre o retrato pálido e sem-sal de Darren — o boné bem enterrado na cabeça, os olhos separados até mais não poder. O rosto dele era o retrato da estultice, pensou ela, mas bem lá no fundo havia um instinto brutal e astuto.

Pouco depois, Chloe jogou a toalha, levantando-se e estendendo os braços, dizendo "Preciso. Cama. Agora", de forma que horas depois apenas Greer e Zee bocejavam à porta do refeitório, tentando fazer as pessoas pegarem suas camisetas. "Camiseta grátis!", diziam a todos, mas no fim só conseguiram distribuir cinco. Foi uma decepção, um fracasso, uma tristeza. Ainda assim, Greer e Zee usavam as suas sempre que podiam, embora o tecido tivesse encolhido um pouco na lavadora e o rosto de Darren Tinzler tivesse ficado esticado e meio distorcido, como se ele tivesse posto a cara em uma fotocopiadora.

Ambas estavam usando a camiseta na noite em que Faith Frank viera falar.

Zee vira o aviso no semanário e tinha se empolgado muito. "Sempre fui fã dela", disse para Greer. Tinham se tornado amigas em alta velocidade devido à noite passada com as camisetas, planejando, conversando, em livre associação. "Sei que ela representa um feminismo meio datado", disse Zee, "que se preocupa com coisas que afetam mais as mulheres privilegiadas. Mas sabe do que mais? Ela fez muita coisa boa, e eu acho ela incrível. Além disso, o lance da Faith Frank", prosseguiu ela, "é que ao mesmo tempo que é famosa e icônica, também parece ser muito acessível. A gente tem que ir vê-la, Greer. Você precisa ir falar com ela, contar o que aconteceu. Ela vai saber o que fazer."

Greer sabia vergonhosamente pouco sobre Faith Frank, embora na noite antes da palestra tenha se fortificado com uma boa googlada. Procurar fatos online a confortava; o mundo podia estar em polvorosa, que ainda assim havia respostas facilmente localizáveis. Mesmo assim, se por um lado o Google lhe proporcionou uma linha do tempo e um contexto, por outro não lhe deu qualquer noção real de como uma pessoa como Faith chegara a se tornar tudo o que era.

No começo da década de 1970, pelo que Greer leu, Faith Frank fora cofundadora da revista *Bloomer*, cujo nome homenageava Amelia Bloomer, a feminista e reformista social que publicou o primeiro jornal para mulheres. A *Bloomer* era conhecida como a irmã menor e menos famosa da revista *Ms*. A revista tinha sido muito boa no começo, não tão refinada ou sofisticada como a *Ms.*, nunca particularmente bem diagramada, mas sempre preenchida por colunas e artigos fortes e envolventes. Com o passar das décadas, o público declinara acentuadamente, e por fim a revista, que um dia já fora vista como um noticiário do front, se tornou tão fina quanto um manual de eletrodoméstico.

Mas Faith, que alguém descrevera como "uma Gloria Steinem ligeiramente menos famosa", continuara em evidência. No final da década de 1970 ela começou a escrever livros para o público geral de boa vendagem, com suas mensagens incendiárias e estimulantes sobre emancipação feminina. Então, em 1984, ela fez enorme sucesso com seu manifesto *A persuasão feminina*, que basicamente implorava para que as mulheres vissem que o feminino poderia ter muito mais a oferecer do que usar ombreiras e agir de forma implacável. Segundo Faith Frank, a cultura corporativa americana havia tentado incitar as mulheres a se nivelarem ao mau comportamento dos homens, mas elas não precisavam capitular. Podiam ser fortes e poderosas sem deixar de conservar sua integridade e decência.

As pessoas pareciam ávidas por essa mensagem, inclusive todas as mulheres que haviam encarado Wall Street e saído infelizes. As mulheres podiam sair daquele ciclo, dizia Faith; podiam fundar cooperativas, ou ao menos podiam desafiar a cultura dominante em suas empresas. E os homens, acrescentava ela, podiam muito bem ser persuadidos a equilibrar seu rigor ancestral com uma pitada de gentileza. Equilíbrio, dizia ela, era tudo. O livro nunca saíra de catálogo, ainda que cada nova edição precisasse de sérias atualizações.

Por Faith ser elegante, articulada e eficaz em entrevistas, ganhara seu próprio bloco no programa noturno de variedades *Recap* da PBS, onde entrevistava outras pessoas; às vezes decidia entrevistar homens machistas, que em sua vaidade não pareciam ter ideia do motivo de terem sido chamados. Eles entravam em cena, algumas vezes se pavoneando ou tecendo comentários repreensíveis, e ela calma e espirituosamente os corrigia – e algumas vezes, com a mesma facilidade, os destruía.

Mas embora as entrevistas de Faith fossem populares, na metade dos anos noventa o programa inteiro foi cancelado. Faith ainda escrevia livros nessa época, mas eles haviam parado de vender bem. Ao longo dos anos ela seguira publicando continuações para *A persuasão feminina*. (A mais recente, do final dos anos noventa, sobre mulheres e tecnologia, se chamava *A pontocom feminina*.) Até que ela parou totalmente com os livros.

Nas fotos mais antigas que Greer encontrou, Faith Frank, uma moça alta e magra com longos cachos negros, parecia delicadamente jovem e aberta. Numa das fotos ela aparecia numa marcha na capital. Noutra, ela gesticulava intensamente no estúdio de um desses programas de entrevistas tipo mesa-redonda que costumava haver tarde da noite, os convidados de calças bocas de sino e em cadeiras brancas de rodinhas, fumando muito e berrando. Faith tinha travado um famoso debate televisivo com o romancista Holt Rayburn, que era chauvinista e com orgulho. Na ocasião, ele tinha tentado ganhar dela no grito, mas ela seguira falando do seu jeito calmo e lógico, e, no final, tinha ganhado a discussão. A coisa chegou aos jornais, e acabou por levar à tal oferta do bloco como entrevistadora no *Recap*. Outra fotografia a mostrava com seu filho pequeno num "canguru" e estreitando os olhos para enxergar um leiaute de revista por cima de sua cabeça mal pregada no pescoço. As fotos iam avançando no tempo, com Faith Frank ainda conservando uma versão elegante e lustrosa de si mesma à medida que adentrava os quarenta, cinquenta, sessenta.

Na maioria das fotos ela estava usando um sexy par de botas de camurça de cano alto, sua marca registrada. Havia entrevistas e perfis; um deles se referia a sua "surpreendente impaciência". Parecia que Faith podia ficar zangada num instante, e não apenas com homens chauvinistas. Era pintada como boa, mas humana, às vezes difícil, sempre generosa e maravilhosa. Mas na época em que veio palestrar na Universidade Ryland, era vista como um ser do passado, alguém de quem se falava com admiração, e com um tom de voz específico reservado a muito pouca gente. Ela era como uma chama-piloto que queimava sem parar, confortantemente.

A capela, quando Greer e Zee chegaram naquela noite, estava apenas dois terços cheia. Fazia um tempo muito ruim para o outono, com rajadas espiralantes por todo lado, e o lugar tinha o cheiro e a aparência de um armário de guardar casacos de criança, com o piso escorregadio e respingado, e gente tentando encontrar um lugar para guardar seus abrigos úmidos, para depois acabar por enrolá-los e segurá-los junto ao corpo mesmo. Muitos alunos tinham vindo porque seus professores tinham dito que a palestra era obrigatória. "Ela foi importante para muita gente, inclusive para mim. Estejam lá", dissera uma professora de sociologia num tom ligeiramente ameaçador.

O evento era para começar às sete da noite, mas parece que o motorista de Faith se perdera. A placa na entrada de Ryland era tão modesta que poderia pertencer a um consultório pediátrico de cidade pequena. Às 19:25 começou um bulício do outro lado da capela, e de repente sentiu-se uma frente gélida e úmida de ar noturno assim que as portas duplas se abriram e várias pessoas entraram pressurosamente. Primeiro veio a superintendente da universidade, depois o reitor, seguidos por alguns outros, todos empolgados sob seus casacos e chapéus deselegantes. Então, sem chapéu e espantosamente reconhecível, Faith Frank entrou acompanhada de algumas pessoas, inclusive da pró-reitora da universidade, e, de pé, desenrolou um cachecol cor de sangue de seu pescoço. Greer ficou observando o cachecol desfazer voltas e mais voltas, um cachecol de mágica comprido feito um rio. As bochechas de Faith estavam tão vermelhas que pareciam ter acabado de tomar um tapa. Seu cabelo era a mesma massa de cachos castanho-escura que sempre aparecera nas fotos, e quando ela o balançou, flocos de neve se desprenderam dele, delicados feito átomos se dispersando.

Conforme atestavam suas fotos ao longo de várias décadas, ela possuía um rosto marcante e simpático com um nariz forte e elegante. O efeito era de glamour, importância, solenidade e de uma amigável curiosidade enquanto ela olhava para o público de tamanho moderado, e Greer supôs que ela poderia ter percebido a capela como meio vazia ou meio cheia, dependendo de sua perspectiva.

O grupo recém-chegado logo foi acomodado nos assentos da frente, e depois a reitora, gravemente abafada pelo estofamento de um vestido floral, subiu ao púlpito e apresentou-a com grande admiração, mão sobre o peito. Por fim Faith Frank foi ao púlpito. Estava com sessenta e três anos e era uma presença enérgica no vestido de lã negra que aderia a seu tronco esguio; estava, é claro, com suas botas de camurça. Aquelas em específico eram cor de fumaça, embora ela ainda possuísse botas em todo o espectro de cores, sugerindo a todos que já fora uma mulher estonteante, uma potência do sexo, e talvez ainda fosse. Ela usava vários anéis em ambas as mãos: nódulos volumosos e artísticos em pedra e prata. Parecia ter total compostura, não estar nem um pouco abalada, mesmo tendo se atrasado para a própria palestra.

A primeira coisa que fez lá em cima foi sorrir a todos dizendo: "Obrigada por enfrentarem a neve. Ponto extra por isso." Sua voz de oradora era treinada, charmosamente gutural. Então ela ficou quieta por alguns segundos, e parecia que só naquele momento estava pensando no que ia lhes dizer. Não estava com nenhuma anotação. Parecia que ia *falar de improviso*, algo inimaginável para Greer, cuja intensa vida acadêmica até aquele momento fora baseada no uso intenso e apaziguador de fichários, divisórias coloridas e iluminadores que deixavam seu material de leitura com as cores de duas diferentes limonadas – uma onda amarela ou rosa.

Greer jamais conhecera alguém em Macopee que sequer se parecesse com Faith Frank. Com certeza não seus pais cansados e ineficientes. Cory, mesmo com seu pouco tempo de Princeton, estava cercado de pessoas muito viajadas que haviam estado na presença de figuras formidáveis e cosmopolitas. Mas Greer nunca tivera exposição a ninguém assim. A bem da verdade, nem havia percebido que isso era uma possibilidade. "Parecia que meu cérebro estava se abrindo ao meio", disse a Cory no dia seguinte.

No púlpito, Faith dizia: "Sempre que falo em universidades, conheço moças que dizem '*Não* sou feminista, mas...'. Com isso querem dizer 'Não me considero feminista, mas quero salários iguais, relacionamentos igualitários com homens, e é claro que quero direitos iguais ao prazer sexual. Quero ter uma vida boa e justa. Não quero ficar para trás só porque sou mulher'."

Mais tarde, Greer compreendeu que o que Faith dissera na palestra era apenas uma parte do efeito total; sério, havia mais do que somente palavras nela. Também era importante o fato de ser *ela* a dizê-las, com convicção, comunicando-as com tanta emoção a todos no recinto. "E eu sempre tenho vontade de responder", dizia Faith, "'O que você acha que é feminismo senão isso? Como você acha que vai conseguir essas coisas renegando o movimento político que advoga em prol dessa vida que você quer?'" Ela fez uma pausa, e todos ficaram pensando a respeito do que ela dissera, algumas delas com certeza pensando em si próprias. Observaram-na beber um longo e deliberado gole de água, o que pareceu, a Greer pelo menos, muito interessante.

"Para mim", prosseguiu Faith, "há dois grandes aspectos no feminismo. O primeiro é o individualismo, ou seja, que *eu* é que vou mandar na minha vida. Que eu não preciso me conformar a um estereótipo, fazer o que minha mãe mandar, obedecer à ideia de outras pessoas sobre o que é ser mulher. Mas há também um segundo aspecto, que pode parecer antiquado, pois vou usar a palavra 'sororidade', e com isso talvez vocês revirem os olhos e se acotovelem pra sair correndo até a saída, mas é um risco que vou ter que correr." Risadas; agora todas a escutavam, todas estavam com ela, e queriam que ela soubesse. "Sororidade", disse ela, "quer dizer se unir às outras mulheres numa corrente que permite a todas as mulheres tomarem as decisões individuais que desejarem. Porque enquanto as mulheres estiverem umas separadas das outras, organizadas para competirem entre si — como numa brincadeira de criança em que só uma pode ser a princesa —, será raríssima a mulher que, no fim das contas, não se veja aprisionada e limitada pela ideia que nossa sociedade faz do que uma mulher deve ser."

"Estou aqui para lhes dizer", afirmou Faith, "que se por um lado a faculdade é a experiência formadora mais importante que terão como indivíduos — um momento em que poderão ler, descobrir, fazer amigos e cometer erros —, por outro também é um momento em que podem ponderar sobre como ter um papel social e político na grande causa que é a igualdade feminina. Quando se formarem, provavelmente não vão querer fazer como eu, que fui a Las Vegas para ser garçonete de bar e fugir dos meus pais, Sylvia e Martin Frank. Não iam gostar do uniformezinho cheio de babados que eu tive que usar. Ou talvez gostassem."

Mais risadas, indulgentes, aprovando. "Fui mesmo para Las Vegas — história real. Eu estava desesperada para escapar porque meus pais tinham me obrigado a morar em casa com eles enquanto fazia faculdade. Queriam me vigiar para eu continuar virgem. Nossa, foi muito chato." Mais risadas. "E fico feliz em dizer que as coisas mudaram desde aquela época. É maravilhoso que tantas de vocês tenham muito mais liberdade do que eu. Mas, junto com essa liberdade, às vezes pode vir a sensação de que não precisam de outras mulheres. E isso não é verdade."

Ela fez outra pausa e passou o olhar por toda a capela, numa varredura. "Então, da próxima vez que disserem 'Não sou feminista', lembrem-se disso. E façam o possível para participar da luta, que não acabou." Outra pausa. "Deixo vocês com uma reflexão. Quando lutarem pelo que importa, vocês vão encontrar resistência, com toda a certeza. E isso às vezes pode ser uma decepção e até tirar vocês do rumo. A verdade é que nem todo mundo vai concordar com vocês. Nem todo mundo vai gostar de vocês. Ou amar vocês. Isso mesmo, vai ter gente muito brava com vocês, até mesmo com *ódio* de vocês, e vai ser algo difícil de aceitar. Mas sinto que se vocês estiverem por aí fazendo um bom trabalho – se servir de algum consolo, *eu* amo vocês."

Ela deu um sorriso breve e encorajador, e foi isso; Greer se entregou, estava completamente fascinada, arrebatada, querendo mais e mais daquilo. Faith fizera uma piadinha sobre amar a todas, mas a Greer parecera que ouvir Faith fora uma experiência próxima a se apaixonar. Ela sabia como era se apaixonar – como ter descoberto Cory a havia balançado inteira, até o nível celular. Era parecido, mas sem o desejo físico. No caso, a sensação não era sexual, mas a palavra *amor* ainda parecia relevante; amor, polinizando o ar ao redor de Faith Frank.

As outras pessoas deviam estar sentindo aquilo também, não é? E mesmo se tivessem permanecido num estupor adolescente por anos, mirando cada réplica de si mesmas em superfícies reflexivas, zangando-se com suas imagens enquanto espremiam alguma espinha sobre um espelho com um *splat* leitoso e esverdeado, e se queixando com as amigas de que os pais eram uns imbecis, ou sendo obrigadas a ir à capela naquela noite apesar de serem as pessoas descritas por Faith, displicentemente negando serem feministas por aí, agora um gongo revelador havia soado dentro de suas cabeças. Ele soava e ressoava, e parecia que jamais iria parar, porque lá estava aquela pessoa nova, formidável, falando de um jeito tão envolvente sobre seus lugares no mundo perturbador que as aguardava, à espreita. Dando-lhes vontade de serem melhores do que eram.

Faith disse: "Certo, bom, acho que já disse o que tinha para dizer a vocês. Agora vou ficar quieta e dar a vez para vocês falarem. Muito obrigada por assistirem."

O recinto irrompeu em palmas entusiasmadas, altas como se um objeto tivesse sido jogado do alto em uma panela de óleo quente. Greer começou imediatamente a bater palmas "feito uma maníaca", conforme descreveria a Cory. Queria aplaudir mais alto do que qualquer pessoa naquela capela.

Alguém no fundo gritou, "FAITH, VOCÊ É FODA!", e outra pessoa gritou, "ADOREI A BOTA!", o que fez Faith Frank dar uma gargalhada. É claro que também tinha uma risada charmosa. A cabeça se inclinou para trás e a boca se abriu, a goela exposta como se ela fosse uma foca lustrosa e elegante prestes a deglutir um peixe.

O clima na capela aqueceu-se alguns graus devido ao calor e empolgação humanos, e havia um cheiro ainda mais intenso de gente e casaco molhado. O lugar estava em ponto de bala. Faith procurou em meio à multidão, e mãos foram erguidas.

Fizeram uma pergunta chata, enlatada: "Você tem alguma mensagem para o jovem de hoje?" e em seguida uma pergunta cafona que pedia a Faith para listar quem convidaria para o jantar dos seus sonhos: "Você pode convidar qualquer pessoa", disse quem perguntou. "Não importa de que país ou de que época. Quem você chamaria?" Mais tarde Greer ficou lembrando que Faith tinha escolhido Amelia Bloomer, a homônima de sua revista; e a atraente e jovem cantora Opus, que havia cantado no intervalo do Super Bowl; também a pintora italiana do barroco Artemisia Gentileschi; a aviadora Bessie Coleman, primeira afro-americana a tirar brevê de aviação; Dorothy Parker; as duas Hepburns, Audrey e Katharine, "porque adoro o estilo delas", falou; e os quatro Beatles. E, por fim, "Para animar a festa, chamaria uns antifeministas ferrenhos", provocou Faith. "Mas talvez eu ficasse tentada a cuspir no prato deles."

Isso pareceu acontecer tremendamente rápido porque Greer ficara o tempo todo distraída, pensando que se ela fosse dar um jantar, chamaria em primeiríssimo lugar a própria Faith Frank. De repente imaginava Faith confortavelmente sentada no salão comum do Woolley, no primeiro andar, com suas botas charmosas e compridas, comendo uma tigela de macarrão instantâneo que Greer e Zee teriam feito para ela no micro-ondas.

Um professor decrépito do departamento de História cuja pele parecia feita de papel vegetal amarrotado fez uma pergunta tão específica ("Sra. Frank, isso me lembra de um antigo estatuto semidesconhecido de quando as coisas eram piores...") que só podia ser de interesse para ele mesmo. O público ficou impaciente, entediado; as pessoas se curvavam para olhar seus celulares, ou se cutucavam para cochichar, ou mesmo começavam a papear abertamente.

O reitor interrompeu a pergunta do professor, dizendo: "Talvez o senhor possa fazer esta pergunta à sra. Frank mais tarde. Mas acho que, devido às limitações de tempo, precisamos ceder a vez. Vamos fazer mais uma pergunta, gente, e que seja boa, hein."

A mão de Greer se estirou na mesma hora, seu braço chegando a tremer um pouco, mas ainda assim permanecendo perigosamente no ar. O que ela tinha não era exatamente uma pergunta – apenas uma vaga aproximação disso. Sentia que precisava travar contato com Faith Frank antes que fosse tarde demais. Antes, achava que bastaria ir até lá e ouvir a palestra daquela mulher admirada e determinada, talvez sentir-se mais animada depois da maldita experiência com Darren Tinzler, mas ainda não podia deixar aquela noite acabar, não podia deixar Faith Frank entrar de novo em seu sedã e ser transportada para o mundo além dos portões.

Então, no mesmo banco de igreja que ela, o braço de Zee também se ergueu. É claro que ela teria uma pergunta de verdade a fazer, uma pergunta política; talvez até tivesse contrarrespostas. Faith meneou a cabeça na direção das duas. De início, foi difícil saber com qual das duas queria falar. Greer tentou ler o olhar de Faith – o olhar feminino, pensou, divertida. Mas então percebeu que Faith mirava nela, especificamente *nela*, Greer; e Greer perguntou com o olhar a Zee se estava mesmo vendo direito. Zee fez um rápido sim com a cabeça, como se dissesse: Sim. É com você mesmo. Zee chegou a sorrir, torcendo por Greer naquele momento.

Então Greer se levantou. Era agonizante ser a única pessoa de pé, mas o que ela poderia fazer? "Sra. Frank?", disse ela, sua voz saindo feito um balido de ovelhinha naquele lugar sagrado. "Olá."

"Olá."

"Tenho uma pergunta para você."

"*Dã*", ouviu uma menina próxima dizer baixo. "Por isso que levantou a mão."

Greer respirou fundo, ignorando-a. "O que é que devemos fazer?", perguntou. E parou por aí, incerta de como continuar. Pacientemente, Faith Frank esperou.

Quando ficou óbvio que Greer não ia dizer mais nada, Faith disse, amável: "Fazer a respeito do quê, exatamente?".

"A respeito de como são as coisas", persistiu Greer. "De como nos sentimos com elas. Coisas como a *misoginia*, que parece estar em toda parte, tipo o papel de parede do mundo, sabe? Isso ainda é aceito no século XXI, e por que isso?"

"Desculpe. Pode falar mais alto?" pediu Faith, e este pedido só fez deixar Greer ainda mais mortificada, ela que era incapaz de falar alto, mesmo naquele momento. Pensou que havia a possibilidade de desmaiar; Zee olhava para ela, preocupada.

Greer apoiou-se na beirada da madeira curva do banco a sua frente. "*Misoginia?*", disse ela de novo, um pouco mais alto, mas sua entonação deu uma subida na última sílaba, sugerindo incerteza. Ela detestava quando sua voz fazia aquilo. Tinha lido há pouco tempo sobre o fenômeno das meninas que subiam o tom no final das frases, como se não tivessem certeza de se o que estavam fazendo era uma afirmativa ou uma pergunta. Chamavam aquilo de "afirmar perguntando". Não quero ser assim!, pensou ela. Falar desse jeito me faz parecer idiota. Mas era sempre tão fácil recorrer à afirmativa-pergunta, porque no final você podia dar para trás e alegar que só estava *perguntando*, e aí não teria que enfrentar o vexame de estar errada. Greer lembrou de quando tinha levantado as pontas de uma saia imaginária numa mesura a Darren Tinzler, porque ele tinha parado bem na frente dela, cumprimentando com o boné, e ela ficara sem saber o que fazer. Sendo você mulher e insegura, você às vezes ergue o tom das sílabas no final das frases, e às vezes ergue até mesmo trajes imaginários.

Agora ela estava pisando em ovos, ciente de que se ficasse tagarelando muito sobre misoginia, todo mundo ia deixar a cabeça tombar sobre o peito e começar a roncar alto. Era preciso dar vida às palavras quando se estava falando de um tópico como aquele; era preciso passar a mensagem de forma dinâmica e enérgica, como fazia Faith Frank.

Porque, ela sabia, nem tudo estava perdido. Era verdade que o movimento feminista da época de Faith Frank não tinha extirpado o desprezo pelas mulheres nem a injustiça de uma vez por todas, feito uma mão materna passando um pano úmido sobre a testa febril do mundo. Porém, apesar do monturo de estupro e machismo; apesar de Darren Tinzler ter recebido apenas uma leve reprimenda; apesar dos salários desiguais até hoje, e do número pateticamente baixo de mulheres mandando em qualquer organização poderosa, de empresas a países; e apesar de a internet estar tão densamente povoada com blocos de solidariedade e fúria masculinas – "Manos antes das minas!", gritava o coro dos mosqueteiros, bem como descrições chocantemente articuladas de como decepariam partes do corpo de jornalistas mulheres e outras famosas – de diversas maneiras, o mundo agora era muito mais hospitaleiro para as mulheres.

Opus, a bela cantora de voz sensacional – e convidada do jantar dos sonhos de Faith –, fizera sucesso recente com uma canção chamada "The Strong Ones", que podia ser ouvida frequentemente pelo campus, em caixas de som apoiadas sobre janelas abertas.

E aquela peça de teatro engraçada, triste, afetuosa, às vezes um pouco perturbadora, a *Ragtimes*, que essencialmente era uma série de esquetes sobre menstruação, ou a falta dela, que começava com as personagens aos doze anos, passando pela adolescência e idade adulta, por gravidezes desejadas e indesejadas, e terminava num ensopado de calores hormonais da meia-idade, tivera uma trajetória robusta na off-Broadway e agora estava sendo representada em produções baratinhas em todo o país, em teatros locais e comunitários. Só precisava de quatro cadeiras dobráveis e quatro atrizes. As famosas gostavam de participar das produções de Nova York e Los Angeles; virara símbolo de status estar naquela peça, que rendera um bom dinheiro para suas dramaturgas, melhores amigas desde a sexta série. "Sharon menstruou primeiro", dizia um perfil das duas no *New York Times*. "Maddy menstruou uma semana depois."

E havia a explosão de blogs feministas, embora o *Fem Fatale* fosse de longe o melhor e mais conhecido de todos eles; feito em Seattle, era lotado de relatos pessoais, muitas vezes sarcásticos, falando abertamente sobre atos sexuais e funções corporais, e se autodescrevia como "sexualmente positivo, adepto do sarcasmo e da provocação, e ainda por cima uma puta boa leitura". Aquele blog parecia não temer nada e falar de tudo, não importando as reações adversas.

Greer passara o outono lendo o *Fem Fatale*, embora suas redatoras – uma fisiculturista, uma atriz pornô e diversas jovens críticas culturais engraçadas e dilacerantes – às vezes a intimidassem com sua autoconfiança e ousadia. Não eram assim tão mais velhas do que ela, e já tinham voz própria. Ela ficava se perguntando como teriam arrumado uma.

Greer tomou fôlego, num frêmito, e disse a Faith: "Você está vendo a minha camiseta? E a da minha amiga?", acrescentou ela, generosamente. "Estamos usando porque há pouco tempo houve um caso de abuso e assédio sexual nesse campus." Soou tão pretensioso falar naqueles termos, *abuso* e *assédio sexual nesse campus*. Como se não bastasse ter falado em tom de pergunta, agora ainda mais essa. Impressionante como não se parecia em nada com o jeito de Faith falar, natural, confiante. "Simplesmente fizeram uma audiência de fachada", acrescentou Greer. "Chegaram a uma decisão que foi uma piada."

Ela já ouvia as primeiras reações nos bancos da capela – uma pessoa batendo palmas hesitante, outra dizendo "Isso é a *sua* opinião", seguido por um zunzum discreto de outra parte da capela. "Mandaram a pessoa que fez isso para umas sessões de terapia", disse Greer, "e agora ele tem alvará pra continuar aqui, apesar de ter abusado de várias mulheres, inclusive de mim." Ela teve que fazer uma pausa. "Então esse é o rosto das nossas camisas. Não que elas tenham dado certo. Ninguém as quis. Então acho que estou te perguntando o que fazer agora. Como continuar."

Greer sentou-se rapidamente, e Zee lhe deu um abraço. Houve um momento tenso das pessoas se recompondo, durante o qual a capela parecia estar tentando descobrir se valia a pena se estressar tudo de novo com aquele problema, que já fora deliberado e era oficialmente assunto encerrado. A maioria pareceu decidir que não valia, não; no dia seguinte haveria aula, a noite era de chuva com vento, e já estava ficando tarde. Trabalhos de três a cinco páginas com uma resenha do *Príncipe* de Maquiavel ainda precisavam ser redigidos para um dos cursos de calouros. Ainda era preciso ligar para mães e pais: "Preciso de mais dinheiro na conta", anunciariam secamente filhos e filhas antes mesmo de um alô.

Faith Frank pareceu crescer momentaneamente atrás do púlpito, e então se inclinou sobre ele, descansando os braços cruzados, e disse em tom comedido: "Obrigada pela sua pergunta, sei que foi de coração."

Greer não se mexia, nem respirava; a seu lado, Zee estava igualmente imóvel.

"O que sempre acho impressionante é como o processo legal é levado de improviso em todo campus", afirmou Faith. "Então, o que você deve fazer? Não conheço os detalhes desse caso em particular, mas sei que você e suas amigas devem fazer de tudo para manter isso em pauta."

Ela ergueu a cabeça, prestes a falar algo mais, mas então a pró-reitora ficou de pé e disse: "Infelizmente, nosso tempo acabou. Vamos agradecer nossa convidada por essa noite sensacional."

Mais aplausos, e Faith Frank saiu de vista, e foi tudo. Greer observou enquanto Faith era cercada de pessoas, que se plantavam em seu campo de visão para poder conversar tête-à-tête com ela. Até mesmo as que antes não estavam impressionadas pareciam ter mudado de ideia. Alunas, professoras, administradores e moradores locais cingiam-na como populares em uma ópera, embora Greer tenha permanecido a distância, assim como Zee. Greer já tivera seu diálogo com Faith em público, e fora quase demais para ela, mas, no fim, ficara algo inacabado e decepcionante. Mas não havia mais nada a fazer; a multidão se multiplicara rápido demais ao redor de Faith.

"Meu Deus, como eu queria falar com ela, mesmo que por um segundo", disse Zee. "Sim, ela está logo ali. Mas tem gente demais, e seria só outro momento de tietagem. Assim, não quero."

"Nem eu."

"Você vai voltar para o Woolley?"

"Vou. Tenho que estudar", disse Greer.

"Você sempre tem que estudar."

"Verdade."

"Pelo menos a gente a ouviu falar, e você conseguiu falar com ela", disse Zee. "Mandou bem. Quer pedir pizza? O Graziano's entrega até tarde."

"Ah, claro", disse Greer. A pizza serviria de prêmio de consolação: duas moças sozinhas à noite com o suave bálsamo da massa quentinha.

Enfiaram seus braços nos buracos dos casacos, e Zee pôs seu gorro na cabeça e calçou devagar um par de luvas sem dedo cor de aveia. Ela podia usar roupas masculinas, femininas, que todas pareciam uma escolha fashion casualmente sagaz. Começaram a andar juntas para a saída. Os que antes cercavam Faith agora se fragmentavam em grupos menores e dispersos, ou saíam sozinhos mesmo. Greer sentia-se oca e até um pouco trágica. Era como se tivesse sido transportada, soltando gritinhos de alegria, nos ombros de Faith Frank por um momento, e de repente tivesse tombado no chão duro e frio.

Agora, naquele vestíbulo, ela via um lampejo cor de vinho, cor de sangue. Um cachecol, percebeu, o cachecol *da Faith*, flutuando ligeiro como se estivesse sendo levado por sua dona para o banheiro das senhoras; pois estava sendo levado para lá pela própria Faith Frank. Que ironia, pensou ela: Faith Frank tendo que usar o toalete das *senhoras*, submetendo-se à palavra *senhoras* em pleno século XXI.

"Olha", disse Greer, baixo.

"Vamos lá", disse Zee. "Você pode terminar de falar. E podemos tentar ter nosso momento com ela."

Dentro do cálido toalete feminino, com seus azulejos cinza leitosos acusticamente sensíveis, apenas uma cabine estava em uso. Zee e Greer pegaram uma de cada lado, tentando parecer pessoas normais fazendo uso de um banheiro público. Greer se sentou e baixou a cabeça, vendo a ponta de uma bota cinza de camurça sob a divisória. Ela ficou parada e sem fazer barulho. Do outro lado da parede pichada, rabiscada com uma mensagem perturbadora em letra miúda – *alguém me ajuda eu gosto de me cortar* –, fez-se uma pausa, depois veio a previsível emissão. O jato solitário, a linha reta ligando abertura corporal à água que a aguardava, a coloquialidade de Faith Frank, célebre feminista, fazendo xixi.

A vulnerabilidade e a realidade das mulheres estavam ali, bem expostas, e Faith deu descarga e saiu. Greer se levantou. Pela fresta entre porta e batente ela observou Faith se aproximar do espelho. Zee ainda não saíra de sua cabine. Obviamente estava esperando, generosamente deixando Greer ir primeiro. Mas Greer percebeu que Faith estava se apoiando na pia por um momento, de olhos fechados; e Faith exalou um suspiro. Greer entendeu que Faith estava tendo um momento para si, do qual devia estar precisando muito. Naquela noite todos haviam querido alguma coisa dela, e aquilo tivera um efeito cumulativo. Ninguém era um poço sem fundo de generosidade; nem mesmo Faith Frank. Antes, Greer estava louca para pular na frente de Faith e terminar sua conversa com ela, mas agora hesitava. Não queria ser mais um fardo na vida dela. Mas não podia continuar ali dentro para sempre, de forma que destrancou a porta e andou até a pia, sorrindo fracamente para Faith, tentando fazer uma expressão que parecesse o oposto de uma demanda.

Faith olhou para Greer no espelho e disse: "Ah, oi. Você que me fez aquela pergunta lá, não é? E bem no meio dela encerraram a palestra. Sinto muito."

Greer ficou só olhando para ela. Faith estava se desculpando por não ter terminado de conversar com Greer, uma desconhecida, na capela. Como você consegue ser *assim*?, pensou Greer, ela que mal conseguia cuidar das próprias necessidades, e até certo ponto, das de Cory. Mas aquilo parecia natural para Faith; ela era assim há muito tempo.

"Que gentileza a sua", disse Greer. "É só que... quando você me pediu para falar mais alto, foi difícil para mim? Ai, ouviu isso? Meu tom simplesmente *sobe*. Não sei existir no mundo", admitiu ela, antes de parar de falar.

Faith a contemplou. "Qual o seu nome?"

"Greer Kadetsky."

"Certo, Greer. Ninguém disse que só existe um jeito de existir. Não há só um."

"Mas seria bom conseguir dizer o que eu penso e acredito sem parecer que estou infartando."

"Bom, isso é verdade."

"Eu tinha uma professora que dizia aos meninos da turma para falarem mais para dentro. Estou pensando que no meu caso talvez fosse melhor eu aprender a falar para fora."

"Talvez. Mas se dê uma colher de chá; não precisa se torturar com isso. Só tente realizar o que for possível, e o que te importa, sem deixar de ser você mesma."

Greer umedeceu os lábios. Zee ainda estava na cabine, concedendo a Greer aquele tempo com Faith. A qualquer momento ela ia aparecer, e Greer teria que ceder a vez para ela. "Eu me importei com isso que aconteceu aqui", disse Greer. "Esse cara abusado que disse grosserias e nos agarrou. A gente depôs, mas não deu em nada. Eu sinto que não me encaixo nessa faculdade", acrescentou ela. "É o lugar errado para mim. Eu sabia que ia dar errado."

"Então por que você veio para cá?"

"Meus pais prejudicaram meu crédito estudantil", disse Greer ardorosamente. "Mandaram muito, muito mal."

Faith olhou-a detidamente. "Entendi. Então você é retraída, mas também está com raiva", afirmou ela. "Parece que está sendo bem difícil pra você continuar se afirmando. Mas mesmo assim está se afirmando, porque quer encontrar um sentido, não é?" Greer não tinha pensado nisso daquele jeito, exatamente. Mas assim que Faith falou, entendeu que era verdade. Ela queria encontrar um sentido. Aquela era a peça que faltava, ou uma delas. "Eu admiro *isso*", disse Faith. "Admiro você."

Antes que Greer pudesse sequer pensar sobre o que tinha acabado de ouvir, Faith estendeu as mãos e envolveu as de Greer, como se fossem começar a cantar uma cantiga de roda. Greer sentia os anéis de Faith, que, agrupados, lembravam um soco inglês. Faith continuou segurando as mãos de Greer e estudando-a atentamente, enxergando-a.

"Não quero parecer ingrata", disse Greer. "Tenho bolsa integral, que sei que é algo extraordinário." Ela começou a ficar preocupada com o tempo com que permaneceriam de mãos dadas; será que era para ela soltar primeiro?

Faith disse: "Olha, você tem direito de ficar com raiva se te trataram injustamente. Eu sei disso, acredite. Mas sim, uma bolsa integral é extraordinário, com toda a certeza. A maioria das mulheres se forma com uma dívida gigantesca, e como ganham bem menos do que os homens, acabam pagando por muito mais tempo, o que é absolutamente incapacitante. Você não vai ter esse problema. Não se esqueça disso, Greer."

"Não vou esquecer", prometeu Greer, e como se essa tivesse sido a resposta certa, Faith soltou suas mãos. "Mas esse lugar", acrescentou Greer, "e a forma como é gerido, é uma injustiça. Depois da audiência, a administração ficou tipo, 'Certo, família Tinzler de Kissimmee, na Flórida, estamos contentes com seu pagamento das mensalidades e vamos continuar a recebê-lo. Seu filho terá seu diploma no final conforme o combinado. Não se preocupem!'"

"Então, seu mote é a injustiça?", perguntou Faith.

"Não é o seu também?"

Faith pareceu ponderar essa questão, e estava prestes a responder quando a porta da cabine se abriu. Zee saiu, sorridente, e foi até a pia, onde lavou as mãos com vigor de cirurgiã. Greer estava decepcionada com o fim de seu tempo a sós com Faith Frank, mas, galantemente, deu um passo para trás enquanto Zee secava as mãos e se posicionava no meio do banheiro.

"Sra. Frank", disse Zee. "Achei sua fala magnífica."

"Ah, muito obrigada. Gentileza sua."

Faith Frank devia ter alguma recepção com os docentes para comparecer. Talvez os professores já estivessem começando a encher a sala da superintendente Beckerling naquele mesmo minuto, vagando pela sala a esmo enquanto aguardavam a convidada de honra. Mas Faith não parecia ter a menor pressa em sair dali. Ela se voltou para a própria imagem, escrutinando-a rapidamente, sem o ódio autoinfligido contra o qual certa vez alertara o público em um artigo opinativo no *New York Times* durante a Fashion Week.

"Não, obrigada a *você*", insistiu Zee. "Você me deu tanto o que pensar. Sempre fui superfã sua. Sei que estou parecendo uma *stalker*, e não é minha intenção. Quando eu estava na escola tivemos que fazer um trabalho sobre 'Mulheres que fizeram a diferença'. Eu queria muito ter escolhido você. Mas a Rachel Cardozo chegou primeiro, por motivos alfabéticos, e não deu."

"Ah. Que pena. E quem vocês escolheram, afinal?", perguntou Faith.

"As Spice Girls", disse Zee. "Elas também eram legais, do jeito delas."

"Eram mesmo", disse Faith, achando graça.

"Sempre me identifiquei com você", prosseguiu calmamente Zee, "porque acho que o ativismo simplesmente faz parte de mim. Sou gay, outra coisa que simplesmente é parte de quem sou, e ouvindo você falar hoje de todo esse trabalho que você fez junto das mulheres, e de como elas te inspiraram", disse Zee, "pensei numa coisa nova, que foi: Ora, não me admira eu gostar de mulheres. Elas são maravilhosas." Ela ofereceu a mão em cumprimento, e Faith a apertou.

"Boa sorte para você", disse Faith. Depois olhou para Greer. "Na verdade, meu mote não é um só", disse-lhe Faith, retornando ao ponto exato em que tinham parado em sua conversa. "E você também não deve ter um só", prosseguiu Faith. "O que aconteceu com seus pais — seja lá o que for, Greer, não matou ninguém. Você precisa usar essa experiência e descobrir um jeito de superá-la. E quanto ao que aconteceu aqui, o caso de abuso sexual..."

"Você também acha que devemos dar um jeito de superá-lo?", perguntou Greer, surpresa. Pensou no que Faith dissera na capela sobre terem um papel na grande causa da igualdade feminina. Por causa disso, o que esperava que Faith lhe diria seria algo como: Força, Greer Kadetsky. Não pare de lutar. Insista e siga até conseguir o que quer. Você é capaz.

"Não", disse Faith. "Me parece que você já fez o seu possível. Deixou claro o que defende. Se parecer que você está perseguindo essa pessoa, as outras vão começar a ficar com dó dele. É um risco grande demais." Ela fez um segundo de pausa. "E, além do mais, e quanto às outras mulheres envolvidas? Elas querem insistir nisso?"

"Duas delas disseram que de jeito nenhum", admitiu Greer. Não tinha pensado muito sobre aquilo, mas agora se lembrava do que dissera Arial Diski. "Elas só querem esquecer disso e seguir em frente."

"Bom, elas têm direito de se manifestar, não é? Olha, o mundo é muito grande. Muita coisa para se ver, muita coisa para se enraivecer, chorar e se engajar, bem além dos limites desse campus. Há outras cidades e comunidades. Vá visitá-las e conhecê-las." Faith parecia estar prestes a dizer alguma outra coisa, mas então outra pessoa entrou no banheiro – a pró-reitora, irritantemente interrompendo pela segunda vez, avisando: "Quando estiver pronta, já estão nos aguardando na recepção."

"Um segundo, Suki", disse Faith, e a pró-reitora se retirou.

Greer se lembrou de Faith suspirando no espelho. Então, impensadamente, lhe disse: "Aposto que agora você preferia voltar para o seu hotel em vez de ir à recepção com os professores."

Faith disse a Greer: "É óbvio assim?" Greer pensou: Não, não é óbvio, mas eu vi. "Quando você dá palestras", prosseguiu Faith, "as recepções fazem parte. Tem ideia de quantos rolinhos de peru comi nesses últimos anos?"

"Quantos?", perguntou Greer, sentindo-se imediatamente uma idiota. Não fora uma pergunta de verdade.

"Inúmeros", disse Faith. "Rolinhos demais, daqueles empapados e já meio se desfazendo, e também muito xerez, sempre servido naqueles calicezinhos de filme medieval de baixo orçamento. Mas quando você entra no circuito de palestras acadêmicas, faz parte do pacote. De qualquer modo", acrescentou ela, "esse vai ser bom. A sua pró-reitora é minha amiga há séculos. Então vai ser bom pôr a conversa em dia."

"Ela é sua amiga? Ah, tá. Fiquei mesmo pensando por que você tinha vindo para Ryland", disse Greer, mas tinha começado a parecer que Faith viera até lá só para Greer poder conhecê-la.

"E quanto a *este* rapaz", afirmou Faith, e por um momento, horrorizada, Greer pensou que ela se referia a Zee, e nesse tempo todo Faith teria ficado achando que a andrógina Zee era um *homem*, um intruso no banheiro. Mas Faith não falava de Zee. Apontava para o rosto de Darren Tinzler na camiseta de Greer, e dizia: "Esqueça ele. Há muito mais para você fazer."

"Concordo", apoiou Zee.

"Vá caçar experiências novas", prosseguiu Faith. "Por que *não* falar para fora, como você disse? Sabe, às vezes acho que as pessoas mais eficientes do mundo são introvertidas que se educaram para ser extrovertidas."

Então, como se lhe tivesse ocorrido alguma coisa, Faith enfiou a mão em sua ampla e macia bolsa a tiracolo e tirou uma carteira do tamanho de um tijolo, da qual retirou um cartão de visita. Com letras em relevo sobre papel grosso cor de creme, lia-se:

Faith Frank

Abaixo dele havia o título "Editora", e todos os seus contatos na *Bloomer*. Greer aceitou o cartão, segurando-o como se fosse um bilhete de loteria premiado. Mas que prêmio estaria ganhando? Provavelmente nenhum. Mas só em ter recebido o cartão já se sentia vitoriosa, e ligeiramente chocada. Tinha suscitado interesse em Faith. Ela tinha até dito que a *admirava*. E agora Faith estava lhe concedendo permissão. Mas permissão para quê? A resposta não era nada óbvia.

Doze anos depois, quando a própria Greer Kadetsky veio a se tornar famosa, o primeiro capítulo do seu livro descreveria aquela então remota cena de banheiro feminino. Ela caçoaria carinhosamente de sua versão jovem e imatura por ter ficado tão impressionada por conhecer Faith Frank, e por ficar tão empolgada quando Faith lhe dera seu cartão.

O cartão era uma espécie de prêmio abstrato, um lembrete de que não deveria continuar com o rosto vermelho e a voz sumida. Faith, que pouco antes havia segurado as mãos de Greer, lhe oferecia nada menos que permissão, amabilidade, conselhos e um luxuoso cartão de visitas. Ela não tinha chegado a dizer "Mantenha contato, Greer", mas parecia que lhe oferecera mais do que qualquer outra pessoa, com a exceção de Cory.

Provavelmente, pensou Greer, agora Faith vai dar outro cartão para Zee, o que teria feito sentido, porque Zee era a politizada, a manifestante, panfleteira e fã sua de muito tempo, e então as amigas estariam quites. Poderiam voltar para o Woolley e pedir sua pizza do Graziano's e conversar sobre aquela noite, admirando o par idêntico de cartões que haviam recebido.

Porém, em vez de dar um cartão a Zee, Faith fechou a carteira e recolocou-a dentro da bolsa. Greer teve uma súbita vontade de espiar lá dentro. Algum instinto infantil a fez ficar imaginando o que haveria ali. Relâmpagos? Folhas de ouro? Canela? As lágrimas de mil mulheres, guardadas num frasquinho azul?

Faith disse: "Bem, a pró-reitora me aguarda. E vocês conhecem o velho provérbio: 'Nunca se deve deixar a pró-reitora à espera.'"

"Lao-Tzu", disse Zee.

Faith Frank não pareceu ouvir. Abriu a porta e apontou as letras impressas na placa: "Boa noite, senhoras", disse ela.

DOIS

O carro da família Eisenstat era um afável e anguloso Volvo com leve aroma de óleo de máquina. Como se quisesse atestar sem sombra de dúvida que se tratava do carro dos pais de alguém, no banco de trás havia um velho exemplar de *Scientific American* aberto no meio, ressecado e ondulado, e um grosso guarda-chuva roxo ainda em sua capa. Parece que a mãe e o pai de Zee, ambos juízes do nono distrito de Westchester County, Nova York, tinham dito à filha que o Volvo não deveria em hipótese alguma ser dirigido por nenhum de seus amigos. "Não tem mais ninguém coberto pelo nosso seguro", disseram eles. "A única que pode dirigi-lo é você." Mas Zee ignorara esse alerta, emprestando o carro a Greer, que se tornara sua melhor amiga na universidade, e que agora o dirigia para o Sul naquela sexta de fevereiro, como já fizera duas vezes, ambas para ir ver Cory em Princeton.

Logo Greer estava caminhando com determinação pelo campus bem cuidado. Levava consigo uma mochila com trabalhos de casa, cuja consequência era ela parecer uma estudante de Princeton, uma percepção que a deixou com uma carga complicada de lidar. Momentos depois, lá estava Cory, se debruçando na janela e acenando como um príncipe preso na torre. Desceu as escadas estrepitosamente e abriu a porta da frente, e Greer se apertou contra o centro do seu corpo alto e magro feito uma árvore.

Quando chegaram ao quarto dele, a porta revelou uma bagunça ainda mais extravagante e caótica do que de costume. Roupas, livros, DVDs, garrafas de cerveja vazias, bastões de hóquei, equipamento de som, tudo amontoado em verdadeiras pilhas, indefensavelmente. "Um ladrão passou por aqui?", perguntou ela.

"Se passou, esqueceu um monte das paradas caras do Steers." Ele apontou os alto-falantes Klipsch, um dos quais servia de mesa para algumas cervejas. Próximo a ele jazia um pé de Air Jordans 4 Thunder, pequeno demais para ser de Cory. Deitaram-se juntos na cama dele, por cima das roupas lavadas naquela manhã e ainda não dobradas, as quais estranhamente ainda estavam um pouco quentes da secadora industrial já passadas tantas horas. "O Steers sempre me empresta coisas para usar nas festas", afirmou Cory. "É claro que nada cabe em mim. Sou alto demais pra tudo."

"Você ainda está encanado?", perguntou Greer.

"Com a minha altura?"

"Não. Com Princeton."

"Bom, eu nunca vou deixar de ser o garoto com a mãe faxineira e o pai estofador."

"Tem que ter mais gente assim por aqui", disse ela.

"É. Tem a menina do Harlem que morou num abrigo. Outro menino que foi criado numa casa-barco na China e agora é professor assistente de cálculo de múltiplas variáveis. Mas às vezes ainda fica esquisito. Sabe minha amiga oculta, a Clove Wilberson?"

"Quem se chama assim?"

"Bom, ela. Ela não queria acreditar que eu nunca tinha usado um fraque. Aqui é um lugar traiçoeiro. Todo mundo é legal, mas sempre é possível parecer um imbecil social. Nesse quesito, você tem muita sorte de estar em Ryland."

Ela ficou olhando para ele. "Você está mesmo dizendo isso para mim?"

Ainda era um assunto delicado, ele estar em Princeton e ela em Ryland. E ela ainda estava com muita raiva dos pais, os causadores daquilo. Mas ultimamente o ambiente parecia diferente – tanto na universidade como dentro dela mesma, aquela pequena província que você levava consigo a vida inteira, e que era incapaz de deixar para trás, então tinha que fazer o melhor possível com ela. Greer tinha notado que, ainda muito criança, como você, ao olhar reto para a frente, sempre se conseguia ver a lateral do próprio nariz. Ao perceber isso, tinha ficado encucada. Não havia nada de errado com seu nariz, mas sabia que ele sempre faria parte de sua visão do mundo. Greer tinha compreendido como era difícil escapar de si mesma, e de escapar da sensação de ser *você*.

No começo da faculdade, ela sentia solidão, fúria e falta de propósito. Mas, ultimamente, o campus de Ryland lhe parecia mais iluminado e acolhedor. Às vezes, conversas, aulas e até mesmo caminhadas até a cidade com uma amiga eram fontes de empolgação para ela. Greer ficou pensando no que estaria perdendo ao passar aquele fim de semana em Princeton; tinha certeza de que estava perdendo alguma coisa. Parara de fervilhar de ódio e angústia. De ficar sentada na área comum do Woolley sentindo desespero. Até o menino iraniano tinha encontrado seu lugar ao entrar para o Clube do Foguete Amador; os demais membros, um grupo alegre e eclético, frequentavam o Woolley com seus motores e madeiras compensadas, tirando-o do quarto. Ele passava menos tempo lamentando sua família longínqua, e mais tempo na dinâmica do mundo real.

Era preciso encontrar seu jeito de tornar o mundo dinâmico, disso Greer sabia. Às vezes não era algo que você conseguisse fazer sozinho. Alguém tinha que ver algo em você e falar contigo de um jeito como ninguém nunca havia falado antes. Faith Frank mal entrara em sua vida e se tornara essa pessoa para Greer, embora, é claro, Faith não tivesse a menor ideia de que fizera algo dessa monta. Agora parecia injustiça ela não saber. Parecia errado não lhe contar.

Greer costumava ficar pensando em como Faith tinha prestado atenção nela e sido paciente, gentil, interessada e inspiradora naquela noite. Tinha uma fantasia frequente e pomposa de escrever a Faith dizendo:

Quero que você saiba que, depois de sua visita ao campus, as coisas mudaram para mim. Não sei explicar direito, mas é verdade. Estou diferente. Estou engajada. Estou mais aberta, menos rancorosa. Estou de fato (para usar o termo técnico) feliz.

"Por que não escreve para ela pra valer?" Zee lhe perguntara há pouco tempo. "Ela te deu o cartão de visitas. Com o e-mail dela e tudo. Manda um recado para ela dizendo qualquer coisa."

"Ah, sim, é disso que Faith Frank precisa. Ser amiga por correspondência de uma caloura de uma faculdade de merda que ela nem lembra que visitou."

"Ela pode gostar de saber que está tudo indo bem pra você."

"Não, não posso escrever pra ela", disse Greer. "Ela nem deve lembrar de mim, e, de qualquer modo, seria abusar do privilégio de ter o e-mail dela."

"'O privilégio de ter o e-mail dela'", disse Zee. "Olha o que você está dizendo. Não é privilégio, Greer. Ela te deu o cartão, e isso é ótimo. Você precisa usá-lo."

Mas Greer nunca lhe escreveu. De quando em vez, os professores prestavam alguma atenção a ela, mas não era a mesma coisa. Um deles, Donald Malick, que dera o curso de inglês para calouros frequentado por Greer, deixou um recado dizendo "Venha falar comigo" na última página do trabalho que ela escrevera sobre a Becky Sharp de *Feira das vaidades*, de Thackeray, como anti-heroína. O currículo levara a turma a mergulhar em romances muito diferentes, mas Greer tinha gostado particularmente daquele. Becky Sharp era terrível em sua ambição desmedida, e ainda assim você precisava lhe dar algum crédito por sua obstinação. Tanta gente parecia confusa sobre os próprios desejos. Ninguém sabia o que queria. Becky Sharp, sim. Depois de receber o trabalho de volta, Greer foi à sala do professor Malick, que era uma babel de livros esparramados.

"Você fez um ótimo trabalho", disse ele. "O conceito do anti-herói, ou, no seu caso, da anti-heroína, não é algo que qualquer um entenda intuitivamente."

"Acho interessante que a gente goste de ler a respeito dela. Apesar de ela não ser uma pessoa agradável", disse Greer. "Ultimamente, as mulheres vêm questionando essa história de ser agradável", acrescentou, presunçosa. Tinha lido um artigo sobre isso na *Bloomer*, de que agora era assinante. Queria que a revista fosse mais consistentemente interessante para ela; queria adorá-la, por causa de Faith.

"Sabe, escrevi um livro somente sobre o anti-herói", explicou o professor Malick, "e gostaria de emprestá-lo a você." Ele estendeu a mão e deslizou o dedo sobre as lombadas; aquilo fez uma série de estalos como um xilofone baixo. "Onde você foi, anti-herói?", perguntou ele. "Venha aqui e mostre sua cara anti-heroica. Ah! Aí está." Ele puxou o livro do lugar e o empurrou para Greer, dizendo: "Estou vendo pelos seus trabalhos que parece ter sido você mesma quem escreveu – para o assombro desse professor –, que você tem uma cabeça boa. Então pensei que talvez fosse querer uma leitura extra."

Mas ele era um homem azedo com bafo de cebola, seu ensino e redação difíceis e autorreferenciais, e não, nem um pouco agradável. E embora na aula as imagens dos romances a fizessem viajar, logo ela viajara para longe demais, se afastando da literatura e aterrissando em algo totalmente díspar. Ficar na cama com Cory, ou seja lá o que ela, Chloe e Zee fossem fazer no campus naquela noite.

Mais tarde, Greer leu o livro do professor, porque ela era o tipo de pessoa que sentia que precisava lê-lo já que lhe fora dado. Infelizmente, era um livro impenetravelmente acadêmico, e, avançando até a página dos agradecimentos, ela constatou meio irritada que ele tinha agradecido à esposa, Melanie, "por ter tido a pachorra de digitar este longo manuscrito em prol de seu marido 'cata-milho', sem nunca se queixar". Ele acrescentava: "Melanie, você é uma santa, e sou imensamente grato pela dádiva do seu amor." Greer enfrentou o livro como disse que faria, entediada pelo texto exasperante que se recusava a melhorar. Ela não sabia o que ia dizer para o professor, de modo que nada disse, o que de qualquer forma não foi um problema porque ele nunca pediu o livro de volta.

Ultimamente Greer vinha passando muito tempo com Zee e Chloe, e também com Kelvin Yang, um baterista coreano-americano que morava no andar de cima, e seu colega de quarto Dog – carinhosamente assim apelidado pela família por sua primeira palavra ter sido *cachorro*. Dog era um rapaz enorme, bonito e efusivo que usava parca e vivia dizendo "adoro vocês, gente", e abraçava suas amigas em súbitos eflúvios de emoção. Iam todos juntos a festas, embora nunca mais às de fraternidade. Deslocavam-se em grupo, como crianças dentro de uma fantasia de camelo. Fizeram caminhadas na neve, e pegaram um transporte alternativo para ir a uma manifestação contra a mudança do clima na capital, e se enviavam links para matérias sobre o meio ambiente, ou a participação norte-americana em guerras intermináveis, ou a violência contra a mulher, ou o definhar dos direitos sobre a reprodução.

Naquele semestre, Greer e Zee se inscreveram como voluntárias na linha pró-mulher da Talk 2 Us do centro de Ryland. Passavam longas noites jogando Parole enquanto esperavam o telefone tocar. Quando tocava, muito de vez em quando, ouviam histórias nebulosas sobre tristeza e aversão ao próprio ser, ou às vezes um desespero mais agudo. Falavam de forma apaziguadora, conforme o treinamento ensinara, e ficavam na linha o quanto fosse necessário, no fim conectando a interlocutora com o devido serviço social. Uma vez Zee teve que ligar para o 911 porque uma moça ao telefone disse que tinha tomado um frasco inteiro de Tylenol genérico depois do término com o namorado.

Greer virou vegetariana como Zee. Isso era algo fácil de se fazer na universidade, onde o tofu e o tempeh davam em árvore. Ela e Zee sentavam-se às mesas do refeitório com seus pratos de proteína bege. Tarde da noite iam juntas para o quarto de uma delas, conversando muito em busca de si mesmas, conversas que na hora em que aconteciam pareciam memoráveis por seu frescor e sentimento, embora muito tempo depois fossem parecer memoráveis por sua juventude, inexperiência e ingenuidade.

"Me diz o que te interessa nos homens, sexualmente falando", disse Zee uma vez no quarto dela. Sua colega de quarto estava em algum lugar com seu namorado jogador de hóquei, e o lugar era só delas. O lado da colega estava coberto de pôsteres de jogadores de hóquei, ferozes, fortes, boca cheia de borracha. O lado de Zee era uma ode à igualdade e à justiça e principalmente a tudo que dizia respeito a animais e a mulheres.

As palavras *homens* e *mulheres*, incluídas casualmente na conversa, eram acréscimos recentes ao vocabulário de ambas. Depois de usadas algumas vezes passaram a soar menos esquisitas, embora por toda a vida *garota* ainda fosse estar à mão, uma palavra durável e útil, assinalando um estado de confiança que nunca queriam abandonar totalmente.

"Porque eu não entendo por que as pessoas são tão diferentes uma da outra", prosseguiu Zee. "Por que elas querem coisas totalmente diferentes."

"Bom, é genético, não é?"

"Não estou falando do porquê de eu ser lésbica. Estou falando num nível de sentimento. Será só visual, aquilo de que gostamos ou não nas outras pessoas?"

"Não, visual só, não. Tem também o emocional. Tem aquela frase do Faulkner que diz que você não ama alguém *porque*. Você ama *apesar de*."

"É, eu adoro essa frase. Brincadeira! Nunca ouvi antes, claro. Nunca li Faulkner e provavelmente nunca vou ler. Mas o sentimento, como ele se torna sexual?", perguntou Zee. "Digo, você de fato gosta do pênis, objetivamente? 'Do pênis.' Falando assim parece tão oficialesco. E é como se tivesse um só pênis no mundo. Posso te perguntar isso, ou é pessoal demais e eu estou te assustando pra caramba agora?"

"Eu gosto do Cory", respondeu Greer, e a resposta pareceu fácil demais, puritana demais, curta demais. Como podia ser possível explicar a outra pessoa por que você gostava do que gostava? Era tão estranho. O gosto sexual. Até o gosto *normal* — amo caramelo, detesto hortelã. Ser mulher e heterossexual não queria dizer que você estaria atraída por, muito menos apaixonada por, Cory Pinto, mas Greer estava. Então talvez bastasse como resposta. Todo mundo naquele campus vivia ficando com outras pessoas todo fim de semana; era uma atividade incessante, tipo mandar mensagens de texto, mas ela não sabia como seria dormir com alguém que mal conhecia, alguém que não fosse seu amigo de infância.

Ali estava ela, com ele, na cama universitária dele, que era exatamente igual à dela. Ambas tinham lençóis muito longos, uma estranha minúcia da vida universitária. Depois da faculdade, os lençóis imediatamente se reduziriam ao comprimento anterior.

Achegaram os corpos para um longo beijo, e no momento em que ele erguia sua camiseta e começava a tocá-la ouviram uma chave roçando a fechadura, e foram cada um para um lado. Steers, que dividia o quarto com ele, entrou, os fones em suas orelhas emitindo um fiapo distante de fúria rítmica. Ele acenou a cabeça em cumprimento a Greer sem retirá-los, depois se sentou à escrivaninha sob o facho de sua luminária flexível perpetuamente acesa ("Ele não apaga aquele troço nunca", contara Cory. "Acho que ele é da KGB e está me fazendo tortura psicológica.") e começou a lidar com um capítulo de seu livro de engenharia. Vendo isso, Greer e Cory tiraram seus livros de suas respectivas mochilas, e logo o quarto mais parecia uma sala de estudo. Cory lia um grosso volume para sua aula de econometria; Greer estava lendo *Tess of the D'Urbervilles*, e sublinhando tantas vezes que algumas páginas estavam completamente marcadas.

"O que você está sublinhando?", perguntou ele, curioso.

"O que mexe comigo", respondeu ela sem o menor encabulamento.

Depois, quando Steers deixasse o quarto, ela sabia que voltariam ao beijo interrompido, e à outra maneira de ficar mexido, ou talvez um tipo similar. O amor perpassava tudo que Greer fazia — amor pelo idioma, amor pelo personagem, amor pela leitura — assim como perpassava tudo que tivesse a ver com Cory. Os livros haviam salvado a infância de Greer, e depois Cory também a salvara. É claro que Cory e os livros tinham alguma relação entre si.

Quando Steers se fosse, o jeans Abercrombie de Greer seria desabotoado e desarrochado e sua camiseta e sutiã retirados, todos por Cory, que nunca enjoava de despi-la. Ele ia tirando peça por peça e por fim suspirava, se apoiava nos cotovelos na cama estreita e contemplava-a longamente, e ela amava esse momento com tanta força que não conseguia nem articular.

Ela não tinha conseguido explicar nada disso a Zee. Todas as pessoas, machos ou fêmeas, estavam indefesas quanto à especificidade de seus corpos. Às vezes o pênis de Cory ficava meio curvo para a esquerda. "Se você tivesse comprado esse produto em uma loja", lhe dissera ele certa vez, "você com certeza ia devolver. Ia dizer, 'Está torto. Parece mais um... cajado de pastor. Quero trocar por um melhor.'" "Eu não", dissera Greer. Ela não o devolveria, porque era dele. Era ele. Estava comovida por estarem conversando sobre algo que sem dúvida ele preferiria morrer a conversar com outra pessoa. O que queria dizer que na verdade ela não era outra pessoa; que tinham se fundido, que eram indivisíveis.

Antes que tivessem chegado a isso, durante o último ano do ensino médio, Greer zanzara pelos dias no que parecia ser um isolamento total. Por toda a infância ela usara um estojo verde-água de vinil dos Smurfs, como se pretendesse provar que era igual a todo mundo na escola, embora se qualquer pessoa tivesse lhe pedido para apontar um só fato a respeito dos Smurfs, ela seria forçada a admitir que não sabia. Os Smurfs não lhe interessavam nem um pouco, exceto para promover sua aceitação social, coisa que ela entendia não ser seu ponto forte.

Seus pais nunca haviam ligado muito para a integração com sua pequena comunidade no oeste de Massachusetts. Vendiam barras de proteína ComSell Nutricle, montando um mostruário de sua exígua linha de produtos nas salas das pessoas. O pai de Greer, Rob, também pintava casas ao redor do vale Pioneer, mas era relapso, deixando ocasionalmente latas de tinta na varanda das pessoas; meses depois, talvez um rolo coberto de tinta ressecada fosse encontrado entre as azaleias. A mãe de Greer, Laurel, chamava sua profissão de "palhaça de biblioteca", atuando nas salas infantis de bibliotecas públicas em toda a redondeza do vale Pioneer, embora nunca tivesse convidado Greer para ir lhe assistir, e Greer nunca tivesse insistido nisso. Tudo bem ela nunca ter visto a mãe se apresentar, pensou, já adolescente, porque teria sido doloroso presenciar sua mãe dando tudo de si com maquiagem de palhaça e peruca vermelha.

Seus pais haviam se conhecido no começo dos anos 1980 quando ambos entraram para uma comunidade que morava num ônibus escolar adaptado no Pacífico Noroeste. Todos que estavam lá dentro queriam viver de modo diferente do que sempre acharam que teriam que viver. Nenhum membro da comunidade suportaria sair dela e levar uma vida convencional, regulamentar. Rob Kadetsky tinha "subido a bordo", como eles diziam por lá, depois de se formar engenheiro no Rochester Institute of Technology, e não ter nem um pouco de sorte com algumas invenções relacionadas à energia solar que no começo pareciam tão promissoras. Laurel Blanken tinha subido a bordo depois de sair da Barnard e ficar com medo de contar aos pais, a quem mandava cartões-postais falsos toda semana, religiosamente, torcendo para eles não prestarem atenção aos carimbos do correio:

Queridos mamãe e papai,
Minhas aulas são espetaculares. Minha colega de quarto adotou uma lagartixa!
Beijo,
Laurel

Rob e Laurel se apaixonaram rápido naquele ônibus itinerante. Eles permaneceram a bordo o quanto conseguiram, ocasionalmente trabalhando em empregos sazonais, tomando banho em ACMs locais, e às vezes comendo comida fria enlatada. No começo sua vida parecia ser desimpedida, mas depois de algum tempo eles não mais conseguiam ignorar as limitações de morar em um ônibus, e acabaram odiando acordar de manhã com a bochecha enrugada de dormir contra a manivela da saída de emergência, ou com uma irritação numa perna que passara a noite aderida ao assento de vinil. Queriam privacidade, e amor e sexo, e um banheiro.

A vida no ônibus ficou insuportável, mas uma vida normal também parecia insuportável. Entre uma vida convencional e uma alternativa, Rob e Laurel migraram para o leste e optaram pelo meio-termo. A casa em Macopee, Massachusetts, área proletária, comprada com um pouco do dinheiro da família de Laurel, ficou ainda com certa cara de ônibus escolar. Continuou sem decoração e um tanto sem conforto, e parecia estar sempre em movimento, como se não estivesse bem ancorada. Havia banheiros, porém, e água corrente, e nada de multas de trânsito apinhadas na janela.

Rob tentava voltar a deixar as empresas interessadas em suas invenções, sem êxito, e pintava suas paredes, e ele e Laurel vendiam barras de proteína, e tiveram Greer, e no fim das contas Laurel acabou fazendo bico como palhaça nas bibliotecas. Com o passar dos anos, tiveram muitos reveses financeiros e noutros departamentos, nunca caindo na real, fumando muita, mas muita maconha e deixando o cheiro circular pela casa, embora Greer tenha feito força para sua consciência disso permanecer bem tênue e incipiente, assim como as crianças são capazes de ao mesmo tempo perceber e não perceber a vida sexual dos pais.

Mas era mais do que isso. Ela tinha a sensação, tão forte quanto um rastro de fumaça, de que a vida que tinha com os pais não era normal e não estava certa. Mas se contasse a qualquer pessoa que fosse, se alguém ficasse mesmo sabendo disso, seria pior ainda. Não que fosse ser levada pelo Conselho Tutelar; não era isso. Mas uma família geralmente se juntava na hora da refeição, não? Geralmente os pais providenciavam comida e perguntavam coisas como "como foi seu dia hoje?".

Os Kadetsky tinham uma mesa de cozinha, embora frequentemente estivesse coberta de caixas de barras de proteína e pilhas de formulários de encomenda. Seus pais não eram "sociáveis", diziam eles, quando ela perguntou por que não faziam refeições em família com mais frequência. "Além disso, você gosta de ler enquanto come", dissera sua mãe. Greer tinha certeza de que se lembrava de ela dizendo isso, mas não sabia o que viera primeiro: aquele comentário ou o fato em si. De qualquer modo, dali em diante ela de fato achava que gostava de ler enquanto comia. As duas ações se tornaram inseparáveis. Greer geralmente era quem fazia o jantar para todos: nada muito elaborado, em geral chili com carne ou sopa ou pedaços de frango empanados com flocos de milho. Em algum momento seus pais entravam, se serviam, e levavam o prato para cima. Às vezes ela ouvia risadinhas. Ficava rente ao fogão, concentrada, o rosto ruborizado pelo calor. No fim, fazia seu próprio prato e ficava sozinha comendo à mesa, ou de pernas cruzadas no seu quarto lá em cima, um livro apoiado por trás do prato.

Toda aquela leitura *fez efeito*. Tornou-se tão básica quanto qualquer outra necessidade. Se perder num romance queria dizer que você não estava perdida na vida, aquela casa bagunçada e com vento encanado que mais parecia um ônibus, os pais desinteressados.

À noite ela ficava acordada lendo à luz de lanterna na cama, o facho definhando. Mas mesmo com a luz moribunda, Greer lia até o último segundo, consumindo o círculo amarelado de histórias e conceitos que a consolava e empolgava em sua solidão, que continuava a mesma entrava ano, saía ano.

Estava no meio da quarta série quando o garoto novo apareceu na escola. Ela percebeu que o vira em sua rua no fim de semana anterior. Cory Pinto, um menino alto, magro, com pele morena clara, tinha se mudado para a casa do outro lado da rua, na diagonal. Poucos dias depois de ele ter chegado à escola, Greer já havia entendido que ele era tão inteligente quanto ela, embora diferentemente dela não tivesse medo de falar em público. Os dois superavam o ritmo de todos os outros alunos da sua turma, que muitas vezes pareciam ter sido vendados e girados no lugar todo dia antes de serem mandados para lidar com o conteúdo escolar.

Antes, toda vez que a turma era dividida em grupos para leitura, a srta. Berger pouco podia fazer por Greer além de deixá-la sozinha no grupo mais avançado, o dos Pumas. Ou, mais exatamente, o *da Puma*. Mas de repente Cory estava com ela no cantinho, e agora havia dois Pumas, um par deles. A metros dali, ouviam Kristin Vells, componente dos fracos Coalas — um bicho esquisito oprimido pelo peso de sua couraça grossa e pernas encorpadas — lendo em voz alta uma frase de seu livro de capa vermelha, *Maravilhas da leitura*. "Billy que... ria ir para o ro... para o ro...", sofria ela.

"Para o *rodeio*", interrompeu Nick Fuchs por fim, sem paciência. "Cara, não dá pra andar mais rápido?"

No canto onde Greer estava sentada junto do menino novo tão alto e tão intenso, ambos tinham livros amarelo-ouro *Maravilhas da imaginação* abertos nos seus colos. "Livro 5", dizia no topo, numa discreta fonte Garamond. As tramas dos livros *Maravilhas da imaginação* eram incrivelmente chatas, e enfrentando essa chatice Greer se aperfeiçoava tal e qual um soldado usa uma carestia para se preparar, sabendo que um dia aquilo pode vir a ser útil. Parecia que Cory Pinto sentia a mesma coisa, porque ele também tolerava e absorvia a história real de Taryn, a Garota da Reciclagem de Toledo, que na terceira série primária já havia juntado mais garrafas do que todas as outras crianças do mundo, entrando no *Livro dos recordes* e possivelmente salvando o mundo.

Sendo novo, Cory Pinto ainda era uma novidade, mas também era mais do que isso. Sua voz era potente, embora não desagradável, destacando-se em meio às vozes dos outros meninos, algumas das quais eram potentes e desagradáveis, fazendo a srta. Berger se postar no meio da sala de aula mais de uma vez para dizer, olhando para todos os meninos, numa reprimenda: "Tem gente que fala muito baixo e mandam falar 'para fora'. Já vocês precisam falar *para dentro!*"

Greer só sabia falar para dentro, não para fora. Nos recreios, ela ficava sentada no chão sob o quadro branco comendo Pringles da lata com a outra caladona da turma, Elise Bostwick, que tinha uma personalidade sombria e perturbadora. "Você já pensou como seria envenenar a professora?", perguntou-lhe Elise casualmente certo dia.

"Nunca", disse Greer.

"É, nem eu", disse Elise.

Mas Cory, magricela como sempre, sabia falar alto numa boa, e era popular e confiante. O pior é que ele quase nunca parecia estar prestando atenção, e sim distraído em devaneios. Greer via bem isso quando ele estava parado esperando o ônibus no ponto da rua Woburn toda manhã. Aos nove anos, ele parecia um corvo magrelo de boa índole, calado e bonito. Ela via isso até quando ele ia usar o bebedouro, pelo jeito como fechava os olhos e mexia a boca para receber a forma da água corrente antes de apertar o botão de metal.

Greer, com suas blusinhas acrílicas bem-passadas e seu estojo de lápis dos Smurfs, sentia-se acachapada por ele. Ele não só era inteligente, como bastante jovial e independente. Repetidas vezes, por causa de sua inteligência e notas escolares, foram postos para trabalhar em dupla, mas nunca conversavam sobre nada a não ser o estritamente necessário. Ela não queria conhecê-lo melhor, e também não queria que ele a conhecesse. Nem sua família. Greer tinha uma intensa vergonha de seus pais e de sua casa. Já a casa da família Pinto era econômica e limpa, e a porta de sua geladeira era forrada de boletins e certificados e trabalhos com estrelinha dourada de Cory, o que ela havia visto porque certa vez, no mesmo mês em que ele se mudara, ela ficara de dupla dele num trabalho sobre os costumes dos navajos.

Naquela primeira vez em que entrou na casa dele, prestara atenção em sua limpeza e arrumação, e, com inveja, na geladeira consagrada a Cory. "É Deus no céu e você nessa casa", disse a ele.

"Não fala assim. Minha mãe vai ficar brava. Ela é muito religiosa."

Aí estava outra coisa em que as famílias eram diferentes. Os Kadetsky eram ateus – "com a minúsculo", seu pai sempre dizia, com medo de que a divindade entrasse de fininho escondida naquele detalhe tipográfico.

A mãe baixinha e atarefada de Cory, Benedita, entrou na cozinha, onde estavam fazendo o trabalho naquele dia, e começou a lhes servir pequenas tigelas azuis de aletria, uma sobremesa quente portuguesa que, estranhamente, continha macarrão. A imagem de uma mãe junto do fogão, vigiando a comida que preparava para seu filho e sua colega – permanecendo ali tempo suficiente para cozinhá-la, e até mesmo para ver os dois comerem – era dolorosa. Às vezes, do outro lado da rua, Greer percebia que a família Pinto se preparava para jantar. Então, quando se sentavam à mesa, ela via suas cabeças entrando e saindo de vista quando se inclinavam para abocanhar a comida, e tudo isso a aborrecia. A discrepância. A diferença. A normalidade daquela família do outro lado da rua, comparada à incômoda esquisitice da sua. Além do mais, o gosto da aletria era surpreendentemente delicioso, mostrando-lhe que cozinha de mãe podia fazer milagre. A sra. Pinto observou-os comerem com aprovação, orgulhosa de sua guloseima e gostando de terem gostado dela. Ou, pelo menos, de Cory ter gostado.

Era evidente o quanto ela amava o filho. Com nove anos, vendo aquele amor de mãe deslavado, Greer se sentiu nua em sua falta de amor. Nua e, teve toda a certeza, ridícula. A sra. Pinto devia estar olhando para ela triste, com pena: olha a menininha malcuidada que morava do outro lado da rua. Talvez por isso estivesse lhe dando aquela ambrosia; era o mínimo que podia fazer. Assim que Greer teve esse pensamento, empurrou o prato para longe. Ainda restavam algumas colheradas, mas tinha perdido a vontade de comê-las. O trabalho dos navajos logo foi concluído, e ela foi para casa, fingindo ser indiferente a esse menino e sua família. Mas algo novo tinha acontecido. Ela tinha visto o quanto ele era amado; tinha visto que ser amada assim na vida real, não somente em romances, era uma possibilidade.

Demoraria mais oito anos até ela voltar à casa dos Pinto, e, quando voltou, ninguém lhe deu aletria; ela não queria mais, nem mesmo tinha um anseio consciente de receber "cuidado parental", como se dizia naquela época. Afinal, por fim tinha se tornado uma adolescente de pleno direito, e sentir distanciamento dos próprios pais era, como ela diria para Cory, parte da descrição do cargo. Quase não se ressentia mais com o fato de ter sido ignorada e deixada para adolescer por conta própria naquela casa. Já se acostumara àquilo fazia tempos e conseguira aceitar que aquela era a sua vida. Mas agora, na casa da família Pinto havia o próprio Cory – um Cory diferente, adolescente, emocional e sexualmente atraente, que não só era tão sabido quanto ela como também interessante, com seu rosto sério, mãos compridas e peito sem pelos, e um jeito de estar com ela que logo lhe pareceria nada ter a ver com o jeito de qualquer outra pessoa.

A essa altura, aos dezessete anos, ambos estavam profundamente engajados no avanço de suas narrativas pessoais. Ele jogava basquete, tendo sido convocado para os Macopee Magpies, onde o técnico não o pressionava a ser especialmente bom, mas tão somente alto. Quando ele não estava em quadra ou labutando na moenda dos estudos, Greer já o havia visto junto da ancestral máquina de Ms. Pac-Man da pizzaria Pie Land. Moeda após moeda era consumida pela fresta, e em frente ao bruxulear da tela encardida e abaulada, Cory foi se tornando mestre também naquele mundo, seu nome aparecendo no alto da lista de jogadores que a gerência da Pie Land havia pendurado na parede. As pessoas escreviam as próprias pontuações, e ao fim da semana o vencedor era proclamado. PINTO tinha sido escrito com marcador verde.

Parecia injustiça ele dominar também aquele reino, sendo a Ms. Pac-Man, afinal de contas, do gênero feminino. Embora, falando francamente, a Ms. Pac-Man, com sua cabeça redonda feito o sol e botinas vermelhas nos pés, era destituída das partes que a diferenciariam de sua contraparte masculina. Ela não tinha seios, e nem havia parte de baixo em seu corpo para conter mistérios sexuais que excitariam o Pac-Man, ele, que nem precisava de "sr." antes de seu nome.

Durante o ensino médio, às vezes Greer havia ficado na Pie Land em certos fim de semana com duas ou três amigas, todas aplicadas em serem boas meninas mas com uma estética meio excêntrica, como que para compensar. A mecha azul que Greer acrescentou ao cabelo parecia um letreiro em neon acentuando suas feições delicadas. Talvez Cory Pinto a tivesse notado; talvez não tivesse. Mas Greer e as outras o notaram, e além disso o observavam das laterais ou pelas costas enquanto ele jogava. Suas escápulas mexiam, sua mandíbula trancava; ele estava absolutamente compenetrado.

"O que tem de tão fascinante nesse jogo?", perguntou Marisa Claypool.

"Talvez ajude na concentração dele", disse Greer, embora a pergunta na verdade devesse ter sido: o que tem de tão fascinante em Cory Pinto?

Ela observou atentamente o glóbulo da Ms. Pac-Man devorar tudo que havia em tela. Fazia diferença a personagem ser mulher? Greer tentava não prestar muita atenção à própria feminilidade; o mundo fazia isso por ela. Mas seus seios agora existiam – não era mais reta feito uma tábua, como haviam lhe dito no KwikStop daquela vez – juntamente com uma cintura em formação, e uma vagina que menstruava escondida e brilhosa todo mês, observada somente por ela. Ninguém mais sabia o que se passava dentro de você; ninguém mais se importava.

Certo dia, no começo do inverno de seu último ano de ensino médio, Greer Kadetsky e Cory Pinto e Kristin Vells saltaram do ônibus na rua Woburn, um de cada vez, como sempre, mas dessa vez, depois que Kristin se afastou, Cory ajeitou sua enorme mochila e se voltou para olhar no rosto de Greer, dizendo: "Você acha que aquela prova do Vandenburg foi justa?" De perto, ela viu o bigode incipiente avançando suavemente sobre seu lábio, e o pequenino resquício de um machucado curado em sua bochecha, em forma de lua crescente. Ela se lembrava de que ele tivera um pequeno band-aid grudado ali não fazia muito tempo, devido a algum tipo de lutinha de garotos.

"Como assim, justa?", perguntou ela, confusa por ele estar conversando com ela tão de repente e tão intensamente.

"Aquela história de potencial elétrico et cetera. Nada disso caiu na prova."

"Então você aprendeu a mais", afirmou ela.

"Não quero a mais", disse Cory, e ela percebeu que informação desnecessária o oprimia. Assim como ao nadador que raspava todos os pelos do corpo, sem desejar que nada atrapalhasse sua proximidade com a água.

Sem nenhuma negociação prévia, ele a acompanhou a sua casa. "Você quer entrar", perguntou ela sem tom, não fazendo perguntas, embora não soubesse exatamente por que o estava convidando, nem o que encontrariam lá dentro naquele momento. Mas assim que ela abriu a porta, foram saudados por um cheiro longínquo que subia do porão.

"Caramba", disse Cory, rindo em seguida.

"Que foi", indagou ela sem tom.

"Esse bagulho é bom, de gente grande", disse, e ela só deu de ombros, como se não ligasse.

A *cannabis* de seus pais era mais potente do que a fumada pelos maconheiros do colégio Macopee. Rob e Laurel Kadetsky conseguiam sua maconha suave com um amigo fazendeiro e sua esposa em Vermont. Às vezes, quando criança, Greer viajava com os pais para lá. Certa vez tinha ficado no sofá enquanto John, o fazendeiro, dedilhava meticulosamente "Stairway to Heaven" no banjo, cantando junto baixinho: *Ooh, it makes me wonder...*" A seu lado a esposa, Claudette, mostrava a Greer e sua mãe as bonecas de pano que fazia para vender, fabricadas com meias emboladas e pedaços de tecido recobertos por meias-calças, e que ela batizara de Noobies. O rosto das Noobies tinha a expressão vaga e apalermada de alguém curtindo o barato do excelente produto do fazendeiro John.

No dia em que Cory veio a sua casa, a maconha foi o tema de abertura. Fazia tempo que Greer não sentia aquele odor característico durante o dia, e ficou aborrecida porque justo na única tarde de sua vida em que trouxera para casa Cory Pinto, seu nêmesis secreto de tanto tempo, tinha sido recebida daquele jeito.

"Foi mal, é que é engraçado", disse Cory farejando o ar. "Vou ficar doidão só de ficar por aqui. Vou precisar de uns Cheetos e M&Ms daqui a pouco, melhor já ir pegando."

"Cala a boca. E por que é engraçado?"

"Ah, que é isso. Seus pais são doidões, e você é toda certinha e ambiciosa. Acho engraçado sim."

"Adorei você me descrevendo."

"Não foi para ofender. Vivo te vendo com catálogos de faculdade. Você vai tentar as da Ivy também, né?" Ela fez que sim. "Acho que vai ser só a gente na série", disse ele. "Acho que é só a gente."

"É", disse ela, mais suavemente. "Também acho." Partilhavam de uma obstinação impossível de ser ensinada; era preciso ter aquilo soldado nos neurônios. Ninguém sabia como aquele tipo de ambição concentrada surgia no sistema de alguém; era feito uma mosca que se esgueirava pela fresta na porta de uma casa, e de repente lá está: a mosca que é de casa.

Quando a mãe de Greer apareceu, com seu colarinho de palhaça mas sem os sapatos ou a peruca, ficou meio sem graça. "Ah", fez Laurel. "Não sabia que você ia trazer alguém para casa. Oi, Cory. Bem, estou indo me apresentar." Ela abriu a porta. "Seu pai está lá embaixo na oficina." Rob Kadetsky às vezes ficava zanzando pelo porão, ouvindo fitas cassete de bandas dos anos oitenta em um velho Walkman e trabalhando em algo relacionado a ondas de rádio. Greer e Cory ficaram olhando Laurel ir até o carro em uma versão modificada da roupa de palhaça que ela usava para suas ocasionais apresentações.

"Em que exatamente sua mãe trabalha mesmo?", perguntou Cory.

"Três chances para adivinhar."

"Contadora."

"Ha ha, você é hilário."

"Tá, eu vi a roupa dela", disse ele. "Claro, conheço o conceito básico, mas ela não se apresenta num picadeiro com lona de verdade, não é? Com elefantes, apresentador e família de trapezistas?"

"Ela é palhaça numa *biblioteca*", disse Greer.

"Ah." Cory fez uma pausa. "Eu não sabia que existia a profissão de palhaço de biblioteca."

"Na verdade não existe, mas ela inventou. Foi ideia dela."

"Bom, isso é saber se virar. Então o que exatamente um palhaço de biblioteca faz?"

"Ela visita bibliotecas vestida de palhaça, e acho que conta piadas para as crianças e lê para elas ou algo assim."

"Ela é engraçada?"

"Não sei. Eu não acho."

"Mas ela é *palhaça*", disse Cory, ponderadamente. "Pensei que ser engraçada era pré-requisito."

No tempo todo que Greer e Cory ficaram juntos na casa naquela tarde, o pai dela não saiu do porão. Os dois ficaram sentados tensos no velho sofá xadrez da sala, e Cory ficou brincando com um isqueiro que um dos seus pais havia deixado por ali, girando-o com o polegar e tocando-o no pavio de uma das velinhas brancas que ficavam em copos de vidro junto da janela, peludas de poeira. Então ele emborcou a vela acesa e esperou cair uma lágrima de cera cristalina nas costas de sua mão, onde ela se tornou imediatamente opaca.

"Maneiro", disse ele.

"*Você* parece doidão. Como assim maneiro?"

"Isso de você aguentar cera quente na pele por um segundo. Por que dá pra aguentar? Se um carro passar em cima do seu pé durante um segundo, será que também dá pra aguentar?"

"Não sei, mas melhor não tentar isso em casa."

"E se outra pessoa pingar cera em você, será que dói? Sabe aquilo de fazer cosquinha em você mesmo e não dar certo?", disse Cory. "Será que é igual?"

"Não tenho a menor ideia", afirmou Greer. "Nunca pensei em nada disso antes."

De súbito Cory arrancou sua camiseta exibindo o torso alongado. Cory e Greer eram os dois nerds da turma, mas naquela hora ele estava sendo apenas um corpo, um *torso* – que palavra esquisita. Era uma dessas palavras que, se você dissesse em voz alta algumas vezes, se dissolvia e perdia o sentido: *torso torso torso*.

Cory se deitou de costas sobre a mesinha de centro de madeira, que rangeu com a carga, ficando com as pernas penduradas para fora. "Pode pingar", disse ele. "A cera."

"Você vai quebrar a mesa dos meus pais."

"Vamos lá, manda brasa", disse ele.

"Você está maluco. Não vou derramar cera quente em você, Cory. Não sou dominatrix de internet."

"Como você sabe que tem dominatrixes na internet? Você se entregou aí."

"Como você acertou o plural de dominatrix?"

"Justo", disse ele, dando um sorrisinho.

"Cala a boca", disse ela, pela segunda vez no mesmo dia. *Cala a boca*, dizia a garota ao garoto, e o garoto adorava.

"Qual é, só quero ver como é", disse Cory. "Você não vai me matar, Greer."

Então ela se viu despejando o conteúdo de uma vela acesa na barriga de Cory Pinto, espiando enquanto a chama amolecia a cera, que formou uma pérola líquida e transparente, que tocou a pele com um leve som de *plop*. Ele retraiu os músculos do abdômen, exibiu os dentes e falou: "Porra!"

"Você está bem?", perguntou ela. Ele fez que sim. A cera endureceu numa oval branca sobre a leve depressão em seu umbigo. Ela pensou que tinham acabado, mas ele não se levantou, e então pediu para fazer de novo. Aí ela não se preocupou com a possibilidade daquilo machucá-lo; claro que ia, mas sem muita gravidade. Em vez disso, pensava que a sensação de dominar Cory Pinto era nova, a sensação de estar mandando nele, ultrapassando suas fronteiras, e era uma sensação bem boa.

No sábado seguinte, os pais dela viajaram para a fazenda em Vermont, e Cory veio visitá-la à tarde sem nem fingir que queria estudar ou falar da escola. Não trouxe livros, cadernos, papel quadriculado, nem laptop. Mais tarde, ela mal conseguiria se lembrar como tinham passado de falar da escola para o que veio depois. Mas, depois de sentarem à mesa da cozinha algum tempo, ela o convidou para conhecer seu quarto lá em cima. Após cerca de trinta segundos de olhar para todas as coisas dela – a coleção de globos de neve, o troféu do concurso de ortografia, os inúmeros livros, de *Anne de Green Gables* a *Anne de Avonlea* ao *A noite* de Elie Wiesel – Cory disse, "Greer", e ela disse, "O quê", e ele disse, "Você sabe o quê". Ele sorriu para ela de um jeito novo, safado, o que ao mesmo tempo a surpreendeu e não surpreendeu, e aí ele pegou o rosto dela com as mãos, beijando-a com tanta pressa que seus dentes bateram. Assim que sentiu a ponta da língua dele, ouviu-o gemer, e o som lhe deu a sensação de uma colher revolvendo suas entranhas. Então Cory a pegou pelos ombros e posicionou suas costas de forma que ela estivesse deitada e ele deitado sobre ela, seus corações competindo em batidas. Greer estava tão excitada que não sabia o que fazer.

"Tudo bem ficar assim?", perguntou, e ela não conseguia descobrir como responder. Como podia estar "tudo bem" com aquilo? Não era o termo certo. Ele tocou nos seus seios sob o sutiã, e tanto Greer quanto Cory ficaram emudecidos e surpresos pela intensidade da sensação. Quando ele abriu o sutiã e beijou seus seios, ela achou que ia desmaiar. Será possível alguém desmaiar deitado?, pensou ela. Com o passar do tempo, após muito apalpar, ele desabotoou o jeans dela com um barulho tão alto que pareceu um toco estalando numa lareira.

Então os dedos dele susteram-se tantricamente dentro do microespaço entre jeans e calcinha, e ele começou a ficar inexplicável e estranhamente falastrão. "Vou te fazer gozar", disse numa voz pouco familiar. "Vou te fazer querer", prosseguiu ele. Então perguntou, meio incerto: "Você quer?"

"Por que você está falando desse jeito?", perguntou ela, confusa.

"Só falei o que estou sentindo", disse ele, mas mais parecia ter sido pego com a boca na botija.

E embora ele de vez em quando, daí em diante, tentasse falar com ela desse jeito estranho, geralmente ela conseguia fazê-lo reverter rapidamente ao seu jeito normal. Não que ser eles mesmos os desorientasse menos. A liberdade que isso dava, a ideia de que era possível ter preferências, e que essas seriam as suas e era sua responsabilidade saber que eram — sua e da outra pessoa — a apavorava.

Da segunda vez que ficaram juntos na cama, ele sussurrou, ousado: "E onde fica seu clitóris?" A palavra era quase chocante quando dita por Cory e de fato usada para se referir a uma parte do corpo de Greer.

"*O quê?*", disse ela, porque foi tudo que conseguiu pensar em dizer. Era um jeito de embromar.

"Onde fica exatamente? Me mostra." A voz dele, depois dessa breve bravata, se esvaneceu.

"Fica aqui", mostrou, apontando tristonha numa direção vaga. Na verdade, ela não sabia. Tinha dezessete anos e até hoje era envergonhada demais para compreender sua própria anatomia. Tivera centenas de orgasmos sozinha na cama, mas não conseguiria traçar o mapa do local de onde se originavam.

Naquela noite, depois que Cory foi para casa simplesmente atravessando a rua, e Greer ficou a sós com o maravilhamento do que havia acontecido entre eles, entrou na internet e pesquisou as palavras *clitóris* e *diagrama* no Google, de forma que ficasse sabendo, e ele, da próxima vez, ficasse sabendo junto. Se algum dia você quisesse obter uma visão precisa de quem você era, pensaria Greer anos depois, só precisava dar uma olhada em tudo o que tinha pesquisado no Google nas últimas vinte e quatro horas. A maioria das pessoas ficaria chocada ao se enxergar com tamanha clareza.

Ela e Cory foram passando cada vez mais tempo juntos. Ele lhe contava como eram seus pais, como tinha vergonha, mais novo, de seus sotaques e empregos subalternos. Ela lhe contou como era ser filha única e ter pais praticamente indiferentes a ela. "Eu nunca vou ser indiferente a você", ele disse, e ela percebeu que estava do seu lado, e que não estava sozinha. Estavam começando a se apegar para valer, e seus ensaios sexuais variavam entre a excitação desenfreada e o fracasso constrangedor. Às vezes ele a machucava sem querer, e às vezes suas próprias mãos e boca pareciam colibris descontrolados. Experimentavam sem parar. Tinham discussões ferinas sobre sua compatibilidade.

"Talvez você não seja a pessoa certa para mim", disse ele uma vez, pesando as palavras.

"Tudo bem. Talvez seja melhor você namorar a Kristin Vells", disse ela. "Você pode ajudá-la na leitura. Aposto que ela vai gostar."

"Pode crer que a gente nem vai chegar perto de livro."

Greer virou o rosto para o outro lado, chateada, abraçando os próprios braços, e percebendo que já havia visto aquele gesto em programas de tvs e filmes: a menina emocionalmente frágil cruzando os braços de forma protetora ao seu redor, talvez até mesmo esticando as mangas do suéter. Não compreendeu por que resvalou com tanta facilidade naquele comportamento feminino predeterminado. Mas então ela percebeu que na verdade até gostava disso, porque a conectava a uma longa linhagem de mulheres que tinham feito exatamente aquilo.

Às vezes só precisavam de alguma distração para voltarem a si. Jogavam um dos videogames do irmão dele de três anos e meio, Alby, por uma ou duas horas, ou mandavam mensagens de texto cheias de piadas internas – era incrível como piadas internas se desenvolviam rápido – e aí lembravam de que eram de fato compatíveis. "Não sei se já chamaria isso de amor", Greer alertou Cory certa tarde quando estavam descaradamente deitados em sua cama com os pais dela perambulando pelo andar de baixo. Mas ela só dissera isso porque já sabia.

"Por mim tudo bem" fora tudo o que Cory respondera. Mas ambos sabiam que era amor, e que além disso era desejo, duas forças circulando numa corrente forte como se fosse uma só.

Então, uma semana depois, Greer disse: "Lembra do que eu disse sobre amor? Está tarde demais pra voltar atrás?"

"Não é uma pergunta de prova."

"Bom, então tá. Eu te amo", disse ela baixo, pesando as palavras. "Te amo."

"Eu também te amo", falou ele. "Estamos quites."

Na casa dela, na tarde seguinte, agora devidamente enamorados e quites, fizeram o que seria considerado sexo de verdade. Foi um tanto constrangedor e nada próximo à perfeição – Cory mordiscou a embalagem de camisinha por um longo momento tenso –, embora por fim, com o tempo, tivesse se aperfeiçoado. A casa dela era usada para explorações mútuas; na casa da família Pinto nem mesmo podiam entrar juntos no quarto dele, então ficavam na sala de visitas no sofá com capa plástica, e sempre com uma comida cheirosa no fogo, e às vezes uma tia chegando ou saindo.

O que gostava mesmo na casa de Cory era Alby estar sempre por perto, todo refestelado com eles no sofá. Alby era o filho temporão da família Pinto, tendo nascido quando Cory estava com catorze anos. As caixas de suco vazias e amassadas de Alby pontilhavam o banco de trás do carro dos Pinto, junto com seus bonecos de heróis deitados de barriga para cima ou de bruços, de braços retos ou dobrados, congelados no meio do chute ou do golpe de caratê, aguardando até ele voltar para o carro e reanimá-los. Alby parecia um Cory em miniatura, engraçado, irrequieto e precoce, provavelmente genial; amava seu irmão mais velho e parecia amar Greer também.

Alby costumava carregar sua tartaruga de caixa consigo, segurando-a com tal cuidado que parecia uma ovelhinha recém-nascida. Meses antes, a tartaruga tinha escapulido para o quintal da casa sem ninguém ver e tinha passado muito tempo ao sol sobre a grama, adquirindo a aparência de uma pedra, ou de um livro de antiquário, empoeirado, castanho, dourado e verde. Mas Alby a reconhecera mesmo assim e dissera: "É a minha tartaruga", pegando-a imediatamente e batizando-a de Slowy. "É que elas andam *muito devagar*", explicou ele à família.

Alby distinguira facilmente a tartaruga como macho. "O tartaruga menino tem olhos vermelhos", disse, porque lera num livro de ciências para crianças, tendo aprendido a ler aos dois anos e meio. Alby depositava a tartaruga de um quilo no sofá e depois depositava seus próprios 17 quilos sobre o irmão, que o ajeitava no lugar. Alby pedia a Greer para jogar videogames com ele; ele era especialista neles, com ótima coordenação óculo-motora. Muitas vezes pedia para ela ler livros junto dele – ambos eram obcecados por livros – e Greer logo notou que estavam lendo séries inteiras juntos, alternando-se na leitura em voz alta. Os preferidos dele eram os *Encyclopedia Brown*, livros sobre um menino detetive que ela adorara quando criança.

"Por que os pais deram o nome de Bugs Meany pro filho?", perguntou Alby, preocupado.

"Uma excelente pergunta."

"Ou talvez tenha sido o autor, Donald J. Sobol. O Bugs Meany já tinha um sobrenome feio. Aí ganhou um primeiro nome feio também. Que maldade."

"Você tem pena até do valentão", disse ela. Alby se aconchegou bem junto dela.

Como as pessoas são versáteis, pensou Greer naquele momento, deitada com Cory em seu quarto no alojamento, relembrando aquele momento. O irmãozinho de Cory tinha se aconchegado a ela e com isso garantira que, mesmo a distância, ela ainda se lembraria dele com amor. E agora mesmo ela se aconchegava junto a Cory, e também, de longe e metaforicamente, com a imagem espectral de Faith Frank, que chegara avassaladora na vida adulta de Greer e a fizera querer mais. Assim nos aconchegamos sem parar, buscando um cantinho secreto. É uma astúcia saber se aconchegar, pensou Greer, embora jamais queiramos admitir isso. No seu lado do quarto, Steers ficou de luz acesa a noite toda.

⌒

Houve um momento no meio da faculdade, imperceptível enquanto estava ocorrendo, em que a conversa deixou de tratar de aulas, cursos, festas e simbolismo literário para se concentrar em empregos. Quando aconteceu, os empregos assumiram a ponta, e as turmas, cursos e romances e debates acadêmicos adquiriram um doce e pronunciado sabor de nostalgia. A busca pelo emprego te obrigava a sentar direito e fazer planos, tentando lembrar de qualquer contato que tivesse travado e pudesse ser útil agora. Todos pensavam e se preocupavam muito com sua trajetória futura, aquela estrada abstrata que poderia levar à felicidade, antes de levar à morte.

Quem cursava algo científico, se não fosse exercer medicina, pensava em ir trabalhar em laboratórios, enquanto parte do pessoal de humanas planejava carreiras em educação infantil ou em vendas. Ou então, como alguns recém-formados que conheciam, imaginavam-se trabalhando na indústria editorial, dizendo "Sala da Magda Stromberg, aqui quem fala é a Becca!" dezenas de vezes ao dia, quando na verdade queriam era ser a Magda Stromberg, e não a Becca. Boa parte deles começaria a trabalhar em setores que pareciam impressionantes pelo mero peso dos termos: Marketing. Administração. Financeiro.

Nenhum deles queria ser o ocasional recém-formado em Ryland que acabava por ali mesmo, feito uma assombração. Um deles havia se formado fazia três anos, e trabalhava como barista no Main Bean do centro, e costumava se exibir deixando qualquer livro que estivesse lendo aberto sobre o balcão, com o título para cima, junto das garrafas de xarope e jarras de leite vaporizado, enquanto tentava contato visual com algum aluno que comprava café. O aluno pegava seu copo e o entupia de açúcar demerara, se preparando para um trabalho que tinha que concluir ainda naquela noite, enquanto que o barista não mais tinha que se preparar para nada exceto por outro dia no balcão. Era desconcertante como um lugar que te segurava com tanta força por quatro anos simplesmente te largava no final, sem maiores responsabilidades.

Greer tinha começado a se imaginar jornalista; se via escrevendo ensaios, artigos e por fim, talvez, livros com forte temática feminista, embora no começo isso talvez fosse um trabalho que ela começaria fazendo só no fim de noite. Precisava primeiro ter um salário fixo para financiar sua escrita. Não podia ter uma vida como a de seus pais. Mas se tivesse um emprego de verdade, e evitasse a falência, então poderia tentar escrever quando possível, e talvez assim desse sorte.

Embora com certeza Zee tivesse mais o perfil de uma organização sem fins lucrativos do que Greer, agora Greer se via trabalhando algum tempo na assessoria de imprensa em algum lugar que *fizesse o bem*. Também imaginou que poderia escrever a Faith Frank contando-lhe: "Enquanto tento decidir o que fazer da minha vida, estou trabalhando na Planet Concerns, escrevendo o boletim deles. Mais uma vez, isso se deve provavelmente àquela nossa conversa no banheiro feminino. Estou tentando encontrar sentido, conforme você sugeriu."

Logo Greer estava dizendo a Cory, sem que ele perguntasse: "Uma organização sem fins lucrativos. Isso pode ser bom pra começar, enquanto escrevo à noite, não acha?"

"Claro", dizia ele irrefletido, mas não sabia ao certo do que estava falando; nenhum dos dois sabia.

"A amiga da Chloe Shanahan trabalha para uma organização que leva arte às pessoas com deficiências. O irmão dela é cego", acrescentou Greer, e depois sentiu que deveria explicar, "Não que ela não fosse trabalhar lá mesmo sem ele".

"Mas aí provavelmente não iria", disse Cory.

"Verdade."

Parecia que você chegava àquilo que terminaria por fazer na vida, e a quem terminaria por se tornar, por uma infinidade de caminhos. Virar escritora possuía uma aura de sonho impossível, mas ela gostava de imaginá-lo assim mesmo. Cada vez mais se via capaz de escrever nas horas vagas enquanto trabalhava em algum lugar decente e honrado. "Marketing não vai ser", disse a Cory. "Nem moda. E nem", acrescentou ela gratuitamente, "palhaça de biblioteca."

Cory ficara amigo de dois colegas da matéria de desenvolvimento econômico em Princeton, e depois de terem conversado intensamente na aula sobre miséria, e continuarem fora da aula, os três começaram a pensar em desenvolver um aplicativo de microfinanciamento depois da faculdade. Tanto Lionel como Will eram de famílias ricas que avaliavam a possibilidade de investir no aplicativo de seus filhos. Agora os três estavam empolgados com a ideia, cheios de planos.

"Acho que vai rolar pra valer", disse Cory a Greer. "Estou animado, mesmo sabendo que precisamos ir com cautela. Tem muita gente por aí que não para de falar nessas palavras a torto e a direito, *microfinanciamento*, *microempréstimo*, mas na verdade está basicamente passando a perna nas pessoas. Agora, quando funciona direito, pode fazer a maior diferença na vida do pequeno empresário. Mas os juros podem ser astronômicos. Então vamos fazer de um jeito que os juros ficam baixos. Não vamos passar a perna nas pessoas. Ah, e as mulheres pedem muito esse tipo de empréstimo", acrescentou ele, e embora essa observação fosse uma referência consciente ao feminismo, e a Greer, ela não deu bola.

Greer imaginou Cory em mangas de camisa em uma pequena sala comercial em algum ponto do Brooklyn, seu telefone infartando com os efeitos sonoros de caixa registradora ativados a cada novo empréstimo aprovado. Ao fim de um dia produtivo, ele deixaria a sua microfinanceira, e ela deixaria a sua ONG, e ambos voltariam para casa. Conversariam sobre política, e os problemas de Greer em sua escrita, e beberiam cervejas na escada de incêndio, e de vez em quando nessa escada de incêndio assistiriam a fogos de artifício, que apareceriam de vez em quando nos céus de Nova York por nenhum motivo além de uma empolgação generalizada a respeito da cidade — simplesmente por estarem ali vivos e jovens, com vontade de ver jorros coloridos em sua abóbada celeste. Tarde da noite, enquanto Cory estivesse dormindo, ficaria acordada a seu lado na cama com seu laptop, escrevendo ficção, ensaios e anotando ideias para artigos que esperava publicar. Já tinha começado a anotar ideias num caderno.

Depois de formados iriam morar juntos no Brooklyn e torciam para poderem bancar isso; era esse o plano por ora. Teriam um apartamento pequeno, com o mínimo necessário para viver. Greer via um tapete de juta no piso, e imaginava sua textura implacável, e depois de uns metros se via pisando o chão gelado a caminho do banheiro depois do sexo noturno, ou antes de ir trabalhar pela manhã.

"Nem eu, nem você somos bons em cozinhar", observou Greer. "Não dá para viver de comida de micro-ondas quando formos morar juntos."

"Podemos aprender", disse ele. "Mas você vai conseguir me tolerar preparando carne, o cheiro empesteando tudo?"

"Panelas separadas e uma boa ventilação", disse ela. "Isso ajuda." O vegetarianismo se tornara algo fixo para ela, e achava que nunca mais voltaria atrás.

Agora, quando ocasionalmente não conseguia dormir, Greer pensava em seu futuro com Cory, nítido e definido em cada detalhe. Imaginou os pés dele tamanho 45 esticados para fora da cama, ambos dormindo juntos todas as noites, finalmente, e não mais em uma cama feita para crianças ou universitários. Uma cama que acomodasse ambos com a maior facilidade.

Sempre que você via um casal jovem que acabara de ir morar junto, sabia que ali havia algo de substancial. Todo aquele amor, aquelas trepadas, aquelas consultas a catálogos como uma caça ao tesouro de lençóis e mobília e utensílios domésticos que haviam sido projetados especialmente para eles. Os preços teriam que estar ligeiramente fora de alcance, e ainda assim, depois de pensarem bem, nem tanto! A gente pode sim, se diria o casal. A gente dá um jeito. Os preços davam conta de como aquela atitude seria importante, a de comprar aquela mesa ou aquele mixer; mas diferentemente de antigamente, quando os homens deixavam a decoração da casa e a montagem da cozinha totalmente a cargo das mulheres, resolver a vida agora era tarefa dos dois. Podia até acontecer na cama, onde vocês podiam estudar juntos um site ou um catálogo — material de leitura atenta daquela primeira fase da vida adulta —, corpo a corpo, se esquentando mutuamente e imaginando. Comprometer-se com coisas sólidas compostas de madeira, metal e tecido era tornar palpável a imprecisão e a irrealidade do amor.

Por ora, estavam tolerando bem cursar faculdades separadas. Tinham a grade cheia de matérias, e tinha havido uma eleição cheia de suspense que rendera um novo presidente; e viajavam no fim de semana para se verem, embora às vezes Greer entrevisse nesgas incompletas da vida de Cory em Princeton que nada tinham a ver com ela, e elas a inquietassem. Ele podia dizer, por exemplo: "O Steers, o Machey e a Clove Wilberson estão me obrigando a entrar para o time de frisbee."

"Estão usando de força física?"

"Sim. Disseram que preciso me render."

Ela teve que ficar cismada com Clove Wilberson, cujo nome vinha à baila vezes demais. Greer a jogou no Google, e encontrou todo um dossiê sobre Clove Wilberson online, boa parte relacionado a hóquei de grama, que Clove jogara no colégio St. Paul's e agora jogava em Princeton. Uma foto dela correndo evidenciava sua ossatura assertiva sob o rosto oval, e o empenho bastante óbvio que circulava em seu sangue.

Seu rabo de cavalo estava teso, em movimento. Seus braços definidos eram invejáveis. Definitivamente era muito mais bonita que Greer, que contemplou a foto se perguntando: Clove Wilberson, você foi para a cama com meu namorado?

Mas era uma pergunta de que não queria saber a resposta, na verdade. Logo de saída Greer e Cory haviam agido como se ficarem separados na faculdade fosse uma ocorrência comum, embora todos os casais que conheciam — até os que iam à mesma universidade — houvessem terminado depois de um tempo, tombando um por um como numa espécie de morticínio *à la* Agatha Christie, só que mais dilatado.

Talvez, pensou Greer, a saudade estivesse ajudando a conservar ela e Cory juntos. Ela mesma teve momentos em que quase se extraviou dele. Sentada tarde da noite em alguma festa fora do campus, certa vez, no outono do primeiro ano, sentiu a mão de seu amigo Kelvin Yang afagar o seu cabelo. Todos estavam cantando a música "Hallelujah" com seus três milhões de versos, enquanto Dog os acompanhava no ukulele. Estavam sentados sobre um tapete num cômodo escurinho, entoando a linda canção elegíaca que lembrava a todos dos amores de juventude e do que podia ser perdido com tanta facilidade, e lá estava o baterista alto e forte, Kelvin, a seu lado. Ela o deixou afagar seu cabelo e até se recostou nele, avaliando seu cheiro desconhecido quase que com distanciamento clínico, decidindo, então, que gostava dele, e por fim deitando em seu colo. Ele se inclinou e lhe deu um beijo, alguns beijos, salpicando-os aqui e ali feito um pai, só que não. Greer pensou em como seu pai raramente a havia beijado enquanto ela crescia, e ficou pensando se, por causa disso, se tornara uma mulher dessas que sempre precisam desastrosamente de um homem no centro de suas vidas, e, sem um, não aguentavam.

Será que estava tudo bem com precisar de Cory tanto assim? O que Faith Frank diria de tudo aquilo? Todos pareciam querer ser amados, admitissem ou não. Disso Greer sabia enquanto deixava Kelvin beijá-la, só um pouquinho. Não gostava quando os amigos comentavam da longevidade do seu relacionamento com Cory, como se fosse algum feito sobrenatural. "Vocês dois são maravilhosos", disse Zee. "Nunca tive um relacionamento que durasse mais de dois meses."

Cory era a única pessoa que ela queria ver pela manhã, e não uma frota de colegas de alojamento se atropelando, nem um colega de quarto num apartamentinho micro junto à linha do trem. A cultura de dividir apartamento estava vivendo um boom. As pessoas encontravam outras para morar com elas com grande facilidade através de sites e quadros de avisos, mudavam-se para a mesma casa e etiquetavam o próprio leite na geladeira e deixavam bilhetes quando alguma coisa lhes desagradava. Uma amiga formada há um ano contou da vez em que, tensa e de pé, encontrara um recado que dizia: "Favor jogar fora as embalagens de sushi NA MESMA NOITE que as consumir. Senão no dia seguinte aqui fede que nem a xepa da feira. NINGUÉM MERECE!"

Aquele *favor* no começo é que matava. Greer e Cory nunca escreveriam *favor*. Suas embalagens de sushi, que conteriam atum e enguia para Cory, e o rolinho de abacate do avesso para Greer, seriam ou não jogadas fora, e se seu pequeno apartamento fantasma ficasse cheirando a xepa, que assim fosse. O amor lembrava uma xepa — algo familiar e fedido ao mesmo tempo. Era preciso amar muito alguém para morar tão junto assim dele ou dela.

"Falta pouco", disse Cory, torcendo para o tempo passar depressa como se faz quando se é jovem. Depois, Greer sabia, quando finalmente estivessem morando juntos e nem dando mais valor aos pequenos detalhes de uma vida vivida em um caldo de DNA compartilhado, lençóis retorcidos, e um caos noite e dia, ela pensaria, Mais devagar, mais devagar. Mas por ora, ainda na universidade, correndo na direção do que viria a ser deles, ambos pensavam: Anda logo.

TRÊS

Cory tinha nascido com o nome Duarte Jr., mas como era um nome estrangeiro e seus pais eram imigrantes com sotaques, pouco antes de se mudar de Fall River, aos nove anos de idade, ele anunciara que ia mudar Duarte Jr. para outra coisa. O nome novo escolhido fora o mais norte-americano possível. Cory era personagem principal de *O mundo é dos jovens*, a que Duarte Jr. assistira obsessivamente por anos a fio. Cory era um nome tão popular, tranquilizador e normalizante. Teve que implorar aos pais para o chamarem disso, mas mesmo assim seu pai se recusou. "Meu nome também é Duarte", dissera seu pai. No princípio, sua mãe também resistiu à mudança, mas acabou cedendo por amor.

"É importante para você?", perguntara ela, e ele fez que sim, de forma que ela disse "tá bem".

Pouco depois que seu novo nome se afixara melhor a ele, percebeu que era vexaminoso ter escolhido seu nome por causa de um personagem de série de tv. Mas Duarte Jr. se tornara Cory de vez, um menino americano como todos os outros meninos americanos da escola. E de fato ele se encaixou bem em Macopee – um menino extrovertido, sagaz e extremamente alto. Em Fall River havia uma população significativa de portugueses. Ali era diferente. Quando Duarte e Benedita foram à feira de ciências de Macopee, sua mãe parou em frente a uma experiência que tinha a ver com condensação e perguntou em tom alto e desembaraçado: "Que isso fazer?"

No dia seguinte, Cory ouviu o menino da condensação repetir para outra pessoa, remedando um sotaque, "que isso fazer?", e soltando uma risada cacarejante.

Cory ficou queimado com isso; se revolveu e se revoltou, mas ignorou ferozmente, tirando o foco dos seus pais ao continuar sendo inteligente, forte, engraçado, capaz e extrovertido. De algum jeito aquelas características, demonstradas ardorosamente, eram o antídoto para não ser visto como diferente. Só quando chegava em casa da escola no fim do dia, soltando as alças de sua mochila e largando-a no piso do saguão de sua casa, é que sentia que não precisava provar mais nada. Em casa sabia que podia ser ele mesmo, e que isso seria bem-visto.

Sua mãe o amara com feroz reverência desde o dia em que nascera, nunca mantendo distância como fazia o pai, e sim depositando beijos por Cory inteiro como se estivesse espalhando pétalas de rosa. Ele passou a presumir que era assim tratado por mérito seu, e com o tempo percebeu que um dia uma menina o amaria exatamente daquele jeito. Confiou nisso a infância inteira e até mesmo durante o período terrível em que estava tão abaixo do peso e com membros tão desproporcionais que parecia uma dessas marionetes artesanais de madeira. Permaneceu confiante mesmo quando um vago bigode se formou feito um fungo sobre seus lábios, enquanto o restante dele continuou infantilizado, o peito côncavo. Nesse momento ele não era mais uma marionete, mas sim um desses animais mitológicos meio a meio. Só que em vez de ser metade homem, metade cavalo, Cory era metade homem, metade menino, para sempre preso naquele aflitivo estado intermediário.

Ainda assim, de alguma forma, permaneceu confiante, pois passara a vida inteira com pais que o elogiavam e o chamavam de Gênio Um. Seu irmão, Alby, era o Gênio Dois. Ambos os meninos tinham sido abençoados de forma semelhante, e tudo o que tinham que fazer era continuarem a ser brilhantes e esforçados. Nunca pediam para que ajudassem no serviço de casa; isso era trabalho de mulher. Só precisavam mesmo era aprender, ter sucesso nos estudos e logo as recompensas adequadas chegariam.

Certo dia, na sétima série, em uma viagem à casa dos parentes de Fall River para a ceia de Natal, seu primo Sabio Pereira, apelidado de Sab, que tinha sido seu grande amigo quando eram crianças, chamou Cory para dar uma subidinha no quarto. Das profundezas de seu armário, Sab orgulhosamente retirou um exemplar de uma revista chamada *Beaverama*. "Onde arrumou isso?", perguntou Cory, chocado, mas Sab simplesmente deu de ombros, se vangloriando do seu acesso secreto à pornografia explícita. As mulheres das fotos eram maleáveis, abertas tanto no sentido literal como no figurado.

"Essa aqui eu vou comer até virar do avesso", disse, alegre, o primo Sab, os dois sentados de pernas cruzadas sobre a cama com a revista entre eles feito uma fogueira quentinha. "Vou cobrir a cara dela de gozo. Ela nunca mais vai se esquecer de mim. Ela vai ter que me *implorar*."

"Você tem treze anos", Cory sentiu que precisava comentar.

Os meninos viam o carrossel mágico de pornografia de Sab sempre que a família de Cory vinha visitar, e com o tempo as imagens foram perdendo a novidade e o fator de choque. Contemplavam as fotos, estudando-as com afinco para depois aplicá-las nas próprias vidas. Certo mês teve um ensaio chamado "Vem quente que essa gata *ferve!*" em que uma moça pingava cera quente no torso nu de um sujeito. Noutras vezes, Cory e Sab paravam para de fato ler os textos da *Beaverama* juntos, o pouco que havia aqui e ali, entre as figuras. O colunista conselheiro da *Beaverama*, Hard Harry, escreveu:

> *Aprenda depressa onde fica o clitóris dela. Peça para ela lhe mostrar onde fica o grelo – ela vai adorar! Meu amigo, se você fizer ela gozar, ela vai gostar tanto que vai fazer de tudo por você. De um tudo mesmo. Não é exagero meu!!*

"Como assim 'de um tudo'?", perguntou Cory a Sab. Seu primo encolheu os ombros. Nenhum deles tinha imaginação suficiente para sequer lhes passar pela cabeça o que mais uma menina podia fazer por você, que poderes possuía que você gostaria que ela exercesse sobre seu corpo nu. Mas, no devido tempo, aprenderam. Os homens daquelas cenas gritavam coisas para as mulheres, e as mulheres gritavam de volta. "Eu vou te fazer gozar!" gritavam os homens. "Isso, isso!", gritavam as mulheres. "Mete tudo!"

As meninas que Cory conhecia da escola não tinham nenhuma daquelas habilidades. Elas conseguiam, no entanto, andar pela trave de ginástica e digitar mensagens uma para a outra na velocidade da luz. Com o tempo ele chegou a sair com algumas delas e beijá-las e tocá-las furiosamente, e depois foi adiante com duas meninas diferentes, experimentando a linguagem que tinha vindo de todas aquelas longas horas em companhia da pornografia.

No último ano do ensino médio, muitos garotos de sua série faziam uma brincadeira de dar notas às meninas. Cory, agora decididamente bonito e por fim habitando seu corpo como se de fato fosse seu proprietário e não alguém que o alugou de uma loja meio suspeita, estava andando pelo corredor quando Justin Kotlin segurou seu braço e disse: "Ô, Pinto, você vem? A gente está dando umas notas."

Cory se virou e viu uma fileira de meninos apoiados na parede. A cada vez que uma menina se aproximava, os garotos conferenciavam e cada um lhe atribuía uma nota numérica, e aí Brandon Monahan somava os números em sua calculadora Texas Instruments e tirava a média, que era rapidamente rabiscada num papel e exibida à vista de todos. Kristin Vells levou um 8 (perdeu pontos por ser piranha), e Jessica Robbins, que era super-religiosa e usava pulôveres lisos e sapatos pretos com fivelões de peregrino americano, ganhou um 2.

"Claro, por que não", afirmou ele. Então viu, a distância, que Greer Kadetsky rumava para o lado deles. Embora ainda estivessem em todas as mesmas turmas para alunos avançados, fazia anos que não conversava de verdade com ela. Ele a via ocasionalmente; alguns dias na semana, depois da escola, ela trabalhava na Skatefest do shopping, onde os funcionários usavam uniformes horrorosos com bonés combinando, mas ele nunca havia de fato olhado de forma crítica para ela antes. Agora olhava. Ela tinha um rosto interessante porém imperfeito, uma mecha em azul elétrico no cabelo castanho, e jeans escuro e uma camiseta Aeropostale que se esticava na curva dos seios pequeninos. Mas agora ele conseguia ver por si só, pela primeira vez em tantos anos, que a Greer calada e ferozmente estudiosa também mostrava um viço e um preparo e uma seriedade especial, e que, na verdade, talvez até mesmo fosse um pouco bela. Perceber aquilo bem debaixo de seu nariz depois de tanto tempo era quase alarmante.

A seu lado, todos os meninos se aglomeraram sobre a calculadora feito funcionários da H&R Block em época de declaração de imposto, e por fim um número apareceu, que foi logo anotado com um floreio num pedaço de papel.

6

Greer Kadetsky era nota 6. Não, não, que erro terrível, pensou Cory; ela não era nota 6, aquele era um número baixo demais, e mesmo se fosse nota 6, ver aquilo a deixaria para baixo. Ele nem pensou antes de tirar o papel das mãos de Nick Fuchs, que vivia sendo chamado de Nick Fucks, isso quando não estava sendo chamado de Nick Pukes.

"O que você está fazendo, Pinto?", disse Fuchs quando Cory virou o caderno de cabeça para baixo, transformando o 6 em um 9.

Cory havia salvo Greer daquele momento de humilhação em público, mas ela nem estava vendo. Vire-se, Greer Kadetsky, sentiu vontade de dizer. Vire-se e veja só o que fiz por você.

Mas suas espáduas estreitas estavam de costas para a fila de garotos, e o sinal tocou e todos se dispersaram. Cory amassou bem o papel em sua mão e saiu dali, e quando o fez, Nick discretamente espichou o pé e o fez tropeçar. "Seu merda", cochichou Nick para Cory enquanto ele caía, sua bochecha raspando a afiada quina de um armário de metal que se esgarçara. Uma aba de pele se abriu em seu rosto, e entendeu que teria que ir até a enfermaria, e que haveria Neosporin em seu futuro próximo. Mas a dor não era tão ruim assim, e ele só pensava mesmo era no fato de ter salvado e enaltecido Greer, e de que se machucara por ela, e de que ainda assim ela não sabia de nada disso. Naquela mesma tarde, no ônibus, sentou-se bem atrás dela, o corte sob o curativo pulsando levemente em sua bochecha enquanto estudava a nuca de Greer. Era um crânio muito formoso, percebeu ele. Definitivamente não um crânio nota 6.

Greer nada tinha a ver com as mulheres da *Beaverama* e daqueles sites, exceto pelo fato de que, abaixo de suas roupas de colégio padrão, tinha um belo corpo, aparentemente cheio de buracos como o corpo de todas as garotas. Era algo que podia te deixar meio psicótico, ficar pensando muito no fato de as garotas terem buracos sob suas roupas. Buracos que sugeriam, pela ausência que indicavam, uma possibilidade de preenchimento, e que você poderia ser o responsável por isso. Ele transformara um 6 em um 9; juntos, os números formavam 69, algarismos que o encabulavam só de pensar, mas na mesma hora ele via duas cabeças subindo e descendo numa cama feito boias um pouco distantes no oceano.

Sua sexualização deliberada e artificiosa de Greer Kadetsky se desenvolvia a cada dia. Fazia apenas três semanas desde que ela recebera sua nota e Cory recebera aquela rasteira e abrira a bochecha na quina do armário quando ele resolveu que era o momento de estabelecer contato com aquela menina que agora contemplava profunda e continuamente. Certa tarde virou para ela assim que desceram do ônibus e disse alguma tolice sobre a prova de física do Vandenburg ter sido "injusta". Então discretamente acompanhou Greer até a casa dos Kadetsky, e ali tudo começou.

Seu primo Sab sentiu a mudança nele quase imediatamente, porque, ultimamente, toda vez que a família Pinto ia para Fall River, Cory recusava o convite de Sab para ver pornografia. "Ah, que isso, deixa de ser frouxo, vem olhar umas bocetas", dizia Sab. Mas Cory não queria mais aquilo, e Sab o chamou de veadinho. Sab também andava mudando, ficando mais maldoso e raivoso, fazendo sabe-se lá o quê com os amigos. Drogas pesadas. Coisas escusas. Agora, quando se viam, davam-se longos e frios silêncios. Mas Cory já não estava tão próximo de Sab; estava deixando-o para trás, assim como a toda sua família.

"Quando vocês forem pra universidade, vou lá visitar", Alby, agora com quatro anos, disse certa tarde quando Greer estava na sala de estar da casa dos Pinto. "Vou levar meu saco de dormir de super-herói e dormir no chão do seu quarto."

"Espera aí, Alby, quem você vai visitar, eu ou ela?", perguntou Cory, com a mão nos cabelos de Greer, fazendo um preguiçoso cafuné. "Quer dizer, se eu e a Greer não formos pra mesma faculdade. Mas queremos muito ir pra mesma. De preferência para uma da Ivy League", acrescentou, com uma arrogância casual.

"Primeiro vou visitar a Greer, depois você", disse Alby. "E um dia você vai me visitar na minha faculdade."

"E aí eu vou levar o *meu* saco de dormir de super-herói", acrescentou Cory.

"Não", disse Alby, sério. "Não tem nada a ver. Quando eu for para a faculdade você vai ter... trinta e dois anos. Você não vai ter saco de dormir. Você vai querer dormir numa cama com a sua mulher."

"Isso, Cory", afirmou Greer. "Você vai querer dormir numa cama com a sua mulher."

"A Greer pode casar com você", disse Alby. "Mas ela tem que se converter em católica que nem a gente."

"Como você sabe que existe conversão?", perguntou Cory.

"Eu li."

"Onde, no *Meu primeiro livro sobre conversão religiosa*? Alby, assim você me assusta. Calminha aí, mano. Não precisa saber de tudo assim tão cedo."

"Eu sei, sim. Me pergunta qualquer coisa que eu falo a resposta."

"Tá bom", disse Cory. "Quando foi a extinção dos dinossauros?"

Alby deu um tapa na própria testa. "Essa é mole", disse ele. "Há sessenta e cinco milhões de anos."

"Quando ele chegar ao *Maravilhas da imaginação*, vai ser um arraso", disse Greer. "Ele vai ler que nem um foguete."

"É, a Taryn da Reciclagem não vai dar nem pro começo."

"Quando ele entrar na escola", disse Greer, "a Taryn da Reciclagem vai estar sentada na porta de casa pensando no ápice da vida dela, quando ela era criança e entrou no *Livro dos Recordes*."

"Na verdade, ela vai é estar morta", disse Cory. "Os produtos químicos tóxicos das garrafas todas que ela coletou vão ter dado câncer e matado ela."

"Quem é que vai morrer? Faz outra pergunta", induziu Alby, cheio de empolgação e altivez.

Cory pensou um pouco. "Tá bom", disse ele, e sorriu para Greer. "Tenta essa: define o que é o amor."

Alby ficou de pé sobre a superfície plástica do sofá, que estalava sobre seus pés. Ele usava um velho moletom fino e vermelho dos Power Rangers, herdado de Cory e já pequeno demais para ele, a figura e as letras já meio desgastadas e ilegíveis. "O amor é quando você sente que ai, ai, meu coração tá doendo", disse Alby. "Ou quando você vê um cachorro e sente que precisa fazer carinho na cabeça dele." Ele olhou para Greer. "Que nem o Cory está fazendo cafuné na sua cabeça agora." Cory parou de mexer a mão, simplesmente parou onde estava no cabelo dela.

"Nossa", disse Cory devagar, tirando a mão. "Você parece o Dalai Lama, rapaz. Estou até com medo de te deixar andar por aí. Vai que alguém vem e leva você pro país deles lá longe e te obriga a morar num palácio todo cercado."

"Gostei disso", disse Alby. "Podem fazer isso comigo se quiserem."

De repente Greer estendeu a mão e passou-a pela cabecinha delicada de Alby. Cory ficou vendo sua namorada fazer cafuné em seu irmãozinho, como se Alby fosse um cocker spaniel, de pelo macio e olho gigantesco.

Cory e Greer tentariam ir juntos à faculdade; era isso que haviam combinado, e estavam otimistas a respeito. No dia primaveril em que a maioria de suas respostas de faculdades sairiam na internet após as cinco da tarde, voltaram da escola quase sem conversar. As portas hidráulicas do ônibus escolar se desdobraram para libertá-los com um estalo de vácuo na boca da rua Woburn. Atrás deles, distante, estava Kristin Vells. Kristin não tinha planos acadêmicos, de forma que nem sequer conversaram sobre aquele assunto no decorrer dos anos; pensavam que era burra, e ela os achava burros também, cada um de jeitos diferentes. Kristin foi para sua casa, provavelmente fumar e tirar uma soneca, e Cory e Greer saíram correndo pela Woburn na direção da casa dos Kadetsky. Eram apenas três e meia da tarde. Ficaram à toa no quarto de Greer, sem que ninguém os perturbasse.

"Haja o que houver hoje, estamos juntos, não é?", ele lhe perguntou. "E ano que vem estaremos juntos também."

"Claro." Ela fez uma pausa. "Por que, o que você espera que aconteça?"

Ele deu de ombros. "Não sei. É só que eles não nos conhecem, esses comitês de admissão. Não sabem quem somos de verdade. Nem que nós dois somos melhores juntos."

Tinham combinado que iam olhar as respostas das faculdades juntos, primeiro na casa dela, depois na dele. Às cinco da tarde Greer foi a primeira a olhar, sentada à mesa da cozinha, fazendo login nos sites pertinentes um de cada vez, alfabeticamente. Sua mão tremia um pouco enquanto ela digitava a senha e esperava. "Tivemos um número recorde de candidatos...", dizia a mensagem. O choque da rejeição era grande: Harvard, não. Princeton, não.

"Que merda, que merda", disse Greer, e Cory apertou a sua mão.

"É uma concorrência absurda", murmurou ele. "Mas sério, que se danem. O erro é deles."

"Era disso que você falava quando disse que estávamos juntos, não é?", falou Greer, seu tom subindo. "Você achou que eu não ia entrar, e estava tentando me preparar."

"Não, é claro que não."

A decisão de Yale ainda pairava ao fim do alfabeto, mas àquela altura Cory estava com pena dela e preocupado consigo próprio, e não tinha grandes esperanças quanto a ela entrar em Yale, já que não tinha entrado nas outras. Greer clicou indiferente no link para Yale e colocou sua senha, e quando a música soou de uma vez, a música de guerra de Yale — "*Bulldog! Bulldog! Bow wow!*" —, ambos soltaram um grito, e Greer começou a chorar e ele a abraçou, tão aliviado, dizendo: "Parabéns, Kadetsky Espacial."

Então os pais dela entraram, seu pai procurando algo para comer e sua mãe com o celular dobrável na palma da mão no meio de uma venda de barras ComSell Nutricle, "que agora", dizia ela, "temos no sabor Explosão de Banana."

"O que está havendo?", perguntou Rob, e Greer contou, e ele disse: "Eita, já são cinco horas? A gente perdeu a hora."

Cory sentiu vontade de dizer aos pais de Greer: Como assim, perderam a hora? Estão de sacanagem? Vocês não sabem a filha que têm em casa? Não sabem como ela dá duro, como gosta de estudar? Não dá para demonstrar um pouco de orgulho dela? Um pouco de apreço? Não é tão difícil assim.

"Mãe, pai, entrei em Yale", disse Greer. "Podem ler a carta. Deixei aberta no computador."

Em seguida ele e Greer atravessaram a rua correndo, ladeira acima, e logo Cory detectou que algo de estranho estava acontecendo em sua própria casa. Seus pais sabiam que aquele seria o dia das respostas das faculdades. Os dois estavam tão ansiosos com aquele processo, e ainda assim, onde é que estavam? Estavam tão displicentes quanto os Kadetsky. Deviam ter ido esperá-lo na porta, pensou ele. Mas então sua mãe apareceu do nada e o apertou com os braços. "Apertou minhas pernas", insistiria ele mais tarde, exagerado. Como uma mulher tão miúda poderia ter dado à luz aquele filho alto e magro feito um poste era incrível, ainda mais porque o pai de Cory era de altura e porte medianos. Seu primogênito os havia superado de inúmeras maneiras.

"O que está havendo?", perguntou Cory, e nas profundezas da casa outras vozes brotaram. Ele ouviu o irmão gritar "ele chegou!", seguido dos pisões dos tênis de Alby correndo no andar de cima e descendo as escadas com Slowy nas mãos, chegando ao mesmo tempo em que sua tia Maria adentrava o cômodo vinda da cozinha, levando uma grande travessa de alumínio com um bolo de tabuleiro. Seu pai estava bem atrás deles, segurando outro bolo. Cory não entendia nada. O primeiro bolo tinha uma farta cobertura de glacê azul e branco, com um pequeno incêndio de velinhas no alto. A atmosfera da sala estava saturada com um cheiro de aniversário.

"Olha a figura", disse sua tia, e de início nem Cory nem Greer entenderam por que o bolo tinha sido decorado com um desenho de bicho.

"Uma vaca?", perguntou Cory. "Por quê?" Parecia de fato com uma vaca de desenho animado, mas não exatamente, com um rosto sarapintado e uma expressão zangada. Ninguém lhe respondeu, e Cory falou:

"Olha, gente. Vocês sabem que as decisões estão no ar agora mesmo, né? Adorei os bolos, mas preciso ir lá olhar."

"Cory", disse Alby, gesticulando com a mão que segurava a tartaruga, que protestou um pouco, se mexendo. "Não entendeu não?"

"Não."

"É um buldogue."

Assim que Cory perguntou hesitante, "Yale?", seu pai exibiu o segundo bolo de tabuleiro. Aquele tinha glacê branco e laranja com um enorme animal cor de ferrugem ao centro. Embora também estivesse parecido com um bicho de fazenda, Cory e Greer entenderam ao mesmo tempo que era para ser o tigre de Princeton.

"Você entrou nos dois. Com bolsa integral!" disse Alby, como se de fato entendesse a importância daquilo.

Cory ficou olhando a família, pasmo. "Mas como vocês ficaram sabendo? Eu nem entrei no site."

"Perdão", disse Benedita. "Coloco seu usuário e depois sua senha. Eu conheço eles."

"Greer123", disse Alby, e a seu lado Cory via a expressão contente de Greer. Ele devia ter ficado bravo pela mãe ter lhe tirado aquele momento de descoberta, mas não estava. Além disso, ela estava tão feliz; ela e o seu pai. Naquela noite a notícia ia correr por toda Fall River, e também por Portugal. "A Harvard não te quis", continuou Alby despreocupadamente. "Mas o problema é deles, né?"

O bolo cor de carmim, assado junto com os outros, só para garantir, ainda estava na cozinha, e mais tarde seria jogado fora. Benedita passara o dia todo fazendo bolos com a tia Maria, cujo filho, Sab, não iria à faculdade. De todos os primos, há tempos Cory e Alby já eram vistos como os mais estudiosos. Cory já havia se confirmado nesse caminho, e Alby com certeza haveria de segui-lo, provavelmente até superá-lo, nessa trilha. Descobriram que Alby já sabia ler quando, ainda bem pequeno, ele ficara contemplando uma caixa de Fruity Pebbles à mesa do café da manhã, e em meio à bagunça da cozinha pela manhã começara a dizer baixinho para si mesmo: "Vermelho 40, Amarelo 6, BHA para ajudar a proteger o sabor."

Agora Cory teria de escolher entre Yale e Princeton. O buldogue ou o tigre: que decisão. Se fosse para Yale, ele e Greer ficariam juntos. Então, na verdade, aquilo nem mesmo poderia ser chamado de decisão. É claro que ele iria para Yale. Greer e Cory ficaram sentados à mesa do café comendo fatias de diferentes bolos coloridos, os quais tinham exatamente o mesmo gosto na boca. Ninguém no mundo jamais havia comido um bolo decorado por causa do gosto, mas sim para comemorar. "A Greer entrou em Yale também", disse Cory a sua família, que exclamou por educação perante o sucesso dela.

"Bolsa integral?", perguntou Alby.

"Ainda não olhei. Estava muito empolgada." Greer se levantou da mesa. "Preciso ir em casa olhar."

"Vou junto", disse Cory.

De volta à casa dos Kadetsky, encontraram os pais de Greer em frente ao computador. "Merda", disse o pai dela quando eles chegaram. "Assim não vai dar."

"Do que vocês estão falando?", perguntou Greer.

"Do pacote de auxílio." Ele deu um suspiro profundo e balançou a cabeça.

De repente Cory compreendeu tudo; a situação se revelou inteira à sua frente, revoltantemente.

"O quê?", perguntou Greer, ainda sem entender.

"Não conseguimos pagar", disse Rob. "Eles foram muito sovinas com a gente, Greer."

"Mas como é que pode?", perguntou ela. Ela e Cory examinaram o parágrafo sobre "percentagem de desconto". O parágrafo a seguir dizia algo como: "Dado que o candidato preferiu não fornecer a informação e documentação adequadas...", e concluía dizendo que Yale só podia oferecer tal desconto, nada mais. O desconto oferecido era simbólico. Parece que Rob, que se oferecera para cuidar dos formulários de ajuda financeira, não chegara a preenchê-los totalmente. Deixara de lado partes que lhe pareceram complicadas demais ou invasivas demais. Agora Rob explicava isso calmo, porém hesitante.

"Eu sinto muito mesmo, Greer", lamentou ele. "Eu não sabia que ia ter essa consequência."

"Você não sabia?"

"Pensei que eles iam voltar a nos perguntar as coisas – o pessoal da ajuda financeira – e nos dizer que precisavam de mais informações. Preenchi o que consegui, até ficar demais pra mim, e fiquei puto com a quantidade de coisas que queriam saber, respostas que eu não tinha na ponta da língua, que ia ter que cavar para descobrir, e acho que acabei fazendo de um jeito meia-boca." Ele fez uma pausa, sacudindo a cabeça. "É minha especialidade", disse ele. "Eu sempre faço isso."

Laurel pegou uma carta que estava sobre a mesa. "Tem mais uma coisa, porém. Mais um lugar. Acabei de ir pegar a correspondência. Ryland", disse ela.

"O quê?"

"Você entrou! Te ofereceram um pacote extraordinário. Alojamento grátis, alimentação, até uma mesada. Fiquei preocupada de você ficar chateada por causa de Yale, então abri a carta. Pronto, problema resolvido."

"Ah, tá, *Ryland*", disse Greer, sarcástica. "Aquela em que me inscrevi se tudo desse errado. Porque meu orientador da escola me fez me inscrever. Uma faculdade para idiotas."

"Não é verdade. E não quer dar uma olhada na carta? Você ganhou uma coisa chamada Bolsa Ryland por Excelência Acadêmica. Não tem nada a ver com o lado financeiro, só se baseia no seu mérito."

"Eu realmente não me importo."

"Sei que você está aborrecida", afirmou Laurel. "Seu pai mandou mal", acrescentou ela, lançando um olhar furioso direto para Rob, e em seguida seu rosto corou e ela começou a chorar.

"Laurel, pensei que eles iam voltar e perguntar de novo depois", repetiu Rob, e levantou-se e ficou ao lado da esposa, começando a chorar também. Os pais de Greer, aquelas pessoas sem eira nem beira, meio ingovernáveis, estavam chorando juntos e se abraçando, enquanto que Greer estava sentada com Cory à mesa de punhos cerrados. Cory pensava em como seus pais te põem no mundo, e espera-se que você seja próximo deles, ou pelo menos fique por perto, até o momento em que você fosse obrigado a desviar violentamente deles. Aquela ali era a hora e a vez de Greer desviar. Ele estava vendo acontecer em tempo real. Ele estendeu as mãos e agarrou as dela do outro lado da mesa, abrindo-as. Ela se rendeu, permitiu os dedos dele se entrelaçarem com os dela. Os pais dele haviam preenchido os formulários de ajuda financeira à perfeição, intimidados, com Cory os orientando do lado. Ele mandara e desmandara nos próprios pais, dizendo-lhes o que colocar em cada um daqueles campos. Seus pais eram inocentes, mas fizeram o que era certo, enquanto que os pais de Greer, que deviam saber mais da vida, não o fizeram.

"Mas olha", insistia Laurel. "Agora a gente precisa seguir em frente. E essa bolsa integral em Ryland não é nada *má*. Você vai se dar bem. Você e o Cory. Vocês são tão inteligentes. Sabem como penso em vocês? Como imagino vocês? Como dois foguetes lado a lado."

Greer nem sequer exibiu uma reação. Olhou para Cory e disse: "Quem sabe se eu ligar para Yale." Então ele e Greer subiram, entraram em seu quarto e fizeram a chamada. Primeiro Greer ficou em espera, e por fim uma mulher sobrecarregada a atendeu. Apressadamente Greer começou a lhe narrar sua angustiosa história enquanto Cory permanecia a seu lado, ambos sentados na cama. O tom de Greer era baixo e confuso, até mesmo naquele momento urgente. Isso ele nunca compreendera a respeito dela. Ele mesmo não era tão perfeito assim – era defensivo, às vezes condescendente –, mas pelo menos sabia falar alto sem ficar nervoso, e sua voz se impostava com facilidade. "Eu... na verdade, os formulários não foram... e meu pai falou que...", ele ouviu Greer dizendo. Sentiu vontade de dizer "defende o seu lado! Fala mais alto, menina!".

"Desculpe", interrompeu a mulher, por fim. "As decisões sobre auxílio financeiro já foram tomadas."

"Tudo bem, entendi", disse Greer rapidamente, desligando em seguida. "Talvez meus pais possam telefonar", disse ela a Cory.

"Vá lá perguntar a eles", disse ele. "Diga que é importante para você. Fala com um tom sério, de quem não está de brincadeira."

Então eles desceram juntos as escadas, e ela chegou para os pais e disse: "Algum de vocês ligaria para a secretaria em Yale para mim?"

Sua mãe simplesmente olhou para ela, ansiosa. "Esse é o departamento do seu pai", disse ela. "Eu nem saberia o que dizer."

"Você não acabou de ligar para lá? O que eles te disseram?", perguntou Rob.

"Disseram que as decisões já estavam tomadas. Mas você podia tentar", disse Greer. "Você é um pai. Talvez te tratem diferente."

"Não posso", disse ele. "Essa burocracia toda não me desce." E olhou para Greer, desamparado. "Não é algo que eu consiga fazer numa boa", acrescentou. Então, para enfatizar, repetiu: "Não posso."

Então de fato não iam mesmo tentar ajudá-la, Cory percebeu, abismado. Estava assistindo a um quadro vivo da infância inteira de Greer, o que fez brotar nele uma fúria intensa, assim como um desejo de proteger Greer e amá-la ainda mais.

Greer aceitou a bolsa integral em Ryland, e Cory escolheu Princeton; se tivesse ido para Yale, isso teria sido um lembrete cáustico e constante para Greer. Agora seus caminhos estavam divergindo abruptamente – o desvio violento afetando não apenas a ela e seus pais, como também a ele –, de forma que teriam que se empenhar para continuar tão próximos quanto possível.

Em sua última noite juntos, no final do verão, dentro de seu quarto com uma chuva forte martelando nas janelas, Greer se aninhou nos braços de Cory e chorou. Até aquele momento ainda não chorara por causa da faculdade, porque naquele dia, na cozinha, seus pais haviam chorado e ela preferira distinguir sua reação da deles; além disso, quisera ser alguém melhor que eles, mais forte. Mas naquele momento, na cama com Cory, ela chorou.

"Não quero ser uma pessoa traumatizada", disse Greer, voz embargada, o rosto virando abrupto para longe dele.

"Você não é. Está cem por cento bem."

"Você acha? Sou tão calada! Sou sempre a quietinha!"

"Me apaixonei pelo seu jeito calado", disse ele para a mecha azul em seu cabelo. "Mas você é mais do que isso."

"Tem certeza?"

"Claro que tenho. E mais gente vai começar a ver isso também; vão mesmo."

A chuva continuou a cair e eles mal se mexiam, até que por fim, quando ficou tarde, se levantaram resmungando e separaram-se para terminar de empacotar seus quartos de infância, enfrentando a tarefa de selecionar aquilo com que ainda se importavam – o que entrava no balaio por ainda fazer parte deles – e o que era preciso deixar para trás de uma vez por todas. Greer arrebanhou sua coleção de globos de neve e seus romances de Jane Austen, até mesmo *Mansfield Park*, de que nunca fora especialmente fã. Era como se os livros fossem uma escalação de bichos de pelúcia que tinham decorado seu quarto aqueles anos todos; eles a confortavam a esse ponto. Cory, que de manhã cedo partiria para Princeton, deixava sua prateleira de bonecos da NBA que mexiam a cabeça para Alby. Mas depois de hesitar, ele levou consigo a caixa com a edição especial de *O senhor dos anéis*. Não era tão interessado em literatura assim, mas adorava aqueles livros e nunca deixaria de adorá-los. Mais dia, menos dia Alby ia querer lê-los também, disso ele sabia, e quando chegasse a hora, ele os emprestaria.

No dia seguinte, depois de adeuses tão ardentes e demorados que pareciam uma partida para a Segunda Guerra Mundial, Cory partiu no carro da família lotado até New Jersey; Greer iria para Ryland dois dias depois. Em Princeton, Cory foi trabalhar na Biblioteca Firestone, fazendo empréstimos de livros para as pessoas em um aposento suntuoso e enorme; até o seu refeitório era num aposento suntuoso e enorme.

Ele e Greer faziam sessões de Skype à noite e se desdobravam em viagens para se verem frequentemente. Ele conversava com ela sobre estar intimidado por Princeton, mas também estar adorando o lugar, e sobre jogar Ultimate Frisbee num dos campos mais verdes da terra. Não lhe contou que estava preocupado com continuar fiel a ela, e preocupado de forma mais ampla com o combinado entre eles ser difícil de sustentar. As meninas de Princeton flertavam com ele o tempo todo – louras ricas de boa família que haviam crescido em mansões que tinham nome, e uma flautista negra superlegal de LA, e uma moça genial de estilo hippie que morava na Holanda mesmo sendo norte-americana, e se chamava Chia.

Então um dia, no refeitório, ouviu uma moça dizer para outra: "Tem uma coisa sobre mim de que você não sabe. Eu entrei para o *Livro dos Recordes*."

E a outra moça disse: "É mesmo? Pelo quê?"

"Ah, eu fui a criança que mais juntei garrafas para reciclagem do mundo. Fiquei famosa em Toledo. Eu era tão bobinha."

Cory se voltou imediatamente para trás, quase cuspindo a torta. "Você é a Taryn da Reciclagem?", perguntou ele, atônito. "Li sua história num livro da quarta série!"

E a moça, que por acaso era linda, com cabelos pretos ondulados e olhos negros, assentiu e riu. Naquela noite, no Skype, Cory pediu para Greer adivinhar quem ele tinha conhecido. "Dá um palpite", disse, mas ela não conseguiu adivinhar, então contou. Ele deixou de fora o detalhe de que Taryn, a Garota da Reciclagem de Toledo, tinha ficado lindíssima, e também o de ela ter lhe perguntado se ele não queria tomar uma bebida depois. "Vidro, não plástico", dissera Taryn, usando de uma entonação sugestiva, meio James Bond.

E além disso havia a amiga oculta de Cory, Clove Wilberson, que tinha crescido em Tuxedo Park, Nova York, em uma mansão chamada Marbridge. "Putz, Cory Pinto, além de gato você é muito maneiro", disse-lhe Clove um dia, em resposta a nenhuma pergunta.

"Os dois?", disse ele baixo.

Também não contou a Greer que certa noite Clove Wilberson chegou para ele depois de uma festa e disse: "Cory Pinto, você é quilômetros mais alto do que eu, então mal posso fazer o que eu quero contigo."

"Que é?"

Ela puxara o rosto dele para baixo e o beijara. Suas bocas haviam se tocado e havia sido macio. "Gostou, Cory Pinto?", perguntou ela quando se separaram; por algum motivo achava divertido chamá-lo sempre pelo nome todo. Então ela disse rápido: "Não responda. Sei que você tem namorada. Já te vi com ela. Mas está tudo bem; não fica com essa cara de susto."

"Não tem susto nenhum", disse ele, mas quase imediatamente sentiu uma louca vontade de passar a mão pela boca.

Às vezes ele via o quarto de Clove de baixo, e, quando a luz estava acesa, ele se imaginava indo até lá, sem nada dizer, simplesmente puxando-a para a cama do mesmo modo com que puxava Greer para a cama quando ela vinha a Princeton ou ele ia a Ryland. Tudo que Clove Wilberson lhe dizia era filtrado por um velame de provocação.

E sempre que ele via a Taryn da Reciclagem, ela dizia: "E aí, quando vamos tomar nosso drinque em copo de vidro, não de plástico?"

Como é que ia fazer para terminar quatro anos de faculdade sem transar com ninguém sem ser Greer? Ele ficava excitado com meninas diferentes o tempo todo, agora que não estava junto com Greer todo dia. Queria ser capaz de dizer a ela "Vamos ter um dia por semana em que podemos ficar com outra pessoa do nosso campus." Alguém que não signifique nada para a gente, que atenda às necessidades hormonais mais básicas. Você pode ficar com aquele baterista seu amigo; ele é muito a fim de você, até eu vejo isso. Mas Greer ficaria chocada com isso, e ele seria incapaz de magoá-la.

Quando foram a Macopee no recesso de primavera do primeiro ano, e ficaram estudando juntos na Pie Land, Greer estendera a mão por sobre a mesa e fez um carinho ausente no rosto de Cory, parando um momento na pequenina cicatriz pálida que ali havia, então com mais de um ano de idade. Ele imaginara que quando estivessem mais velhos, na fase seguinte de suas vidas, morando juntos em seu apartamento em Greenpoint ou Red Hook – ou seria Redpoint e Green Hook? –, chegaria finalmente o momento certo de confessar a ela sua história modesta porém valente de certa vez tê-la salvado da indignidade de receber um 6 de um grupo de colegiais, e por isso ter sofrido aquele ferimento no rosto.

"Sempre soube que na verdade você era nota nove", ele planejara dizer. Mas agora, ligeiramente mais velho, andava mudando; e ultimamente Greer vinha falando com ele com certa eloquência intimidante sobre como as mulheres eram tratadas pelo mundo. Por fim ele estava entendendo o quanto sua confissão teria sido arrogante. Sua pequena cicatriz, agora fina, branca e quase invisível, fora uma medalha de honra ligada a uma história que já estivera louco para contar a ela. Agora sabia que nunca o faria.

⌒

Conforme o fim da faculdade se aproximava, Cory começou a pensar que deveria haver um livro chamado *O álcool fala*, em que as pessoas contariam todas as coisas que fizeram bêbadas. O problema era que talvez elas não se lembrassem de nada quando chegasse a hora de escrever. Princeton estava cheia de decisões tomadas durante a bebedeira. Cory tinha ficado com Clove Wilberson duas vezes no segundo ano e uma vez no terceiro. Fora culpa do álcool, ele sabia, e cada vez que aconteceu ficara todo arrependido e se remoendo. Não era justo jogar a culpa toda em Clove, mas lá estava ela, certa noite, praticamente se esfregando no colo dele. As pernas de Cory eram tão compridas que muitas vezes se abriam automaticamente quando ele se sentava. Anos depois, no metrô de Nova York, as mulheres olhavam aborrecidas para ele e não entendia o porquê, até que certa vez, no horário do rush, uma mulher olhou feio para ele e disse "para com esse *manspreading*". Ele ficou morto de vergonha, e cerrou as pernas no mesmo instante feito uma máquina.

Mas numa poltrona borboleta em uma suíte exageradamente decorada, no seu segundo ano em Princeton, depois de uma degustação de vodca oferecida por um aluno chamado Valentin Semenov, filho de um legítimo oligarca, Cory se recostou e deixou Clove se derramar sobre ele feito calda de chocolate. "Ai meu Deus", disse quando as luzes baixaram e ela abriu sua braguilha. Um zíper se abrindo era um pequeno choque, especialmente quando a mão que o puxava não era de Greer. Greer, cuja ausência naquele momento era tão forte quanto uma presença, e cujo amor tinha um valor incalculável, o que talvez tornasse Cory mais rico que o mais rico dos oligarcas.

Me desculpe, pensou ele. Desculpe mesmo, mas enquanto pensava aquilo, o álcool não só estava pensando mas também de fato *falando*; e a amada e valiosa Greer, com sua mecha azul e seu corpo compacto e sensual e seu desejo cada vez maior de ser mais extrovertida e fazer algo significativo no mundo, foi de repente engolida por um alçapão e foi para muito, muito longe. Enquanto isso, Clove Wilberson astutamente evitou este alçapão, montando em Cory na poltrona borboleta e depois acabaram na sua cama. Por fim ele via o quarto de alojamento dela não de baixo, mas de dentro. Fileiras de medalhas e troféus de hóquei de campo. Fileiras de bugigangas de menina rica. Enquanto estavam em sua cama, seus pais telefonaram duas vezes, e nas duas vezes ela atendeu. Contou para ele que tinha um cavalo chamado Boyfriend Material, que naquele verão correria em Saratoga. "Aposte nele; tenho certeza de que ele vai ganhar", disse com doçura no ouvido de Cory.

No dia seguinte ele disse: "Olha só, Clove. Não posso fazer isso de novo."

"Sei que não pode." Ela não parecia chateada, e pensou: será que fui mal? Mas ele sabia que tinha ido bem. Ainda estava inteiro, forte e com energia. Muito por causa de Greer, sabia o que estava fazendo em matéria de sexo. Clove sorriu para ele e disse: "Não se preocupe, Cory Pinto."

Então não se preocupou, mas mais duas vezes naquela faculdade ele retornaria a ela, iniciando a rotina de vergonha e expiação cujo ciclo o deixava tão infeliz. Mas todas as vezes fora culpa do álcool. Estar longe de Greer permitia que essas mudanças ocorressem. Também havia outras mudanças. No outono da campanha presidencial, ele e Greer faltaram em fins de semana em que haviam combinado de se ver, e foram fazer campanha em separado. Greer foi para a Pensilvânia num ônibus de Ryland; Cory foi para Michigan em um ônibus de Princeton. Clove estava em algum lugar do mesmo ônibus que ele, mas ele preferiu sentar lá na frente com Lionel, e do outro lado do corredor de Will, seus dois futuros sócios da startup microfinanceira. Estavam todos superempolgados com a campanha e conseguiam ficar dia e noite acordados sem tropeços do jeito como só se é capaz de fazer na juventude.

Depois da eleição, Cory passou semanas em júbilo; em júbilo e aliviado e despreocupado com o futuro.

"Ei, Cory, Will e eu queríamos conversar com você", disse Lionel certo começo de noite, quando os três andavam pelo campus. "A gente tem que ser previdente, não dá pra entrar de sola na startup logo que sairmos da faculdade. Vamos precisar de um ou dois anos. Aí já vamos ter mais capital."

"A questão é que", considerou Will, "por causa da economia, nossos pais andam mais mão-fechada."

"Então temos que fazer um pacto de que, depois de nos formarmos, vamos ganhar uma bolada de dinheiro trabalhando sozinhos, e depois vamos usá-la", disse Lionel. "Tipo guardar nozes para o inverno. Will e eu vamos tentar arrumar emprego no setor financeiro ou em consultoria. Você também devia fazer isso."

De início, essa notícia deprimiu Cory, e se recusou a levar em conta a sugestão deles. Porém, muito tempo depois, conforme chegava a hora da formatura, ele foi ficando mais à vontade com a ideia de ser consultor por um ano ou dois, embora não tivesse nada a ver com o que planejara. Tanta gente ao seu redor estava virando consultor. Juntamente com bancos e pós em administração, era um dos caminhos mais irresistíveis. As firmas mais conceituadas inundavam os campi mais conceituados, e boa parte dos alunos ia de bom grado.

Em um determinado período no último ano de Cory, recrutadores de firmas de consultoria, de capital de risco e bancos baixavam em Princeton com seus ternos bem cortados. Distinguiam-se dos estudantes, com suas mochilas e trajes calculadamente desmazelados; e dos professores homens em seus ternos de tweed cor de aveia e calças cotelê de cintura baixa que realçavam suas bundas murchas mas abarrotadas de estabilidade profissional; e das professoras em seus trajes de Stevie Nicks em fim de carreira, assimétricos, terrosos, acadêmicos, ingressando passo a passo no longo e menos profissionalmente estável (conforme apontara Greer) trecho final de suas vidas.

Após a entrevista inicial, um homem e uma mulher da Armitage & Rist levaram Cory para jantar no centro de Princeton, em um daqueles restaurantes Ao Velho Alguma Coisa em que os pais levavam seus filhos ou filhas quando vinham de suas longínquas cidades para visitá-los. Os consultores o incitaram a pedir uma entrada; será que achavam que ele tinha cara de fome? Estariam pensando nele como Jovem Bolsista Vagamente Étnico, Amostra A?

"Peça tudo o que tiver vontade", disse um dos recrutadores, um homem dez anos mais velho do que Cory, que usava um terno estiloso e botinas estilo Beatles. Sua colega, com cabelo e pele de aparência maciíssima, usava um conjunto de blazer com saia de couro vermelho bem justinha, futurista.

"Sabe, vai ser divertido te acompanhar nessa jornada", disse ela a Cory enquanto ele comia, e os dois simplesmente o observavam comer, em vez de comerem alguma coisa de fato. Pedir um prato não significava comê-lo.

"Mesmo que você já tenha decidido não trabalhar com a gente", acrescentou o homem. "Mesmo que você esteja avaliando diversas propostas, Cory, mas esteja tendendo a outra."

"Não estou fazendo isso", disse Cory, mas como estava com a boca cheia, o que saiu foi "Ããchoaendoifo".

"Hoje em dia o mundo é todo aberto", prosseguiu o homem. "Está mudando a olhos vistos. Quando você olha para o perfil da nossa empresa – de todas as empresas, na verdade – é um ótimo momento para ser como você, Cory. Até invejo você, com tanta opção."

Mas o que eles queriam dizer com *como você*? Seria porque ele era *millennial*? Ou será que estava sendo jogado de novo na ampla categoria de minorias por causa do seu sobrenome? No seu primeiro ano de faculdade alguém tinha enfiado uma filipeta por debaixo de sua porta convidando-o para uma reunião de uma das organizações de alunos de origem latina. "Vamos servir chalupas mexicanas", dizia o texto.

À luz de velas de sua mesa de canto, o homem e a mulher da Armitage & Rist cortejaram Cory como dois namorados propondo um *ménage à trois*. Então Cory comeu salmão defumado sobre torradas redondas de pão preto crocante, e uma costela que parecia saída dos *Flintstones*, seguido por um ramequim de *crème brûlée* com uma crosta bem tostada em cima, que, ao ser quebrada pela ponta da sua colher, dava uma sensação tão boa quanto lançar a pedra fundamental da casa dos seus sonhos. Os recrutadores elogiaram-no muito durante o jantar, mesmo deixando de fora tantos detalhes. A firma tinha filiais em Nova York, Londres, Frankfurt e Manila, disseram-lhe, mas Cory disse que precisava que fosse na de Nova York. "Anotado", disse a mulher.

Depois de comer e ter voltado para seu quarto no alojamento, eructando pequenas nuvens de peixe com mostarda, Cory entrara no Skype para falar com Greer em Ryland. "Ora, adivinhe só, eles me convenceram", disse ele.

"É mesmo?"

"Sim. Eles me pagaram um monte de carne vermelha e foi como mágica. Você teria detestado o que eu comi. Teria ficado com nojo de toda a cena do jantar, aliás. Mas devo admitir que eu, de minha parte, gostei. Sabe, foi tão ridículo, esses desconhecidos de uma 'firma' – até essa palavra é esquisita – me puxando o saco como se fosse alguém importante. É como se o capitalismo em pessoa viesse atrás de mim, como se eu tivesse algo a oferecer! É só por um ano – no máximo, dois –, mas uma coisa eu te digo, Greer, que se estiver tudo bem por você, talvez eu vá topar mesmo."

"Você fala como se estivesse topando alguma atividade perigosa."

"Tudo tem algum risco."

"Qual você acha que é o risco nesse caso?"

"Ah, só de eu virar um imbecil de consultoria, enquanto você vira uma pessoa boa."

"Não sei por que está dizendo isso", disse Greer. "Eu nem tenho emprego ainda."

"Vai ter."

"Na verdade tenho uma ideia de um lugar interessante para me candidatar", disse ela surpreendentemente encabulada.

"Me conta."

"Não. Ainda não. Provavelmente nem vai dar em nada, e primeiro preciso descobrir se vai. Mas, de qualquer forma", disse ela, diretamente à câmera, "mesmo que você vire um cretino, e mesmo que eu vire essa santarrona que você está dizendo, vamos fazer isso um bem na frente do outro, um para o outro. Finalmente. Vai dizer que isso não vale de alguma coisa?"

Ele não respondeu de primeira. Ela olhou para ele com firmeza, e ele podia jurar que ela parecia saber de tudo a respeito de tudo o que ele já fizera, tudo de bom e tudo de vergonhoso. Por um segundo quase torceu para a conexão do Skype falhar um pouco, como acontecia às vezes no meio de um momento importante. Mas a conexão continuou firme, e Greer sorriu para ele e tocou a tela com um dedo, provavelmente onde se encontrava sua boca.

PARTE DOIS

Dois foguetes lado a lado

QUATRO

Ela tinha vindo de ônibus, o tempo inteiro acordada e com boa postura para não cair no sono nem ficar com as roupas e o rosto amassados, acabando por assemelhar com o que imaginava que seus pais pareciam quando moravam no ônibus escolar antes de ela nascer. Agora precisava aparentar ser uma pessoa desamassada e responsável, aparentar ser alguém que deveria ser contratada para trabalhar naquela modesta revista feminista que sobrevivera tanto tempo depois de seu ápice. Alguém que deveria ser contratada para trabalhar com Faith Frank.

Greer contara a pouquíssimas pessoas que faria aquela entrevista, mas menos pessoas ainda sabiam que na verdade ela não era grande fã da *Bloomer*. Embora a revista tivesse começado com materiais corajosos e legíveis, após quase quarenta anos tinha ficado um tanto mole, e era difícil competir com blogs como o *Fem Fatale*, que deixara as crônicas pessoais em prol de uma crítica radical a racismo, machismo, capitalismo e homofobia. Há pouco tempo, o *Fem Fatale* tinha publicado uma charge com Amelia Bloomer usando os calções bufantes associados a seu sobrenome, e neles estava escrito "revista *Bloomer*", e em um balão de diálogo Amelia dizia: "Hora de levantar a moral das brancas hétero de classe média de novo." A equipe do *Fem Fatale* era jovem, e de sua redação em uma antiga fábrica de doces em Seattle escreviam e organizavam-se para lutar por questões como direitos queer, direitos trans e justiça reprodutiva. A *Bloomer* também se esforçava, mas se por um lado a redação era bastante diversa, e a diversidade frequentemente estivesse em pauta na revista, ela transpirava um quê de formalidade e desconforto. Tinha tentado se atualizar, mas de forma desairosa. Até seu site era ligeiramente granulado e sonolento.

A redação da *Bloomer* agora ficava em um pequeno prédio comercial a oeste da Quinta Avenida, numa rua acima da Trinta. Andando pelo corredor estreito, Greer ouvia o zunido de um motorzinho dentário por trás da porta de um certo dr. L. Ragni, cirurgião-dentista. Junto da porta em frente àquela, ela tocou a campainha da *Bloomer*, mas ninguém atendeu, então ficou esperando. Tossiu, como se isso fosse ajudar, e observou uma pessoa chegar, se aproximar da porta do dr. L. Ragni, e entrar assim que tocou o interfone. Era um ensolarado dia útil de primavera na cidade de Nova York, e por algum motivo, ninguém estava atendendo a porta da *Bloomer*.

Greer girou a maçaneta, mas a porta estava trancada. Então bateu na porta, mas ainda assim não apareceu ninguém. Ficou confusa, mas, mais do que isso, a falta de resposta a fez perceber o quanto queria trabalhar ali, e que se não conseguisse ficaria muito decepcionada. Faith Frank parecera ter lhe oferecido uma oportunidade incomum no ambiente cinzento daquele banheiro feminino havia três anos e meio, de forma que Greer continuou postada por um bom tempo batendo à porta daquele corredor cheio de dentistas, seguradoras e startups. Ela sabia que havia gente por trás da porta da *Bloomer*; ouvia-as se mexerem e falarem. Era que nem ouvir camundongos andando pelas paredes da sua casa e não saber como chegar a eles.

Na quarta-feira passada, Greer, nervosa, tinha discado o número no cartão de Faith Frank, que passara a faculdade inteira guardado em sua carteira. Na ocasional limpeza de carteira que acontecia em momentos de grande tédio, o cartão sempre conseguira escapar. Sempre que o via, lembrava da noite em que o recebera, e sentia-se entusiasmada e muito alerta.

Nas últimas semanas, Greer se candidatara a diversas vagas de emprego em organizações sem fins lucrativos, mas só havia conseguido uma entrevista em uma organização que propagava um suplemento nutricional salvador em países africanos em desenvolvimento. Aquela entrevista, realizada por Skype, não fora bem. Ela não tinha nenhuma experiência com aquele tipo de trabalho, e o pediatra que a entrevistou era chamado a toda hora, deixando-a desconfortavelmente sentada em frente à tela vazia por minutos a fio, observando um pôster pregado na parede do médico: uma criança morrendo nos braços da mãe.

Por fim, depois de tantas conversas de alojamento estudantil sobre o começo da carreira e a escolha de uma área específica, Greer pensou em se candidatar a um emprego na revista de Faith Frank. Seria um trabalho significativo em que poderia utilizar sua aptidão para escrever. De dia ela seria basicamente paga para ser feminista, e de noite ela podia desenvolver a própria escrita. Zee concordou que valia a tentativa. "É um trabalho que é a sua cara. Eu mando tão mal com qualquer coisa que seja por escrito", acrescentou Zee. "O que é uma pena, porque seria ótimo trabalhar para a Faith Frank."

Greer explicara à pessoa que atendera o telefone na *Bloomer* onde e quando conhecera Faith. De algum modo, no dia seguinte, haviam lhe ligado de volta, e a assistente disse: "A Faith lembrou de você." Palavras tão chocantes, essas. Greer não sabia como era possível Faith Frank lembrar dela depois de três anos e meio, mas, pelo jeito, lembrava.

Agora que ninguém atendia a porta na *Bloomer*, tudo começava a parecer uma triste pegadinha elaborada. Finalmente, passado um tempo longo demais, a porta foi abruptamente aberta por uma moça que olhou para Greer e disse com rudeza: "Sim?"

"Tenho uma entrevista de emprego com a Faith Frank."

"Ai, coitada."

"Como?"

A mulher simplesmente se virou e entrou no dédalo de salas, atrás da recepção sem recepcionista. A distância, havia uma aglomeração de mulheres num corredor. Greer procurou Faith, mas não a viu. Havia alguma coisa de muito errado naquele lugar. A antipática atendendo a porta, as funcionárias aglomeradas, a atmosfera de luto, preocupação, choque. Então o grupo de mulheres se dividiu ao meio, feito cortinas se abrindo, e entre as metades Greer enxergou em cheio um pequeno escritório no final do curto corredor, com a porta aberta. Lá dentro, duas mulheres se abraçavam. Uma delas dava tapinhas nas costas da outra. A mulher que estava confortando, via-se agora, era Faith Frank. Era para ela que todas olhavam naquele momento de consternação.

"Alguém morreu?", perguntou Greer a uma mulher de meia-idade que estava por perto.

A mulher a olhou calmamente. "Sim. A Amelia Bloomer", disse ela. Quando Greer continuou olhando para ela, sem compreender, a mulher explicou: "Estamos *fechando*. A editora Cormer está encerrando nossas atividades de vez. Feliz funeral para nós."

"Sinto muito", foi tudo o que Greer conseguiu dizer. A primeira coisa em que pensou, que depois muito a envergonhou, não foi no que isso significava para a missão da revista ou sua equipe, mas sim como aquilo a afetava pessoalmente.

Faith, que estava há mais tempo na *Bloomer*, contava agora com cerca de sessenta e cinco anos, e o amor que as pessoas sentiam por ela, Greer sabia, tinha mais a ver com sua nostalgia pelo passado do que qualquer outra coisa. O *Fem Fatale* seria um lugar muito melhor para se trabalhar do que a *Bloomer*, embora não houvesse dinheiro envolvido no blog.

Agora ela não tinha mais como trabalhar para Faith Frank, e nunca mais teria. Porém, enquanto absorvia a notícia em seu egocentrismo, percebeu que a redação estava ficando silenciosa. Alguma coisa ia acontecer. Faith aprumou-se mais e olhou a seu redor, preparando-se para falar. "Atenção, amigas", principiou ela. Nada de "atenção, gente!" feito uma professora pomposa e cansada, e nada, igualmente, da última moda em matéria de gente falando com grupos, "atenção, meninas", especialmente porque ali só havia mulheres, bem crescidinhas. "Hoje estou de coração partido", disse Faith. "Como todas nós, eu sei. Mas pelo menos nossos corações estão partidos juntos. A gente fez muita coisa. Protestamos juntas. Comemoramos juntas. Lutamos pelos direitos iguais, e pelos direitos reprodutivos, e contra a violência. E bem aqui, na nossa redação, escrevemos sobre tudo isso. E fomos uma à casa da outra para bater papo sobre tudo o que nos viesse à cabeça, e comemos muito broto. Broto disso e broto daquilo. Sabem, acho que foi a gente que colocou o broto na moda." Ouviram-se risadas comovidas. "Olha, algumas das coisas que fizemos deram certo, e outras deram tremendamente errado – a Emenda de Direitos Iguais, por exemplo –, mas o que eu sei e vocês sabem é que tudo o que fizemos foi importante. E ainda é. Nós fizemos história, a história da luta feminina pela igualdade, embora seja até desnecessário eu dizer isso para vocês. A gente faz isso há muito tempo, e vamos continuar fazendo." Ela olhou ao redor. "Ah, não chora, por favor, senão todas nós vamos chorar, e vamos acabar nos dissolvendo numa poça de lágrimas feito mulheres do século XVIII." Algumas pessoas riram em meio às lágrimas, o que mudou ligeiramente o clima. Então Faith falou: "Sabem de uma coisa? Mudei de ideia. Vamos todas chorar! Para tirar isso do nosso sistema, e aí a gente poder logo voltar a pegar no batente."

Faith estava idêntica à vez em que falara em Ryland: bondosa, inteligente, abrindo espaço para as emoções das outras pessoas. A verdade era que ela não era uma pensadora rara ou particularmente original. Mas era alguém que usava de seu apelo e talentos para inspirar e, às vezes, consolar outras mulheres. Greer não conseguiria trabalhar na *Bloomer*, porque a *Bloomer* deixaria de existir em todos os meios, e ela não teria nem a chance de sentar para ser entrevistada por Faith Frank, o que teria sido delicioso, independentemente do resultado.

"Chegamos ao fim desse empreendimento, e agora é hora de nos espalharmos pelo mundo", afirmou Faith a todas. Então ela apontou para quem estava a seu redor. "Mas *isto*", disse ela, "não acabou, e nós sabemos que nunca vai acabar. Nós não vamos sair de cena. Vejo vocês todas aí pelo mundo."

As mulheres aplaudiram, algumas choraram, e várias começaram a falar em vozes concorrentes e a tirar fotos em grupo. Alguém abriu um champanhe, e outra colocou música, apropriadamente, o velho sucesso de Opus, "The Strong Ones". Greer aproveitou esse momento para ir embora, e enquanto andava ouvia as letras que abriam a música:

> Don't ever think I'll be easily beat
> Just because I'm wearing Louboutins on my dainty feet
> We are the strong ones
> We are the lithe ones

We are the subtle ones
We are the wise ones...

Greer sentia uma congestão de decepção, e além disso, outra coisa, mais substancial e diferente. Ela retornou ao corredor, onde, por trás de outras portas, davam-se os ruídos do cotidiano: o motorzinho do dentista guinchando, um dubstep vibrando, o chilreio e o murmúrio de pessoas cuidando de seus assuntos. O mundo continuava a girar enquanto aquela revista feminista modesta mas um dia importante estertorava e morria.

Cory estava em um café na esquina da rua Trinta a oeste, esperando por ela, conforme o combinado. Ela não podia dizer exatamente a que horas terminaria a entrevista, e ele dissera: "Não esquenta, vou só me organizar para ficar por lá." Ele estava na mesa do fundo com um moletom laranja de Princeton, um texto de economia aberto à sua frente. Naquela época, um bigode fino e uma barbicha sobre o queixo emolduravam a sua boca. Sem palavras, Greer se inseriu na cabine ao lado dele e ele abriu os braços para abraçá-la, e ela entrou neles. "Não foi bem?", perguntou ele.

"Estão fechando."

"Ah não. Que pena. Chega mais aqui comigo", disse, e ela virou o rosto para cima para ele poder beijar sua boca, suas bochechas, seu nariz. Ele queria que ela conseguisse o que queria. Nem mesmo conhecera Faith Frank pessoalmente, embora tivesse ouvido Greer falar dela sem parar depois da palestra no primeiro ano, além de dar a ele um curso em tempo real de feminismo conforme ela mesma ia absorvendo suas ideias. Era basicamente o mesmo jeito como Greer havia aprendido o que eram microfinanciamentos com Cory, ou pelo menos a noção geral. Ali estava ele esperando por ela, oferecendo seu ombro amigo.

"Você encontra alguma coisa", disse ele. "E eles vão ter sorte em te contratar."

"'Eles' quem?"

"Seja quem for."

"Não é só por causa do emprego, na verdade", disse ela alguns momentos depois. "É também por ela e pelo que representa. E como ela se portou quando nos conhecemos. Faith Frank."

"É, eu sei. Minha concorrente."

Ele estendeu a mão e brincou com as pontas do cabelo dela, esfregando-as entre os dedos. Ele fazia isso às vezes, ela percebera, quando não sabia muito bem como consolá-la. Ela lembrou de Darren Tinzler mexendo no colarinho de sua blusa, não para consolá-la, mas para seu deleite e interesse pessoais. Cory ficava nervoso ao vê-la triste, e ela sabia que a vontade dele era de intervir e fazer alguma coisa. É claro, também era verdade que ele gostava de tocar nela. Ela achegou-se ainda mais a ele, e Cory abrigou seu crânio inteiro na palma de sua enorme mão. Ele acariciava sua cabeça, seu rosto; então sua mão chegou ao pescoço, o polegar afagando o U em baixo-relevo entre suas saboneteiras, e ela beijou o rosto dele. Ambos sentiam-se um tanto rançosos, tendo vindo de ônibus e trem de suas universidades naquele mesmo dia. Ela adoraria entrar numa banheira com ele, e então percebeu que nunca haviam feito isso, tomar banho de banheira juntos. Quando morassem juntos fariam isso, quando tudo isso estivesse resolvido e fosse coisa do passado. Ela imaginou as pernas compridas dele fazendo uma marola na banheira.

"Hoje percebi — ficou muito bem definido para mim — que queria conhecê-la", disse Greer. "E acho que também queria que ela me conhecesse. Sei que é questão de *hubris*. Uma palavra que o professor Malick adora." Ela fez uma pausa. "Talvez eu escreva algo para Faith Frank, meio que uma carta dando os pêsames. Você acha que fica bem?"

"Acho que você sabe bem o que fica bem."

"Uma vez a Zee me disse que eu deveria ser amiga por correspondência da Faith Frank, mas é claro que seria ridículo. Pelo menos agora eu tenho algo a lhe dizer."

Naquela noite, Greer mandou um e-mail para Faith:

Cara Ms. Frank,
Fui a uma entrevista com você hoje à tarde, e estava presente quando você se despediu de todos. Ouvindo você falar, parecia que eu já

te conhecia. Acho que todo mundo deve se sentir assim a seu respeito. Obrigada por todas as suas décadas de trabalho efetivo em prol da mulher. Temos muita sorte de ter você.
Cordialmente,
Greer Kadetsky

Greer começou a enviar mais currículos. O plano era que, depois da formatura, que ia se realizar em algumas semanas, ela e Cory passariam um mês em Macopee morando em casa antes de ir à cidade tentar arrumar um apartamento no Brooklyn. Mas Greer ainda não tinha nenhum emprego à sua espera. Ela começou a ficar preocupada com o seu futuro, até mesmo preocupada com a incerteza. Então, um dia, Cory recebeu sua própria notícia decepcionante. A Armitage & Rist mudara sua oferta, e agora queria que ele viesse trabalhar para eles na sua filial de Manila. Deixaram a oferta ainda mais tentadora em termos de salário, mas a notícia era um choque, e ele ficara com medo de contar para ela.

"Será que a gente vai ficar junto um dia?", perguntou ela.

"Sim."

"E se você disser para eles que não pode ir?"

"Então fico sem emprego. Todos os cargos juniores de consultoria estão ocupados por agora, e preciso fazer muito dinheiro. Lionel, Will e eu fizemos esse acordo. Olha, estou me sentindo um merda", disse ele. "Queria que a gente fosse para o nosso lugar. Imaginei tudo. Quadros nas paredes. Colheronas na cozinha."

"Colheronas?", disse ela. "A gente nunca conversou sobre isso. Você imaginou colheres?"

"É", disse ele, com certa timidez.

A faculdade terminou de forma frenética e fragmentada, exatamente como havia começado. Greer e Zee começaram a desmontar seus quartos, e nenhuma delas estava satisfeita com o que as aguardava logo a seguir. Zee se mudaria de volta para a casa dos pais em Scarsdale, e ficaria morando lá enquanto estudava para ser técnica jurídica, coisa que ambos os seus pais a pressionaram a fazer – "semiobrigaram a fazer", disse Zee – porque ela não tinha nenhum outro plano, nem outra capacitação. Se fosse por ela, teria procurado emprego num perfil ativista, talvez como líder comunitária, e chegara até a jogar a ideia para os pais, mas eles a desconsideraram na hora. "Pense a sério e no longo prazo", dissera sua mãe. "O potencial de salário desses empregos não é bom."

Na última noite de todas, o quarto ano em peso de Ryland foi em vários ônibus para uma praia feia a uma hora do campus, onde armaram uma fogueira e Dog empunhou o ukulele mais uma vez, e cantaram muitas músicas tristes e comoventes. Greer e seu grupo de amigas sentaram-se em círculo. Zee andava em círculos pela areia, dizendo: "Sério? É assim que tudo acaba? Que deprimente. Parece uma última viagem para doentes terminais verem a natureza."

Greer voltou à casa em Macopee enquanto pensava no que fazer a seguir. Cory foi de classe executiva até Manila via Cathay Pacific, aconchegando-se sob um cobertor felpudo, tomando uma taça de Shingleback McLaren Vale Shiraz enquanto as luzes da cabine se apagavam. "Você só precisa saber de uma coisa sobre a minha vida", contou-lhe ele por mensagem de texto assim que pousou. "Que eles me deram um pijama para usar no avião."

Em Macopee, Greer foi trabalhar em período integral na Skatefest, a mesma loja em que havia trabalhado em meio período no colégio. Ela agora passava os dias entregando skates às pessoas, e suas tardes enviando seu currículo e jantando melancolicamente, muitas vezes a sós com um romance. Por fim já não estava mais com tanta raiva dos pais como antigamente, percebeu – eles eram marginais demais para isso, fracos demais –, mas sua ligação com eles parecia vaga, como se precisasse se lembrar quem exatamente eram aquelas pessoas. Eu estar aqui é temporário, pensou. É feito uma vitória-régia. É isso que acontece depois da faculdade. Mais dia, menos dia, vou ter chance de pular para a próxima etapa.

Às vezes Cory ligava de Manila enquanto Greer estava sentada no balcão de aluguel de skates no meio do dia. Havia uma diferença de doze horas para onde ele estava; suas vidas estavam opostas de todas as maneiras. "Estou sozinho, de saco cheio, e morto de saudades de você", disse ele.

"Eu também estou com saudades. Morta de", disse ela. "Gostei disso."

"Queria estar na sua cama nesse minuto, Kadetsky Espacial", disse ele. "Eu bem que queria o poder de encolher até conseguir passar por esses buraquinhos do telefone."

"Quem sabe você tem." Ela fez uma pausa e deu um suspiro; ele suspirou também. "Ontem à noite tive um sonho", contou Greer, "em que combinávamos de nos 'encontrar no meio'. O meio era uma balsa no oceano."

"Foi bom?", perguntou ele.

"Ótimo. Mas aí de repente minha mãe apareceu do nada, vestida de palhaça. Cortou o clima um pouco."

"Dá para imaginar. Sabe", disse ele depois de um segundo, "talvez dê para fazer alguma coisa sexy por telefone."

Tinham feito sexo por telefone e Skype uma ou outra vez durante a faculdade; Greer sempre ficara um tanto nervosa, com medo daquilo ser interceptado de algum modo. "A NSA não liga para o seu orgasmo", dissera Cory. "Pode acreditar." Mas por outro lado, ela tendia a não fazer barulho mesmo quando faziam sexo pessoalmente. "Se uma freira e um ratinho tivessem uma filha, seria eu", dissera a ele uma vez depois de terem dormido juntos em sua cama de criança.

Então agora ela disse: "'Fazer alguma coisa sexy por telefone'? Não dá, Cory, estou no trabalho. Tem gente aqui." Ela sentiu sua nuca se arrepiar ao pensar naquilo. A distância, adolescentes e pais com crianças pequenas deslizavam pelo rinque da Skatefest. O som parecia o do mar, chegando a ela em ondas arranhadas conforme os skatistas se aproximavam ou se afastavam. Ela pensou em Cory em cima dela, mãos por todo o seu corpo, possuindo-a, bem-vindo. Sua excitação a fez esquecer do cheiro de chulé alheio e da vitrine de salsichas de cachorro-quente rotativas, que pareciam cristalizadas.

"Você tem algo mais interessante para fazer, Kadetsky?", perguntou ele.

"Sim."

"O quê?"

"Alugar skates para skinheads."

"Ah."

"Mas queria poder ter, sabe", disse ela com tristeza. "Queria mesmo."

"Eu sei."

Tristeza, excitação, e tristeza de novo; aquilo tudo ia e vinha feito o ruído dos skatistas pelo piso do rinque. Segura firme!, pensou ela, tanto para si mesma quanto para Cory, mentalizando os dois juntos na cama, e o esforço em conjunto que os casais precisam fazer para serem um casal, e permanecerem um casal. Se um deixar de lado, pronto, já era, os dois caíam. Segura firme!, pensou ela, imaginando o corpo dele, e seu corpo bem menor junto do dele.

"Você tem que ir dormir", disse Greer, por fim. "Está tarde aí onde você está."

"Preciso olhar meu *pitch* para amanhã."

"Infelizmente, não sei o que é isso."

"Infelizmente, nem eu, mas estou fingindo que sim. Amanhã de manhã vamos para Bangcoc para uma reunião. Estou com saudade", afirmou ele de novo. "Me imagine bem mauricinho, com camisa social branca e gravata."

"Aposto que ficou gato", disse ela. "Me imagine com a túnica laranja e o bonezinho da Skatefest."

E assim ia, conversas com Cory em outro continente enquanto Greer se apoiava no balcão grudento e envernizado de aluguel de skates. Depois do trabalho, à noite, ela voltava pela rodovia dirigindo o velho Toyota dos pais. Às vezes, na rua Woburn naquele verão estagnado, ela estacionava o carro e ia conversar com o irmão de Cory, Alby, agora com oito anos e lindo, cabeçudo, que muitas vezes podia ser visto ao ar livre andando com seu patinete Razor, descendo rápido a rampa da garagem.

"Greer, você pode cronometrar minha volta no quarteirão?", disse ele certo dia quando ela voltou para casa no carro dos pais. Ele a estava esperando, percebeu ela, traçando círculos pela rua até o carro dela aparecer. Então ela concordou em medir seu tempo com o cronômetro que ele trazia consigo especialmente para aquele fim. "Quero bater o meu recorde", disse Alby. "Você sabe o que é, né? É quando a pessoa consegue fazer um tempo menor que o próprio tempo anterior."

"Não acredito que você disse 'cronometrar'. Quer dizer, na verdade, eu acredito."

"O Miles Leggett me disse que o pai dele me chama de *Rain Man*."

"Bom, então o pai dele não sabe nada do que está falando."

"Um dia ele vai saber. Quando eu ganhar o prêmio Nobel, por exemplo."

Ela riu. "É bom ter um objetivo. Você vai ganhá-lo em que área?"

"Ah", disse Alby. "Eu não sabia que precisava de uma área. Preciso escolher agora?" Enquanto ele falava, ela já sabia que repetiria a conversa amanhã para Cory no Skype.

"Não", falou Greer. "Não precisa escolher nada agora. Vamos lá, então. Vou te cronometrar."

"Olha o Slowy também", disse Alby, e aí Greer viu o casco da tartaruga dele na grama próximo à entrada da garagem.

"Pronto?", perguntou Greer, e Alby fez que sim. "Preparar", disse ela. Ela fez uma pausa e ficou olhando ele inclinar o corpo para a frente. "*Já!*"

Greer soltou o botão de iniciar assim que Alby desceu pela rampa; logo ele tinha sumido de vista. A porta da frente da casa da família Pinto se abriu e Greer viu Benedita no umbral, procurando o filho. Sempre havia uma distância entre ela e Greer. "Estou marcando o tempo dele, sra. Pinto", explicou Greer. "Ele está dando a volta no quarteirão com o patinete."

"Tudo bem", disse a mãe de Cory, chegando perto dela, e as duas ficaram em silêncio, nenhuma se mexendo, ambas baixinhas, e tão imóveis quanto a tartaruga a seus pés. Aguardaram Alby feito duas mulheres de marujo de antigamente aguardando os maridos voltarem do mar. O silêncio parecia já se estender demais, e então, como se a barreira do som tivesse se rompido, ouviu-se uma roda rolar sobre o asfalto, e ambas olharam para o lado ao mesmo tempo e viram Alby fazer a curva entrando na Woburn e indo em sua direção. Observando-o se aproximar, ambas entraram num estado de felicidade inexplicável e compartilhada.

Alby veio chutando o chão até retornar à rampa da garagem e terminar aos pés de Greer e sua mãe. Ele estava sem fôlego, rosto em brasa, seus ombrinhos subindo e descendo. "Greer, qual foi meu tempo? Qual foi o meu tempo?", perguntava ele. Momento em que ela percebeu que esquecera de parar o pequeno cronômetro prateado, que ainda pulsava na palma de sua mão.

Certa noite, bem tarde, naquele verão, quando Greer estava na cama com seu computador, surgiu um e-mail em sua caixa de entrada de um endereço que ela não conhecia: FF@scvc.com. Ela clicou sem pensar, presumindo que era spam. Mais tarde ela diria a Cory: "E se eu tivesse deletado e nunca tivesse respondido? Fico com náusea só de pensar."

> Cara Greer Kadetsky,
> Há alguns meses, você me enviou uma mensagem muito gentil em um momento muito difícil para mim. Infelizmente, não consegui responder; me desculpe. Você pode imaginar o número de mensagens que recebi. Estou entrando em contato com um número seleto de pessoas para montar uma equipe para um novo empreendimento importante, e como você estava interessada num cargo na *Bloomer*, fiquei pensando se você estaria interessada em fazer uma entrevista para participar dessa iniciativa. Será algo bem diferente, embora no momento eu lamentavelmente seja obrigada a fazer um certo mistério a respeito.
> Calorosamente,
> Faith Frank

Calorosamente! Aquela para Greer era novidade. Ela nunca vira ninguém assinar um e-mail daquele jeito, e aquilo lhe pareceu por algum motivo não apenas adulto, como também sonoro, sofisticado, instruído. Sentiu vontade de assinar seu e-mail de resposta a Faith daquele jeito também, mas sentiu que pareceria uma menininha experimentando o vestido de baile da mãe. Greer escreveu rápido a resposta, sentindo uma palpitação na pálpebra:

Cara Faith Frank,
Eu estava aqui sentada conferindo o e-mail e de repente você apareceu. Um endereço eletrônico diferente, mas a mesma pessoa. É claro que estou MUITO interessada em seu novo empreendimento importante, apesar da aura de mistério – ou até mesmo por causa dela. Por favor me diga como faço para marcar uma entrevista. Muitíssimo obrigada por ter pensado em mim.
Atenciosamente,
Greer Kadetsky

Então ficou ainda mais chocada quando Faith respondeu na mesma hora.

Cara Greer,
Que ótimo! Minha assistente Iffat Khan entrará em contato com você pela manhã.
Calorosamente,
Faith

P.S.: Por que ainda estamos as duas acordadas? Como dizia minha mãe, devíamos nos dar uma bela pancada com a frigideira e dormir logo!

Ao que Greer replicou:

Cara Faith,
Nota mental: comprar uma frigideira. Não há como pregar o olho depois dessa. Empolgada demais com a perspectiva do nei (ou seja, novo empreendimento importante). Boa noite!
Greer

Três dias depois, ela estava no ônibus retornando a Nova York. Desta vez o endereço era num arranha-céu todo espelhado no centro da cidade, chamado Strode Building. Na portaria, Greer teve de se identificar, e tiraram uma foto horrorosa dela em que parecia ter uma tromba. Pior que isso: teve de usar a foto como crachá, e fizeram-na passar por uma catraca que abriu as mandíbulas para deixá-la entrar; e então ela foi alçada ao vigésimo sexto andar, onde o elevador se abriu para um espaço tão vazio, branco e amplo que não conseguiu entender se ainda estava em construção, ou se era o jeito que ele deveria ficar de vez. Parecia uma estação espacial flutuante, um campo em branco que sugeria uma complexa geometria de cubículos à distância remota, tudo alvíssimo, e nada de nome institucional em negrito dominando a recepção, de forma que ela ainda não sabia ao certo onde estava.

"Tenho hora marcada com a Faith Frank", disse à recepcionista com tom agradável, porém cuidadosamente modulado com a importância que sentia ter. A moça fez que sim e falou com alguém pelo *headset*, e em momentos outra moça apareceu – elegante, serena, com uma bolinha em seu nariz do tamanho de uma semente.

"Meu nome é Iffat Khan", disse a segunda mulher. "Sou assistente da Faith. Prazer em conhecer. Venha comigo. A Faith está recebendo algumas pessoas." Greer a acompanhou por um corredor branco que desaguava feito um riacho numa imensa sala branca. Em uma longa mesa branca feita de uma antiga porta – resquício de um prédio em que muito tempo atrás haviam acontecido assembleias secretas de sufragistas, do que ficaria sabendo no seu primeiro dia de trabalho – estava Faith Frank, e espalhadas pelo recinto, de pé e sentadas, estavam diversas mulheres de várias idades, e dois homens.

Faith levantou-se para recebê-la. É claro que envelhecera mais alguns anos após aquela noite na capela de Ryland, e de perto a mudança era leve, porém perceptível; assentava-lhe bem. Faith ainda era uma pessoa séria e glamourosa, inteligente, de maçãs do rosto proeminentes, calorosa, generosa, e tudo isso era de novo empolgante. Faith a apresentou a todo mundo, mas Greer mal conseguia prestar atenção aos nomes, e logo aquelas pessoas levantaram e foram embora, então nem mesmo importava quem eram. Se ela fosse contratada, aprenderia seus nomes imediatamente.

"Você conseguiu dormir alguma coisa depois que te contatei?", perguntou Faith.

"Sim, e você?"

"Nem a muito custo."

"Bem, então que bom que eu te trouxe isso", disse Greer. Ela enfiou a mão na bolsa e, com um gesto floreado, mostrou a pequena frigideira que havia comprado na Target perto da casa dos pais e levara consigo para a cidade grande, só para o caso de parecer adequado presenteá-la a Faith, o que, na opinião dela, provavelmente não ia acontecer. Mas naquele momento resolveu tentar a sorte. Faith fez cara de surpresa, mas depois sorriu. De repente, nascia entre elas uma piada interna.

"Ah, essa é boa", disse Faith. "Engraçado. Com certeza vou dar com ela na minha cabeça se não conseguir dormir. E sempre que fizer isso, Greer, vou pensar em você." Ela colocou a frigideira numa mesa de canto e disse: "Vamos ao que interessa antes que venha alguém com alguma outra emergência." Sentaram-se juntas em um sofá branco voltado para a vista lá fora, de um dia útil. Era impossível olhar para aquela cidade do alto sem pensar por um segundo no 11 de setembro, mesmo nove anos depois. Qualquer vista panorâmica da cidade parecia pedir um breve silêncio abismado. Colunas de fumaça subiam; sinais de trânsito piscavam; naquela teia tudo se movimentava. Aquele momento de quietude não era desagradável. Era só um momento de seriedade, nascido de algo terrível, mas agora desligado dele.

Faith sorveu um longo gole da caneca de chá à sua frente. Perto dela havia latinhas de oolong, Earl Grey e jasmim. Um infusor de chá estava jogado de lado, com lâminas de folhas usadas se projetando pelas frestas como os pelos das narinas de um velho. "Depois que a *Bloomer* encerrou as atividades", começou Faith, "eu fiquei atordoada, até mesmo com uma leve depressão. Fui passar um tempo na minha casa de veraneio para me ressituar. E um dia atendi o telefone e era um velho amigo. A gente se conhece há várias décadas, e nossos caminhos divergiram muito, para usar um eufemismo. Ele é Emmett Shrader, o investidor de risco." Ela fez uma pausa. "Você sabe de quem estou falando, não?"

Greer fez que sim, mas não estava inteiramente certa; ela sabia quem Emmett Shrader era, *por alto*, assim como antes já soubera quem era Faith Frank um pouco menos por alto, mas ainda assim ansiava a chance de jogar no Google o nome do investidor de risco bilionário assim como fizera com o de Faith, de forma que pudesse soar instruída naquela entrevista. "Ele disse que tinha uma oferta para mim", disse Faith. "Eu pensei que ele ia querer comprar a *Bloomer* e que ela teria uma nova encarnação, ainda que aos trancos e barrancos. Mas ele falou, perdão, mas não seria isso; a *Bloomer* não era mais viável no mundo de hoje."

"Nem o website?", perguntou Greer. "Quer dizer, se você o reformulasse, claro. Sem querer ofender", acrescentou apressadamente. "Mas isso passou pela minha cabeça."

Faith fez que não. "Não. Ele disse que em todos esses anos havia admirado muito nossa missão, nossa determinação, mas que tinha planos mais ambiciosos. Ele me disse que queria colocar alguns dos ideais do feminismo no mundo de um jeito novo. Então eis aqui o que pretendemos", prosseguiu Faith. "A firma dele vai financiar uma fundação em prol da mulher. O que vamos fazer, basicamente, vai ser conectar palestrantes com o público. Queremos tratar das questões mais prementes para a mulher no mundo de hoje. Vamos ter reuniões de cúpula, palestras, conferências. Ele está oferecendo um financiamento robusto." Ela fez uma pausa. "Sei que vamos ouvir críticas, pelo Shrader ser o Shrader."

"Como assim?"

"Ah", disse Faith, "ele tem aquele jeito dele. Nem sempre usou decentemente seu dinheiro. Financiou uns empreendimentos bem questionáveis. Você pode ler e se informar. Foi o que eu fiz. Não fico feliz com isso, mas ele também cometeu heroísmos frequentes com o dinheiro dele, e parece ter um desejo real de que isso funcione. É um risco. Mas prometeu que vai bem fundo nisso. É claro que isso não vai ser tudo o que a gente vai ouvir em matéria de crítica. Também sobra pra mim."

Greer sentiu vontade de dizer: Quem seria capaz de criticar *você*? Mas ela sabia quem; ela os vira em blogs, e é claro, na seção de comentários do *Fem Fatale*.

"Eu faço o que posso", disse Faith. "O que posso pelas mulheres. Nem todo mundo concorda com meu método de ação. Mulheres no poder nunca estão a salvo de críticas. O tipo de feminismo que pratico é um dos jeitos de fazer isso. Há inúmeros outros, e isso é ótimo. Há moças apaixonadas e radicais por aí afora, contando diversas histórias. Tiro o chapéu para elas. Precisamos delas. Precisamos do maior número de mulheres lutadoras possível. Aprendi logo de saída com a grande Gloria Steinem que o mundo tem espaço para a coexistência de diferentes feministas, pessoas que querem enfatizar diferentes aspectos da luta pela igualdade. Sabemos que as injustiças são infindáveis, e vou usar todo recurso que estiver à mão para lutar como aprendi."

"Desde que você continue usando suas botas", comentou Greer impulsivamente. Ela se lembrou de que tinha pensado que trabalhar no *Fem Fatale* seria mais empolgante do que trabalhar para Faith Frank, mas entendeu naquela hora que isso não seria verdade.

Então Faith acrescentou: "Há outro aspecto do empreendimento sobre o qual eu queria conversar com você, Greer. E foi por este motivo que finalmente decidi aceitar o cargo, depois de ter dito não ao Emmett." Ela reclinou o corpo mais para perto. "Veja só. Em algumas ocasiões", disse, "vamos ser capazes de iniciar um projeto especial de emergência que vai fazer diferença imediata nas vidas de algumas mulheres."

"Parece ótimo", disse Greer, embora fosse incapaz de imaginar o que aquilo quereria dizer a não ser em uma imagem confusa que envolvia uma série de mulheres fortes levando um banho de financiamento. Queria estar entre elas. Apesar de tantas vezes ficar calada e embaraçada, ela queria parecer a escolha adequada e inevitável: Greer Kadetsky, a moça ruborizada, que trabalha tanto quanto seu rubor sugere.

Vou dar todo o meu sangue por você, Faith Frank, era o que ela queria ter licença para dizer.

"A gente já deu o pontapé inicial do projeto. Há pouco tempo fiz o Emmett transferir fundos para uma organização voltada para melhorar a saúde e o bem-estar das mulheres de cor de áreas rurais do sul dos Estados Unidos. Aliás, nós vamos nos chamar Loci", afirmou Faith.

"Como é?", disse Greer.

"Eu sei. Tive a mesma reação. Mas o nome acaba te ganhando. Loci, o plural de locus. Porque há muitos problemas em que se concentrar, no que diz respeito a mulheres, e muitos lugares onde aplicar nossa energia. Não é o melhor nome do mundo, mas o prazo chegou ao fim e não tínhamos nada melhor. As pessoas veem a palavra escrita, L-O-C-I, e pensam: ah, meu Deus, como é que se pronuncia essa joça? Será Lóssi? Lóqui? Lótchi? Eu sou partidária ferrenha do *tchi*, à italiana."

"Então eu também!", disse Greer.

"O Emmett quer que eu finalize minha equipe rapidamente. Já contratei várias pessoas, e elas já começaram a trabalhar. Ele alugou esse lugar enorme aqui para a gente. Meu Deus, é tão diferente do que estou acostumada. Você viu a redação da *Bloomer*. Estou acostumada com lugares onde três pessoas dividem uma mesa, e o elevador sempre quebra. Para mim, é isso que quer dizer sororidade. Mas agora a gente tirou a sorte grande. A ShraderCapital nos quer por perto, e eles estão bem aqui em cima da gente, no vigésimo sétimo." Ela olhou para cima para enfatizar, depois entrelaçou as mãos e olhou direto para Greer. "E então, o que você achou?", perguntou ela.

"Achei incrível."

"Não é? Será que se encaixa no seu plano de vida?", perguntou Faith.

"Nem sei se tenho um."

"É mesmo? Pensei que todo mundo tivesse, com a sua idade. O meu era me afastar o máximo que eu pudesse dos meu pais."

Greer ficou encabulada. "Eu queria trabalhar aqui. Meu plano é esse. E à noite, eu queria escrever um pouco. Talvez até me tornar escritora algum dia, mas por ora quero um trabalho que me faça encarar o mundo, acho, e me ajude a... encontrar um sentido. Foi o que você disse quando te conheci. Enfim, acho que esse emprego pode servir para isso."

Faith assentiu, séria. "Certo. Vou ser bem franca com você, Greer. Não estou te entrevistando porque você seja alguma intelectual brilhante. Eu sei que você é inteligente – ótimas notas, e francamente você tem ótima redação, segue seu instinto, e acho que vai ser muito boa nisso um dia. Mas você tem, o quê? Vinte e dois anos? Aos vinte e dois, eu não sabia nada de nada, então resolvi fugir para ver o mundo."

"Para servir coquetéis em Las Vegas", disse Greer, se lembrando.

"Sim, exatamente. Não, estou te entrevistando principalmente porque acho que você é promissora. E olha, hoje você ter me trazido essa frigideira demonstrou sua verve. Então, se você estiver de acordo, gostaria de contar com você na nossa equipe."

"Ah, Faith, muito obrigada", agradeceu Greer, ruborizando. "Claro que estou de acordo."

"Vai ser um cargo de nível júnior, claro. Provavelmente vai consistir de muitas tarefas chatas e repetitivas."

"Duvido muito."

"Não, é verdade, me escute. Você vai começar marcando nossas palestras. Com o tempo você vai se envolver mais e mais com uma miríade de coisas por aqui. Depende de você a rapidez com que isso vai acontecer."

Greer mal conseguia continuar sentada enquanto a Faith lhe descrevia os detalhes do cargo. Sua vontade era de agachar no chão feito uma halterofilista e levantar o longo sofá no alto com Faith Frank e tudo, só para mostrar a ela que era capaz.

Duas semanas depois, Zee ajudou Greer a fazer sua mudança para um conjugado em Prospect Heights, Brooklyn. Ela jamais poderia bancar um lugar desses sozinha se Emmett Shrader não tivesse sido notavelmente generoso com todos os salários da Loci. O apartamento era uma caixa simples e encardida em um pequeno prédio, e precisava de uma superfaxina que nem Greer nem Zee estavam dispostas a fazer, mas também tinha os frisos originais e o teto de estanho com desenhos, e o contrato estava em seu nome. Através de amigos, Greer tinha encontrado uma cama, que fora posta em uma das seções do apartamento em forma de L; ela também comprou um sofazinho compacto, seminovo, que se abria e virava cama caso um amigo quisesse passar a noite ali, e ela o imprensou bem num canto do outro lado do cômodo. As paredes por ora só tinham alguns pôsteres genéricos. Havia uma flor-vagina pintada por Georgia O'Keeffe. "Não é a original, caso estivesse se perguntando", disse ela a Cory enquanto fazia um tour virtual pelo apartamento via Skype, carregando seu laptop pelo cômodo.

Enquanto Zee montava uma poltrona da IKEA para ela, Greer continuava o tour para Cory do lado de fora sozinha com seu telefone, oferecendo comentários em áudio, descrevendo a feira livre que acontecia ali pertinho, e a Grand Army Plaza, e o parque, e a Biblioteca Pública do Brooklyn com suas enormes portas douradas. Ali perto, disse ela, tinha o enorme Museu do Brooklyn e também o Jardim Botânico, e na Washington e na Franklin havia lojas de pastéis de carne caribenhos – "Não que eu vá sequer pisar nelas, mas você vai, logo, logo" – e lojas de desconto de cheques e pontos de táxi.

No fim daquela primeira tarde, com o lugar montado o bastante para ser funcional, Greer e Zee sentaram-se na escada da portaria. "Adoro a sua rua", dizia Zee algumas vezes enquanto ia esfriando ali fora.

"Eu também", disse Greer. "Mas parece tão estranho." Ela olhou para Zee. "Tudo bem com você lá em Scarsdale? Não está muito sozinha?"

"Eu aguento. Gosto da geladeira com máquina de fazer gelo. E dos assentos sanitários aquecidos e tudo o mais."

"Vem ficar na minha casa quanto quiser", mencionou Greer. "É sério. Pode aparecer sem avisar. Vou te dar uma chave."

"Obrigada."

"Agradeço muito tudo o que você fez", disse Greer. "Hoje teria sido tudo muito mais difícil. E isso só para arrumar o básico. Olha, você é a melhor pessoa, Zee. Sempre é. Só quero te dizer isso." Nesse momento ela sentia um potencial para lágrimas, por uma mistura de motivos. Amizade; medo.

"Não foi nada", disse Zee. Ficaram sentadas juntas um pouco mais, nenhuma delas querendo dar o dia por encerrado. "Bem, preciso pegar a Metro-North de volta", disse Zee por fim. "A juíza Wendy disse que vai fazer uma lasanha especial para o jantar, e minha presença à mesa é requisitada. Sei que você deve querer ficar sozinha no seu apartamento, mesmo."

Greer sentiu vontade de dizer: não vá embora ainda. Seu plano nunca fora morar sozinha. Não conseguia parar de pensar que Cory devia estar ali, os dois arrumando o ninho daquele jeito doce e auspicioso de casais de vinte e poucos anos. Zee partiu, e naquela noite, mais tarde, solitária porém empolgada, Greer comprou um jantar para viagem de um lugar a vários quarteirões dali chamado Yum Cottage Thai. Esse vai ser o meu point no bairro, pensou ela, e então percebeu: eu tenho um point no bairro. Greer ficou de pé sobre a pequena pia de cozinha comendo pad thai de verduras com um automatismo eficiente e feroz. Estalava alto os lábios, só porque estava sozinha e podia, e limpou óleo laranja e um vestígio de amendoim em pó do rosto com a lateral do braço.

Mais tarde, quando estava se aprontando para dormir, baques e estalos começaram a emanar do apartamento de cima, e um som de algo sendo arrastado. Não tinha a menor ideia do que aqueles sons eram, mas imaginava que, se Cory morasse com ela, estariam debatendo aquilo naquele momento. "Parece que estão jogando boliche lá em cima", diria ela a ele, e juntos na cama imaginariam um cenário que conteria os vizinhos de cima e sua pista de boliche caseira. "Como será que a liga deles se chama?", ela lhe perguntaria. Cory inventaria algo rápido, tipo, "Os Gentrifiquetes". E depois, é claro, Greer e Cory fariam seus próprios e variados ruídos particulares.

Seu trabalho ia começar dentro de três dias. Quando fora contratada pela Loci, ele lhe perguntara: "Você pesquisou tudo sobre a ShraderCapital, e sobre o próprio Shrader?"

"Até um certo ponto", disse ela.

"É bom você se informar bem. É o que qualquer um faria."

Ela viu que muito havia sido publicado sobre Emmett Shrader; parte do material tratava das empresas moralmente problemáticas com que ele se envolvera, outra parte de sua filantropia. Como Greer não sabia de nada a respeito de capital de risco – "*venture capital*", como às vezes as pessoas o chamavam – ou como seriam os negócios de um bilionário, ela não conseguia extrair muito sentido daquilo tudo a não ser para entender que ele tinha uma ficha em parte suja e em parte limpa, o que não lhe parecia incomum. Mas Faith gostava de Shrader e o descrevera como "um velho amigo", e isso obviamente tinha a sua importância.

Na véspera de o emprego de Greer começar, Zee foi tomar uma bebida com ela no Brooklyn. Ela também tinha que ir trabalhar pela manhã, tendo começado como técnica jurídica na firma Schenck, DeVillers. Equilibraram-se em banquinhos instáveis tomando cervejas e mastigando ervilhas com wasabi sob iluminação melíflua e deficiente. "Então você está dando a largada", disse Zee. "Lembre-se bem desse momento. Bata uma foto mental dele."

"De qual momento?"

"O momento antes de tudo começar. O momento antes de você começar, sabe, a sua vida."

"Não sei se vai ser a minha vida. Talvez eu nem vá mandar bem nisso."

"Você aprende a ser boa. Você é boa em um monte de coisas, Greer. Escrever. Ler literatura. Amar."

"Taí um conjunto de talentos bem estranho."

"Você é extremamente competente", disse Zee. "Foi fisgada pela fundação fodona da Faith Frank. O peito do pé de Pedro é preto. Eu sou sua fã número um."

"E eu sou sua fã número um", disse Greer. "Você que me levou à Faith Frank. Você que me fez ir àquela palestra. Eu provavelmente teria ficado no meu quarto lendo minhas fichas pautadas. E aí nada disso aqui ia estar acontecendo." Ela fez uma pausa. "Você me faz fazer muita coisa. Ou pelo menos me faz pensar em muita coisa de forma diferente.

"Óóóun."

"Bem, temos que agradecer à Universidade Ryland pela nossa amizade. Vamos deixar todo o nosso dinheiro para ela."

"Não vão receber um centavo", disse Zee. "Quando vejo a revista dos alunos fico tipo, sério? Por que eu gostaria de ler aquilo? Burrego Burraldo, turma de 81, agora trabalha com planejamento estratégico."

"Juntamente com sua esposa, Betty Burraldo", disse Greer.

"Mas podem escrever sobre você nas notícias sobre a turma", disse Zee. "Greer Kadetsky, turma de 2010, agora trabalha para Faith Frank."

"Isso soa bem, mesmo", disse Greer. Então, percebendo de repente que a conversa só estava tratando dela, falou: "As coisas vão entrar nos eixos pra você também, Zee. Sei que vão."

"Olha", disse Zee, agora mais baixo. "Trouxe uma coisa."

Ela colocou a mão no bolso da jaqueta, e Greer imaginou que fosse pegar uma lembrancinha sentimental com embrulho bonito. Lá dentro, haveria algum amuleto que Greer poderia levar consigo ou usar no pescoço para começar a trabalhar no seu primeiro emprego de verdade.

Mas Zee não tinha caixinha de presente na mão, nem um colar com pingente. Não, ela tinha um envelope. Será que era uma carta emotiva sobre quanto sua amizade significava para ela? Se fosse, seria muito comovente. As mulheres tinham permissão para dizer uma à outra como se sentiam sem ter que se reprimir. Agora, as mulheres podiam dizer "eu te amo" sem qualquer hesitação, incômodo ou sensação de que havia tensões sexuais implícitas entre elas, mesmo sendo uma delas lésbica.

"Ah", disse Greer, estendendo a mão para pegá-lo. "Obrigada, Zee."

"Na verdade, é para a Faith."

Agora a carta era um objeto incerto, algo que Greer não sabia mais se queria. Era como se tivesse sido tapeada, engabelada para receber uma intimação judicial sem saber que era esse o caso. "Como assim?"

"Bem", disse Zee, "ontem à noite no meu quarto, na casa dos meus pais, fiquei acordada até bem tarde e fiz uma dessas listas na cabeça que dizem pra você fazer para entender o que fazer da vida."

"Então isso é isso? Uma lista?"

"Não, não, calma. Sabe, para fazer essa lista, primeiro você deve pensar nas coisas que com toda certeza você não quer na sua vida. E percebi que não quero ser técnica jurídica – isso não me empolga – e sei muito bem que não quero ser advogada, pelo menos não societária. Fico vendo esses advogados juniores, aqueles que ficam até bem tarde e exercem direito societário e ficam sempre a postos feito médicos, só que o trabalho deles não está a serviço da humanidade, a não ser um ou outro trabalho gratuito que deixam eles fazerem de vez em quando. Sabe, é como se eles fossem o contrário dos Médicos Sem Fronteiras. Advogados Sem Almas, é assim que penso neles. Mas a firma dá um excelente salário a eles, e, no começo, para empolgá-los e meio que tonteá-los, levam-nos a jogos de beisebol e jantares, e lhes dão ingressos para ir ver o Cirque du Soleil – o que na minha opinião é castigo, e não presente – aquele monte de gente de malha colada, com losangos pintados na cara. Tem algo pior do que um arlequim? Mas essas coisas tiram o melhor de você, e não te fortalecem. Nem sequer te dão uma sensação boa. Nem a sensação de que você está de fato fazendo algo decente com seus dois segundos sobre a terra. E sabe do que mais? Não quero isso pra mim."

"Então o que você está querendo?"

"Bem, na verdade, eu adoraria trabalhar para a fundação da Faith Frank também", disse Zee em tom suave. "Se ela quiser me contratar."

Greer não conseguia pensar no que dizer, mas estava chocada.

Zee traçou pequenas espirais preocupadas com o dedo sobre o bar. "Sei que você ficou surpresa comigo falando nisso assim de repente. Porque eu nunca falei nisso antes. Meus pais me pressionaram muito a fazer alguma coisa que possa se transformar numa carreira. Mas isso que você está fazendo – isso pode de fato virar uma carreira. E pensei que eu talvez possa ser útil à Faith. Já fui ativista, mais ou menos. Sempre fantasiei que podia ir trabalhar num lugar jovem e radical. Não é o caso dessa fundação. Mas a Faith sempre foi essa figura forte no movimento feminista, e pensei que poderia aprender muito com ela. Enfim, foi só uma ideia."

"Entendi", disse Greer, sem tom.

"Quero entrar para somar, fazer algo de verdade, seja lá onde eu estiver trabalhando. Algo que me empolgue pra valer." A voz de Zee estava enfraquecendo e embargando ligeiramente. "Meus pais adoram ser juízes. Acordam de manhã e ficam tipo 'Oba, que lindo dia de sol, vamos indo para as nossas cortes, amoreco'. E olha como *você* está empolgada para começar no emprego. Quero sentir isso também", disse Zee. "Creio que deve haver um monte de coisas para fazer na fundação, e meus pais aprovariam, porque na verdade seria um emprego normal com contracheque. Eu podia simplesmente ficar por ali fazendo tudo que a Faith Frank precisasse. Podia moer as folhas do chá dela ou algo assim; será que não é uma função? E talvez muito de vez em quando ela nos abençoasse com um pedaço de sua enorme sabedoria de mulher vivida, e nos contasse histórias do passado, e por acaso eu estaria na sala e ouviria."

"E, além disso, não ia ser o máximo se a gente trabalhasse junta no mesmo lugar? Porque você sabe como os amigos acabam se afastando depois da faculdade. Suas vidas ficam tão diferentes, e ficam com menos assuntos em comum. Assim a gente evitaria que isso nos acontecesse."

Greer tomou um gole de sua cerveja e tentou fazer sua voz sair leve e sem alarme enquanto disse: "E afinal o que foi que você escreveu na carta?"

"Ah, você sabe, expliquei a ela quem eu era e por que quero fazer parte do que ela está criando. Fiz o melhor que pude. Alertei-a sobre minha falta de jeito para escrever. Lembrei a ela que nos conhecemos na mesma noite em que ela conheceu você. No banheiro feminino da nossa faculdade. E depois eu expus a saga de Zee Eisenstat. A versão resumida, não se preocupe."

"Não estou preocupada", afirmou Greer. A atmosfera da noite tinha mudado radicalmente, e Zee parecia nem mesmo entender por quê. Estava simplesmente sentada ali com seu jeito Zee de sempre, firme, olhando para Greer, esperando ser encorajada. Em vez disso, Greer queria que a carta de Zee sumisse do mapa, o que, é claro, não aconteceria, e ela sabia que ia entregá-la direitinho a Faith. Greer agora brincava com ela, e a apoiou na garrafa de cerveja. O envelope era opaco, de forma que não podia ver o que Zee escrevera. "Ela é sua melhor amiga, Greer", diria Faith depois de lê-la. "O que você acha, devo contratá-la?" E Greer diria, "Com toda a certeza."

A carta, reclinada contra o vidro marrom, parecia emitir luz própria. Greer ergueu sua garrafa, e a carta tombou na superfície do bar como se tivesse sido abatida.

"Então", disse Zee, "a que horas você tem que estar no trabalho amanhã?"

CINCO

As luminárias da Fundação Loci tinham sido aparelhadas com lâmpadas econômicas especiais que ainda estavam em fase de teste, e não iluminavam o suficiente para as tarefas cotidianas, obrigando a todos que trabalhavam lá forçar um pouco a vista, como se estivessem tentando ler um manuscrito medieval. Greer não ligava. A pálida lâmpada cor de aipo sobre seu cubículo no décimo sexto andar fulgurava em seu matiz débil e peculiar enquanto ela ficava no trabalho até estar extraordinária e quase devotadamente tarde, embora tenha demorado a perceber que seu zelo e esforços talvez parecessem extremos demais. Ela trabalhava com entusiasmo, mas quase imediatamente compreendeu os parâmetros do cargo, e entendeu que o que faria na Loci não ia ser imensamente interessante. Faith a alertara sobre isso na entrevista, mas parecera algo impossível. E não é que o trabalho fosse chato, exatamente – essa descrição parecia dura demais –, porque Greer ainda estava apaixonada pela *ideia* de trabalhar. O termo "ambiente de trabalho" parecia real, porque o escritório mais parecia um planeta alienígena feito de salas de conferência e garrafões de água mineral e lixeiras de reciclar papel. Mas as tarefas do emprego em si eram fáceis, repetitivas, e pareciam longe do grandioso empreendimento de ajudar as mulheres. Desse jeito poderia perfeitamente estar trabalhando em planejamento de festas corporativas, pensou ao fim de sua primeira manhã naquele lugar.

Em sua mesa Greer estava ou ao telefone ou no computador, caçando sins ou talvezes de possíveis palestrantes ou de seus assistentes ou agentes, e marcando itinerários de viagem, aprendendo as abreviaturas de aeroportos de todo o mundo, algumas das quais não tinham qualquer lógica. Por que Newark era EWR em vez de, digamos, NWR, ou mesmo NWK? E por que o de Roma era codificado com o esquecível FCO?

O irmão de Cory, Alby, provavelmente saberia; era o tipo de informação que gostava de guardar.

Durante o horário de almoço de segunda, um cardápio de entregas foi passado pelo escritório, e quem quisesse comida circulava sua escolha, e coletou-se dinheiro. Naquele dia o restaurante escolhido era de culinária mediterrânea, de forma que Greer consultou a coluna de pratos vegetarianos e pediu um *wrap* de falafel. Ela pensou que talvez todos fossem sentar juntos com seus pedidos, conversando sobre a fundação e seus desejos e aspirações, mas em vez disso todos levaram seus almoços para seus cubículos, de forma que Greer também o fez, comendo em solidão hiperconsciente no espaço que decorara feito um quarto de faculdade, com fotos de Cory e Zee, e um bom suprimento de barras de proteína ComSell Nutricle – a semidecente Explosão de Framboesa e a Dupla Baunilha seca feito areia – que seus pais haviam descarregado em cima dela. Cory mandou mensagens para Greer naquele primeiro dia pedindo fotos. Ela lhe mandou fotos do elevador e da copa, e um panorama geral do andar, que incluía a nuca de diversas pessoas. "Mande anedotas da sua vida também", disse ele. "Lembre-se, eu trabalho com consultoria, então estou bem entediado." Mas até aquele momento ela sentia-se longe de qualquer coisa significativa. Ela tinha a sensação de que logo, logo sentiria vontade de fazer mais por ali. Claramente, outras pessoas na Loci já estavam fazendo muito mais do que ela. Se por um lado ela e o outro responsável pela agenda, um rapaz gay de cabeça raspada chamado Tad Lamonica, eram deixados de fora das reuniões diárias, por outro ela sempre dava uma espiada na sala de conferências, um aquário de vidro. Via-se Faith à cabeceira da mesa. Também na sala havia três pesquisadores, Marcella Boxman, uma poliglota sexy de vinte e três anos; Helen Brand, estilosa, trinta e cinco anos, ex-dirigente sindical e a única afro-americana da equipe de Faith; e Ben Prochnauer, bonito, queixo resoluto, formado há cinco anos pela Stanford e recente fundador de uma startup antifome; assim como Bonnie Dempster e Evelyn Pangborn, da velha guarda, firmes adeptas da segunda onda, ambas com mais de sessenta anos. Bonnie era uma lésbica que ainda usava o que costumava ser chamado, rudemente, de *jewfro*, e brincos que pareciam candelabros e que ela mesma fizera com sobras de metal. Evelyn era refinada, debochada e se vestia com um terno de lã de boa qualidade. Ambas estavam com Faith desde o início da *Bloomer*.

No terceiro dia, no meio da reunião, Greer ouviu vozes se elevarem dentro da sala de conferências. Ela deu uma olhada e entreviu um braço gesticulando atrás do vidro. Era o braço de Faith, reconhecível até do outro lado do salão. E ouvia-se a voz de Faith também, embora exaltada no momento. Greer a ouviu dizer: "Não, na verdade não é *nada disso* que eu queria dizer. Vamos começar de novo. Marcella, *anda*." Seguiu-se a isso a voz de Marcella falando com muito cuidado, como se pretendesse disfarçar o medo. Então deu-se outra observação de uma Faith ainda irritada, e então outra pessoa cautelosamente defendeu Marcella, até que finalmente a reunião começou a fluir do jeito que Faith queria. E finalmente se ouviu Faith, apaziguada, dizendo "Mandou bem!" e todo mundo deu uma risada meio exagerada devido ao alívio.

Quando a porta de vidro esverdeado finalmente se abriu com seu *shush* característico, todos pareciam felizes e satisfeitos, até mesmo Marcella. De fato, Faith estava com o braço no ombro de Marcella, como que para tranquilizá-la de que tudo estava bem, aquela hora ruim havia passado, e não importava mais.

Faith era capaz de ficar impaciente e brava, tal como fora descrita, mas na maior parte do tempo ela era afável e generosa, especialmente com sua assistente Iffat e o resto da equipe de apoio. Greer já a vira sendo gentil com o velho zelador que esvaziava o lixo dela, embora ele tivesse sem querer jogado fora o diploma honorário que uma faculdade em Minnesota concedera a ela.

Faith era dessas pessoas, conforme Greer começava a ver, que era sedutora para quase qualquer um. Para Faith, a sedução era uma arma poderosa, talvez até uma compulsão, mas parecia ocorrer sem qualquer esforço, e ocorria a serviço de um bem maior. Ela não era uma agitadora nem uma visionária; seu talento era outro. Conseguia organizar e destilar ideias, apresentando-as de um jeito que fazia outras pessoas quererem ouvi-las. Ela era especial. Mas ainda assim, parecia que ninguém sabia muito sobre a vida particular de Faith. E nem mesmo sobre seu histórico pessoal. Houvera incontáveis entrevistas, mas permanecia uma mistura de afabilidade e mistério — e talvez fosse assim mesmo que gostasse. Impedir as pessoas de saberem os detalhes específicos sobre sua vida te impedia de ser vista como uma coisa ou outra, de forma que era possível que pensassem em você como qualquer coisa, e até mesmo todas as coisas.

Todos queriam conhecê-la; Greer pressentia isso como um desejo secreto, mudamente presente, de todo o escritório. Greer sabia que Faith ficara viúva há muito tempo e tinha um filho adulto, mas era tudo o que sabia. Será que tinha namorado? Que palavra ridícula de se usar para se referir a ela. Faith estava muito além de namorados; perante ela, eles ficariam diminutos, pequeninos. E havia falado que tinha uma casa de fim de semana; que cara teria essa casa? Será que tinha coruchéus? Aliás, o que *era* um coruchéu? E quanto ao seu apartamento na Riverside Drive? Apenas sua assistente, Iffat, estivera nele, e como se soubesse que Faith não queria que ela falasse nada a respeito, Iffat nunca o descrevera a ninguém.

Quando Faith chegou perto do cubículo de Greer depois da reunião tensa e disse: "Ei, pode parar por hoje, tá?" Greer ficou ansiosa, preocupada de estar fazendo algo errado e estar prestes a ser chamada à atenção. Era horrível desagradar Faith, e maravilhoso agradá-la; a equação era absoluta, como talvez diria o professor Malick. Ninguém jamais se esquecia da sensação de ter causado agrado ou desagrado a Faith Frank. Mas Faith, agora, sorria. Quando Greer entrou em sua sala, trouxe consigo a carta de Zee dentro de uma pasta. Ela a levara todo dia ao trabalho desde segunda-feira, esperando um bom momento para entregá-la. No começo, porém, parecera ser cedo demais, e ousado demais presumir que poderia tentar fazer com que contratassem uma amiga. Mas Zee estava à espera de uma satisfação a respeito, então talvez aquele fosse um bom momento para tentar.

No enorme escritório de Faith, sentaram-se cada uma numa ponta do longo sofá branco. A luz chegava inclinada, incidindo no rosto de Faith e revelando uma camada muito discreta, quase invisível de buço que só podia ser vista daquele exato ângulo, não que Greer jamais fosse contar a qualquer pessoa que o havia visto. Faith inclinou o corpo para a frente com seu cheiro gostoso e distinto – Cherchez era o nome do perfume, conforme Greer a ouvira contar para Marcella, outra que era tão estilosa que logo, sem dúvida, estaria embebida em Cherchez também.

"Me fale da sua impressão do nosso trabalho aqui", disse Faith. "Seja honesta. Não se preocupe com meu ego, estou curiosa para saber o que você está achando até agora. Do novo empreendimento importante. Será que está mesmo importante?"

"Não sei se está, mas um dia vai ser."

Faith sorriu para ela, e nem sequer tinha graça! Mas estava perto de ter graça, e Greer emendou na mesma hora com uma miríade de sugestões, todas muito diferentes, de forma que Faith fosse incapaz de odiar todas elas. Ela fez uma sugestão sobre mudar a ordem de dois dos eventos propostos na primeira reunião de cúpula, que aconteceria em março e seria sobre poder.

Sem alterar seu tom, Greer passou rapidamente a outra ideia. "E estava pensando que talvez pudéssemos dar uma olhada em alguns dos blogs feministas mais novos e ver o que eles têm falado." Assim que acabou de dizer isso, pensou em como as redatoras deles às vezes atacavam Faith: "A autora de *A persuasão feminina* tenta nos persuadir de que ir para a cama com a ShraderCapital não é nada demais. Que feminismo mais capitalista, hein, Faith Frank?"

Faith respondeu simplesmente fazendo que sim. "Claro, podemos dar uma olhada", afirmou ela. "Mas, sabe, aceitei esse cargo para fazer o que sei fazer."

Greer, como todas as outras pessoas que trabalhavam para Faith, sabia que havia uma diferença entre trabalhar para Faith e trabalhar para uma organização radical. Mas todas elas adoravam ser lideradas por aquela feminista forte, simpática, digna e mais velha; e todos adoravam aquilo que representava.

Quando a conversa estava quase por terminar, tudo tinha saído tão bem que Greer ficou com medo de estragar tudo com a intromissão desajeitada da carta de Zee. Então ela decidiu não mostrá-la ainda. Logo ela entraria naquele assunto, disse para si mesma; logo, logo. Mas ao voltar pelo corredor, sentindo-se quase animada – praticamente saltitante –, Greer entendeu que não estava com a menor vontade de dar a carta de Zee para Faith. Não queria compartilhar Faith com Zee. Ainda estava tentando descobrir qual era exatamente o seu lugar na Loci – onde se encaixava, onde não se encaixava. É claro que com toda a certeza entregaria a carta para Faith no dia seguinte, mas só o faria por obrigação.

Na sexta à tarde, Greer ainda não encontrara o momento certo de dar a carta a Faith. Agora estava percebendo que afinal de contas não lhe entregaria a carta. Por volta das cinco e meia, ainda em sua mesa, Greer ficou surpresa ao ouvir vozes ao longe se agrupando. "Pega seu paletó, Boxman", bradou alguém. Era Ben. Pelo jeito, os homens muitas vezes chamavam as mulheres pelo sobrenome quando estavam flertando.

"Pra você é Boxwoman, Prochnauer", disse Marcella, entrando na brincadeira.

"Alguém reservou mesa?", perguntou uma voz familiar mas difícil de saber de onde, e em seguida Greer a reconheceu como a de Kim Russo, a assistente do diretor de operações do vigésimo sétimo andar; haviam se visto brevemente quando Greer fizera um tour pela Shrader-Capital, no começo da semana.

"Eu", disse Bonnie Dempster, nitidamente. "Uma no fundo, pro caso de falarmos muito alto."

"Com certeza a gente vai falar alto", confirmou outra pessoa. Talvez Evelyn. "O *dirty martini* de lá é o melhor. Justo eu que sou fã."

"Os judeus que são fãs do quê?", disse Ben. "Os judeus que são fãs de... circuncisão?"

"Na verdade, nem todos", disse Tad. "E sei por experiência própria."

"Ela disse 'justo eu que sou fã'", disse Marcella, e ouviu-se uma risada em grupo desabrida, e o elevador chegou com seu *ping* nervoso e as vozes se esvaneceram enquanto o grupo inteiro era transportado para o térreo de uma vez. Iam a um bar, e Greer não fora convidada. De repente ela perdeu o prazer natural que sentia em ficar até tarde no escritório. Já tinha se habituado à ideia de que não seria convidada para certas reuniões, mas Tad também não era, e Faith tinha deixado claro que não era pessoal. Ainda assim, Tad estava com o resto do grupo naquele momento, e ninguém convidara Greer para ir junto.

Naquele momento o escritório estava em perfeito silêncio. Ocorreu a Greer, como se fosse uma revelação, que ali ela estava solitária, algo que antes não tinha exatamente notado. Agora parecia tão óbvio. No espaço amplo, o cair da noite começava a colorir as janelas. Greer ficou sentada imóvel e repentinamente vulnerável, e logo ouviu um ruído ao longe. Passos; talvez fosse um último convidado rumando para o bar com as outras pessoas. Os passos eram firmes e masculinos. Então se ouviu o assobio. Greer ficou sentada, ouvindo. Era "Strangers in the Night", decidiu-se ela, pouco depois. Os passos chegaram perto, depois pararam. Greer olhou para o alto e ficou pasma ao ver Emmett Shrader olhando-a de cima para baixo. Só o vira pessoalmente uma vez, na manhã de terça-feira quando ele viera ao vigésimo sexto andar para um constrangedor encontro com a equipe da Loci. Ele entrara na maior dentre as duas salas de conferência com suas jovens assistentes piruetando a seu redor feito fadinhas, e uma assistente mais velha, sem graça e provavelmente longânime, um pouco atrás dele.

Shrader tinha setenta anos, com uma cabeleira leonina de fios prateados e semilongos, e, naquela manhã, usava um terno escuro lustroso e uma gravata cara. "Olá, olá!", dissera ele a todos com jovialidade forçada, e eles se apresentaram a ele um por um, inclusive a equipe de apoio. Mas já na metade da fila de apresentações, era visível que não aguentava mais ser retido ali e que estava desesperado pra sair correndo. Como resultado, todos eles começaram a falar seus nomes em intervalos nervosos, cada vez mais rápidos, e logo tinham acabado aquele exercício e ele pôde ir embora. Naquela noite ele estava só de camisa, liberto do terno e gravata, mas havia algo de alarmante na visão de um homem importante em um momento de relaxamento. Tudo podia acontecer.

"Quem é você mesmo?", perguntou ele, entrando de fato no cubículo de Greer.

"Greer Kadetsky", disse ela.

Ela olhou freneticamente para os adornos de seu minguado espaço. Sua escova de cabelo plástica baratinha estava sobre a mesa; ela a usara mais cedo, e agora via um ou outro cabelo saindo dela. Ela inalou a essência daquele ricaço e percebeu que era inegavelmente excitante, ou no mínimo exótica, porque nada tinha a ver com os homens da idade dela, aqueles hipsters ou garotinhos que cheiravam, sem exceção, a fumo, batata frita com cheddar, bala de iogurte e café com leite. Cory muitas vezes cheirava as barras de proteína que ela lhe dava às caixas, e a um xampu vagabundo que alegava ser feito com bálsamo, ao que ele prestava tão pouca atenção que certa vez falou dele como "o xampu feito de pau-de-balsa". Ela dissera: "Você pensa que está passando um xampu feito de madeira de balsa? O material de fazer pipa?" Ele dera de ombros e dissera que nem sequer havia pensado muito naquilo.

Mas alguém prestava bastante atenção ao cheiro, roupa e apresentação de Emmett Shrader. Ele tinha a aparência e o cheiro de holdings, imóveis e certezas absolutas. Assim tão perto dele, Greer sentia que precisava desesperadamente ocultar sua escova toda gasta. "Então, o que você faz por aqui?", perguntou Emmett Shrader, aparentando real curiosidade.

"Marcação de palestras."

"O que isso quer dizer? Você que escolhe os palestrantes que vêm contar histórias tristes?"

"Não, só tento fazê-los vir. Outras pessoas os escolhem."

"Parece fascinante. Por que ficou até tão tarde?"

"Você também ficou até tarde", assinalou ela.

"Eu tenho uma desculpa", disse ele. "Estava passando um tempo com sua chefa. Ela e eu temos uma *soirée* a dois de vez em quando. Se não tivesse chance de me sentar e conversar com ela no fim do dia, não sei o que eu faria. Para mim é uma necessidade."

"Ela é maravilhosa", disse Greer, espontaneamente, e sua voz saiu tão reverente que Shrader deu risada.

"Ela é", concordou ele. Ele olhou para ela com uma nova expressão, pensativa. "Você é tiete da Faith Frank, é isso mesmo?", perguntou.

Greer hesitou, desconfortável. "Bem, não sei se falaria assim. Admiro o que ela faz."

"Ah, qual é, pode falar pra mim. Você se espelha nela, não é? Acha que ela é perfeita. Quer agradá-la e essa coisa toda."

"Sim, claro. Mas, olha, admiro de verdade o que ela faz."

"Bom, eu também", disse Shrader.

Ficaram calados naquele clima de camaradagem por um momento. Ele estendeu a mão e fez a escova dela rodopiar, provavelmente só porque sentiu necessidade de fazer algo com as mãos. Greer lera que o fundador da ShraderCapital era irrequieto, se entediando com frequência, com uma capacidade de atenção de pouquíssima duração. Muitos anos depois, quando Greer já ficara conhecida, alguém em um jantar em Los Angeles lhe perguntaria que qualidade as mulheres de sucesso tinham em comum, e ela pensaria nisso por um segundo, respondendo: "Acho que muitas delas sabem conversar com homens que têm DDA." Todos à mesa pensaram que fora uma resposta muito espirituosa, mas talvez fosse verdade mesmo.

"Então", disse Shrader. "Você não gosta de sair com as outras pessoas no fim da semana? Comer umas cascas de batata, aquela cebola em forma de flor, sei lá o que vocês andam comendo para absorver todo o álcool?"

"Ninguém me convidou." Ela ouviu o eco de autopiedade em suas palavras.

"Ninguém precisava te convidar", afirmou Emmett. "Venha." Ele fez um gesto para ela segui-lo, de forma que ela o fez, confusa e cuidadosamente, acompanhando-o pelo salão, pelo corredor, e entrando na cozinha comunitária da Loci. Ali, sobre a máquina de café, estava um cartaz bem visível escrito à mão dizendo: "DRINQUES NA SEXTA!", seguidos pelo horário e ponto de encontro. De algum jeito, de tão absorta, ela não o vira.

"Às sextas o *happy hour* é forte", disse Emmett. "Todo mundo sai. O pessoal do meu andar e do seu."

Ela entendeu que estivera fazendo tudo errado ali, exceto pelo trabalho em si.

"Ainda dá para pegá-los lá", disse Shrader.

Então Greer voltou ao seu cubículo e puxou seu casaco do cabide. Depois saiu correndo pela rua até a velha fachada marrom do Woodshed com suas vidraças de cristal de chumbo, e lá estavam eles, ao fundo, a equipe do vigésimo sexto em peso, bem como alguns juniores e jovens auxiliares de escritório do vigésimo sétimo. Quando Greer atravessou o bar quente e lotado e chegou às mesas ajuntadas, Helen Brand ergueu a mão em saudação e disse: "Gente, faz espaço." Todos se reacomodaram, abrindo uma vaga para ela, e se encaixou entre Ben e a Kim Russo do andar de cima.

"Oiê", disse Kim. Ela ergueu o copo para Greer – "Um Cosmopolitan. Tão datado, eu sei", disse ela, "mas preciso de alguma coisa depois de outra semana destruidora." – e bebeu dele. "Vamos pedir algo forte para você também", disse ela.

"Claro, embora nem ache que precise de algo assim tão forte-forte. Meu trabalho nem dá tanto estresse. Na verdade, bem que eu queria que desse."

"Ouviram isso?", disse Kim para a mesa. "O trabalho dela 'nem dá tanto estresse' mas ela queria que desse."

"Você chega lá, Greer", disse Helen lá da outra ponta. "Entrei duas semanas antes de você. A coisa acelerou rápido."

"Bem, seu emprego é diferente. Você tem mais o que fazer."

"Se você quer fazer mais", disse Kim, "então faça mais. Costuma valer pra qualquer ambiente de trabalho."

"Bom saber", disse Greer.

"Vire alguém indispensável. De algum jeito convenci o diretor de operações de que tenho mais talentos e capacitação do que os outros, e ele comprou a ideia. Agora me chama para trabalhos extras no fim de semana, e não posso virar e dizer, 'Não, Doug, obrigada, não quero não'. Bom, sei que esse ano eu recebi um bônus."

"Não há bônus em fundações feministas", disse Helen. "Mas disso eu sabia quando entrei."

"O bônus", disse Ben, "é quando a Faith sorri para você. Parece que Deus está sorrindo para você."

Greer tomou um gole da bebida gelada que aparecera diante dela e disse: "Eu queria que Deus sorrisse para mim."

"Se Deus na verdade for homem, talvez ele pisque para você", disse Kim.

"Ou te mate", disse Marcella. "Sério, por que os homens odeiam as mulheres? Tem tantas palavras no idioma que os homens usam para descrever o quanto odeiam as mulheres. *Vaca*. *Vagabunda*. Aquela palavra que começa com *ba* e termina com *aca*. Parece aquela história dos esquimós com mil palavras para neve. Mas a gente nunca conversa sobre isso – sobre o verdadeiro porquê disso. Ben e Tad, estou olhando para vocês."

"Que é isso, Marcella, não odeio mulheres", disse Ben, com as palmas da mão para cima. "Não olhe para mim."

"Também nem vem olhar para mim", disse Tad. "A maior parte do tempo estou, tipo, 'Por que tenho que compartilhar um gênero com você, seu merdão?'. Parece que tenho um péssimo parente com o mesmo sobrenome que eu."

"A Faith diz que os homens têm medo das mulheres", disse Bonnie. "E é esse o grande X da questão."

"Verdade", concordou Evelyn. "E uma vez ela disse isso na TV praquele romancista cuzão. Lá em setenta e bolinha."

"Evelyn e eu estávamos na plateia do programa", disse Bonnie. "E, depois da gravação, saímos todas juntas para comer fondue. A maioria de vocês não vai saber do que estou falando, mas aquela foi a era do fondue."

"Tinha garfinho usado pra todo lado", afirmou Evelyn. "Não lembro bem do que que ela disse que os homens tinham medo."

"Seja lá do que for", disse Ben, "sei que ela estava certa. Os homens sabem que as mulheres não comem mosca. Tipo, as mulheres conhecem muito bem nossos esqueletos no armário..."

"Sim, você comeu hambúrguer no almoço", brincou Bonnie, provocando risos.

"... e sabem muito bem que a gente não tem nenhuma carta na mão. Mas o mundo não para de nos encher a bola, e as mulheres sabem que não é justo, e nós sabemos que vocês sabem, então talvez a gente odeie vocês porque vocês têm provas para nos incriminar. Basicamente, vocês são testemunhas de um crime."

Greer, ouvindo isso, pensou em como ela queria que Zee estivesse participando daquilo. Então se lembrou do porquê de Zee não estar, e sentiu-se polvilhada por uma estranha nova camada de vergonha. Ela também pensou em como Ben parecia o sonho de toda jovem feminista, tão bonito e ao lado das mulheres, nem um pouco intimidado por elas. Cory poderia ser descrito desse jeito também. Agora a perna de Ben estava encostando na sua, talvez inconscientemente. Sua outra perna estava provavelmente encostando na de Marcella. Marcella com sua sainha, meias-calças e saltos altos. Marcella Boxman parecia não trabalhar na Loci nem na ShraderCapital, mas na *Vogue*. Distanciadamente, Greer reconheceu sua própria inveja pela forma como Marcella se deslocava pelo mundo. Marcella tinha o interesse de Ben, e tinha sobrevivido às críticas de Faith, e provavelmente acabaria se tornando alguém com algum tipo de poder. Era bom que a primeira reunião de cúpula fosse sobre poder; Marcella poderia anotar algumas dicas para acelerar a inevitabilidade dele em sua própria vida.

O grupo estava rindo, e o salão dos fundos do bar ficou ainda mais acalorado. Greer sentia-se superexcitada, e a conversa foi ficando mais e mais alta, até chegar ao ápice, e o clima ficar reflexivo e até cansado. As bebidas pararam de chegar, e a noite começou a morrer. Ben e Marcella iam para a segunda parte da noite, pensou Greer: iriam para a cama na casa de um deles. E os outros componentes do grupo, será que teriam parceiros à espera também? Será que Greer era a única que ia ficar sozinha?

"Hora de cada um seguir seu caminho", disse Helen.

As pessoas começaram a sacar suas carteiras para jogar dinheiro na mesa, mas justo aí alguém disse com urgência, "*Faith*", o que em si não significava grande coisa, porque o nome de Faith estava sempre sendo dito, uma constante, uma batida de coração, um ruidoso *blurp* no garrafão d'água. Mas aí Greer levantou os olhos e viu Faith andando até a mesa. As carteiras voltaram para as bolsas e os bolsos, porque aparentemente a noite não havia terminado ainda, afinal de contas.

"Faith, aqui atrás!", gritou Bonnie. No salão dos fundos, pessoas em outras mesas olharam e cochicharam umas com as outras. Sorriram, e uma pessoa disse, com aprovação, "Faith FRANK!", então depois todas voltaram às suas conversas. Isso em Nova York, onde gente famosa bebia do mesmo cocho que você, e onde, no âmbito geral, Faith não era tão famosa assim. As compridas mesas agrupadas estavam em sua ocupação máxima, mas todos se espremeram ainda mais, e Greer se viu ainda mais imprensada junto de Ben; sentia até o chaveiro em seu bolso. Faith sentou-se em frente a Greer, e quase imediatamente um martíni surgiu à sua frente, sua taça perfeitamente decorada, azeitonas extras formando uma pirâmide no fundo.

"Fico muito agradecida por isso", disse Faith. "O mundo é tão grande, mas se você tem lugares onde sabem o que você gosta de beber, tudo parece bem." Todos conversavam com ela casualmente, mas ninguém queria monopolizá-la. Greer percebeu como Faith se deslocava pela mesa sem de fato se mexer, como uma pessoa num quadro que te segue com os olhos. Ela dizia uma coisa para cada pessoa, exibindo um semblante simpático ou entretido.

Greer estava papeando com Kim quando Faith entrou na conversa. Kim lhe dizia que as mulheres no ambiente corporativo nem sempre eram legais umas com as outras. "Tem essa mulher no nosso andar de que não posso falar o nome", afirmou Kim. "Ela é uma figura de peso no investimento de risco, e é horrível com outras mulheres. A toda hora ouço alguma história. Eu estava no elevador com ela e ela simplesmente ficou lá parada olhando para a porta, sem dizer uma palavra, nem mesmo um oi, e minha vontade era de dizer para ela, eu sei que não passo de uma assistente, mas você não sabe que temos que ser decentes umas com as outras? Entendo completamente que se sinta ameaçada, porque você foi educada a se sentir assim. O número de mulheres no mercado é mantido no mínimo dos mínimos, então todas as mulheres pensam que são as únicas que eles deixaram entrar, e que não podem se dar ao luxo de serem legais com as outras."

Vacas, pensou Greer. Era disso que Zee chamava as mulheres que odiavam mulheres. Ela se lembrou da musiquinha que Zee havia cantado aquela vez.

De repente, Faith disse, "E então, Greer, fazendo amigos por aqui? Achando seu caminho?"

Em parte, foi a bebida; foi o que ela pensou depois. Foi a bebida, e estar tarde da noite, e a coincidência de Greer estar pensando em Zee naquele exato momento; é claro que andara pensando muito em Zee a semana inteira, por causa da carta. Kim virou para o outro lado, falando com Iffat e Evelyn e concedendo a Greer um momento com Faith; Ben, do outro lado de Greer, estava conversando com alguém em outra mesa. Ninguém estava ouvindo Faith e Greer falarem. "Tenho uma amiga que quer trabalhar aqui", disse Greer de repente a Faith, quase num sussurro. "Ela quer que eu te dê uma carta que ela escreveu, em que fala dela própria. Você a conheceu junto comigo naquela vez na minha faculdade."

"Ah", disse Faith.

"Mas se eu for mesmo honesta comigo mesma, sei que há um motivo para eu ainda não ter lhe entregado a carta."

"Certo."

"Acho que na verdade eu não quero que ela trabalhe aqui."

"Ela não faria um bom trabalho?"

"Faria um excelente trabalho. É ativista há tempos. Ela dá tudo de si. Além disso, foi ela quem me falou de você. Ela é maravilhosa. É que simplesmente não estou com vontade de dividir essa experiência com mais ninguém. Acho que quero ela só para mim." Agora Greer aguardava Faith condená-la ou absolvê-la. A bolsa de Greer, sob a mesa, com a carta dentro, agora parecia tão perigosa quanto uma pasta cheia de códigos de armas nucleares.

"Entendi", disse Faith. "E você saberia dizer o porquê disso?"

"Tenho uma ideia", disse Greer. "Mas se eu disser em voz alta, não sei como vai soar."

"Experimente."

"Meus pais não sabiam ser pais", disse Greer, e Faith fez que sim. "A casa estava sempre uma bagunça, e para mim parecia que morávamos numa pensão. Quase não fazíamos refeições juntos. Eles nunca se envolveram muito com as minúcias da minha vida: o dever de casa, os amigos. Nada disso tinha muito interesse para eles. Tinham essa ideia de serem 'alternativos', mas na verdade acho que eram bastante marginais. Eram muito maconheiros. São até hoje."

"Eu sinto muito por você", disse Faith com gravidade. "Queria que alguém tivesse notado o que acontecia, e tivesse tentado ajudar a sua família a ser mais familiar. Isso deve ter te confundido muito. Toda criança só quer amar os pais e ser amada, e parece algo simples de se fazer, mas às vezes não é." Ouvir essas palavras no tempo pretérito foi uma espécie de revelação. Isso *deve* ter te confundido, dizia Faith, mas agora não é mais tão relevante.

"Acho que se decepcionaram comigo", confessou Greer. "Eu era tão diferente deles. Mas eu queria algo mais." Percebeu com que facilidade estava conversando com Faith. Era um momento diferente daquele no banheiro feminino. "Eu era muito ambiciosa. Estudava feito louca", disse ela. "E lia romances dia e noite. Estava cumprindo uma missão."

"E qual era?" Faith garfou uma azeitona do seu drinque, passou-a por entre os dentes.

"De absorver tudo que há no mundo. Mas também fugir."

"Faz sentido."

"Então não estou dizendo que isso sirva de desculpa para o que sinto sobre minha amiga trabalhar aqui", disse Greer. "Mas acho que é verdade. Ela ficaria chocada se me ouvisse falar que não a queria aqui." Ela fez uma pausa. "Ela vai me perguntar o que aconteceu, de qualquer modo, e vou ter que dizer alguma coisa." Greer ficou pensando um pouco. "Posso dizer que te dei a carta, mas que não havia vagas. Se eu fizesse isso, eu seria uma pessoa horrível?"

Faith não respondeu, simplesmente continuou olhando para ela. "Greer, será que leio a carta e decido se sua amiga deve ser chamada para uma entrevista?", perguntou ela com gentileza. Greer não conseguiu responder. "Ou será que você só quer deixar isso pra lá?"

"Eu não sei."

"Bem, minha oferta para lê-la continua de pé", disse Faith. "Você pode deixá-la na minha mesa segunda-feira. Ou não."

"Obrigada", foi tudo o que Greer conseguiu dizer, infeliz.

Houve um silêncio, e Greer pensou que Faith talvez estivesse prestes a se voltar para outro lado, quem sabe desaprovando sua atitude, e conversar com outra pessoa. Mas não, ela disse: "Gosto do jeito como você observa as coisas, Greer. Você é autêntica e absorta, mesmo com partes de você de que não se orgulha tanto. Gostaria de escrever alguma coisa para mim?"

"É *claro*", disse Greer. "Adoraria."

"Que bom. Vamos ter pequenos eventos pela cidade nos meses anteriores à primeira reunião de cúpula. Vão ser almoços e jantares com figuras da mídia. Vão ser no máximo uns vinte e cinco convidados. Bem íntimo. As palestrantes em que estou pensando são mulheres que sofreram injustiças na pele e tentaram fazer alguma coisa. Nenhuma delas tem traquejo. Nenhuma delas está acostumada a falar em público. Elas não vão estar nas nossas cúpulas, mas queremos que estejam nesses pequenos eventos, que são uma espécie de trailer. É importante que saibam muito bem o que vão dizer. E estou pensando, uma vez tendo lido como você escreve bem, e ouvindo você falar agora, que você pode ter o perfil para ajudá-las a formular suas falas."

"Parece excelente", disse Greer. "Obrigada, Faith."

"De nada. Pronto."

E foi isso. Greer escreveria pequenos discursos para a Loci e, assim, havia de se tornar indispensável. Aquela noite fora fantástica, até mesmo a parte espinhosa em que confessara a questão da carta de Zee. Greer sabia que aquela noite ficaria na sua cabeça por muito tempo, e que ia se lembrar de estar sentada naquela longa mesa bebendo e conversando com facilidade com gente que também queria fazer coisas boas no mundo. E uma daquelas pessoas era Faith. Faith, que aprovava Greer. Sua aprovação era macia feito veludo, e o desejo daquela aprovação era, também feito veludo, um pouco vulgar. Nem mesmo importava, pensava Greer, que nada naquela noite tivesse acontecido para fazer Faith pensar: mas que noite especial aquela!

Faith não ficaria pensando: adorei conversar com aquela moça, Greer Kadetsky. Eu sei que Greer tinha uma escolha moral a fazer sobre a carta que sua amiga lhe dera para entregar a mim, e observei como ela lutou com isso. Ela está encontrando o seu caminho, essa moça, Greer, e fico feliz de ter estado ali assistindo, e ajudando se pudesse. Hoje foi uma boa noite, uma noite emocionante, uma noite memorável.

Não, Faith não pensaria na noite como nada fora do comum. Mas Greer sim.

Nessa hora Bonnie Dempster disse: "Faith! Qual que era aquela rima que cantávamos na passeata da Emenda da Igualdade? Você lembra?"

Faith se voltou para Bonnie e disse: "Começava com 'Um, dois três, quatro'?"

E Bonnie respondeu: "Sim, isso mesmo! E depois, o que vinha?" E Faith respondeu: "Ai, Bonnie, não faço a menor ideia. Mesmo." E depois, para todos: "Momento terceira idade." Gargalhadas.

A carta para Zee, ainda no fundo da bolsa de Greer, tornou-se instantaneamente menos importante. No trabalho segunda-feira, Greer se esqueceu de sua existência; literalmente não pensou nela uma vez sequer, e Faith também não a mencionou. Faith estava muito apertada em matéria de tempo, muita gente lhe fazendo perguntas, pedindo seus conselhos, ligando para ela, mandando-lhe e-mails a toda hora.

Poucos dias depois, quando a realidade da carta voltou à mente de Greer de repente, pensou que agora era tarde demais. Passara-se tempo demais. Faith provavelmente se esquecera completamente daquilo, e Greer deveria simplesmente deixar pra lá. Foi isso o que disse para si mesma.

Naquela noite, porém, Zee ligou para ela do quarto de sua infância em Scarsdale, onde estava embaixo dos seus velhos pôsteres das Spice Girls e da Kim Gordon do Sonic Youth, e dos filhotes de animais em extinção encolhidos em tundras, pradarias e florestas. "E aí, teve chance de entregar a carta para a Faith?", perguntou.

Greer fez uma pausa, com náuseas, pensando em altíssima velocidade. "Desculpe ter que dizer isso", disse Greer, "estão sem vagas por lá."

"Ah", disse Zee. "Que pena. Eu sei que seria difícil de rolar. Ela disse alguma coisa sobre o que escrevi?"

"Infelizmente, não."

"Não esquenta!" disse Zee, o que era uma piada entre as duas. E, em seguida: "Obrigada por ter tentado. Preciso dar um jeito de sair logo desse escritório de advocacia, mesmo assim."

Uma confissão a Faith, depois uma omissão, depois uma mentira. Foi essa a sequência, e fim da história. Greer ficou pensando, depois disso, se todo mundo possuía dentro de si algum grau de mau-caratismo. Havia momentos em que você sem querer espiava dentro da privada ou de um lenço recém-utilizado e de repente lembrava que aquilo, *aquilo* era o que você levava dentro de si o tempo todo. Era aquilo o que sempre estava esperando para sair. Quando ela desligou o telefone, a carta foi para a última gaveta de sua cômoda. Ficou pensando o que será que ela dizia exatamente, embora não fosse lê-la jamais, e jamais fosse contar a nenhuma outra pessoa o que fizera. Somente Faith sabia.

No dia seguinte, ao chegar ao trabalho, Greer encontrou uma pasta de Iffat em sua mesa com material impresso sobre as mulheres que estavam vindo dar palestras nos almoços e jantares para a imprensa. Nos meses seguintes, estas mulheres vieram uma a uma ao escritório para conversar com Greer. Elas lhe contavam suas histórias sobre sofrerem assédio, sobre não conseguirem receber o mesmo que os homens ou a oportunidade de praticar esporte, e tentarem fazer alguma coisa a respeito. Uma vez que começavam a falar, e percebiam como Greer as escutava atentamente, começavam a falar mais abertamente.

O que as histórias tinham em comum era uma sensação profunda e desgastante de injustiça. A sensação de *injustiça* podia encher a pessoa de raiva. Às vezes as mulheres mal começavam a falar e já pareciam totalmente repletas de raiva, mas outras pareciam apenas derrotadas, e choravam nas próprias mãos sentadas na sala de conferências com Greer. Suas faces ficavam congestionadas, e elas se expunham tanto que sua vontade era protegê-las com o corpo, sabendo que estavam rodeadas de paredes de vidro, e que uma versão esverdeada e borrada de ambas podia ser vista por quem estivesse passando na hora. Quando elas choravam, às vezes, chorava junto, porém nunca parava de tomar notas nem de manter o pequeno gravador digital rodando. Ela entendeu que não precisava falar muito; era melhor não falar. Mais tarde, depois que iam embora, Greer sentava e redigia o discurso como se estivesse sido ditado por elas em seu ouvido.

O primeiro discurso que Greer escreveu foi para Beverly Cox, que trabalhava em uma fábrica de sapatos no interior do estado onde os homens recebiam mais, e além disso, onde as mulheres eram humilhadas e assediadas, e todos tinham que trabalhar juntos dentro de uma sala quente feito sauna e cheia de gases e odores. O produto fabricado eram sapatos de alta qualidade para mulheres abastadas, todos de bico pontudo e salto agulha. Greer ficou em seu cubículo rebobinando e repassando uma fita, de fones de ouvido, ouvindo Beverly descrever vacilante como era ficar de pé junto a uma fila de mulheres fabricando saltos, enquanto que do outro lado um grupo de homens fabricavam solas, e recebiam mais por isso. Depois que Beverly descobriu a discrepância e reclamou com o chefe, foi assediada e ameaçada pelos colegas homens. Mudaram o trinco do seu armário para ela não conseguir abri-lo; furaram seus pneus; deixaram recados ameaçadores e pornográficos em seu posto de trabalho. Os cheiros de couro e cola passaram a ficar associados a degradação; estavam em sua cabeça e em suas roupas o tempo inteiro. Ela ligou para um advogado, que fora quem a pusera em contato com a fundação.

"Eu saía do meu carro no estacionamento todo dia e entrava na fábrica como se eu estivesse andando na prancha de um navio", dissera Beverly, e irrompera em lágrimas, e Greer dissera: "Pode falar no seu tempo, sem pressa." Na fita, por um período muito longo, tudo o que se ouvia era a respiração assustada e entrecortada de Beverly, e de vez em quando Greer falando: "Está tudo bem. Acho que é ótimo você estar falando sobre isso. Eu te admiro muito." E então Beverly tinha dito "obrigada" e assoado o nariz com estrépito. Depois, mais silêncio. Greer não tentou abreviá-lo. A pessoa precisava de um tempo para se recompor quando falava de algo tão difícil para ela. Greer ficou em seu cubículo ouvindo a respiração entrecortada e depois, novamente, o que ela dissera.

Quando Beverly fez o discurso no almoço em um restaurante italiano no centro da cidade para um pequeno público da imprensa, todos ficaram quietos, assombrados. É claro que Greer estava empolgada por ter sido ela a formular aquelas palavras, e por saber que Faith, que também se encontrava no recinto, também sabia disso. Depois Faith chegou para Greer e cochichou suavemente: "Mandou bem."

Mas agora o que empolgava Greer não eram mais apenas os elogios de Faith. Se por um lado sempre seria extraordinário saber que tinha a admiração de Faith Frank, por outro o que também empolgava Greer era que as palestras que escrevia poderiam dar às mulheres que as profeririam uma chance de também terem suas ambições, tanto quanto ela.

⌒

O inverno foi derretendo, e o escritório zumbia mais alto e as luzes em fase de teste iluminavam por mais tempo e quem sabe até mais verdes, e o trabalho muitas vezes se estendia até tarde da noite. Muitas vezes pedia-se pizza tarde, deixando o trabalho com cara de maratona de estudos de faculdade. As vendas de ingresso ainda precisavam melhorar, disse Faith ao escritório inteiro certa vez às duas da manhã, fatia de pizza na mão. A requisitada ex-governadora deficiente física que vinha fazer uma palestra incendiária na primeira reunião de cúpula sobre agressão sexual na comunidade de deficientes acabara de cancelar. "Aqui está uma loucura", disse Greer a Cory por Skype mais tarde ainda na mesma noite. "Ninguém consegue dormir, nem ter vida fora do trabalho. Estamos todos basicamente fazendo só isso." Mas estava empolgada, e ele podia notar.

"Que sorte a sua", disse ele direto de sua escrivaninha em Manila, onde estava de tarde e estava remexendo em papéis de empresas pelas quais não nutria o menor interesse. Outras pessoas de seu escritório tinham interesse, mas não ele, ou pelo menos não o bastante. "Acho que esperam que eu me importe mais com o que faço", dissera ele uma vez. "Que nem você."

Tudo, dizia Faith, dependia do sucesso da primeira reunião de cúpula. Se ela desse errado, talvez a ShraderCapital tirasse o time de campo. Embora a venda de ingressos fosse um problema, a divulgação prévia na imprensa fora impressionante, com equipes com câmeras aparecendo no escritório, e entrevistadores entrando na sala de Faith para um longo *tête-à-tête*.

Em certa segunda-feira de março, pouco mais de uma semana antes da reunião de cúpula, depois que a noite já caíra e todos continuavam no trabalho enquanto fossem necessários, Faith disse que tinha um anúncio a fazer. Ficou de pé diante deles e disse: "Eu sei que todos estão muito cansados. Sei que estão exaustos até o osso. E sei que vocês não têm a menor ideia de como a reunião de cúpula vai ser pra valer, na realidade. Nem eu tenho. Mas quero dizer que vocês todos são as melhores pessoas que eu conheço. E todos vêm dando todo o seu sangue pela Loci, e tem um limite de quanto tempo a pessoa consegue trabalhar assim *destituída de sangue*" — risadas — "sem ter um colapso nervoso. Provavelmente essa pessoa sou eu. Então resolvi que tudo o que precisamos é dar no pé agora mesmo."

"Nesse minuto?", gritou alguém. "Táxi!"

"Ah, bem que eu queria. Na verdade, estou falando é que gostaria de convidar todos vocês para minha casa no interior esse fim de semana. Vou oferecer comida e vinho, e acho que vai ser divertido. Que me dizem?"

Era muito de última hora, e embora não fosse um evento obrigatório, ficou claro que todos iriam. Seria como entrar numa fortaleza para ver como é seu misterioso interior. Ficariam sabendo um pouco mais sobre Faith, que deixava passar pouquíssimos indícios sobre si. No sábado, o grupo tomou o mesmo trem, e se dividiu em vários táxis, rumando para a casa de Faith. Parece que a rede de celular era bastante irregular na localidade. "Digam aos entes queridos que vão ficar sem serviço", afirmava Faith para eles.

O táxi de Greer pegou uma saída da estrada principal entrando em uma pequena via bem arborizada que continuou num firme emaranhado verde por algum tempo, até que de repente a folhagem se abriu ao meio, revelando uma bonita casa de telhas marrons com remates vermelhos à meia distância, com Faith parada no alpendre, acenando. Ela estava de fato usando um avental e segurando um rolo de macarrão, e seu cabelo fluía ao vento. Ela parecia uma bela e corajosa pioneira americana.

Uma vez lá dentro, Greer nem conseguia absorver direito todos os detalhes da casa de fim de semana de Faith Frank. Objetos irradiavam vários graus de significado, alguns deles provavelmente imaginários. Uma poltrona de couro vinho estava bem ao lado de uma luminária de leitura, o couro serrilhado e a tintura desbotada onde a cabeça de Faith descansara por tantos anos. Rapidamente, enquanto ninguém estava olhando, Greer sentou-se nela, reçostando a cabeça, mas embora aquilo não fosse nada de mais ela logo se pôs de pé num salto, feito um cachorro que sabia que não era para subir nos móveis.

O quarto de Greer, que a princípio lhe pareceu simplesmente um quarto de hóspedes, depois revelou-se algo mais. Diante da estreita cama em ferro forjado branco, ficava uma velha cômoda com várias quinquilharias dentro, entre elas um troféu velho e empoeirado no qual estava gravado:

Escolinha de Futebol de Verão – *1984*
Lincoln Frank-Landau
Melhor espírito esportivo

O filho de Faith havia passado verões naquele quarto. Agora ele se materializava feito um gênio da lâmpada a partir daquele troféu folheado a ouro. Mesmo fantasmático ele constituía uma ligeira ameaça, deixando Greer, filha única desde sempre, com uma sensação de como seria ter um irmão. Ou pelo menos como deveria ser ter um irmão caso você fosse filha de Faith Frank. Seria uma sorte incomparável, exceto pelo fato de terem que dividir sua mãe extraordinária. Mesmo assim, talvez Lincoln sempre sentisse que a estava dividindo com o mundo. Faith batalhava pelas mulheres e meninas – "Quando o mundo não toma conta delas, nós temos que fazê-lo", dizia ela – e talvez Lincoln tivesse entrado em competição com elas.

E talvez ele tivesse sentido também que tivesse que dividir a mãe com as pessoas do trabalho dela. Porque, até hoje, Faith estava intensamente envolvida com a equipe da Loci. Ela fazia todo um esforço para chamar Greer à sua sala de vez em quando, ou ocasionalmente almoçar com ela e alguns outros, todos com pratos de papel nos colos. Perguntava a Greer como ela estava indo, e Greer timidamente contou que Cory estava morando do outro lado do mundo. Faith elogiava continuamente Greer pelos discursos que ela escrevia. Às vezes as mulheres que narravam suas histórias a Greer continuavam em contato depois, falando de suas vidas – um novo emprego, ou outro revés.

"Você é muito boa em amplificar a voz dessas mulheres", dissera Faith há pouco tempo. "Sei que já conversamos sobre como é difícil para você falar alto e claro às vezes. Mas talvez você tenha compensado, porque preciso dizer que você é uma excelente ouvinte. O que é tão importante quanto saber falar. Continue escutando, Greer. Seja como... uma sismóloga, com o estetoscópio auscultando a terra. Preste atenção às vibrações."

Aqui na casa, ouvia-se a voz de Faith a distância; ela gritava alguma coisa, e alguém ria e gritava em resposta. Alguém esmurrava uma porta, e depois um som ligeiramente menos alto das outras portas do corredor também sendo esmurradas. Marcella gritava: "Faith quer que a gente desça para tomar coquetéis e fazer a comida!" Todos apareceram lá embaixo dentro de um ou dois minutos; ninguém ficou enrolando.

Na cozinha, Faith, segurando a faca, disse: "Quem quer ser meu subchef?" e todos se ofereceram para a vaga, jogando as mãos para o alto. Mas a de Greer se jogou mais rápido que todas.

"Certo, srta. Kadetsky, a vaga é sua", disse Faith. "Pode começar pelas cebolas?"

"Claro." Greer sabia cortar cebolas; elas se desmanchavam em suas mãos. Se Faith tivesse dito, "Pode resolver o último teorema de Fermat?", Greer teria dito. "Mas é claro", e ido para junto de um quadro-negro, giz na mão, e resolvido tudo.

Faith lhe deu um saco rústico transbordando de cebolas. Greer se posicionou no balcão, torcendo para parecer alguém que pertencia àquele lugar. Trouxeram um pinot noir, juntamente com copos de vidro soprado multicoloridos. O de Greer era verde-mar, com pequenas bolhas de imperfeição presas no vidro feito numa bebida com gás, e ela recebeu com alegria a ferroada do vinho, sentindo-a atingir sua cabeça e suas pernas ao mesmo tempo.

"Hoje é noite de bife", anunciou Faith à cozinha, e ouviram-se ruídos de aprovação.

Greer ia dizer "posso comer só os acompanhamentos", mas aí o assunto mudou, então depois ela lembraria Faith de sua condição não carnívora. Agora todos haviam começado a falar da reunião de cúpula, que começaria na próxima terça.

"Ainda queria ter conseguido a senadora McCauley", afirmou Helen. "Não consigo me conformar." Deu-se um silêncio ponderado. Sempre que surgia o nome da senadora, todos ficavam um tanto deprimidos, quase desestabilizados. A senadora Anne McCauley, de Indiana, era uma força da natureza, um rolo compressor antiaborto, uma figura assustadora que muito fizera para erodir os direitos reprodutivos das mulheres, especialmente os direitos reprodutivos das mulheres em condições de pobreza. Apesar de estar com sessenta e tantos anos, Anne McCauley não dava o menor sinal de que pretendia parar.

"Eu tentei", disse Tad. "Mandei uma carta toda subserviente e eloquente para ela. Usei todos os meus recursos retóricos, mas eles não funcionaram."

"Seria estranho se ela de fato concordasse em vir", comentou Iffat. "Ela não é amiga das mulheres."

"Não, não seria tão estranho assim", disse Helen. "Ela fala em muitos eventos. Gosta de um bom debate."

"Eu juro que acho que ela vai se candidatar a presidente", disse Evelyn. "Eu sei que ela está numa idade avançada, mas ainda assim."

"Essa mulher me assusta demais", afirmou Bonnie.

Marcella disse: "Eu cresci em Indianápolis, e lembro quando ela estava concorrendo à reeleição. A campanha dela era toda contra o adversário pró-escolha. Lembro que tinha fotos de fetos."

Conversaram sobre o direito ao aborto, e a composição do Senado, e tráfico de pessoas, que era um assunto com que Faith se importava especialmente, sua voz se acentuando toda vez que ele vinha à baila. Então por algum motivo houve um breve desvio para falar de um programa de TV britânico sobre crimes com uma personagem sensual, a detetive-inspetora Gemma Braithwaite, que era acossada pelo machismo em seu departamento e pela violência em sua área de cobertura. A maioria das pessoas ali adorava Gemma Braithwaite, e o grupo todo, inclusive Faith, citou junto uma fala de um episódio recente, que virara uma espécie de bordão: "Meu caro senhor, que desfaçatez." Então todos deram risada, e beberam um pouco mais.

Helen começou a falar sobre as mulheres fazerem parte de uma estrutura econômica tão injusta que só poderia ser consertada se fosse reconstruída do zero. "Primeiro, arrancar pedacinho por pedacinho" disse ela, e Ben ergueu seu copo. Faith não deu muita confiança. "Mesmo que isso acontecesse aqui algum dia", continuou ela, "as mulheres ainda seriam sacaneadas. Olha só para Cuba e Venezuela. As mulheres desses países ainda não são tratadas como iguais."

"Qual a sua visão sobre essa questão?", Greer se ouviu perguntar. Todos olharam para ela. A boca de Marcella se encolheu toda, como se ela pensasse: sua burra; quem faz uma pergunta ignorante dessas? Mas ninguém mais olhou desse jeito para Greer; com certeza não Faith, que respondeu com todo o prazer.

"Acho que as ideias sobre o que homens e mulheres são, sobre sua *essência*, estão profundamente arraigadas", disse ela. "De que as mulheres são subalternas. Que as mulheres sempre serão prejudicadas. São ideias que se enraizaram por toda parte. Claro que parte disso é a economia, e isso sempre foi verdade. Mas também há uma parte psicológica, e não podemos esquecer dela." Alguns assentiram, embora já tivessem ouvido outras versões disso dela antes. Bonnie e Evelyn em particular, que certamente haviam ouvido muitas versões daquela fala antes, pareciam contentes em ouvi-la de novo.

"Tenho notado", afirmou Faith, "que quando as pessoas falam de feminismo, tendem a adotar ou uma visão, ou a outra. Nossa fundação tem que olhar o todo. Precisamos continuar a pensar sobre o papel da economia. Porque não importa o quanto uma sociedade avance, ainda vão ser as mulheres a parir os bebês. E isso as empurra para serem donas de casa e terem dupla jornada." Ela alcançou uma prateleira alta com o braço e puxou dela uma velha centrífuga de salada. A alface foi enxaguada e jogada lá dentro, e então Faith deu um forte puxão no fio repetidas vezes, como se fosse um motor de popa. Ela continuava falando por cima do rumor da centrífuga. "Até mesmo em lugares superevoluídos, como a Suécia e a Noruega, as mulheres acabam fazendo a maior parte do trabalho sacal. Provavelmente devem até chamar esse trabalho por um nome bonito – tipo os nomes que a IKEA dá para os móveis dela, de forma a soar bonito. Tenho uma poltrona em casa chamada 'Leifarne'. Mas ainda assim precisamos ver as coisas como elas são." Ela deixou a centrífuga parar de rodopiar sozinha, depois olhou para todos à sua volta; todos estavam escutando, ninguém com aquela distância desligada que às vezes acontecia quando pessoas se agrupavam e bebiam juntas.

"Bonnie e Evelyn e eu estamos tão velhas", disse Faith, "que nos lembramos dos anos sessenta como se fossem ontem."

"... ou hoje de manhã", acrescentou Evelyn.

"E que fique de alerta para vocês. Naquela época o movimento feminista teve que se separar da esquerda dominada pelos homens porque – sabem de uma coisa? A esquerda não estava assim tão interessada na gente. Eu sinto que a gente ainda vai ver isso de novo. Vamos encontrar progressistas que dirão que os problemas das mulheres não podem ser resolvidos dentro do sistema atual, mas que tudo irá mudar para as mulheres mais ou menos automaticamente quando o sistema tiver mudado. Também vamos precisar demonstrar que apoiamos trabalho antirracista. Vocês sabem que fiz o Emmett injetar dinheiro para projetos especiais num grupo de justiça reprodutiva, e também em uma organização que apoia jovens escritoras negras. Mas é claro que isso não basta. De qualquer forma, espero que nossa primeira reunião de cúpula dê um grande retorno. Espero que a gente faça diferença."

Todos ficaram quietos, e quando ela acabou de falar, Tad disse: "Obrigado por nos convidar para cá, Faith. É uma grande honra."

"Ah, não precisa ficar assim. Quero que fiquem à vontade ao meu lado." Faith deu um estranho sorriso, divertindo-se consigo mesma, e acrescentou: "E foi por isso que droguei a bebida de todos vocês."

"Faith Frank dando o golpe do boa-noite-cinderela", disse Ben. "*Isso sim* atrairia a atenção da imprensa."

"E atrairia mais atenção para a Loci", disse Greer.

"Isso me lembra", disse Faith. "Alguém me inteire sobre a música que estamos contratando. Porque, se deixassem para mim, eu estaria chamando aquelas cantoras folk feministas que conheci há não sei quantos anos na Lilith Fair. E isso seria... bom, nem um pouco rentável!"

Agora estava todo mundo dando risada, e Helen disse: "Ah, Faith, sabe de uma coisa? Eu te amo."

"E eu amo você também", disse Faith.

"A gente conseguiu a Li'l Nuzzle, aliás", disse Marcella.

"Sem sacanagem?", disse Tad.

"É L, apóstrofe, I-L? Ou L-I, apóstrofe, L?", perguntou Ben. "Eu nunca lembro."

"Eu não sei", disse Greer. Ele sorriu para ela e ela sorriu em resposta, depois ambos desviaram o olhar, tímidos.

"Infelizmente, eu nem sei dizer quem é ela", confessou Faith.

"Ela faz hip-hop", disse Iffat. "Ela é incrível. Você vai adorá-la, Faith."

"Acho que *Big* Nuzzle não estava disponível", disse Greer. Ela olhou para as cebolas e viu que de algum modo uma pirâmide de fatias jazia sobre a tábua; como é que já havia cortado tanto? Além disso, ela percebeu não sem espanto que o vinho fora embora de seu copo verde com bolhinhas.

"Como eu disse, temos uma excelente escalação", disse Faith. "Uma comandante naval. Uma freira ativista."

"Adoro como nem sequer lembramos os nomes delas", disse Marcella.

"*Eu* me lembro dos nomes, e vocês também devem lembrar", disse Faith. "Mas hoje, não. Hoje, vamos beber vinho e comer carne e descansar e nos divertir."

Greer se serviu de mais vinho e olhou para todos à sua volta, pensando como tinha sorte em estar ali com aquelas pessoas, esse grupo de foco de velhos e jovens, gordos e magros, negros e pardos e brancos, gays e héteros e talvez até bissexuais. Ainda que Zee fosse dizer que aquilo era um jeito totalmente redutor de olhar para as pessoas, e provavelmente era mesmo. Mas naquela noite Greer absorveu a companhia de todos os presentes. Os famosos e os anônimos, os amargurados, os com sal e os doces. E até mesmo os umami. Faith era umami, de certa forma, Greer pensou – um gosto especial e diferente que, uma vez que você provasse, sempre quereria mais.

Conforme foram conversando e rindo e bebendo, Greer imaginou-se contando cada detalhe a Cory depois do fim de semana. Ele gostava de histórias de sua vida em Nova York, assim como Greer gostava de histórias sobre Manila, onde ele levava uma vida que parecia o exato oposto da dela. Ela já tinha muito a contar para ele sobre aquele fim de semana.

Me colocaram no quarto do filho da Faith, diria ela, e fiquei imaginando como teria sido ter a Faith como mãe.

Complicado, aposto, responderia Cory.

Sim, com certeza complicado.

Greer agora se via como se fosse pelos olhos de Cory; imaginou-se vista por ele do umbral da porta, a luz no aposento dourada. E então sua mão, que partia cebolas com uma segurança recente e ligeiramente descuidada, deslizou, e a lâmina da faca de Faith Frank entrou fundo em seu dedão.

"Ai, merda, merda!" gritou Greer, dando um pulo para trás, como se assim pudesse escapar do próprio ferimento.

Todos caíram em cima dela, e ao longe ela ouviu Evelyn murmurar: "Olha só pra esse sangue todo. Ai, eu sou péssima com sangue." Todos corriam de lá pra cá mas ninguém sabia onde estava nada a não ser por Faith, que calmamente assumiu a liderança, localizando um velhíssimo kit de primeiros-socorros em uma lata amarelada no fundo da gaveta ao lado da geladeira.

"Ninguém nunca saiu daqui sem polegar", disse Faith, tranquilizando Greer, que estava tão envergonhada e fula consigo própria por ter estragado o momento que seus olhos despejavam lágrimas de verdade, não de cebola.

"É mesmo? E quanto ao Menino Sem Dedão Verde?", perguntou Tad, e seu comentário foi recebido com silêncio, e Tad disse rápido, "Perdão. Faço piadas horríveis quando fico nervoso."

Faith se virou para eles e disse com calma: "Vocês podem ir para a sala com o vinho, se quiserem. A Greer vai ficar bem. Eu vou cuidar dela."

"Tem certeza?", perguntou Iffat, entrando no modo assistente. "Não tem nada que eu possa fazer?"

"Está tudo sob controle. Obrigada, Iffat."

Faith ficou ao lado de Greer junto da profunda pia em aço inoxidável, onde deixou correr um jato forte de água fria sobre seu dedão ensanguentado, mantendo a ferida pressionada, e por fim espirrou nela alguma substância antibactericida, e embrulhou o dedão de Greer em uma múmia de gaze e esparadrapo. O toque suave daquela mulher poderosa era profundo. Assim como também sua decisão em usar seu poder daquela maneira terna. Talvez seja isso que queiramos das mulheres, pensou Greer enquanto seu dedão pulsava e permeava-se com sangue. Talvez seja assim que imaginemos uma mulher nos liderando. Quando as mulheres chegavam às posições de poder, elas calibravam e recalibravam a ternura e a força, modulando-se, corrigindo-se. O poder e o amor raramente coexistiam. Se um entrasse em cena, talvez o outro fosse embora.

Faith dizia: "Vamos deixar assim por um tempo e ver se para. Segura ele no alto; acima da linha do coração. Não acho que vai precisar dar ponto."

"Não acredito que chorei daquele jeito."

"O que tem de errado em chorar? Acho que é algo pouco valorizado", disse Faith.

"Mas agora estou me sentindo uma menininha que a mãe veio ver o dodói. Que vexame."

"Não para a mãe. Lembro de fazer isso quando meu filho era pequeno." Faith tirou o cabelo que estava sobre o rosto e disse: "Pelo que vivi, as recompensas de criar filhos não vêm necessariamente quando você pensa que virão. E às vezes elas vêm muito, mas muito pouco."

Greer pensou outra vez no troféu da escolinha de futebol que achara no quarto, e no menino de grande espírito esportivo que o ganhara, agora com trinta anos e em algum outro lugar. "Então quando elas vêm?"

"Ah, vejamos", disse Faith. "Quando eles estão felizes, não é o que todo mundo fala? Ou quando estão dormindo. Às vezes eu sentia vergonha de quanto gostava de quando ele estava dormindo. Ele era um bom menino, mas dava simplesmente tanto trabalho. E pelo menos quando estava dormindo eu sabia onde estava e exatamente o que estava acontecendo com ele."

"E hoje em dia?", perguntou Greer com leveza. "Como ele é?"

"Hoje? Hoje eu não sei tanta coisa assim. A vida dele é dele. Ele é advogado tributarista, e muito diferente de mim. Não sei se precisa tanto assim de mim. E nunca tenho oportunidade de observá-lo dormir. Resolvi que deveria haver um feriado nacional uma vez por ano em que filhos adultos têm que deixar seus pais os colocarem para dormir mais uma vez."

Ela ficou em silêncio, e Greer não teve pressa de falar. Faith estava se revelando, se abrindo, tornando-se alguém um pouco mais conhecido. Havia uma centelha de mutualidade, e Greer não queria fazer nada que pudesse desestabilizar isso. Estavam juntas de pé em silêncio ao lado da pia, à janela que dava para o quintal escuro, iluminado por um único holofote, no qual acabava de entrar um cervo altivo, como se cumprisse uma deixa. Ele parou sob o cone de luz, olhando ao redor.

"Ah. Meu visitante eventual", disse Faith.

O cervo tinha uma pata erguida no ar como se estivesse atravessando a grama quando de repente tivesse ficado perdido nos próprios pensamentos, talvez a respeito de frutinhas, ou folhas, ou sobre as curiosas silhuetas da mulher de idade e da mais nova emolduradas pela pequena janela. Faith se moveu ligeiramente, e o cervo se assustou, e galopou a toda.

Pouco mais tarde, depois que Greer havia se recuperado e estava sendo tratada por todos como uma heroína de pequena monta, a grelha foi acesa e a questão dos bifes foi levantada de novo. "Presumo que ninguém tenha problema com carne?", afirmou Faith. "Se tiver, fale agora ou cale-se para sempre."

"E que assim *soja*", disse Iffat.

Greer ia falar que era vegetariana, coisa que todo mundo sabia mesmo, após tantos pedidos de almoço feitos juntos, mas nenhum deles olhava com expectativa para ela naquela momento. Parece que as pessoas nunca prestavam tanta atenção a você quanto você achava que prestavam. Tendo tido tão recentemente aquele momento de intimidade com Faith diante da pia, ela pensou no filho de Faith, uma criatura ligeiramente decepcionante, e por algum motivo teve certeza de que recusar a carne de Faith também seria uma decepção para ela. Greer abominava o pensamento de decepcioná-la mais que tudo, de forma que não disse nada.

"Tudo bem", disse Faith. "Mesmo que esteja um pouco frio lá fora, ainda estou a fim de acender a churrasqueira. Todos gostam malpassado, espero?"

"Sim!" disseram em coro, inclusive Greer, que se surpreendeu consigo mesma.

Pela janela Greer viu Ben e Marcella flertando numa pantomima de luta de espadachim com apetrechos de churrasco. Naquela noite provavelmente iriam para a mesma cama, e talvez o som deles fazendo sexo chegasse a vazar pelas paredes, para constrangimento e espanto de todos. A churrasqueira cuspia fumaça e começava a desprender um aroma indistinto de refeições há muito cozinhadas.

À mesa, um bife foi espetado por um comprido garfo e largado no prato de Greer pela própria Faith. "*Voilà*", disse Faith. "Acho que saíram bons, esses. Espero que não achem muito sangrentos."

"Sangrento é que é bom", comentou Tad.

Com um olhar de relance, Greer deu um sorriso fixo para a enorme torre de carne, sob a qual já se empoçava sangue, como se fosse a cabeça de uma pessoa que tivesse acabado de pular de um telhado. Faith depositou uma bola de manteiga de ervas sobre o bife de Greer, que imediatamente expandiu derretendo-se arterialmente sobre aquela superfície que lembrava uma arraia.

"Bom apetite, Greer, mesmo com esse seu ferimento de guerra", disse Faith.

"Sim, meu cotoco", disse Greer.

"E, por favor, ninguém espere por mim." Faith foi atender a próxima pessoa.

Greer pegou o garfo com sua mão machucada e segurou-o desajeitada; sentou-se com garfo e faca em posição, imaginando como poderia fazer para comer aquele bife. Por dentro ele tinha uma tonalidade vermelho-escura e azulada, sobrenatural, até mesmo perversa. *Bife azul*, conforme ouviu dizer que os franceses o chamavam.

Todos à sua volta comiam e exclamavam. "Ai, meu Deus", gemia suavemente Marcella, e Greer a imaginou na cama com Ben. "Está uma delícia, Faith."

"De longe, o melhor bife que já comi", disse Tad.

"Sabe, Faith, se a fundação não der certo", disse Helen, "você pode abrir um restaurante e chamá-lo de Churrascaria Feminista Faith Frank. Todos os bifes viriam com batatas rústicas, creme de espinafre e a promessa de igualdade."

Greer era a única que não havia elogiado a carne de Faith; logo ela ficou sem graça por seu silêncio e sentiu que tinha que contribuir com alguma coisa. "E todos as carnes da churrascaria feminista também vão dar direito ao bufê de saladas!", acrescentou ela. Faith, entendendo que aquilo era para ser engraçado, sorriu para ela.

Greer pôs-se ao trabalho, cortando um perfeito cubo de carne e transpassando-o com o garfo. Observando-o sob a luz, ela notou a semelhança com desenhos de cortes transversais de tecido humano. Comer carne quando você detestava e quando não a comia há quatro anos era uma aberração, quase uma forma de canibalismo. Mas também, dizia-se ela, um ato de amor. Ao comer aquilo, ela seria alguém com quem Faith continuaria querendo se consultar, ouvir e confiar; alguém para quem continuaria a querer assar carne. Greer colocou o pedaço na língua, torcendo para que de algum modo ele se dissolvesse ali feito açúcar, mas descobrindo que ele teimosamente conservava sua forma e integridade, sem ceder nem um pouco do tônus ou de sua gordura. O interior de sua boca parecia um minimatadouro, com uma pitada de closet. Era nojento.

Não passe mal, pensou ela, firmemente. *Não passe mal.*

Greer tentou reenquadrar a ideia de comer carne; seria assim tão diferente do que, digamos, aquilo que se passava com o sexo? No começo, com Cory, Greer ficara com tesão e com medo ao mesmo tempo. Mas logo ela tinha perdido um pouco do medo. As outras pessoas, conforme ela aprendeu, não eram tão ruins assim. Cory era simplesmente outra pessoa, uma alma dentro de uma longa membrana. Ele era um animal que ela amava muito. Assim como, agora, aquele centímetro cúbico de vaca morta e não pranteada também não era tão ruim.

Adeus, vaca, pensou, imaginando o borrão verde e distante de um prado. Espero que sua curta vida tenha sido pelo menos doce. Engoliu com força e obrigou-se a não devolver tudo para o prato. O bife desceu e lá ficou.

"Humm", disse Greer.

⌒

Na plataforma do trem domingo de manhã, esperando o das 10:04 os levar até a cidade e para os últimos dias antes da primeira reunião de cúpula, todos religaram seus celulares e esperaram que eles readquirissem pouco a pouco sua comunicação com a antena. Os telefones se acenderam, as maçãs apareceram, e a equipe da Loci leu com grande interesse aquilo que perdera em sua ausência. Cada um se virou para cada lado e caminhou pela plataforma, ouvindo correios de voz e lendo mensagens.

Greer viu estupefata que havia recebido trinta e quatro correios de voz e dezoito mensagens de texto desde que chegara à casa de Faith Frank. Não fazia nenhum sentido, mas lá estava, uma cascata extravagante de urgência, quase tudo proveniente de Manila.

SEIS

O Aeroporto Internacional Ninoy Aquino já na alvorada tinha uma fila impossivelmente longa na entrada, que levava aos detectores de metal pelos quais todos tinham que passar, não apenas os que iam pegar avião naquele dia. Cory Pinto, que vinha chorando em ondas espasmódicas pelas últimas horas sem parar, entrou arrastando os pés junto com todo mundo, seus olhos queimando feito pequenas brasas. Ele estava tentando manter a compostura, como se diz, mas não estava dando muito certo.

Uma vez passado pelos detectores, uma voz num alto-falante sussurrou algo sobre o voo 102, e Cory entendeu que precisava andar rápido. Saiu empurrando as pessoas aglomeradas à sua frente, dizendo: "Com licença! *Makikiraan po!*", mas ninguém se mexia. As pessoas permaneciam em grupos de sete a doze, segurando bagagens ou mochilas, ou em certos casos uma congregação sortida de caixas unidas por fita adesiva.

Cory não tinha bagagem; se esquecera de trazer qualquer coisa que fosse. Todo planejamento racional lhe fugira depois da notícia que chegara no meio da noite. Ele atendera o telefonema, e então, parado na sala de seu apartamento, disse a McBride, que o dividia com ele: "Preciso ir."

McBride, que ele conhecia mal e mal de Princeton, embora estivessem em grupos sociais diferentes e jamais fossem ter ficado amigos, olhou para ele do sofá de couro com braços arredondados e forro frio lustroso onde estava, já meio desacordado, rejogando velhas missões de Red Dead Redemption no Xbox que mandara vir da casa dos pais quando fora contratado pela Armitage & Rist.

"O quê?", dissera McBride. "São três da manhã, porra. Aonde você pretende ir, cara?" Música emanava de seus alto-falantes horrorosos, que sempre lembravam a Cory olhos de mosca, cada um com um círculo convexo negro no centro. Tocava um rap besta de Pugnayshus:

I saw you sittin' there at the Korean foot spa
I saw you sittin' there with all'a your chutzpah

O terceiro colega de apartamento, Loffler, recém-formado em finanças na Wharton School, dormia em seu quarto, que sempre fedia a maconha vagabunda que comprara em uma viagem a Sagada e arriscara a pele para trazer para todos os três compartilharem. Estavam todos ganhando tanto dinheiro, e se por um lado não queriam esbanjá-lo e se expor a algum perigo, também não queriam ser muquiranas. Moravam num arranha-céu chique no bairro de Makati, longe das ruas superpopulosas, permitindo-se descansar no bolsão profundo e bem forrado em que os expatriados moravam, trabalhavam, divertiam-se e gastavam seu dinheiro.

"Aconteceu um negócio", afirmou Cory, laconicamente.

"Não dá para ser menos específico do que isso", disse McBride. "Quer que eu fique adivinhando?" Cory começou a chorar outra vez, seu rosto enrugando de dor, e é claro que McBride não soube o que fazer. "Me dá uma pista", disse McBride. "Alguém morreu na família?"

Cory fez que sim com seu rosto infeliz.

"Tipo sua avó, algo assim?"

Ele fez que não com a cabeça.

Quando seu telefone celular tocara no meio da noite, Cory sentara-se na cama e vira o número dos pais. Irritava-o que eles às vezes se esquecessem da diferença de fuso horário entre a Costa Leste dos EUA e Manila. Agora sua noite de sono tinha ido por água abaixo por causa daquela chamada. Ele falou com um tom abrupto e antipático, querendo transmitir para os pais que agora ele era *adulto*, que tinha responsabilidades e precisava dormir direito. Mas seu pai estava chorando e lhe dizia uma frase insana em português "*Sua mãe matou seu irmão!*".

"O quê?" Cory pensa ter entendido errado. "Do que você está falando?"

"Sua mãe matou seu irmão!"

A voz de seu pai emanava uma aflição assustadora enquanto ele contava que a mãe de Cory, dando ré na rampa da garagem, acidentalmente passara por cima de Alby, que brincava ali, invisível. As costas de Alby foram esmagadas, um dos ossos partidos penetrando numa artéria pulmonar. Ele resistira um pouco, mas falecera na mesa de operações em Springfield.

"O quê? Tem certeza?", perguntou Cory, patético, esfregando seu cabelo no escuro, depois a cara, tentando encontrar algo para fazer com sua mão, que agora abanava, espanava.

"Sim. Foi ela", disse seu pai. "Não posso nem olhar para ela."

"Onde ela está?"

"Sedada. Deram uma injeção nela."

"Certo. Certo", disse Cory, tentando pensar. "Talvez você também precise de sedação. Vou para o aeroporto agora. Vou tentar chegar aí de manhã. Aqui está de noite. Vou demorar um dia inteiro." Enquanto dizia isso, ele mesmo não conseguia se imaginar encarando sua mãe. Cory segurou o telefone apertado e ligou para a companhia aérea, enquanto ouvia uma arranhada versão instrumental com metais de "The Strong Ones", que se repetia sem parar. Depois de fazer sua reserva, ele ligou para Greer, de quem agora estava precisado de um novo jeito, de um jeito adulto. Era como se de fato achasse que ela seria capaz de fazer alguma coisa. Mas o telefonema foi direto para a caixa postal. "Onde você está?", disse ele para o telefone. "Preciso de você." Nunca antes ele lhe dissera essas palavras. *Eu amo você*, o tempo todo, mas *preciso*, nunca.

Ele continuava ligando para ela freneticamente e falando em tom cada vez mais alto com sua voz gravada, depois desligando. Mandou inúmeras mensagens de texto para ela também, dizendo "me liga", mas não obteve resposta. Não tinha como ele deixar aquela notícia sobre Alby em uma mensagem gravada, não tinha como dizer aquelas palavras para o nada. Precisava de Greer escutando em tempo real enquanto as falasse, de forma que, ao exalar aqueles fatos, ela os inalasse, numa espécie de respiração boca a boca. "Por favor, me liga", sussurrou ele, como se talvez a modulação fosse chamar a atenção dela. "Não importa a que horas. Algo muito, muito ruim aconteceu."

Quando ainda assim não recebeu resposta, se lembrou de que ela lhe contara que iria à casa de Faith Frank no fim de semana, e que ficaria sem recepção de celular. Faith Frank, que para ela era feito uma super-heroína. Era de se pensar que uma pessoa poderosa como Faith Frank teria como fazer o sinal de celular chegar em sua casa. Ele andou de um lado para o outro em seu quarto pequeno, que parecia um cozido dos seus pertences, a lixeira transbordando de papéis, e garrafas vazias de San Mig Strong Ice agrupadas na escrivaninha. O lugar inteiro estava tomado por uma sensação genérica de desordem e fedor, que seria exorcizada pela faxineira, Jae Matapang, que limpava a sujeira daqueles três jovens norte-americanos muito bem pagos que eram incapazes de se cuidarem sozinhos. "*Meninos*", dizia ela às vezes, sacudindo a cabeça, ao chegar e olhar o apartamento. "Sempre tão bagunceiros." Ainda assim, ela nunca parecia descontente.

Na escuridão, seu estômago cheio de cólicas, Cory tirou as calças de cordão que comprara no Shopping Greenbelt e avançou sobre uma gaveta para encontrar cuecas. Jae levava a roupa suja deles para uma sala no porão do prédio que nenhum dos rapazes jamais havia visto. "Oi, Jae", diziam sempre os três rapazes, entregando-lhe suas coisas, e ela as pegava silenciosamente, lavando suas cuecas sujas de mijo e sêmen e passando suas camisas para que pudessem dar boa impressão e comparecer confiantes ao escritório da Armitage & Rist na Rufino Pacific Tower, o prédio de esqueleto de aço mais alto das Filipinas.

Cory pensou que havia uma grande possibilidade de ficar louco já aos vinte e três anos, perambulando à toa pelas ruas de Manila. Jae o veria na rua e se sentiria mal, pensando: Um dos rapazes bagunceiros ficou maluco. Justo o alto!

Como não tinha tempo de procurar mais coisa nenhuma, Cory se enfiou num par de calças sociais pretas jogadas sobre sua cadeira da escrivaninha, enfiou o passaporte no bolso da frente e deixou o apartamento. Indo para o aeroporto no banco de trás de um táxi com um cinto de segurança quebrado que atravessava inútil o seu colo feito um braço paralisado, observou a hipnótica efervescência de Makati ficando para trás.

Ainda nem se acostumara à vida naquele lugar. Desde o começo ela lhe parecera estranha. Quando viajou para as Filipinas pela Cathay Pacific pouco depois do fim da faculdade, os comissários de bordo o haviam recebido tão bem quanto um amigo que há muito não se via. Ele se deitou e descobriu que não se sentia nem deslocado, nem um impostor. Não apenas isso, como também seu corpo comprido não parecia ser longo o bastante para aquela cama celeste, que, feito um berço, o acalentava enquanto cruzaram o oceano.

Então Cory Pinto, de Macopee, Massachusetts, comeu vários dim sum, bem como um pequeno bife; comeu sem se preocupar com quanto estava comendo. A vida em Princeton o preparara para aquela sua nova vida, que começara até mesmo a parecer justa e merecida, embora em outros momentos soubesse que não fizera jus a coisa nenhuma. Ao fundo e ao longe, atrás dele, vinham os murmúrios e os descontentamentos da classe econômica.

Em Manila, alguém lhe encontrara um apartamento que dividiria com os outros. O prédio tinha um nome absurdo, Continental Arches. Makati era uma zona rica e chique, mas bastou pisar fora daquele bairro e se viu numa Manila a pleno vapor, que era outro departamento. A maioria das pessoas que Cory encontrara ali falava um inglês excelente, mas ainda assim, ele tentou aprender tagalo, porque muitos dos habitantes locais não falavam bem inglês, e ele não queria ser esnobe ao deixar sua colmeia protetora; queria fazer um esforço. De vez em quando, ele e seus colegas de apartamento saíam para beber em botecos locais e comiam refeições baratas em espeluncas de um bairro que o material de orientação da Armitage & Rist alertava especificamente para evitarem.

Iam de *jeepneys*, um veículo metade ônibus, metade jipe pintado em cores vivas e sortidas, e rabiscado com pichações; às vezes, tinham ilustrações de demônios ou águias e eram acompanhados por palavras ou expressões como MONSTROMÓVEL, ou JESUS ME AMA DEMAIS ou MISS ROSA E SEUS IRMÃOS. Lá dentro, os passageiros ficavam sentados em longos bancos um de frente para o outro, joelhos com joelhos, e eram levados para onde quisessem ir na cidade em uma corrida sacolejante e sem amortecedor. "*Bayad po*", disse Cory, nervoso, na primeira vez em que deu uma volta neles, passando seu dinheiro para a frente. Depois, aquilo se tornou tranquilo e quase natural.

Manila havia se gravado em Cory de formas rasas e profundas: a riqueza se concentrava em Makati; as equipes de cachorros que farejavam os carros se aproximando das entradas dos melhores hotéis, porta-malas abertos para seguranças olharem dentro com lanternas; as curiosidades exóticas e a extravagância elaborada da vegetação; os quiosques de peixe e de frutas; a comida cheirosa mesmo na menor das biroscas; as lindas crianças correndo por toda parte; a pobreza escandalosa; e os shoppings, meu Deus, os shoppings, onde havia tanta atividade porque tinham ar-condicionado e o ar lá fora era o oposto de condicionado. Manila parecia um forno industrial, onde todos assavam juntos.

Mas agora, depois de meses por lá ganhando dinheiro e comendo adobo e *pata* crocante e ficar até tarde festejando com clientes, longe de Greer, que esperava por ele enquanto vivia sua própria vida em outra cidade, lá estava ele num estado de dor insuportável, a toda a velocidade num táxi com cinto de segurança quebrado na direção do aeroporto de Manila para ir ver sua família porque seu irmão tinha morrido. Ele estava feliz por não haver cinto de segurança; nem mesmo queria que houvesse um. "Pode bater o carro se quiser", disse ele ao motorista. "Não estou nem aí."

"O que você diz?", indagou o motorista, olhando pelo retrovisor para avaliar a situação.

"Pode sair direto da estrada se quiser. Eu quero sumir. Eu quero morrer."

"Mas eu não quero morrer", disse o motorista. "Acho que tá louco", acrescentou ele com uma risada tensa. Porém, sua curiosidade o venceu, e em tom mais suave ele perguntou: "Por que você quer morrer?"

"Meu irmão foi atropelado por um carro e morreu. Minha mãe estava dirigindo."

"Sinto muito", disse o motorista do táxi, refletindo. "O seu *irmão*. Pequenino ou homem feito?"

"Pequenino." Cory se recordou do rosto inteligente e expressivo do irmão, sabendo que com o tempo ele perderia a expressividade e a vivacidade. Teria que ser assim.

"Ah, horrível." Então, sem dizer uma palavra, o motorista foi para o acostamento e parou. O céu continha uma mancha de sol incipiente. Continuaram sentados no carro parado e o motorista puxou um maço de Jackpots mentolados e ofereceu-o a Cory, que o pegou pela fresta na divisória de plástico. O motorista lhe passou um isqueiro, depois pegou-o de volta e acendeu um para si próprio também. Silenciosamente infelizes, eles fumaram.

A madrugada foi virando manhã, acompanhada pelo sabor de um cigarro mentolado Jackpot filado que permanecia em sua língua enquanto ele avançava pelo terminal do aeroporto para voar para casa. Desta vez, não havia assentos disponíveis na classe executiva, e de qualquer modo a firma provavelmente nem teria pago por um. Ele não teria uma cama para abrigar seu ser comprido e repentinamente frágil. Cory sentou-se no único assento que pôde obter, na última fileira, junto ao banheiro, um assento do meio onde ficou espremido entre um homem gordo e parrudo e uma mulher gorda e parruda. Ficou ali imprensado, chorando e assistindo a um filme filipino sem legendas, porque imaginou que ele preencheria sua cabeça de palavras que não compreenderia e seus olhos de cores vividamente móveis e nudez parcial.

No filme nenhuma criança morreu. Havia apenas drama sobre amores, casamentos, infidelidade e sexo, sempre sexo, que interessava a todos em todos os continentes. Então o filme acabou e ele voltou a si próprio, miseravelmente alojado no espaço estreito entre seus colegas de fileira. Um deles – ele não tinha certeza de qual – cheirava a temperos, levedo e algo meio perturbador e não identificável. Mas ele chorava tanto e liberara tais compostos químicos tóxicos e alarmantes que, até onde sabia, aquele cheiro vinha dele.

Greer já o aguardava em Macopee na hora em que ele chegou. Ele voara até Los Angeles e depois para Nova York, e depois pegou um ônibus para Springfield, e um táxi até a cidade, onde nevava e fazia frio, fazendo-o se lembrar de que não trouxera casaco. Cory não escovava os dentes nem tomava banho há um dia; era um ser fedorento e empapado, com a boca e o rosto cobertos de penugem. Chorara intermitentemente no voo, sentindo enjoo e suspeitando que aquele enjoo específico agora estaria sempre com ele, em expressão aguda ou crônica, dependendo do dia. A ideia de nunca mais ver Alby outra vez, de os dois nunca mais terem aquelas conversas que se esparramavam para todo lado feito um rojão desgovernado, não era algo em que conseguisse exatamente acreditar.

O táxi parou em frente à casa dos Pinto. Vários carros estavam parados ali na frente, bloqueando a garagem; ele reconheceu o Pontiac verde da tia Maria e do tio Joe. Cory entrou na casa pela porta destrancada e seus parentes caíram sobre ele, alguns chorando, e depois se abriram feito uma cortina, revelando Greer ali parada sozinha. Ela enfrentara a cena da família Pinto mesmo sem ele; não ficou simplesmente se escondendo na casa dos pais até ele chegar. Seus parentes os deixaram a sós na sala de estar.

"Ah, Cory", ela disse, as palavras certas. "Ah, Cory, vem cá. Eu te amo. Meu amor, eu te amo."

Ela poucas vezes o chamara de "meu amor", e ele pensou: que esquisito. *Meu amor* era para momentos extremos. Ela havia saído do seu vocabulário pessoal e tomara palavras de outra geração; as palavras que normalmente usavam não serviriam naquela hora. *Meu amor* era esquisito, mas era uma ponte por sobre o abismo aterrorizante entre onde haviam estado e onde estavam agora. Uma ponte de amor que faria seu melhor para levá-los adiante. Ficaram juntos, sentados, ele com aquele fedor horrível, até para ele mesmo, e Greer dócil e assustada, seus olhos de um vermelho alarmante.

Quando seu irmão nascera, ele estava no começo da adolescência, e que indignidade que fora; um bebê em casa, abrindo o berreiro, *uá uá uá*, enquanto você tentava dormir, ou fazer o dever, ou pensar em sexo.

Por muito tempo Cory havia ignorado o bebê chato de puns explosivos, mas por fim o bebê começou a engatinhar, o que foi interessante, e começou a falar, o que foi superinteressante. As coisas que ele dizia! As coisas que perguntava! Aos dois anos, para Duarte: "Me diz o que é fertilizante." E aos quatro, para Benedita, referindo-se ao macarrão parafuso em seu prato: "Será que ele está cheio de coisas pra fazer? Está todo enroladinho. Quando o Cory tem muita coisa pra fazer ele diz isso: 'Estou todo enrolado.'"

"Eu não acredito nisso", dizia Cory agora para Greer, a cabeça entre as mãos. "O que é que vou fazer?", perguntou, voltando o olhar para ela.

"Como assim?"

"Para fazer isso deixar de ser verdade."

"Entendi." Ela fez que sim, séria. "Vou te ajudar."

"Como você vai fazer isso?"

Greer fez uma pausa, pensando melhor. "Não sei", disse ela. "Mas vou."

Juntos, sentaram-se no sofá com seu plástico escorregadio, e Cory deitou com a cabeça no colo de Greer, ambos sem palavras e chorando por tanto tempo que acabaram ouvindo um *clique clique* de uma boca de fogão a gás sendo acesa. Parece que alguém achara que fazer o jantar seria adequado.

"Você largou o trabalho para vir para cá?", ele lembrou de perguntar.

"Ah, não foi nada de mais. Esquece."

"Espera aí", disse ele. Ele tentou se concentrar, uma tarefa tremenda, e acabou se lembrando de uma coisa. "O seu lance não era hoje? A coisa da Loci? Com aquelas pessoas todas falando num centro de conferências? Errei a data?"

Greer deu de ombros, o que a entregou. A primeira reunião de cúpula – "Mulheres e Poder", como certa vez ela explicara, envergonhada e empolgada pelo jeito como soava –, pela qual trabalhara desde que entrara na Loci, começaria no dia seguinte pela manhã, e precisavam dela no local. Porém, não estaria presente; perderia o começo.

"Tem certeza de que está tudo bem com você não estar lá?", insistiu ele.

"É claro que está." Ela fez uma pausa. "Quando você vai subir para ir ver sua mãe?"

"Eu não sei."

"Cory, você precisa ir. Vou lá vê-la também em algum momento, se você achar que ela quer. Mas você com toda a certeza precisa ir vê-la agora."

De algum jeito ele conseguiu se forçar a subir a escada. Seu pai estava num bar com um tio de Cory, e não pisara em casa desde o começo do dia. O quarto dos seus pais estava escuro, cortinas fechadas, e ele entrou sem bater, postando-se bem ao lado da cama, mãos nas costas feito um sentinela. Sua mãe estava deitada de lado sob a colcha de chenille em que Cory e Alby gostavam de sentar e ficar mexendo, os carocinhos e relevos oferecendo entretenimento e ocupação para suas mãos sempre curiosas.

Ela estava um trapo, é claro, e só conseguia levantar um pouquinho a cabeça. "Por que você não viu que ele estava na rampa?", explodiu de repente, cruel.

Ela ergueu a cabeça com dificuldade para vê-lo. "Cory, você está aqui?"

"Sim, estou."

"Ele não estava no retrovisor", disse ela.

"Verdade que você estava *olhando*?"

"Sim, juro! Não sei o que aconteceu", disse ela, e virou-se para o outro lado de novo.

Ele sentiu vergonha de como fora automaticamente cruel, e disse, com mais calma: "Bom, tudo bem. Tudo bem. De qualquer modo, eu estou aqui." E depois saiu rápido do quarto.

O dia terminou e o pai de Cory não voltou, e as tias ficaram cuidando de Benedita, de forma que Cory foi se hospedar com Greer do outro lado da rua, na casa dos Kadetsky. Os pais de Greer o abraçaram, um por vez, e disseram-lhes coisas gentis, e depois os deixaram a sós. Ele tomou um longo banho no banheiro de cima, e então ele e Greer se deitaram na cama dela e fizeram sexo com algum esforço mas com vontade. Fazia meses que ele não a tocava, e estava reagindo como sempre, quase como se, através do sexo, fosse capaz de ponderar o problema intransponível que era a morte. Era familiar a forma como os quadris dele se chocavam contra ela, embora ele notasse que seu corpo agora estava mais magro. Era a versão Nova York de Greer. A versão que vivia e respirava uma vida que não era a dele.

Você teria adorado fazer sexo, mano, pensou ele enquanto Greer tocava seu pênis. Você teria adorado. Uma menina tocando você de verdade, lá embaixo. Fazendo isso abertamente, mutuamente. *De propósito*, mano. Alby sempre se interessara por tudo; gostava de explorar. Um dia teria desvendado cada pedacinho de uma garota, uma garota brilhante que fosse sua igual.

Houve um velório com caixão aberto – era inominável passar o dia na presença do corpo pequenino de seu irmãozinho – e depois uma missa de corpo presente na igreja católica. Sua mãe desmaiou junto da cova e seu pai a ajudou, ainda que a contragosto. Mal estavam se falando, então talvez não fosse surpresa que, dois dias depois do funeral, o pai de Cory tivesse aparecido à porta da casa dos Kadetsky, perguntando educadamente se podia falar com seu filho, que acampara lá, e, então, sozinho com ele na cozinha, contou a Cory que ia voltar a Lisboa por um tempo.

"*Agora?*"

"Sim. Preciso me distanciar um pouco."

Então ele se foi, e não receberam notícias dele por alguns dias, o que surpreendeu Cory, que simplesmente presumiu que ele entraria em contato todos os dias. Sua mãe, em toda a sua dor, agora tinha um estribilho a mais. "Onde está o Duarte?", perguntava ela, acamada.

"Ele foi a Lisboa por alguns dias", diziam-lhe as tias e tios e Cory, repetidas vezes.

Mas não havia previsão de quando ele voltaria. Portanto, usando o cartão telefônico da mesa da cozinha, Cory ligou para o pai para confrontá-lo. "O que está havendo?", perguntou.

"Vou ficar aqui por mais um tempo."

"Que 'tempo' seria esse?"

"Não sei."

"Certo, seja franco comigo. Você não vai voltar, é isso?", disse Cory, e ele tentou se esquivar, depois suspirou, e por fim admitiu que não ia, que ia continuar morando lá até segunda ordem.

"Mas a mamãe não está conseguindo se virar", disse Cory. "Ela só fica deitada."

"Ela tem as irmãs dela. E eu vou mandar dinheiro. Além disso, vou deixar o carro para ela. Agora ela pode rodar por aí matando quem quiser."

"Mas a gente está no meio da crise."

"Eu vou sentir a sua falta, mas não posso mais viver com ela. Meu primo me ofereceu um emprego aqui. Você é um ótimo filho", acrescentou Duarte, rompendo em choro.

Quando Cory contou a Greer, ela falou: "Como ele pode simplesmente fazer isso?"

"Você mesma vai ter que perguntar a ele, se algum dia o vir de novo."

"Você pode ficar aqui comigo o quanto quiser, sabe", disse ela. "Meus pais mal percebem que você está em casa. Ou que eu estou."

"Você não tem que voltar para Nova York em breve? Pro seu emprego?", perguntou ele.

"Não vou perdê-lo."

"Greer, você mandou sua reunião de cúpula pro espaço. Não acredito que você fez isso. Que eu fiz você fazer isso."

"Você não me fez fazer. Eu que quis."

"Mas precisavam de você ali, não é?" Ela não disse nada. "Eles disseram se foi bem?"

"Sim", disse ela. "Foi ótimo."

"A Faith Frank ficou brava com você?", insistiu ele.

"Cory", disse Greer, "estou aqui por livre e espontânea vontade, tá? Não se preocupe."

Durante o próximo dia e a metade do seguinte, de volta a sua própria casa, ele assistiu a excertos dos painéis e falas da reunião de cúpula no YouTube, e descobriu várias menções e *hashtags*, algumas terríveis, acusando a fundação de aceitar "dinheiro sujo" da ShraderCapital, mas a maioria era entusiasmada. "Que energia ótima no Centauri Center", escreveu alguém. "Evento incrível", escreveu outra pessoa, e havia detalhes sobre como as palestrantes eram dinâmicas e como o público respondia a elas.

Ele assistiu ao vídeo da conferência inaugural de Faith Frank. Ela era indiscutivelmente sexy aos sessenta e oito anos. Ele gostava de suas botas; tinham um quê de devasso. Sua fala foi intensa, séria, espirituosa e calorosamente recebida, e ele compreendeu por que Greer era tão ligada a ela. Às vezes as mulheres gostavam de ficar fascinadas por outras mulheres; ele achava que, se fosse mulher, também estaria ligado a Faith Frank.

Então ele assistiu às outras, todas mulheres: a astronauta, a comandante naval, a artista de hip-hop, a poeta cuja coletânea sobre a pobreza nos Estados Unidos acabara de ganhar um grande prêmio. Algumas das palestrantes eram francas e cheias de boas intenções; outras, como a poeta, eram empolgantes. Além disso, havia um aspecto multimídia importante: enormes telas curvas mostrando as oradoras em suas vidas reais, e uma acústica excelente para um coral de meninas do sul de Chicago cantar. Emmett Shrader gastara muito dinheiro com aquilo, e Greer perdera a coisa toda. Ele sentiu-se horrível por isso, apesar de ela tranquilizá-lo.

Certa manhã, sua mãe levantou da cama e entrou na cozinha, onde Greer e Cory estavam sentados com a tia dele, Maria. "O que há, mamãe?", perguntou ele, cauteloso. "Está precisando de alguma coisa?"

"Estou sentindo o espírito do Alby", anunciou ela. "Gênio Dois. Ele está aqui. Ele quer que eu me livre da minha pele." Ela estendeu os braços e mostrou-lhe as marcas de onde andara coçando e ferindo sua pele. Mais tarde, Cory foi ler na internet sobre surtos psicóticos em situações de luto. Depois ficou olhando para a mãe sem saber o que lhe dizer.

Ela precisava de que cuidassem dela; foi isso o que as tias e tios decidiram. Fizeram o que podiam, ligando para seus patrões e dizendo-lhes que não iam poder trabalhar. Mas tinham suas próprias vidas e famílias, e nenhum deles podia ficar em Macopee por mais tempo. Até mesmo Greer sentia que precisava enfim voltar ao trabalho, e Cory disse que é claro que ela tinha que ir.

"E quanto a você?", perguntou-lhe ela da próxima vez em que se viram sozinhos.

"Acho que vou ficar por aqui."

"É mesmo? Você pode fazer isso?"

"Como assim? É o que eu preciso fazer."

"Tá certo", afirmou ela sem muita certeza.

"O quê?", disse ele, por fim. "O que foi?"

"É só que estou preocupada com você, Cory. Não devia tudo ficar nas suas costas assim."

"Mas ficou, Greer."

"Acho que você é um filho maravilhoso", disse ela, mas a ele não pareceu nem um pouco com um elogio.

"Certo, sou maravilhoso", disse ele com firmeza. "Sou incrivelmente maravilhoso. E agora vou ter que ficar."

⌒

O quarto de Alby clamava por Cory com a estranha ferocidade de um som proveniente das profundezas de uma caverna. Ele ignorara o quarto até aquele dia, mas uma vez que os parentes tinham ido embora e ele oficialmente se mudara de volta para casa, ligando para se demitir da Armitage & Rist, deixando seus patrões chocados (seu supervisor imediato dissera "Você está mesmo desistindo disso tudo? Ninguém faz isso"), ele sentiu-se puxado para o quarto que seu irmão costumava habitar.

E uma vez tendo entrado, não conseguiu mais ficar longe dali. Cory ficou sentado por muito tempo no tapete azul, com seus velhos bonecos de basquete que balançavam a cabeça acima dele numa prateleira, assentindo vigorosamente à mais leve caminhada pelo piso, e com os bonequinhos de Alby esparramados a sua volta. Um estava com o braço levantado; outro chutava o nada; outro tinha o torso totalmente retorcido para trás em uma pose impossível; todos eles congelados em suas últimas e permanentes posições.

Cory também desenterrara os trabalhos de escola, desenhos e cadernos de Alby, e lia tudo obsessivamente, como se ali fosse haver pistas passíveis de serem encontradas e decodificadas, o que provaria, de algum modo, que seu irmão caçula ainda estava de fato vivo em algum lugar até agora não revelado em algum ponto do mundo. Era essa a fantasia que Cory construía; habitá-la o deixava aliviado.

A caligrafia de Alby era enorme e errática, e sua professora frequentemente o repreendera, circulando palavras em caneta vermelha: "Tente ser mais caprichoso, Alberte." Mas o conteúdo dos trabalhos de Alby era sofisticado, às vezes até verborrágico. Em suas redações para a escola ele explicava os dinossauros, os incas e o Big Bang, usando estatísticas para fundamentar seu trabalho, mas ainda assim fazia digressões. "Tente ficar no assunto, Alberte", escrevia a mesma professora, e Cory sentia vontade de dar um murro na cara dela.

E havia os cadernos. De início, ele não entendeu o que eram, ou para que serviam. Havia três deles empilhados, com aquelas familiares estampas ovaladas em preto e branco comuns em cadernos escolares. Quando Cory abriu o primeiro, pareceu-lhe ser algum tipo de planilha artesanal. Na letra enorme e infantil porém supercontrolada de seu irmão, havia estatísticas e observações crípticas:

6 AGO.
10H
TEMPERATURA: 25 GRAUS
OBSERVAÇÃO DE 15 MINS
MOVIMENTO: ALGUM
DISTÂNCIA: 4 CENTÍMETROS
VELOSIDADE: (4 CM DIVIDIDO POR 15 = 0,27)

7 AGO.
CHUVA!! NÃO OBSERVADO
FIQUEI DENTRO DE CASA JOGANDO PLAYSTATION

8 AGO.
TEMPERATURA: 28 GRAUS
OBSERVAÇÃO DE 15 MINS
MOVIMENTO: NENHUM
DISTÂNCIA: NENHUMA
VELOSIDADE: NENHUMA
OBSERVAÇÕES: TEMPERATURA AFETA A DISTÂNCIA E A VELOCIDADE? O JORNAL DO CANAL 22 DISSE QUE VEM UMA ONDA DE CALOR NESSE FIM DE SEMANA, PARECE! MUITAS VEZES ELES ERRAM 100%. VAMOS VER O QUE ACONTECE.

E então, no fim de semana, havia mais estatísticas, com a anotação: "BALANÇOU O BRAÇO ESQUERDO DA FRENTE. AFLIÇÃO? NÃO TENHO CERTEZA."

Braço esquerdo da frente. Cory não sabia o que isso queria dizer.

E de repente, entendeu. Foi tomado pelo entendimento e imediatamente ficou horrorizado, como alguém que saiu de casa dirigindo há horas e lembra que deixou uma panela no fogo. Cory de um pulo ficou de pé. Frenético, olhou para todos os cantos do quarto. Ninguém entrara ali depois da morte de Alby, exceto por uma das tias, que arrumara um pouco o lugar. No chão, na quina junto à janela, havia uma caixa. Ele se agachou e abriu; lá dentro havia uma tigelinha vazia e alguns pedaços de carne velha e ressecada. Era a casa da tartaruga de estimação de Alby – Slowy, que tinha sido totalmente esquecida, e agora havia desaparecido.

Agora Cory sabia o que Alby estivera fazendo em frente à garagem naquele dia, por que estava tão junto do chão e por que sua mãe não o vira. "Meu Deus", disse ele, e largou o caderno e saiu correndo escada abaixo, varando a porta da frente sem casaco, perscrutando o chão desde a faixa de grama amarronzada até a lateral da garagem.

Lá estava a tartaruga sobre a grama, camuflada sem esforço. Lá permanecera todo aquele tempo, mas ninguém pensara em procurá-la. Ninguém sequer lembrara que ela existia a não ser por Cory, que a pegou e a encostou em seu rosto, dizendo, "Slowy. Slowy".

A casca parecia seca e fria; a tartaruga estava morta, pensou ele, e isso seria adequado, seria apropriado. Slowy e Alby eram como Romeu e Julieta, e deveriam ter sido enterrados no mesmo esquife. Um garoto e sua tartaruga, juntos como um por toda a eternidade.

Quando Cory estava com o fundo chato da tartaruga apertado contra o rosto, sentiu um rumor de dentro do casco parecido com a vibração de quando um trem do metrô se aproxima. A tartaruga estava despertando de sua hibernação, ou talvez de seu grande luto. Ela estendeu um braço pálido, com textura de mosaico, e acarinhou de leve o rosto de Cory, como se também o estivesse despertando de um sono longo e agitado.

No dia seguinte, ele contatou o pai em Lisboa na loja de tapetes dos parentes, dizendo-lhe em tom alto e explosivo que a morte de Alby não fora culpa de Benedita afinal de contas. "É que ele estava no chão estudando a Slowy", disse Cory, e embora ele tivesse certeza de que seu pai diria "Que bom ouvir isso. Pego o próximo avião para casa", Duarte simplesmente disse que precisava continuar em Portugal por enquanto, e que entraria em contato quando fosse possível.

Ao longo das semanas seguintes, seu pai só entrou em contato ocasionalmente. Cory tomou conta de Slowy escrupulosamente, conferindo se sua caixa estava limpa e se ele tinha água e comida em abundância, e levando-o para passear pelo carpete do quarto de Alby, ao lado da cama onde agora Cory estava dormindo à noite, porque havia de fato algum consolo em se deitar em lençóis de super-herói em uma cama que seu corpo adulto preenchia do pé à cabeceira. Pela manhã ele fazia o café para si e sua mãe; desconfiava que, se não a alimentasse, ela não comeria nada. Ele verificava se ela estava tomando os remédios que haviam lhe receitado; conferia se seus braços estavam arranhados; fazia o supermercado no Big Y; levava-a de carro para ir ver Lisa Henry, a assistente social que lhe fora atribuída; fazia companhia para ela; jogava o jogo de cartas português Bisca com ela à mesa da cozinha e geralmente a deixava ganhar.

Certa noite, estavam jogando cartas na cozinha quando o telefone tocou e uma voz disse, "Alô, aqui é Elaine Newman. A Benedita está?".

"Desculpe, ela não pode falar agora", disse Cory, porque sua mãe nunca mais tivera vontade de atender o telefone.

"Você é marido dela?"

"Sou o filho."

"Ah. Sua voz é tão grave. Sua mãe limpa nossa casa", explicou a mulher. "Sou professora na Universidade Amherst. Minha família estava comigo em Antuérpia durante meu ano sabático e agora estamos de volta. Falei para sua mãe que entraria em contato quando voltássemos. Espero que", disse ela, com uma risadinha preocupada, "ela tenha segurado as manhãs de quinta para mim, como prometeu. Mas devo alertá--la de que a casa está uma *zona*."

Estava mesmo. Cory chegou à casa deles às nove horas em ponto daquela quinta. Afinal, precisavam do dinheiro. A faxineira filipina, Jae, teria ficado pasma ao ver o sr. Cory de luva de borracha rosa, esfregando uma privada, ele que nunca havia aprendido a arrumar sua própria bagunça e limpar a própria sujeira. Ele passou um bom período enfrentando brutalmente a privada dos Newman e as manchas minerais de sua banheira e a mata de poeira sob sua enorme cama com dossel, cujas cabeceiras continham livros de dois tipos bem diferentes. O lado da professora Newman tinha um volume grosso de capa dura chamado *Van Eyck and the Netherlandish Aesthetic*. O lado de seu marido tinha um romance policial de bolso com letras em relevo e uma faca ensanguentada na capa, chamado *The Mice Will Play*. O casamento era como um culto religioso de duas pessoas, impossível compreender. Quando Cory terminou a casa inteira e pegou o dinheiro que lhe fora deixado na bancada Caesarstone ao lado do freezer Sub-Zero, cuja superfície ele limpara meticulosamente com limpador para aço inox Weiman, ele se sentiu superficiente.

"Você puxou à sua mãe", disse a professora Newman, admirada, quando ligou para ele naquela noite.

Agora o serviço era dele, toda quinta de manhã, e ele sentia um orgulho surpreendente no simples ato de faxinar, algo que jamais sequer pensara em fazer antes, porque fora feito para ele pela mãe a vida inteira, e depois, brevemente, por Jae. De vez em quando, quando Greer vinha durante o colégio ou depois nas férias da faculdade, ela automaticamente apanhava as meias esportivas que Cory havia largado pelo quarto, ou suas garrafas vazias de bebida esportiva. Ele passara a vida inteira sendo paparicado, com mulheres limpando sua sujeira, mas só agora percebia isso.

Às vezes, quando estava passando aspirador nos tapetes persas da professora Newman ou rasgando uma velha camiseta puída de Princeton para usar como pano, ele pensava em Jae Matapang, e sentiu um pesar imenso por mal ter falado com ela em Manila, ela que tocara em todos os seus pertences íntimos, que enfrentara sua sujeira. Certa vez tentara ter uma conversa mais longa com ela, mas fora um constrangimento só. Enquanto ela limpava a privada do banheiro compartilhado, curvada, esfregando o halo marrom-rosado deixado pelo mijo e merda de todos eles, além do vômito que saíra de McBride certa noite depois que todos ficaram na rua até muito tarde bebendo doses com clientes no Long Bar no Raffles Makati, Cory aproximou-se dela e disse, "Hã, Jae?".

Ela olhou para ele, com um certo susto, soerguendo a escova de banheiro respingante. "Sim, sr. Cory. O que foi?" Jae era miúda e ossuda feito um frango da Cornualha, com sua corta-vento que usava o tempo todo, seu cabelo puxado para trás com rede feito uma funcionária de fast-food.

Ele ruborizou. "Ah, só queria saber se está tudo bem."

Ela olhou para ele fixamente. Por fim, ela falou, "Não. Algumas coisas não estão boas. Algumas coisas estão ruins. Algumas pessoas. Os terroristas de Mindanao."

Ela levara sua pergunta para o lado literal, nunca tendo ouvido a pergunta coloquial sobre estar tudo "bom" ou "bem". Ele simplesmente fez que sim, assinalando constrangido que ouvira e entendera, e em seguida ela retornou com foco total para a tarefa, mergulhando a escova de volta no vaso sanitário daquele apartamento que Cory e Loffler e McBride deixavam daquele jeito em parte porque eram muito ocupados, em parte porque podiam.

Agora que passava todos os dias na casa em que crescera, Cory aprendeu a limpar o lugar da mesma forma que fazia para Elaine Newman.

Ele também preparava o jantar para a mãe todas as noites. Não apenas nunca tinha arrumado e limpado para si mesmo antes, como também nunca havia cozinhado um jantar completo de verdade em sua vida, a não ser que contasse juntar uma caixa de espaguete com um vidro de molho pronto. Ele começou a olhar todo dia os cartões de receitas em português de sua mãe, que de início lhe pareceram tão incompreensíveis quanto as anotações "científicas" de Alby. Logo ele havia decifrado também aquele código. "OL" era "óleo"; "UP" era "um pouco"; e assim por diante. Cory estava satisfeito com sua capacidade decifradora de códigos, e a comida saía com um gosto surpreendentemente bom. Agora ele era faxineiro, companheiro e cozinheiro. Estava tirando um pequeno salário, a casa estava bem cuidada, e havia comida decente para se comer. Sua mãe talvez nunca fosse se recuperar totalmente, mas pelo menos comia e ia vivendo.

Às vezes, a tia e o tio de Cory vinham de visita de Fall River, e de vez em quando arrastavam seu primo Sab junto. Os primos não se gostavam mais desde a fissura adolescente por pornografia. Sab ainda era conhecido na família como um caso perdido, assim como uma má influência. Não deixavam as crianças pequenas chegarem perto dele. A situação era delicada; sempre que havia reunião de família na casa da tia Maria e do tio Joe, Sab costumava estar na área, e os outros pais não deixavam isso passar. "Deixa o primo Sab em paz", era o que se repetia aos priminhos menores. Ou, "o primo Sab está cansado". Ou, "não pode entrar no quarto do primo Sab". Com dezenove anos, Sab e seus amigos tinham reputação de usarem e venderem cocaína e Xanax. Seus pais, angustiados, expulsaram-no de casa, depois o aceitaram de volta, e lá ele se reinstalara.

A cada férias de inverno de Princeton em que ia para casa, Cory vira a aparência de Sab ficar pior; o único fator atenuante era que não mais parecia malvado, só estragado, mal preenchendo o colarinho da camisa, sua cabeça marcando em vaivém algum ritmo interno, um sorriso onduloso sempre meio presente. "Oi, primo Cory", dizia Sab sempre que as famílias se juntavam. "Dá cá um abraço, estudioso."

"Como vai, Sab", dizia Cory cauteloso, abraçando seu primo em primeiro grau que mais parecia o Ichabod Crane.

"Mais ou menos, mais ou menos. Tentando entrar no espírito de Natal, sabe como é?"

Mas agora, de volta à casa da família Pereira em Fall River para jantar no domingo, dois meses depois da morte de Alby, torcendo para que a visita miraculosamente insuflasse um pouco de vida em sua mãe entorpecida e deprimida, Cory a depositou nos braços bulbosos de uma poltrona reclinável na saleta, com as tias e alguns priminhos correndo por perto. Então ele subiu as escadas para o segundo andar e bateu à porta de que não passava perto havia anos.

"T'aberta!", gritou Sab, e Cory entrou no quarto fétido onde seu primo estava esparramado em uma pesada cama esculpida em teca, fumando um bong verde. Sab ergueu um dedo, deixou a fumaça escapar de sua boca, e por fim disse, "Surpresa de verdade te ver por aqui. Você deve estar desesperado querendo amigos, com isso de morar em casa e tudo o mais".

"Algo do gênero."

"Naquele tempo todo em que você ficou morando naquela faculdade da Ivy League ficou se sentindo melhor que todo mundo da família? Fala a verdade."

"Do que toda a família? Não. Só você."

Sab jogou a cabeça para o alto e riu; diferentemente do habitual, estava muito contente com a visita de Cory a seu quarto. "Tá, me pegou nessa, e eu mereci. Senta logo de uma vez."

Cory sentou-se em uma poltrona e deu uma tragada no bong; a coluna de água velha borbulhou feito uma terma romana. Logo o quarto não estava mais tão encardido, e seu primo não tão repelente. Cory sentia-se bastante relaxado quando Sab puxou um envelope de papel cristal de sua cômoda e disse, "Agora a atração principal. Melhor que a *Beaverama*".

Era heroína – "heroína de *cheirar*, sabe, tipo chocolate de *beber*", explicou Sab. "Foi feita pra ser cheirada, nunca injetada. Uma onda suave", prosseguiu ele, feito um sommelier. "Que me diz? Quer um teco?"

Cory, chapado, disse, "Tá bom".

"Que grande dia para Fall River." Sab bateu um pouco de pó marrom sobre um espelho. "Cory, o Grandioso, cheirando H com seu primo fracassado e fodido."

"Cory, o Grandioso, essa é boa."

"Bem, em um minuto você vai estar se sentindo grandioso mesmo", disse Sab, entregando-lhe o espelho quadrado e um pedaço curto de canudo de plástico. Cory se lembrava de ter bebido Quik de morango com Sab por aquele mesmo tipo de canudo. Canudos Circus, dizia o nome na embalagem; não sabia por que se lembrava daquilo, mas a lembrança lhe chegava numa névoa de enorme tristeza e arrependimento: uma caixa de canudos com o desenho de um elefante atrás das grades de um vagão de circo, e dois meninos sentados juntos com bigodes de leite rosa.

O pó subiu por sua narina fácil como cocaína, que às vezes ficara evidenciada nas festas de Princeton, onde tanta gente tinha dinheiro. Restou um gosto de glutamato monossódico na garganta de Cory depois da heroína – parte peixe, parte salmoura, químico e falso mas intrigante. Porém, quase imediatamente seu cérebro foi temperado por uma lufada vigorosa e dilacerante de sais venenosos que pareciam partir dos buracos de um saleiro invisível. Ele alçou o corpo para a frente e vomitou uma coluna âmbar no tapete do seu primo.

"Ai, meu Deus, desculpe, Sab", disse ele, apertando a boca com a mão, e em seguida vomitando mais pelos buracos entre os dedos. Primeiro sentira apenas uma sensação de enjoo, nada mais, e parecera que a droga não ia fazer efeito nele. Em seu luto ele devia ter adquirido resistência a drogas, como uma das novas formas de bactérias originadas pelo excesso de uso de álcool gel. Mas então pensou que aquele era um pensamento muito estranho para estar se tendo naquela hora, então talvez a heroína estivesse começando a dar onda afinal. Cory ergueu a cabeça um pouco, e o quarto se curvou e afundou como se a casa inteira tivesse sido construída sobre areia movediça. Cory afundou junto, caindo de lado no tapete felpudo, evitando o baque com um dos braços.

Lá ficou ele com seus olhos fechados por um bom tempo, até ele ouvir uma versão de Sab com a voz esganiçada dizendo para ele, distante: "Agora pode abri-los." Ele lambeu os lábios e ficou um tempo pensando no significado daquelas palavras. O que era para ele abrir? Presentes?

Não, presentes não. Olhos.

Abra os olhos, Cory. E ele abriu.

Inacreditavelmente, o mundo tinha sido limpo, enxaguado, deixado mais macio e inefavelmente melhor. Sab sorria bondosamente em meio ao que parecia ser um raio de sol sobre a cama, e Cory sorriu de volta para ele, dois primos benévolos por fim reunidos no amor que sentiam na época em que costumavam chutar uma bola de futebol pela rua, e contemplar pornografia com suas ereçõezinhas medíocres feito cotonetes, imaginando a forma como o mundo um dia se revelaria para eles.

Deviam beber Quik de morango de novo agora, pensou ele. Deviam entrar no circo e fazer uma turnê pelo país, seus braços abraçando o pescoço daquele doce elefante pesadão que os olhava pachorrentamente de trás de suas grades. Cory se lembrou de que Alby ainda estava morto, mas também entendeu que não precisava lutar com esse pensamento a cada hora de cada dia.

Aquele momento era um daqueles em que a morte de Alby simplesmente não tinha relevância. Ele cantarolava para si mesmo enquanto prazeres líquidos o percorriam, saídos de uma maré química. Ele sentiu vontade de dizer a Sab como estava aliviado, mas tinha perdido totalmente a capacidade de falar, e sua língua era um mero peixe úmido jazendo em sua boca. Então, em vez de falar, Cory fechou os olhos outra vez e sentiu gratidão pela quietude e imobilidade.

Os dois primos ficaram daquele jeito por horas a fio, entrincheirando-se naquele quarto e ignorando as batidas na porta dos familiares que vinham chamá-los: "O cordeiro está na mesa! Cordeiro de domingo!", e então "o cordeiro está esfriando!" e por fim "Cory, sua mãe quer ir embora agora".

Quando ele conseguiu chegar lá embaixo, o céu estava escuro, os priminhos crianças tinham todos dormido e sido carregados nos braços dos pais para os carros, e sua mãe cochilava na mesma poltrona em que havia sido deixada naquela manhã. A tia Maria estava jogando ossos de cordeiro no lixo e colocando pratos no lava-louças, e o tio Joe já tinha ido para a cama.

"O que vocês ficaram fazendo lá em cima, hein? Perderam meu almoço inteiro!" disse tia Maria, olhando para eles desconfiada. "Vocês estavam *bebendo*?", perguntou ela.

"Perdão, mamãe", disse Sab, embora, é claro, nenhum dos dois estivesse cheirando a álcool.

"Beber não te leva a nada. Só a virar mendigo."

"Eu sei. Não vamos fazer de novo."

Lá fora, à luz dos postes, Cory ajudou a mãe a entrar no carro. Por milagre, dirigindo a quarenta quilômetros por hora junto ao acostamento e se obrigando a continuar desperto e alerta, conseguiu chegar em casa com ela em segurança, embora tenha demorado muito.

Na tarde seguinte, tendo dormido treze horas, Cory acordou com uma dor de cabeça de rachar que parecia num nível de hemorragia cerebral, e aí se lembrou da poeira que seu primo batera sobre um espelho e lhe dera para cheirar. A dor de cabeça era o mínimo que poderia esperar como efeito colateral, nunca tendo cheirado heroína antes em sua vida. Havia uma mensagem de texto de Sab, dizendo, "quer sair mais tarde? Tem mais da boa pra gente". Como se fossem amigos agora e pudessem voltar a seus primeiros dias em Fall River, sem nem falar da cisão que houvera nesse meio-tempo. Cory ignorou a mensagem. Mas quando Greer ligou, ele cometeu o erro de atender.

Ela estava em um daqueles dias incrivelmente articulados que ultimamente andava tendo quando ligava de Nova York. Geralmente, ela começava a conversa perguntando como ele ia, com aquela vozinha baixa e sem alegria que as pessoas usam quando falavam com alguém que sofrera uma perda inominável. Mas ele não queria mais conversar sobre aquilo com ela; hoje em dia tinha outras preocupações: a saber, cuidar de sua mãe e da casa, e também cuidar da casa de Elaine Newman. Tratando aquilo tudo com a seriedade com que tratava a apresentação de um cliente durante sua breve carreira na Armitage & Rist.

Então, quando Cory não estava especialmente disposto a conversar, Greer falava de si e de sua vida para ele, e era o que estava fazendo naquele minuto ao telefone, como se estivesse tudo normal entre os dois. "A Faith fez um sermão especial na All Souls. Você sabe, aquela igreja unitariana no Upper East Side", dizia ela. "Foi sobre o machismo no cotidiano. Ela é capaz de falar sobre qualquer coisa para qualquer público. Uma repórter do *New York Times* compareceu; ela está escrevendo um perfil. Disse que é um ótimo momento para esse tipo de artigo. Isso do *Fem Fatale*, e daqueles sites mais novos, e da Opus ainda estar tão em evidência, e agora, por incrível que pareça, a gente. A Loci. 'O lugar aonde as mulheres vão para falar do que importa', foi como ela descreveu. Não sei se isso é muito preciso, mas acho que agora é melhor a gente trabalhar pra ser exatamente isso."

"Aham."

"Só isso?"

"Não sei o que você quer que eu diga, Greer."

"Você está estranho; está tudo bem?"

"Estou cansado."

"Na verdade, eu também. Muito cansada. Estou trabalhando muito", disse ela. "Mesmo tendo terminado a primeira cúpula, agora começa tudo de novo para a segunda. Olha", disse ela após uma pausa. "Você pelo menos está com vontade de ouvir?"

"É claro que estou", disse ele, mas tendo ouvido a pergunta, ficou pensando: será que *estou mesmo*? Percebeu que só de pensar em ouvir, estava se sentindo exausto. Já estava pré-exausto por qualquer coisa que ela fosse dizer.

"Você sabe aquele evento multimídia que vamos fazer?"

"Não."

"Aquele das escolas seguras para meninas no mundo todo."

"Sei." Ele não lembrava nada sobre um evento desses, mas de repente viu meninas de burca, de sári, de kilt e em andrajos, levando suas pastas, montadas em bicicletas esquálidas e desconjuntadas, trilhando caminhos de terra sob o sol inclemente até chegar a escolas distantes de um só andar. A imagem era tão vívida que ficou pensando se seria produto de uns poucos últimos neurônios aturdidos de opiácio tentando se orientar.

"Vamos precisar contratar um consultor, aliás", disse Greer. "Eu sei que é a sua especialidade, e posso te dar mais informações se estiver interessado." Ficaram os dois em silêncio, ele absorvendo essa informação e ela permitindo que absorvesse. Ele não falou nada, de forma que ela disse baixo, "O que você acha?".

"Que não. Obrigado, mas não."

"Tem certeza? Você respondeu tão rápido."

"Desculpe. Não tem jeito de eu fazer algo assim."

"Mas por que não? Você já está em casa faz dois meses agora, Cory. Talvez seja hora de começar a pensar na sua vida de novo. Mesmo que só um pouco. Será que isso ia ser tão ruim? Não ia tirar nada da sua mãe."

"Essa é a minha vida."

"Bem, sim, uma versão temporária."

"Não diferencio", disse Cory, com uma voz firme. "Tudo é temporário, óbvio. Tudo mesmo. Meu irmão *morreu*, Greer, meu pai foi embora, minha mãe desabou. É assim que as coisas estão agora. O mundo não precisa de que eu dê consultoria, acredite."

"Você não tem como saber."

"Há muita gente que pode entrar na minha vaga na Armitage e fazer igual ou muito, muito melhor. Garanto até que já entraram. Eu vivia uma vida falsa de terno e gravata na Ásia, só isso. É fácil pegar um recém-formado e dizer, 'Tá, vem ser consultor aqui', e sei que deve haver mérito real nisso. Mas em algum momento aquele recém-formado vai precisar descobrir o mundo um pouco, fora da consultoria. As partes não corporativas. As partes humanas. Os cantos, sabe?"

"Então é isso que você tem feito na casa da sua mãe, cozinhando e ficando no quarto do Alby? Você está descobrindo o mundo e todos os cantos dele?"

"É", disse ele. "Exatamente."

"Bem, eu pensei que ia estar descobrindo o mundo do seu lado", disse ela, a voz tremendo um pouco.

"Você ia", disse ele. "E vai. E eu vou estar junto de você nessa hora", acrescentou, rápido.

O telefonema acabou num desagrado mútuo, e Cory se levantou penosamente e foi dar comida à mãe, e depois a Slowy. Ele deixou a tartaruga ficar no carpete de Alby um pouco, até que por fim ela abriu os olhos e piscou duas vezes, feito um paciente em coma tentando mandar um recado, dizendo: *ainda estou por aqui*.

⁓

Como, pensava Cory a todo o momento, quando uma pessoa morria ela simplesmente não se encontrava mais em nenhum lugar? Você podia procurá-la pelo mundo inteiro que nunca iria encontrá-la. Uma coisa era um corpo parar de funcionar e ser levado numa maca embaixo de um lençol; outra coisa era a noção dessa pessoa se evaporar. A noção textural e indiscutível de alguém, tão forte e tão difícil de identificar quanto um gás. Cory abriu um dos cadernos do irmão e virou em uma página nova, e começou a escrever:

DATA: SEGUNDA-FEIRA, 23 DE MAIO
CONDIÇÕES: TRISTEZA INSUPORTÁVEL EXACERBADA POR USO IRRESPONSÁVEL DE HEROÍNA [HEROÍNA AGITADA, NÃO MEXIDA, OU SEJA, INALADA E NÃO INJETADA, PORQUE NÃO SOU DE FATO UM CUZÃO AUTODESTRUTIVO, APESAR DA MINHA TRISTEZA PROLONGADA NÃO DAR TRÉGUA].
OBSERVAÇÃO: NÃO SE ENCONTRA ALBY EM LUGAR NENHUM. EM PARTE ALGUMA. NEM AQUI, NEM EM OUTRO LUGAR. VOCÊ NÃO ESTÁ AQUI, ESTÁ, MANO? VESTINDO SEU VELHO MOLETOM DOS *POWER RANGERS*? NÃO, NÃO ESTÁ. NÃO CREIO QUE ISSO SEJA UMA PEGADINHA ELABORADA, EMBORA ME PAREÇA 100% UMA.
TEMPO GASTO HOJE PENSANDO SOBRE ISSO: 45 MINUTOS
QUANTIDADE DE TRISTEZA APAZIGUADA PENSANDO DIRETAMENTE EM ALBY: 0,0000%

Por cinco dias a fio, Cory escreveu fielmente suas observações no diário, mas logo entendeu que nada estava mudando para ele, que não havia vislumbres de melhora, então, quando o fim de semana chegou, ele deixou o diário sobre a mesa e sentou-se na cama e ligou o PlayStation. Todos os videogames que Alby adorava estavam em uma caixa de sapatos ao lado da cama, e ele começou a remexer nela.

Se Cory não podia estar junto de Alby, ele pelo menos podia sentir o que significava *ser* Alby. Ele sentou-se de pernas cruzadas na cama pequena, jogando jogo após jogo dos que Alby gostava. Jogou Peep Peep e Growth Spurt e Mixed-Up Kids e todos os outros; na maior parte eram jogos barulhentos e apalhaçados e te enganchavam logo de cara para você sentir que estava deixando este mundo para trás e entrando naquele outro, de iluminação diferente. Alguns mundos eram místicos e tinham algo de hospitaleiro, como Calyx, um jogo para adultos que Alby adorava.

Enquanto Benedita dormia, andava pela casa resmungando ou se cutucando, Cory jogava. "Vai, vai, vai!" gritava baixo para a tela vendo seu carrinho vencer a fita de Möbius de uma corrida de desenho animado, e ele sentia-se estimulado pelas cores e música, e então, quando se dava por satisfeito, acalmava-se jogando uma hora de Calyx.

Cheirou heroína mais uma vez com Sab, mas pouco depois dessa segunda vez, ele entendeu, a partir de sua própria reação horrível, e pelos dias de recuperação depois, um tempo ainda maior do que da última vez, que já bastava, e que mais do que aquilo, ele seria consumido por aquele hábito; seria consumido. Em vez disso, deixou-se consumir pelos videogames e cadernos de Alby, aquele mundo completo, compacto e abandonado.

Greer fez outra visita a Macopee antes de um evento da Loci em Cambridge. Embora a distância entre Nova York e Macopee não fosse tão maior assim do que a distância entre Ryland e Princeton, as visitas eram mais infrequentes, e era só Greer que o visitava, nunca ele a ela. Sempre que vinha vê-lo, o ritmo da casa se desarranjava. Sua mãe se agitava com a presença de Greer, talvez até tivesse vergonha de parecer adoentada aos olhos dela. Recolhia-se ao seu quarto e não comia.

E embora Greer não parasse de convidá-lo para vir a Nova York — e ele tivesse jurado que ia passar lá —, ele não queria sair de perto de sua mãe um fim de semana inteiro, nem mesmo deixando-a com uma tia, que não saberia tudo o que devia ser feito. Então Greer ia até lá, e não era nenhuma maravilha. Naquele fim de semana, a Loci estava copatrocinando uma minicúpula sobre sexualidade e direito na Kennedy School of Government de Harvard. Ela veio num carro alugado um dia antes, e entrou na casa de Cory e viu seu estado. O lar dos Pinto estava limpo e organizado outra vez — ele tinha ficado bom naquilo —, mas ela nem sequer comentou, e isso chegou a magoá-lo um pouco.

A mãe dele cochilava na poltrona; ovos se entrechocavam levemente numa panela d'água no fogão, emitindo aquele cheiro característico de coisa cozida. Ali estava tudo sob controle, mas Greer disse baixinho, "Cory, o que está acontecendo?".

Ela parecia prestes a chorar, e ele ficou um pouco ofendido com isso. O que era tão horrível ali a ponto de praticamente a levar às lágrimas? O que ela estava vendo? Ele vinha dando o seu melhor para administrar cada aspecto da vida da mãe, e Greer mal entrara e de certo modo pusera um espelho bem na frente de tudo aquilo, coisa que ele não pedira para que ela fizesse. Como é que ele podia não tomar conta de sua mãe? Como ele podia voltar a Manila para ser consultor quando na verdade aquela que precisava de sua consultoria estava bem ali, usando um vestido caseiro com estampa de abacaxis, agitada, confusa, nada bem?

Como poderia voltar a se interessar por seu "relacionamento" com Greer? Relacionamentos eram um luxo para gente cuja vida não estava em polvorosa.

Por algum motivo, Greer não entendia nada aquilo; era tão distante da forma como sempre entendera tudo sobre Cory desde que eram adolescentes e se deitavam juntos no quarto dela, seus corpos se revelando um perante o outro feito monumentos desnudados ao público numa cerimônia. Ele se mostrara todo para ela, seu pênis meio curvo e seu coração repleto de anseios, e depois, indiscutivelmente, do amor que ele tinha para dar. Seus dedos do pé que pareciam da mão. Seu desejo de fazer algo de útil de sua vida um dia, de distribuir dinheiro pelo mundo todo porque não tivera muito disso ao crescer, e porque aprendera em suas aulas de economia que tudo estava interconectado por sistemas intricados. E Greer também lhe mostrara tudo o que tinha: seu corpo compacto e cálido, e seu ser discreto que, naqueles dias, vinha sendo substituído por algo menos reprimido. Ela estava menos acanhada; Faith Frank a fez perder a timidez mais do que ele jamais conseguira.

Mas ele estava com a nítida sensação de que ela não o compreendia mais, o que era novo, porque por anos a fio eles sempre tiveram a compreensão um do outro como certa e garantida. "Como assim o que está acontecendo?", perguntou ele.

"A gente tinha uma vida", falou ela. "Não no sentido de morar junto, disso eu sei, mas a gente contava coisas um para o outro, e estávamos juntos pra valer. Poxa, por que eu tenho que dizer essas coisas? Você sabe do que estou falando. Você basicamente se alijou da minha vida."

Ele simplesmente ficou olhando para ela. "Isso não é via de mão única, Greer."

"Você também acha que estou distante?", disse ela. "Eu sempre te ligo e mando mensagem. Quero saber de tudo seu."

"Sim, você é muito responsável."

"O que você quer, Cory? Será que é para eu me mudar para cá com você? Talvez sim", disse ela, nervosa. "Talvez seja o único jeito de eu te mostrar como me sinto."

"Não", disse ele. "Isso não é para ser obrigação, Greer."

"Mas você não me procura mais quando quer se consolar. Não me procura mais para nada. Nem mesmo para se distrair. Nossas vidas estão totalmente separadas. Nem um esforço você faz! Sei que você está triste, sei que está se sentindo despedaçado. Mas quando tento fazer você vir a Nova York me ver e ficar sozinho comigo em algum lugar para conversar de verdade e ficar junto, você diz que não pode."

"Isso mesmo. Porque não posso."

"Agora eu tenho um apartamento, Cory. Tenho colheronas na cozinha. Só não tenho você." Ele não disse nada, de forma que ela continuou falando, piorando a situação. "Sei que sua mãe precisa de proteção e cuidado, claro que precisa, e você precisa garantir que ela esteja recebendo isso. Mas sei que você pode chamar outras pessoas para ajudar com isso, pelo menos de vez em quando. Você não se resume a isso. Eu não ouço você falar de outra coisa há tanto tempo. Você parece que perdeu totalmente o interesse pelo mundo."

"Pelo seu mundo, você quer dizer", disse ele, o que foi uma pequena maldade e ele sabia. Mas era verdade. O mundo dela tinha virado uma abstração para ele; já ela fincara bandeira naquele mundo, o pé firmemente plantado. Não, não achava que ela deveria se mudar para lá. Ela não deveria largar seu emprego na Loci com Faith Frank e vir morar ali com ele. Embora, na verdade, pensou por um segundo, se ela fizesse isso, eles finalmente morariam juntos. Podiam se mudar para o quarto de Greer; os pais dela os deixariam em paz. Podiam morar ali e sua mãe talvez ficasse melhor e ele também, e eles teriam alguma versão de vida a dois. Mas Greer não podia fazer isso, e ele nunca, jamais, lhe pediria isso, porque ela teria que abrir mão de muita coisa. Aquela época da vida era para você se acrescentar, não se tolher. Agora estava tudo numa marcha a ré, e ele não sabia como parar aquele movimento retrógrado, que continuava, se acelerava.

"Tá bom, tudo bem, é meu mundo", disse ela. "Mas também era o seu. O que você tinha."

"Não tenho mais."

"Você poderia ter um pouquinho", insistiu ela. "Só de vez em quando. Você merece. Você é gente, e ainda precisa viver. Por que não vem para Nova York no fim de semana? Você nem viu ainda meu apartamento no Brooklyn, nem uma vez. Eu sei que pareço uma menina mimada falando desse jeito, detesto isso. Desculpa, mas eu tinha toda uma cena na minha cabeça. A gente comprando comida tailandesa de um lugar a que costumo ir. Ficaríamos na minha cama de bobeira. Andaríamos pelo Parque Prospect. Você disse que poderia deixar sua mãe com sua tia Maria por uma noite. Uma noite. Mas sempre desmarca."

"A logística é complicada."

"Sei que é, mas está me parecendo que ficar comigo é um fardo gigantesco que você sente que tem que carregar. Mais fardo que cuidar da sua mãe. Você tinha que *querer* me ver. Não posso te obrigar a isso. Essa é a questão num relacionamento. Quem for mais indiferente sempre tem como ditar as regras."

"Então agora sou indiferente."

"Bem, sim, mais ou menos." Ele não disse uma palavra, mas simplesmente ficou ali, absorvendo o que ouvira. "Cory", tentou Greer, "tudo bem você ainda se importar com as coisas. Mas você não quer acreditar nisso. Quanto tempo você vai ficar nesse estado totalmente afastado de tudo? Quantos meses você vai continuar desse jeito?"

"Quatorze."

"O quê?"

"Disse qualquer número. Estou tentando te mostrar como pensar nessa linha é totalmente ridículo. Como posso estipular um limite para isso, Greer? Precisam de mim aqui."

"Não precisam de você em mais nenhum lugar?"

"Não sou insubstituível em outros lugares."

"Você tinha um plano que fazia sentido. No momento trabalhar em consultoria, poupar, depois fazer o seu app. Você estava tão empolgado com isso."

"Tive que me adaptar", disse ele. "Estou começando a achar que você é que não consegue fazer isso."

"A gente pode por favor ir a algum lugar para conversar sobre isso?", perguntou Greer, agitada.

Então deixaram a mãe dele sozinha por uma hora e foram para a Pie Land, a pizzaria onde, antes de se apaixonarem ou sequer se tolerarem, Cory ficava jogando Ms. Pac-Man enquanto Greer o olhava de rabo de olho. Ele a via pela sua visão periférica, e jogava melhor, mais empenhado e por mais tempo, como se fosse por ela, sua rival escolar.

Agora, naquela noite de verão, suas versões adultas entravam naquele mesmo lugar, que estava vazio, aparentemente fazendo mais entregas para viagem do que servindo no restaurante. Havia até uma app da Pie Land para celular.

"Posso ajudar?", disse a atendente.

"Oi, Kristin", disse Greer. Era Kristin Vells, que morava na rua deles, que pegara o mesmo ônibus escolar que eles por anos e anos. Kristin, que fora do grupo de leitura mais fraco, os Coalas. Agora estava usando um avental vermelho da Pie Land, indiferente como sempre ao registrar seus pedidos de pizza com refrigerante. "Você está morando na sua casa?", perguntou-lhe Greer.

"Sim. Não é tão ruim", os olhos de Kristin passaram pelos dois, e ela disse para Cory, "Você também está morando na sua casa, não é? Te vi por aí". Como se o alertasse: não vá pensando que é melhor do que eu, como vocês sempre pensaram, seus nerds.

"Sim", afirmou ele. Ele não era melhor nem pior do que Kristin Vells. Então Cory percebeu que a máquina de Ms. Pac-Man tinha ido embora. Hoje em dia todo mundo tinha videogame em casa e não precisava jogar em público. Nos últimos anos, desde o começo do grande ensimesmamento coletivo, Cory começara a entender aquele apelo, e de fato naquele momento acharia melhor estar em casa, jogando outro dos videogames de Alby.

Ele e Greer sentaram-se a uma mesa e ela segurou longe do corpo sua fatia de pizza pingando óleo enquanto comia, dizendo, "Não posso sujar minha roupa. Trouxe pouquíssimas peças para cá".

"Greer", disse ele. "Olha para mim." Os olhos dela passaram, preocupados, do prato para o rosto dele. "Não sei como vão ser as nossas vidas", disse Cory, improvisando. "Porque quem teria esperado que acontecesse uma coisa dessas com o Alby?"

"Ninguém", disse ela, voz baixinha.

"Mas aconteceu, aconteceu pra valer, e depois essa outra coisa aconteceu com a minha mãe, e agora essa outra coisa aconteceu comigo."

"Que coisa?"

"Perder sua boa vontade." A voz dele saía com esforço, dolorida. "As coisas estão diferentes para mim agora."

"Eu sei."

"Mas diferentes de várias formas."

"De que formas, por exemplo?"

"Não sei. Coisas que não são o que eu faria. Por exemplo, outro dia cheirei heroína", disse ele.

Houve uma terrível suspensão da passagem do tempo e uma rápida sequência de expressões faciais que ele nunca vira antes em Greer, e por fim ela disse: "Você só pode estar brincando."

"Sabe, nesse momento você ficar toda chocada não vai fazer bem nem a mim, nem a você."

"Bem, sinto muito. Você quer que eu seja falsa?"

"Seria bom um pouco de falsidade. Na verdade, seria ótimo. O que estou tentando te dizer era que estou basicamente num estado diferente de qualquer outro em minha vida antes. E você pode até me dizer, ah, que eu devia ir trabalhar de *consultor* em algum evento importante que vai acontecer em San Francisco, mas isso quer dizer que você não entende o meu momento atual. Onde minha cabeça foi parar depois do que aconteceu."

"Eu também amava o Alby, Cory. Penso nele o tempo todo, e simplesmente desabo." A fala dela estava ficando mais rápida e sufocada. "Quase posso vê-lo sentado perto de mim, e fico tão perturbada que não sei o que fazer."

"Entendo, mas não é isso o que estou tentando dizer. Eu fui nessa de fazer treinamento de consultor por um tempo, conforme tínhamos concordado, e agora acabou, mais cedo do que o previsto, e em vez disso eu estou aqui. E você, você está lá trabalhando para um lugar bom, trabalhando para uma pessoa que é um exemplo irrepreensível. Você escreve discursos comoventes e importantes, e está indo muito bem. Continue fazendo isso, Greer. Conclua sua missão."

"Então o que você vai fazer agora?", perguntou ela por fim, com uma voz formal e incomum.

"Ah, acho que vou continuar o que estou fazendo. Morar aqui, cuidar da minha mãe e fazer faxina na casa de uma professora de faculdade – e outra casa que minha mãe costumava limpar –, e fazer companhia à tartaruga e estar presente."

"Cory, ouve o que você está dizendo. Você nem parece você."

Era demais para ela, aquela *alteridade* que ele estava demonstrando. Ela não conseguia tolerar aquilo, mas jamais o confessaria. Jamais diria para ele "Já basta, Cory", e sim continuaria tentando, como se ele fosse só um trabalho escolar especialmente complicado. Na mesma hora ele se recordou do trabalho de condensação na feira de ciências de muito tempo atrás, com cubos de gelo e funis e balões d'água, e sua mãe parada na frente dele, falando seu inglês precário. Ele não queria ser o trabalho de Greer, o foco melancólico de todo o seu esforço. Nunca fora esforço para ela antes.

De trás do balcão, ouvindo tudo, Kristin colocou uma pizza pálida inteira dentro do forno para um pedido feito no balcão, empurrando a pá de madeira chata para a frente feito alguém dando um saque agressivo em um esporte obscuro. A chuva tamborilava contra a vidraça, e o céu escurecia naquela cidade onde Cory morara por tanto tempo e onde jamais imaginara morar de novo.

"Não posso mais continuar essa conversa", disse Greer. "Vou te deixar em casa e me despedir dos meus pais, e depois preciso ir a Boston. A Faith vai nos encontrar em Cambridge no Bar do Charles para um *brainstorm*, e amanhã tem o evento."

"Então é melhor você ir andando. A chuva."

Como o momento pedia, juntos eles olharam para a chuva, que estava ficando rapidamente mais pesada. Ele a imaginou em seu carro alugado compacto e vermelho, sua mandíbula apertada enquanto dirigia com os limpa-vidros miando, na direção de Boston e de um bom hotel e dos direitos das mulheres e um futuro sólido e de Faith Frank, que a esperava feito alguém que poderia lhe dar alívio, algo de que ele não era mais capaz.

Ambos deixaram algum dinheiro na mesa para Kristin, nenhum querendo abandonar a tarefa de dar gorjeta na mão do outro. Por isso, acabou que a quantia deixada para ela foi grande demais, o que podia ser um gesto ofensivo ou generoso, dependendo de como você o visse.

SETE

Todo dia útil bem cedo, no casarão forrado de hera no subúrbio de Scarsdale, Nova York, Zee ouvia o Vitamix TurboBlend 4500 rugir enquanto sua mãe, a meritíssima juíza Wendy Eisenstat, fazia vitaminas com uma vaga coloração de jornal impresso usando mirtilos, kiwis, proteína em pó, estévia e gelo. "Dick, com linhaça ou sem linhaça?", ouvia Zee, e então o meritíssimo juiz Richard Eisenstat gritava sua preferência naquele dia em particular. Então ambos os juízes davam uma corridinha pelas vias manicuradas da localidade cara, lado a lado, feito corcéis gêmeos, antes de partirem para o trabalho na Suprema Corte de Westchester County. Embora Zee tivesse um convite permanente para ir correr com eles, só de pensar se arrepiava: correr com os pais na cidadezinha onde crescera, morando de novo com eles feito uma criança grande, trabalhando num emprego que detestava. Correndo, mas sem chegar a lugar nenhum.

Às vezes pedia-se que Zee e os outros técnicos jurídicos da Schenck, DeVillers, um enorme escritório de advocacia na zona financeira de Nova York, ficassem até muito tarde. Ao longo do corredor, advogados permaneciam em suas salas individuais, debruçados sobre laptops, telefones ou caixas de bentô de plástico negro. Mas, em uma área improvisada bem no fim do corredor, havia um pequeno acampamento cigano, onde os técnicos jurídicos se reconheciam mutuamente como parte da mesma tribo frouxamente definida, mas ainda assim estavam dispersos, cansados e desconfiados, possuindo histórias pregressas complicadas que deixavam Zee um pouco absorta e serviam como uma das poucas formas por que ela conseguia se manter minimamente interessada no emprego.

Diante dela, no cardume dos técnicos jurídicos, ficava a mulher gorda que havia trabalhado num necrotério, e que contava histórias sobre o antigo emprego nos intervalos, quando todos se aglomeravam para ouvi-las. Também entre eles havia um homem com longos dedos e pulsos; há algum tempo Zee jogara discretamente no Google "dedos anormalmente longos", e o primeiro resultado que obtivera fora o termo médico *aracnodactilia*. Dedos de aranha. Com certeza era isso que ele tinha.

E com toda a certeza os outros técnicos pensavam em Zee como simplesmente outra personalidade excêntrica do trabalho – no caso, a da lésbica andrógina e charmosa. No escritório mal aquecido de Schenck, DeVillers durante aquela noite extremamente fria de inverno, ela usava um casaco e um gorro que a faziam parecer um membro de *boy band* querendo se passar por anônimo.

"Fico pensando quem foi que resolveu diminuir tanto o aquecimento", disse Zee ao jovem poeta barbudo frequentador de slams com quem dividia seu canto do corredor. "Schenck ou DeVillers."

"Com certeza, o DeVillers", disse ele.

"Por mim, foi o Schenck. Esse frio só pode estar de *schenckanagem*."

Ele deu risada; era comum tentarem se divertir daquele jeito, porque ajudava a passar o tempo. Então ficavam em silêncio por um longo tempo, todos os técnicos digitando com dedos gelados em teclas geladas. Se alguém de olhos fechados de repente escutasse o som de toda aquela digitação, talvez não entendesse o que era, porque ele tinha quase uma qualidade campestre, de riacho murmurante, igual a tantos elementos de tecnologia, quase como se pretendessem tapear as pessoas para acreditarem que não tinham abandonado mesmo tudo que amavam no mundo natural em troca do brilho débil de uma tela luminosa.

Embora Zee não gostasse de trabalhar lá, pelo menos era um alívio não estar num emprego em que precisasse se vestir como uma robô padronizada, mas sim apenas usar uma versão um pouco mais elegante de suas roupas normais. Em sua vida inteira, quando às vezes temia as mortes dos pais que um dia fatalmente aconteceriam, pensava que o único aspecto positivo seria que finalmente não restaria ninguém sobre a terra para lhe dizer, "Você vai morrer se colocar uma saia?".

Com as saias que usara no decorrer de sua vida, para eles, a saia escocesa e a de algodão com estampa indiana, a de fenda na perna e a camponesa franzida acima do joelho, a transgressora microssaia que mais parecia um cinto e a longa de material sedoso que chamava de Primeira Violinista da Orquestra Sinfônica de Boston, ela sentia-se tão falsa que quase enlouquecia, pensando se as roupas a qualquer momento iam pressentir quem ela realmente era e se desprender do seu corpo feito folhas de outono, deixando-a totalmente nua.

Certa vez, na casa dos pais durante as longas férias de inverno da faculdade, Zee enviara uma série de cartões-postais para Greer em Massachussets com a legenda: "Você vai morrer se colocar uma saia?" (Greer, é claro, adorava usar saias, usava-as o tempo inteiro, até mesmo quando não era obrigada. Além disso, Cory dissera que Greer ficava muito gata de saia.)

No primeiro cartão-postal, Zee desenhou uma mulher usando saia e tropeçando em sua barra, e consequentemente caindo num precipício.

O segundo cartão-postal mostrava uma mulher caída numa poça de sangue, sua saia estampada com faquinhas afiadas.

E o último cartão-postal mostrava outra mulher de saia caindo dura. Ao lado de uma seta que apontava para a saia constava a legenda: "O modelo mais impopular de Stella McCartney, a Minissaia Menina Veneno."

Não era que Zee se imaginasse homem; ela só não gostava de alguns paramentos da feminilidade. Em seu bat mitzvah, coagida a isso, ela usara um minivestido verde com enormes flores silvestres brancas, e um par de meias-calças arrochadas, e ficara o dia todo louca para trocar o vestido por um jeans, ou no mínimo dos mínimos, arrancar aquelas meias-calças e ficar com as pernas livres. Elas encerravam suas pernas de tal forma que Zee entendeu que jamais poderia passar a vida usando meias-calças, como sua mãe; embora, no caso da mãe dela, ela *de fato* poderia ficar de pernas livres, dado o tamanho da toga de juíza. Ninguém nunca perceberia.

No escritório de advocacia, a própria Zee fora notada; a pessoa que a notara era uma advogada júnior, uma recém-formada da Georgetown Law, sarada e de lábios finos que não tinha grande interesse para Zee, embora até tivesse um cheiro gostoso de grama recém-aparada. Mas Zee não queria se envolver com ninguém naquele momento. Seria difícil demais fazer isso enquanto estivesse morando em Scarsdale. "Não estou no armário", explicara a Greer quando estavam se conhecendo em Ryland, mas não se sentia bem em apresentar ninguém aos pais. E, de qualquer modo, ela não sabia se queria que a pessoa visse seus pôsteres das Spice Girls e dos filhotes de chinchila em extinção.

Sua luta pelos direitos dos animais, e depois pelo vegetarianismo, começara em uma excursão de escola para um zoológico onde se podia interagir com os animais. Zee se agachara junto aos pintinhos rodeada de penugem flutuando pelo ar feito pólen. Os piados dos pintinhos eram baixinhos, porém insistentes, e pareciam ter mais a ver com insetos do que com bichos. Mas quando Zee segurou na mão um pobre pintinho estremecido, de repente se viu enternecida de amor.

No dia seguinte, ela alugou um enorme livro de fotografias de bichos na biblioteca pública de Scarsdale, e tarde da noite, sentada na cama com o livro aberto sobre o colo, Zee começou a olhar as fotos coloridas de pintinhos, lontras e corços. Ali, entre as fotos mais fofas do mundo, apareceu uma incongruente, alarmante, absolutamente terrível: uma foto de um filhotinho de foca preso numa armadilha, sua boca aberta de pura dor. Os olhos da foquinha pediam socorro diretamente a Zee Eisenstat, que primeiro se viu horrorizada e chorando, e depois espumando de fúria com a injustiça. Aqueles animais eram *vidas*, pensou ela, sua boca se apertando; estavam vivos, e mais do que isso, tinham *almas*, e era por isso que ela tinha que fazer alguma coisa.

Quando os pais de Zee saíram para jogar tênis com outro casal de juízes, Zee ficou em seu computador de mesa postando num fórum sobre direitos dos animais com o vexaminoso apelido de Me&myanimalpals. Logo ela recebeu várias respostas. DANYSGRANDMA respondeu a Me&myanimalpals com conselhos sobre como se iniciar na "comunidade de direitos animais". Vikingfan22 escreveu para perguntar se por acaso ela morava na região de Minneapolis e Saint Paul, porque, se morasse, talvez eles pudessem "beber umas geladas" juntos. Ninguém sabia que ela tinha onze anos de idade, e seu anonimato lhe dava coragem. Ela tinha acabado de sair do ovo, mas não era boba. Como todos os outros membros do fórum, ela era impelida pela ideia de que algo delicado estava sendo destruído.

Logo, a página de Zee no MySpace estava lotada de declarações peremptórias sobre direitos dos animais e fotos chocantes de crueldade com os bichos, assim como algumas imagens de gatinhos e cachorrinhos brincando (gatinhos e cachorrinhos de *outras pessoas*; sua mãe tinha alergia), para poder equilibrar. Ela postava fotos com frequência, e durante o ensino médio passou alguns sábados fazendo piquete no estacionamento do lado de fora de uma loja de peles da cidade. Mas nessa altura ela já havia tido amplas experiências no mundo dos seres humanos e sabia como eles se oprimiam entre si.

Todos os tipos de movimentos de justiça social a atraíam e ela se transformou num dervixe de atividade na internet e no mundo. Na faculdade, distribuindo folhetos contra a guerra no Iraque, ela fazia um esforço para se imaginar em Karbala, em vez de na Ryland sem sal. Ela ia na direção que a atraía, e o resultado era que suas notas foram horríveis, assim como haviam sido no ensino médio. Sua nota na parte de matemática do SAT fora tão baixa, e a redação que escreveu parece que estava tão ilegível, que seu orientador educacional ficou olhando a folha de resultados do serviço de exames educacionais por um bom tempo, batucando sua caneta e franzindo a testa, antes de se decidir sobre como exatamente aconselhá-la sobre possíveis faculdades.

Embora Zee soubesse que sempre seria politizada, e que no fim haveria de se tornar uma dessas velhas resmungonas, *ranhetas*, que protestaria por seja lá qual causa futurista necessitasse de sua voz – poluição causada pelas emissões dos combustíveis de propulsores a jato; igualdade para a população robótica –, às vezes você não era um ser político, mas sim apenas sexual. Nessa versão de si ela olhou para a advogada júnior na Schenck, DeVillers e decidiu que era melhor não ir atrás dela, e nem se deixar cortejar. Zee estava em um momento fluente, conforme pensava. Aquela era sua vida por enquanto, mas não para sempre. Tinha que haver outra coisa adiante, algo melhor e mais empolgante, como o que Greer tinha, trabalhando na Loci, morando sozinha no Brooklyn e namorando Cory.

O louco horário de trabalho de Zee às vezes lhe permitia dormir até tarde, e ao acordar ela se via sozinha em sua casa enorme. Às vezes, se não precisassem dela na Schenck, DeVillers até o fim da tarde, ela até chegava a assistir a programas de entrevistas vespertinos, mas assistir àquilo a deprimia. "Na minha opinião", ela tinha dito a Greer por telefone há pouco tempo, "esses programas de entrevistas à tarde são um complô para deixar as mulheres burras e passivas. Sempre que assisto a um deles, sinto minha massa cinzenta se desintegrando. Hoje o tema era 'Meu filho está numa gangue'".

"Então não assiste."

"Mas foi tão interessante!"

"Bem, aí é que está."

"Preciso fazer alguma coisa com meu tempo. Alguma coisa interessante", disse Zee. "Enquanto eu crescia, enquanto você ficou lendo aqueles livros todos da Jane Eyre..."

"Jane Austen!"

"Sim, isso que eu quis dizer. Enquanto você ficou fazendo isso, eu vivia fazendo protestos."

"Você pode protestar agora mesmo", disse Greer.

"Por mim, eu iria. É que quando chego em casa, estou muito cansada. Meu emprego tem um horário bizarro." Zee suspirou. "Queria estar trabalhando com você na fundação. Seria ao mesmo tempo um emprego e um ato político. É até gostoso de chamar assim: 'a fundação'."

"Bem, não é tão maravilhoso assim", disse Greer. "Você sabe que sou basicamente uma assistente."

"Duvido", disse Zee. "Bem, de qualquer modo é bem melhor do que o que eu estou fazendo."

Há tempos, Greer tinha tentado arrumar um emprego para ela na Loci; dera a Faith a carta escrita por Zee, mas de nada adiantara. "Não esquenta", dissera Zee a Greer, uma expressão que tanto ela quanto Greer odiavam, de forma que ela a dizia ironicamente. Mulheres novas, magras e desinteressantes atrás do balcão em butiques cantarolavam aquela expressão como resposta a quase tudo: "Holocausto nuclear?" "*Não esquenta!*" A expressão era absurda, porque não esquentar (a cabeça) significa não se preocupar, e todos sabem que todos têm preocupações legítimas o tempo todo. Como assim não se preocupar, especialmente se você era uma recém-formada ingressando no mercado naquele momento frágil? A economia dos EUA fora salva de um poço de lava, mas no final de 2010, essa situação ainda era precária.

Ser necessária era também um desejo de Zee. Ser necessária ou amada; um deles ou os dois. De preferência, os dois! Não eram sinônimos, mas ocupavam um território semelhante. O amor também aconteceria para ela, ou talvez não. Talvez sua vida nunca se acertasse, nunca desse liga, nem profissionalmente nem amorosamente. Ainda assim: *não esquenta!*

A carta que Zee escrevera a Faith Frank e dera para Greer num bar do Brooklyn se iniciava assim:

Cara sra. Frank,
Envio esta carta à senhora pelas mãos e pela cortesia da sra. Greer Kadetsky, minha melhor amiga da faculdade. Tendo contratado a Greer, você tem uma das pessoas mais íntegras, inteligentes e silenciosamente diligentes que existem trabalhando para você. Ela é superfocada, organizada e culta. Já eu sou diferente.

E Zee prosseguira contando um pouco sobre si, tocando nos pontos principais de seu envolvimento político, falando do quanto era envolvida com diversas questões feministas e gays, inclusive a igualdade no casamento, que ia ser o próximo *Roe vs. Wade*. A carta era curta, e terminava com Zee dizendo a Faith que, como filha de dois juízes – "fora de brincadeira!", escrevia ela –, crescera vendo os pais interpretarem a lei, enquanto ela era detida depois de fazer um protesto em prol dos animais em frente à Peles Van Metre na sexta série.

Ficara bem claro para Zee, logo cedo, que seus pais, sendo juízes, tendiam a julgar tudo na vida. Talvez isso incluísse todas as crianças da família, mas os meninos Eisenstat eram poupados de parte do escrutínio porque sua mãe metera na cabeça desde cedo que não dava para colocar rédea em meninos, então não havia nem por que tentar. A meritíssima Wendy Eisenstat e o meritíssimo Richard Eisenstat deixavam Alex e Harry circularem pela vizinhança até muito depois da hora em que a maioria dos garotos já tinha ido para a aula particular de matemática, estudo da Torá, aula de fagote ou lacrosse.

Alex e Harry, um ano e meio de diferença de idade, nenhum deles bom aluno, craque no alfabeto hebraico, nem particularmente inclinado à música ou ao esporte, gostavam de andar de skate subindo e descendo a ampla e plana superfície da Heather Lane, onde a família Eisenstat vivia em uma mansão Tudor de US$ 3,5 milhões com piscina, estufa e um gramado que se estendia até se tornar indistinguível do da Tudor vizinha.

O julgamento dos Eisenstat — especialmente o da juíza Wendy — recaía sobre Zee, embora ela ainda não fosse Zee, não desde o começo. Ela ainda se chamava Franny, Franny Eisenstat, porque quando seus pais se apaixonaram, em New Haven, os dois ainda estudando direito em Yale, Richard Eisenstat disse a Wendy Niederman, sentada ao seu lado em direito processual, "Uma coisa que você precisa saber de mim é que sou louco por J. D. Salinger".

"J. D. como em 'Juiz e doutor' Salinger?", disse ela.

"Você é engraçada."

"Eu tento."

"Me pergunte qualquer detalhe sobre o Salinger", disse ele. "Qualquer coisa sobre a família Glass, até mesmo os familiares mais obscuros, aqueles de que ninguém nunca ouviu falar, como Walt e Waker."

Ao que Wendy exultara, "Walt e Waker Glass! Não acredito que você sabe quem são. Na verdade também adoro o Salinger". Pouco depois disso, quando estavam passando todos os seus dias e noites juntos, essencialmente morando juntos sem chamar disso, Richard entrara num sebo em New Haven e fizera a extravagância de comprar para Wendy uma primeira edição com sobrecapa, e apenas um pouco desbotada, de *Franny e Zooey*. Então não foi grande surpresa quando, depois de ter dois meninos cujo nome não recordava o de ninguém especial, seus pais tenham se recordado desse momento sentimental do começo de sua relação – o momento em que Richard entregara nas mãos de Wendy o livro embrulhado para presente, e ela abrira o papel de embrulho e vira a capa branca com a fonte tão reconhecível, e o aproximara do peito emocionada, porque aquele homem sabia do que ela gostava. Eles se lembraram do momento depois que a filha nasceu, e assim chamaram o pequenino ser de pele rosa com cheiro floral de Franny. Por algum tempo fora um bom nome para ela, um nome perfeito.

Mas quando Franny Eisenstat ficou mais velha, o nome lhe pareceu afetado e sem personalidade, e ela não tinha qualquer ligação com ele. O ser de pele rosa que era Franny não mais existia. Agora era alguém que queria ter total controle de sua imagem – e queria ser vista como angulosa, desconcertante, um empolgante enigma humano. Em seu bat mitzvah, sentiu vergonha de estar paramentada com aquele vestido verde que sua mãe fora comprar com ela na Saks, sob pressão. Todas as outras mulheres do bat mitzvah pareciam à vontade nas roupas elegantes da feminilidade normal. Mulheres como Linda Mariani, a escrevente loira e peituda da sua mãe, que vivia entrando no casarão dos Eisenstat cambaleando nos saltos altos, carregando uma torre tão alta de processos que chegavam a cobrir a sua cara. Na sinagoga, o vestido de Linda era amarelo-canário e estava justo nos seios, esticando ao máximo o material elástico.

"Parabéns, Franny", disse Linda naquele dia, e durante o abraço obrigatório pareceu que a pressão fez Linda liberar um perfume hiperfeminino, assim como uma almofada de sofá, uma vez que sentemos nela, deixa sair ar.

Depois da cerimônia, os adultos foram para um lado de um comprido salão de baile, e as crianças para outro, e uma divisória sanfonada se fechou entre os dois. Do lado das crianças, havia uma máquina de karaokê, e todos queriam cantar. Como tinham treze anos e era 2001, piadas sobre gays eram a coisa mais engraçada que existia, e todos tentaram transformar todas as músicas do karaokê em trocadilhos ou duplos sentidos sobre gays. Sobre o carpete estampado com cornetas voadoras em laranja e dourado, duas meninas começaram a cantar uma música de alguma dupla de irmão e irmã antiquíssima, da década de 1970, chamados Donny e Marie, com uma nova letra, segurando microfones que estavam em pedestais deixados depois de algum bat ou bar mitzvah ou casamento do fim de semana anterior.

Uma menina cantava, *"Eu sou meio homo..."*.

E a outra cantava, *"E eu sou meio lés-bi-ca..."*.

E aí fingiam um beijo de língua, uma menina dobrando a outra para trás. Era para ser nojento e hilário ao mesmo tempo, mas muito depois, de volta ao lar na Heather Lane, quando a família Eisenstat estava na sala abrindo os últimos presentes – todos os porta-retratos de acrílico, e os cartões-presente da Barnes & Noble e Candles N' Things que logo seriam perdidos e jamais trocados por presentes, e todos os cheques em variantes de dezoito dólares, já que dezoito correspondia ao número da sorte *chai*, "vida" em hebraico –, Franny levantou-se do meio da arrebentação de papéis de embrulho, vencendo a corrente deles, que lhe batia nas canelas, e subiu as escadas para seu quarto, onde ficou deitada na cama pensando naquelas duas garotas de sua turma cantando aquela velha e horrível canção.

Mas aquilo a que retornava, o que tinha ficado, tão específico quanto algo que pudesse entrar num dos porta-retratos que recebera, era a imagem de duas garotas se beijando. Fora aquilo, aquele dia fora um festival de falsidades, desde ela recitando seu trecho de Torá, o que fizera terrivelmente mal, porque nunca fora boa aluna, até o jogo de verdade ou consequência que ela e seus amigos haviam acabado por jogar em um dos outros salões de banquete, durante o qual Franny acabara dando um beijo de língua em Lyle Hapner, cuja marca registrada era sua imitação do presidente norte-americano depois de levar anestesia do dentista. Lyle tinha uma boca esquisita que parecia pronta a engoli-la, tal como uma cobra a um rato. Com ele, ela se sentira pequena, como se não estivesse habitando seu ser por completo.

Pois era essa a questão: por que ela precisava passar a vida toda se sentindo só parcialmente satisfeita? Ela ficava pensando se alguma pessoa chegava a se sentir *plenamente* satisfeita, ou se seria o destino de todos se sentir que ser humano era como encontrar um saco de alguma maravilhosa guloseima que já havia sido comida até a metade.

Porém, deitada no escuro à noite no esplendor de sua casa, a amadíssima filha caçula dos dois juízes de grande sucesso começou sua busca pela plenitude. Que talvez fosse a mesma coisa que autenticidade. Note-se que não havia palavras para aquilo, ainda não. As palavras viriam depois, e seriam muitas. Palavras ditas a outras mulheres, em camas ou se apoiando numa parede num beco, com uma nova voz que a surpreendia – a surpreendia que os sentimentos fortes que sempre tivera significassem *aquilo*. Que aqueles sentimentos = ser lésbica. Quem teria pensado uma coisa daquelas? Todos menos ela, parecia.

A missão começou aos treze anos de idade, e foi revisitada aos dezesseis, quando Franny conseguiu dar um jeito de ir até a cidade, ao East Village, a um bar para mulheres chamado Ben-Her. Seus pais pensavam que ela estava com duas amigas de escola naquele dia, assistindo a *Wicked*. Franny tinha pensado em palavras convincentes para dizer sobre a peça da Broadway. Se alguém lhe perguntasse como foi, ela diria: "A minha música preferida foi a 'For Good'. Achei assombrosa."

Mas enquanto suas amigas iam em grupo para o teatro Gershwin, ela foi direto ao bar que descobrira através do *Fem Fatale*, num artigo chamado "Onde estão elas: seleção dos melhores lugares para a lésbica molhar a boca". As próprias palavras a desorientavam – "a lésbica molhar a boca" era tão sugestivo – e igual à vez em que suas amigas haviam cantado aquela música depois de seu bat mitzvah, ela sentiu um chamado que a deixou atenta e esperançosa, feito um alienígena que recebeu uma mensagem de seu planeta natal.

Então lá estava ela no Ben-Her, menor de idade e despreparada para o que veria. Numa noite quente de primavera, comprimido em uma loja estreita que em sua última encarnação havia sido uma lanchonete de pierogis poloneses, as mulheres de camisetas sem manga e outras roupas fininhas estavam conversando cara a cara, peito a peito, todas tão próximas e íntimas quanto possível sem beijar. Franny estava usando uma camisa de manga cortada com bolsos e botas Doc Martens; parecia uma atraente escoteira caminhoneira ou um atraente escoteiro afeminado, à escolha do freguês. Seu cabelo loiro estava cortado entre médio e curto e terminava abruptamente, num formato que para ela era suave mas visivelmente sensual, pensado de forma inconsciente para atrair mulheres que tinham aparências similares, assim como outras que pareciam mais femininas. Ela também gostava desse tipo de mulher, se excitava com sua feminilidade, mas também com o que lhe parecia o desejo lésbico mais secreto e codificado delas. O bar tinha um cheiro amadeirado e apimentado. Zee pegou uma identidade falsa que pertencia à irmã mais velha de uma amiga, e mostrou-a à bartender de camisa retrô de boliche, uma pequena tatuagem de Betty e Verônica estampada em seu pescoço. "Vai querer o quê, bonitinha?", perguntou a bartender, e Franny derreteu de felicidade ao receber esse tratamento.

"Uma cerveja", disse ela, sem saber que era para pedir uma marca específica. Mas a bartender trouxe uma para ela, solidificando o amor eterno de Franny Eisenstat por cerveja, especialmente Heineken, em que para sempre ela pensaria sendo entregue por aquela mão encurvada. Franny empoleirou-se em um banquinho bambo num canto e bebeu sua cerveja observando o cenário antropológico se desenrolar ao seu redor. A música era da época em que seus pais tinham vinte e poucos, o velho clássico "Sweet Dreams", do Eurythmics, tocada bem alto naquela caixa de sapatos fervilhante de sapatões, e ela recostou a cabeça na parede atrás e só observou. Logo ela se deu conta de que alguém a observava, e ruborizou, sem graça, baixando a cabeça e depois olhando de novo. O embaraço se estilhaçou em confusão quando a pessoa se revelou como a escrevente de sua mãe, a louraça Linda Mariani, que não parava de olhar e por fim atravessou a muralha de mulheres para ir falar com ela.

"Franny?", gritou ela. "Franny Eisenstat? Você por *aqui*?"

Linda pegou Franny pela mão e a levou para fora, para a escadaria ao lado do bar. Ambas estavam suadas; Linda estava com a blusa de seda empapada, seu rosto besuntado de maquiagem derretida. Ela tinha quarenta anos e era lésbica, e perguntava a Franny, "Você já veio aqui antes?".

"Não."

"Achei que não. Nunca te vi por aqui. Sua mãe sabe?"

"Não", disse Franny, enfática. "E você, já veio aqui antes?"

Linda deu risada. "Ah, tá bom. Escuta", disse ela, "você não devia estar em bar. Você não tem idade."

"Sei me cuidar." Mesmo falando com empáfia, Franny sentia vergonha. Estava experimentando uma nova identidade naquela ocasião, e estava ficando estranho.

"Não seja arrogante. Você pode se machucar." Linda enxugou o rosto com um lenço de papel, e Franny viu que ele saiu com um borrão de maquiagem cor de pele. De repente ela teve um vislumbre mental de Linda Mariani fazendo sexo, sua maquiagem borrando um travesseiro.

Outra noite, uma visita ao Ben-Her levou à primeira aventura sexual de Franny, que foi com uma mulher cujo poder estava simplesmente no momento, e não no mundo. Ela tinha poder porque Franny estava atraída por ela. Alana tinha dezoito anos, era dentuça e seu cabelo parecia ter sofrido com o excesso de chapinha. Trabalhava numa loja, disse ela, e embora fosse uma pessoa de aparência comum e não especialmente articulada, quando levou Franny para o conjugado de sua irmã mais velha num cabeça de porco próximo ao bar, o mero fato de Alana ser mulher e ter desejo por Franny foi suficiente para tornar o encontro monumental. O apartamento no sexto andar do prédio sem elevador estava decorado com quinquilharias e móveis de bambu. As estantes não tinham livros, mas bichos de pelúcia usando camisetas minúsculas estampadas com dizeres. Um guaxinim usava uma que dizia TEM UM BURRO DO MEU LADO e a minúscula zebra de pelúcia a seu lado dizia BURRO. Franny, que crescera em um casarão enorme e de bom gosto, cercada de quadros originais e livros – e até mesmo tendo sido batizada com o nome de uma personagem de livro –, não conseguiu deixar de sentir um certo esnobismo.

Mas quando Alana disse, "Deite aí", com uma voz que Franny depois entenderia que estava quase sufocada de excitação, Franny a obedeceu. Em cima dela, Alana cruzou os braços e retirou a própria blusa, mostrando seios pequeninos e um pouco pessimistas. Então ela tirou a blusa e o jeans skinny de Franny, dizendo a ela sem agressividade: "É a sua primeira vez?"

"É", afirmou Franny, tentando parecer animada e disposta, mas sua voz saiu inesperadamente inexperiente.

"Tá. Bom, então deixa só eu dizer uma coisa. O lance é você se sentir bem, não é? Não tem outro objetivo aqui. Você não precisa tentar entender o que isso quer dizer, ou se a gente está namorando, porque vou logo dizendo que não estamos."

"Saquei", disse Franny, e então antes que se desse conta do que acontecia, Alana mergulhou nela, sua boca entre suas coxas – *eita*, uma boca de mulher no meio de suas pernas, lambendo-a bem ali com sabedoria, paciência e vontade. A sensação forte foi instantânea, como no momento em que uma máscara com anestésico é colocada sobre o seu rosto, ou nesse caso a máscara com antianestésico, em que você sente mais, e não menos. Ela logo se deixou levar.

Franny nunca mais viu Alana, mas voltou ao Ben-Her mais três vezes antes de seus pais descobrirem onde ela andava indo quando ia à cidade. Certa noite, no último ano do ensino médio, como sempre pegou a linha Metro-North para voltar de Manhattan, e ao entrar na casa da Heather Lane encontrou a mãe esperando na cozinha num roupão de banho cor de pêssego, embora ela pudesse perfeitamente ter estado com sua toga negra. A juíza Wendy Eisenstat olhou para ela confiantemente serena e disse, "Você não tem ido a peças na Broadway. Mentira que você chorou no final de O *fantasma da ópera*. Que fique claro: sei que você tem ido a um bar só de mulheres, com identidade falsa, o que é ilegal".

"Como?", perguntou Franny num débil gemido.

"A Linda Mariani andou roubando material de escritório da minha sala. Nada grande, na maior parte um monte de cartuchos de jato de tinta da Hewlett-Packard, mas a gente teve que despedi-la porque, somado, o valor é alto. Quando a segurança a estava levando para fora, ela virou para mim na frente de todo mundo, entende, na frente de *todo mundo*, e disse, 'Aliás, juíza, sua filha é lésbica. Pergunta aonde ela tem ido naquelas excursões para a cidade'."

Então tudo fora revelado, e Franny e a juíza chegaram às lágrimas. "Eu não queria ter descoberto pela minha escrevente", disse sua mãe.

Por fim, decidiu-se que Franny deveria fazer psicoterapia para poder "se entender melhor". Depois que a conversa terminou, o pai de Franny, antes escondido no gabinete, aproximou-se dela com gentileza. "O jeito da sua mãe é bem absolutista", disse ele. "Se serve de consolo", acrescentou ele com uma risadinha, "ela é igualzinha no tribunal. Mas saiba que nós dois acreditamos em você e te amamos muito. Vai ficar tudo bem". E lhe deu um abraço.

Alguns dias depois, Franny concordou em ter uma consulta com a dra. Marjorie Albrecht, que tinha um consultório no porão de sua casa em Larchmont, ali perto. A dra. Albrecht pertence a Tri-State Modern Dance Troupe que agora trabalhava como psicoterapeuta. Era uma mulher esbelta com a pele danificada pelo sol que usava colã o tempo todo, e que, mesmo enquanto era toda ouvidos para você, de vez em quando dava uma casual alongada de braço sobre a cabeça. A maioria de seus clientes eram moças adolescentes – moças com distúrbios alimentares; garotas sem controle sobre a raiva; garotas que faziam cortes rasos mas muito intencionais na própria pele para assim se sentirem melhor. Garotas que odiavam suas mães ou pais; garotas que estavam se afogando num pântano de ódio autodirecionado e pelos faciais; garotas com namorados que eram péssima influência. A dra. Albrecht também tinha um bom número de pacientes com questões de identidade sexual.

Franny de início quis desafiar a obrigação de ir às consultas com ela, mas logo começou a gostar das sessões de começo de noite. Sua mãe a deixava na calçada e ia até um Starbucks ler um memorial enquanto Franny entrava e conversava com a terapeuta, que em algum momento sugeria se podiam "se movimentar um pouco" enquanto debatiam seja lá o que estivesse na cabeça de Franny.

"Eu odeio demais me chamar Franny", revelou um dia enquanto se movimentavam pelo porão com seu piso de madeira lustrosa com espelho e barra. Sobre suas cabeças, ressoavam as passadas da família Albrecht.

"Então mude de nome", disse a terapeuta, saltando em diagonal pelo salão e pousando feito uma gata.

"Não posso. Meu nome é em homenagem a *Franny e Zooey*, um livro que meus pais adoram. Eles ficariam muito magoados."

"Ah, eles sobrevivem."

"Talvez eu possa me chamar Zooey", disse ela timidamente, e a dra. Albrecht segurou em sua mão e rodopiou com ela. Então Zooey ela ficou sendo, por uma semana. O nome acabou soando muito... *zoológico*, animalesco, e por fim, feio demais. Com a dra. Albrecht, ela descobriu que não desgostava de ser mulher, só não gostava da metonímia desse nome feminino peso-pena representando toda a feminilidade. Se você ouvisse que alguém se chamava Franny, você fazia certas presunções sobre ela – tais como ser totalmente feminina e talvez propensa a ruborizar – e você podia estar errado. Foi da próxima vez em que rodopiava por aquele consultório que decidiu resumir *Zooey* a *Zee*.

Era impressionante que seu nome tivesse saído daquelas sessões com a dra. Albrecht, mas mais impressionante ainda que também uma traição fosse advir delas. Isso ela só descobriu anos depois. Já na Universidade Ryland, onde Zee fora parar depois de ser uma aluna tão medíocre no ensino médio, ela estava na biblioteca pegando um livro para sua aula de psicologia, quando acidentalmente encontrou um tomo com o nome da autora estampada em letras grandes e douradas na lombada, DRA. MARJORIE ALBRECHT, leu ela, surpresa. "Opa", disse Zee em voz alta entre as estantes. O livro tinha um título longo, chato e psicanalítico.

Ela o abriu e começou a ler. Cada capítulo era um estudo de caso diferente. O Capítulo 3 se chamava "Uma menina chamada Kew: Lesbianismo como máscara e espelho".

"*Opa*", disse ela de novo.

"Kew" foi criada por uma mãe viciada em trabalho que colocava sua profissão antes da maternidade, e que provavelmente tinha suas próprias questões relativas a gênero, e um pai que era distante, gentil e passivo, pouco servindo de modelo para as futuras paixões e fantasias de uma jovem, mas sim permanecendo obstinadamente fraco e afastado.

Será de se admirar que aquela jovem tenha vindo ao meu consultório tão confusa quanto a própria sexualidade, e tão relutante em aceitar sua feminilidade, que de fato anunciou que ia mudar de nome para um que, tal como os trajes que preferia usar, infelizmente não possuíam o menor vestígio de feminilidade?

Meu coração se condoeu daquela paciente tão jovem que não se permitia desfrutar das maravilhas do seu ser feminino nem aceitar o amor pelos homens. Me parecia que ela havia chegado tarde demais ao tratamento, e que não teria escolha senão levar um "estilo de vida gay", negando-se inconscientemente aquilo que havia sido negado a ela e que ansiava com um apetite que nem sequer conseguia sentir.

"Kew" e eu nos movimentamos muito juntas, e nos movimentos furiosos que ela traçava às vezes eu pressentia o seu verdadeiro ser heterossexual que queria ser visto, mas, infelizmente, não sabia se mostrar.

Quando Zee chegou ao final daquele texto, já estava em lágrimas silenciosas pela injustiça e pelo insulto. E quando a luz na aleia estreita entre as estantes de metal repentinamente se apagou com um estalo suave feito um expirar, Zee ficou aliviada. Pensou que talvez fosse desmaiar naquela escuridão bolorenta. Nunca havia se sentido tão mal descrita, e ainda assim não conseguia simplesmente deixar pra lá, e precisou pensar se alguma coisa ou tudo que Marjorie Albrecht escrevera era verdade. Se a necessidade de Zee de ocupar o lugar que basicamente criara – uma zona onde alguém podia ter um nome como "Zee" ou "Kew" e usar uma camisa social e ainda assim não se considerar *cross-dresser* nem estar fazendo algum tipo de imitação parcial dos homens – era, na verdade, fruto de algum problema psicológico. Ela não contou a ninguém sobre o livro, exceto a Greer, e nem mesmo o devolveu à estante. Em vez disso, ela o retirou da biblioteca como quem não quer nada e levou-o para seu quarto no alojamento, onde, diante de Greer, e apesar dos regulamentos anti-incêndio, ela pegou um isqueiro e calmamente tocou fogo no livro.

"A gente dançava junta", disse Zee baixinho, lembrando-se de como era gostoso ficar bailando por aquele porão. "É por isso que danço bem. Mas não acredito que ela escreveu isso."

"Nem eu. Você não merece isso, Zee. Ninguém merece."

A certa altura, quando a chama engoliu a capa, chegou a fazer um pequeno ruído como que de uma voz humana gritando de algum lugar ao longe, embora logo tenha sido sufocado pelo som do alarme de incêndio ressoando pelos corredores do Woolley. A dra. Albrecht não tivera intenção de ser cruel; acreditava no que havia escrito. E talvez Zee, para seu horror, também acreditasse um pouco.

Ela costumava pensar que naqueles dias você podia ser *queer* o quanto quisesse em determinadas áreas geográficas. Mas embora o livro tivesse sido queimado até ficar irreconhecível, fazendo com que Zee pagasse à biblioteca Metzger uma multa por livro perdido de sessenta e cinco dólares, e embora ela tenha ficado com algumas mulheres incríveis na faculdade, às vezes sentia-se parte de uma batalha insolúvel. Já havia sido traída por duas mulheres mais velhas em sua vida: Linda Mariani, aquela *vaca*; e, é claro, a dra. Albrecht, que lhe parecera tão gentil e confiável enquanto dançavam pelo consultório.

Zee se distraiu do incidente com o livro entrando para a horrível trupe de improvisação da faculdade, e dormindo com uma integrante, Heidi Klausen, que tinha cabelos claros, e era europeia e refinada. Ela contara a Zee que havia biscoitos suíços chamados *Schwabenbrötli* que tinha o costume de fazer quando morava em Zurique, e que ela e Zee os fariam juntas um dia desses. Então um dia Zee foi ao seu apartamento fora do campus e disse, "Me ensina a fazer esses biscoitos *Schwaben--não sei quê*", e Heidi concordara. Ficaram colocando biscoitos uma na boca da outra sobre o futon quentinho de Heidi. Zee não entendeu o que a levou, alguns dias depois, a ficar com sua ex-conselheira do alojamento, a confiante Shelly Bray. É claro que Heidi descobriu o caso, porque Shelly Bray era incapaz de guardar segredo, e Heidi ficou furiosa, gritando com Zee no meio do pátio, "Vai se foder, Eisenstat, eu abri totalmente a guarda pra você. Até te mostrei minha receita de *Schwabenbrötli*!" Em resposta, Zee disse, maldosa, "Ah tá, seus biscoitos *nazis-*

tas", mas Heidi era suíça, não alemã, e de qualquer forma nada fizera de errado.

Zee ficava com mulheres sem parar, ou melhor, elas ficavam com ela. "Sou muito piranha", certa vez disse, numa boa, a Greer enquanto se dirigia ao outro lado do campus para se encontrar tarde da noite com uma moça que conhecera numa aula de antropologia. Ela nunca se apaixonara, só tivera rápidas quedinhas. Houvera também eclosões de prazer físico, estrelas cadentes e efêmeras.

Seu amigo íntimo Dog a observou com desejo contido por toda a faculdade enquanto ela seguia seu caminho inteiramente constituído de mulheres. Ele observava todas as mulheres com desejo contido, pelo que ela percebera, mas parecia que tinha um apreço especial por Zee. Estava sempre rondando o quarto dela, aboletado na cama. Era muito bonito, objetivamente falando, embora tivesse uma barba que era praticamente de Amish. Por que ninguém dizia aos homens que as mulheres não gostavam daquele visual? Podiam deixar bilhetes anônimos para eles que dissessem "um amigo não permite que o outro use barba sem bigode".

Dog era uma das melhores pessoas que Zee já conhecera, e ouvia todas as histórias dela sobre suas ficadas, assentindo e ouvindo paciente, compreensivo e contemplativo – ele mesmo ficara com inúmeras mulheres desde que chegara em Ryland, mas não gostava de falar sobre si mesmo, sempre cedendo a vez para Zee –, mas, por outro lado, no fim da ladainha dela, ele dizia: "E aí, vai me dar uma chance?"

"Uma chance? Não."

"É porque eu sou ruivo?", perguntava ele com um sorriso travesso.

"Sério, Dog? Acabei de falar horas aqui sobre como eu sou lésbica, e você quer que eu te dê uma chance?"

"A gente podia fazer *algumas* coisas", dizia ele tímido, com longos cílios, olhar baixo.

"Não", dizia ela. "Foi mal."

Mas um dia, certa sexta-feira à noite, depois do grande fiasco com Heidi, quando Zee estava se sentindo exausta, e Greer estava visitando Cory em Princeton, e Chloe estava numa festa, ficou muito tarde, e Dog estava deitado em cima das cobertas na cama dela quase adormecido, e Zee, sentindo afeição e tédio, deitou a seu lado. Ele adorou e a envolveu com um braço.

"Viu, até que não é tão ruim", disse ele.

Ela pensou que iam só dormir, talvez, se é que era possível dormir naquelas condições, mas ele lhe disse "faz mal se eu fizer isso?" pegando em sua mão e segurando-a por um segundo com a sua mão muito maior, e então, quando ela não objetou, ele a pegou e depositou sobre seu tórax, no lugar onde o espinheiro de pelos saía pela gola de sua camiseta. Ela sentiu seu coração bater, e não tirou a mão. Por fim, ele colocou a mão dela sobre a virilha mais dura e ardente do mundo. Um rochedo enorme, quente. Ela praticamente pulou para fora da cama.

"Desculpe", disse ele. "Te quero tanto que dói. Fico andando assim pelo campus o tempo inteiro. É quase uma deficiência. Deviam me dar tempo extra nas provas."

Ela recolocou a mão ali por amizade, mas não olhou, imaginando que sob sua cueca teria um ninho de pelo tão vermelho e felpudo quanto sua barba. Ele era o cara mais legal do mundo, e ela pensou nisso enquanto mexia a mão desajeitadamente, feito a garra mecânica de um brinquedo de fliperama. Ele foi ficando muito excitado, e ela nada excitada. Tinha sido um erro topar qualquer coisa que fosse com ele, e ela soube disso no calor do momento.

"Não dá pra você dormir aqui, tá", disse ela depois que ele teve um orgasmo a todo o volume, e eles continuavam deitados com o peito dele arfante em recuperação.

"Por quê? Podíamos conversar a noite toda. Você pode me falar mais coisas. Eu ia gostar."

"Não quero conversar a noite toda, Dog. Adoro você, de verdade. Mas atração, só sinto por meninas. Deus me fez assim", acrescentou, incerta, embora desde seu bat mitzvah ela basicamente tivesse deixado Deus para trás.

Por fim ele desceu o corredor e subiu para o andar de cima, onde ficava o quarto que dividia com Kelvin, enquanto Zee ficou deitada na cama se sentindo confusa e até um pouco envergonhada. Com o tempo, Dog foi se envolvendo com todo tipo de garotas no campus, e sua amizade com Zee continuou tão forte quanto sempre, e nenhum deles jamais mencionou de novo o acontecido. De vez em quando, Zee ficava pensando se tinha só imaginado tudo. Seu negócio era mulher, mas ainda assim, sabia que tinha problemas com elas; sempre surgia alguma dificuldade entre ela e elas, mas ela não sabia o que era, nem por que isso acontecia.

Depois da faculdade, ela pensou que seria uma ótima ideia trabalhar junto de Greer na fundação de Faith Frank, mas isso parece que não foi para a frente. Ela sentia-se perdida e sem apoio na Schenck, DeVillers, seu primeiro emprego após formada. Quando o inverno chegou, ela teve certeza de que precisava sair dali e ir a algum lugar onde precisassem dela. Então, tarde da noite no escritório, o cara com aracnodactilia, que se chamava Ronnie, comentou com Zee que sua irmã trabalhava no Teach and Reach, uma organização sem fins lucrativos que treinava recém-formados e depois os colocava em escolas de ensino médio públicas e autônomas em todo o país. A sessão de treinamento do atual grupo de professores ocorrera no verão – em seis velozes semanas –, mas agora estava no meio do ano escolar e todos estavam trabalhando. Mas ultimamente tinha havido algumas desistências, explicou Ronnie, a organização estava ficando preocupada, começando a se desesperar. Será que Zee queria o e-mail de sua irmã?

Foi alarmante o quanto foi fácil ser contratada pela Teach and Reach. "Eu vou ser franca. Estamos procurando entusiasmo na mesma medida em que estamos procurando tudo o mais", disse-lhe a mulher no telefone. E foi assim que Zee se viu de mudança para Chicago antes do fim do inverno. "Detesto não estar na mesma cidade que você", dissera para Greer, embora as duas amigas na realidade tenham se visto menos do que pretendiam. Zee passara a noite no Brooklyn uma ou outra vez, mas seus horários nem sempre batiam. Zee não perdeu muito tempo pensando no porquê de ter tantas vagas para professores naquele momento, nem por que a teriam contratado tão facilmente. Estava desesperada demais para sair do seu emprego de técnica jurídica. Preferiu se permitir ficar lisonjeada com a oferta de emprego, mesmo que, em retrospecto, não houvesse motivo para se sentir daquela forma.

O treinamento foi abreviado das seis semanas usuais para duas e meia. "A gente acredita que você aprende rápido", disse um cara chamado Tim, que era o encarregado dos professores em treinamento.

"Será que daria para você escrever isso e mandar para os meus pais?", perguntou Zee. "Eles achariam engraçadíssimo."

Em Chicago, Zee foi morar em um prédio de seis apartamentos do qual seus pais pagaram relutantemente o aluguel, porque os salários da Teach and Reach eram risíveis. "Você teria que morar num barco na China para poder trabalhar aí", disse a juíza Wendy.

"É, mas aí eu nunca ia chegar na hora, juíza."

"Franny, pode brincar o quanto quiser."

"Zee."

"Certo, *Zee*. Mas preciso te dizer francamente que não queria que você aceitasse esse emprego", disse sua mãe, que se recusara a dar sua bênção quanto àquela decisão, apesar de entender que era um emprego que valia a pena, e era até nobre.

Zee começou a ensinar história em uma das escolas autônomas do Learning Octagon® depois do preparatório velocíssimo de duas semanas e meia no centro de treinamento deles. A professora que Zee estava substituindo tinha se demitido muito dramaticamente no meio de um dia de aula, jogando as mãos para o alto e perguntando, "Onde está o aprendizado? E onde está esse octógono?". Tinham colocado um substituto por algum tempo, mas ele não estava treinado naquela metodologia, e todas as sete escolas da rede Learning Octagon® (era constrangedor só haver sete, e não oito, mas um dos prédios tinha tido um problema relativo a chumbo presente na tinta e tivera que ser indefinidamente interditado dias antes do começo do ano letivo) estavam sob contrato com a Teach and Reach. De forma que Zee começou a trabalhar na escola na parte sul da cidade, armada com um plano de aula formal.

Ela entrou em sua aula de nona série, primeiro período, que ela imaginara ser um cenário caótico, mas não, os alunos pareciam ter bebido uma poção do sono; às 8:20 da manhã eles estavam quase deitados em cima das carteiras naquela sala de aula de terceiro andar cheia de vento encanado. A maioria era afro-americana, vários hispânicos, e alguns eram brancos. Nenhum deles pareceu feliz em vê-la, ou feliz em estar lá, nem feliz em estar acordado; não os culpava por isso. Ela se lembrava de ter se sentido assim no ensino médio e imediatamente teve empatia por eles. No mínimo dos mínimos, eles teriam isso: uma professora com empatia.

"Bom dia", disse enquanto ajeitava sem necessidade cada um dos poucos pertences em sua escrivaninha e sentava na cadeira verde indesculpavelmente gemebunda atrás dela. Ninguém respondeu. "Bem, talvez não seja um dia tão bom assim", disse ela. "Talvez seja um dia meio caído."

"Não me diga", zombou um menino. Vagas risadas se seguiram, e uma leve surpresa por Zee se juntar às risadas, mesmo não tendo achado o comentário engraçado. Quando em Roma, pensou ela, e em seguida: não tenho a menor ideia do que estou fazendo aqui.

"Às vezes, você vai se sentir insegura na sala de aula, e isso pode durar muito tempo no começo", dissera-lhe Tim. "É totalmente normal." Ela pensou naquilo enquanto olhava para os alunos. "Meu nome é srta. Eisenstat, e vou servir sua aula hoje", disse Zee num impulso. "Gostariam de saber nossos pratos especiais?"

Olharam todos para ela nada impressionados.

"Como assim, *servir sua aula*?", perguntou uma menina.

"E como assim, *pratos especiais*?", perguntou outra garota lá de trás.

Zee ficou envergonhada de sua piada; o que ela estava pensando? – eles não iam a restaurantes pretensiosos, e talvez nem mesmo a restaurantes. A maioria deles almoçava de graça. Ela percebeu que, se havia alguma chance de criar laços com eles, não seria por tentativas patéticas de diverti-los nem de parecer radicalmente diferente de sua última professora, que os abandonara. Ela queria que eles precisassem dela, ou que pelo menos a tolerassem. Não queria que a aturdissem a ponto de ela sentir que precisava se demitir no meio do ano, no meio do *dia*.

Existir no mundo adulto queria dizer que você não podia simplesmente desistir. Não era possível necessariamente "dar um jeitinho" de se livrar das coisas. No segundo ano em Ryland, Zee tivera uma colega de quarto, Claudia, com um severo cecê e sem a menor compreensão da importância de uma boa higiene. O juiz Richard Eisenstat telefonara ao reitor depois que Zee fora bruscamente informada pela secretária do reitor de que precisava entubar aquela; não havia absolutamente nenhum jeito de ela trocar de quarto. Por algum motivo, porém, assim que o juiz ligou, encontrou-se um novo quarto: um exclusivo para ela. Era possível dar um jeito em coisas – parece que em muitas coisas, na maior parte. Mas ela não queria dar um jeito de se livrar daquela coisa. Aqueles alunos, decidiu, precisavam dela. Ela contemplou seus rostos ilegíveis e começou a passar a lição prescrita para aquele dia, sobre a Segunda Guerra Mundial. Quase imediatamente a sala se tornou um lugar de indiferença, com eventuais arroubos de caos. Em alguns dias, ninguém lhe dava ouvidos. Ela se via implorando para que escutassem, tentando suborná-los. Alguns garotos eram de fato ameaçadores, incluindo uma garota gorda que disse, numa voz incongruentemente tatibitate, "Te quebro toda", em resposta a um pedido para parar de escrever ao fim do tempo de uma prova, imediatamente antes de romper em choro e pedir desculpas. Sempre havia gente mandada à direção, e às vezes, visitas do Big Dave da Segurança, que piorava as coisas, ampliando a tensão em qualquer arranca-rabo que estivesse acontecendo em sala.

Greer ligou e disse: "Se demite! Se demite!" Mas Zee, quase em lágrimas, disse, "Não posso fazer isso com eles. Não vou". A maioria dos dias não envolvia medo, e sim uma frustração inimaginável, até mesmo raiva – a que ela sentia. Mas também quase sentia náusea de tanta dó pelo que os meninos não tinham, não sabiam e não podiam fazer. Um dos meninos tinha um bafo horrendo, até que por fim ele revelou que não tinha escova nem pasta de dentes, por falta de dinheiro para comprá-las; então ela as comprou para ele. A pedido de Zee, Greer enviou caixas das barras de proteína de seus pais, e Zee saiu e comprou pacotes de meias e luvas grossas, sempre luvas. Havia a sensação de que nada adiantava nada, de que ela era simplesmente outra pessoa munida de objetos, mas sem saber o que fazer, atirando-os num vulcão.

Então, certa manhã, na primavera, quando Zee esperava o trem, veio uma mensagem de Greer dizendo: "Você pode falar? É uma emergência." Logo estavam numa chamada, e Greer em uma explosão gutural lhe contou a mais terrível das notícias: o irmão pequeno de Cory tinha sido atropelado pelo carro da mãe e morrido. Não era preciso ter conhecido uma criança para saber que a morte dela era a pior coisa que já tinha ouvido. Aos vinte e dois anos, Zee podia imaginar a morte do ponto de vista da criança, dos pais e do irmão, tudo ao mesmo tempo. Greer soluçava, e Zee queria ter algo para dizer a ela, algum jeito de consolá-la. Mas agora estavam morando em cidades diferentes, com vidas diferentes, então o melhor que Zee pôde fazer foi mandar mensagens frequentes para ela, perguntando "Como está indo?", apesar de já saber a resposta.

Todos os dias, na hora do almoço, após uma manhã dura ou enlouquecedora, Zee sentava-se desacompanhada na sala dos professores, na maior parte apenas ouvindo histórias de outras aulas — pequenas tragédias ou quase tragédias cheias de tensão, ou, ainda, anedotas sobre estagnações burocráticas, e referências a atividades de fim de semana tais como namoro na internet ou boliche.

Às vezes ela prestava especial atenção à orientadora educacional, Noelle Williams, porque fora especialmente antipática com ela desde o primeiro dia. Ela nunca conversara com Zee durante o almoço, e sim ficava sentada em meio a um grupinho de coordenadores, comendo educadamente um copo de iogurte, sua colher plástica batendo no fundo e nas laterais, sua postura impossivelmente ereta. Quando terminava de comer, ela fazia de seu lixo uma pequena trouxa, praticamente compactando-o com as mãos. Nunca deixava vestígios de si para trás. Noelle Williams tinha vinte e nove anos, cabelo cortado rente à cabeça, realçando a perfeita e agradável forma de seu crânio. De suas orelhas delicadas brotavam várias pequenas argolas, e suas roupas eram imaculadas, nunca amarrotadas. Zee sempre se sentira estilosa, do seu jeito, mas a perfeição de Noelle era como uma reprimenda.

Certo dia, ao meio-dia, Zee nervosamente se plantou no sofá vergado ao lado da orientadora educacional, cujo desinteresse em conhecer melhor Zee era patente, embora fosse esse mesmo o motivo de Zee querer conquistar sua amizade. O que será que Zee fizera para enfurecer Noelle Williams? Zee lhe perguntou, "Há quanto tempo você trabalha aqui em Chicago?".

A mulher olhou diretamente para ela, avaliando. "Três anos", disse ela. "Eu estava aqui quando essa escola foi criada."

"Que ótimo."

"E antes disso eu estava concluindo o mestrado. E depois trabalhando numa escola de bairro de classe média."

"Deve ter sido bem diferente desse lugar."

"Sim", disse Noelle, e não sorriu numa ironia amargurada, nem acrescentou nenhum detalhe para demonstrar que, se por um lado trabalhar ali era impraticável, estavam ali juntas naquele mesmo barco, e a única forma de tentar ir levando era ironia. Ela não usou ironia, e nem tentou mostrar receptividade.

"Eu ainda estou dando os primeiros passos", continuou Zee. "Alguma dica sobre ensino? Está difícil fazer os alunos se interessarem em sala."

"Se eu tenho alguma dica sobre como você deve dar sua aula?" redarguiu Noelle. "Primeiro que eu nem sou professora. Mas, além disso, imagino que você deve ter recebido todas as dicas de que precisa, é ou não é?"

É ou não é? Zee quase repetiu sua fala em deboche. Que vaquíssima, pensou ela. "Bem, recebi um curso super-rápido sobre como ensinar história", disse Zee, "mas dar aulas para alunos do ensino médio reais são outros quinhentos. E aprendizado mesmo – isso mal está acontecendo. São crises demais, alunos muito distraídos. Eu fico até sem esperanças."

"Entendo." Foi tudo que Noelle disse.

Deu-se um silêncio gélido, durante o qual Zee comeu o sanduíche que fizera de qualquer jeito em sua minúscula cozinha pela manhã. O recheio caindo daquele objeto mole e sem tônus, um derrame de ingredientes dissonantes que jamais deveriam ter sido juntados: fatias de maçã, e algumas minicenouras já a meio caminho da decomposição, e um duro babado elizabetano de couve, tudo vagamente colado por um punhado de missô e um esguicho de maionese de baixa caloria de um frasco comprado na mercearia da esquina na primeira noite solitária que ela vivera naquela cidade, sem conhecer ninguém.

Noelle ficou olhando aquelas verduras e legumes chovendo sobre o colo de Zee, e seria aquilo um *sorriso*? Um sorriso meio desagradável enquanto ela assistia a Zee se melecar com o próprio almoço? Zee enxugou a camisa com uma toalha de papel pardo e duro do porta-toalhas, deixando uma mancha alongada e oleosa no lugar, e quando virou para o lado de Noelle para dizer alguma outra coisa, ela viu a fechada pneumática da porta da sala dos professores, e que Noelle já estava a caminho de lidar com algum outro problema.

Talvez aquilo fosse continuar daquele jeito por um bom tempo, a orientadora educacional sendo rude e antipática, e Zee continuando a tentar travar amizade, e talvez um dia Noelle chegasse a dizer para ela: "Zee, por que isso? Por que não para com isso? Não está vendo que não vou com a sua cara?".

Mas o que aconteceu foi que, certa tarde, um mês depois de entrar naquele emprego, Shara Pick, aluna de Zee, disse, "Srta. Eisenstat?".

Zee estava junto do quadro branco criando uma linha do tempo que ia de 1939 a 1945. Algumas poucas pessoas pareciam muito interessadas; um aluno em especial, Derek Johnson, já sabia de tudo sobre a guerra e estava contribuindo muito para a discussão. "Sim?", disse Zee.

"Posso ir ao banheiro?", perguntou Shara, e então ficou de pé e cambaleou na frente da sua carteira. Ela precisava ir, e agora. Era uma menina branca com corpo em formato de pera, e aonde quer que ela fosse, o caos sempre a acompanhava. Papel amarrotado, canetas vazando, pequeníssimas contas de plástico de fonte desconhecida. Geralmente ela era ignorada em sala, vista como mal-ajambrada e digna de pena, e não parecia se encaixar em lugar nenhum. No almoço, ficava sozinha, olhar fixo à meia distância enquanto comia um saco de Doritos, que considerava sua refeição. Zee fora informada pela vice-diretora que Shara era considerada "aluna sob risco". Seus pais eram viciados em metanfetamina que iam e voltavam da reabilitação, e ela e as irmãs tinham acabado de se mudar para a casa de uma avó boa, porém quase cega.

No ano anterior, os pais haviam aparecido na reunião de pais e mestres totalmente doidões. "É um caso grave", disseram a Zee, e ela tinha ficado de olho em Shara, que sempre ficava na sala de aula com um casaco com um daqueles capuzes de esquimó que lembrava Zee da capa do velho álbum de Paul Simon que seus pais gostavam de ouvir quando ela era pequena. Shara vivia cochilando na aula, o que preocupava Zee, que estava sempre alerta para sinais de uso de drogas naquela garota vulnerável. Mas sempre que havia uma redação em classe, Shara se debruçava sobre a carteira com os cotovelos e a língua para fora numa postura de concentração profunda, comoventemente infantil, e entregava algo surpreendentemente ardoroso. Talvez houvesse um interesse oculto ali, uma possibilidade em vista.

"Claro, pode ir", disse Zee, e continuou no quadro branco, escrevendo uma lista de fatores que levara à guerra. Escreveu tanto em letra miúda que o quadro parecia coberto de arame farpado, embora apenas alguns alunos estivessem copiando alguma parte daquilo para seus cadernos. Outros a olhavam fixamente entendendo, não entendendo ou devaneando, e um menino na frente chamado Anthony fazia esboços extravagantes em seu caderno, o traço impressionantemente detalhista nas caveiras e demônios, além de ser indício de um interesse extremo por satanismo, que provavelmente deveria ser relatado à coordenação.

Uma garota da última fileira estava pintando suas unhas de acrílico em cima do seu caderno, o cheiro forte flutuando até a frente do recinto. O cheiro se espalhou, o marcador que Zee deslizava pelo quadro soltava seu ocasional rangido, e os adolescentes na sala trocavam de posição, afundando e se reacomodando nas cadeiras. Alguém deu um longo uivo de lobo para fazer graça. A tarde se arrastava com falta de açúcar no sangue de todos, com apenas treze minutos para a aula terminar. Zee teria mandado escreverem em seus diários por alguns minutos, e talvez deixado algum deles tocar uma música no celular, o que tendia a deixar toda a sala ligada. Mas então ela teve a percepção, tão forte quanto o cheiro de esmalte, de que Shara não retornara do banheiro. Zee mandou Taylor Clayton sair e ir ver se estava tudo bem com ela, e se por um lado Taylor tendia à hesitação, momentos depois voltou à sala de aula com estrépito, batendo no marco da porta e dizendo: "Tem algo de errado com a Shara!"

Shara estava toda encolhida no piso da sua cabine do banheiro, e Zee e Anthony, que fora pressionado a ajudar, deram um jeito de levá-la até a enfermaria. "Está doendo muito", chorava Shara, segurando a barriga e balançando o corpo para a frente e para trás.

A enfermeira, naquele momento, estava exibindo um filme antidrogas para outra turma, e apenas sua auxiliar estava sentada à mesa da pequena sala verde, depositando abaixadores de língua um a um num pote de vidro, *plac*, *plac*, *plac*, e fazendo cara de pavor quando Shara chegou praticamente carregada na enfermaria, e em seguida foi colocada sobre a maca.

"Vou buscar a Jean", disse a auxiliar ao sair correndo da sala, derramando abaixadores de língua pelo chão.

"Pede pra ele ir embora também", disse Shara, apontando Anthony.

O garoto deu o fora, aliviado, e Zee sentou-se ao lado de Shara, massageando seus braços e dizendo o que lhe vinha à cabeça. "Deve ser só apendicite", disse ela, falando rápida e distraidamente. "Meu irmão já teve isso. Passou a noite toda gritando. Mas assim que tiraram, ele se sentiu melhor, e você também vai se sentir. Você sabia que o apêndice não tem absolutamente nenhuma função no corpo humano?" acrescentou, porque não conseguia pensar no que mais poderia dizer, e queria distrair Shara de sua dor.

"Não", chorou a menina.

"Bem, é verdade."

Então ela se deu conta de que alguém as olhava, e lá em cima, acima das duas, pairava Noelle Williams. "O que houve, Shara?", perguntou a orientadora educacional em sua voz tranquila.

"Estou *mal*."

"Acho que é apendicite", comentou Zee.

"E você sabe isso por quê, porque estudou medicina em Harvard?", perguntou Noelle.

"Ora..."

"Ou te ensinaram numa Teach and Reach?"

Zee fervia de raiva, mas nada disse. Não era a hora; a menina estava sofrendo. Noelle se agachou e abriu o casaco de Shara, algo em que Zee ainda não tinha pensado em fazer. A orientadora delicadamente correu o zíper do casaco e abriu-o em dois, mostrando o abdômen inteiro de Shara Pick, incrivelmente redondo sob o seu suéter. Sem o casaco, era impossível não ver.

"Posso levantar seu moletom?", perguntou Noelle, e Shara assentiu. A pele de seu abdômen estava estirada e lustrosa, o umbigo pontudo feito uma borracha de lápis, e embaixo dele uma faixa de pele escura dividindo a barriga ao meio, algo chamado *linea nigra*, conforme Zee aprenderia depois quando procurasse saber em seu computador tudo sobre aquilo, cada momento, abraçando os estudos como Greer teria feito caso tivesse passado por aquela situação.

Mas naquele momento, ainda desarmada de conhecimento, contando apenas com o instinto, naquele momento na enfermaria, Zee e a orientadora educacional se entreolharam, alarmadas, por cima de Shara Pick, e em seguida Noelle disse a Shara com voz doce: "Minha flor, você sabia que está grávida?"

"Achei que sim, talvez."

"Bem, você vai ter um bebê, e a srta. Eisenhower e eu vamos te ajudar."

Zee não a corrigiu. Dali em diante tudo aconteceu tão rápido. Alguém ligou para o 911; Shara arquejava fundo, abraçando as pernas e encurvando a coluna.

"Vou pesquisar o que temos que fazer", disse Noelle, e enquanto Zee estimulava Shara a não fazer força e juntar bem as pernas, para esperar, Noelle sentou-se na mesa da enfermeira — por que a enfermeira, Jean, ainda não tinha voltado? No velho computador Dell cor de chiclete, Noelle digitou uma senha, e de repente, *sucesso*. Ela pesquisou no Google as palavras mais econômicas em que conseguiu pensar. Era excelente em pesquisar, ao que parecia.

Rapidamente, Noelle localizou um guia visual online para fazer partos em circunstâncias emergenciais sem treinamento nem equipamentos. "Certo, aqui estão as instruções", disse ela. Em tom baixo e controlado, Noelle leu, "'O que devo fazer para ajudar alguém em trabalho de parto?'".

Deram um jeito de adiar o parto de Shara, de impedi-la de parir um bebê em suas mãos despreparadas. Por fim Jean retornou, imediatamente seguida do pessoal da emergência, um homem e uma mulher jovens e competentes, que correram e assumiram o comando. "Empurre, Shara", disseram-lhe depois que haviam avaliado a situação.

E então a cabeça saiu, o *rosto* saiu; e quando aquela visão explícita de humanidade apareceu, foi como se tudo o mais tivesse parado. Assim que veio o rosto, todos se maravilharam. Idêntico à morte. Todos *sabiam* que a morte existia, pensava Zee; a maioria das pessoas a conhecia desde a infância. Os jornais estavam cheios de obituários pagos em letra miúda e de obituários de personalidades, e às vezes um dos pais de Zee erguia os olhos do jornal enquanto bebiam suas vitaminas de café da manhã antes de irem para o tribunal, e dizia algo ao cônjuge em voz respeitosa: "Ei, viu que o Carl Sagan faleceu?"

Zee pensou no irmãozinho de Cory Pinto – morto. Pensou nos rostos de todos os que conhecia, trêmulos na gelatina de sua própria efemeridade. Somos dominados por tantos rostos, Zee sabia, por aqueles que se vão e por aqueles que chegam, e agora ela estava dominada por aquele.

De repente Zee percebeu que havia algo grosso enrodilhado no pescoço do bebê. Era o cordão umbilical, que parecia a corrente de bicicleta com que Zee prendera sua Schwinn tantas vezes no campus da Ryland. Ficou olhando os paramédicos retirarem-no com todo o cuidado. Era como se estivessem retirando a corrente de bicicleta no meio da chuva, desembaraçando aquela coisa escorregadia, com sua insinuação de complexidade por baixo, do meio dos raios da roda. A cabeça do bebê se libertou.

"Quase lá, Shara", disse com delicadeza o paramédico homem.

"Só mais uma vez, Shara", apoiou Jean, a enfermeira.

"Você consegue", disse Zee.

E Noelle disse, "Você está indo muito bem!".

Shara fez força heroicamente, e por fim ouviu-se um som como o de uma bota pisando na lama quando os ombros do nenê saíram de uma vez, atrasado para uma importante reunião, e o rosto humano revelou-se pegado a um corpo humano, genitais inchados e completos que declaravam: *menina*.

⁓

Mesmo que não se gostassem, estavam as duas precisando trêmula e desesperadamente de descontração, de forma que Noelle Williams e Zee Eisenstat se viram jantando juntas muito antes da hora de costume em um restaurante próximo depois que foram liberadas do trabalho, o que aconteceu imediatamente depois que a avó de Shara chegou e tudo se revelou estabilizado, ao menos no quesito médico. Zee tentou ir ao hospital com sua aluna assustada, mas a enfermeira Jean disse que não, que ela mesma seria a acompanhante. E nada mais restara para Zee e Noelle fazerem.

Noelle escolheu um pequeno restaurante de *soul food* chamado Miss Marie's, com paredes forradas de madeira e uma trilha sonora excelente que contava com Smokey Robinson and the Miracles. Uma tigela metálica de tomates verdes em conserva foi depositada na mesa, e Zee partiu um com força, sentindo a carne ceder, sabendo que, mesmo que sua faca não tivesse fio, ela seria capaz de cortá-lo. Ela praticamente fizera um parto hoje, afinal. Ajudara um bebê a ter outro bebê.

Pobre Shara Pick, pensou. Pobre Bebezinha Pick. Ela não podia fazer melhor por seus alunos do que lhes comprar escovas de dentes, meias esportivas e ajudar no parto, e sentir constantemente tristeza, raiva ou medo. "O que será que vai acontecer?", perguntou ela. "A família dela é uma bagunça."

"Ah, eu sei. É um caso bem triste, esse", disse Noelle. "Os pais dela vieram à escola uma vez, e mal conseguiam parar em pé. Não sei como têm andado. A assistente social vai ao hospital hoje, e vamos acompanhar o caso amanhã, mas a perspectiva não é boa."

"Será que vão deixá-la voltar à escola?"

"Claro, tem várias opções. Mas não tenho a menor ideia do que ela vai fazer. Temos um programa de auxílio a mães, mas, honestamente, essa história acaba comigo. Por que ninguém viu que aquela menina estava grávida? Ah, essa pergunta foi retórica. Essa pergunta vai ser feita a todos os professores e funcionários na próxima reunião. E eu vou sugerir uma reunião de emergência, porque nenhum de nós percebeu. Não dá para simplesmente dizermos, 'O bebê era pequeno', embora claramente fosse. Aquela bebê parecia um minifantoche. E ainda assim o paramédico disse que ela estava bem. Pequena, mas bem. O som dos pulmões era saudável."

"Estou com muita culpa por não ter percebido. Mas não deu para ver nada. Todo dia ela vinha de casacão para a aula", disse Zee.

"Isso em si já era um motivo de preocupação."

"Eu não sabia disso."

"Claro que não sabia."

Nesse momento, Zee ficou pensando quantos sapos a orientadora educacional achava que ela deveria engolir. Por que Noelle tinha uma antipatia tão feroz por ela, mesmo depois de tudo que haviam feito juntas naquele dia, passando por tantas complicações?

"O que eu fiz de mal pra você, Noelle?", perguntou ela.

Nessa hora a garçonete apareceu, interrompendo o confronto, de forma que pediram pratos feito duas autômatas. Noelle pediu frango, e Zee um mix de legumes e verduras. Quando se era vegetariano, comer em restaurante sempre redundava em mix de legumes.

Então Noelle olhou para ela com uma expressão surpreendentemente não hostil. "Zee", disse ela. "Não é você. Bom, é você. É a sua tendência a acreditar nas coisas. Seu idealismo."

"Eu não sabia que essas características eram ruins." Zee fez sua cerveja rodopiar no copo, e de repente teve um forte desejo de estar bebendo cerveja com Greer em vez de com aquela antipática. Todo mundo falava de como Chicago era uma ótima cidade. "O Instituto de Arte", exclamavam. "A vida noturna. A música. O *lago*."

Mas Zee vira e fizera muito pouco, porque era difícil amar uma cidade quando você estava totalmente sozinha nela. Ou, pelo menos, para Zee era. Talvez conseguisse convencer Greer a vir visitá-la em algum fim de semana. Juntas, podiam ir até a beira do lago cintilante jogar pedras e conversar sobre a dor em suas vidas, e sobre as esperanças também. Porém, a antipática ali tinha um certo domínio sobre Zee. Não por mérito próprio, mas existia. Noelle, notou, tinha um pescoço sensual.

"Fora de contexto, essas características não são ruins", admitiu Noelle. "Mas quando minhas crianças são usadas, considero essas características nada apropriadas."

"Suas crianças?", disse Zee. "Agora além disso não são minhas crianças?"

"Você pensa nos seus alunos como suas crianças?"

"E por que não pensaria? Sabe de uma coisa, eu mereço um desconto seu", disse Zee. "Sou nova, estou me ferrando mas aprendendo, e acabei de passar por uma *boa* hoje. Entrei na Teach and Reach para fazer o bem. De verdade mesmo. E se isso não está se concretizando, bem, não sei mais o que fazer. Mas desde que entrei nessa escola, você me odeia."

"Você pensa que isso é por sua causa?", disse Noelle. "Você não passa de uma engrenagem na máquina da Teach and Reach, então para de tentar inflacionar seu cargo. Sei que o dia foi difícil, e difícil para nós duas juntas, mas se eu te odiasse, não estaria sentada do seu lado agora. Eu estaria bem longe de você."

"Ah, então você está me dizendo que gosta de mim? Que estranho. Não dá a impressão de ser assim, não."

"Você vai ter que se esforçar mais se quiser que eu goste de você. Mas me parece um pouco mais possível do que seu outro objetivo", disse Noelle. "Salvar os alunos do Learning Octagon."

"Eles precisam de toda a ajuda possível."

"Não da sua, minha flor." Isso foi quase um murmúrio, o mesmo termo carinhoso que Noelle usara com Shara durante o parto, e naquela hora ela o usara com ternura, mas agora era uma arma afiada, sem carinho.

"Então de quem? Quem mais pode ajudar um octógono feito de apenas sete escolas, onde todo mundo começa sem nada? Eu reconheço meu privilégio. Cresci em Scarsdale, em Nova York. Mas por que minha classe social me desqualificaria? Será que minha experiência tem que ser a mesma dos meus alunos?"

"Minha mãe é bem classe média, secretária de um alergista aqui de Chicago", disse Noelle. "Ela criou minha irmã e eu totalmente sozinha

– meu pai morreu de ataque cardíaco quando eu tinha cinco anos –, mas passamos zero necessidade, que nem você. Tivemos aulas de música, ortodontia, muitos livros na estante, e uma vida estável. É o ponto forte da minha mãe. Não estou dizendo que a experiência de ninguém tem que ser igual à dos alunos."

"Então, o que você está dizendo?"

Noelle se debruçou por sobre a mesa; por essa proximidade repentina, Zee teve uma visão diferente. Ela não precisava simplesmente ser intimidada por ela, ou admirá-la fisicamente. Quanto à possibilidade de ser traída, aquilo não tinha nada a ver com as mulheres mais velhas do passado de Zee, Linda Mariani e a dra. Marjorie Albrecht, cujas traições a haviam chocado tanto, ou até mesmo Faith Frank, que não a traíra, mas simplesmente não demonstrara interesse em contratá-la, apesar da carta tão franca de Zee. Noelle Williams não lhe suscitara nenhuma expectativa. Zee não precisava se magoar com ela. Podia enfrentá-la se assim o decidisse.

"O que nos disseram", disse Noelle, "foi que uma equipe dedicada de professores montaria em seus dedicados cavalos, e viria salvar nossas escolas. Mas na realidade o que aconteceu foi que uma equipe de professores completamente despreparada, eles mesmos recém-formados na universidade e com pouquíssimo treinamento, exceto por um curso intensivo muito mais curto do que o necessário para se tornar técnico de ar-condicionado, foi enviada para as nossas escolas. E ainda nos dizem que devemos agradecer. Nos dizem que isso nos basta, e que devemos ter respeito pela ideia de que pessoas como você aceitem ganhar pouco para poder fazer algo de bom. Quando na verdade, não, não basta, pelo menos não para mim. Alguns colegas meus têm outra opinião. Aprovam a Teach and Reach, acham que é um empreendimento admirável que merece o nosso apoio. Mas desde que a Teach and Reach chegou, vale apontar que as coisas não mudaram nada.

"Agora, ter um presidente como o nosso me consola. Um homem negro. E genial, e bondoso. Eu adoro ele. Mas nada vai fazer os problemas endêmicos mudarem assim tão rápido. E, de várias maneiras, a Teach and Reach só está piorando as coisas. Não aceita críticas, e portanto nunca vai mudar. E não para de tentar fazer nossas escolas caberem numa lógica de mercado. Professores veteranos estão sendo mandados embora, mas a Teach and Reach não quer parar. É uma organização que deprecia a profissão de professor. E é claro que esse programa está mirando em comunidades negras e pardas. Jamais aconteceria em escolas brancas. E você sabe o que vai acontecer? Tem forças por aí só à espera, sem pressa, sabendo que a hora de atacarem vai chegar. Você e alguns dos outros, vocês não são pessoas ruins, eu sei, mas vocês não têm a formação e o preparo, e só vão ficar nesse emprego por algum tempo. Vocês não está aqui para o que der e vier; as pessoas nem esperam que você esteja. Você está aqui depois de formada para tentar fazer alguma coisa boa, e uma vez que tenha tido essa experiência, vai meter o pé e ir fazer outra coisa. Talvez alguma coisa menos boazinha, mas que remunere melhor. Não acho isso errado, Zee. Eu também faria isso se fosse você. Mas a gente precisa de gente que esteja aqui a longo prazo. Porque as coisas vão piorar tanto, mas tanto, e aí o que vai nos acontecer?"

"Então você está dizendo que eu devo me demitir agora?"

Noelle a olhou com calma. "É isso mesmo que você acha? Não, é claro que não estou dizendo isso. Você não deve fazer isso com aqueles meninos, não no meio do ano; não como certas pessoas. Eles anseiam por estabilidade. Você fique, e termine o ano, e faça o melhor que puder, e depois decida. Olha, tenho certeza de que você é boa pessoa, e sei que é alguém que está se esforçando para ter... o que você costuma se cobrar, 'envolvimento'? Sei como é; eu mesma já me senti assim. Mas às vezes envolvimento mesmo é simplesmente viver a sua vida e ser você mesma com todos os seus valores intactos. E simplesmente por você estar sendo você, a coisa acontece. Talvez não de um jeito grandioso, mas vai acontecer."

"Eu tinha outra visão", disse Zee, baixo. Noelle assentiu. "De todo modo, a coisa aconteceu muito rápido. Eu estava morando com os meus pais e trabalhando como técnica judiciária. Eu odiava demais meu emprego. Minha melhor amiga trabalha para a Faith Frank. Ela tem uma fundação feminista, e pensei que talvez desse para eu trabalhar lá também. Mas não deu. Eu precisava sair daquele escritório de advocacia, sem falar da casa dos meus pais. Mas a juíza Wendy Eisenstat deixou bem claro que, seja lá o que eu fizesse, precisava ganhar um salário."

"Quem?"

"Minha mãe."

"Você chama ela de juíza Wendy Eisenstat?"

"Sim. Ou de juíza Wendy. Ela detesta. Prefere 'mamãe'. Mas falando sério, ela sempre teve uma presença tão judicial na minha vida. Quando aparece nos meus sonhos, às vezes está de toga. O meu pai também. Ele é o outro juiz Eisenstat, mas ele é mais suave."

Noelle sorriu; seria aquele seu primeiro sorriso? Foi pelo menos o primeiro não ambivalente. "Então acho", disse ela, "que seu sobrenome não é Eisenhower."

"Não."

"E ainda assim você não me corrigiu."

"Eu não faria isso. Talvez te deixasse sem graça."

"Você corrige seus alunos quando eles dizem algo de errado?", perguntou Noelle.

"Sim. A Teach and Reach nos diz que devemos fazer isso."

"Você sempre faz o que te mandam fazer?"

"Se pedirem com jeitinho."

"Bem, vou ter que aprender a te pedir coisas com jeitinho então", disse Noelle. "Uma observação para mim mesma."

Zee fez uma pausa, tentando decifrar aquela virada. "Seria uma boa. Talvez você até obtenha bons resultados", disse ela, por fim. "Melhor que notas nas provas. 'Nenhuma *mulher* fica para trás'."

Agora estavam brincando abertamente; tinham passado de atrito ao parto a um solilóquio irado a esse novo e desconhecido estágio. Estou tão confusa!, pensou Zee, olhando para a orelha pequena e ornamentada de Noelle. "A sua mãe é bastante maternal?", quis saber Zee, de repente.

"Médio. Ela é feito a capitã de um navio. Mas um navio legal. A sua?"

"Ela tem sido boa no que faz. Não posso reclamar. Vendo a Shara hoje, estava pensando que ela acabou de entrar nesse cortejo, não é?"

"Que cortejo?"

"Ah, de mãe gerando uma pequena mãe em potencial. Ela nem sequer estava certa de que ia ter um bebê", disse Zee. Cutucou o que havia em seu prato. "Não consigo nem imaginar", acrescentou.

"O quê, ter um filho?"

"Sim, exato. Meu corpo, esse equipamento todo que eu tenho; nunca passei muito tempo pensando nele como reprodutivo. Quando eu era adolescente, tive uma psicoterapeuta adepta do movimento que parece que pensava que eu estava negando minha feminilidade. Mas eu não estava! Nunca neguei. Gosto de ser menina. Só quero ter poder para dizer o que isso significa. Minha ideia de inferno seria dar à luz de repente sem nem saber que isso ia acontecer."

"Essa é a ideia de inferno de muita gente."

De repente, com urgência, Zee perguntou: "Será que vamos ficar sabendo com certeza o que aconteceu com a Shara e a filha? Podemos ir vê-la? E se ela não voltar para a escola, será que nunca mais vamos ouvir falar do que houve com ela?"

"Vou fazer questão de que a gente fique sabendo, e de que a gente encontre um jeito de ajudá-la, se conseguirmos. Vou fazer de tudo para não deixá-la sumir no mundo."

"Ela está em frangalhos, mas adora história. Lembra bem das datas", disse Zee. Talvez aquilo fosse exagero, mas ela queria dizê-lo. Alguém tinha que defender o lado de Shara Pick, declarar seu valor para além de parteira de uma bebê que talvez ela logo fosse entregar nos braços de outro alguém, e como mais do que um aglomerado de partes incontroláveis. "Ela deve ter ficado tão assustada", disse Zee. Nem sempre o corpo faz o que você queria que ele fizesse. Ele tinha suas próprias ideias, sua própria trajetória. Naquele momento mesmo, sentia que seu próprio corpo era como que um diapasão que respondia ao timbre muito particular de Noelle.

"*Você* parece assustada."

Zee olhou para ela. "Foi muito assustador. Um choque muito grande."

"Não estou falando daquela hora. Falo de agora", disse Noelle em um tom comportado, quase formal. "Por minha causa."

"Tá", admitiu Zee. "Você pode ser um pouco assustadora."

"É isso que sou para você? Assustadora?"

Zee não se apressou, tentando ter certeza de que estava compreendendo o que estava acontecendo, aquele novo tom que Noelle estava usando, e o que ele queria dizer. Ali havia uma sensação familiar; não era possível Noelle não estar percebendo isso. Pense, pense, raciocinou Zee, se perguntando se havia interpretado errado. Nada mais lhe ocorreu. Geralmente uma crise se resolvia para dar lugar à calmaria, mas aquela estava dando lugar a uma outra crise, de outro tipo. "Não", disse Zee. "Não só."

"Então o que mais?" Isso foi dito como um questionamento bem direto.

Tudo o que Zee pôde dizer foi: "Isso é estranho."

"Você não gosta?"

"Não sei o que isso é."

"Tem certeza que não sabe?"

"Tá, acho que sei", disse Zee.

"Tudo bem com isso, então?", perguntou Noelle, e Zee fez que sim.

Nenhuma das duas soube o que dizer depois. Voltaram a consumir o jantar, e beberam suas cervejas geladas e dividiram um pavê de banana, ambas as colheres mergulhando na mesma massa bege, lembrando Zee de quando assistira a Noelle comer um iogurte na sala dos professores, fazendo aquele som de galope sobre plástico, *clop, clop*. Era o barulho de uma mulher reservada comendo o símbolo internacional de comida de mulher: iogurte. Mulheres e suas necessidades diárias de cálcio. Era possível passar por tantos lugares no mundo e ver mulheres comendo iogurte.

"Quer pedir a conta?", perguntou Noelle. Ela balançou um braço chamando a garçonete. Ela estava meio bêbada, percebeu Zee, e ficou preocupada de que talvez a bebedeira de baixa intensidade de Noelle fosse a causa de seu aparente interesse em Zee. Talvez Noelle tivesse sido levada a flertar apenas em virtude da cerveja, e mais tarde fosse ficar horrorizada consigo própria, porque afinal talvez fosse uma orientadora educacional em uma escola autônoma que era tão hétero quanto o dia é claro.

"Você está tonta", disse Zee. "É por isso que está ficando assim? As três cervejas?"

"Não", disse Noelle. "Eu tomei aquela terceira cerveja de propósito porque estava começando a ficar assim."

"'Ficar assim'."

"A fim de você."

"Ah."

Noelle passou o dedo pela lateral do copo de cerveja, dividindo ao meio a condensação. Por que as palavras *a fim de você* lhe pareciam um raio? Zoe estava *avassalada* ao saber que Noelle Williams, a imperiosa orientadora educacional, uma mulher incrivelmente elegante, mais velha, afro-americana, estava a fim *dela*.

"Então tá", disse Zee, e ambas caíram na risada.

E que estranho, também, que dali em diante a risada fosse caracterizar tanta coisa do que fizeram, ainda que boa parte dela fosse uma risada de impotência perante o inevitável. Houve mais más notícias na escola: um garoto espancado tão brutalmente a caminho de casa que seu olho saiu da órbita; outro docente da Teach and Reach abandonando o navio; um boiler com defeito que deixou a escola inabitável por dois dias.

Mas naquela noite em que a filha de Shara tinha nascido, elas saíram do restaurante sob uma nevada repentina – neve na primavera, porque era Chicago – em uma rua calma, e entraram no trem, que as levou silente e fluorescente ao apartamento de Zee, porque era mais próximo do que a casa de Noelle, que era a uns bons quarenta minutos dali, e em quarenta minutos o feitiço podia muito bem já ter se quebrado. Graças a Deus sua casa estava limpa, pensou Zee ao ligar a luz.

"Estudantil", declarou Noelle, e Zee viu a sala como Noelle a via: o sofá recoberto por um tecido genérico de estampa indiana. A pequena filipeta emoldurada na parede anunciando uma palestra na capela da faculdade vários anos antes, a ser proferida por Faith Frank. As tangerinas em uma tigela azul. A foto de Zee com outra mulher, claramente muito amiga sua, de becas de formatura. A nova vida a que Zee Eisenstat tentava se acostumar em Chicago.

"É, não dá pra evitar", disse Zee. "Passei tanto tempo sendo estudante que não sei ser de outro jeito."

"Eu me lembro de como era isso", disse Noelle, que então decididamente trouxe Zee para junto de si pelos ombros, o que era tanto um alívio quanto empolgante. Elas se beijaram por um bom tempo, sem pressa. Quando se deitaram no colchão estreito que Zee adquirira em um bazar caseiro antes de se mudar para lá, e carregara nas próprias costas feito um sherpa por sete quarteirões até chegar em casa, Zee não conseguiu deixar de pensar um pouco sobre poder: quem a possuía agora, a mulher mais velha ou a mais nova. Às vezes era difícil de entender o poder. Não se podia quantificá-lo nem calibrá-lo. Você mal conseguia vê-lo, mesmo estando bem de frente para ele.

"É disso que todo mundo estava falando na primeira reunião de cúpula da Loci", dissera Greer há pouco tempo pelo telefone quando surgiu o assunto. "O significado e as funções do poder."

"A cúpula que você perdeu por causa do irmãozinho do Cory."

"É. Mas todo mundo que foi – o resto da nossa equipe – disse que estava na cara que retornaríamos àquele tema, porque ninguém se cansa dele. Todo mundo se empolga com ele. Poder! Até a palavra é poderosa."

"Isso mesmo", disse Zee. "Parece até o *pou!* das histórias em quadrinhos."

Viver num mundo de poder feminino – poder mútuo – parecia um sonho muito desejável para Zee. Ter poder queria dizer que o mundo parecia um pasto cujo portão ficava sempre aberto, sem nada para te cercear, onde você podia correr e correr.

Noelle ficava incrível de roupa ou sem roupa, embora, é claro, sem ela ficasse mais vulnerável à impressão de Zee a respeito dela. Suas mãos percorriam umas o corpo da outra – Zee com seu pensado visual de menino e Noelle com seu visual cuidadosamente feminino que era ligeiramente temperado pela cabeça praticamente raspada e cadeiras proeminentes e conduta comedida, deixando-a com um quê de manequim de artista. Os braços e pernas poderiam ser modificados para ficar de qualquer jeito que você quisesse, dobra por dobra, e sexo também era bem isso, quando o poder era fluido. Você podia modificar a outra pessoa, e ela podia te modificar também.

Agora a neve caía sem parar, e depois de uma longa e expressiva rodada de sexo com alguém novo, as duas mulheres finalmente se ajeitaram para dormir. O poder estivera lá fazia um momento, mas agora não estava mais. Que estranho Zee ter acabado de pensar nisso e agora ele ser irrelevante. Aquele dia havia sido impossivelmente longo e difícil, e agora ela só precisava mesmo era apagar.

"Minha flor", disse-lhe Noelle antes de dormirem, em um terceiro uso totalmente diferente daquele termo afetivo.

PARTE TRÊS

A decisão é minha

OITO

O toldo vermelho sobre a loja dizia QI GONG TUI-NA MASSAGEM RELAXANTE REVIGORANTE INESQUECÍVEL, palavras que não pareciam interessar à maioria dos nova-iorquinos passando por aquela esquina da rua Noventa e algo a oeste da Quinta Avenida naquela noite amena do outono de 2014. Mas Faith Frank sabia de sua importância, e uma vez por semana depois do trabalho fazia o chofer a levar até lá, porque era louca por uma boa massagem chinesa. Simplesmente sentia que aquelas massagens estimulantes, quase desconcertantes de tão vigorosas, ajudavam a organizar seus pensamentos e tomar boas decisões e ficar calma e fornecer conselhos a todas as pessoas que vinham até ela para pedi-los.

Naquele dia, há dois anos, ela descobrira sua existência, quando estava com um torcicolo horrível, e, desesperada, voltando para casa após o trabalho, pedira para seu chofer, Morris — seu contrato com a Loci incluíra um carro e um motorista à disposição —, parar ali. Quando Faith se deitou à mesa naquele estabelecimento à meia-luz com seu rosto encaixado numa armação almofadada, e uma mulher baixinha começou a pressionar o cotovelo na base da espinha de Faith, ela começou a ter um turbilhão de ideias que pareciam escapulidas de um cativeiro. Então lá estava ela de novo naquela noite, com um novo torcicolo. Fizera um check-up completo no seu clínico geral e os resultados foram normais, mas naquela idade, o corpo ainda precisava de um ajuste fino. Quando Faith ia chegando à escada que dava para o estabelecimento, seu telefone celular pulsou suavemente junto de seu peito como um coração auxiliar, e ela o pegou do bolso do casaco.

LINCOLN, dizia o visor. "Oi. Alô, querido", disse, revigorada como ficava toda vez que ele ligava.

"Oi, mãe." A voz de seu filho, Lincoln Frank-Landau, fora cautelosa desde a infância, como se ele tivesse medo de esperar demais da vida. "Você está ocupada?", perguntou ele. A resposta era sempre sim, mesmo que nem sempre ela lhe dissesse isso.

"Bem, daqui a pouco estarei. Vou entrar na massagista chinesa logo, logo."

"Seu pescoço está duro de novo?", disse ele. "Mãe, você tem que desacelerar. Essas viagens todas não te fazem bem."

"Ah, minha agenda nem é tão ruim assim."

"Eu não acredito em você. Vi no calendário do seu site que aquele seu evento sobre Hollywood está chegando. E vi quem vai estar lá. Deus do céu!"

"Não, Deus não vai estar lá, Lincoln. Pediu um cachê alto demais."

"Bem, ainda assim está longe de ser o que você trazia à Loci no começo. Capitãs da Marinha."

Faith deu risada. "Bem, a ShraderCapital nos falou que precisávamos atrair visibilidade. Tudo tem a ver com *branding*, dizem eles, o que é uma coisa desprezível, claro. Mas é isso que temos nesses Estados Unidos de hoje. Então, sim, agora temos a estrela de ação de *Gravitus 2: O despertar*. E você leu sobre a vidente feminista que foi contratada para distrair as pessoas entre as palestras?"

"Não."

"Ah, é uma tolice só", disse Faith. "Imagino ela na frente de uma porção de mulheres, fechando os olhos, e dizendo em voz bem assustadora: 'Um... dia... vocês... pararão... de... menstruar.'"

Lincoln riu com leveza. "E manicure grátis, não é? E todas aquelas comidinhas gourmets. Não faz muito tempo, vi uma foto no Instagram. O que vocês estavam servindo?", perguntou ele. "Era muito exótico. Talvez manteiga de pelicano?"

Faith riu também, e disse, "Algo do gênero." Mas o tema dos excessos da fundação, com quatro anos de criada, na verdade a deprimia. Nos dois últimos anos em especial, a fundação fora incessantemente empurrada naquela direção por uma presença cada vez mais incisiva da ShraderCapital. "Não paro de dizer ao Emmett que mulher rica em conferências com massagens e comidas primorosas não dá em nada", disse ela para Lincoln. "Que isso não ataca as questões estruturais como licença-maternidade e paternidade, creches, igualdade nos salários. Não faz a mão chegar ao botão. E assim mesmo, como ele vive me lembrando com a maior gentileza, temos que crescer. E eles têm sido generosos."

Enquanto falava, começou a subir as escadas do corredor estreito e escuro. Ao longe, se ouvia uma débil versão chinesa de música de supermercado. "Eles concordaram em fazer certas coisas nas quais não têm o menor interesse", prosseguiu ela. "Embora, com o tempo, cada vez menos coisas. Mas acho que te contei da missão de resgate que financiamos há pouco tempo. Um desses projetos especiais que às vezes fazemos. Tive que batalhar por esse aí, estão ficando cada vez mais raros."

"O do Equador, não é?"

"Sim. As moças que foram salvas do tráfico. Cem moças. E aí cada uma foi pega por uma mentora mulher."

"Não fale em 'foi pega', mãe. Parece que está falando de outra coisa."

"Tem razão", disse Faith. "Mas a ideia é essa. A gente as conectou com mulheres que lhes ensinaram uma profissão. Então, claro, vamos ter uma vidente, manicures e almoço chique com manteiga de pelicano, mas também missões desse tipo. Então talvez fiquem elas por elas."

"Talvez", disse ele.

"Na verdade", afirmou Faith, "uma das moças resgatadas vai de avião a esse evento em Los Angeles. E eu é que estou incumbida de apresentá-la."

"Será imprescindível você fazer isso? Com esse seu pescoço? Sua exaustão?"

"Lincoln, eu te amo de todo o coração, mas por favor não tente mandar na minha vida. Eu tento não mandar na sua." Deu-se um silêncio incômodo, e ela queria acabar rápido com ele, de forma que disse, "E como vai o direito tributário?"

"Ainda vai bem."

"E ainda terrivelmente injusto?"

"Depende da sua faixa de renda", disse ele.

Essa parte final era uma espécie de número de vaudeville com que se divertiam mutuamente desde que ele se tornara advogado tributarista.

Agora Lincoln tinha trinta e oito anos e morava em Denver. Solteiro, dedicado, ele parecia seu pai, Gerry Landau, um advogado de imigração com quem Faith foi casada há apenas alguns anos até a sua morte inesperada exatamente com a idade que Lincoln estava agora. Gerry fora um homem comedido e pálido que parecia um hamster sem seus óculos tipo aviador. Com eles no rosto, parecia mais consigo próprio: pensativo, intelectual, distraído. Ela gostara dele de primeira. Na primeira vez em que levou Faith para passear em seu carro, um velho Dodge Dart amarelo, precisou tirar tantos papéis e livros e um saco de pãezinhos do assento do carona para ela poder sentar que foi hilário.

"Quando você ia a assembleias antiguerra", perguntou ela a Gerry, "você falava muito?"

"Tá de brincadeira?", disse ele. "Aqueles caras não me deixavam nem abrir a boca. E, quando eu abria, eles me interrompiam."

"Igual comigo", disse ela.

Hoje, Lincoln se parecia com Gerry naquela época, mas com um estilo muito mais quadrado, e com menos cabelo. O cabelo de seu filho já lhe fugira todo da cabeça, como que espantado pelas complicações do direito tributário. Ela ainda tinha esperança de que ele se apaixonasse, aquele seu filho reservado e comedido. Desde menino, Lincoln fora desembaraçado e independente. Porém, após o repentino ataque cardíaco e morte de Gerry, Lincoln se retraiu e não queria conversar sobre o assunto, preferindo agir como se aquilo não tivesse acontecido. Faith sentia uma dor muito maior por Lincoln do que por si própria. Sabia que nunca mais iria se casar, nunca lhe daria outro pai. Ela era uma mãe ocupada e amorosa, distraída pelo seu trabalho pesado na *Bloomer*, e sua atividade política, e todas as entrevistas que lhe solicitavam naquela época. Ela raramente cozinhava, exceto por um bife ocasional.

Uma vez, quando estava com dez anos, Lincoln gritara com ela, "Por que você não é como as mães dos outros meninos?"

"Como assim?", perguntou ela.

"Por que eu tenho que ser o garoto da Ana Maria?"

"Desculpe, não sei do que você..."

"Por que eu sempre tenho que levar Mirabel?", perguntou ele, já meio histérico.

Ela tinha dito, "O quê? Quem *são* essas mulheres?" Mas então, em seguida, ela entendeu. "Ai, Lincoln, eu sou como eu sou", dissera a ele. "Sou quem você tem, e faço o melhor que eu posso."

"Faz melhor!" gritou ele.

Ela tentou fazer melhor. Mas, conforme ele ia crescendo, foram ficando muito diferentes. Lincoln era sério, constante, metódico, e gostava das coisas de um certo jeito e de nenhum outro. Ter uma feminista importante como mãe o tornara um homem nem especialmente louco por política, nem misógino. Certa vez, quando ele era adolescente e uma repórter lhe perguntara se era feminista, ele respondera, "Óbvio, ora", ofendido com a pergunta. Mas era só até aí que ia. Ele era convencional, reservado, e ainda assim o amor deles era mútuo, bem estabelecido, às vezes distraído, e nunca em dúvida.

Ela tinha saudades daquele ser jovem, vulnerável, que podia ser chamado de seu. Você nunca sabia quando era a última vez que segurava seu filho em seus braços; podia parecer uma vez como qualquer outra, mas, depois, olhando para trás, você saberia que tinha sido a última. A falta de carência cada vez maior de Lincoln às vezes era difícil para Faith, mas também era um certo alívio pensar que ele estava indo bem sozinho. Nesse quesito, na verdade eram parecidos.

"Agora me diga como está indo a sua vida", disse ela.

"Outra hora. Vá fazer sua massagem, mãe."

Ela ficou olhando o telefone se apagar, e ainda o reteve na mão por mais alguns segundos. Era o mais próximo que conseguia chegar, naquela época, de abraçar Lincoln.

Faith empurrou a porta de vidro do salão de massagem e se viu na recepção onde jovens chinesas estavam sentadas em um sofá, esperando seus clientes com ou sem hora marcada. Uma das mulheres ficou de pé e a cumprimentou com a cabeça, e Faith respondeu da mesma forma. "Você quer trinta, sessenta ou noventa minuto?", perguntou a mulher, e Faith disse, "Sessenta". Sem maiores comentários, ela foi levada por um longo corredor sem luz; de dentro dos cubículos com cortina vinha o som de pele sendo macerada por mãos.

A massagista, que se chamava Sue, começou a apertá-la por cima da toalha, fazendo seu trabalho na coluna e nos ombros e no pescoço, ah, o pescoço, todos eles desesperados por atenção. As longas palmeadas por toda a extensão das costas, pontuadas por ocasionais pontadas fortes, fizeram Faith escorrer como que por um buraco, como se o apoio para o rosto fosse um túnel e ela estivesse descendo por ele, para o lugar onde tudo que viera antes a aguardava.

Eram gêmeos, tendo dividido um útero entre si, e, depois, mais tarde, um quarto. Aquele quarto, na rua West Eight em Bensonhurst, Brooklyn, não era muito maior do que o útero, em proporção com seus corpos em crescimento, de forma que uma cortina quadriculada de algodão pendia de uma vara para dividir as duas metades, oferecendo o que passava por privacidade naquela casa. À noite, porém, deitados em seus respectivos compartimentos por trás da cortina, nenhum dos dois queria privacidade de verdade. Só queriam conversar. Tinham nascido com seis minutos de diferença no inverno de 1943, no meio da guerra, primeiro Faith e depois Philip, e suas diferenças eram óbvias para todos. Ela era a estudiosa, a séria, bela mas remota; ele era mais popular, solar e acessível. Ela batalhava mais, e ele ia se virando com charme negligente e atletismo.

À noite, pela cortina, Faith e Philip pediam conselhos um ao outro sobre namoro. "Bem, em primeiro lugar, eu diria para não paquerar o Owen Lansky", disse Philip. "Ele com certeza vai querer ir até o fim."

Ela ficava comovida com como ele era protetor, e depois viu que estava certo sobre Owen Lansky, que fazia muita pressão e tinha um cabelo tão besuntado de óleo que, se você o abraçava por muito tempo, saía com o rosto lustroso de untado.

Às vezes ficavam conversando até tão tarde da noite que sua mãe vinha de robe de chambre até a porta lhes dizer: "Vocês dois! Vão dormir!"

"Estamos só conversando, mãe", dizia Philip. "Temos muito o que dizer."

"Como é que vou fazer pra vocês dormirem?", perguntou ela. "Será que vou ter que pegar a frigideira e bater na cabeça de vocês?"

"Guarda essa frigideira para o café da manhã", disse Faith. "Boa noite, mãe!" E assim que a mãe se ia, Faith e Philip retomavam seu diálogo íntimo e agitado.

Não eram apenas o irmão e a irmã que eram próximos. A família Frank formava uma espécie de time de quatro pessoas. Seus jantares eram ruidosos, e eles brincavam de mímica; todos os quatro eram craques. Quando vinha algum convidado para o jantar, perguntavam-lhe: "Você quer brincar de mímica?", e, se a resposta fosse negativa, dificilmente ele seria convidado outra vez.

Durante a infância dos gêmeos, sua mãe, Sylvia, uma dona de casa atarefada, e o pai, Martin, tolerante e de riso fácil, deram muito estímulo aos filhos. Faziam com que ambos sentissem que tudo o que faziam, o caminho que trilhavam, seu próprio jeito de estar no mundo bastavam aos pais. Sua infância foi feliz, e a transição para a vida adulta parecia destinada a ir pelo mesmo caminho. Certa noite, porém, seus pais disseram que eles precisavam ter uma "conversa em família".

"Vamos todos nos sentar na sala", disse Martin. Sylvia ficou sentada a seu lado. Era raro vê-la simplesmente sentada, sem estar arrumando a casa nem tirando nada do forno.

Philip apontou para Faith. "Foi ela, não eu. Foi tudo culpa dela. Não tenho nada a ver com isso." Faith revirou os olhos.

"A situação é a seguinte", disse Martin. "Vocês sabem que não são os únicos nessa casa que ficam até tarde conversando. Nós também. E uma conversa que andamos tendo até tarde da noite tem a ver com a educação de vocês. Estamos muito orgulhosos de vocês. Mas, como seus pais, nos preocupamos."

"Aonde vocês querem chegar?", perguntou Faith. Ela teve a sensação, quase imediata, de que aquilo tinha a ver com ela.

"Todo dia vemos notícias horríveis nos jornais", disse Sylvia.

"Já foi o tempo em que esse país era seguro", disse Martin. "Mas semana passada mesmo eu li no jornal sobre um homem que fez mal a uma moça num campus universitário. Ela estava voltando para o alojamento tarde da noite. Não queremos que você se veja numa situação dessas, Faith. A gente não conseguiria suportar."

"Vou andar junto com os amigos na faculdade", disse Faith. "Em grupos de dois ou três, prometo."

"Não é só isso", disse Sylvia. Então olhou para Martin, ambos extremamente desconfortáveis.

"Sexo", disse Martin por fim, olhando para baixo. "Há que se pensar nisso, minha querida."

Ah, não se preocupem, pensou Faith. Com toda a certeza, *isso* eu vou fazer a dois.

"Vão querer te pressionar para isso", disse seu pai. "Até agora nós te protegemos ao máximo, e creio que talvez você não saiba o que um rapaz de faculdade quer e espera de você."

Por mais de um ano, Faith andava pensando com seus botões em ir para a faculdade noutra cidade e estudar algo como sociologia ou ciência política ou antropologia. Havia falado em faculdade uma ou outra vez, e nenhum de seus pais dera qualquer indício de que não a deixaria se mudar para cursar uma universidade. Ainda que tivessem sido surpreendentemente vagos a respeito do assunto, por algum motivo ela confiava que, quando chegasse a hora, tudo daria certo.

"Por favor, não façam isso comigo", disse. Porque ela queria exatamente o que seus pais temiam. Ela se via estudando, mas aí parando a leitura para abraçar um homem que a abraçaria também. "Eu sou boa aluna", disse ela, a voz embargada.

"Você é mesmo, e nós queremos te proteger. Queremos que você more aqui mesmo", disse seu pai. "Há universidades excelentes na cidade."

"E o Philip?", perguntou Faith.

"Philip vai estudar em outra cidade", disse o pai dela sem papas na língua. Faith olhou de esguelha para o seu irmão, que desviou o olhar.

"Vai ser bom para ele. Olhe", disse, "vocês são pessoas diferentes, com necessidades diferentes".

Faith ficou de pé, como se olhar do alto para seus pais sentados fosse ajudar o seu caso. "Eu não quero ficar morando aqui", afirmou. E se virou para o irmão. "Diz pra eles que você concorda comigo", disse-lhe ela.

"Não sei não, Faith", disse ele. "Acho que é melhor eu não me meter nessa."

Naquela noite, na cama, Faith chorou tanto que Philip empurrou a cortina para o lado produzindo um guincho altíssimo e apareceu no lado dela do quarto à luz que vinha da rua. Agora ele não era mais apenas seu irmão; era um rapaz pronto para ir correr mundo. "Olha, nossos pais são ótimos", disse ele. "Não dava para querer uma família mais feliz. São só meio antiquados, mas talvez não estejam totalmente errados. Você vai ter uma boa educação. Nós dois vamos."

Depois disso, nunca mais foram tão próximos. Quando ele foi estudar na Universidade de Minnesota, mandou cartas para ela contando dos vários clubes em que entrara, e, como que num pós-escrito, das disciplinas que estava cursando. "Estou saindo com essa menina, Sydelle, que me ajuda a estudar", contou. "Ela é inteligente. Não tanto quanto você, porém", achou que devia acrescentar.

Mais tarde, mesmo depois que entraram na meia-idade, ainda se falavam todo ano no seu aniversário partilhado, embora Philip sempre fosse quem ligava para ela, nunca o contrário. Faith simplesmente nunca sentiu vontade de pegar no telefone e falar com ele. Ele fora à faculdade, mas nunca se tornara muito intelectual. Certa vez ele lhe contara com orgulho que o último livro que lera se chamava *Bálsamo para a alma do corretor de imóveis*. Não tinham mais nada em comum além da data de nascimento.

Faith, obrigada a morar na casa de infância enquanto ia à universidade, cursou sociologia na Universidade do Brooklyn e adorou as aulas, especialmente aquelas em que todo mundo tinha chance de falar. Ela se viu aceitando encontros com garotos que conheceu na faculdade, embora toda vez sua mãe ou seu pai ficassem acordados para garantir que ela chegasse em casa em seu horário-limite digno de Cinderela. Era de enlouquecer ver um deles esperando acordado na sala, bocejando feito louco e olhando-a de cima a baixo quando ela entrava, como se quisesse perceber sinais de virgindade intacta. E uma vez, quando ela passou da hora numa festa, seu pai de fato apareceu na casa em Flatbush. Ele esperou por ela do lado de fora sob um poste de luz, de casaco, com o colarinho do pijama listrado aparecendo por baixo. Ela ficou consternada ao vê-lo, e voltou andando para casa a seu lado sem palavras.

Na verdade, Faith continuou virgem, não querendo que algo furtivo e escabroso ocorresse em uma festa ou no banco de trás de um Chevrolet. Às vezes Faith e uma menina de sua turma de lógica de investigação chamada Annie Silvestri saíam para beber em um bar perto da universidade, e lá ficavam fumando Lucky Strikes e sendo belas. Em minutos, elas recebiam a atenção de uma mesa de garotos, e havia poder nisso, e poder em recusar isso.

Mas, além disso, toda a ideia de sexo – de querê-lo, de querer intimidade, de querer experiências longe da vida com seus pais – logo mudou. O mundo estava mudando, disseram seus pais, e continuou a mudar mais ainda. No dia em que o presidente Kennedy foi assassinado, Faith e sua amiga Annie se abraçaram e choraram uma no pescoço úmido da outra. Por meses, era tudo em que conseguiam pensar ou conversar, e nesse tempo todo, Faith falou mais nas aulas, escreveu em suas provas com mais força e fúria. Ela queria alguma coisa; sexo ainda fazia parte dela, mas não era tudo. Por fim Faith se formou, e embora seus pais tenham presumido que ela iria arrumar um emprego e continuar morando em casa até encontrar um marido, na primavera de 1965 ela se sentou com eles na sala – foi gratificante ser a arauta das notícias dessa vez – e anunciou que ela e Annie iriam juntas a Las Vegas. Tinham decidido seu destino quase arbitrariamente – ambas queriam experiências, e Vegas parecia bem diferente do Brooklyn.

"Mas de jeito nenhum", disse seu pai. "Está proibida. Vamos cortar sua mesada. Estou falando sério, Faith."

"Tudo bem, se é isso que acha que deve fazer", afirmou Faith, firme.

Seus pais nunca cumpriram a ameaça, mas ela fez questão de nunca lhes pedir nenhum dinheiro. Com economias de vários empregos de meio período ao longo dos anos, Faith e Annie viajaram pela 20th Century Limited para Chicago naquele verão, e daí pegaram um ônibus Greyhound para Las Vegas, onde foram imediatamente contratadas como garçonetes de bar no Hotel-Cassino Swann. Toda noite as garçonetes desfilavam pelo salão com os braços erguidos, equilibrando bandejas, seu cabelo retorcido num bolo de noiva alto feito uma ogiva, sorrindo vagamente para todos e para ninguém.

Faith Frank aos vinte e dois era alta e de torso comprido, mas também de ossatura delicada. Seu rosto tinha suas próprias contradições, como a testa alta e o nariz singularmente forte, quase adunco, mas naquela força toda havia uma grande beleza e uma inteligência e simpatia inegáveis. Ela tinha grandes olhos cinzentos e um cabelo comprido e escuro em cascata, embora o estilo em voga em 1965 ditasse que o cabelo feminino geralmente ficasse para cima, e que fosse borrifado generosa e indiscriminadamente para continuar daquele jeito. "A gente devia comprar ações de alguma empresa de laquê", disse Annie uma vez quando se arrumavam para a noite, no quarto que dividiam no quartel não oficial das garçonetes de bar, numa rua transversal à Strip.

Como se estivesse recuperando o tempo perdido, Faith se envolveu com um crupiê de vinte e um do Monty's. Quando finalmente foi para a cama com ele, ficou decepcionada, porque ele se esparramou sobre ela morosamente, com uma energia tão baixa que pensou: Então sexo é isso? *Isso?*, enquanto permanecia embaixo dele como alguém preso sob um carro capotado. No trabalho, o problema era o oposto. Faith se via afastando homens a tabefes; eles não a incomodavam tanto quanto lhe davam um ligeiro nojo. Por que, afinal, como homens com aquela postura achavam que alguma mulher gostaria deles? Como homens daquele tipo conseguiam sequer sair na rua de cabeça erguida? Mas saíam.

Certa noite, no cassino, enquanto perambulava como sempre com sua bandeja em meio ao bling bling das máquinas, o entrechocar de vidros e a rede flutuante de fumaça, Faith viu um homem bem proporcionado e vistoso com uma mulher em uma das mesas de vinte e um. Pareciam mais velhos do que Faith, mas mais novos do que quase todos que entravam ali. A mulher estava sentada muito próxima dele, cochichando em seu ouvido. Ele era um homem esbelto com cabelo preto bem curto e olhos escuros. Ela não parava de falar aos sussurros com ele, que assentia mas parecia ausente. Por fim a mulher foi ao toalete e o homem aproveitou a chance para dar uma olhada em Faith. "Eu devia era sair daqui agora", disse ele. "Já perdi muito. Mas é difícil simplesmente ir embora."

"Você devia ir. Sua chance é bem pequena", disse ela. Esse era o tipo de comentário que ela estava expressamente proibida de fazer, e ele a olhou surpreso. "Ora, eu estou aqui toda noite", continuou Faith. "Basicamente, deveria haver um cartaz lá no alto dizendo 'Abandonai toda a esperança, vós que entrais'."

O crupiê, um homem rígido com chapéu de caubói clássico, olhou desconfiado para Faith. "O que ela está falando contigo?", perguntou ao homem.

"Fez uma citação literária", disse ele, e em seguida se virou para Faith. "Então o que você acha que devo fazer?", perguntou.

"Acabei de te falar."

Ele sorriu. "Imagino que você seja cheia de opinião sobre tudo que é assunto."

"Você não acha que sou só outra moça te servindo uísque?"

"Não", disse ele. "E você não acha que eu sou só outro executivo de baixo escalão do ramo de biscoitos e bolachas, só dando uma relaxada em Vegas?"

"Biscoitos e bolachas são importantes", disse Faith. "Especialmente se você estiver passando fome."

Ele sorriu. "Bem, se algum dia *você* estiver passando fome", disse ele, "me procure, que te dou de comer." Nesse momento, a mulher com que ele estava se materializou. Ele deu um sorriso triste para Faith, depois voltou o rosto para longe dela, com a mão na lombar da mulher. Tão estranho chamar aquela parte do corpo de lombar, como o lombo de um animal, pensou Faith.

Faith passou seis meses em Las Vegas, envolvendo-se por algum tempo com um trompetista do Sands chamado Harry Bell, que a convidou a ver qualquer show que quisesse. Enquanto lhe fazia a corte, ele a convidou para ir à principal casa noturna do Sands quando não havia ninguém lá; na sala gelada e enorme ele a fez subir ao palco, e ela disse, "A gente não vai se encrencar?", mas ele disse, "Que nada". Faith postou-se no palco escuro daquele lugar em que tantas atrações de primeira haviam estado, e olhou por cima da escuridão, imaginando como seria ter gente sentada nas cadeiras absorta em você, ouvindo com toda a atenção. Mas ela não tinha talento, não sabia cantar, nem atuar e nem tocar, de forma que aquilo jamais aconteceria.

"Você fica bonita lá em cima", disse Harry, de olho nela, mas Faith rapidamente desceu da ribalta.

Nos dias seguintes ela passou a ficar sentada a uma mesa da boate lotada esperando por ele, e depois os dois rumavam para o apartamento dele e iam para a cama enquanto o céu ficava rosado acima das placas de neon. Certa manhã, quando estava na cama com Harry no quarto de hotel dele, ele tocou de leve o nariz de Faith e disse, "Que nareba grande você tem, hein. Mas você é tão sensual que sustenta."

Ela não disse nada. Ficou magoada, não porque não fosse verdade – ela tinha um nariz grande, claro, e de fato ele ficava bem nela. Ela se magoou porque estava relaxada deitada junto dele, parecendo até a forma como Lucky, a cadela que tinha quando era criança, dormia profundamente de barriga para cima, de patas para o alto e pulso dobrado. Sua cadela, quando estava deitada daquele jeito, era feliz em sua candura canina. O que, afinal, pensou Faith, era tudo o que ela mesma queria quando ia para a cama com alguém. Se deitar sem medo, deixando-se ficar exposta, livre.

Mas o nariz dela era grande demais, e um homem havia apontado isso para ela. Ainda por cima, na cama. Ela jamais esqueceria.

Mas aquilo que jamais esqueceria mesmo daqueles seis meses em Las Vegas foi o que aconteceu com sua amiga com quem dividia o quarto, Annie Silvestri. Annie estava namorando Hokey Briggs, um comediante que abria o show de Bobby Darin, e certa noite, quando as duas estavam aquarteladas e acabavam de desligar a luz para dormir, Faith ouviu choro na outra cama.

"Annie, o que houve?"

Annie ligou o abajurzinho e sentou na cama. Sombria, ela confessou, "Não menstruei esse mês, Faith. Não sei o que fazer".

No dia seguinte, um tenso Hokey Briggs levou de carro as duas mulheres de médico em médico, em busca de alguém que topasse fazer um aborto. Mas foi difícil achar alguém, e o único médico que concordou pediu um valor impraticável. Por fim, Annie conseguiu um nome com a amiga de uma amiga. Implorou para Faith ir junto com ela, e embora Faith estivesse com medo, concordou. Na hora marcada, as duas entraram em um Ford Galaxie azul imundo que ficou parado perto da caserna.

Quando entraram no carro, uma mulher mais velha de lenço no cabelo e óculos escuros lhes disse "se abaixem", e começou a vendar as duas.

"Ninguém nos disse que você ia fazer isso", protestou Annie enquanto o pano envolvia sua cabeça.

"Você quer o médico ou não quer? Vamos lá, fica quieta."

Deram voltas com elas por um bom tempo, e por fim foram tiradas do carro com maus modos e levadas a entrar pelos fundos num prédio, onde as vendas foram retiradas. Disseram para Annie acompanhar a enfermeira – ou alguém fazendo as vezes de uma – e entrar numa sala para o procedimento.

"Minha amiga pode vir comigo?", perguntou Annie.

"Desculpe, querida, não", disse a enfermeira.

Na verdade, Faith ficou aliviada, porque estava com medo do que poderia ver lá dentro. Ficou na sala de espera por muito tempo; certa hora, vieram gritos lá de dentro. No final, apareceu a enfermeira e disse, "Leve ela para casa e deixe-a de cama. Se cuida, querida", acrescentou ela para Annie.

O sangramento grave começou no meio da noite, acompanhado de cólicas fortíssimas e espasmódicas. Na caserna das garçonetes, as outras moças rodearam Annie (o restante delas achava que era simplesmente uma menstruação muito intensa), mas nenhuma sabia de fato o que fazer. Por fim, depois que todo mundo sem ser elas duas já havia ido dormir, Faith resolveu que Annie precisava ir ao hospital. Quase ao amanhecer, ela praticamente carregou Annie até o carro emprestado pela senhoria, e elas chegaram lá. No pronto-socorro, uma enfermeira em especial tratou Annie feito uma pária. "Você vai sujar o chão que acabei de limpar, *senhora* Silvestri", disse ela, sarcástica.

"Tem alguma coisa para cólicas?", perguntou Annie, sem ar.

"Vai ter que pedir isso ao doutor", disse ela. "Não é meu departamento." E então, chegando bem pertinho, a enfermeira acrescentou, "Eu podia te mandar para o xadrez, sabia? Se quisesse eu ligava para a polícia agora mesmo, sua desfrutável". Então outra enfermeira entrou, e a primeira se recompôs e ficou inocentemente lidando com papéis burocráticos.

Dois dias depois, tendo recebido três transfusões de sangue, Annie foi mandada para casa com uma caixa de absorventes higiênicos de quinta categoria – "Fotex" – e um alerta de um ginecologista extremamente jovem para "não se entregar assim tão fácil. Embora", acrescentara ele, "eu ache que já seja um tanto tarde para isso, não é mesmo?".

Naquela noite, de volta ao quartel, Annie disse para Faith, "Eu estava pensando que ele está certo".

"Quem?"

"O médico. Está tarde demais. Tarde demais para estar aqui."

"Do que você está falando? Não estou entendendo."

"Vamos para casa, Faith", disse Annie. "Por favor. Chegou a hora."

༄

"O que te tornou a pessoa que você é hoje?", perguntavam-lhe às vezes em entrevistas ao longo dos anos, fazendo a pergunta como se fossem a primeiríssima pessoa a fazê-la. "Foi uma coisa só? Houve um momento em que você fez *a-há*?"

"Bem, não, não houve um em específico", respondia Faith toda vez. Mas ela pensava que talvez tivesse havido uma série de momentos, e que assim era com a maior parte das pessoas: as pequenas percepções primeiro te levando a uma intuição importante e depois a fazer algo a respeito disso. Além disso, no caminho existiriam pessoas que, quando você as conhecesse, te afetariam e girariam levemente para alguma outra direção. De repente você saberia pelo que estava trabalhando, e não sentiria mais que estava perdendo seu tempo.

Faith estava morando em Manhattan em 1966, dividindo o mais minúsculo dos apartamentos com Annie na rua Morton em Greenwich Village. Ela e Annie eram como dois membros do público que haviam chegado no meio do show; já tinha tanta coisa em andamento. Os protestos políticos eram ruidosos e urgentes, embora tivessem sido isoladas de tudo aquilo, presas num túnel do tempo enquanto trabalhavam no cassino, e agora precisavam se inteirar do que acontecia. As duas mulheres continuaram colegas de quarto enquanto passavam por diferentes empregos temporários, e fazendo registro de votantes no Harlem e trabalhando como voluntárias numa organização antiguerra que funcionava numa loja na rua Sullivan, onde Faith datilografava o boletim semanal mimeografado, *A Peace of Our Mind*. Ela comparecia a assembleias, palestras e aulaços. A guerra dominava as conversas, e tudo era pontuado pelas melhores músicas que ela já havia ouvido. Vários amigos se amontoavam no apartamento nos fins de semana, e o lugar ficava cheio da fumaça da maconha. "Mary Jane, como eu te amo", cantou um menino se espreguiçando no tapete felpudo da sua sala. Faith vivia doidona de erva nos fins de semana, mas nunca durante a semana, porque interferia na sua capacidade de traçar estratégias políticas, que era como ela e Annie chamavam as ocasiões em que se sentavam à minúscula mesa da cozinha e debatiam como melhor se organizar. Não era que Faith tivesse se tornado política em alguma espécie de momento epifânico; era mais que o mundo seguira adiante e ela seguira adiante também.

Enquanto isso se passava, o cabelo armado da primeira metade da década tombou abruptamente. Faith deixou cair de propósito uma lata de spray Aqua Net na lixeira do banheiro, onde ela começou a assoviar e a esparramar seu conteúdo pressurizado. Seu cabelo passou anos cheio e solto no vento. Em 1968, ela e Annie Silvestri, ainda colegas de quarto, usavam jeans e camisas de estampa indiana em vez das imitações de roupa de aeromoça que haviam passado tanto tempo usando.

Nas assembleias antiguerra a que Faith comparecia, de início ela ficava apenas ouvindo. Alguns homens que pediam a palavra tinham o raro dom da oratória. Faith, quando falava, também era percebida como inteligente e articulada, mas os homens se sentiam à vontade para fazer apartes e interrompê-la. Ela tentou falar sobre reforma pró-aborto, mas eles não estavam interessados. "Não dá para comparar isso com o Vietnã, onde tem gente morrendo de verdade", disse alguém certa noite, interrompendo-a.

"Tem mulheres morrendo aqui", frisou Faith, e as pessoas começaram a gritar com ela.

Outra mulher gritou, em defesa de Faith, "Deixem ela falar!", mas Faith foi silenciada de qualquer forma, até que por fim parou de tentar.

Quando Faith estava indo embora da assembleia, a mulher que havia gritado em prol dela veio falar com ela: "Isso não te tira do sério às vezes?".

"Tira, sim! Meu nome é Faith, aliás."

"Oi, prazer, Faith. Sou Evelyn. Olha, vou me reunir com algumas mulheres nesse fim de semana, pra beber e soltar os bichos, e lá você com certeza fala à vontade. Você devia vir."

Então Faith foi junto com Evelyn Pangborn a um comprido apartamento escuro no alto de Manhattan, onde um grupo de mulheres fumava sentado, e quando não estavam falando supersério e cheias de raiva, eram muito espirituosas. Elas debatiam e tramavam; algumas disseram que faziam parte de um grupo que pretendia protestar no concurso de Miss América no outono. Várias já tinham sido presas por atos de desobediência civil. Algumas faziam parte de grupos radicais específicos, dissidências de grupos contra a guerra. Uma mulher negra disse, "Não sei quantas vezes já fui a assembleias e fui tratada com condescendência e hostilidade". Uma jovem mãe suburbana reclamou que seu marido era indiferente à sua exaustão.

"Eu sinto que a maternidade me prendeu num papel fixo", disse a mulher. "E aí eu me odeio por sentir raiva, frieza. Me sinto pouco maternal."

"Nossa, eu me odeio por sentir milhares de coisas", disse outra pessoa. "Sou um templo de ódio a mim mesma."

"Por que a gente é tão dura com a gente mesma?", perguntou alguém com grande ênfase. Faith pensou, não é que eu seja dura comigo mesma, exatamente, é que aprendi a adotar a visão do homem como se fosse a minha. Quando Harry, o trompetista, dissera a Faith que ela tinha nariz grande, ela adotara aquela opinião. Quando os homens que enchiam um salão com suas vozes insistiram com ela que o aborto era uma preocupação secundária, de classe média, ela tentara defender o seu lado, mas fora silenciada.

Faith começou a contar para as mulheres como foi acompanhar sua amiga para abortar em Las Vegas. "A gente teve que ficar vendada, e o carro deu voltas e mais voltas. E quando ela quase estava morrendo de hemorragia, uma das enfermeiras a tratou feito uma criminosa. Acho que, enquanto a gente continuar vendada, sabe, literal e figurativamente, então estamos mesmo – para usar uma palavra relevante – em perigo."

"Os homens não podem mais tomar as decisões pela gente", disse outra mulher. "O que eu faço com o meu corpo, e como eu passo meu tempo – isso tudo é minha decisão. A decisão é minha."

"Isso parece letra de música", disse a dona do apartamento. "*A... de-ci-são... é... mi-nha*".

"*A... de-ci-são... é... mi-nha*", cantaram todas juntas de brincadeira com ela, aquele grupo diversificado de mulheres com cabelo crespo e camisetas com palavras de ordem, ou trajes de secretária, ou vestidos de dona de casa macios e duráveis, ou peças de grifes caras. Faith pensou que não precisava gostar de todas elas, mas também reconhecia que estavam juntas naquele barco – o "barco" sendo o jeito como a vida era para elas. Para as mulheres. O jeito como era há séculos. Aquele ponto morto. Ela cantou junto delas, sua voz ressoando trêmula e alta. Mas não importava o tremor; importava era garantir que fosse ouvida.

Depois, na rua a caminho do trem, a jovem mãe disse a Faith: "Você fala muito bem! Muito lapidar sem precisar berrar. Um charme. Todas adoraram te ouvir. Você é meio que hipnótica. Alguém já tinha te dito isso?"

"Não", disse Faith com uma risada. "Juro pra você, nunca ninguém me disse. Nem vão dizer, nunca mais." Era um elogio que ao mesmo tempo a agradava e a abalava, e de repente ela se viu de novo em pé no palco da boate do Sands. Postada ali naquele palco escuro, imaginando que estava à frente de um enorme público.

A mulher se chamava Shirley Pepper, e disse que, antes de seu filho nascer, trabalhava na revista *Life*, e que esperava voltar ao trabalho assim que conseguisse uma creche decente. "Está aí outra questão crucial nesse maldito país", disse Shirley. "Não temos acesso a creches boas e baratas." Algum tempo depois, Shirley Pepper, já de volta ao mundo jornalístico, foi quem teve a ideia da revista *Bloomer*. "Podemos fazer certas coisas que a revista *Ms.* não deve ter interesse", disse ela. "Podemos ser um pouco mais rústicas do que elas." Pequenas publicações para mulheres já circulavam há algum tempo; havia um desejo por outras. A essa altura o movimento feminista havia decolado plenamente, e Faith estava envolvida nele. Em agosto de 1970, ela marchara com uma enorme multidão descendo a Quinta Avenida. As três demandas naquele dia eram aborto gratuito quando necessário, creches 24 horas, e oportunidades iguais de emprego e educação. Mais tarde, ela não conseguia lembrar o que estava escrito no cartaz que carregou. Uma dessas três coisas? As três? Ela tinha sentido a indignação, a emoção. Naquele dia, a coisa estava no ar, e depois, claro, estava por toda a parte. Falava-se em misoginia. Patriarcado. No mito do orgasmo vaginal.

Shirley acabara por conhecer muitas ativistas mulheres ao longo dos anos, e convocou algumas delas para ajudar a fundar a revista. Ela buscava investidores incansavelmente – uma tarefa árdua e minuciosa – com a ajuda de seu prestativo marido, que trabalhava para a IBM. Faith foi chamada para fazer parte da revista devido a seu jeito de falar calmo e agradável, bem como por sua capacidade de ouvir e disposição de trabalhar. Mas talvez também por aquele quê de indescritível que havia em Faith – mesmo sem conhecê-la direito, você simplesmente queria ficar perto dela.

Os primeiros dias da *Bloomer* significaram noites viradas e olhos vermelhos na redação da rua Houston, à qual se chegava por meio de um elevador assombrosamente lento e frequentemente quebrado, que sofrera inúmeras inspeções por um certo Milton Santiago, que atestara seu perfeito funcionamento vezes sem conta na mesma caligrafia familiar e meio deitada. "Milton Santiago, você é uma vergonha para os inspetores de elevadores", diziam as mulheres. "Milton Santiago, se você se chamasse *Millie* Santiago, essa merda estaria em ordem!" Elas riam e trabalhavam na redação de planta aberta com janelas amplas e empoeiradas, certas de sua missão, bem como da inevitabilidade de seus planos e ideais. A frustração e a raiva com as injustiças que as mulheres sofriam nos Estados Unidos e no mundo inteiro conviviam lado a lado com um otimismo de escoteiras quanto a tudo o que poderia ser feito para eliminá-las.

"Vou ser a guia", dissera Faith certa vez a um grupo de outras editoras e assistentes jovens ao guiá-las numa descida de escada de cinco andares às escuras, depois que encerraram tarde certa noite, previsivelmente com o elevador quebrado de novo. "Vamos lá, pessoal!" bradou ela, acendendo um isqueiro Zippo. Naquela noite, a chama deixou o rosto das mulheres naquelas escadarias apertadas com a aparência bruxuleante dum *chiaroscuro* numa pintura flamenca, todas com um ponto luminoso nos olhos, sombras em contraponto, bochechas rosadas e mãos encurvadas – se, aliás, os artistas flamengos tivessem pintado grupos de mulheres juntas sem homens por perto.

Elas a acompanharam, rindo e tropeçando um pouquinho, segurando-se uma na outra na escadaria estreita, a mão de uma no ombro ou no quadril da outra, toda aquela convexidade feminina comprimida naquele único corredor inclinado e descendente. Elas planejavam edições futuras enquanto desciam a escada, certas de que sua empreitada duraria enquanto o mundo fosse mundo. As mulheres estavam coradas de felicidade, e mais ainda porque era um rubor comunal. Ao chegar ao térreo, houve espontâneos abraços amistosos como é comum entre as mulheres, e que homens não dariam um no outro por no mínimo vinte e cinco anos.

E logo todas elas estavam passando abaixo-assinados, indo a Washington e a mesas-redondas e eventos ruidosos, fazendo um barulho de batucada em latas. "Elas queimam sutiãs", diziam jornalistas sobre o movimento feminista, embora queimar sutiãs não fosse assim uma coqueluche tão grande. Em retrospecto, Faith achava que certas coisas que aconteceram naquela época eram mesmo um pouco absurdas, mas ativistas mais velhas lembraram a ela que a vanguarda precisava ser extrema para que os mais moderados pudessem adotar a causa e serem aceitos. Faith vivia exausta nessa época, caindo no sono no colo de outras pessoas em saguões de repartições públicas municipais. Ela tinha uma bolsa macia feita de diversos retalhos em patchwork, que levava a tiracolo para todo lugar. De início, ela continha panfletos, cigarros, chocolate, artigos sobre políticas públicas, números de telefone, embora mais tarde ela também fosse transportar mamadeiras e alfinetes de fralda extraviados.

Mas antes de tudo isso chegar a acontecer – antes da *Bloomer*, antes de Faith Frank se tornar Faith Frank – ainda na primeira noite de todas, após a noite no apartamento no norte de Manhattan cheia de mulheres que tinham algo a dizer, Faith voltou ao seu apartamento no Village muito empolgada. Annie Silvestri, que continuara dividindo apartamento com ela nesses anos todos, estava enrolando seu cabelo com latas de suco de laranja e se preparando para ir dormir, mas Faith estava num clima de empolgação e queria conversar sobre como fora a reunião.

"Eu contei para elas como foi o seu aborto", disse ela.

Annie se virou para ela. "Como assim, contou?"

"Bem, não falei no seu nome nem disse quem você era, é claro. Mas contei a elas por questão de argumento. A gente precisa de argumento. De um monte deles."

"Ah, pelo amor de Deus, Faith, eu não *quero* ser um argumento", disse Annie.

"Entendo, mas tem outras mulheres por aí que passaram pela mesma coisa que você. A gente precisa conversar sobre isso."

"'A gente'?"

"Sim, a gente. As mulheres já estão fazendo isso. Eu quero ajudá-las. Todo mundo tem feito barulho pelos direitos civis e para acabar com a guerra. Por anos, todo mundo vem fazendo barulho. A gente também precisa fazer um barulho desses para legalizarem o aborto. Por que você não quer participar para as outras mulheres não terem que passar pelo que você passou? Não entendi."

"É nisso que somos diferentes", disse Annie. "Eu já passei por muita coisa, e não sinto necessidade de explicar nem conversar a respeito. Isso aconteceu comigo, Faith, e não com você. Aconteceu comigo, e foi um horror, e passei muito tempo tentando me distanciar daquela noite em que tive hemorragia e fui tratada que nem lixo. Tudo bem você dizer que precisamos legalizar o aborto, e que você quer fazer parte, que bom pra você, mas eu nunca mais quero falar sobre aquela experiência, e estou falando muito sério. Então, se você vai continuar dividindo apartamento comigo, se vamos continuar aqui morando juntas, essa vai ser uma regra base."

Elas continuaram dividindo o apartamento por mais alguns meses, embora sua amizade tivesse mudado. Nenhuma falou com a outra sobre a mudança, e quando estavam juntas em casa ao mesmo tempo, faziam uma refeição juntas, muitas vezes um rápido jantar em frente à TV, mas a conversa se prendia a novos limites. Faith era impelida quase que exclusivamente pelo trabalho político, e Annie, que começava a namorar um estudante de direito, silenciosamente lia tudo que ele andava estudando, primeiro para poderem ter algum assunto, depois porque aquilo lhe interessou também. Ela descobriu que tinha uma capacidade quase sobrenatural para ler e entender linguagem jurídica.

Annie se casou com o estudante de direito, que conseguiu uma vaga como professor de alunos universitários em Purdue. "A gente vai para o Meio-Oeste, dá pra acreditar?", disse Annie. No começo, alguns cartões-postais foram trocados, depois, deu-se o silêncio, e por um longo período Faith não teve mais notícias dela. Ela continuou comparecendo a manifestações contra a guerra, mas agora estava cada vez mais envolvida com a reforma em prol do aborto, indo a reuniões menores – todas mulheres, todas falando, mas nunca todas ao mesmo tempo. Junto com as outras, Faith sentia-se levitar numa brisa suavíssima, porém forte; ficava imaginando se seria sua consciência, ou algo totalmente diferente. Seja lá o que fosse, aquilo a fazia seguir adiante.

Nos primeiros meses da *Bloomer*, depois que anúncios haviam sido provisoriamente garantidos para algumas pequenas e modestas edições e a revista fora inicialmente noticiada com empolgação, Faith e duas outras mulheres foram tentar encontrar anunciantes para edições futuras. "Se não vendermos mais anúncios", disse Shirley, "vamos falir permanentemente em cerca de um minuto. A gente é imprensa nanica. Acho que vamos ter que nos empenhar como nunca".

Certa manhã, no verão de 1973, durante uma reunião na Nabisco, Faith, Shirley Pepper e Evelyn Pangborn sentaram-se em uma sala de reunião com três homens, pressionando para comprarem espaço de anunciante, mostrando suas cartas habituais. A coisa não saiu particularmente bem – raramente saía –, porque era difícil convencer uma enorme corporação a anunciar naquela revista de mulheres emancipadas que estava no segundo número e provavelmente ia acabar logo se tornando apenas uma curiosidade, uma nota de pé de página daquela época tão agitada.

Os homens da Nabisco disseram que iam "ver", e que iam "pensar no caso". Por fim, um deles ficou de pé e falou, "Obrigado, meninas, vamos fundir a cuca aqui e chegar a uma decisão". Foram mais corteses do que alguns – na verdade, mais corteses do que a maioria.

Quando deixavam a reunião, um dos homens olhou para Faith e disse, "Espera aí. Eu te conheço".

"Perdão?"

Ele a puxou de lado e ela olhou para ele; ele ficara enrodilhado a um canto o tempo todo em sua cadeira, um homem de negócios trintão, magro, em terno de alfaiate, com costeletas, moreno e atraente. Alguma coisa nele despertou familiaridade nela ali, mas ainda não estava claro para ela o que seria.

"A gente não se conheceu faz bastante tempo?", perguntou ele, baixo. "Em Las Vegas? No Swann?"

Ela olhou para ele, atônita, e então a lembrança veio a ela. Ele era o homem que certa noite fora ao cassino com uma mulher, o homem que flertara com Faith e lhe dissera que trabalhava no ramo de... biscoitos e bolachas, fora isso que ele dissera.

"Como você foi capaz de lembrar de mim?", perguntou-lhe Faith. "Faz, o quê, sete ou oito anos. É meio absurdo você conseguir lembrar."

"Tenho boa memória. Você me avisou que a banca sempre levava. Acho que você me salvou da bancarrota, então obrigado."

"De nada. Mas, além disso, eu também estou totalmente diferente. Sem uniforme. E... o meu cabelo."

"Isso, ele era bem vertical na época, acho. E eu, lhe pareço diferente?"

Ela deu uma boa olhada nele por um prolongado e agradável momento. Ele era muito mais estiloso que os colegas, menos corporativo e agressivo, além de mais magro e mais jovem. Seu cabelo escuro estava mais comprido do que em 1965, é claro. Agora ele usava um terno caro e bem cortado, e, reparou ela, nenhuma aliança. Ele tinha um cheiro interessante, acidulado.

Logo transpareceria que ele tinha razão, tinha boa memória; lembrava cada detalhe de cada momento. A pegadinha era que ele lembrava de tudo apenas se estivesse prestando atenção, e nem sempre estava.

"Podemos conversar um pouco mais sobre essa questão do anúncio na revista?" pediu ele. "Não sei se algum dos meus colegas se convenceu com o seu papo. Na verdade, tenho quase certeza de que não."

"Você diz só eu? Ou eu e as outras?"

"Só você. No *tête-à-tête* às vezes a gente se entende melhor."

Claro, lá estava o flerte de novo, a todo vapor, que nem no cassino; não às escondidas, mas escancarado feito seu cheiro acidulado, e não invalidava a veracidade de sua afirmativa. Faith e Shirley e Evelyn ainda não tinham tido grande êxito vendendo anúncios até então; dali, partiriam para tentar convencer o pessoal da Clairol, mas era óbvio que seu papo de vendedoras não estava funcionando muito bem.

"Acho que precisamos de uma conversa mais prolongada", disse ele. "Janta comigo hoje à noite? Enquanto ainda estamos com o assunto quente na cabeça?"

"Quente na cabeça", repetiu ela inutilmente. Ele queria dormir com ela, e seria uma demonstração de ignorância extrema se ela não entendesse isso.

Ela não ia dormir com o executivo da Nabisco, embora o rosto dele valesse ser contemplado, por algum motivo, e ela era capaz de imaginar o substrato do seu corpo sob a roupa. Não era só que ela era capaz de imaginá-lo; assim que ela o imaginou, percebeu que o que importava é que o estava imaginando. Mas não poderia dormir com ele. Bem, podia deixar ele pensar que ela queria. Aquilo era uma transação comercial. Ela estudou o rosto dele e por fim disse: "Claro."

"Por que ele quer conversar mais com você?", disse Shirley irritada enquanto voltavam penduradas nas alças do metrô na direção dos bairros.

"Se quiser eu desenho, Shirley", murmurou Evelyn.

"Eu não vou dormir com ele, pelo amor de Deus", disse Faith. Ela não lhes contou que já o conhecia de muito tempo antes, e que, bizarramente, ele a reconhecera de então; e que, talvez tão bizarramente quanto, ela depois se lembrara também. "Mas claro, ora, vou jantar com ele, por que não? Vou fazê-lo ouvir os objetivos da revista."

"Talvez ele seja um feminista enrustido", disse Shirley, "e queira nos ajudar a traçar estratégias. E se a Faith souber tecer uma teia mágica para encantá-lo e selar o negócio, por mim tudo ótimo."

"Ah, sim. Sou cheia de encantos", disse Faith com brandura.

"Você é mesmo", disse Evelyn. "Você é dessas pessoas de que todo mundo gosta. É um talento."

Quando Faith chegou ao Cookery naquela noite, às sete, ele já a aguardava numa mesa bem ao fundo. Como aquele clube do Greenwich Village era à luz de velas e não luminárias fluorescentes, ele lhe pareceu mais suave do que na sala de reuniões da Nabisco. Agora ele estava usando um paletó Nehru, e seu cabelo negro estava lustroso. "Fico feliz por você ter vindo", disse ele enquanto bebiam a sangria vermelha que ele pedira antes de ela chegar. Embora tivesse visto um ligeiro quê de chauvinismo naquela atitude, ele provavelmente não teria esta visão. Brindaram chocando suas taças, cada uma com um pequenino guarda-chuva dentro. Ela bebeu o seu coquetel rápido, embora bebidas alcoólicas doces geralmente a deixassem com uma sensação de emburrecimento e lentidão. Naquela noite, porém, o vinho era só um agente de relaxamento.

Emmett Shrader tirou o guarda-chuvinha de seu coquetel, sacudiu-o, e sem dizer nada o depositou dentro do bolso de seu terno. Ela já ia lhe dizendo, "Você coleciona guarda-chuvinhas de papel?", mas não disse, porque isso seria interpretado como flerte, e naquele momento queria ser séria. Quando ele pediu para ela lhe contar "toda a sua história", o fez, falando sobre o Brooklyn e os pais superprotetores e sua necessidade de sair dali e cair no mundo, e ele prestou atenção de um jeito que nenhum homem havia prestado antes.

"Continue", dizia ele repetidas vezes. Ele falara que estava interessado na história toda, e ela levou a sério esse pedido, contando-lhe como havia se apaixonado pelos direitos das mulheres. Estava preparada para algum tipo de escaramuça nessa parte, porque costumava ser desse jeito em se tratando de homens. Mas o que Emmett falou foi: "Acho que o que você e as outras mulheres estão fazendo é essencial." Essas palavras foram inebriantes. "Mas devo acrescentar", prosseguiu ele, "e me mande calar a boca se for inapropriado – que queria que você se impusesse mais. *Nos faça* comprar espaço de anunciante. Nos obrigue."

"Isso não daria certo", disse Faith.

"Por que não?"

"Porque quando um homem fala desse jeito, as pessoas dizem que ele tem autoridade. Quando é uma mulher que fala, todos ficam com rancor e acham que ela parece a mãe deles. Ou a esposa chata."

"Ah. Entendo o que você diz", disse ele. "Certo, então simplesmente faça parecer urgente. Trabalho com propaganda, então sei um pouco do que estou falando. Além disso, será que eu podia dizer mais uma coisa? Você precisa ser a principal quando estiverem se apresentando; você mais do que as outras. Tem algo único em você."

"Bem, obrigada", afirmou ela, incomodada mas lisonjeada. E em seguida, "E quanto a você? Como é sua história?".

"Ah, a minha história. Vejamos", disse Emmett. "Me resignei a trabalhar na Nabisco, e pode ser até legal. Mas geralmente não há grandes surpresas, o que é uma pena, porque adoro surpresas. Você é surpreendente", acrescentou ele.

Então ele pegou em sua mão, o que foi um choque, só que não; ela esperava isso, e lá estava. Ele acariciou a mão dela uma, duas vezes, com o polegar. Aquele era um jantar de negócios na maior parte, mas não totalmente. Ela tecera planos para o momento da investida dele e agora essa hora havia chegado, mas ela não estava mais resoluta quanto a recusá-la. O desejo sexual não a enfraquecera nem a fizera pensar com o corpo. Não a enfraquecera em nada, mas mudara seus pensamentos. Sentia uma onda de estranhamento passar por ela, a agulhada da excitação. Era uma sensação que sempre parecia enjoativa no começo, antes de se acostumar.

"Vem para a cama comigo", disse ele. "É a coisa que eu mais quero no mundo."

"Mais do que anunciar na revista."

"Sim." Ele continuava acariciando sua mão, e ela não se mexeu. "Podemos ir ao seu apartamento", disse ele. "Sei que você mora aqui por perto. Te procurei na lista telefônica."

Ela moveu o olhar para a chama da vela, seu rosto se aquecendo, também ele uma vela. "Acho que esse é seu tom de comando", disse ela. "E é para eu simplesmente baixar a cabeça e obedecer?"

"Faith, não estou mandando nada. Quero que você queira também."

Então foram para o apartamento dela, uma quitinete-caixote na rua Treze a oeste, na qual ela morava sozinha desde que Annie Silvestri levantara acampamento e fora para o Meio-Oeste. Enquanto Emmett deixava as roupas dobradas ordeiramente sobre a cadeira, Faith pensou em como era ele ser o primeiro executivo com quem dormiria.

Emmett usava belos sapatos formais com buraquinhos em cima, ela observou enquanto os desamarrava e os colocava lado a lado com suas botas de camurça rosa, junto à parede. "Eles parecem um biscoito Nabisco", disse ela.

"O quê?"

"Seus sapatos. Aqueles buraquinhos em cima."

Ele olhou. "Tem razão." Então sorriu. "O biscoito para o chá. Um dos nossos artigos clássicos. Aliás, gostei das suas botas", disse ele.

Ele acertou a posição dos sapatos cuidadosamente; os sapatos negros e lustrosos dele e as botas macias de tom pastel dela contrastavam tanto entre si que somente isso já era excitante para os dois. O corpo dele era belíssimo, quase réptil, mas não chegando a tanto. Ele não era inteiramente um ser de sangue quente, mas naquele momento, ela não ligava. Ele era absurdamente atraente para ela com seu cabelo negro semilongo e aquele cheiro cítrico que o tornava mais másculo do que qualquer pessoa que ela já tivesse conhecido desde o próprio pai. Mas é claro que ele não se parecia em nada com o pai dela.

Na cama, Emmett deu um sorriso preguiçoso, abrindo os braços e a circundando. "Vem cá", disse, como se ela já não estivesse bem ali. Mas ele a queria ainda mais perto, queria estar dentro dela de uma vez, uma ideia que ela achou entender naquele momento, porque não só queria que ele estivesse dentro dela, como também queria estar dentro dele de algum jeito também. Talvez até mesmo *ser* ele. Ela queria morar naquela autoconfiança, naquele estilo, na forma como ele trafegava pelo mundo, tudo diferente de como ela fazia.

Faz isso, faz aquilo, disseram um ao outro da forma imperativa como as pessoas fazem no sexo, mandando a boa educação às favas. Ele a alçou para cima dele e olhou para cima com uma expressão embaçada de tesão mas também pincelada de adoração. "Ai, meu Deus", dizia ele enquanto a mantinha acima dele feito um anjo vigilante. Faith percebeu que na verdade não achava nada mau ser visualizada daquele jeito: feito uma aparição. Suspenderam-se naquele momento mútuo, e os olhos dele reviraram até quase entrar nas pálpebras, mas depois ele se recompôs, como se tivesse lembrado o que estava acontecendo, e entrou nela tão fundo que teve a sensação de que ia se partir em duas. Mas ainda assim ele não fez dano algum.

Quando ele gozou, deu um grunhido extravagante e disse, "Oh, Faith", e perdeu todo o seu viço, todas as suas quinas definidas. Depois ele se aquietou e se refez, e por fim voltou a dedicar toda a sua atenção a ela. Os orgasmos dela, os três em série feito salvas de tiros, foram deslumbrantes para os dois, e ele lhe disse baixinho: "Essa foi minha parte preferida."

Ficaram deitados, se recuperando daquela alegria que chegava a ser traumática. Por fim, ele estendeu a mão para o criado-mudo e pegou seu relógio de volta, fazendo a trava estalar sobre seu comprido pulso. "Bem. Hora de ir embora", disse ele.

"Para onde? Devem ser duas da manhã." Faith olhou ao redor procurando o mostrador iluminado e cor de pêssego do relógio Timex.

"Para casa."

Houve um longo e terrível silêncio, e por fim ela disse: "Você é casado." Outro silêncio, igualmente horrível, e Faith se preparou para falar com raiva. Porém, ela não estava com raiva, e sim triste e de luto, porque entendeu que, apesar da falta da aliança, ela já havia intuído seu estado civil, e portanto evitara de propósito lhe fazer aquela pergunta antes de ir para a cama com ele. Se tivesse tido certeza da resposta, não teria conseguido dormir com ele.

Talvez até mesmo tivesse conhecido sua esposa, percebeu ela, naquela época do cassino. Ela se lembrava da mão de Emmett na lombar de alguma mulher. A forma proprietária com que se tocavam. Mas mais do que isso, ela sabia também que ele era pai – de pelo menos uma criança. Fora o que ficara subconscientemente registrado no Cookery mais cedo quando Emmett pegara o guarda-chuvinha de papel da sua bebida, sacudindo as rebarbas e guardando no bolso do paletó.

Quem mais faz isso senão um pai que pretende levá-lo para casa para presentear o filho – mais provavelmente, filha? Faith não podia ficar com raiva de Emmett, porque já sabia de tudo desde antes e ignorara o que sabia.

Ficou sentada na cama observando-o se vestir de novo, inserindo cada botão da camisa em sua pequena fenda com exatidão mesmo no escuro do quarto. Em certa altura ele parou de abotoar para pontuar, "Sabe, eu não menti para você. Se você tivesse perguntado, eu teria dito".

"Suponho que sim."

"Minha esposa e eu não temos essa afinidade toda. Simplesmente não somos assim. Você e eu podíamos ter algo completamente diferente.

Algo espetacular, com base nessa noite. Sabe, o que fizemos juntos, o que sentimos – eu não estava exagerando. A gente podia fazer isso mais vezes. Podíamos *viver* isso."

"Eu não faço isso", disse Faith, com frieza. "Pelo menos não quando estou a par. Não com as minhas irmãs."

"Irmãs?", perguntou ele, confuso. "Do que você está falando? Ah. Das mulheres serem todas irmãs, é isso? Coisa da liberação feminina. Pode acreditar, minha mulher não é sua irmã."

"Mas você entendeu. Eu não traio outras mulheres."

"Quer dizer, você tem ética."

"Algo do gênero", disse ela.

"Entendido. Eu te ligo amanhã."

"Não ligue, não."

"Só para falar do anúncio", disse Emmett. "Deixe que vou conversar com o pessoal do escritório, e acho que com um pouco de persuasão talvez a gente compre um espacinho na sua revista."

"Claro", disse ela, sem tom.

De qualquer modo, ligou para ela na manhã seguinte; ela ainda estava em casa quando o telefone tocou. "Olha, preciso te dizer uma coisa", disse Emmett, e sua voz soava calma mas diferente, tensa. "A minha mulher sabe de você." Faith continuou ouvindo, em choque. "Ela me pôs contra a parede quando cheguei noite passada, e disse 'não mente para mim', e não pude mesmo mentir. Ela quis que eu dissesse qual era o seu nome, e contasse tudo, e eu fiz isso."

"Meu Deus, Emmett, por que você fez isso?", perguntou Faith.

"Ela está aqui comigo e quer falar com você", prosseguiu ele. "Posso deixá-la falar com você?"

"Você ficou maluco?"

"Não", disse ele, e soou triste nessa hora, ou talvez fosse só a distorção da ligação, mas, por algum motivo, Faith ficou na linha, e ouviu o telefone sendo passado para outra pessoa, e uma mulher começou a falar.

"Faith Frank, aqui é Madeline Shrader", disse ela, sua voz branda e imperturbada. Faith não falou nada. "Só queria te dizer uma coisa: tire as suas mãos do meu marido. Talvez você ache que pode, porque ele dá essa confiança. Mas lembre-se que foi ao meu lado que ele subiu ao altar e, lá, prometeu me amar e respeitar até que a morte nos separe. E sabe de uma coisa, Faith Frank? Eu ainda não estou morta."

Faith não suportava nem mais um segundo daquilo, de forma que suavemente pôs o telefone no gancho. Imaginou Emmett junto com a esposa. Viu a tríade de marido, mulher e criança – uma menininha que talvez tivesse cinco anos de idade, e que brincava contente com um pequeno objeto: um guarda-chuvinha de papel que tinha vindo no coquetel do papai.

Faith se odiou com toda a força, e então se lembrou da conversa das mulheres na primeira reunião feminista a que fora. Por que somos tão duras com a gente mesma, haviam se perguntado.

Às vezes, pensava ela agora, ser dura consigo própria é a coisa certa a fazer.

"Não vamos ter anúncio da Nabisco", disse a Shirley Pepper no trabalho segunda, depois de subir as escadas devido ao elevador novamente quebrado. Ela estava sem fôlego, e se escorou numa parede.

"Ah, não? E por quê?", perguntou Shirley, detendo seu batucar ruidoso na máquina de escrever da IBM pesada feito um trator.

"Caso complicado", disse Faith.

"Tudo bem", disse Shirley, calma. "Olha, não é o fim do mundo, Faith. De qualquer modo, acho que vamos conseguir alguma coisa da dr. Scholl's. A revista vai continuar na luta, pelo jeito."

A revista obteve alguma atenção e durou, em uma ou outra modesta encarnação, mais de trinta anos depois disso. Nos primeiros anos da *Bloomer* as três membras mais antigas do corpo editorial iam a ocasionais programas de entrevistas, onde falavam com franqueza e paixão, e faziam o que fosse preciso. Os entrevistadores eram muitas vezes homens desagradáveis de gravatas largas e prateadas que usavam as redatoras como escada para piadas sobre feministas cabeludas e nervosinhas que ninguém jamais ia querer namorar. Shirley, Faith e Evelyn nunca riam junto com eles, mas continuavam comparecendo a programas de TV para dizer o que achavam importante, mesmo que fossem ridicularizadas.

Em algum momento, Faith se separou do bando. Ela era muito melhor oradora do que as outras. Não é que fosse uma mulher de ideias – nunca foi esse o caso, exatamente – e nem era tão mais articulada assim, era outra coisa. As pessoas tinham que querer te ouvir. Tinham que querer ficar perto de você, mesmo que você estivesse dizendo o que não queriam muito ouvir. Essa característica ficou em evidência em 1975, quando Faith apareceu num programa de entrevistas tarde da noite junto do romancista Holt Rayburn, que se tornara muito famoso com seu romance sobre o Vietnã, *Tempo encoberto*. Rayburn, de paletó com lapela larga e gravata de estampa indiana, suas costeletas suíças cerceando o rosto que sempre parecia prestes a começar uma briga, fumava sem parar, e o estúdio de TV contava com seu próprio tempo encoberto por neblina baixa.

"O problema das mulheres...", começou ele, e o entrevistador, Benedict Loring, inclinou o tronco para a frente.

"Sim, sim?", disse Loring. "O problema das mulheres? Ah, eu adoro quando a frase começa assim, e vocês, não?" Ele fez uma expressão lasciva, e o público aplaudiu e riu.

"O problema das mulheres", repetiu Holt Rayburn, "é que elas querem que você faça de um tudo por elas – 'Ai, não sei abrir esse pote, socorro. Vem pra cama comigo, estou com muita tesão. Paga o jantar, estou economizando para as vacas magras' – mas aí, elas vão para a TV e, do nada, se transformam em emancipadoras furiosas que dizem, 'Queremos fazer tudo por nossa conta'. Quer dizer: pra cima de mim? Não dá pra assoviar e chupar cana, meninas. Ou vocês são garotinhas que precisam da nossa ajuda e proteção, ou são megeras opressoras que conseguem resolver tudo sozinhas. E se for isso mesmo, o segundo caso, então ótimo, vão lá dormir uma com a outra como algumas de vocês já andam fazendo, porque evidentemente, não precisam de homem pra nada. E, já que estão fazendo isso, tentem ter filhos sem a gente também. E paguem o aluguel. Depois me contem como é que se saíram."

O público teve uma reação *colossal*. Mais gargalhadas, mais aplausos, e por fim todos se aquietaram, entendendo imediatamente que agora era hora de prestar atenção em Faith. Faith, que estava sentada do lado oposto ao dele. Como ela reagiria àquilo? Era uma feminista que fora convidada ao programa apenas para preencher aquele papel. O que falaria, o que faria? Faith estava imóvel, sentada com as mãos no colo. Percebeu que dava a impressão de ser uma professora descontente, e isso a irritou. Mas não havia boa aparência possível quando os homens que a rodeavam começavam a falar de mulheres daquele jeito. Você ou podia parecer reprimida, ou podia parecer zangada, ou ainda podia rir junto com eles, o que seria a pior opção.

Ela decidiu passar completamente ao largo de Holt Rayburn. Ele era um asno, um asno do mundo literário, de bolsos forrados. Homens como ele pululavam pelo mundo, e seria impossível tirar sua sensação de liberdade ou deixá-lo inseguro. Então ela o ignorou e olhou diretamente para a câmera, o que deixou tanto ele como o entrevistador confusos. Um dos câmeras acenou para ela, dizendo sem som, *Olha para os homens, olha para os homens*", mas ela o ignorou também.

"Acho que os homens estão com medo. Se as mulheres se formarem médicas e advogadas e abrirem potes sozinhas", disse Faith, "os homens teriam que fazer o chamado trabalho de mulher, e só Deus sabe o quanto isso os intimida. Não tem nada que a gente não possa fazer, mas tem muito que eles morrem de medo de fazer."

Agora, a plateia estava com ela. As mesmas pessoas que haviam aplaudido Holt Rayburn agora batiam palmas para ela. "Por exemplo, medo de organizar uma festa de criança", disse ela. "Ah, e dar à luz." Ouviram-se vivas. "A gente sempre deu um jeito de resolver as coisas quando não havia homens por perto pra ajudar. Nós somos versáteis, determinadas e pacientes." Por fim ela se virou para Holt Rayburn, que havia deixado o cigarro entre seus dedos se queimar até se transformar numa frágil coluna de cinza. "Você, Holt, citou um único problema real. Mas acho que já sei o que fazer a respeito dele." Faith sorriu seu lindo, sereno e radiante sorriso, cruzou as pernas compridas com suas botas de camurça azul-bebê, e disse: "Resolvi que, de agora em diante, eu nunca mais vou comprar comida em pote."

Aquele áudio seria reprisado por décadas e décadas, até por fim quase nunca mais ser repetido. Alguns anos depois do programa, Holt Rayburn, bêbado depois de um lançamento de livro nos Hamptons e com várias multas por dirigir alcoolizado, atropelou uma mulher numa rua escura, e o resultado foi que a perna dela teve que ser amputada. Ele passou alguns anos na cadeia, e quando saiu havia escrito um romance a respeito, *Peixe novo*, que virou um best-seller, embora um pouco mais modesto do que *Tempo encoberto*, mas a esta altura ele estava exausto e abatido. Naquele ano ele morreu de infarto, um homem miúdo e sempre suado que parecia confuso com o jeito que as coisas andavam mudando no mundo, ficando diferentes para as mulheres e diferentes para ele.

Ser boa oradora e ter apelo ajudaram Faith Frank e a levaram não apenas a falar mais como a fazer mais. Faith compareceu a passeatas pela Emenda de Igualdade de Direitos. Ela ficava depois das assembleias, até tarde da noite, para conversar com muitas mulheres. Quando as clínicas de aborto foram perseguidas, ela foi uma das que tentou trabalhar junto com juízes para garantir proteção às pessoas. Em parte, ela fez tudo isso por causa de Holt Rayburn e a imagem do pote difícil de abrir.

Faith ficava à vontade com todo tipo de mulher, inclusive as lésbicas, algumas das quais ela chegou a conhecer muito bem. Uma das mais articuladas, Suki Brock, certa vez beijara Faith durante um comício, e Faith apenas sorrira, tocara no seu braço, e lhe disse que estava lisonjeada.

"Olha, Faith, se algum dia você for mudar de time", disse Suki, "joga comigo primeiro, tá bom?"

Faith dissera "claro", o que queria dizer não. Ela não queria ser beijada por Suki, nem por nenhuma outra mulher, nem mesmo as que se intitulavam separatistas com orgulho. Faith vira uma foto de duas fazendeiras que pareciam uma espécie de *American Gothic* do mesmo sexo, uma delas de macacão e sem camisa. Seus seios escapavam pelas laterais do macacão feito parêntesis. Naquela época, as mulheres andavam se mudando para fazendas, comunas e cooperativas. Seria uma utopia? Viver seja lá com quem fosse tinha seus desafios, Faith sabia. Não havia jeito perfeito de se viver.

Faith trafegava facilmente entre mulheres radicais, donas de casa, estudantes, querendo aprender, conforme dizia. "O que você defende?", uma entrevistadora muito jovem de um jornal estudantil certa vez lhe perguntou.

"Eu defendo as mulheres", disse Faith, mas se inicialmente aquela resposta bastou, em certo momento deixou de ser sempre o bastante.

Naquela época, sendo aquela pessoa, aquela Faith Frank que suscitava sentimentos fortes e talvez não inteiramente explicáveis em diversas pessoas, ela se tornara quem estava destinada a ser. Depois de sua ida ao programa de entrevistas com Holt Rayburn, Faith ascendeu, tornando-se mais famosa do que a revista da qual era uma dentre várias editoras. Seus livros viraram best-sellers; suas idas à TV atraíam muitos espectadores. Ao longo do tempo, ela se impedia deliberadamente de pensar com muita frequência em Emmett Shrader, embora, é claro, tenha acompanhado a narrativa de sua ascensão: como ele fora um executivo de baixo nível na Nabisco, mas, então, usando o dinheiro da esposa – a herdeira Madeline Shrader, nascida Tratt, família com uma fortuna em metais –, fundara sua própria firma de investimentos de risco, a Shrader-Capital. *Isso*, todo mundo sabia como tinha acabado: ele como fenômeno, bilionário e o que se tornou.

Mas todos também falavam de seus negócios suspeitíssimos, talvez não mais que nenhuma outra pessoa nesse nível de riqueza, mas mais perturbador por causa de suas inclinações esquerdistas; falava-se de surpreendentes conexões que entabulara e dos projetos suspeitos em que investira, um que tinha a ver com uma empresa de limpeza de armas elogiada pela NRA, outra uma fabricante de alimentos para bebês que vendia seus produtos para o mundo em desenvolvimento a peso de ouro. Mas tudo isso parecia ser contrabalanceado por boas ações. Negócios daquela magnitude eram algo que Faith nem sequer podia começar a entender.

A decisão *Roe vs. Wade* em 1973 resultou numa sedutora comoção antiaborto que precisava ser respondida e combatida, e Faith se comprometeu com isso. Três anos depois, Anne McCauley, do estado de Indiana, tendo saído aparentemente do nada, obteve uma vaga no Senado calcada em sua militância contra o aborto. "Vamos batalhar contra a decisão *Roe* todos os dias. Com o tempo, vamos desmembrá-la e derrotá-la", dizia ela em microfones, sua voz plácida e racional, sua postura melhor que a de ninguém.

Sempre que Faith via a senadora McCauley na televisão, pensava em como seria fácil revelar publicamente a verdade sobre ela, simplesmente soltar uma declaração à imprensa dizendo que há onze anos, a senadora McCauley, que agora era uma oponente tão ferrenha e articulada do aborto legalizado, abortara ilegalmente em Las Vegas. Isso talvez fosse encerrar bruscamente sua campanha antiescolha e sua ascensão política. Faith estava furiosa com Annie pelo que já fizera, que em termos práticos afetava a vida das mulheres mais pobres, mais do que quaisquer outras, negando-lhes ajuda. Ela não sabia o que causara esta mudança, especialmente por que, com seu aborto ilegal, talvez ela fosse entender a necessidade de existir aborto legalizado. Mas você nunca sabia o que se passava na cabeça de outra pessoa; como, com o tempo, um pensamento podia se transformar em obsessão, e uma nova crosta podia se formar ao redor dele e depois endurecer. Faith lera que Annie era religiosa. Será que encontrara na religião um jeito de lidar com seus pensamentos sobre o aborto? Ou talvez fosse algo completamente diferente. Se Faith pudesse falar com ela naquela hora, lhe diria "Annie, *sério?*".

Décadas depois, a equipe da Loci tentou chamar a senadora McCauley para vir falar em uma de suas reuniões de cúpula. Da primeira vez que tentaram, Faith não falou nada, esperando tensa para ver o que aconteceria, o que Annie faria. O escritório da senadora, previsivelmente, disse que ela não conseguiria vir. Provavelmente era melhor assim. Porque, mesmo que Faith tivesse ficado sozinha com ela em uma sala e dito "Annie, *sério?*", Annie com toda a certeza teria respondido "Sim, Faith, *sério*".

Ambas acreditavam no que acreditavam; suas convicções as preenchiam plenamente. Mas tal como Annie jamais revelaria sua história publicamente, Faith também jamais a revelaria. Não era informação que lhe pertencesse e não podia ser passada adiante. Era particular. *A decisão é minha*, tinham cantado as mulheres na reunião. Apesar de tudo, Faith nunca contou a ninguém.

Faith tomou consciência, logo de saída, de sua capacidade de trazer à tona certas qualidades em outras mulheres. Elas queriam conviver com ela, e queriam render o seu melhor. Ela percebeu que meninas e moças de fato a adoravam, de maneiras parecidas com o amor que Lincoln tinha por ela. Às vezes podiam parecer meio perdidas, ou talvez necessitadas de inspiração. Talvez a coisa mais importante que ela lhes dava, percebeu, era permissão.

"Me diga o que quer fazer da vida, Olive", disse ela a uma menina tímida, uma estagiária da *Bloomer* ainda no ensino médio.

Olive Mitchell olhou para ela agradecida, como se estivesse esperado dezesseis anos para que lhe fizessem aquela pergunta. "Engenharia aeroespacial", disse ela sem pausa para respirar.

"Excelente. Bem, então, corra atrás desse sonho com toda a força de que for capaz. Desconfio que seja difícil entrar nessa área, não é?" A menina fez que sim. "Então você vai precisar ser tenaz e impecável ao extremo, e isso já sei que você é. Acredito que você é capaz", acrescentou.

Fazia anos desde que Faith tinha pensado em Olive, mas sabia que fora estudar engenharia aeroespacial, porque ela mandara a Faith uma carta com agradecimentos rebuscados, quase poéticos, com uma foto dela em um laboratório de pesquisas, sorrindo com felicidade desabrida. Isso já fazia tanto tempo. Era difícil acompanhar a vida de tantas jovens que Faith conhecera, tantas delas brilhantes e promissoras.

Moças entravam e passavam pela porta de Faith Frank seja lá onde ela morasse ou o que fizesse. Era inevitável que várias delas estivessem por perto, e ela não costumava sentir solidão severa. Às vezes, com o passar dos anos, ela sentia um desejo muito específico da companhia de um homem, e quando isso acontecia, Faith combinava um encontro com Will Kelly, um estrategista democrata que conhecera numa função no final dos anos 1980. Bem-apessoado, bigodudo, solteirão e com cara de cachorro que caiu da mudança, ele era uma mistura de nerd com surfista que ela achava sedutora. Ainda que ele morasse em Austin, no Texas, Will pegava avião para vir ver Faith; jantavam e passavam uma noite fazendo sexo aeróbico e companheiro, além de baterem um bom papo. Então talvez demorasse alguns meses até acontecer de novo, e tudo bem com isso. Saber estar sozinha era algo que Faith havia aperfeiçoado com os anos. Quando se estava sozinha não era preciso se preocupar com cada detalhezinho do seu corpo, se suas pernas pareciam as de uma ursa ou se, depois de um coquetel, você estava com bafo de queijo brie. Diferentemente de muita gente que conhecia, ela muitas vezes preferia a própria companhia.

Quando a *Bloomer* fechou, em 2010, o golpe foi tremendo. Por meses, Faith ficou pra baixo, sentindo que não precisavam mais dela, e de repente aquele fantasma bilionário do seu passado, Emmett Shrader, telefonou, ou seja, sua assistente telefonou, e Faith concordou em almoçar com ele em seu escritório. Quando chegou lá, a mesa estava posta na sala dele, que mais parecia um clube britânico só para homens com vista espetacular.

Emmett ficou de pé e foi recebê-la quando entrou. Ela vira várias fotos dele ao longo dos anos, observara seu cabelo passando de preto a prateado. Jogara o nome dele no Google algumas vezes. Já da porta viu que ele ainda mantinha um corpo sem gordura, conservando a boa forma feito um bilionário com um *personal trainer*, um mordomo e um chef amigo da comida saudável podia conservar. Mas quando ele chegou perto, Faith tomou consciência de outro sentimento. Uma nostalgia pelo Emmett mais novo, juntamente com uma nostalgia pela Faith mais nova, ambos irrecuperáveis. Juntas, as duas nostalgias se combinaram para criar algo imediatamente emocional e até mesmo ligeiramente sexual. Ali, de pé, ela teve uma sensação genérica de falta, ainda que não soubesse imediatamente especificar o que lhe faltava.

Será que era ele que ela queria, ou seria a versão mais jovem dele com a versão jovem dela junto, de lambuja? Será que ela só queria sua juventude de volta e pronto? Ela se lembrou da noite que haviam passado na cama, e de seu desfecho póstumo, infeliz e conflituoso. O rosto dele ainda era forte, e uma palavra lhe veio à cabeça, uma palavra associada a poder, *calejado*, embora se fossem chamar o rosto de uma mulher poderosa de *calejado*, seria um deus nos acuda. A pobrezinha sofreria escárnio no Twitter, onde diriam que ela tinha ficado relaxada com a aparência e devia andar com um saco de papel na cabeça. O corpo dele ainda era firme e impressionante, emoldurado por belas roupas de macho endinheirado, a gravata pendurada feito uma estalactite. O desejo sexual não era uma ilha; fazia parte de um arquipélago que incluía acessórios e contexto. O contexto dele era aquele escritório ridiculamente gigante, e os anos passados desde que tinham se visto da última vez, acumulando suas vitórias feito um caçador de grandes feras.

"Faith", disse ele, e sua voz era macia, seus olhos quase úmidos. Ele pegou sua mão, mas em seguida soltou e envolveu-a com os braços. O abraço era uma surpresa, tão diferente dos beijos aéreos ou o duplo beijo aéreo onipresentes na ilha de Manhattan. O abraço era legítimo, e era um alívio. "Estou tão feliz em te ver", disse Emmett quando se separaram e se olharam de frente. Então ele a levou para sentar em um sofá de couro marrom do tamanho de um búfalo, e sentou-se na sua frente. Ela ficou ouvindo enquanto ele contava a história de uma fundação pró-mulheres que queria que sua firma subscrevesse e ela gerisse. "Vamos realizar reuniões de cúpula, palestras, grandes eventos sobre um tema seleto, e convidaremos o público. Não vamos solicitar qualquer tipo de financiamento externo", afirmou ele. "Vamos cobrar entradas, mas fora isso, todas as despesas serão nossas."

"Vamos com calma", disse Faith por fim, quando ele falava sem interrupção já há vários minutos. Ao fundo, homens e mulheres de branco preparavam a mesa do almoço. "Em primeiro lugar, devo dizer que estou muito honrada com a sua proposta."

"Não diga isso", disse ele. "As pessoas dizem isso quando estão prestes a recusar alguma coisa."

"Bem, antes de vir aqui hoje, dei uma assuntada e tentei obter um pouco mais de contexto", disse Faith. "Você foi espetacular de várias maneiras, Emmett, mas ainda assim você tomou certos atalhos éticos."

"Olha, Faith, minha firma se envolve com muitos projetos", confessou ele. "Não vou ser canonizado, isso é verdade. A gente faz muitas experiências, e nem tudo dá certo. Mas estamos indo muito bem, e, se você inspecionar nosso histórico de doações, acho que vai ficar mais tranquila. A gente doa muito para causas feministas."

Eles se olharam em silêncio por um período arrepiante. Ela queria desestabilizá-lo, até mesmo sentada ali. "Você se importa com a vida das mulheres?", perguntou ela, por fim.

"Acho que você sabe a resposta para essa pergunta."

"Lembra do John Hinckley?", disse ela. "O cara que deu um tiro no Ronald Reagan? Ele disse que fez isso para impressionar a Jodie Foster."

"Você acha que estou te oferecendo isso para te impressionar?"

"Talvez."

"Mesmo se fosse o caso, e não é, deixe-me garantir desde já que essa fundação não pretende ferir nenhum presidente", disse Emmett. Ele esfregou os olhos, como se ela o estivesse cansando, e devia estar mesmo. Talvez estivesse se arrependendo de tê-la chamado ali, de tanto que ela estava enchendo seu saco. Mas ela precisava ir até o fim. "Olha", disse ele, "só quero fazer uma coisa boa."

"Algo que envolva mulheres."

"Bem, sim."

Então, com a voz mais baixa, ela acrescentou, "Algo que envolva a mim".

Faith estava pressurosa com a perspectiva de acesso ao montante de dinheiro e recursos que Emmett lhe oferecia. Ela nunca tivera nada do gênero antes, e nunca teria pensado em desejá-lo. Mal conseguia imaginar como seria uma coisa daquelas. Na *Bloomer*, elas tinham que brigar para a editora Cormer pagar nem que fosse algo simbólico às redatoras, ou para comprarem papel higiênico folha dupla para os banheiros.

Ela ficou pensando se, aceitando aquela oferta, seria uma vendida. Shirley Pepper falecera há muito tempo de doença cardiovascular; a ela, não poderia perguntar. Bonnie Dempster, desde que a *Bloomer* falira, vinha ganhando a vida de forma muito inesperada: trabalhando para uma pequena empresa só de mulheres organizadoras de ambientes chamada, horrorosamente, de Stuffragettes. Após a reunião na sala de Emmett – ela dissera a ele que ia pensar –, Faith ligou para ela para saber sua opinião, e foi Bonnie quem lhe disse, "Bem, Faith, você tende a ser um pouco ingênua. Acho ótimo você não ser cínica, mas eu teria cuidado.

E além disso, isso é uma coisa que você adoraria mesmo fazer? Digo, está bom o suficiente?".

Na manhã seguinte, Faith ligou para Emmett e disse, "Sabe, não sei se vamos mesmo fazer diferença desse jeito. Seria uma espécie de agência de palestras de alto nível, e eu não tenho a menor experiência com isso. Nem nunca quis ter." Ele ficou calado. "Como a gente conseguiria se conectar com as mulheres?", perguntou ela. "Como mudaríamos a vida das pessoas?"

"Estou te dizendo que mudaríamos. *Você* mudaria."

"Obrigada", disse ela depois de um longo momento. "Mas vou ter que dizer não."

Ele ficou atônito, e logo o telefonema chegou ao fim. Faith foi dar uma longa caminhada no parque Riverside, quase se arrastando, pensando no que havia acabado de recusar. Do que mais ela precisaria? O que deixaria a proposta boa o suficiente? Uma hora depois, entrou em um táxi e voltou ao escritório dele sem marcar hora. Ele estava lá, e quando a deixaram entrar de novo na sala dele, ela disse, "Teria que haver mais um componente".

"Diga qual", disse Emmett.

"Todo dia ouço uma história sobre o sofrimento das mulheres em todo o mundo. Gostaria que, além de fornecer palestrantes, também fôssemos capazes de ir até lá e fazer alguma coisa. Se a gente encontrar alguma situação emergencial onde sentimos que podemos fornecer alguma ajuda imediata, eu gostaria de ter financiamento para realizar certas ações, para as mulheres poderem se livrar do problema imediato." Ela olhou para ele. "Você já está rejeitando isso?"

"Claro que não."

"Podíamos ser, digamos, oitenta por cento palestrantes e reuniões de cúpula, mas vinte por cento aquilo que podemos chamar, não sei, de 'projetos especiais'."

"Fechado", concordou.

Com o tempo, ambos os braços da Loci, aqueles braços assimétricos, passaram a ser altamente produtivos. As mulheres viviam se preparando para as *reuniões de cúpula*, como se escalassem montanhas com cordas cingindo suas cinturas, pítons na mão. As reunião de cúpula eram sobre temas ambiciosos, como, recentemente, liderança – sendo liderança algo que agora todos almejavam, como se o mundo pudesse ser feito só de líderes sem nenhum seguidor, assim como crianças às vezes ansiavam por uma sociedade só de bombeiros e bailarinas. E houve um bom número de projetos especiais naqueles anos. A Loci pagara o salário de uma agente de saúde comunitária de uma aldeia rural na Namíbia, e pagara a defesa de uma mulher acusada de assassinar o marido, que abusara dela e a aterrorizara por dez anos a fio.

Mas em 2014, agora que a fundação tinha mais de quatro anos, estava ficando cada vez mais difícil fazer passar qualquer ideia de projeto especial da Loci pelo pessoal do andar de cima. Aqueles projetos, era visível, eram um incômodo para eles, um dinheiro perdido. Não era só que a ShraderCapital tivesse ficado mais pão-dura desde que a Loci começara; tinha mesmo, mas também havia resistência externa a parte do trabalho. "A África não precisa da sua ajuda", escrevera alguém em uma influente revista online, e aquilo ficava sendo repostado em outra parte, replicando-se incessantemente.

Faith estava acostumada às críticas, e a ser odiada. Essas coisas sempre aconteceram com ela desde o ápice da *Bloomer*. Mas no Twitter, quando da fundação da Loci, as pessoas escreveram #dinheirosujo e #FaithlessFrank. E logo a preocupação mudou, se detendo menos sobre a colaboração de Faith com Emmett Shrader do que sobre a própria fundação.

Mas, àquela altura, estava claro não só que a Loci não tinha conseguido se manter atualizada com as mudanças galopantes no feminismo, mas que a forma como se apresentava também era motivo para ser vilipendiada. A Loci estava se saindo bem, e naturalmente as pessoas estavam escrevendo coisas no Twitter do tipo #feminismodasbrancas e #madamesricas, e a *hashtag* que por algum motivo era a que mais irritava Faith, #feminismocanapé.

Ela compreendia as queixas deles, de verdade. Era tanto desperdício com aqueles eventos e recepções para quais agora era necessário que a fundação seduzisse outras corporações e grandes doadores. As pessoas se queixavam, com razão, de que não deveriam dar dinheiro para uma fundação que tinha o apoio de um bilionário. E a Loci nunca deveria ter sido obrigada a procurar financiamento externo; a ShraderCapital cobrira todos os custos desde o começo. Mas, inexplicavelmente, aquilo mudara; Emmett tinha sofrido pressões dentro da empresa.

Então a Loci, naquele momento, era um híbrido desajeitado. Ela se adaptara ao século XXI até certo ponto, mas o que ela melhor sabia fazer, aprendera no começo. O começo fora um lugar de profundidade para ela, a semente, a raiz.

Apesar da provocação no Twitter e em outros lugares, as reuniões de cúpula estavam indo muito bem, e as pessoas do andar de cima estavam dando mais opiniões e realizando estudos e grupos de foco. Devido àquelas opiniões, a fundação fora incentivada a chamar muito mais gente famosa; Lincoln notara isso, e muitas outras pessoas também. Havia se instilado a superficialidade. Boa parte do que andava acontecendo naqueles eventos era simplesmente frívolo, Faith sabia. No começo, esse quase nunca tinha sido o caso.

Parte da equipe parecia estar com o moral baixo. Há meses, feito um médico fazendo a ronda, Faith circulara pela sede para ver como andavam, e logo percebeu que o moral estava perigosamente baixo. Quando chegou ao cubículo de Greer Kadetsky, que estava na Loci desde quase o começo, para sua surpresa encontrou Greer de cabeça baixa sobre sua mesa, suavemente adormecida às onze da manhã. Greer costumava ser concentrada e perspicaz, embora ultimamente andasse sendo menos. Ultimamente, ela podia ser vista cochichando com os outros, insatisfeita com os relatórios que vinham lá de cima. Faith vinha tentando fingir que as mudanças na Loci não estavam indo por um caminho sem volta, mas não conseguia mais, e sabia que não deveria mais também.

"Bom dia, dorminhoca", disse Faith carinhosamente, lembrando-se que era daquele jeito que acordava Lincoln para a escola quando ele dormia apesar do alarme — naquela época havia irritação mascarada em suas palavras, assim como havia agora — e Greer ficou morta de vergonha.

"Faith, mil perdões." Ela aprumou-se rapidamente e ergueu a mão como se fosse espanar o rosto.

"Dormindo no emprego. Isso não é comum. Está tão ruim assim por aqui agora?", perguntou Faith. "Talvez esteja", acrescentou ela. E em seguida, "Pegue um café e venha falar comigo na minha sala, Greer".

Sentada no sofá branco, e apertando os olhos sob uma faixa de sol, Greer disse: "Hoje de manhã eu não tinha muito a fazer. Pelo menos, não muita coisa que necessitasse da minha atenção imediata. Para mim tem sido assim. Ultimamente o clima tem estado tão empresarial aqui. Muita atenção a dinheiro, agora que supostamente temos que pedir financiamento. Eu achei que a ShraderCapital ia pagar tudo. Eu estou com saudades de como eram as coisas", disse Greer bruscamente. "De quando era tudo menor. Saudades de escrever discursos para aquelas reuniões no almoço."

"Você era ótima neles. Sinto muito que tenham acabado. Não foi minha decisão."

"E também sinto falta daquelas mulheres que vinham até nosso escritório. Eu sentava com elas com meu gravadorzinho e ficava conhecendo elas, e eu enxergava o que a gente fazia. Eu via; estava bem na minha frente. A vida de alguém."

"Você sabe que concordo com tudo o que você está dizendo."

"Não sei se estamos fazendo muita coisa, Faith", disse Greer. "Gosto de achar que estamos", acrescentou ela rápido. "É difícil quantificar o quanto fizemos até hoje. Não temos um produto. E eu sei que de um ponto de vista financeiro somos um grande sucesso agora – e, quando começamos, não éramos. Mas sinto que caímos na rotina. Ou que, pelo menos, eu caí."

Faith só precisou cutucar um pouco, e Greer contou tudo o que sentia; sempre fora daquele jeito, e agora não era diferente, embora agora falasse com menos hesitação. Como as outras – ao menos as outras que estavam ali desde o começo –, Greer Kadetsky não gostava da glamourização da fundação, do fato de nunca poder de fato ajudar alguém diretamente. Greer ainda escrevia muito – e, na opinião de Faith, escrevia bem – mas era tudo para o boletim ou para o relatório anual, o que com certeza só fortalecia o clima empresarial de que ela reclamara.

"E quando foi a última vez que fizemos um projeto especial?", insistiu Greer. "Eles deixavam todo mundo cheio de energia por aqui, porque aí víamos algo acontecendo em tempo real. Pra onde nosso dinheiro está indo, exatamente? Sei que o Emmett financiou a fundação para ela poder ser grande. Para poder ser diferente da sua experiência na *Bloomer*. Mas o que eu entendo por ser grande é você ter um impacto, sabe? Você pode me mandar parar de falar quando quiser, Faith, mas só acho que às vezes essa coisa toda me parece autocongratulatória demais. Não da sua parte. Não de nós. Mas dos próprios eventos. Hoje em dia não me parece mais tão legal. Talvez depois mude, mas não sei, não. Então caí no sono. Desculpe", acrescentou ela.

"Eu sei", disse Faith. "Sei muito bem do que você está falando." E porque naquele momento ainda não conseguia pensar em mais nada para dizer, pôs uma das mãos no ombro de Greer Kadetsky e disse: "Deixe que vou correr atrás disso."

⌇

"Pode virar, senhora", disse uma voz, e Faith, tão profundamente marinada em suas lembranças, deu um resmungo, retornando daquilo tudo até o momento presente. Ela precisava de um segundo para lembrar do que era aquele momento presente. Então o cheiro de óleo para bebê chegou nela primeiro. Então a versão para cordas de "You Don't Bring Me Flowers". Então a percepção de que seu rosto estava amassado contra uma armação em vinil cuja toalha havia escorregado. A massagem a deixara num estupor só.

Obedientemente, ela se deitou de barriga para cima, um dos seios brevemente escapulindo da proteção da toalha. Abriu os olhos e se viu olhando, muito de perto, o rosto de sua massagista. Era assustador se dar conta de fato de como aquela mulher era jovem. Era quase uma menina. Talvez fosse uma menina. Talvez aquilo fosse trabalho infantil. Meu Deus do céu. Imediatamente, Faith sentiu todos os seus músculos se contraírem, e o estado zonzo de sonho se esfacelou. "Posso perguntar a sua idade?", perguntou Faith, calmamente.

A mulher olhou para baixo. "Não sou menina nova", afirmou ela. "Tenho dois filhos. Menino e menina. Trabalhar rejuvenesce." Ela deu um riso sem viço, como se já tivesse ouvido aquela pergunta muitas vezes.

"Você gosta de trabalhar aqui?" insistiu Faith, mas a mulher não respondeu.

Agora essa era uma pergunta que a preocupava. No dia em que Greer Kadetsky caíra no sono no trabalho e depois expressara suas frustrações com o emprego, Faith convocara uma reunião na sala de conferências, que se transformara em uma sessão de horas, como um grupo de conscientização de mulheres do passado. Todas ficaram sentadas em volta da mesa e ela ficou ouvindo enquanto uma a uma lhe contavam por que tinham vindo à Loci originalmente, e por que se sentiam diferentes agora. Falaram de suas preocupações sobre as reuniões de cúpula serem elitistas, de que haveria uma espécie de feminismo do bem-estar no ar. "Reconheço que o feminismo não pode ser só sobre 'mal-estar'", disse uma das contratadas mais recentes, uma técnica de informática brilhante, uma mulher trans chamada Kara. "Mas agora há ênfase demais sobre a sensação que algo dá, seja boa ou ruim, e menos sobre o que realmente é feito." Este foi o tema comum, dito de diversas maneiras.

Outra mulher disse que sentia falta dos projetos especiais, e todas concordaram. Sim, os projetos especiais, que traziam resultados imediatos. De certa forma, Faith sabia, outro projeto especial poderia lembrá-las do que estavam fazendo ali. Depois disso, Faith tinha ido ao andar de cima conversar com Emmett. Não podia lhe dizer o quanto todas estavam infelizes lá embaixo – isso parecia arriscado. "Se estão tão insatisfeitas, encerremos tudo", preocupava-se ela que alguém na ShraderCapital fosse dizer. Em vez disso, ela lhe disse que tinha uma ótima ideia para um projeto especial. "Faz algum tempo, Emmett", disse com leveza, mas grande expectativa. Então descreveu-lhe o projeto que tinha em mente. Aqui e ali, repetidamente, no decorrer dos anos, surgiam boletins sobre tráfico humano, um problema sobre o qual ela se sentia impotente. A Loci já trouxera palestrantes antes, mas agora parecia o momento para se fazer algo mais.

Iffat Khan, que agora era pesquisadora da equipe e não mais a assistente de Faith, mostrara a ela algum material sobre a situação na província de Cotopaxi no Equador, onde moças — em vários casos, meninas — estavam sendo atraídas para longe de casa, sendo levadas a Guaiaquil para se prostituírem. Aquilo com certeza se constituía numa emergência. "Se pudermos salvar algumas delas, chamaria a atenção para a situação como um todo", disse ela. "Talvez outras entidades e fundações de caridade se interessem pelo caso. Poderia ser uma missão de resgate permanente." Shrader parecia soturno e pouco convencido, de forma que Faith lhe contou o resto de sua ideia. "Eu estava pensando que depois de resgatá-las, poderíamos conectar essas moças com mentoras. Mulheres mais velhas que lhe ensinassem qualificações úteis. Primeiro, alfabetizá-las, caso seja necessário. E alfabetizá-las no mundo digital também. Além de uma profissão. Com tecidos, talvez. Podiam aprender a tricotar, e no fim, criar uma... cooperativa têxtil. Uma cooperativa têxtil feminina." Faith estava empolgada com a própria ideia, polindo aquelas três últimas palavras uma por uma ao pronunciá-las, mas Emmett simplesmente continuou olhando para ela, sem se deixar convencer. "E depois poderíamos trazer uma das moças aqui para falar a respeito", disse Faith. "O que você acha?"

"O quê, pagar passagem de avião para ela?"

"Claro, por que não?"

Emmett fez uma pausa, um pouco mais interessado, e meneou a cabeça de um lado para o outro, ponderando. Ele prometeu levar o caso à atenção do pessoal pertinente do andar de cima, e, em junho de 2014, Faith recebeu um memorando dizendo que eles iam fazer o projeto acontecer. Ela ficou muito empolgada. Naqueles dias, mentoria ainda era um conceito muito popular, todos estavam falando a respeito, e a ideia foi surpreendentemente bem recebida. Alguém na ShraderCapital encontrara um contato local em Quito. Alejandra Sosa era descrita como uma líder dinâmica envolvida com questões de direitos humanos no mundo em desenvolvimento; seu currículo estava salpicado de siglas, nomes de ONGs para as quais prestara consultoria. Todas aquelas maiúsculas em uma única folha de papel tinham o efeito de uma *firewall*, ou de um código que só podia ser decifrado por alguém muito mais inteligente que você.

Apressadamente, marcou-se um Skype. Membros das equipes da ShraderCapital e da Loci em Nova York reuniram-se no 27º andar, ao redor de uma mesa de conferências que mais parecia uma laje, de frente para a imagem projetada de um grupo de mulheres num modesto escritório em Quito. "Faith Frank!", disse Alejandra Sosa. "Que honra! Você é muito importante para mim enquanto mulher." Sosa tinha quarenta anos de idade e era confiante e sensual. Faith gostou dela logo de cara. Elas conversaram à vontade sobre sua missão conjunta. Alejandra Sosa conhecia algumas mulheres de meia-idade qualificadas que poderiam ser contratadas para trabalhar com as centenas de moças e meninas depois de seu resgate e realocação, tornando-se suas mentoras. A ShraderCapital financiaria tudo, e a agência que Alejandra Sosa geria em Quito distribuiria o dinheiro e faria os preparativos necessários. Ela passou muita confiança, e no final disse, "É gratificante trabalhar com você, Faith Frank. Você é uma força do bem".

Faith dissera para Emmett e sua equipe: "Eu adorei ela, de verdade, mas precisamos checar seus antecedentes, é claro. Vocês sabem das fraudes que acontecem com caridade quando não tem ninguém para fiscalizar por perto. Eu não quero me sujar com nada desse tipo."

"Claro, faça o que for preciso", disse o diretor operacional, e ao fundo uma das assistentes se pronunciou, "Não esquenta". As pesquisadoras do vigésimo sexto descobriram que Sosa tinha um histórico cheio de resultados eloquentes. A secretária do conselho executivo da UNICEF havia escrito uma carta de recomendação derramada e quase lacrimosa sobre ela. Então, algumas semanas depois, chegou a notícia de que a modesta missão de resgate havia ido bem, e que cem jovens traumatizadas haviam sido pareadas com senhoras mais velhas. As moças receberam a chance de ficarem provisoriamente num edifício residencial em Quito, onde poderiam se recuperar de suas tribulações e aprender um ofício, com o qual poderiam ganhar seu sustento e começar vida nova. Antes do ano terminar, conforme Faith havia proposto, uma das moças resgatadas seria trazida ao país para ser apresentada ao público e dizer algumas palavras depois da conferência de abertura da cúpula sobre mentoria que em breve aconteceria em Los Angeles.

Faith já havia começado a escrever a conferência de abertura, mas agora, no meio de outubro, deitada naquela mesa nua sob uma toalha, tendo seu corpo indelicadamente cutucado e remexido, ela pensou: eu devia entregar essa fala para a Greer Kadetsky. Fazer com que ela não só a escrevesse como também a lesse. Greer era inovadora, inteligente e visceral. Tinha a capacidade de ouvir bem e tirar o melhor das pessoas; elas se ligavam a ela, confiavam nela. Era só olhar para aqueles maravilhosos discursos que ela havia escrito para os almoços. Além disso, Greer estava prestes a alçar os próprios voos, e aquilo a ajudaria a voar mais alto. Ela teria a chance de escrever dois discursos, um para a moça equatoriana, outro para si própria. E no seu discurso, ela finalmente estaria falando como a própria Greer Kadetsky.

Faith entendeu que Greer tinha atingido o platô que se atinge depois de anos em um cargo. Ela precisava de provas de que seu trabalho tinha impacto, não só uma esperança nebulosa de que talvez tivesse. Senão, ela continuaria desanimada, e além disso perigaria se demitir.

E se todas se demitirem?", pensou Faith. É claro que sempre haveria outra pessoa para preencher a vaga; ocasionalmente, alguém ia embora. Helen Brand tinha acabado de sair mês passado para ser repórter nacional do *Washington Post*. Ninguém nunca era insubstituível, e ainda assim, sempre era uma dor para ela, uma espécie de luto breve, quando alguém ia embora, seguido por um ligeiro pânico — quase um aumento no ritmo da respiração — quando alguém novo chegava.

Dê o que a Greer merece, pensou ela. Faith se lembrou de uma conversa em especial com Greer Kadetsky, bem nos primeiros dias. Greer havia ligado para ela, chorando, dizendo que tinha acontecido uma tragédia pessoal e ela não ia poder ir à primeira reunião de cúpula, pela qual tinham trabalhado sem descanso. Tinha morrido uma criança, lembrou Faith, o irmão do namorado de Greer? Mas fazia tanto tempo que ela não conseguia se lembrar dos detalhes. Lembrava apenas da voz de Greer no telefone, dizendo "Faith?", e das lágrimas, e como ela, Faith, tinha entrado imediatamente no modo consolador. Assim que encerrou a chamada com Greer, fez outra ligação, atabalhoadamente, gritando um pouco até encontrar alguém para cobrir seu lugar. Era assim que se geria uma fundação. Você consolava, se atabalhoava e, às vezes, gritava.

E então, certo dia, algum tempo depois, Faith ouvira por acaso Greer conversando com alguém em tom de súplica pelo celular. Faith fora até ela, preocupada, e perguntara se estava tudo bem com ela. Greer olhou para ela fazendo que sim, mas não parecia nada bem. Naquela tarde, fora até a porta da sala de Faith – nenhuma surpresa nisto; todas as moças de vez em quando apareciam à porta dela – e entrou e plantou-se no sofá e contou tudo a Faith. Ela e o namorado do colégio haviam terminado, brigados. "Não sei o que fazer", dissera Greer. "Estamos juntos há tanto tempo, e eu não achava que ia acabar nunca." Então começara a chorar de um jeito desbragado e catarrento que a lembrava um pouco da vez em que Lincoln tivera crupe na infância.

Faith emprestara os ouvidos, e se por um lado não oferecera nenhuma solução, por outro dissera a Greer que estava tudo bem com ela entrar ali e conversar sempre que quisesse. "Estou falando sério", dissera, e falava sério mesmo, porque Greer era uma garota ótima. Tinha chegado longe; era excelente, leal, inteligente, modesta – exatamente a pessoa para se ter contratado e promovido. Mas agora o desempenho de Greer estava caindo, e ela precisava de um lembrete do porquê de ainda estar ali na Loci, depois de quatro anos. Dê-lhe isso, pensou Faith.

Além disso, Lincoln estava certo: Faith andava cansada e trabalhando demais. Estava com setenta e um anos, e embora houvesse gente dizendo que os setenta eram os novos quarenta, não eram mesmo. Aquela massagem ali era artigo de primeira necessidade. Ela queria era ficar naquela mesa por seiscentos minutos, com aquela mulher compacta macerando suas costas e dispondo uma fileira de pedras quentes ao longo de sua espinha e massageando seu pescoço com óleo de bebê até que ele fosse apenas um fio solto suavemente ligado a uma cabeça que parecesse leve como um balão. Faith estava enjoadíssima do ritmo que vinha mantendo, e não podia suportar ir a outra reunião de cúpula da Loci tão cedo, não com o tipo de eventos que haviam se tornado.

Chega de videntes. Chega de manteiga de pelicano.

Que Greer fizesse aquela. Seria um toque simbiótico.

Foi nisso tudo que Faith pensou enquanto sua massagista foi até a outra ponta da mesa e começou a massagear seus pés.

Sue pressionou um ponto específico sob o dedão do pé, e Faith estremeceu, depois compôs uma lista contendo dois itens:

1) Realizar reunião com Greer para conversar sobre Los Angeles. Descobrir se Greer fala espanhol, o que ajudaria muito.
2) Incentivar Greer Kadetsky no geral. Ela ainda precisa de incentivos. Todas elas precisam.

Faith recordava vagamente do seu primeiro encontro com ela, no campus da faculdade de Greer. A menina se mostrara tão inteligente e cheia de emoções, mas, além disso, também demonstrara estar chateada com os pais. É claro que Faith se lembrou de ter estado chateada com os próprios pais naquela idade. Ambos os pares de pais tinham prejudicado suas filhas, mesmo que as amassem. Faith ficara comovida ao ver aquilo em Greer, e sabe-se lá por que alguém sentia o impulso de fazer o que lá que fosse, mas Faith deu seu cartão a Greer Kadetsky, do mesmo modo como às vezes ainda o dava a outras moças, sorrindo para elas de um jeito que esperava que fosse significativo. E, pelo jeito, dera certo, porque Greer estava ali até hoje, tantos anos depois.

E Faith, agora indiscutivelmente idosa, ainda pensava em sua mãe e pai com uma constelação de sentimentos cujo cerne era a ternura, apesar de terem sido tão injustos com ela há mais de meio século. Não souberam o que fazer senão aquilo; eram pessoas de outra geração. Até hoje seria quase capaz de chorar recordando-se de sua gentileza, e de todas as brincadeiras de mímica que fizeram, e como ela e Philip tinham corrido pelo apartamento de Bensonhurst depois de um banho, dando gritinhos e cheirando bem, até por fim serem apanhados com uma toalha pela sua mãe feito um toureiro. Tinham deixado suas pegadas molhadas por toda parte, ainda que tenham secado rápido e sem deixar rastro.

Seus pais a haviam prejudicado, o que a enfurecera, mas só por algum tempo. Seu irmão não ficara do lado dela, e ela levara isso muito a mal no começo, e depois, quando ela deixara a mágoa para trás, a vida acontecera – a vida dela, que era tão diferente da dele; e por fim foi como se nunca tivessem sido irmãos, quanto mais gêmeos. Deitada na mesa, tentou fazer uma anotação mental para ligar primeiro para ele em seu aniversário mútuo dentro de alguns meses, em vez do contrário. Começar o dia cedo e ligar para ele primeiro, perguntando-lhe se ele e Sydelle não estavam planejando vir para o leste do país em breve. "Eu ia gostar muito se viessem", diria ela. "E podemos até brincar de mímica. Então comece a treinar."

De repente, as mãos que trabalhavam seu corpo começaram a bater de lado, subindo e descendo veementes por aqueles velhos ossos que tinham andado por toda parte, e talvez estivessem começando a ficar mais lentos.

"Pronto!", bradou Sue, a massagista, e deu um tabefe nas pernas de Faith com ambas as suas mãos eficazes, o som ecoando feito o de um triunfo.

NOVE

A tarde da reunião de cúpula sobre mentoria em Los Angeles estava extremamente calorenta, apesar de ser começo de dezembro. Los Angeles era quente, poluída e barulhenta, mas nada disso era sentido ou comentado dentro do centro cultural, que tinha seu próprio ecossistema autocontido. O calor, a poluição e o barulho tinham sido substituídos por um sutil cheiro bom e uma sensação inefável de frescor. Além disso, o evento não tinha filas longas e cansativas, porque todos os banheiros, inclusive os masculinos, tinham sido abertos. As mulheres passavam por eles sem a menor dificuldade. "Será que eu morri e fui para o céu?", perguntava uma mulher à outra junto aos secadores de mão, que pareciam zunir de forma mais agradável do que o normal.

Bebidas e canapés circulavam pelo saguão; Bellinis fininhos e tartare de atum gemológico pincelados com geleia de yuzu. Havia ali um discreto quiosque de manicure, onde as mulheres estavam sentadas com seus dedos abertos; aqui e ali, outras mulheres davam de mamar aos filhos e ninguém olhava torto. A vidente feminista dominava um canto. As mulheres daquele lugar eram ricas e progressistas, acreditavam na igualdade, doavam dinheiro a candidatos de esquerda ou centro-esquerda, e compravam ingressos para eventos como aquele para ver as palestrantes, inclusive as atrizes e diretoras de cinema. O público era bem-vestido; era um mar de cores pastéis e ocasionais pretinhos básicos, porque mesmo sendo ali a Califórnia, Nova York tinha raízes profundas. Expunham-se clavículas, exibiam-se joias discretas, e a conversa se dava em tom preocupado, interrompido por um ou outro guincho familiar que talvez se ouça em um restaurante quando há um grupo grande de mulheres à mesa. Todas ali conheciam aquele guincho, que assinalava a felicidade das mulheres passando um tempo juntas.

Greer Kadetsky e Lupe Izurieta estavam de pé assistindo à cena. Haviam chegado de Nova York, na manhã seguinte à de Lupe do Equador. Lupe, bonita, vinte e poucos anos, num vestido amarelo, estava exausta da viagem longa e assustada com o número de pessoas na plateia. Greer disse: "Quer comer alguma coisa?", feliz de ter ocasião para usar o espanhol escolar que estudara em Macopee, e levou-a para uma das mesas de bufê compridas feito passarelas, mas a comida deve ter parecido muito esquisita para aquela jovem equatoriana – pareceu esquisita para Greer também. Comida chique, cheia de firulas.

"Não", disse Lupe na voz mais suave do mundo, que lembrou a Greer sua própria voz no começo. Não que falasse superalto agora, mas estava diferente.

Um técnico as avistou e disse: "Hora de colocar o microfone em vocês. Começamos em quinze." Nos bastidores antes da palestra, o técnico trouxe o equipamento e disse: "Quem vai primeiro?"

Greer tentou explicar a Lupe o que aconteceria. Antes que pudesse terminar o que dizia, o técnico tinha enfiado uma das mãos dentro do colarinho da camisa de Lupe para pregar o microfone, o que a fez se espantar e a deixou tensa. "Está tudo bem", disse Greer, embora soubesse que para Lupe não estava, mas ele tomara a iniciativa rápido demais. Então a mão dele recuou, e Lupe exalou de alívio. Ela era a pessoa mais assustadiça que Greer já conhecera, e tinha ficado em silêncio o voo todo, de Nova York a Los Angeles. Era de se imaginar que tivesse ficado exatamente do mesmo jeito durante o voo longuíssimo de Quito a Nova York, sua primeira viagem de avião na vida.

"Está tudo bem com você?", perguntou Greer.

"Estou bem", afirmou Lupe, mas não parecia nada bem.

Greer também não estava se sentindo muito bem. Não sentira a menor vontade de fazer aquele discurso. Quando Faith lhe oferecera a oportunidade em outubro, ela pensara que era brincadeira. "Venha para a minha sala", dissera Faith. Greer adentrara o espaço branco e contemplara as paredes que haviam sido pouco a pouco empanadas por fotos de meninas e mulheres.

"Greer", disse Faith. "Chegou o seu momento." Faith lhe disse que queria que ela fosse a Los Angeles e subisse ao palco com uma das moças do Equador, para apresentá-la, e escrever sua fala para ela, e além disso, também escreveria e apresentaria a conferência de abertura sobre mentoria.

"Não posso fazer isso", afirmou Greer, atônita.

"Por que não?"

"Eu não leio discursos. Eu os escrevo para os outros. Ou pelo menos costumava fazer isso. Sempre curtos."

"Todo mundo que profere discursos", disse Faith, "um dia foi alguém que nunca os tinha proferido. Você está com quantos anos agora, vinte e cinco?"

"Vinte e seis."

"Ora. É um excelente momento."

Greer ficou pensando por que Faith estava lhe dando aquele cartaz. Lembrou de uma coisa que certa vez Faith dissera à equipe, logo no começo: "Os homens só dão às mulheres os poderes que eles não querem." Ela queria dizer poder para gerir o lar, lidar com as crianças e seus amiguinhos e professores, para tomar todas as decisões do reino doméstico. Então talvez Faith, como um daqueles homens, estivesse dando a Greer algo de que ela não fazia muita questão. Talvez Faith não tivesse qualquer interesse em fazer aquele discurso, e portanto fosse por isso que o estivesse cedendo a Greer – passando o poder para ela para assim se livrar dele. Greer viu, naquele momento, Faith olhar de relance para seu relógio de mesa minimalista, como uma psicoterapeuta perto do fim da sessão. Greer tinha demorado além da conta. Por que não dissera simplesmente que sim?

"Certo, tudo bem, combinado", disse Greer com animação forçada. "Melhor acabar logo com isso", acrescentou ela, aplicando o dedo em forma de arma à lateral da cabeça e tentando rir.

O momento ruim tinha se dissipado. Tudo de que você precisava para fazer qualquer momento ruim ir embora era se sujeitar. Isso era verdade em qualquer área da vida, ainda que a Loci focasse tanto em, supostamente, *não* se submeter. Ela se pôs de pé, pronta para ir, e Faith olhou para ela e disse: "Vai ser uma boa. Prometo."

A dúzia de vezes que Greer havia entrado naquela sala ao longo dos anos, sem relação com o trabalho, tinha sido porque Faith vira que algo andava mal e a chamara para entrar; ou então porque Greer se sentia bem-vinda ali. Faith a havia incentivado a entrar para conversar sempre que tivesse vontade. Depois de contar a Faith sobre seus problemas com Cory, Greer retornara à sala dela meses depois, após um fim de semana em Macopee durante o qual Cory havia terminado com ela. "Eu te amo e sempre vou te amar", dissera ele mecanicamente, feito alguém numa peça de escola, "e não quero te machucar, de jeito nenhum. Mas simplesmente não consigo mais fazer isso."

Depois disso, Faith a consolara e dissera-lhe que a melhor coisa que se podia fazer num momento duro da vida era trabalhar. "O trabalho pode ajudar", dissera ela. "Especialmente quando você está sofrendo. Continue escrevendo discursos para aquelas mulheres, Greer; continue imaginando a vida delas, aquilo por que passaram. Você vai ver que vai começar a sair de si e entrar nelas. Vai te dar perspectiva. E toda vez que você quiser conversar comigo, me avise."

Fazia três anos e meio que aquilo acontecera. Com o tempo, terminados que estavam, Greer e Cory foram se falando cada vez menos, e agora ela só tinha contato com ele quando ia visitar seus pais em casa, em Macopee. Conforme os anos pós-término iam passando e eles foram se mudando cada vez mais para longe um do outro, ela foi vendo, objetivamente, que Cory tinha se transformado em um adulto alto e magro que morava na casa da mãe com um sofá coberto de plástico, videogames e uma tartaruga. A sensação que tinha cada vez que o via – a ele! – morando ali e se transformando numa pessoa nova, desconhecida, era forte feito um ataque de doença crônica.

Desde o término, Greer tivera relacionamentos e ficadas ocasionais que na maior parte tinham sido decentes, e uma ou duas vezes excruciantes. Às vezes ela encontrava alguém depois do trabalho para coquetéis naquele gênero de bar que era cheio de gente jovem que trabalhava para startups progressistas, ou para sites de cultura com nomes como Topsoil.

Aos vinte e seis anos, Greer finalmente havia desenvolvido um visual próprio. A mecha azul no seu cabelo fora removida há alguns anos, substituída por luzes, mas sua nerdice intensa e às vezes sensual permanecia, e se tornara muito estilosa. Óculos pesadões estavam na moda. Ela usava um par nesse estilo, e muitas vezes uma saia curta com meias-calças coloridas e botinhas pretas, fosse para ir ao trabalho, ir a um evento da Loci ou sair em grupo para beber à noite.

Às vezes os que bebiam com ela batiam ponto no Skillet, um ex-farol marítimo/barco festivo ancorado no Hudson, no centro da cidade. O piso balouçava sob seus pés enquanto ela bebia, bradava e flertava. Desde que ficara solteira, Greer se obrigara a ficar boa no flerte. Os homens que conhecia pareciam todos dizer que "tinham saído da igreja wesleyana faz alguns anos". Suas camas nunca estavam feitas, ou estavam malfeitas, quando ela deitava nelas. Ninguém tinha ainda o tempo nem a vontade de cuidar de si mesmo, e não estava bem claro se e quando isso ia começar.

Dois meses antes da reunião de cúpula em Los Angeles, a bordo do Skillet, Ben Prochnauer, do escritório, se abrira para Greer feito uma florzinha obstinada. Eles se falaram de perto, tal e qual certa vez ele se aconchegara junto a Marcella Boxman – ela que há muito abandonara a Loci para ser professora de inovação social em Cambridge – e falou com ela com urgência.

"Então. Você chega a pensar em mim daquele jeito?", perguntou ele.

"'Daquele jeito'?" Greer deu um passo atrás e olhou para ele. Trabalhavam juntos já fazia bastante tempo. Nos primeiros anos ele flertara com ela, mas parecia pouco mais que um ato reflexo. Agora, sem aviso, ele estava de fato dando em cima dela. O rosto dele tinha o otimismo cintilante de quem encontrara uma moeda. Greer dormiu com ele naquela noite, no futon de seu conjugado em Fort Greene. A ficada surpresa era o tipo de acontecimento que as duas pessoas envolvidas suspeitavam que iam recordar um dia com uma afeição melodramática e vaga, aliada à tristeza que os levara até lá.

Quando chegou o momento de ela subir ao palco naquele dia em Los Angeles, Greer foi até o pódio, microfonada e levemente trêmula, sua visão dardejando na escuridão como se ela fosse um peixinho dourado colocado em um novo aquário, quando do lado de fora dele pairavam mil mulheres invisíveis. Ali perto, no palco, a intérprete de linguagem de sinais já a aguardava, paciente. O recinto permaneceu em silêncio, com apenas a tosse ocasional obrigatória e, por algum motivo, reconhecivelmente feminina, seguida de uma remexida dentro da bolsa em busca de uma pastilha, que era desembrulhada numa sequência de farfalhos.

"Por favor me perdoem se pareço um tanto intimidada nesse momento", começou Greer. "A maior parte dos discursos que faço são dentro da minha cabeça." Risadas afetuosas. "Eu não estaria aqui", disse ela, "se não fosse por Faith Frank." Aplausos. "Ela é a melhor pessoa, e me pediu que viesse em seu lugar. Sei que preferiam ouvi-la falar, mas hoje é a mim que vocês têm. Pois então! Faith Frank me contratou, originalmente, com base em nada. Ela me acolheu, me ensinou, e, mais do que isso, me deu permissão. Acho que é isso que as pessoas que mudam nossas vidas sempre fazem. Nos dão permissão para sermos as pessoas que no fundo desejamos ser, mas talvez não achamos que temos permissão para ser."

"Muitas aqui nesse recinto – podemos chamar de recinto? Mais parece um continente – tiveram alguém como ela, não é verdade?" Murmúrios afirmativos. "Alguém que te deu autorização. Alguém que te viu e te ouviu. Ouviu a sua voz. Temos muita sorte em ter tido isso."

Então Greer apresentou Lupe, falando de sua tribulação e coragem, e do orgulho que a Loci sentia em tê-la ajudado, assim como ao resto das moças. "Agora, começando uma vida nova depois de momentos tão traumáticos", disse Greer, "ela foi apresentada a uma mentora. Uma mulher em seu país que está lhe ensinando tudo o que sabe."

Lupe apareceu no palco e assumiu seu posto ao lado de Greer. Ela tirou um papelzinho dobrado no qual havia a versão em espanhol das palavras que Greer tinha escrito para ela. Lupe aplainou a folha e deu um de seus risinhos carismáticos; a reação da plateia a isso foi terna e compreensiva.

Por fim, Lupe começou a ler em voz alta, devagar e cuidadosamente. Depois Greer leu as mesmas palavras em inglês. "Hoje venho falar por mim e pelas outras que estavam no Equador quando tivemos aquela experiência ruim. Deixamos as nossas casas, e não era para o trabalho que disseram que seria. Sentimos medo. Não nos deixavam ir embora." Elas iam se revezando, transmitindo a história emocionante sobre como Lupe vivera uma vida árida que não parecia ter a menor perspectiva de melhorar. Lupe parecia tão assustada e perturbada enquanto recordava o que lhe acontecera que Greer também se sentiu daquele jeito, exatamente como se sentia quando costumava escrever as falas para os almoços. Instintivamente, ela estendeu a mão e pegou a mão de Lupe, segurando-a como Faith certa vez segurara a sua. Em seu espanhol escolar, ela cochichou a Lupe para falar no próprio tempo, sem se preocupar com nada. O público sabia esperar. As pessoas da plateia não iam a lugar nenhum. Então Lupe seguiu no próprio tempo, e, por fim, se alternando, ela e Greer chegaram à parte em que ela e todas as outras foram resgatadas, e levadas do bairro em Guaiaquil onde haviam sido obrigadas a morar. E, então, uma vez que chegara à nova residência, uma mulher mais velha fora vê-la e a convidara para aprender coisas novas. Lupe concordara em ir; juntas, foram a um prédio com computadores e professores de inglês. "Estou aprendendo", disse Lupe em inglês, e a plateia aplaudiu. Também havia no prédio uma sala com equipamento para aprendizagem têxtil. Mostraram a Lupe como operar um tear manual, e também como tricotar. Sua mentora sentara-se junto dela junto à janela e mostrara-lhe diferentes pontos. "Fiquei boa nisso. Mais tarde", disse Lupe, "queremos formar uma cooperativa têxtil de mulheres." Seu curto depoimento já acabara; Lupe conseguira proferi-lo. Greer a abraçou, e seguiram-se os aplausos.

Mais tarde, Greer descobriria que algumas mulheres, segurando seus iPhones no alto, tinham gravado o discurso. Se o século XXI te ensinava alguma coisa, essa coisa era que suas palavras pertenciam a todos, mesmo que na verdade não pertencessem. Não era que aquele momento fosse tão especial assim, mas para as pessoas naquele recinto, parecera. "Você tinha que estar lá", uma mulher provavelmente diria a outras, suas amigas, depois de lhes mostrar o vídeo. Um momento intenso entre duas mulheres no palco de uma reunião de cúpula feminista não era algo tão grandioso assim. Não viralizou, diferentemente do discurso feito mais tarde naquele mesmo dia pela estrela de filmes de ação. As mulheres da reunião de cúpula tinham batido palmas de pé no começo e ao final daquela palestra, celebrando a heroína australiana de *Gravitus 2: o despertar*, que tinha feito tanto sucesso. Na cena mais estupidamente famosa do filme, seu personagem, Lake Stratton, dissera à gangue de supervilões corporativos e seus capangas depois de ser escarnecida por eles em virtude de ser mulher, "É verdade: eu posso até não ter um par de bolas". Pausa. "*Então peguei umas emprestadas.*" Nesse momento, duas gigantescas bolas de demolição invadiam pela janela o escritório do arranha-céu onde o confronto estava acontecendo, matando os vilões.

O mais importante no filme não era o conteúdo, evidentemente pueril. Parecia que, para uma mulher poder ter um grande momento na cultura, ajudava ela não ter um nome obviamente feminino e ser uma dama violenta, atraente e de busto generoso. Na verdade, o que importava mesmo era que o filme tinha arrecadado US$ 335 milhões, e talvez, daí em diante, os estúdios de cinema fossem realizar mais filmes com mulheres no papel principal.

O momento de Greer no palco com Lupe não foi nada parecido com isso. Foi menor, e passageiro, mas o aplauso se prolongou por um tempo bem longo. Mais tarde, no saguão, um grupo de mulheres cercou as duas, circundando-as com entusiasmo e perguntas. "Adorei aquilo que você disse sobre gente que nos dá permissão", disse uma mulher a Greer. "Sei o que você quer dizer, porque vivi exatamente isso."

Por outro lado, uma mulher de meia-idade chegou perto de Lupe e tirou algo de uma bolsa. "Um presente para você", disse a mulher, e ela apertou nas mãos de Lupe um amarfanhado de lã branca com um par de agulhas, ao qual estava ligado o princípio de um casaco ou cobertor. "Eu também tricoto", disse a mulher alto demais, como se isso fosse ajudar Lupe a entender. "Mas queria te dar esse de presente."

Lupe aceitou as agulhas e a lã, mas Greer ficou sem saber o que aconteceu depois, porque foi transportada dali por uma maré de mulheres, enquanto que Lupe foi transportada por outra.

Uma mulher disse a Greer: "A minha pessoa não era professora, era uma vizinha. Sra. Palmieri. Às vezes eu cuidava do gato dela, quando ela viajava. Ela me convidava para entrar quando estava em casa, e a gente conversava sobre culinária. Ela me deu muitos conselhos."

"A minha", falou outra mulher, "foi, na verdade, o meu avô. Uma pessoa incrível. Ele foi atirador de cauda na Guerra da Coreia."

Depois que acabou o evento, Greer disse a Lupe: "Você foi maravilhosa. Elas te adoraram, de verdade." A moça desviou os olhos, tímida; será que tinha ficado feliz ou só estava sem graça? Era difícil saber. Greer se lembrou de uma coisa que Faith havia dito durante seu discurso na capela de Ryland. Ela lhes dissera que se falassem sobre o que acreditavam, nem todos gostariam delas, ou as amariam. "Se servir de algum consolo", dissera Faith, "*eu* amo vocês."

Será que aquilo era verdade? Sim, pensou Greer, provavelmente era, porque agora mesmo sentia uma espécie de amor por Lupe Izurieta. E Greer conhecia Lupe tão pouco quanto Faith conhecia as pessoas daquela capela.

Depois que o local se esvaziou, Greer e Lupe voltaram para seus quartos no hotel, que eram ligados por uma porta que, no começo, elas não abriram. Greer ficou deitada na cama king-size e falou por Skype com Ben, que estava em Nova York. Ele dormira em sua casa duas vezes na semana passada; seu relacionamento não tinha grande ímpeto, mas era um alívio físico, seu corpo prazeroso pesando sobre o dela, feito um cobertor terapêutico, suas mãos e boca ágeis e serelepes. "Acho que elas gostaram", ela lhe dizia naquele momento. Ele chegou perto da tela, a câmera deixando-o com uma convexidade de lente olho de peixe que a fez pensar nas sessões de Skype com Cory ao longo dos anos: em Princeton, com seu quarto bagunçado ao fundo, e nas Filipinas no meio da madrugada, enquanto a tarde queimava nos Estados Unidos. O rosto de Ben na tela ainda não era totalmente familiar, embora tivessem dormido junto algumas vezes.

"Excelente trabalho", disse Ben. "Assisti ao vivo com Faith e algumas pessoas do andar de cima", disse ele. "Todos te achamos ótima. E aquele momento com a menina foi muito emocionante."

Apareceu uma mensagem de texto de Faith algum tempo depois.

MANDOU BEM! MUITO OBRIGADA DE NOVO.
VOCÊ É A MELHOR.
BJO,
FAITH

Pouco depois, Greer bateu baixinho na porta que separava o seu quarto do de Lupe. Ela usou seu espanhol escolar para perguntar se Lupe queria pegar uma Uber com ela e ir à cidade para jantar. Deu-se uma longa pausa, e talvez a reação de Lupe tenha sido de pavor; talvez ela fosse preferir ficar sozinha naquela noite. "Ou podemos ficar por aqui", acrescentou Greer rapidamente. Então o trinco correu, a porta se abriu, e elas ficaram uma em frente à outra se fitando. "Mas digo que precisamos comemorar", disse ela. "Você foi incrível no palco." Lupe fizera hoje algo que nunca fizera em toda sua vida: tinha subido a um palco e falado diante de uma plateia.

Lupe fez que sim, sem sorrir.

"Tudo bem se eu entrar aí?"

"Sim." Greer entrou no quarto, que mal parecia habitado. Uma pequena maleta laranja estava aberta sobre uma mesa, exibindo a modesta coleção de roupas e objetos que haviam viajado até ali, vindos de tão longe. Greer sentia vontade de dizer a ela para ocupar mais espaço, para espalhar mais seus poucos pertences pelo quarto, para pedir mais, e ao fazer isso, se tornar maior. Mas não era possível você obrigar alguém a ser assim, especialmente depois de uma vida inteira de privação seguida de um ano de traumas. O mundo falhara com ela. Agora ele dava voltas. Não perca o ânimo, Greer sentiu vontade de dizer, mas aquilo teria sido exigir, e não ouvir.

Elas escolheram o jantar pelo cardápio; isso foi um suplício. Como saber o que Lupe achava que estava pedindo? Depois, quando chegou, jantaram assistindo a um filme de TV a cabo sobre a colonização hostil da galáxia de Andrômeda – uma trama tão distante da vida delas duas que funcionou como um equalizador, nem mais, nem menos compreensível para qualquer uma das duas.

Greer sentiu, em algum momento, que talvez estivesse se demorando demais naquele quarto. Lupe estava com cara de sono. Será que ela conseguiria de fato pregar o olho naquela cama desconhecida? Se tivesse pedido a Greer, ela teria de bom grado sentado à escrivaninha e esperado Lupe dormir. De repente sentia muita vontade de protegê-la. Tinham subido ao palco juntas, e agora, por algum motivo, era como se ela lhe pertencesse.

Na manhã seguinte as duas voltaram a Nova York juntas. No avião, tal como fizera na ida para Los Angeles, Lupe ficou sentada imóvel, obviamente morta de medo. Durante uma turbulência, Greer a viu fazendo o sinal da cruz repetidamente. No chão, aos pés de Lupe, estava sua bolsa, e transbordando da parte de cima uma espuma de lã branca e duas agulhas de cobre, o presente espontâneo da mulher da plateia. Tricotar supostamente acalmava. Greer apontou a lã, mas Lupe fez que não com a cabeça e continuou a olhar para o assento à sua frente, infeliz, pelo resto da viagem. Ela voltou para o Equador um dia depois.

Greer passou o fim de semana na casa de Ben, onde ficou deitada junto dele em seu futon aberto, fazendo qualquer coisa em seu laptop enquanto ele fazia qualquer coisa no dele. Às vezes, um dos dois batia a tampa do seu laptop, e o outro o imitava, os laptops fazendo sons decisivos como portas de carro batendo, uma grande parte das preliminares atualmente. Domingo de manhã, Ben ficou dormindo enquanto Greer olhava os e-mails que haviam se acumulado naquela noite. Enquanto os filtrava, viu um de Kim Russo, que já trabalhara para o chefe operacional da ShraderCapital até sair da empresa meses atrás para ir trabalhar para uma empresa de energia solar.

Oi, Greer,
Eu queria muito conversar com você, confidencialmente. Podemos nos ver? É importante. Grata,
Kim Russo

Greer sentiu vontade de perguntar a Ben sobre o que ele achava que ela queria falar, mas seu instinto lhe disse para não fazê-lo. Ela não disse nada a ninguém. As duas se encontraram antes do trabalho no dia seguinte em um café no centro do Brooklyn. Na ShraderCapital, Kim se vestia com o uniforme conservador da mulher corporativa, mas desde que começara no novo emprego, suas roupas eram mais à vontade. Mas Kim, em si, estava tensa; ela sacudiu a cabeça ao ver o enorme cardápio plastificado assim que ele pousou na mesa e pediu apenas café preto, que bebeu em goles longos.

"Olha", disse Kim. "A gente não se conhece muito bem. Mas você sempre me pareceu se importar muito com o que faz. Me dava vontade de trabalhar no vigésimo sexto em vez de no vigésimo sétimo."

"É um lugar legal", afirmou Greer mansamente, no aguardo.

"Mas a ShraderCapital era a progressão natural para mim depois da Wharton. Eles foram muito convincentes quando me contrataram." Kim olhou para baixo e girou o líquido na xícara. "Eu vi você falando. Alguém me mandou o link. Você foi bem."

"Obrigada."

"Preciso te dizer uma coisa."

"Certo."

Kim centralizou a xícara de café em sua mão e olhou para ver se Greer estava prestando atenção. "O programa de mentoria no Equador é um embuste", disse Kim.

Greer esperou um segundo inteiro por educação, depois disse: "Grata pela sua opinião. Sei que há críticas válidas sobre esse tipo de ação em outros países. Eu sei que pode parecer coisa de privilegiado ou intromissão. Mas não é um embuste. Com isso, essas mulheres têm alguma chance."

"Não foi isso o que eu quis dizer. Estou dizendo embuste no sentido de que não existe."

Greer foi capaz apenas de olhar para ela. "Certo, isso simplesmente não é verdade", falou, por fim. O café zumbia e trinava com seu movimento de manhã pré-trabalho. Cardápios estalavam ao cair nas mesas, e a porta de vidro não parava de se abrir e fechar. Ao redor delas, outras conversas, mais corriqueiras, à mesa do café se desenrolavam. Havia homens com cabelo recém-lavado, ainda molhado e penteado para trás, de terno e gravata; mulheres perfumadas, escovadas, otimistas e todas mãos à obra; mães com carrinhos bloqueando a saída de incêndio.

"É verdade, sim", retificou Kim.

"Duvido muito disso."

Kim disse, "A gente pode ficar dando voltas e mais voltas, mas preciso ir trabalhar, e acho mesmo que você vai querer saber o que eu tenho a dizer. Eles te mandaram subir ao palco em Los Angeles com aquela menina. Eles te mandaram lá sabendo que não era verdade. Pra mim, isso é inaceitável."

Greer não conseguia absorver o que Kim estava dizendo, porque não fazia sentido e ela não sabia o que fazer com aquilo. Era como se um cachorro tivesse lhe trazido um presente da floresta: um passarinho morto, ensanguentado, grotesco e ainda morno, recém-depositado a seus pés.

"Como você soube disso?", perguntou Greer por fim.

"Eu estava nas reuniões do andar de cima, meses atrás, quando estavam planejando tudo."

"Mas é ridículo", disse Greer, ouvindo sua própria voz ficar um pouco mais baixa, como se estivesse saindo de frequência.

"Talvez, mas é verdade. Na hora me incomodou muito, de verdade, o jeito como lidaram com a coisa, mas quando saí da ShraderCapital, parei de pensar naquilo. Aí ontem vi seu vídeo falando em L.A. Eles deixaram você subir lá, Greer, e ainda por cima mandaram aquela menina ir junto. Nem ligaram de não ter acontecido de verdade."

"O que que não aconteceu de verdade?", foi o que Greer conseguiu dizer. "Tudo, na íntegra?"

"O resgate aconteceu mesmo. O grupo de segurança parece que foi lá e salvou as meninas."

"Bem, que bom. Que alívio."

"Mas a parte da mentoria nunca chegou a acontecer. Só fingiram que sim."

"Mas por que fariam uma coisa dessas?"

"Deu ruim", disse Kim, "com o contato deles no Equador."

"Alejandra Sosa."

"Não, ela não. A outra. Achei que você sabia."

"A outra? Só ela foi contratada, ninguém mais. A Faith mandou investigar os antecedentes dela. Nos mínimos detalhes."

Kim sacudiu a cabeça. "Ela era boa. Concordo, teria dado conta do trabalho. Mas fizeram uma mudança. A esposa do diretor operacional conhecia uma mulher da região de quem gostava; queria que ela assumisse as operações do dia a dia. Então pediu ao marido, e ele pediu ao Shrader, e o Shrader disse que sim, pra ele tanto fazia. Então a Alejandra Sosa foi tirada de campo, e pelo visto, estou vendo que ninguém contou à Faith. E daí que a pessoa nova foi um desastre. Ela não localizou mentora nenhuma. O prédio que alugamos ficou lá, sem uso, vazio. Sem-teto ocuparam ele. A mulher do diretor ficou de cara quando descobrimos, e todo mundo só queria que essa sujeira fosse varrida pra debaixo do tapete e sumisse de vista. Ninguém queria discutir o assunto."

"Não dá pra processar essa pessoa?"

"É tarde demais para isso. Mas a questão não é realmente essa. Acho que você não entendeu. Você sabe que fizemos um monte de folhetos pedindo doações para o programa de mentoria seguir funcionando. As doações foram entrando, e talvez estejam até hoje. E uma vez que a ShraderCapital descobriu a verdade, não fechou o fundo, não soltou uma nota de imprensa e nem devolveu o dinheiro das pessoas. Acharam que ia ser horrível para a imagem da empresa. Então simplesmente permitiram que continuasse, o que, evidentemente, é ilegal. E é claro que o nome da Loci está estampado no folheto inteiro."

Greer fechou os olhos; foi tudo que pôde pensar em fazer. Ela pensou em Faith, e em Emmett, e numa conta bancária se preenchendo de dinheiro, e em uma matéria de telejornal, e em todos eles indo a julgamento por fraude. A cabeça de uma pessoa podia incidir, sem aviso, num desvario. Greer sentiu uma pressão no peito, e um termo médico lhe veio à cabeça: *angina instável*. Tenho só vinte e seis anos, pensou

Greer, embora naquela hora aquela idade nem lhe parecesse tão jovem assim.

"Mas deixe te perguntar uma coisa", disse Greer. "A Lupe Izurieta, que foi a L.A. comigo e falou no palco. E ela? Ela concordou em ler aquela declaração em espanhol sobre a mentora dela, que lhe ensinou vários trabalhos. Informática, tricô."

"Isso, ela concordou", disse Kim. "Alguém escreveu para ela."

"Eu que escrevi", disse Greer, atônita. "A Faith me pediu."

Ela pensou no pavor que Lupe devia ter sentido, que presumira ser por causa de ter que falar do seu trauma em público. Mas talvez fosse porque tivera que subir ao palco lendo uma mentira que lhe haviam mandado ler. Greer olhou para Kim tentando encontrar algum sinal de loucura, uma imagem de uma ex-funcionária descontente que queria afundar a empresa onde trabalhara. Mas Kim a olhava de volta sem interromper contato visual, esperando sua resposta, e então Greer se lembrou de outra coisa. Pensou em Lupe no avião com a poça de lã branca e as agulhas de tricô se projetando da bolsa, intocadas. Tinha pensado, no avião, que Lupe gostaria de tricotar durante o voo para se distrair do medo.

Talvez o tricô tenha ficado intocado porque na verdade ela não sabia tricotar. Talvez sua mentora não soubesse tricotar, porque não havia mentora.

Quando Greer entrou no escritório de Faith, meia hora depois, e perguntou de cara se podiam conversar em particular, o rosto de Faith assumiu aquela expressão particular que Greer já vira em diferentes ocasiões ao longo dos anos: de empatia e atenção. Faith disse, "Estou de saída para o meu cabeleireiro. Por que você não me encontra lá ao meio-dia?".

"Certo."

"Mas não espalhe isso por aí. O que mais odeio em ter que ir lá, além da obscenidade de dinheiro que cobram, é a quantidade de tempo que preciso passar ali. Se eu somasse todo o tempo que passei nesses lugares, talvez desse para ter viajado pelo mundo. Feito algo mais significativo do que ficar sentada em uma cadeira, passiva, usando uma capa de plástico feito uma super-heroína de coisa nenhuma. Bem, pelo menos assim teremos tempo para conversar. Vou gravar um bloco para a *Screengrab* mais tarde, então preciso de um visual decente."

Greer localizou Faith atrás da cortina privativa reservada para os VIPs bem no fundo do salão Jeremy Ingersoll na avenida Madison, um salão comprido e profundo cheio de flores; as flores que lotavam o lugar deixavam-no com um perfume forte que concorria com o formaldeído da fórmula da escova definitiva brasileira, gerando uma brisa tropical que por algum motivo, pelo menos a Greer, também invocava morte e decomposição. Greer, nervosa, esperou a cabeleireira terminar de colocar as folhas de alumínio. Elas cintilavam, parecendo invólucros de chiclete espalhados pelo couro cabeludo de Faith. A cabeleireira marcou o tempo num cronômetro e deixou as duas a sós.

"Então", disse Faith, sorrindo, mas séria. "Parece que temos exatamente meia hora juntas. Fale, Greer." Era desalentador o quanto Faith parecia diferente de capinha e cabelo brilhoso, o escalpo plugado não com eletrodos, mas com um eletroduto para a juventude e a beleza. Faith pareceu notar como Greer estava espantada com sua aparência, e acrescentou, "Ah, eu sei, estou com uma aparência bizarra. Mas se você visse como eu fico de verdade quando demoro muito pra pintar o cabelo, você acharia mais estranho ainda. Ou talvez você já tenha visto."

"Não, nunca vi."

"Bem, venho aqui com tanta frequência que é como ser viciada em crack, e o Jeremy Ingersoll é o meu traficante. Se eu não fizesse isso tudo, ficaria muito grisalha, e simplesmente não sou fã de como isso fica em mim. E preciso me sentir bem ao me olhar no espelho."

"Claro."

"Vaidade não custa barato. E com o tempo vai ficando ainda mais caro. Quando comecei a ficar grisalha, fiquei preocupada que, se eu deixasse pra lá, ia acabar parecendo uma feiticeira. E não era isso o que eu queria. Eu queria parecer comigo mesma, só isso. Um dia você vai entender do que eu estou falando. Vai demorar muito ainda, mas vai entender."

Ela olhou diretamente para Greer pelo espelho, e Greer pensou em quantas vezes desejara momentos de conversa mais pessoal com Faith no decorrer dos anos. Ali estava outro deles, e Greer estava prestes a estragá-lo lhe contando o que Kim Russo dissera. De repente ela desejou que, em vez de passar adiante aquela informação, pudesse contar algo de novo de sua vida, sua vida amorosa. Ela queria poder sair dizendo algo repentino, vulnerável e real.

"E então, como você está indo?", perguntou Faith afavelmente.

Greer olhou para as próprias mãos, depois de volta a Faith pelo espelho. "É o seguinte. Parece que não existe programa de mentoras no Equador", disse ela. Fez uma pausa, deixando Faith absorver essa informação. "Nunca existiu um programa de mentoria", continuou, "mas dissemos que existia, e recebemos o dinheiro das pessoas, e ainda estamos recebendo. E eu subi ao palco em L.A. e falei de como a mentoria era maravilhosa e escrevi um texto para a Lupe ler, mas era tudo mentira. Quem me contou isso foi uma fonte, a Kim Russo do andar de cima, e eu acredito nela."

Faith olhou para ela boquiaberta. "Você tem certeza?"

"Sim."

"E o resgate?", perguntou Faith, agitada.

"Isso aconteceu mesmo."

"Graças a Deus, pelo menos isso. Mas, sério, não teve mentoria?"

Greer fez que não. Explicou o que havia acontecido, e por que parecia ser verdade. Faith de início não disse nada, mas sim simplesmente continuou ali com sua boca apertada de tensão, até que, por fim, ela disse, "*Merda*".

"Eu sei."

"Não dá pra acreditar que a ShraderCapital fez isso. Digo, dá, sim", corrigiu-se Faith. "Muitas vezes, eles dão 'jeitinhos' questionáveis. Mas esse passa de todos os limites." Greer sentiu em seu ânimo uma forte injeção de alívio químico. Sua ansiedade se modificou, tornando-se quase uma pré-empolgação. Faith não sabia de nada. Greer não achava que havia jeito de ela saber, no entanto. E mais do que isso, Faith estava com raiva, e Greer, com raiva junto dela. As duas fervilhavam de raiva juntas, traídas pelo pessoal do andar de cima. "Já me disseram que sou ingênua, sabe", disse Faith. "É uma crítica razoável. Achar que eu podia fazer negócio com essa gente, e que nunca daria problema."

Ficaram sentadas ali remoendo sua melancolia compartilhada. Mas então Faith se apoiou na bancada e girou sua cadeira para poder ver Greer de frente, não mais pelo espelho. E então disse, "Mas acho que não entendo o que você achou que ia conseguir, correndo para cá para me contar isso".

Greer piscou, repentinamente pega de surpresa, desarmada, confusa. Naturalmente, seu rosto corou. "Bem", disse ela, tensa, "achei que só estava te dizendo a verdade."

"Ótimo. Então aqui estamos, rodeadas pela verdade."

"Me parece que você está com raiva de mim", disse Greer. "Não fique brava comigo, Faith. A culpa não é minha." Faith não disse nada, simplesmente continuou olhando para ela. "Presumo que a gente vá fazer alguma coisa agora", disse Greer depois de um tempo.

"Não tem o que fazer com isso, Greer."

"Tem, sim. Pode ter."

"Por exemplo?"

"A gente podia romper com a ShraderCapital", experimentou ela, ainda que não tivesse planejado nada e agora estivesse só improvisando. E, enquanto improvisava, ainda estava perturbada com a ideia de Faith estar brava com ela. Aquilo não tinha sentido. Agora ela precisava acalmar Faith, porque as duas tinham sido passadas pra trás, e Faith precisava entender isso. De repente Greer imaginou a si e a Faith com duas trouxinhas amarradas numa vara às costas, saindo da Loci e partindo por uma estrada escura.

"Romper com eles. Certo, mas isso é falta de visão", disse Faith. "Onde mais vou conseguir dinheiro para divulgar como as mulheres estão sofrendo pelo mundo? Você quer me dar milhões de dólares, Greer?"

"Não..."

"E não é como se tivéssemos como nos unir a qualquer outra empresa." Agora a voz de Faith ganhava velocidade. "Eu estou trabalhando nisso desde o dia do dilúvio. Tenho meu jeito de fazer isso, e tenho minhas limitações, como qualquer um pode te dizer. Existem outras fundações novas com programas muito mais progressistas. E eu as admiro. Estão se conectando com aquilo que acontece nesse minuto. Se você for a qualquer campus hoje em dia, é melhor tomar muito cuidado com o pronome que você usa. Tentei me adaptar ao máximo que pude para ficar atualizada com o que anda rolando por aí. E também para continuar relevante. Mas a maioria dos lugares simplesmente não tem o dinheiro que nós temos, então passam o chapéu e se viram. Estão sempre brigando por igualdade, fazendo do jeito que dá pra eles, e eu estou fazendo do jeito que dá pra mim." Ela exalou um suspiro. "Você se vira com o que dá. Fazer o bem e aceitar dinheiro não andam muito bem juntos. Sei disso desde que me tornei adulta. Sempre tem alguma mão querendo lavar a outra."

Aquilo era uma espécie de discurso, percebeu Greer, e assim que entendeu isso, fez sentido, e ela sentiu que não precisava dizer muito além de uma pergunta ocasional, para retrucar um argumento ocasional. "Mas você simplesmente aceita isso?", perguntou Greer por fim.

"Não, não aceito 'simplesmente'. Tento ficar de olho no que posso, enquanto tenho plena consciência de que não posso ficar de olho em tudo. A fraudulência do programa de mentoras no Equador me enoja. E me deixa com muita raiva. Mas acima de tudo, sabe o que me causa? Acima de tudo me deprime. E me lembra daquilo que você precisa fazer se está tentando realizar alguma coisa no mundo e sua causa é a das mulheres. Porque, olha só, se há quatro anos eu tivesse dito não, Emmett, me recuso a tocar no seu dinheiro, você sabe onde eu estaria agora? Eu estaria em casa, aprendendo iquebana."

"Desculpe, o que é iquebana?"

"A arte japonesa do arranjo de flores. É isso que eu estaria fazendo. Eu não poderia estar conscientizando milhares de pessoas sobre o sofrimento das mulheres iazidis do Iraque. Eu não estaria trazendo mulheres que foram impedidas de fazer aborto depois de serem estupradas pelos pais. Meu Deus, ouve só o que estou dizendo: não sei nem por que sempre incluo esse detalhe, o dos pais. Deveria bastar falar em mulheres que foram impedidas de fazer aborto. É essa a questão. É o corpo delas, a vida delas, apesar da posição daquela senadora de Indiana.

"Sei o que as pessoas falam sobre a nossa fundação. Que nossos ingressos são muito caros, e que a maioria do nosso público é de gente branca e rica. 'Mulheres ricas e brancas', dizem elas. Que insulto. Você sabe que sempre estamos nos esforçando para chamar públicos mais diversos e baixar os custos. Mas precisei ajustar minhas expectativas sobre o que fazemos, e também precisei fazer a presepada que eles vêm me pedindo lá de cima. As palestras com celebridades. A comida chique, que meu filho ridiculariza. E a vidente feminista, a Ms. Andromeda, com aquelas previsões ridículas.

"Mas para poder fazer uma fundação feminista decolar de fato, Greer — porque até a simples menção da expressão 'fundação feminista' faz a maioria das pessoas cair no sono — às vezes você precisa colocar uma vidente."

"Então qual é a alternativa a sair?", perguntou Greer. "A gente simplesmente volta ao trabalho e finge que isso nunca aconteceu?"

Greer pensou em Faith na capela de Ryland, no púlpito, com sua cascata de cabelo anelado e negro e suas botas de cano alto cinza tão sensuais, e no incentivo que ela representou para todos naquele salão. E depois, no incentivo especial que deu a Greer depois. Faith a ajudara e se interessara por ela, e a pusera ao trabalho, e por muito tempo o trabalho parecia ser importante. Uma vez, há um ano, Beverly Cox, a funcionária da fábrica de sapatos que discursara sobre a desigualdade salarial e o assédio que ela e suas colegas mulheres haviam sofrido, viera correndo falar com Greer numa rua do centro de Manhattan no inverno, e dissera, "Espera, eu te conheço. Você me ajudou a redigir meu primeiro discurso". Ela se virara para as outras pessoas com que estava, todas visitantes do interior abrigadas por grossos abrigos de inverno, e disse: "Lembram que eu falei dela pra vocês?" Seus amigos fizeram que sim. "Nunca pensei que fosse capaz de falar na frente das pessoas", disse Beverly a Greer. "Nunca pensei que alguém suportaria ficar me ouvindo. Mas você, sim", e ela lhe dera um abraço, e seus amigos bateram fotos com seus celulares. "Para a posteridade", disse Beverly, e deu a Greer um panfleto sobre um evento sindical em que falaria na semana seguinte, em Oneonta.

Faith fora quem abrira todas essas possibilidades para Greer. Sua conexão com aquelas mulheres fizera algo tanto por ela quanto por elas. Pensou em Lupe, mas não com sentimentalismo, apenas com dor, e entendeu que, se por acaso se vissem na rua algum dia, Lupe não ficaria contente em vê-la. Talvez Lupe dissesse algo em espanhol, algo que estaria muito além da compreensão de Greer.

Mas nunca iriam se ver na rua. Não havia rua. Lupe tinha voltado para o Equador. O que estaria fazendo? O que aconteceria com ela? Talvez ainda estivesse à deriva, perdida. O que será que estaria de fato fazendo com seus dias? Ela jamais entraria para uma cooperativa têxtil feminina; disso, Greer sabia.

Agora Faith lhe parecia uma marciana de cabeça laminada, calmamente discorrendo sobre continuar na fundação sob a égide da ShraderCapital, que não tivera problemas em fingir que supervisionava uma ação de caridade inexistente em outro continente. "Talvez não seja ético continuar trabalhando para a ShraderCapital", disse Greer, chegando a levantar o queixo um pouco.

"Você acha mesmo que isso é só por causa deles?", disse Faith. "Você não acha que já tive que fazer concessões antes? Toda minha vida profissional se baseou em fazer concessões. Até mesmo na época da *Bloomer*. Eu nunca tive acesso a dinheiro de verdade antes da Loci, então nunca vi isso acontecer em grande escala. Mas acontece. Todas as pessoas que trabalham para boas causas podem te confirmar isso. Para cada dólar que é doado para a saúde das mulheres de países em desenvolvimento, dez centavos vão para o bolso de algum corrupto, e com outros dez centavos ninguém sabe o que acontece. Todo mundo sabe, desde o princípio, que a doação na verdade é de só oitenta centavos. Mas todo mundo chama de um dólar porque é assim que se faz."

"E para você isso é aceitável?"

Faith demorou um segundo para responder. "Eu sempre ponho na balança", respondeu ela. "Como no caso do Equador. Tenho vergonha do que aconteceu. Mas aquelas moças estão livres e é presumível que estejam fora de perigo. Tenho que pôr isso na balança também, não é? É nisso que consiste essa vida. Em colocar na balança."

Greer não sabia disso sobre Faith, e também não sabia que ela era considerada ingênua. Porque, apesar de trabalhar para ela, nunca tinha perguntado a Faith muito sobre ela mesma. Não achara que tinha permissão; não achara que isso lhe cabia. Nunca tinha lhe perguntado, ciosamente: "Em que consiste essa vida?" E Faith teria lhe respondido: "Em colocar na balança."

"Eu ainda meio que não consigo acreditar que você esteja bem com continuar na Loci, depois do que fizeram no andar de cima", disse Greer.

"Bem, eu tenho setenta e um anos e tomo Fosamax para a densidade dos meus ossos – ou melhor, pela falta de densidade – e vivo com torcicolo apesar de ser viciada em massagens chinesas baratas, ou talvez por causa delas. Pode ser que eu precise reduzir o ritmo, mas não vou começar tudo de novo do zero. Pedi para você fazer aquela palestra por um motivo: eu estava exausta. Preciso proteger a mim mesma, e não sair fazendo de tudo como quando eu tinha a sua idade." Rapidamente, Faith acrescentou, "Mas não foi esse o único motivo pelo que eu te pedi isso. Você merecia. E precisava de algo grande. Algo de verdade, que fosse te fazer lembrar da sua motivação inicial para vir trabalhar aqui." Ela fez uma pausa. "E você venceu a prova." Greer sentiu um familiar arrepio de satisfação que às vezes lhe vinha tão fácil na presença de Faith Frank. "Mas lamento de verdade você ter subido ao palco em L.A., agora que sei das circunstâncias", disse Faith.

"Você diz que não pode mais encarar um lugar novo, mas talvez haja uma situação melhor", afirmou Greer.

Faith inclinou ligeiramente a cabeça, e seu couro cabeludo despontou como uma série de raiozinhos róseos entrecortados. O papel-alumínio fez um ruído levíssimo, feito uma grinalda de Natal. "Não", disse ela. "Já te disse, não há. E mesmo que exista, não vou procurar uma. Quem escolhe sou eu", acrescentou ela. "E *a decisão é minha.*" Ela falou isso enfatizando palavra por palavra, como se estivesse recitando algo de algum lugar, mas Greer não fazia ideia do que seria.

"Bem, eu preciso acreditar no que estou fazendo", disse Greer.

"E espero que você continue a acreditar. Agora que você me contou o que descobriu, pode me ajudar a apertar a coleira em volta do andar de cima. Seria útil alguém para me ajudar com isso." Faith fez uma pausa, olhando em cheio para ela. "Você quer ser essa pessoa?"

Greer teve o estranho pensamento de que, se houvesse um incêndio naquele cabeleireiro naquele instante, Faith Frank teria que sair correndo para a rua com todas as outras mulheres, e todos a veriam daquele jeito, e ficariam todos tão confusos. Faith Frank, a famosa e glamourosa feminista, era aparentemente tão grisalha, frágil e ossuda como as outras pessoas, além de também ser tão mortal e transigente quanto elas.

Então a assistente de Faith, Deena Mayhew, apareceu, dando a volta e entrando no setor atrás da cortina. "Te achei", disse ela. "Já está terminando?"

Faith, tranquila e normal de repente, como se ela e Greer não estivessem conversando nada demais, apertou os olhos para conferir o cronômetro. "Não consigo ler isso sem meus óculos de leitura, infelizmente. Greer, você consegue?"

"Dezessete minutos", disse Greer sem inflexão.

"Certo, tudo bem", afirmou Deena. "Então voltamos ao escritório, Faith, e Bonnie te prepara para a gravação."

Certo, lembrou Greer, mais tarde Faith apareceria no *Screengrab*.

"Há vários pontos da pré-entrevista", disse Deena. "E nesse momento a exposição está sendo ótima, por causa do programa de mentoria." Ela sorriu para Greer e acrescentou, "Estou ouvindo elogios sobre L.A. até agora".

Greer olhou por cima dela para Faith. "Você vai falar sobre o Equador hoje no *Screengrab*?"

"Talvez. Entre outros assuntos."

"Trouxe os tópicos se você quiser dar uma olhada", disse Deena. Então, de novo para Greer: "Desculpe, mas posso roubar ela de você só um minuto? Escritório minúsculo aqui! Nos dê uns minutinhos, depois voltamos todas juntas para o escritório."

Greer se afastou um pouco, permitindo que Deena chegasse mais perto de Faith, e juntas as duas ficaram examinando um fichário, Faith espremendo os olhos e murmurando, e Deena gesticulando animadamente. Greer ficou do outro lado, recostada na bancada onde pentes pendiam mergulhados em um vasilhame de água azulada, suspensos e preservados feito espécimes. Ela se imaginou pegando aquela jarra pesada com as duas mãos e espatifando-a na parede.

Quando chegou a hora de Faith ter o cabelo enxaguado e limpo e seco, Greer ficou de pé séria enquanto Deena falava no celular, deixando a função reconhecimento de voz gerar erros que depois careceriam de correção manual. "Olha só isso", disse Deena a Greer, mostrando-lhe seu telefone para apontar um erro cômico. "Eu tinha dito a palavra 'gordofobia', e o celular entendeu 'corpo da Bia'!" Por fim, Faith foi devolvida a elas, belíssima. Seu cabelo brilhava, suas botas a deixavam alta, e as três foram andando juntas até sair do salão Jeremy Ingersoll, passando por tantas outras clientes, todas ricas, todas mulheres, embora nenhuma precisasse de uma cortina VIP.

Mulheres, mulheres, mulheres, todas pacientemente sentadas com sua vulnerabilidade e vaidade, sentadas como faziam as mulheres. Porque mesmo que você tivesse empatia pelo sofrimento das mulheres de todo o mundo, você ainda queria parecer você mesma, conforme dissera Faith.

Lá fora, na rua, duas pessoas andando juntas imediatamente a reconheceram, e Faith sorriu para elas, como sempre fazia. Ela não mudara. Parece que sempre fora questão de pôr na balança.

⸺

O escritório estava uma azáfama quando retornaram, e Faith foi na frente enquanto Greer ficou para trás. Ela não conseguiu se sentar à sua mesa; não conseguiu entrar na cozinha e pegar um café e papear com as pessoas. Não havia nada que pudesse fazer ou dizer agora. Ela simplesmente ficou pelos cantos. Ben, ao vê-la, veio falar: "Ei, onde você foi? Ouvi dizer que você teve uma reunião com a Faith fora do escritório. Acho que estavam combinando uma festa surpresa pra mim."

"Eu nem sei o seu aniversário", disse ela. Era verdade. Não sabia o aniversário dele, apesar de terem trabalhado juntos por mais de quatro anos. Claro que ela havia tido essa informação em algum momento; deve ter havido cupcakes todo ano, ou pelo menos em alguns dos anos. Mas Ben não repercutira a ponto de que ela precisasse decorar, ou tivesse pensado em decorar, o dia de seu nascimento.

"Você está estranha", disse ele, mas ela não respondeu. Lá adiante, Faith estava entrando em seu escritório. Greer foi atrás, e atrás de si ouviu Ben dizendo a uma das novas funcionárias, "Aconteceu alguma coisa? Está sabendo de algo?".

Greer foi andando feito sonâmbula até a porta de Faith e bateu no umbral, ainda que a porta jamais estivesse fechada; o escritório dela era como o quarto de um paciente num hospital. Se você precisasse acessá-lo, era sempre possível. Já havia uma aglomeração de gente no escritório. Faith, Iffat, Kara, Bonnie, Evelyn, Deena, e uma jovem assistente chamada Casey, uma recém-contratada. Greer, do umbral, com voz estrangulada, falou, "Faith, posso conversar com você?". Faith olhou para ela, fez que sim e, levantando o braço, acenou com os dedos para que Greer se aproximasse. Então todos tiveram a educação de se dispersar, indo a outros pontos da grande sala para continuar suas conversas sobre seja lá qual reunião de cúpula ou minicúpula ou ideia para palestrante precisasse ser discutida.

"Você vai mesmo à TV e falar do programa de mentoria?", perguntou ela, baixo, a Faith em sua mesa.

"Bem, constou da pré-entrevista. O Mitch Michaelson pode me perguntar isso, sim."

"Você pode cancelar." Greer olhou à sua volta, certificando-se de que ninguém estava ouvindo. Não estavam.

"Isso seria falta de profissionalismo", disse Faith. "E há outras coisas sobre as quais quero falar ou para as quais quero chamar a atenção. É uma boa oportunidade. Precisamos aparecer na imprensa; estamos sempre precisando. Você sabe como é."

"Mas a questão não é só aparecer na imprensa", considerou Greer, ainda mais baixo. "Vamos lá, a gente faz esse trabalho recebendo atenção ou não. Fazemos pelas mulheres. Você sempre fez questão disso." Greer se deteve, tirou algo preso em sua manga, voltou a olhar para Faith. "No começo, eu não entendia o que a gente fazia aqui", disse ela. "Eu só sabia que queria fazer. Me senti impelida a trabalhar aqui. A trabalhar para você", acrescentou ela, sua voz começando a embargar. "Mas depois não foi mais só por você. Foi por elas. Ainda é por elas." Ela estava trêmula, pensando que aquilo mais parecia um discurso, e não tivera intenção de fazer discurso nenhum, especialmente um que não escrevera antes. Discursos precisavam ser concebidos, editados, revisados; aquele não fora. "E agora esse nosso lugar de trabalho não serve mais para mim. Então não posso mais com isso."

"Não pode mais com o quê?"

"Permanecer na Loci. Não posso, Faith. Não está certo." Faith não falou nada ainda assim, então Greer disse, formalmente: "Certo, agora eu vou embora."

Faith estava olhando para ela, sem se apressar. Greer pensou, não vou esperar nem obter autorização dela para ir embora. Só vou e pronto. Mas ela parou, um segundo, para pensar em seu cubículo com todas as fotos e desenhos que prendera com tachinhas sobre a mesa. Com o tempo eles haviam se encarquilhado e desbotado. Uma vez que se demitira, agora teria que ir até lá e despregá-los um a um, deixando para trás um código Morse de buraquinhos para o próximo ocupante, que nada significaria. Greer teve um lampejo inesperado de Cory desistindo de tudo na vida dele, simplesmente se afastando da Armitage & Rist e de tudo que havia sido tão cuidadosamente planejado para ele.

Greer viu que todo mundo na sala por fim prestava atenção. Haviam parado de conversar e observavam, cientes de alguma alteração junto à mesa de Faith. Só de olhar para ela podiam vê-la sob a superfície de seu rosto, como a fasciculação subterrânea de uma tempestade neurológica. Uma tempestade se formava. Ai, merda, uma tempestade se formava em Faith Frank.

"Bem, então tudo bem", disse Faith com todo mundo olhando. "Acho que é isso então."

"Acho que é."

Greer sentiu um jato de bile no fundo da garganta, e o engoliu. Era como se apenas sua voz tivesse se demitido, somente sua voz tivesse se adiantado, tomado a decisão executiva e falado todo o necessário, enquanto todo o resto do seu corpo simplesmente ouvia e observava. Será que era isso que queria dizer ter uma voz que nem sempre falava para dentro? Ela saía de você como se passasse pelo seu alto-falante pessoal. Greer ficou se perguntando onde se encontrava a recompensa por tomar a palavra e falar, onde estava a catarse. Naquele momento ela só sentia mesmo era náusea.

Ela só chegara até a porta quando Faith disse: "Chega a ser engraçado, de certa forma."

Greer olhou para trás. "O quê?"

"Do jeito que você fala, até parece que se importa muito com o que faz para continuar aqui. Que se importa muito com as mulheres. Com ficar do lado delas. E ainda assim olha o que você fez há alguns anos com a sua melhor amiga. Não consigo lembrar o nome dela."

"Do que você está falando?", perguntou Greer, ainda que não estivesse com a menor vontade de saber.

"Sua amiga que queria trabalhar aqui", disse Faith. "Ela te deu uma carta para me entregar, e uma noite num bar você me disse que essa carta existia, e disse que não queria ela trabalhando aqui, não foi? E daí nunca me entregou a tal carta, e mentiu para ela que tinha entregado, não foi? E acho que, por você, estava tudo bem com isso."

Desmaiar era uma possibilidade palpável, pensou Greer. Olhou à volta desamparada; todas naquela sala pareciam escandalizadas, mas distantes. Ninguém podia ajudá-la. Faith não deixava de ter razão sobre o que Greer fizera a Zee; ouvir aquilo em voz alta era horrível, e a atitude que ela descrevia era imperdoável. Mas era tão injusto, pensou ela, tão desnecessário e maldoso Faith dizer aquilo, e ainda assim ela pensou também que talvez sempre fosse para ter tido um momento como esse no fim das contas, pelo menos se Greer fosse ser capaz de partir e fazer algo por si só em vez de ser uma eterna aluna esforçada, uma criada, uma boa menina que pensava que já estava bom o que tinha. Boas meninas podiam ir longe, mas dificilmente iam até o fim. Dificilmente se tornavam *excelentes*. Talvez Faith estivesse lhe dando um presente com aquele confronto. Mas provavelmente não. A ira de Faith se abatera sobre ela afinal; demorara muito, muito tempo, mas lá estava. Talvez Faith tivesse direito de estar com raiva. Greer a estava abandonando para que fosse tratar sozinha com a ShraderCapital; Greer estava lhe dizendo: *Você* que lide com isso, eu não consigo. E, além disso, Greer estava implicitamente criticando Faith por saber o que sabia e permanecer.

"O que você fez com a carta, Greer?", perguntou Faith. "Você jogou fora? Você leu? De qualquer modo, você resolveu não me entregar, e faltar com a verdade. Não jogou nada limpo; acho que não."

Greer não ia desmaiar. Em vez disso, saiu correndo.

PARTE QUATRO

Falando para fora

DEZ

O interesse inicial de Zee Eisenstat por traumas tinha vindo quando ela fizera um curso chamado "Avaliando a natureza da emergência", e enquanto o instrutor descrevia diversos cenários, Zee preencheu seu caderno com o garrancho do desastre. Tudo o que ela aprendeu naquele curso, e muito do que aprendeu depois em seu emprego, se relacionava com momentos graves na vida de outras pessoas. Ela era conselheira de reação a crises em Chicago, e estava trabalhando nessa área desde que deixara a Teach and Reach, há três anos e meio. Primeiro se formara em aconselhamento, mas mesmo enquanto estudava já fora colocada para trabalhar. Quanto pior a crise, mais, por algum motivo, ela conseguia se concentrar; Zee não fraquejava nem recuava, como outras pessoas às vezes faziam.

Seu trabalho a levava a percorrer a cidade. Silenciosamente, ela aparecia à porta das casas das pessoas depois de algum acontecimento chocante: uma pessoa se suicidara; alguém tinha pego outra pessoa como refém; alguém tivera um surto psicótico. Ela era conhecida como especialmente capaz em seu trabalho: discreta, oportuna, extremamente eficaz. De vez em quando, semanas ou meses depois do trauma, as famílias entravam em contato com ela. "Você parecia minha santa padroeira", escreveu-lhe um homem. "Eu nem sabia quem você era, só que você simplesmente apareceu." Outro homem lhe escreveu dizendo, "Vendo pneus para neve e gostaria de presenteá-la com um jogo deles". Zee foi conquistando um lugar de prestígio na comunidade que tratava de traumas, e, conforme contava com orgulho a Greer, fora citada pelo *International Journal of Traumatology*. "Sei que isso não parece um periódico de verdade, mas é." Naquela noite, Greer mandara entregar um bolo vegano na casa de Zee em Chicago.

Na verdade, Zee recebera seu certificado em traumatologia, tendo concluído diversos estágios nas prosaicas trincheiras de uma agência de serviço social. O parto da bebê de sua aluna Shara Pick fora o primeiro trauma que ela presenciara; Shara tinha saído da escola, nunca mais voltara a ela, e parece que estava cuidando da filha com a avó e suas irmãs. Diversos telefonemas para ela nunca foram atendidos. Mas a experiência daquele trauma ainda ecoava em Zee, e ela foi impelida a achar outras experiências afins e prestar alguma ajuda. Parece que estavam por toda a parte, em diferentes subtipos, por todo o lado sul de Chicago e além. Você não se subespecializava, pelo menos não no curso com diploma em que Zee se matriculou, e que os juízes Eisenstat amavelmente concordaram em pagar. Era preciso ser generalista em se tratando de tragédias.

O primeiro caso em que Zee foi chamada durante seu treinamento foi o de uma bomba com pregos enviada pelo correio à clínica feminina New Approach, e que detonara na sala de espera, cegando a recepcionista temporária, Barbara Vang. As pacientes do fim do dia estavam sentadas à espera de seus exames preventivos, seus primeiros exames pélvicos, seus abortos, seus testes de gravidez. A bomba empacotada foi aberta sem grande interesse pela funcionária, sua unha se inserindo sob a pontinha do durex que riscava toda a superfície do pacote enquanto ela marcava uma consulta pelo telefone para um homem que sentira um caroço do tamanho de uma ervilha sob o seu mamilo. Será que a clínica o atenderia, mesmo sendo homem? Sim, disse ela, atenderia sim. Ela arrancou a fita adesiva e suas mãos rasgaram o papel, e o silêncio da sala de espera vespertina foi rudemente quebrado. Quando trouxeram o pessoal de reação a crises, Zee estava entre eles.

Seus dois líderes eram Lourdes e Steve, mais velhos, mas não velhos, porque provavelmente não era muita gente que aguentava até a velhice trabalhando com traumas. Ambos, percebeu ela enquanto erguiam uma pequena tenda para si próprios e algumas das testemunhas ao lado da clínica, tinham uma calma impressionante.

Lourdes e Steve praticavam uma forma de escuta que consistia em muito mais do que prestar atenção com a cabeça inclinada para o lado.

Com o tempo, Zee aprendeu a fazer isso também, mas naquele primeiro dia, na tenda improvisada com as mulheres em prantos que estavam bem na frente quando Barbara Vang abriu o pacote que explodiu no seu rosto, Zee ficou só ouvindo de forma rasa e respeitosa, observando como seus supervisores tentavam facilitar a passagem das pessoas traumatizadas para um estado em que conseguissem suportar viver. "Precisamos lhes oferecer o equivalente a um pano de enrolar bebê", dissera Lourdes. "Nunca aumentamos a pressão sobre elas. Deixamos que elas nos digam como tratar melhor delas."

Desde então, ela passara por muitas tendas improvisadas, todo um acampamento de desabrigados espalhado por locais de crise em várias partes de Chicago. A esta altura, Zee já era uma legítima especialista, e geria sua própria equipe de reação a crises e dava oficinas para voluntários. Estava fazendo um curso adicional sobre um novo método de gestão de estresse pós-traumático que incluía meditação guiada e exercícios de respiração. O que tornava aquilo suportável era que os traumas que preenchiam sua vida cotidiana não eram os dela, de forma que estavam ao menos um pouco distantes.

Mas certo dia, Greer ligou. "Me demiti", falou ela com voz trêmula, o que em si já era sinal de alarme, porque, para Greer, Faith Frank era infalível. Porém, em seguida, em prantos, continuou: "Acabou mal com a Faith. Aconteceu um monte de coisa."

"Nossa. O que aconteceu?"

"Vou te contar quando for te ver. É complicado." Som de nariz sendo assoado. "Achei por muito tempo que estivesse fazendo um trabalho de verdade e honesto naquele lugar. E você sabe que começou a parecer meio que uma palhaçada, e que tinha cada vez menos para eu fazer do que eu achava importante, mas, ainda assim, eu me esforcei. E ela me deu aquele discurso para fazer, e foi tão bem, Zee, e fiquei tão empolgada; foi um daqueles momentos de definição, como a gente tinha conversado. Mas descobri que foi outra coisa. A ShraderCapital fez uma coisa errada, e pela Faith, tudo bem fingir que não aconteceu nada; por ela, a vida segue igual. Até a *carne* dela eu comi", acrescentou ela. "Várias vezes."

"Como assim, você comeu a carne dela?"

"Esquece, nada não."

"E agora, o que você vai fazer?", perguntou Zee.

"Não tenho a menor ideia."

"Venha pra Chicago." Zee não lembrava de cor o que havia marcado para o fim de semana; seja lá o que fosse, ela tentaria remarcar, pediria para um dos colegas cobrir sua falta. Seu emprego requeria muita flexibilidade, porque as emergências das pessoas não aconteciam segundo nenhum cronograma.

Depois de anos nesse serviço, Zee tinha praticamente zerado o tempo que levava para se reorientar. Hoje em dia, era capaz de atender o telefone no meio do sono e soar alerta. Conseguia dirigir ainda úmida do banho. Às vezes ela era acordada ao alvorecer e precisava entrar no trem enquanto o céu estava róseo de otimismo, rumando para a cena de um homicídio ou suicídio, um incêndio, um momento de aridez ou caos sem par. Outras vezes, ia de carro trabalhar no meio da madrugada, e ao deixar o local estava com tanta fome que tentava achar um dos points onde policiais faziam intervalo, e lá, sentava-se em meio a homens e mulheres uniformizados, pedindo ovos e batatas douradas e torrada empapada de manteiga – esperando que aquilo fosse capaz de reorientá--la depois do que vira.

Ela e Noelle moravam num apartamento junto à Clark Street em Andersonville, que abrigava uma população lésbica considerável. Noelle continuava na escola da rede Learning Octagon® apesar dos inúmeros problemas, e agora era a diretora, uma figura aterrorizante para muitos alunos, mas ainda uma figura resplandecente para Zee. Em Andersonville, um lugar onde às vezes ela e Noelle saíam de mãos dadas, pensava em como sentia a necessidade de ser furtiva na maioria dos outros lugares. Era como se tivesse incorporado a furtividade a todo o seu ser.

Com o tempo, ela começou a dizer, de forma casual, que era *queer* em vez de gay. *Queer* lhe parecia mais forte em sua estranheza, sua diferença cabal. Para Zee, *lésbica* tinha tido sua época, como as fitas cassete. Sempre se dissera um ser politizado, mas, olhando para trás agora, sentia que aquilo fora uma espécie de passatempo; agora seu trabalho era político de forma profunda e consistente, achava ela, porque entrava nos lares de gente passando dificuldade e via como eram suas vidas. As janelas e quadros de avisos dos cafés e lojas naquele bairro estavam lotadas de apelos ao voluntariado. Zee auxiliava um grupo que ajudava jovens sem-teto. E sempre precisavam de ajuda nos grupos de HIV, e também num grupo que lutava por justiça racial. Sempre tinha algum conhecido de Zee convidando para reuniões no porão de alguma igreja.

Zee não queria passar seu tempo livre no porão de uma igreja. No começo, ela imaginava o teto baixo e as mesas compridas com garrafas de suco de maçã Adam & Eve. Ela via cadeiras dobráveis, e até mesmo ouvia os pés da cadeira rasparem no piso, e o ranger de mais cadeiras serem abertas, e aí alguém dizia, "Abram espaço, abram espaço", e a roda se alargava. Mas ela acabou gostando de algumas das reuniões, e começou a liderar outras. Noelle às vezes ia junto, embora muitas vezes dissesse que não ia, exaurida depois de um dia de trabalho, pés para cima, com mais trabalho por fazer.

Naquele momento, quando Zee encerrou a chamada com Greer, Noelle estava no sofá redigindo sua carta semanal aos pais e responsáveis. "Ouve só", disse Zee, "a Greer vem aqui amanhã. Ela vai ficar hospedada com a gente. Imagino que por você tudo bem , embora eu não tenha te avisado antes."

Quando Greer tocou a campainha no começo da tarde do dia seguinte, tendo pegado uma Uber no O'Hare, Zee estava pronta para sua chegada assim como estava sempre pronta em seu trabalho. Estava preparada para a emergência que estava acontecendo com sua amiga mais próxima. Ela fez Greer se sentar no sofá e serviu-lhe um copo de água bem gelada, porque se hidratar ajudava demais, dissera um de seus instrutores, e água era de graça, e estava em todo lugar. Aquilo era incapaz de apagar incêndios na vida de alguém, mas podia fazer a pessoa se lembrar: faço parte do mundo real, sou uma pessoa segurando um copo. Ainda não perdi essa capacidade. Às vezes Zee ficava olhando a pessoa erguer o copo e beber, e sentia alívio ao ver a mão se mexer, os músculos do pescoço se ondularem, ver como o corpo participava, e o fez naquele momento.

Greer tomou a água, agradecida, e ao terminar, olhou para a amiga. "Obrigada por me fazer vir até aqui", agradeceu. "Não esperava mesmo me ver desempregada de repente."

"Certo", disse Zee. "Vamos conversar."

Então Greer lhe contou uma longa e enrolada história sobre moças equatorianas; sobre um resgate que teve sucesso, e um pós-resgate que foi para a cucuia. Porém, ao terminar de falar, ainda não parecia sentir nenhum alívio. Zee viu que ela estava torcendo as mãos. Sempre, com seus clientes, Zee observava as mãos; estavam fechadas em punho, juntas em prece, ou estavam assim, desesperadas?

"E tem outra coisa", disse Greer.

"Certo."

Greer inspirou de forma entrecortada e então ficou de pé em frente a Zee como se estivesse prestes a fazer uma pequena apresentação. "Eu nunca ia te contar isso", confessou ela, "mas agora acho que vou. Agora acho que eu preciso". Ela fechou os olhos, depois os abriu de novo. "Eu nunca entreguei a carta para Faith."

"Do que você está falando? Que carta?"

Greer olhava para o chão e sua boca se retorceu estranhamente, naquele rosto de infarto de quem está prestes a chorar. "A *sua* carta", disse Greer, e parou por aí, como se já tivesse ficado óbvio do que ela falava.

"O quê?"

"A sua *carta*", tentou de novo Greer, agora agitada, com um pequeno soluço. Então ela abriu as mãos, como se isso fosse esclarecer tudo. "Aquela que você me deu há uns quatro anos para dar à Faith, quando também queria trabalhar lá. Tenho ela até hoje. Nunca a abri nem nada. Mas estou com ela. Nunca a entreguei."

Zee só continuou olhando para ela. Ela deixou o silêncio se expandir, tentando entender melhor o que aquilo significava de fato. "Não estou entendendo", disse Zee. "Porque você me disse que tinha dado a ela, na época, e que ela tinha dito que não havia vagas."

"Eu sei. Zee, eu menti pra você."

Zee deixou aquele momento surgir feito um desabrochar de merda. Sempre que descobria algo escandalizante ou até decepcionante sobre alguém de que gostava, ela se surpreendia. Pensava em seus clientes, e na surpresa que sempre demonstravam ao encontrar certos comportamentos naqueles que amavam, o que, de fora, podia não parecer tão surpreendente. Um marido deprimido tirava a própria vida. Uma avó desabava. Uma filha que andava agitada tinha uma crise psicótica. Os clientes de Zee ficavam mais do que surpresos com aquilo; ficavam atônitos a ponto de se traumatizarem.

Naquele dia, Greer fora a Chicago embalada no seu próprio choque. Fora uma discípula de Faith, mas ficara abalada com a traição de Faith. Nunca fora nem mesmo algo igualitário entre Greer e Faith, e jamais poderia ter sido.

Mas talvez não tivesse sido algo completamente igualitário entre Greer e Zee também. Greer tornara a relação desequilibrada, e agora elas também precisavam de uma correção. O impressionante era que Greer e Zee, diferentemente de Greer e Faith, tinham uma amizade de verdade. Tinha sido de verdade, mas veja só, Greer tinha secretamente passado a amiga para trás do mesmo jeito.

Zee talvez pudesse ter tido de fato uma chance de trabalhar para Faith desde o início, ajudando a fundação a decolar. Era possível que Faith tivesse dito sim depois de ler sua carta. "Eu sei que foi horrível", dizia Greer, "quer dizer, sei que não deixa a situação melhor eu dizer que você nem sequer teria *gostado* de trabalhar lá, mas é verdade. No começo era bom, mas depois, sabe, ficou tão impessoal, e parei de conhecer as mulheres cujas vidas estávamos tentando mudar. Parecia que só estávamos despejando dinheiro numa agência de palestrantes e pronto. E eu literalmente pensei, diversas vezes: a Zee odiaria isso aqui. No seu trabalho, você está de fato lá, na base. E a gente está a uma distância impessoal boa parte do tempo. Às vezes faço questão de me lembrar disso, como se de alguma forma atenuasse o que te fiz. Mas sei que não atenua. Fiz uma coisa horrível", repetiu ela.

"Foi mesmo", frisou Zee com uma vozinha baixa e controlada. Talvez Greer tivesse razão, e ela fosse odiar trabalhar lá. Mas que diferença fazia? O que importava era que Greer a impedira de trabalhar lá, uma atitude tão estranha, tão perniciosa, que fazia tudo o que viveram juntas parecer, agora, esquisito e diferente. "Mas por que você fez uma coisa dessas?", perguntou Zee. "Fui eu que te contei quem era ela. Eu fui basicamente a pessoa que te levou a isso tudo. Você mal tinha ouvido falar da Faith Frank."

"Foi... por causa dos meus pais, acho eu", disse Greer. "Porque eu queria que alguém visse algo em mim."

"*Eu* via algo em você. E Cory também."

"Eu sei. Isso foi diferente." Greer baixou os olhos; nem sequer conseguia olhar nos olhos de Zee, e talvez fosse melhor assim. Elas precisavam de um descanso de olhar com tanta atenção uma para a outra. Zee passava o dia inteiro sempre olhando com toda a atenção para outras pessoas. Seus olhos estavam exaustos de tanto olhar, estudar, exprimir empatia, esquadrinhar; de ajudar, ajudar, ajudar sem parar.

Se agora Greer estava sentindo vergonha, vamos deixar que ela sinta vergonha, pensou Zee. Greer tinha mesmo feito algo contra ela, algo de verdade.

Zee tinha superado sua decepção de quatro anos atrás e seguiu tocando uma vida que Faith aprovaria; disso ela estava certa. Trabalhar cara a cara com as pessoas, uma a uma em vez de com salas cheias delas. Seu trabalho com emergências era importante, estando muitas vezes ligado a questões da mulher. Mas agora que estava se familiarizando com o que Greer fizera, Zee sentia que seu afeto duradouro por ela, desde a faculdade, respirava por aparelhos. Sentia-se exausta, e se arrependia de ter convidado Greer para passar o fim de semana. O que iam fazer, conversar sobre a carta, e sobre o que Greer fizera a Zee, vezes sem conta?

Greer se inclinou para a frente no sofá e pegou nos pulsos de Zee feito uma pretendente desesperada. "Zee", disse ela. "Eu não presto, eu sei." Zee permaneceu em silêncio, furiosa. "Eu nunca tinha me dado conta de que sou uma mulher que odeia mulheres, daquelas que você sempre fala. Eu confessei à Faith que sua carta existia já naquela época. Ela fez como se não fosse grande coisa! Mas ontem, quando pedi demissão, ela ficou sentida e com raiva, e do nada mencionou a história toda na frente de todo mundo. Ela me *entregou*. Disse que eu era uma péssima amiga. Péssima feminista. Péssima mulher. E acho que ela tem razão. Eu não quis dividi-la, e não quis te deixar entrar lá. Eu sou uma *vaca*, Zee. Eu sou uma *supervaca*", afirmou Greer com vontade. "De verdade."

Zee ainda estava atônita e um pouco zonza, mas além disso também se sentia firme e impassível. Provavelmente esperava-se dela que dissesse não, não, nada disso, Greer, você não é nada disso. Você fez besteira, foi sem querer. Às vezes as mulheres fazem coisas péssimas umas com as outras, assim como os homens, e assim como homens e mulheres também fazem uns para os outros. Mas ela não sabia se era aquela a sua disposição, e de qualquer forma não estava com vontade de consolar Greer; não estava com vontade de usar seu treinamento antitraumas para ajudá-la quando podia ter passado o dia usando-o para ajudar outras pessoas. Zee se imaginou contando tudo a Noelle naquela noite na cama enquanto Greer estaria estendida no sofá-cama aberto da sala. "Você não vai acreditar na confissão que a Greer me fez", cochicharia ela. E Noelle, é claro, ficaria furiosa por ela.

"Isso que você fez foi egoísmo puro", disse Zee, por fim, a Greer. Greer assentiu vigorosamente, aliviada. "Você podia simplesmente ter me dito que não se sentia à vontade comigo trabalhando lá. Podia simplesmente ter me dito isso."

"Eu sei."

"E você sabe que eu tenho um histórico de ser traída por mulheres, não sabe?", disse Zee. "A começar por aquela escrevente da minha mãe que me tirou do armário, lembra?"

"Sim", disse Greer, com voz fraca e trêmula.

"E agora você acabou de fazer isso também."

Greer parecia tão mal, suada, perdida e horrorizada. Uma boa amiga diria sim, sim, te perdoo, e aí as duas iam se abraçar como só duas mulheres podiam fazer. Mulheres, que podiam ser tão doces uma com a outra. Mulheres, que demonstravam afeto físico e se amavam, mesmo quando não eram namoradas e nunca fossem ser. Sempre houvera um acordo, tácito mas inviolável, de que duas amigas sempre cuidariam uma da outra. Num reality show que Zee e Noelle às vezes assistiam – um em que mulheres ricas de diferentes condomínios fechados passavam um ano morando juntas em uma carroça coberta estilo velho Oeste –, sempre que as mulheres não estavam brigando e se engalfinhando, diziam uma para a outra: "Eu estou do seu lado." Até *aquelas* mulheres, aquelas mulheres inacreditáveis lambuzadas de colágeno e dinheiro, estavam uma do lado da outra, mas Greer não tinha ficado do lado dela.

Zee se afastou para a outra ponta do sofá, atravessando seu próprio pequeno trauma. "Quando Faith demonstrou mais interesse por você no banheiro feminino, senti uma dorzinha", disse Zee. "Senti, oras! Porque eu já era uma pequena ativista mesmo antes de entrar na faculdade, e você estava basicamente em casa lendo e fazendo sexo com seu namorado. E tudo bem com isso; é só diferente. Mas eu senti vontade de te ajudar. Você tinha passado por aquela experiência ruim naquela festa de fraternidade. E era tímida. Mas os mansos herdarão a terra, não é verdade? Para alguém que era sempre tão tímida, Greer, e que não conseguia pedir o que precisava, você até que pediu tudo o que precisava. Você basicamente foi lá e pegou o que queria, e ganhou o *seu espaço*. Levantou a mão naquela noite na capela de Ryland. Levantou mais rápido do que eu, e conseguiu que respondessem sua pergunta. E depois você ligou para a Faith, e no fim arrumou um trabalho com ela. E até uma frigideira para ela você deu. Pra isso, teve que ter cara de pau. E, é claro, você escondeu minha carta dela. Essas atitudes não são típicas de gente tímida, Greer, só digo isso. São outra coisa. Eu diria talvez dissimuladas." Com frieza, Zee acrescentou, "Você sabe mesmo como agir quando está perto do poder. Nunca parei para pensar nisso antes, mas é verdade." Ela fez uma pausa e olhou bem nos olhos de Greer. "Sabe, eu não precisava trabalhar na sua fundação", afirmou. "Eu descobri o que gosto de fazer. Você foi trabalhar para Faith Frank, a mulher ideal, a feminista, e eu não. Mas sabe do que mais? Acho que tem dois tipos de feminista. As famosas, e as outras. As outras são todas as pessoas que simplesmente, sem alarde, vão fazendo o trabalho que precisa ser feito, e não recebem grande crédito por isso, e não têm uma pessoa lá todo dia dizendo para elas que excelente trabalho estão fazendo.

"Não tenho uma mentora, Greer, nem nunca tive. Mas tive várias mulheres na minha vida de quem gosto de ficar por perto, e que parecem gostar de mim. Não preciso da aprovação delas. Não preciso da permissão delas. Talvez eu devesse ter tido um pouco mais disso; talvez me ajudasse. Mas não tive, e bom, tudo bem, então, você está certa, talvez eu tivesse odiado trabalhar lá, e nem acho que ficaria lá muito tempo. Mas eu queria ter tido a chance de eu mesma descobrir."

"Eu sinto muito mesmo", disse Greer.

"Você quer saber com que frequência eu fico pensando em não ter conseguido trabalhar para Faith Frank? Quase nunca."

"É mesmo?" Greer pareceu incrivelmente grata por ouvir isso.

"Sim."

"Será que você me perdoa?", perguntou Greer.

"Preciso de um tempo", disse Zee.

ONZE

Ela não sabia bem por que resolveu ligar tarde da noite para casa enquanto esperava pelo avião em Chicago. Mas era simplesmente solitário demais ficar sentada no O'Hare com a CNN tagarelando acima de sua cabeça, com mais uma longa hora até o voo. Sua mãe atendeu. "Está tudo bem com você?", disse Laurel logo depois de trocados os alôs monocórdios.

"Por que essa pergunta?"

"Tem alguma coisa na sua voz."

"Na verdade, não está muito, não", disse Greer. "Estou no aeroporto de Chicago. Eu devia passar a noite na casa da Zee, mas não passei. Vou voltar hoje para Nova York, mas depois não sei o que vou fazer." Sua voz vacilava.

"Vem pra casa", disse sua mãe.

⁓

A biblioteca pública de Macopee estava em silêncio, e embora silêncio em uma biblioteca fosse o estado esperado, aquele tinha uma qualidade de restaurante fracassado que logo entraria em falência. Mesmo de dia, o ambiente estava à meia-luz, e uma colegial modorrava na mesa de atendente, seus serviços não muito requisitados. Mas nos fundos ficava uma sala chamada Sala Infantil Emmanuel Gilland – seja lá quem tenha sido Emmanuel Gilland. Fora o lugar onde Greer descobrira *Uma dobra no tempo* quando criança, e se sentara a uma mesa de madeira clara absorta em seu mundo plenamente desenvolvido. Ali perto havia poltronas pufes em vinil espalhadas deixando escapar enchimento sintético. Naquele dia, quando Greer, perdida e desarraigada, entrou na sala atrás de sua mãe, em fantasia de palhaço completa – nariz e peruca e roupa de poás e sapatos tamanho 90 –, ela ouviu o burburinho de crianças e pais já à espera do show.

Greer sentia uma grande ansiedade; sua mãe convidara para ir vê-la porque seu show por acaso era na própria cidade. E Greer, que nem entendera por que concordara quando sua mãe lhe dissera para ir passar uns dias em casa para se recuperar – uma casa que fora tão ruim na maior parte do tempo – também concordara em ficar sentada assistindo a Laurel fazer sua apresentação de palhaça de biblioteca. Mas ela estava com um certo desconforto, preocupada que sua mãe fosse ser um fracasso.

As crianças se enfileiraram no carpete e Greer sentou-se no canto, em um dos pufes, que a susteve, mal e mal. Na luz cheia de ciscos das janelas compridas, Laurel pulou em frente a seu público e disse: "Boa tarde, senhoras e cenouras." Greer olhou para outro lado assim que possível, deixando aquela piada simplória sumir no ar, como mais um dentre muitos ciscos bailantes. Porém, para sua surpresa, ouviram-se risadas.

"Você disse *cenouras*, palhaça!", bradou um menininho com no máximo quatro anos de idade. "Não é pra dizer *senhores*?"

"Foi o que eu falei, oras!", gritou Laurel. "Senhoras e cenouras!"

"VOCÊ FALOU DE NOVO!", gritou o garoto, e agora outros também intervinham, gritando todos para a mãe palhaça de Greer, que fazia uma expressão inocente, e que estava se mostrando à altura da ocasião de um jeito que não era familiar a Greer.

Mas não era que Laurel fosse apenas boa de palco. Depois do final da apresentação – uma hora bem costurada que incluiu esguichos d'água, varinhas telescópicas e bengalas mágicas e malabarismo propositalmente mão-furada e até mesmo um estabaco no carpete, e, por fim, uma "leitura" de um livro de figuras sem texto chamado *O fazendeiro e o palhaço* – as crianças ficaram para cumprimentar a palhaça da biblioteca. Greer ficou olhando sua mãe colocar um menino e uma menina no colo ao mesmo tempo.

"Quero ser palhaça quando eu crescer", disse a menina.

"Eu também", disse o menino com expressão sonhadora, jogando a cabeça para trás e fechando os olhos. "O meu nome vai ser... Palhaço Palhaçada."

Como fora que, afinal de contas, Greer nunca ficara sabendo que as crianças gostavam do número de sua mãe? Que elas admiravam a palhaça de biblioteca, e que significava alguma coisa para elas? Agora, Greer só conseguia sentir remorso; ele a sufocava e dominava.

"Mãe, você foi ótima", afirmou enquanto voltavam ao carro na rua. "Eu não tinha a menor ideia de como era o seu número."

"Bem, agora tem", disse sua mãe comedidamente, enfiando a chave na ignição e dando a partida. "Nenhum dano causado."

"Não, mas sério, foi fantástico", disse Greer. Em tom melancólico, naquela tarde cinza, perguntou: "Por que eu não sabia disso?"

"O quê, que eu sabia fazer malabarismo? Ou truque de esguicho?"

"Não, isso não." E então, sentindo uma autopiedade brutal, ela perguntou: "Como é que você nunca se apresentou para mim quando eu era pequena?"

Sua mãe desligou o motor. Seu nariz, sua peruca e sua roupa estavam socados numa sacola no banco de trás; só sobrou o colarinho, metade à vista sob a gola de seu casaco. "Não achei que você fosse gostar", disse ela, por fim. "Você era quietinha, mas tão séria." Ela parou de falar.

"Fale mais", indagou Greer.

"Seu pai e eu sempre achamos que devíamos manter distância e deixar você à vontade para fazer o que quisesse. E isso ficou ainda mais evidente quando você começou a namorar o Cory." O nome dele foi um choque ao ser dito sem aviso. "Eu pensava em vocês como dois foguetes lado a lado", disse Laurel. "Lembra disso?"

Greer lembrava. Não queria conversar sobre Cory com a mãe. Então disse, "Por que você e o papai nunca encontraram algo que tivessem muita vontade de fazer? Algo em que pudessem se jogar?"

Laurel ficou calada, sua boca um tanto ondulada. "Tem gente que nunca encontra. Não sei muito bem o porquê." Ela olhou para o outro lado. "A gente nunca esteve numa boa. Nós dois temos mania de nos recolhermos. Mas a gente fez, sim, algumas coisas. E tivemos você. Isso não é 'nada'." Então sua expressão mudou, e ela perguntou, "O que houve com você em Nova York, querida?"

No banco do carona ao lado de sua mãe, Greer desabafou a história sobre o falso programa de mentoria no Equador, sobre a Loci, e sobre Faith. "Eu tive que ir embora. Não conseguia mais ficar. Não sei; será que estava sendo inocente demais? Quando falei que estava de saída, ela simplesmente se voltou contra mim, mãe, eu não conseguia acreditar no que via. Foi uma humilhação. Fiquei destruída."

"Não ficou, não. E não *está*. Mas isso deve ter te deixado muito aflita; estou vendo que sim."

"Ela também ficou aflita. Ficamos as duas." Greer sacudiu a cabeça. "O que é que vou fazer da minha vida agora?", perguntou Greer. "Mãe, larguei meu emprego."

Sua mãe olhou para ela. "Você precisa saber o que fazer imediatamente?"

"Bem, não."

"Não tem algumas economias guardadas?", perguntou Laurel, e Greer fez que sim. "Então tire um tempo pra pensar. Vá aos poucos."

"Mas eu odeio isso", rebateu Greer.

"O quê? Ir aos poucos? Por quê, qual é a pressa?"

"Não sei", disse Greer. "Não nasci pra isso."

"Que foi, está com medo de que, se for mais devagar, vai ficar que nem seu pai e eu?"

"Eu não disse isso."

"Sei que não disse. Mas você nunca vai ser como nós; isso nunca vai acontecer. E não precisa sentir a compulsão de se esforçar loucamente por uma meta só por se esforçar. Ninguém vai pensar mal de você. Acabaram-se as notas, Greer. Às vezes eu acho que você se esquece disso. Nunca mais, pelo resto da sua vida, ninguém vai te dar notas, então você só tem que fazer o que você quer fazer. Esquece as aparências. Pense nas coisas como elas *são*."

Greer assentiu outra vez. "E ficar fazendo *o que* por um tempo agora? Não tenho nada pra fazer."

"Exatamente isso", disse Laurel. "Quem sabe? Você ainda não precisa saber. Não pode simplesmente esperar para ver?"

Ficaram em silêncio por algum tempo, e então Greer soltou: "Mas não foi só isso que aconteceu em Nova York. Também tem a Zee. Eu traí ela."

"O quê?"

"Não sei por que fiz o que fiz. E não sei como desfazer isso." Nesse momento, ela começou a soluçar.

Laurel remexeu na trava problemática do porta-luvas, abriu-o, e puxou dele um pacotinho achatado de lenços. "Pegue um", disse ela. Greer assoou o nariz sem parar, até que ele tivesse ficado provavelmente tão vermelho quanto o de um palhaço. "Você vai colocar seu esforço nisso", afirmou Laurel. "Você se esforça tanto para tudo."

Foram voltando para casa de carro em silêncio, se recobrando, e assim que estacionaram junto à casa e Laurel se debruçou no banco de trás para pegar sua sacola, Greer viu Cory pela janela do carro. Ele estava saindo sozinho da casa dele. Ela já sabia que ia acabar topando com ele enquanto estivesse por ali; era só questão de tempo.

Vê-lo sempre a impactava e desalentava um pouco sempre que estava de visita: o fato de ele estar ali, mas não mais ligado a ela. O fato de estarem envelhecendo separados, atualmente com vinte e tantos, naquele período de grandes esperanças, que não durariam mais muito tempo. Ele andava mudando fisicamente, gradualmente; quanto mais tempo ela passava sem visitar, mais óbvio isso ficava. Ele ainda era bonito, mas agora era um homem feito, e agora mais parecia a ela um jovem pai de subúrbio. Magro como sempre, vestido sobriamente com um colete de náilon e jeans. Era um espanto como Cory estava plenamente integrado à vida que levava ali e não mais parecia alguém que estava representando.

Sua mãe saiu do carro, deu tchauzinho para ele, e entrou em casa. Greer foi até ele e se abraçaram daquele jeito em que só colava a parte de cima, como faziam desde o término. O cabelo dele estava um pouco mais comprido do que ela se lembrava. Uma novidade, quis dizer ela, mas talvez não fosse novidade; talvez o cabelo dele estivesse comprido já fizesse algum tempo.

"Quer ir dar uma volta?", perguntou ela, e ele pareceu hesitar, mas depois disse que tudo bem, por pouco tempo, porque ele tinha um compromisso depois; então foram andando até a Pie Land. Kristin Vells não trabalhava mais lá, ou pelo menos não estava trabalhando lá naquela hora. Com a pizza e copos plásticos de refrigerante na mesa, Cory perguntou a ela: "E então, o que traz você aqui? Viagem a trabalho?"

"Não."

Ele olhou para ela com mais atenção, reclinando a cabeça como costumava fazer no Skype. "Está tudo bem?"

"Não muito. Saí do meu emprego."

"Ai, nossa", disse ele. "Quer falar mais disso?"

"Não. Mas obrigada." Teria sido um alívio tão grande falar para ele, um alívio sentir aquela informação passando dela para ele, implantá-la em seu cérebro, onde ele também pensaria nela. "Fale de como está sua vida", disse ela.

"Desviar o assunto. Como você faz isso bem."

"Eu tento."

"Certo", disse Cory. "Tem algumas novidades. Agora trabalho na Valley Tek, a loja de computadores em Northampton."

"Você gosta de lá?"

"Sim, eu gosto. E ainda estou fazendo faxinas."

"Ah."

"Você ficaria de cara com como as pessoas são porcas. Sabe, *de cara*. Elas soltam flocos de pele, e o piso da casa das pessoas é como se fosse o solo de uma floresta. Flocos. Excrementos. Eu sei, a imagem é linda. Mas é interessante. E a Valley Tek também é interessante. Todo dia é tipo, que problema esquisito e peculiar será que vão me trazer hoje? E alguns colegas se juntam depois do trabalho para jogar videogame." Então ele acrescentou, encabulado: "Eu mesmo ando escrevendo um jogo. Um cara do trabalho estava me dando força para eu começar, para depois desenvolvermos juntos. Ele é programador."

"É mesmo? Como é?"

Ele fez uma pausa. "Se chama *SoulFinder*. O nome é meio cafona, mas não sou bom em dar nomes. Como é: você tenta encontrar a pessoa que você perdeu. Mas não consigo descrever muito bem. Ainda não está pronto para consumo humano. Não sei se vai ficar algum dia, mas gosto de pensar que vai."

"Espero que fique, sim. Como vai sua mãe?", perguntou ela por fim, precisando de algo para dizer. "Como ela tem passado?"

"Ela está legal", afirmou ele. "Digo, ela toma o remédio dela quando tem que tomar, o que é muito bom. Ela passou um tempo sendo desobediente, e foi difícil. Mas hoje em dia a casa é até calma, na verdade."

"Você se vê morando aqui a longo prazo?", perguntou Greer com leveza.

"Se isso não é o longo prazo, não sei o que é."

Greer sabia que era. Enquanto estava na casa dos vinte, você ainda se sentia jovem, mas a estrutura geral estava sendo implantada de forma bastante definitiva, em linhas entrecruzadas, sob a superfície. Até mesmo enquanto você dormia. O que você fazia, onde morava, quem amava, tudo isso parecia uma ferrovia sendo construída no meio da noite por discretos operários. Até alguns dias antes, Greer tivera uma vida atarefada na qual acreditava e pela qual fora frustrada. Cory aos vinte e tantos era alguém que viera resgatar a sua mãe traumatizada e lá ficara.

"Se você algum dia estiver pela cidade", disse ela como quem não quer nada quando levantaram para ir, "pode ficar comigo no Brooklyn. Tenho um sofá-cama."

"Obrigado", agradeceu ele. "Bondade sua. Talvez eu apareça sim."

"Certo. Então até lá", disse ela. O que ela queria dizer era: nós já fomos dois foguetes lado a lado.

Voltaram andando para sua rua em comum e pararam na zona neutra entre as duas casas. "Como vai o Slowy?", perguntou Greer de repente.

"Ah, vai bem. Então, pra falar a verdade, não sei *exatamente* se ele vai bem. Não tem como eu saber. Mas de qualquer modo, ele basicamente é o mesmo."

Alguns dias depois, na última noite dela na cidade, quando Greer e seus pais se viram juntos na cozinha ao mesmo tempo, preparando o jantar – todas as noites haviam jantado juntos, seus pais aparentemente entendendo que Greer não ia gostar de ficar sozinha naquele momento – seu pai disse, "Você viu o Cory? Alguma novidade dele?".

"Ele trabalha na loja de computadores de Northampton", disse Greer. "E está inventando um jogo de computador, coisa assim. Mas na maior parte, sabe, ele ainda mora com a mãe dele. Até hoje ainda limpa algumas casas que ela limpava. Então acho que é isso que ele tem feito. Não muito."

"Greer", disse Laurel, "o que você quer que a gente faça, que sacuda a cabeça e diga, é, ele não conseguiu nada na vida?"

"Não. Claro que não." Mas ela ficou irada por tomar uma chamada daquele jeito.

"Parece, para mim", disse sua mãe, "e isso é fora da minha área de especialidade, porque não fui eu quem passei anos trabalhando numa fundação feminista. Mas ele é uma pessoa que largou os planos quando sua família se despedaçou. Voltou para a casa da mãe e cuidou dela. Ah, e limpa a própria casa, e as que ela limpava também. Não sei, não. Mas me parece que o Cory é um feminista aplicado, não?"

DOZE

Quando Faith Frank enviou o e-mail a Emmett Shrader para convidá-lo ao apartamento dela, ele pensou em responder com uma piada a respeito dos quarenta e um anos transcorridos desde que ele fora à casa dela pela última vez, e que achara que ela nunca mais o chamaria. Mas pressentiu pela brevidade, e até frieza, do e-mail dela que havia algo errado. Ela precisava conversar com ele, e queria fazê-lo longe do escritório. Mais bizarramente ainda, isso deveria ser marcado sem a ajuda de Connie e Deena, as guardiãs usuais. Ainda que as pessoas sempre fossem ter com Emmett e nunca o contrário, ele aceitou imediatamente.

Lá estava ele, num domingo à noite, na ampla sala cor de manteiga de Faith na Riverside Drive – um lugar ligeiramente desbotado, notou ele. O rio Hudson cintilava escuro sob a lua visível pelo janelão. Vasos adornavam todo o cômodo, e uma ou outra chávena esquecida. Ela nem mesmo lhe ofereceu bebida. A coisa era séria.

Ele sentou-se em uma poltrona confortável, e ela sentou-se à frente dele e disse, formal, "Estou furiosa com você".

Ele olhou direto para ela. "Pode me dizer pelo quê?"

"Não, eu quero que você descubra."

Ele tentou. Várias possibilidades passaram por sua cabeça em rápidas imagens, nenhuma parecendo exatamente o motivo.

"Lupe Izurieta", disse Faith por fim. "Te lembra alguma coisa?"

"O quê?"

"Lupe Izurieta", repetiu ela, sem esclarecer.

"Do que é que você está falando?" Emmett ficou lá parado tão confuso que pensou que talvez pudesse estar tendo um infarto. *Lu-pi-zu-ri-e-ta*, pensou ele, revirando as sílabas mentalmente, mas sem achar nenhum sentido.

"Do Equador."

Então as sílabas se reorganizaram corretamente, e ele compreendeu o que ela estava dizendo: *Lupe Izurieta*. Ah, certo, certo. A garota que tinham levado para falar em Los Angeles. Uma das cem que haviam pagado uma grana preta para resgatar.

"Ah", disse ele.

"Então é verdade que a mentoria não existe?"

Ele fez uma pausa, atingido, tentando ter cuidado. "Deveria ter existido", ele experimentou dizer. "Tínhamos as melhores intenções. Isso conta?"

"O que aconteceu?", disse ela. "Só me conta isso."

"Você não vai acreditar em mim, Faith. Mas quando isso foi debatido lá em cima, muita coisa foi dita. Estou com vergonha de dizer isso, mas eu não estava dando minha atenção integral naquele momento."

As pessoas sempre descreveram a atenção de Emmett Shrader como volátil feito uma pulga. Deixe que falem, sempre pensara; ele não ligava. Mas ainda precisava arranjar um jeito de lidar com seu tédio, e podia ser difícil. Às vezes, em reuniões com clientes ou em assembleias do conselho, ele se via caindo, como que por um precipício, em direção aos baixios da monotonia. Ele fazia tudo o que podia para evitar isso. Às vezes isso significava jogar um jogo de blocos cadentes no celular, que segurava discretamente fora de vista em seu colo, ou então futricando com as traquitanas de arame que ficavam em sua mesa negra e pesadona simplesmente porque a decoradora as comprara para ele de um jovem artista de Barcelona "que trabalha com arame", dissera ela entusiasmada.

Ele mal notara as traquitanas até que se flagrou à toa numa reunião, e ali estavam elas, pedindo para serem remexidas. Ele poderia dar um beijo naquela decoradora por ter pensado em lhe dar algo para fazer com as mãos naquele momento. Lembrava de seu cheiro de bala, e do seu primoroso busto. Adorava como as mulheres, vestidas, tinham *um* busto, uma entidade unificada, mas, uma vez despidas, ele se dividia em duas seções independentes, dois seios, assim como era possível se abrir uma laranja enfiando os dedos nela.

Quando Emmett se cansava dos joguinhos de celular e das traquitanas esculturais, ele não sabia o que fazer de si. Muitas vezes deixava seus pensamentos o levarem bem longe; imaginava-se transando com a decoradora, ou pensava no que o chef Brian ia preparar para o jantar naquela noite, torcendo para não ser halibute no papelote, porque naquela época muita coisa vinha embrulhada em papelote, e desembrulhar aquele pacotinho bem amarrado era basicamente o oposto de ser criança na manhã de Natal.

Agora ele estava tentando se lembrar da sequência de reuniões sobre o Equador que terminara em fracasso e, por fim, em engodo. Primeiro Faith viera com a ideia de realizar um projeto especial que mirasse no tráfico sexual no país. É claro que ele queria agradá-la, de forma que imediatamente repassou a ideia para dois associados. Um contato em Quito fora obtido e contratado, e um plano de dois pontos fora traçado. Primeiro, haveria o resgate de cem meninas que foram obrigadas a trabalhar como prostitutas em Guaiaquil. Uma intrépida equipe de segurança local havia sido contratada para o serviço. E a seguir, depois de resgatadas as garotas, elas seriam apresentadas a mulheres mais velhas que seriam suas mentoras e lhes ensinariam uma profissão. Mulheres aprendendo com mulheres, um projeto admirável.

"Vai dar um bom cartaz", disse alguém da ShraderCapital. "Devíamos estar fazendo mais coisas desse tipo."

Tudo foi combinado e estava pronto para acontecer. Mas durante uma segunda ou terceira reunião, quando todos os detalhes por acertar deviam ter sido solucionados, Emmett só estava ouvindo pela metade. Foi nessa reunião que Doug Paulson, o diretor operacional, disse que tinha uma questão a levantar. "Não gosto de estar trazendo isso de última hora", disse ele, "mas quando Brit e eu levamos os meninos às Galápagos ela conheceu uma mulher, Trina Delgado, que é organizadora de eventos para instituições de caridade na América do Sul. A Brit acha que ela é muito séria. E quando contei o que a gente tem feito no Equador, ela sugeriu que seria ótimo colocar a Trina a bordo."

"Como assim, colocar a bordo?", perguntou Monica Vendler, a única mulher naquele alto escalão da ShraderCapital.

"Bem, estou pensando se é tarde demais para tirar a pessoa que a Faith contratou. Minha esposa ficaria muito feliz se pudesse trabalhar com a Trina."

"Se você acha que ela é boa", disse Greg Stupack.

"Não sei, não", disse Monica.

"Brit gosta muito dessa mulher", repetiu Doug. "Pensei que ajudar outras mulheres fosse uma parte importante da missão da Loci."

Então a primeira mulher fora trocada pela segunda, e tudo seguiu em frente. Mas quando faltavam dias para a missão de resgate, uma reunião emergencial foi convocada. Doug Paulson, de rosto ligeiramente avermelhado, agora explicava vacilante que Trina Delgado, a quem já haviam pago uma quantia exorbitante e não reembolsável, acabou não se mostrando muito boa em "acompanhamento". A história saiu de sua boca aos borbotões. "Ela age como se estivesse fazendo todo o possível, mas acho que não passa de uma porra de uma golpista", disse ele por fim. "A Brit está arrasada, e eu também." Trina nem chegara a contratar mentoras, mas ficara com o dinheiro da ShraderCapital. Nada estava pronto, absolutamente nada.

"Por que não estou surpresa?", perguntou Monica, ácida. "Então, se não temos mentoras, ainda vamos executar o resgate?"

"É uma boa equipe", disse Greg. "Altamente recomendada. Além disso, pagamos adiantado."

"O que elas deveriam ensinar a essas meninas, afinal?", perguntou Kim Russo, a bela, loura e jovem assistente de ombros largos do diretor operacional.

"Todo tipo de coisa", disse uma das outras assistentes. "Inglês. Computação. E uma profissão. Tricô. Tecelagem."

Aquela última observação lançou uma conversa paralela que incluiu uma palavra pior ainda, *teares*. Meu Deus, *teares*! Não havia nada mais chato para Emmett Shrader do que tecidos e tramas. Só de pensar em entrar uma loja de tecidos ou artesanato, ele já delirava de terror.

"Sabe, a gente pode manter a primeira parte da missão mas esquecer a segunda. A continuação", disse Greg.

"E quanto às doações que andamos recebendo para o programa de mentoria?", perguntou Monica. "Mandamos um monte de panfletos, e o pessoal da Faith os distribuiu na última reunião de cúpula. O número de doações tem sido surpreendente, e o dinheiro está simplesmente ali parado. É tarde demais para devolvê-lo. Pareceríamos incompetentes."

"Bem, não podemos fazer qualquer coisa com ele, certo?", perguntou sua assistente. "É uma doação de uso restrito."

"Podemos utilizá-la para alguma finalidade boa semelhante", sugeriu Doug, "da próxima vez que Faith quiser realizar um de seus projetos especiais. Vamos jogar esse dinheiro para lá. Não é como se ele fosse ser usado para fins pessoais. Quer dizer, meu Deus do céu, ninguém está ganhando um centavo com isso tudo. A coisa toda, todo o nosso apoio à Loci, é pura caridade."

"Sim, somos uns santos", disse Monica.

"O que você quer dizer com isso?"

"Que também é uma reabilitação", afirmou ela. "Você sabe muito bem. Isso nos deixa bem na fita. Nos dá um ar de limpeza."

Greg cruzou os braços e disse, "Preciso pedir para que tudo que estiver sendo conversado aqui hoje se comporte igual a uma mosca doméstica."

"O que você quer dizer com isso?", disse Monica, aborrecida.

"Que nunca saia dessa sala."

Houve risadas, leves e sem graça, e logo eles fizeram uma breve votação e decidiram que iriam adiante com o plano, mesmo sem mentoras. Realizariam o resgate. Mais tarde, convidariam uma das garotas equatorianas para Los Angeles, como no plano original. Continuariam a aceitar as doações que chegassem, assinalando-as para usar da próxima vez, e mais tarde discretamente encerrariam o fundo e diriam que o programa tinha sido um sucesso, mas agora havia chegado ao fim porque haviam atingido seu objetivo.

"E quanto a Faith e todo o pessoal lá de baixo?", perguntou Kim. "O que você vai dizer a eles?"

Shrader estava remexendo nas esculturas de arame, e por fim percebeu que a sala toda estava olhando para ele, à espera. Com muita relutância ele deixou as coisinhas de arame/prata/ímãs caírem de suas mãos em uma minicascata de cliques. "Vou deixar tudo por conta de vocês", disse ele.

Então a missão de resgate tinha acontecido na calada da noite, e tinha sido um sucesso. O resto, a parte de mentoria, "ainda não estava no lugar", mas pelo menos as moças estavam livres, e era isso o que mais importava. Ninguém na ShraderCapital sabia o que sucedera com elas depois disso, no entanto. Emmett Shrader, com sua atenção volátil feito uma pulga, nunca pediu para saber mais disso depois dessa reunião, nem informou Faith da situação – e, na verdade, ela estava totalmente por fora, já que parecia que ninguém tinha lhe contado nem que seu contato tinha sido substituído pelo contato da mulher de Paulson.

A esta altura a missão já tinha acabado havia meses, e na maior parte já havia sido esquecida. As doações ainda estavam chegando, mas felizmente, não muitas. Depois de algum tempo, todos haviam ficado bastante tranquilos a respeito do caso, e quando se aproximava o evento em Los Angeles, alguém foi incumbido de convidar uma das garotas resgatadas. A agência de viagens cuidou de tudo, e Greer Kadetsky apresentou a menina na reunião de cúpula e escreveu seu discurso, e fez ela mesma um excelente discurso, e tudo estava perfeitamente bem, sem susto, até alguns dias depois, segundo Faith, quando Greer ouviu de alguém anônimo que não tinha acontecido programa de mentoria nenhum.

"Me diga quem foi", disse Emmett, mas Faith se recusou.

Ele pensou nos primeiros dias da fundação – a euforia que ele sentira. Era como ter rejuvenescido. Era como transar com Faith de novo, só que sem o sexo. Era uma espécie de trepada total de corpo e alma. Era assim a sensação de estar com seu eu totalmente engajado. Era assim a sensação de prestar atenção.

Quando Faith topara assinar o contrato com ele, ele mandara Connie Peshel descer ao esqueleto de escritório, que era então o vigésimo sexto andar, para encontrar algo que a agradasse. "Janelas por toda a parte para a sra. Frank", assim ele instruíra Connie.

"Não posso derrubar paredes, sr. Shrader", queixara-se ela. Que mulher mais rabugenta. Estava com ele desde que ele fundara a firma, nos anos setenta. Sua esposa, Madeline, gostava dela, e todos diziam que era porque Connie Peshel era tão nitidamente feia: um pescoço grosso que parecia apropriado a alguns parafusos, e um rosto salpicado com o que já fora, há milhões de anos, acne adolescente, sobre a qual por algum motivo ela espalhava uma base cor de amendoim doce de circo.

Mas Madeline nunca sentira grande alívio especificamente por Connie não ter atrativos. Ela nem mesmo ligava se Emmett quisesse comer a secretária ou não. Ela sabia que ele dormira com diversas mulheres diferentes desde que haviam se casado. Era assim que ele era, e fazia parte de seu acordo tácito. Mas o tal acordo tácito também estipulava que ele só podia comê-las se não as respeitasse e admirasse também, e que, se fosse esse o caso, não deveria comê-las. Era uma equação simples. Assim, nunca haveria nenhuma ameaça de verdade ao casamento, porque se por um lado Emmett Shrader gostava de fazer sexo com todo tipo de mulher, ele não era um homem que jogaria fora toda a sua vida por alguém intelectualmente desinteressante.

Madeline sempre dera todas as cartas desde o começo, porque ela era rica e ele pobre. O dinheiro que fundara a ShraderCapital partira todo de sua família. Entrar por casamento na abonada família Tratt de Nova York, quando você era um filho de leiteiro de Chicago, tivera seus grandes aborrecimentos. Em todas as funções familiares dos Tratt eles davam gelo nele. Ninguém queria conversar com ele e nem sequer olhar para ele naquela época. Juntos no começo de seu casamento, tentando demonstrar sua suposta indiferença ao dinheiro dela, Emmett trabalhava num emprego chato na Nabisco, enquanto Madeline fazia trabalho voluntário em instituições de caridade. Eram um jovem casal entediado que às vezes dava uma volta pela Europa, e ia a Las Vegas jogar. Só depois, quando Abby nasceu, uma centelha de vida apareceu naquela casa. Madeline era uma boa mãe, instintiva e jovial, mas como tinha sido criada com babás, contratou uma por reflexo, de forma que seus dias permaneceram vazios.

E Emmett vivia sendo infiel. Aquilo não era nada de especial; muitos dos homens que ele conhecia viviam tendo aventuras; aquilo recarregava as baterias, só isso. Mas quando Emmett voltou para casa numa noite quente de 1973 depois daquela única e estupenda relação sexual com Faith Frank, uma jovem dita feminista daquela nova revista de mulheres que estava tentando fazer a Nabisco pagar anúncios, ele soube que era diferente. Estava tão excitado e perturbado pelo acontecido que sentara-se no escuro na sala da casa de Bronxville, conversando baixinho consigo próprio, tentando descobrir o que faria a seguir. O sexo com Faith fora vividamente dinâmico, uma revelação. Ele o ansiara dolorosamente por todo o jantar no Cookery e pela corrida de táxi até o apartamentinho dela; e então, na cama dela, a dor fora furiosamente resolvida, a ponta de seu longo pênis tocando suas profundezas, tão substancial para ele quanto se fosse o encontro de dedo com dedo na *Criação de Adão* no teto da Capela Sistina. Não era só sexo, era conexão. Estar ligado por todas as terminações nervosas àquela pessoa substancial, simpática. Ela era independente, o que o fazia por algum motivo querer depender dela.

Mas aí ela tinha dito aquilo para ele, "Você é casado", matando sumariamente a possibilidade de voltar a vê-la para todo sempre. Então, depois que fora embora naquela noite, ele voltou para casa e ficou sentado em sua poltrona na sala de estar apagada, pensando no corpo glorioso de Faith, na aparência e toque e cheiro dela – Cherchez, era assim que ela dissera que se chamava o seu perfume –, mas era mais do que isso. Seu perfume tinha uma mistura salina, que se misturava a algo inefável, específico de Faith. Ele imaginou o cérebro dela preenchendo aquele lindo crânio, tornando-a curiosa, aguçada e incrivelmente atraente.

Ele tinha lhe dito que ligaria para ela no dia seguinte para falar do anúncio da Nabisco, mas também planejava implorar para que ela o visse de novo. "Você *precisa* vir me ver", diria ele quando ligasse. Argumentaria com ela, dizendo-lhe que ele e sua esposa levavam vidas separadas e que na verdade a esposa dele nem sequer se importaria, ainda que aquele não fosse de maneira nenhuma o caso.

Madeline ouvira-o chegar, e entrara em silêncio na sala em seu penhoar de seda e assim que olhou para ele sentado daquele jeito, em seu estado preocupado, estimulado, fragmentado, ela *descobriu*. Como é que ela podia ter descoberto? Porém, de algum modo, ela descobriu.

"Quem é ela?", perguntou Madeline.

"Ah", foi tudo o que ele disse, perdendo o ânimo.

"Pelo amor de Deus, Emmett, só fala para mim. É melhor eu saber."

Como mentia mal, e como ele ainda estava dentro do círculo de fortes sentimentos suscitados por Faith, ele disse: "Uma mulher que conheci no escritório."

"Me diga o nome dela".

"Faith Frank."

"Ela trabalha na Nabisco?"

"Não. Ela queria que a gente comprasse espaço publicitário na revista dela."

"Quer dizer que ela é editora?"

"Sim."

"Da *Redbook*? Da *McCall's*? Da *Ladies' Home Journal*?"

"Da *Bloomer*."

"Não sei o que é isso."

"Liberação feminina", explicou ele, debilmente. "Você sabe."

Sua esposa ficou em silêncio, fuzilando-o com os olhos. "Imagino que ela seja mais bonita do que eu", recomeçou ela. "Mas e mais interessante, ela é? E mais inteligente?"

"Madeline, não faz isso."

"Me responde, Emmett."

Ele olhou para baixo, onde tinha juntado as mãos. "Sim."

"Qual deles? Mais interessante, ou mais inteligente?"

"Os dois."

Sua esposa ficou assimilando o que ele dissera. Ela tinha perguntado, e agora precisava absorver a resposta, embora tivesse sido de uma crueldade que ele não pretendera exercer. "Ela é alguém que vai a algum lugar na vida?", indagou ela.

"Tenho essa sensação, sim."

"Entendi."

Quando conhecera Madeline, ele a achou sensual, espirituosa e esperta, mas poucos meses depois de seu casamento percebera que ela possuía um repertório de comentários limitado, e que, quando examinadas bem de perto, as coisas que ela dizia não eram tão espirituosas assim. Ela não tinha paixões, e seu intelecto era limitado. A esta altura ele estava entediado com ela e ela sabia disso, e aquela situação era ruim e desconfortável para ambos. "Eu sinto muito", disse-lhe Emmett. "Não sei o que tem de errado comigo. Eu queria tê-la. Eu queria algo que fosse... empolgante para o corpo e para a alma. Sei que é péssimo. Mas, Madeline, eu me sinto tão obturado na vida. Aquela gente fala de uma porra de biscoito o dia todo. Não tem ninguém para conversar por lá, para um bom bate-boca."

"Foi isso o que você fez com ela, então? Teve um *bom bate-boca*?"

"Num certo sentido."

"Não acho que esse sentido esteja no dicionário." Então Madeline ficou calada, pensando muito, tentando encontrar uma solução justa para salvar o casamento deles. Por fim, disse: "Certo. Eis o que eu decidi. Quero que você nunca mais a veja na vida."

"Que sorte a sua. Ela quer exatamente a mesma coisa."

"Mas você estava planejando convencê-la do contrário, não estava? *Obrigá-la* a te ver. E você sabe ser muito convincente. Você está entediado, Emmett. E, entediado, você é um perigo para mim e para nós. Me diga, o que te tiraria do tédio? Trabalho?"

"Eu trabalho. Trabalho com Oreos, Lorna Doones e Chicken in a Biskit."

"Falo de trabalho que você ame", disse ela. "Com altos riscos."

"Não sei nem imaginar isto."

"Um trabalho que te empolgasse, e te desafiasse tanto quanto uma mulher sexy e interessante dessas, e que incluísse gente pra um bom bate-boca no escritório. Negócios para você fechar. Dos grandes, desses que são de vida ou morte. Como te parece? Empolgante o suficiente para você?"

Ele olhou com leveza para a esposa, ainda sem se comprometer. "Do que você está falando?"

Na semana seguinte, Madeline liberou uma gigantesca soma da fortuna da família Tratt para uma conta dele, um gesto que contrariava o contrato que haviam feito antes de casar, por insistência de seus pais almofadinhas. Foi como que um dinheiro do resgate de um refém, de um sequestrado. Com ele, fundou a ShraderCapital em 1974. Não havia a menor possibilidade de não ter usado o nome dele; ele precisava que "Shrader" estivesse estampado por todo aquele negócio, sem discrição. Era como ele ia provar que era digno para os pais dela, e para ela, e para todos. Muito mais tarde, firmas de capital de risco e fundos de hedge ganhariam nomes que pareciam de romances de cavalaria, castelos e espadas. The Mansard Fund. Bastion Equity. Split Oak Trust. O objetivo era fazer a firma ou fundo soar como uma fortaleza capaz de resistir a qualquer exército invasor. No fim das contas, aqueles lugares proliferaram num tal grau que nem sequer *sobraram* palavras evocativas. Parecia o jeito como os escritores vinham há tempos pilhando as expressões boas de peças de Shakespeare para colocar nos títulos de seus romances, de forma que as únicas expressões que restavam eram as que nada significavam. Logo, pensou Emmett, as pessoas iam estar escrevendo romances chamados *Entra o guarda*.

Desde o início, Emmett, que era um estudante impaciente, mas que com sua memória fenomenal aprendia rápido, cercou-se de sábios das finanças que o aconselhassem. Logo a ShraderCapital começou a se sair surpreendentemente bem, e, com o tempo, Emmett fez uma fortuna exponencialmente maior do que a da família de Madeline. "Posso comer os Tratts no café, no almoço e no jantar", costumava dizer ele à esposa, a quem seria eternamente grato. Ela ficava feliz, tendo percebido que semiodiava os pais também. Eles eram uma gente muito pretensiosa. Às vezes seu pai usava monóculo.

Mas, antes disso, houve mais uma coisa. Na manhã seguinte à noite do acerto de contas na sala escura, quando Madeline havia concordado provisoriamente em dar a Emmett dinheiro suficiente para fundar sua própria firma, ela também lhe dissera, "Quero que você a coloque ao telefone agora. Essa tal de Faith Frank".

"O quê?"

Estavam à mesa, no meio do café da manhã, quando ela veio com essa. A empregada estava servindo toranjas cortadas ao meio, e Abby dizia aos pais: "Por que essa fruta se chama toranja se não tem formato de tora?"

"Quero falar com ela", disse Madeline.

Então ele fora forçado a ir ao gabinete e discar o número de Faith e colocar sua esposa para falar, e ficar lá vendo, humilhado, enquanto Madeline dizia algo a Faith sobre tirar aquelas mãos de cima de Emmett. "Foi ao meu lado que ele subiu ao altar", vituperou Madeline, e Emmett lembrou do casamento deles, quando ele se sentira tão deslocado, de pé num terno quadradão. Felizmente, Faith desligara na cara de Madeline logo de início, mas com certeza também fora uma humilhação para ela. Por muito tempo, Emmett sentiria culpa por ter permitido que Madeline submetesse Faith àquilo. Foi um momento esquisito, perverso, em que uma mulher quisera provar sua dominância sobre a outra, na frente dele, e ele permitira. Ele fora um fraco, e estava morto de vergonha.

Madeline subiu direto ao quarto depois da ligação, e não voltou à mesa de café, mas Emmett sim. Abby estava sentada totalmente sozinha, cutucando a comida. De repente Emmett se lembrou de uma coisa, e foi buscar o paletó, que deixara, na noite passada, numa poltrona junto à porta. Tateou dentro dos bolsos, e então estendeu o guarda-chuvinha de papel à filha, dizendo, "Pra você".

"Ah, papai, adorei", disse ela. "É tão pequenininho. Minha boneca Veronica Rose vai adorar também."

Às vezes, embora seja bem raro, era possível para ele deixar uma menina feliz.

Emmett Shrader nunca mais trocou uma palavra significativa com Faith Frank por quase quarenta anos. Ele se tornou um figurão dos negócios que foi capa da *Fortune*, e ela se tornou uma heroína acessível e simpática para as mulheres. A mais ou menos cada década eles se viam, por acidente, no mesmo salão enorme de pé-direito alto, quando compareciam ao mesmo evento de gala. Mas invariavelmente ele se encontrava naquele salão com Madeline, que com o tempo assumiu um ar de figura de proa de navio, seu cabelo ondulado como se feito de madeira, seus vestidos elegantes, escondendo o corpo agora volumoso que ele antes desejara, quando era bem menos volumoso.

De forma regular, Emmett dormia com mulheres que não eram a sua, mas, conforme foi ficando velho, isso era mais pelo exercício físico do que por outra coisa, como se seu pau precisasse de uma aeróbica, assim como seu coração, ah, o seu coração. Mas nunca as mulheres com quem dormia eram tão interessantes assim para ele; fora essa a condição estipulada por Madeline, e ele a honraria para todo sempre. Elas nunca eram nada parecidas com Faith.

Madeline, conforme foi envelhecendo e eles se distanciando, foi ficando, ironicamente, mais interessante, e visivelmente mais compassiva. O fato de ela ficar mais interessante derivava daquela compaixão, e ela doou grandes quantias para causas progressistas, que muitas vezes tinham a ver com os direitos da mulher. Ela compunha conselhos de museus mas também conselhos de clínicas da mulher no Bronx e em Oklahoma. Até mesmo quando Emmett não estava por perto, ela esbarrava com Faith aqui e ali, e as duas uma vez se viram sentadas, desconfortavelmente, a apenas três assentos uma da outra em um jantar beneficente dedicado ao cuidado maternal na África. Nenhuma delas disse uma palavra para a outra. As imagens projetadas no telão, de meninas com rostos agonizantes, garotas padecendo da indignidade de uma fístula – que palavra horrenda – bloquearam qualquer imagem longínqua de uma jovem Faith Frank, e de Emmett ter dormido com ela, e ter passado a amá-la a partir daquela noite.

Mas então, no ano de 2010, Madeline Tratt Shrader, uma grande filantropa dinâmica e rechonchuda, setenta anos de idade, pediu à assistente de Emmett, Connie, para marcar um jantar para ela e o sr. Shrader no Gilded Quail, um restaurante em Chelsea que tinha a ambientação de um vagão de trem particular do século XIX. Um garçom trouxe pratos pontilhados de exemplos de gastronomia molecular: "ar" de raiz-forte, truta *sous-vide* com "infusão de raízes", um copinho preenchido por três camadas de sopas de sabor intenso que variavam do gélido ao quente enquanto você jogava a cabeça para trás e as bebia. Então o garçom recuava com tanta solenidade que parecia ter visto um fantasma: talvez a própria codorna de ouro que dava o nome do lugar, em forma holográfica, olhos dourados e cintilantes.

Naquele espaço escuro e estreito, Emmett olhava para sua esposa naquela paisagem de cem anos, abismado com a vida que tiveram, sua filha, Abby, adulta e trabalhando com finanças na Costa Oeste e mãe de dois filhos surfistas que viviam dizendo *cara*. Uma fria concha de molusco com um interior róseo praticamente inalcançável, era isso que o casamento dos Shrader era agora.

Madeline ergueu um garfo com uma alface ligeira e propositalmente emurchecida, mastigou-a ponderadamente, e depois disse, "Emmett, preciso te dizer uma coisa".

"Certo."

"Estou apaixonada."

O primeiro reflexo dele foi sorrir como que a uma piada, mas obviamente não era, e em seguida ele sentiu o constrangimento que aquela noite pedia – sua esposa tendo marcado hora formalmente para vê-lo, e vê-lo a sós. Não jantavam a sós um com o outro fazia meses, nem dividiam o banheiro há uma década.

"Por quem?", perguntou ele, incrédulo, alto demais. Um dos garçons pensou que estava sendo chamado e deu um passo à frente, e então percebeu seu erro e logo recuou.

"Marty Santangelo."

"Quem?"

"O nosso empreiteiro. E queremos ficar juntos."

Emmett recostou-se na almofada da peça de antiguidade que funcionava como cadeira de jantar. Ele ficou *ofendido*. Sentiu-se prejudicado de um modo que não conseguia definir, apesar da verdadeira geleira que era o seu casamento. Talvez fosse porque Madeline possibilitara tudo para ele no começo. Talvez fosse porque estavam seguindo aquele curso por tanto tempo que qualquer mudança – mesmo uma potencialmente bem-vinda – teria que parecer perturbadora no começo, quando você a descobrisse.

Emmett Shrader não gostava de mudanças a não ser que ele as iniciasse, e muitas vezes ele as iniciava, ainda que de formas pequenas. Ele sabia que as pessoas falavam dele pelas costas como portador de DDA, e, uma vez, quando um elevador se fechava, ele ouviu alguém dizer, "Alguém dá um Adderall pra esse homem!" seguido por risadas e mais risadas em grupo. Talvez aquela avaliação tivesse seu mérito, e sentado no Gilded Quail com seu casamento chegando ao fim, e tendo comido apenas o segundo prato de *oito* — faltando seis para poder sair de perto de sua futura ex-mulher! — sua vontade era de chorar no punho fechado.

Madeline se mudou pouco tempo depois daquela noite. Nos primeiros dias de sua solteirice repentina e tardia, Emmett estava mais loucamente sozinho do que jamais se sentira, passando a mão no Viagra e indo comer mulheres por toda a cidade, em seus apartamentos e casarões, e no apartamento dele, onde as paredes eram janelas e a vista uma ostentação tamanha que as mulheres sempre diziam "Oh!" e ele era obrigado a esperar impaciente o fim do momento de admiração, e em uma suíte do hotel Carlyle, e então em um *ryokan* de Quioto, e uma vez no compartimento privativo de um voo da Emirates para o Qatar.

Uma vez ele contraiu clamídia de uma bela e jovem blogueira de finanças, mas foi facilmente tratado com azitromicina. Muitas vezes ele incumbia Connie de comprar lenços Hermès para as mulheres depois, e às vezes até aquelas bolsas Birkin que as mulheres desejavam tão ferrenha e estranhamente que parecia uma pulsão darwiniana.

E então, certa manhã, naquele mesmo ano estranho e exaustivamente ativo, Emmett viu uma pequeníssima nota no *New York Times* dizendo que "a revista *Bloomer*, que teve seu momento na aurora do movimento feminista mas nunca decolou de verdade, e ainda assim continuou publicando heroicamente", estava fechando suas portas. Havia falas de duas das editoras-fundadoras da revista, e uma delas era Faith Frank. O nome dela na página parecia para ele que estava em negrito.

"A gente fez muita coisa", era sua fala reproduzida. A garganta e o peito de Shrader se apertaram com a lembrança de Faith Frank e sua única noite juntos. Mas não era só do sexo que ele se lembrava. Também se lembrava de quanto ele a quisera em sua vida. Há gente que tem um efeito tão forte em você, mesmo que você tenha passado pouquíssimo tempo com elas, que elas ficam *gravadas* dentro de você, e qualquer sugestão delas, qualquer menção a elas te causam um sobressalto.

Como Madeline tinha doado muito do dinheiro deles para causas pró-mulher, Shrader passara a ser visto, com o tempo, como simpatizante e defensor das mulheres. Às vezes ele sentia culpa de que talvez estivesse com uma imagem boa injustamente, enquanto na verdade não tinha quaisquer convicções profundas sobre o assunto. Mas aí ele pensou que àquela altura ele já tinha adquirido aquelas convicções; elas já haviam se tornado reais. Seja lá o que fosse verdade, jamais fora permitido que ele passasse mais tempo com aquela inequivocamente autêntica defensora das mulheres, Faith.

Agora a regra de nunca mais voltar a vê-la tinha sido finalmente revogada, como um feitiço de conto de fadas. Madeline tinha sua nova vida com o empreiteiro. Estava no meio da noite quando ele se virou para o abajur do criado-mudo e pediu ao mordomo para ligar para sua assistente em casa, em Flushing. Connie Peshel atendeu num tom assustado. "Sr. Shrader? Está tudo bem?"

"Estou ótimo, Connie. Quero que amanhã você ligue para a Faith Frank."

"Quem? A feminista? Aquela?"

"Sim, aquela. Descubra os contatos dela e marque uma hora para ela vir me ver. Diga-lhe que tenho uma proposta comercial a fazer."

Faith viera sem perguntar nenhum detalhe. Tinha sentado bem em frente a ele em seu escritório, e de perto ainda era elegante, impecável e supervistosa, e Emmett desejou aquela versão muito mais velha dela de novo, mas com um novo sentimento aflitivo que o lembrava de que ele não era mais aquele jovem executivo da Nabisco de cabelos negros e paletó Nehru, e que ela também havia mudado. Na cama dela, em 1973, caíra de boca no corpo dela, de cima a baixo, e no rosto dela, com uma urgência que deve ter incluído a noção inconsciente de que nunca mais fariam aquilo de novo. Ele a comera como se ela fosse sua última ceia. Um explorara o corpo do outro com avidez; ele cheirava a Cherchez, ela a limão. Quando acabou, estavam todos esfolados e desarrumados. Ele, pelo menos, saiu dali embriagado.

Desde aquela noite longínqua, Faith seguira vivendo e construíra uma primorosa carreira, tal e qual ele havia feito, ambos fazendo progressos, cavoucando, tendo impacto em tantas outras vidas. Agora, depois de muitas décadas de cavoucar, eles voltavam a se encontrar. Como a vida era incrível, com todas as suas voltas e finais imprevisíveis. Não que aquilo fosse um final. Talvez fosse um começo. Ele não sabia como isso ia funcionar, o que ia acontecer. Só sabia que a queria por perto todos os dias.

"Por que estou aqui, Emmett?", perguntou ela na tarde em que foi ao escritório dele. "É nosso segundo encontro?"

Ele rugiu de prazer. "Sim", afirmou ele. "Se você quiser que seja."

"Bem, geralmente o homem leva menos de quatro décadas para ligar de volta para a mulher, ou vice-versa. Acho que passou um pouco o momento para nós."

"Tem certeza? Posso te dar de presente um adorno de flores e um Whitman's Sampler. Lembra desse? Cada chocolatinho tinha um nome. 'Caramelo de melaço'. 'Licor de cereja'. 'Cajuzinho'. Você está ótima, Faith. Gosto do seu estilo. Está com um ar de estadista europeia."

"Não sei se isso é um elogio, vindo de você."

"É sim."

"Bem, então, muito obrigada, Emmett; você também está ótimo." Ela cruzou e recruzou suas pernas compridas de botas, e disse: "Então vamos deixar de lado o fato de que há muito tempo, você e eu tivemos um affair."

"Um affair muito poderoso. Que acabou, para minha grande tristeza. Uma desdita, não acha?"

Faith sorriu. "Eu acho. E talvez agora você possa me dizer por que estou aqui."

Ele expôs a ideia toda para ela, e trouxe dois jovens associados para lhe mostrar a descrição do plano que traçara para a fundação feminista que queria que ela gerisse. "Sua função principal será servir como plataforma para as palestrantes mais relevantes sobre questões da mulher", disse ele.

Ela imediatamente ficou apreensiva. "Não sei se devo fechar negócio com uma empresa tão ambiciosa feito a sua, sem querer ofender. O que as pessoas iriam pensar?", perguntou ela.

"Iam achar perspicaz", disse ele. "Todos vão ficar com inveja de você não ter que mendigar migalhas o tempo todo, como você tinha que fazer naquela sua revistinha. A Cormer Publishing era muito mão de vaca. Olhei os números deles e nenhuma revista deles sai bem. Sabe, *Figurine Collector*, *Empty Nester*. Quem precisa dessas revistas? Dá um tempo."

Ela tinha dito não, mas depois voltara com uma contraproposta para que eles financiassem alguns projetos especiais, e eles haviam concordado. Por algum tempo, a Loci cumprira apenas sua função prescrita, mas, recentemente, outros na ShraderCapital haviam pressionado Faith a mudar o posicionamento da fundação, a torná-la mais arrojada, conforme disseram. Assim, podiam cobrar mais, e obter mais espaço na imprensa. Aquela cantora Opus – que agora se tornara também estrela de cinema – em breve ia aparecer na festança. Ele sabia que Faith detestava depender de celebridades, e as manicures, e a vidente que haviam contratado, mas o que ela podia fazer?

Numa reunião de cúpula recente, a vidente, a Ms. Andromeda, tinha anunciado que via uma presidenta no futuro dos Estados Unidos. O público irrompeu em vivas. Mas então a vidente, estudando suas cartas ou mapa ou bola de cristal, ou seja lá o que usasse, dissera em seguida, "Eu vejo... o estado de Indiana".

"Ih, que merda", disse outra mulher. Calaram-se todas, melancólicas, imaginando um momento no futuro em que a senadora Anne McCauley, que tinha a aparência de uma doce e bem-falante vovó, tivesse vencido a eleição presidencial, e as mulheres fossem obrigadas a fazer abortos clandestinos de novo, e os médicos fossem jogados na prisão, e centenas de meninas adolescentes fossem obrigadas a parir contra a vontade naquele nada admirável mundo novo.

O orçamento operacional tinha chocado seu diretor financeiro quando Emmett originalmente anunciara seu plano elaborado para financiar uma fundação feminista. Mas ele rira por último, e muito: tinha dado certo. Fazia bem a mulheres marginalizadas, cujas vidas eram postas no holofote, e olha as doações que recebiam hoje em dia. Era bom para a ShraderCapital e sua imagem, que estava sempre precisando de um conserto, e era pessoalmente bom para Emmett, que podia ver Faith todos os dias úteis, depois de ficar sem vê-la tanto tempo e sentindo sua falta com uma melancolia estranha e persistente.

Houvera dias, naqueles quatro anos, quando ela vinha ao escritório dele por volta das cinco da tarde – ou ele ia ao dela –, em que ele se deleitava em vê-la ali do outro lado da sala. Ela tirava as botas e massageava os pés, e ficava ali conversando com ele em voz baixa, irradiando inteligência. Ela contava como fora o seu dia, e ele contava como fora o dele. Bebiam um bom Malbec e se deixavam embalar por silêncios longos e contentes. De vez em quando falavam se seus respectivos filhos, Lincoln e Abby, um sério e consistente, e excepcional para sua mãe pelo fato de ser *dela*; a outra era tempestuosa e muito bem-sucedida. Ainda assim ele pensava em Abby como uma menininha, e lembrava da sensação exata do amor puro de Electra que ela tinha por ele: uma menina no colo do pai, de vestido armado e calçola.

Às vezes, quando ele e Faith se juntavam, ele dizia algumas palavras sobre alguma mulher com quem dormira recentemente, e como ela servia de alívio físico, o que valia muito naqueles dias de aterrorizante ingresso na terceira idade, e o Viagra era tão importante quanto o protetor solar. Faith era boa ouvinte, sem julgar, e às vezes também contava a ele alguns fiapos de detalhe sobre a vida dela, mas geralmente era reservada. Eles conversavam sobre as pessoas que conheciam em comum dos velhos tempos. Ele descarregava toda a sua raiva e frustração.

E sempre riam muito juntos. Faith tinha uma excelente risada. E o melhor pescoço. Ela era o pacote completo, pensou ele. Mas agora, sentado em sua sala de estar, tendo perdido seu respeito e incitado sua raiva e desprezo por causa daquele malfadado projeto de mentoria idiota do Equador – aquilo era um tormento.

"Acho difícil de acreditar que você tenha nos permitido enveredar por uma mentira só porque não prestou atenção durante uma reunião", disse ela. "Você sabe que há mais do que isso. A atenção é uma cortina de fumaça. Você consegue prestar atenção; eu já vi. Você presta atenção em mim."

"Eu devia ter dado mais ouvidos àquela reunião, e não devia ter deixado eles substituírem aquela mulher de que você gostava, e devia ter encerrado o fundo e anunciado tudo ao público. Me castigue, Faith. Só não me dê um gelo."

A boca de Faith se apertou, e por um brevíssimo momento, ela se pareceu com todas as mulheres do mundo bravas com um homem.

"Vou te dizer o que eu resolvi fazer", afirmou Faith, "e não quero que você diga nada. Quero que você só escute."

Ele fez que sim, cruzando as mãos sobre o colo num exagero de sua disposição para ouvir. Aquilo era dar ouvidos *de verdade*, com uma disposição digna de um ente superior, e naquele momento ele tentava imitá-la.

"Não vou fazer um escândalo", disse Faith. "Isso colocaria a fundação em perigo e nos impediria de fazer qualquer outra coisa para todo o sempre. E se por um lado eu detesto o vácuo moral que parece existir no seu andar, na ShraderCapital, não posso simplesmente sair de fininho do meu cargo, porque aonde mais eu iria? Vou continuar a aceitar seu dinheiro, Emmett, mas não vou aprová-lo. Vou aceitá-lo e usá-lo, e vou observá-lo bem de perto, porque na verdade não tenho muita escolha.

"Todos viemos a esse mundo para cumprir a missão que nos foi dada", disse ela. "Eu trabalho para as mulheres. É essa minha missão. E vou continuar cumprindo-a. Não tenho ideia de se essa história do Equador jamais irá vazar do nosso prédio. Se vazar, vai ser uma vergonha, e talvez nos obrigue a fechar. Mas no fim das contas não vou a lugar nenhum."

"Que bom." O alívio dele era tanto que quase saltava do seu crânio. "Não sei o que eu teria feito se você anunciasse que estava saindo."

"Ah, você ficaria ótimo. Você é o um por cento do um por cento."

"Eu estava entediado demais até você chegar aqui, Faith", disse Emmett. "Uma vez alguém me chamou de 'narcisista privilegiado' em um editorial de convidado no *Wall Street Journal*. Acho que às vezes é verdade." Ele pensou, mas não disse, que pessoas feito ele precisam de alguém para lembrá-los de não serem narcisistas privilegiados. Precisavam que alguém como Faith cumprisse esse papel.

Emmett impulsivamente pegou na mão de Faith, e por alguns segundos ela não tirou a sua. Então ela se mexeu, e suas mãos se soltaram. "Tudo bem, então", falou ela. "Está ficando tarde." Ela se levantou, e ele se levantou também.

"Ninguém mais sabe disso a não ser a Greer Kadetsky?", perguntou ele. "E quem foi que contou isso para ela?"

"Não tenho certeza." Quedaram-se num silêncio momentâneo.

"Bem, a Greer não vai dizer nada, vai?", perguntou ele.

Faith sacudiu a cabeça. "Acredito fortemente que não. Mas ela já se demitiu. Foi um momento desagradável. Eu gosto dela, é alguém que eu vinha incentivando."

"Sim, daquele jeito que você faz. Demonstrando interesse por elas."

"Demonstrar interesse é só uma parte", explicou ela. "Você também as coloca sob a sua égide, se é isso que parecem querer. Mas aí tem outra parte, que é que em certo ponto você as libera. Tchum! Você as joga longe. Porque senão elas pensam que não conseguem se virar sozinhas. Às vezes você arremessa forte demais. Precisa ter cuidado." Ela fez uma pausa. "Bem, afinal de contas, você também devia tentar demonstrar interesse. Pelas pessoas do seu andar."

"Eu vou", disse ele, entusiasmado; de repente ele pensava em dois garotos, um rapaz e uma moça, mal saídos da faculdade, que tinham sido contratados ao mesmo tempo pela ShraderCapital. Eram incrivelmente espertos e ávidos por aprender, com talentos diferentes, distintos. Mas ambos eram promissores.

"Precisa de muito pouco", disse Faith, "e eles ficam muito, mas muito gratos. Tentam demonstrar essa gratidão. Ali está a prova", acrescentou ela, fazendo um gesto em direção a algo em sua linha de visão.

Emmett se virou e olhou. Sobre o chão, ao pé do sofá, havia uma grande caixa aberta que continha diversos artigos, alguns ainda semiembrulhados em papel de presente, outros desembrulhados e abertos. "O que são essas coisas?", perguntou ele.

"Presentes de agradecimento, objetos sentimentais e piadas internas. Conexões pessoais."

"De quem?"

"Ah, de todo mundo. Gente que conheci no decorrer dos anos. Até mesmo gente que só vi uma vez na vida. Às vezes eles chegam pelo correio, e às vezes eu os recebo em reuniões de cúpula e palestras. Sempre é de alguém que diz que eu o ajudei em algum aspecto, e se chega pelo correio, há um bilhete junto, e às vezes não tenho a menor ideia de quem é a pessoa – o nome no bilhete nem sequer me soa familiar, ou mal soa – embora o bilhete dê a entender que tivemos algum tipo de encontro importante. E acho que tivemos, porque foi importante para eles. Essas coisas ficaram aqui por tempo demais, juntando poeira. Essa é uma caixa de várias. A ponta do iceberg. A Deena vai me ajudar com elas essa semana. Agora, com setenta e um anos, objetos passam a ter um significado diferente para mim. Não posso mais ficar colecionando coisas. Tem que ser um tempo de separar o joio do trigo."

Emmett se curvou e arrastou a caixa mais para perto, espiando lá dentro, pescando objetos, procurando. Ali estava, por cima de tudo, um daqueles travesseirinhos de renda que as mulheres gostavam, um sachê. Ele o aproximou do nariz, mas ele não desprendia mais cheiro nenhum.

Ali estava um chaveiro com uma pequena bota acoplada, provavelmente para simbolizar as famosas e sensuais botas de camurça que Faith sempre usava.

Ali estavam três potes: um vazio; um com uma espécie de geleia negra e antiquíssima dentro, e talvez alguns esporos de mofo; e um que continha balas tipo delicado. O que continha os delicados tinha um bilhete anexo, que dizia:

Faith,
Sei que você deve receber um monte de potes, não é, por causa da sua famosa fala sobre potes? Tenho certeza de que ESSES você consegue abrir! (Na verdade, tenho certeza de que você consegue fazer qualquer coisa.)
bjs, Wendy Sadler

E ali estava uma camiseta com a imagem de uma lagosta, e ali estava um exemplar de um livro infantil velho e aparentemente tolo chamado *A surpresa de verão dos gêmeos Bradford*. Na capa, um menino e uma menina mal desenhados empinavam uma pipa. Ele o abriu e viu sua dedicatória:

Querida Faith,
Esse livro era o meu preferido quando eu era criança, e fiquei com vontade de te dar de presente.
Com amor,
Denise Manguso (do jantar em Chicago!)

"E como foi esse jantar em Chicago?", perguntou ele.
"Do que é que você está falando?"
"Da dedicatória. Quem é Denise Manguso?"
"Não faço a menor ideia."
Emmett continuou remexendo na caixa. Ali estava uma pulseira de cânhamo e contas. Ali estava uma nave espacial plástica de brinquedo com o nome NASA na lateral, e um bilhete anexo:

Querida Faith,
Agora trabalho aqui na NASA como vice-diretora de engenharia, e se você algum dia vier aqui à capital, adoraria mostrar o lugar a você. Eu não estaria aqui se não fosse por você.
Cordialmente,
Olive (Mitchell)

Ali havia uma caixa de doce caseiro. Emmett a abriu e viu que agora ela continha uma superfície ígnea antiquíssima que parecia um quebra-queixo de açúcar e nozes, totalmente calcificada.
"De que ano é isso, Faith?"
"E eu sei?"
"Então de que década?"

Ali estava uma pena de pavão com um laçarote amarrado, e aqui uma bela caneta gravada com as estranhas palavras A PENA É MAIS PODEROSA QUE O PÊNIS.

E ali, da mesma estranha forma, estava uma frigideira, nunca estreada, ainda com o rótulo. O que será que queria dizer? Outra piada interna, presumiu ele, de que Faith poderia se recordar ou não, ainda que alguém tenha sentido o impulso de sair e comprá-la e dá-la de presente, porque aquilo era um sinal de amor. Todas aquelas mulheres haviam sentido a necessidade de se conectar com Faith. Ela era feito plasma para elas. Talvez fosse uma carência maternal, pensou ele, mas talvez também fosse: quero ser você. Havia tantas mulheres como essas, tantas. Mas somente uma Faith.

"Deve ser um fardo pra você ser a pessoa mais importante para gente que não é tão importante assim pra você", disse ele.

"Não sei se concordo com essa sua interpretação. Eu também recebo muita coisa delas, lembra?"

"O que você ganha?", perguntou ele. "Estou curioso."

"Bem, elas me conservam no mundo", disse ela, e foi tudo o que ela queria dizer.

Ele ficou pensando com quem Faith Frank se abriria. Ela tinha aquelas amigas, aquelas velhas dos velhos tempos, entre elas Bonnie, a lésbica de cabelo crespo, e Evelyn, a dama de sociedade com seus terninhos cor de bala Pez. Elas eram íntimas de Faith, disso ele sabia; todas haviam sido fotografadas juntas em uma época completamente diferente, há muito tempo. Emmett teve uma súbita lembrança de uma foto de Faith e outras espalhadas por um escritório. O lugar parecia caótico, uma bagunça, uma azáfama. Mas o que ele mais se recordava era de quanto Faith parecia feliz rodeada por aquelas mulheres, de quanto parecia descontraída e contente.

De repente Emmett se pegou pensando por que Faith não encontrara um homem para ficar a seu lado naqueles anos todos, depois de ficar viúva tão nova. Por que uma mulher tão forte precisava ser seu próprio escudo? Ou talvez fosse o jeito como Faith preferia, porque homens eram uma distração, ou davam trabalho demais. Ou talvez ter um homem em sua vida era simplesmente querer pôr coisa demais numa vida já plena. Ele e Faith podiam ter se amado, pensava ele agora, quando já era mais que tarde demais.

"Eu fiz tudo errado!", disse ele, incapaz de se conter.

"O quê?" Faith observou aquele rompante alarmada.

"Eu podia ter sido seu amor", completou ele. "Eu podia ter sido isso, Faith. Podíamos ter nos complementado. Nós dois estamos vivendo vidas desproporcionais, meio ridículas. O sexo teria sido uma libertação, uma revelação. E todas as conversas depois dele. Eu teria te feito ovos mexidos no meio da noite. Faço ótimos ovos mexidos no meio da noite; aposto que você não sabia. Mas ferrei com tudo, e agora, você acha que sou horrível."

Ela ficou olhando para ele, ainda claramente atônita, mas se recuperando, uma das mãos massageando de leve o pescoço por um momento. Tudo o que ela disse, no final, foi: "Não acho isso."

Estava ficando tarde, e ele logo precisaria voltar para casa. Seu carro e seu motorista o esperavam, e mais tarde ele e Faith se deitariam em suas camas separadas, nas quais havia bastante espaço para outra pessoa caso assim o quisessem, e naquela noite não quiseram. Estavam mais velhos e tinham que administrar cuidadosamente sua intimidade. Emmett empurrou a caixa para seu lugar original; a caixa que contivera os presentes que Faith recebera de pessoas que conhecera e afetara em suas vidas conforme iam vivendo – pessoas as quais às vezes ela mal conseguia se lembrar quem eram –, mas não importava que ela não conseguisse, porque tinha ternura por todas elas, e elas sabiam disso.

Emmett tentou imaginar que tipo de presente poderia dar a Faith para demonstrar seus sentimentos. Ele não conseguia imaginar o que seria uma coisa dessas – o que teria tal significado e ressonância. Mas então percebeu que sabia, sim, porque já o dera. Ele lhe dera uma fundação.

TREZE

Cory Pinto teve a ideia do seu videogame não de uma vez só, mas ao longo de vários anos. Ele nem sequer sabia que o que estava imaginando era um videogame; simplesmente pensou em si como alguém que jogava um monte de videogames reais enquanto, intermitentemente, pensava de um jeito intenso e obsessivo na perda de seu irmão. Mas uma mistura de jogar e se obcecar no fim das contas o fez ver o que havia dentro dele. Então a história do game, quando se revelou, chegou quase inteiramente pronta.

Por muito tempo ele andara periodicamente absorto na ideia de que, quando alguém que você amava morria, era possível passar o resto da vida procurando aquela pessoa pelo mundo todo e ainda assim você jamais a encontraria, não importa em quantos lugares obscuros você procurasse, não importa em quantas cavernas você olhasse, ou cortinas abrisse, ou em casas entrasse. A pessoa falecida verdadeiramente não existia mais, e se por um lado científico aquele fato parecia tão simples, era injustificavelmente difícil de aceitar quando aquela pessoa era alguém que você amava.

Mas a questão era que, depois que alguém que você amava morria, as pessoas que você ainda *conseguia* ver – ou seja, as vivas – ocasionalmente podiam quase parecer a pessoa por quem você procurava. Você teria o susto da similaridade, um vislumbre de formato de crânio ou risada similar, e você virava a cabeça com tanto ímpeto, apenas para encontrar alguém que não era nem um pouco aquele que você procurava. E em seguida você pensava: por que *aquela* criança à sua frente, aquele desconhecido de risada tão indelicada, de expressão tão grosseira, merecia estar viva e seu irmão pequeno não?

E ainda assim, talvez, se você procurasse bem o suficiente e em lugares suficientes, pudesse enfim encontrar a pessoa por que procurava.

Talvez, quiçá, Alby ainda estivesse em algum lugar do mundo, mais de três anos depois de sua morte. Talvez a verdade secreta sobre a morte fosse que as pessoas mortas foram arrancadas de suas vidas atuais e obrigadas a morar em outro lugar, bem longe – um processo semelhante à reencarnação, mas que não aconteceria no futuro, e sim agora. Uma espécie de programa de proteção às testemunhas baseado em mortalidade. E se você os encontrasse, eles teriam a mesma aparência que sempre tiveram. Quem dera você soubesse onde encontrá-los. Quem dera você soubesse onde procurar.

Era essa a premissa do jogo de Cory. Ele mesmo se sentia infantil por sua incapacidade de aceitar a morte de Alby. É claro que, de todas as formas que importavam, ele aceitara, porque não tinha a fragilidade mental de sua mãe; e era capaz de socializar e tomar uma bebida e conversar sobre assuntos que não a morte, e era capaz de interagir bem com clientes e outros funcionários da Valley Tek em Northampton, uma localidade riponga a vinte e cinco minutos de Macopee. A loja parecia ser um lugar tranquilo, mas na verdade era exigente. O apego dos fregueses aos seus computadores era primal e urgente. Eles chegavam carregando seus laptops com a pressa de alguém chegando com o bicho ferido ou doente ao veterinário.

"Em que posso ajudar?", perguntava Cory em tom simpático.

"Ele simplesmente travou! Bem no meio de um projeto importantíssimo!"

"Você fez *back-up* de tudo?"

"Bem, não, não recentemente." Em seguida, se defendendo, "Como é que eu ia saber que ele ia travar?".

"Vamos dar uma olhada." Cory entrava na área de trabalho nos fundos com aquela máquina maleável e de boa vontade cuja opinião não fazia diferença. O problema com ela, no fim das contas, era ser uma máquina. Era possível revivê-la algumas vezes, e até muitas vezes, mas no fim das contas você sabia que o cliente teria que abandoná-la e substituí-la, e você é quem seria o facilitador dessa troca.

Foi através da loja que Cory se familiarizou com a comunidade de jogadores online, que, é claro, não era uma comunidade de verdade, mas um incrivelmente enorme e amorfo agregado de gente em diferentes casas e fusos horários no mundo inteiro que gostava de jogar jogos eletrônicos dia e noite. Às vezes algumas pessoas do trabalho jogavam Dota 2 em equipe a partir de suas casas. E depois do trabalho, uma vez por semana, os funcionários da loja se reuniam no apartamento próximo do corpulento Logan Berryman, trinta anos, o qual além de ser o técnico-chefe na Valley Tek e programador, fazia parte da comunidade nada insignificante de contradança que aflorara ao redor do vale Pioneer.

Logan e sua namorada Jen moravam no andar superior de uma casa na rua Fruit com seus violinos, seu gato, e recipientes de pólen de abelha que cintilavam granulares sobre a bancada da cozinha. Relaxando ali à noite, a equipe da Valley Tek – Logan, Halley Beatty, Peter Wong e agora Cory – bebiam cerveja e, com os dentes, expulsavam edamame de suas pequenas vagens peludas, e depois todos jogavam Counter-Strike por algumas horas.

O mundo físico e real de Logan e Jen, o mundo progressista de Northampton, Massachusetts, lar da Universidade Smith, consistia de professores universitários e psiquiatras e muitos casais lésbicos, assim como cafés e cães vira-latas de bandana, e garotos que pareciam ter fugido de casa, ainda que metade deles fossem filhos de professores e psiquiatras – adolescentes perdidos que se recolhiam às suas casas abarrotadas de livros quando chegava a hora de ir para cama, à noite. Era um mundo sexualmente iluminado e supostamente igualitário. No apartamento de Logan e Jen, enquanto o sol se punha, mulheres e homens jogavam ávidos e à vontade. Parecia um sonho de oportunidades iguais para todos, mas Cory sabia muito bem que o mundo do jogo online estava polvilhado de ódio renhido. Naquele mundo, uma versão em miniatura do real, as mulheres eram constantemente assediadas e ameaçadas. Cory já vira arengas mal escritas por *trolls* em fóruns, do tipo "VO CORTA SUA CABEÇA E DEPOS TUA BUCETA". Como Greer dissera para Cory há muito tempo, depois que conhecera Faith Frank e começara a prestar atenção no feminismo, "Fico tentando me convencer de que essa história de cortar partes do corpo feminino no fundo quer dizer: *não sei o que fazer com essa raiva que eu sinto*".

Ele se imaginou ao lado de Greer naquele apartamento; haveria aquela sensação comovente de simplesmente saber que aquelas outras pessoas pensavam neles como um casal. Ele teve o pensamento súbito e relacionado de que, se Greer fizesse parte de um casal em Nova York, namorando ou ficando ou de rolo, ou seja lá como descrevesse aquilo para si própria, talvez o cara a tivesse cortejado com histórias de combate à misoginia. Aquela seria uma ótima forma de chegar a Greer. A ideia lampejou rapidamente dentro de Cory, depois se foi. Ele não tinha nenhum jeito de chegar a ela naquele momento, nem ela a ele. Quanto mais não se estava com uma pessoa, mais suas vidas divergiam. Cory mal conseguia entender agora como gente que não se conhecera no começo da vida podia conseguir virar um casal. Quanto mais se ficava velho, mais se desenvolviam certas peculiaridades. Uma mulher teria que estar disposta a absorver suas circunstâncias. Afinal de contas, ele era um adulto que morava com a mãe.

Sempre que qualquer pessoa perguntava a Cory sobre com quem ele morava, nunca respondia "moro com a minha mãe", uma frase que podia soar um tanto Norman Bates. Em vez disso, dizia: "Moro em casa." No ano de 2014, como a economia havia na maior parte se recuperado, morar em casa não queria dizer necessariamente uma coisa nem outra.

Ele não podia ficar até muito tarde naquela noite porque precisava ir em casa para preparar o jantar para sua mãe e colocá-la para dormir, não que ele fosse falar o motivo por que tinha que ir. Talvez pensassem que tinha um lugar para ir, uma mulher para encontrar. Era um homem bonito; disso ele sabia sobre si. Mas, na verdade, fazia muito tempo desde a última pessoa com quem havia se envolvido. De todas as pessoas, tinha sido justo Kristin Vells. Kristin era uma habitante da rua Woburn de quem sabia há tanto tempo que nem pensava mais nela como pessoa de verdade. Era simplesmente alguém a quem ele e Greer sempre se sentiram superiores. Ela ocupara vagamente o papel de Garota Burra Que Mora Na Nossa Rua. Mas então, quando Greer se desprendeu da vida de Cory, e Kristin morava em casa e trabalhava na Pie Land, Cory ia à pizzaria às vezes no fim da tarde, horário em que o dia afundava num violeta-acinzentado jururu.

Quando ele entrava, costumava se sentar e pedir uma fatia, e se Kristin estivesse lá, começariam uma conversa monossilábica que podia ou não desembocar no polissilábico. Isto seguiu assim por algum tempo. Certo dia, estava na pizzaria no horário de fechar, e ele e Kristin saíram juntos, subindo a rua com seus corpos próximos, o que era interessante, por ser novidade. Kristin Vells tinha um corpo formoso, e o aroma de massa de pizza se desprendia dela feito uma doce brisa de uma janela aberta.

"Quer ir lá em casa?", ousou ele perguntar àquela mulher que certa época estivera três grupos de leitura abaixo dele. A beleza da vida adulta era que grupos de leitura não tinham a menor importância! Ou pelo menos eles não te preveniam contra nada. Você podia estar no maior grupo de leitura dentre todas as pessoas do mundo, o Puma alfa dos Pumas, e isso ainda assim não te protegia de seu irmão morrer, nem do seu pai te abandonar, nem da pessoa amada deixar de estar na sua vida.

Kristin entrou com Cory em sua casa pela primeira vez na vida, ainda que tivessem morado no mesmo quarteirão por tão longo tempo. Ele se lembrou do dia em que Greer fora lá pela primeira vez, quase duas décadas antes. Entrar na casa de alguém era como entrar em seu corpo. Você via do que eram feitos, e em que tipo de coisa marinaram por tanto tempo.

Sua mãe estava sentada em frente à TV quando ele apareceu com Kristin. "Mãe, precisa de alguma coisa?", perguntou ele, e ela olhou da poltrona reclinável em que vivia sentada durante o dia.

"Estou bem, Cory", disse ela, mas espremeu os olhos, incomodada pela presença de Kristin. "Quem é essa menina?"

"A Kristin, aqui da rua", disse Kristin. "Da família Vell."

"Com os anões de jardim?"

"Isso. Mas na verdade, eles já eram. Faz tempo que alguém roubou eles."

Cory levou Kristin para o seu quarto lá em cima e fechou a porta. Uma vez lá dentro com ela, ele se viu obrigado a compará-la com Greer.

Ali estava uma mulher substituta, um modelo bem menos interessante, mas também uma mulher, cheirosa e feminina, alguém que sabia como era a vida em Macopee e não questionaria por que Cory tinha resolvido "viver daquele jeito". Além disso, ela tinha uma boca bem estofada, o lábio inferior seccionado em duas almofadinhas. Fumaram um baseado juntos, que era o único meio de lidar com aquele momento. A maconha se tornara uma espécie de condimento na sua vida pouco depois de suas breves aventuras na heroína com o primo Sab. Fumar um baseado dava uma relaxada, enquanto que cheirar heroína dava uma *traulitada*, era como estar num tornado, e era melhor evitá-la para todo sempre.

Então Cory e Kristin fumaram juntos em silêncio, e aí ele olhou para a frente e a viu repentinamente reclinada sobre ele como um guindaste. Lentamente ele se alçou na direção dela, emendando seus rostos. Quando a boca de Kristin se abriu, veio um cheiro de fumaça e ferrugem, como se tivesse algum sangue por ali em algum lugar. Enquanto beijava Kristin Vells, Cory percebeu que o tesão existia em diferentes potências, diferentes concentrações, mas fora isso o corpo não julgava a quem estava beijando. Fazia tanto tempo que ele não beijava ninguém.

"Você era mariquinha pacas quando era criança", disse Kristin depois que terminou o beijo e se separaram, observando-se. "Com aquelas roupas todas engomadas. Sua mãe passava suas camisas todo dia? Estava sempre todo arrumado. Limpinho. Filhinho da mamãe."

"Isso. E agora eu que passo as roupas *dela. Quid pro quo*."

"Quê?"

"Nada."

Ele não conseguiu pensar em mais nada para conversarem naquela hora, então, em vez de papear, ele foi chegando o corpo para cima do dela, usando toda a força e interesse que foi capaz de juntar.

Permaneceram envolvidos por um mês inteiro – um mês em que fumaram maconha e ficaram deitados na cama por um escandaloso número de horas. Certo dia, enquanto estavam deitados, o quarto foi subitamente inundado de luz com um *toc*, e Cory olhou e viu sua mãe baixinha de pé no umbral da porta. "Estou constipada", anunciou Benedita.

"Ah, puta que pariu, cara", disse Kristin, baixo.

"Cory, você me arruma o Dulcolax? Procuro e não acho."

"Tá, mãe, só um segundo", disse ele.

A mãe dele recuou, arrastando os pés. Com os anos, ela virara uma arrastadora de pés; àquela altura ele estava tão acostumado ao som de suas pantufas roxas roçando o chão da casa que era quase relaxante para ele, como um fogo estalando numa lareira. Mas Kristin olhava para Cory com um ódio de proprietária, e ele o absorveu e ficou com imediata raiva dela, porque ela não tinha nenhum domínio sobre ele, e por que ela achava que tinha?

"Que grosseria sua mãe te falar coisas tão pessoais desse jeito", disse ela.

"Bem, é que ela não tem mais ninguém pra quem falar."

"Eu também moro com a minha mãe, mas ela não me fala porra nenhuma. E é assim que eu gosto."

Cory deu de ombros, querendo que ela desse no pé. Cuidar de sua mãe se tornara parte do seu emprego, do seu jeito de ser. Ele geria a vida dela, a tornava o menos dolorosa possível. Não queria que Kristin se metesse nesse departamento; o papel dela seria ignorar aquilo, e não comentar. Mas lá estava ela reclamando daquilo, apontando, dando sua opinião, e agora tudo o que lhe parecera brevemente erótico em Kristin Vells — a pequenina tatuagem de uma casa de cachorro em sua canela, e seu bem cuidado cabelo comprido e sua boca aquiescente — se tornou asqueroso. Agora Cory acabava de perder o interesse por tudo que tivesse a ver com aquela pessoa, porque ela pisara fora de seu círculo prescrito e além disso insultara sua mãe. Ou, mais do que isso, insultara sua mãe e ele. Aquilo que eles eram um para o outro. Não, ela havia insultado apenas *ele*.

"Kristin, bora levantar", disse ele. Quando ele estava perto dela, acabava falando como alguém que não era. *Bora. Vamo.*

"Que foi, Cory, agora está puto comigo porque fiquei com nojo da sua mãe estar constipada?"

"Bem por aí."

"Vai se foder, Pinto."

"Ah, tá certo. Que gentileza a sua."

Ele se pôs de pé e encontrou a calça, depois a camiseta, e nunca sentiu um alívio tão grande em se vestir. Mas Kristin não se mexia do lugar. Ficou deitada na cama dele sem pressa nenhuma de sair. Ela fumou um cigarro, zapeou pelos canais para ver o que estava passando na TV, e de fato parou para assistir a uma reprise de *O mundo é dos jovens*, seriado do qual ele pegara seu nome. Ele já vira aquele episódio, em que Cory deixa a montagem de *Hamlet* de sua escola porque descobre que será obrigado a usar malha de bailarino, várias vezes quando era novo, absorvendo a norte-americanidade daquilo, sentindo grande entusiasmo por aquele aspecto. Agora sua vontade era de trocar o nome Cory por Duarte de novo; estava pronto para deixá-lo significar sua pessoa, exceto pelo fato de também ser o nome do seu pai, o que trazia outras estranhezas completamente diferentes. Kristin pegou o controle remoto e aumentou o volume. Ela planejava assistir ao programa inteiro, entendeu ele.

Pode enrolar o quanto quiser, Kristin, pensou ele, e partiu em busca do Dulcolax. Estava exatamente onde ele o havia visualizado: numa prateleira do banheiro, semioculto por um frasco antigo e embaciado de algo chamado Loção Pós-Banho Jean Naté. Ele pegou o Dulcolax e levou-o à sua mãe.

Depois que Kristin se fora naquele dia, ela e Cory se tornaram inimigos tácitos. Ao vê-la na rua a caminho da Pie Land, ele acenava de má vontade, mas ela simplesmente fazia um som gutural, como quem diz "tá de sacanagem" e continuava andando. Logo ele parou de acenar. Agora não só estava sem Greer, como também sem Kristin.

Com o tempo, que continuava se dissolvendo, além de tomar conta de sua mãe e fazer faxina em duas das casas que antes ela limpava, ele começou a estudar por conta própria conserto de computadores e design de videogames. Cory aprendia rápido, e a Valley Tek de Northampton o contratara e treinara, e logo ele se tornou bom naquilo, um talento nato, capaz de aprender os pontos fracos das diferentes máquinas. Ele estava contente ali com seus colegas na caixa segura e minimalista que era a loja. À noite ele ia para casa e a limpava e fazia jantar, e depois jogava videogame sentado na cama de Alby de pernas cruzadas com Slowy por perto. Após alguns meses no emprego, Cory começou a socializar com os *gamers* da loja. Logan, em especial, parecia prestar atenção nele e ter um sentimento protetor para com ele. Muitas vezes o estimulava a elaborar uma ideia para um jogo, que Logan poderia desenvolver. Cory vinha tentando.

No fim da noite, na casa de Logan e Jen, Logan foi com ele até a porta e, na varanda, disse para ele: "Já tem alguma coisa?"

"Mais ou menos."

"Certo. Vou tomar isso como um sim. Eu mesmo estou trabalhando num game", disse Logan. "Gosto muito de ficar construindo sistemas e mecânicas de jogo. Mas você não precisaria se preocupar com isso; eu que pensaria nisso tudo. Mas é que encontrei um possível investidor-anjo por meio de uns amigos. Ele mora em Newton e vem aqui quarta à noite para conversarmos."

"O que é que ele faz?"

"É um cirurgião-dentista rico. Gosta de games, mas diz que não tem imaginação nenhuma e quer entrar nesse mercado. Ele gosta da ideia de games independentes como obras de arte. Ele acha que, se ganhar o dinheiro dele de volta, já considera um sucesso. Vou encontrá-lo no Hops, aquele bar de cerveja artesanal na Masonic. Pode vir vender sua ideia também, se quiser."

"Ah. Bom, ainda não estou pronto", disse Cory.

"Você tem até quarta-feira. Tenho a sensação de que até lá você é capaz de amarrar tudo."

Então Cory chegou do trabalho e sentou-se à mesa da sala de estar, com sua mãe serenamente sentada em frente a ele. Em um dos muitos cadernos de Alby, ele começou a esboçar algumas ideias legíveis para o jogo que vinha formulando ultimamente, mas que, na verdade, vinha sendo formulado há muito mais tempo. Então, na quarta-feira à noite, ele adentrou a colmeia amadeirada que era o Hops, no centro de Northampton. Sempre ficava nervoso ao ir àqueles estabelecimentos da moda, porque o lembravam do que já tivera, ainda que por pouco tempo – da riqueza que o cercava em Princeton, e depois em Manila, antes de ele desistir daquilo tudo.

William Cronish, cirurgião-dentista bucomaxilofacial, tinha seus trinta e cinco anos, o queixo meio assimétrico, e queria muito parecer uma espécie de nobre. "Eu era meio gótico quando era novo, e também era obcecado por jogar jogos fora do padrão. Mas meu pai e meu avô eram dentistas, e quando chegou a hora de definir minha vida, deixei me empurrarem nessa direção, porque nada do que eu me interessava renderia um sustento. Então agora tenho um consultório estabelecido, mas ainda penso nesse meu outro lado. Eu adoraria entrar nos estágios iniciais de um jogo legal. Não é assim que vou fazer fortuna; já estou muito bem de vida. Mas tenho muita vontade de saber em que vocês pensaram."

Logan apresentou sua ideia primeiro. "Witch Hunt", disse ele, deixando cada palavra ressoar. "Caça às bruxas. É um RPG. O seu avatar é uma garota em Salem, em 1692. Ela é só uma garota normal, mesmo. Uma adolescente de touca."

"Ela tem que ser menina?", perguntou Cronish. "Não pode ser um aldeão?"

"Também pode ser mulher, aldeã", acrescentou Cory.

"Verdade", disse Logan. "Certo, deixe eu te contar como eu geraria os ambientes."

Cronish mostrou a palma da mão reta. "Sabe", disse ele, "vamos parar por aqui. Me parece um tanto convencional. E, na verdade, já saíram alguns jogos sobre Salem. Conforme eu te falei, estou procurando algo que equilibre o artístico com outras qualidades." O cirurgião-dentista olhou então para Cory, e desconfiado, perguntou: "E a sua ideia, será que ela se encaixa mais no que estou buscando?"

Cory não queria roubar a cena de Logan, que fora tão gentil para com ele, ainda que fosse um tanto por pena. ("Será que você não pode dar uma ajudinha ao Cory Pinto, que é tão legal?", ele imaginava Jen perguntando a Logan em tom pungente em sua cozinha, enquanto jantavam uma refeição adquirida de produtores locais.) "Logan e eu estamos juntos no projeto", começou ele. "A ideia é minha e vou roteirizá-la, mas ele é o designer e programador. Não sei nada dessas áreas."

Logan disse: "Posso te contar meus planos para o jogo. Quando você ouvir o que Cory tem a dizer, talvez você pense, epa, como é que isso pode ser feito dado o número de ambientes que precisaríamos criar, mas..."

"Espera aí", disse Cronish. "A gente vai chegar lá. Talvez." E disse a Cory: "Primeiro me conta como você vê o jogo."

E assim Cory começou a falar sobre a sua "ideia", não do jeito como ele imaginou que desenvolvedores de jogos falavam sobre suas ideias, mas exatamente do jeito como ele pensava nela. "E se você estivesse numa missão de achar a pessoa que você ama, que morreu?" Cory disse em voz baixa aos outros dois. "E mesmo que você saiba que a pessoa que você ama morreu, e que no entanto sua busca é inútil, você ainda tem que *realizar* a missão, porque você não consegue acreditar que a pessoa não existe mais. Quer dizer, intelectualmente você acredita, mas não acredita de verdade, de coração. Sem nem saber disso direito, você procura e procura, tentando encontrar a pessoa por meio de sonhos, por meio de outras pessoas, por meio de uma saudade que vai e volta, talvez por meio de drogas, talvez por meio de sexo momentaneamente interessante com pessoas com que normalmente você nunca pensaria em fazer sexo. Por qualquer meio que você conseguir tentar.

"Mas isso não funciona. Nunca funciona. Como poderia? A pessoa que você ama está morta. O corpo dela parou de funcionar, o coração parou de bater, o cérebro não tem mais fluxo de sangue. Não tem como ela ainda existir. Mas na versão do jogo, na *nossa* versão, que no momento estou chamando de SoulFinder, você talvez de fato tenha chance de encontrá-la."

Nesse ponto ele fez uma pausa, mas de novo nenhum dos outros dois o interrompeu nem fez perguntas, nem fez que sim ou expressou qualquer reação, e era impossível dizer se estava levando bomba ou fazendo sucesso. Cory simplesmente continuou falando, porque nada mais havia a fazer. "Mas vai ser muito, muito difícil mesmo", disse ele. "Digo, quase nenhum jogador vai ser capaz de conseguir isso. Isso vai ser parte do apelo. A maioria dos que comprarem o jogo na verdade nunca vai ter a experiência que está se propondo a ter. Mas, muito de vez em quando, alguém vai conseguir.

"As pessoas vão querer saber, 'Como você conseguiu fazer isso? Como você encontrou a sua pessoa?' Mas não vai haver uma resposta fácil. Tem que ser um jogo muito... voltado para o emocional e o intuitivo. Mas ao mesmo tempo contraintuitivo. Aqueles que conseguirem encontrar seus mortos vão ficar famosos na comunidade *gamer*, porque todo mundo vai saber que sim, de algum jeito é possível. É só que você tem que se esforçar bastante e por tempo suficiente para encontrar a pessoa que você perdeu, e no fim das contas talvez você seja capaz de transformar essa saudade em habilidade. É claro que a maior parte dos exemplares individuais do jogo nem mesmo vão ter a possibilidade no software de localizar os mortos. Mas alguns vão, e se você tiver um deles, vai ser como achar um Bilhete Dourado do Willy Wonka. Você não vai saber até ter jogado e testado por meses e meses. Mas mesmo se tiver um, ainda assim vai ter que fazer tudo certo para poder encontrar a pessoa que morreu."

"Como foi que você teve essa ideia?", perguntou Cronish, com tom neutro.

Cory não planejara entrar nesse assunto, mas acabou dizendo, tenso, "Meu irmão caçula faleceu. Foi atropelado por um carro e foi a pior coisa que já aconteceu na minha família. Uma coisa que nunca esqueci desde então", continuou Cory, falando rápido sem dar espaço para o momento em que a outra pessoa geralmente dizia: sinto muito pela sua perda, "é que qualquer coisa pode acontecer a qualquer momento. E não é uma má filosofia de vida quando se está tentando desenvolver videogames. O objetivo final de muitos jogos, pelo menos os que Logan e eu andamos jogando, é a surpresa, correto? A pedra que rola. O raio que cai. A cilada. Elas te preparam para todas as pedras que rolam, e raios e ciladas que são... os floreios decorativos de se estar vivo."

De onde estavam vindo aquelas palavras? Ele soube na mesma hora. Vinham da sua breve estada na Armitage & Rist, onde adquirira traquejo. Mas depois tivera a pedra no meio do caminho. Uma pedra que o obrigara a dar uma enorme volta, e por fim emergir numa forma diferente. Não mais consultor. Não mais sócio de uma startup de microfinanciamento.

"Quando morre uma pessoa, dizemos que a gente a perdeu", disse Cory. "Nós *perdemos* o Alby. Me parece ser bem desse jeito; como se tivessem que estar em algum lugar, certo? Não podem simplesmente não estar em algum lugar. Isso não faria sentido."

Cory pegou da mochila, com cuidado, o caderno de Alby, colocando-o sobre a mesa, um pouco preocupado pelo tampo estar úmido. "Fiz muitas anotações", disse ele. "Você pode lê-las aqui mesmo, mas não posso te emprestar nem nada, porque esse caderno era do meu irmão." Cronish começou a folheá-lo, como se estudasse os raios X da mandíbula de alguém. Ele ficou calado por muito tempo. Tanto tempo que Logan se levantou e foi ao canto com um alvo de dardos e começou a atirar.

Cory se juntou a ele, cochichando: "Pessoalmente, achei o Witch Hunt ótimo. Eu jogaria o seu jogo."

"Não esquenta, rapaz", disse Logan, um homem parrudo cuja concentração e energia estavam agora completamente focadas na formação em pinça dos seus dedos.

Até que Cronish veio falar com eles, o caderno de Alby na mão. "Entendi", disse ele a Cory. "Meu avô faleceu de um derrame grave quando eu tinha dezenove anos, e isso acabou comigo. Eu faria qualquer coisa para reencontrá-lo, para mostrar para ele quem eu me tornei." Seus olhos brilhavam de entusiasmo.

Eles voltaram a se sentar a sua mesa entre divisórias e debateram um pouco mais, entrando em maiores detalhes. Cada jogador poderia customizar uma "alma perdida". Haveria muitas opções para aquela pessoa perdida, não só de gênero, raça e idade, mas adendos especiais de personalidade e interesses. E haveria uma cena, na primeira vez em que o jogo fosse jogado, em que o jogador interage com a pessoa amada, que naquele ponto da história ainda não havia morrido.

"Então basicamente o jogo se divide em 'antes' e 'depois' da morte", disse Cronish. "É isso que você está dizendo?"

Cory fez que sim. "A gente não mostra a cena da morte, porque isso ficaria sendo o tema do jogo, e não quero que seja o tema. Além disso, deixaria o jogo muito convencional, sem falar em gratuitamente chocante. O jogador ganha a possibilidade de se imergir em lembranças, às quais pode voltar a qualquer momento com a função Álbum, mas na maior parte o jogo trata mesmo é da busca pela tal alma perdida. A busca vai te levar a andar pelo mundo todo, se você resolver buscar pelo mundo. Ou você pode só focalizar em uma área geográfica se tiver um palpite sobre ela. Ou até mesmo, sabe, no porão de alguém."

"É um conceito bem esquisito", disse Cronish. "Mas também ambicioso."

Aquela palavra, *ambicioso*, não fora aplicada a nada que Cory fizera por muitíssimo tempo, mas era uma palavra que costumava ouvir bastante, aplicada a ele e a Greer; também muitas vezes a haviam usado para se autodescrever.

"A questão, claro, é", disse Cronish, "e agora é finalmente sua vez de falar, Logan — isso é realmente passível de ser feito?"

Logan baixou seu copo de cerveja e disse, "Deixe eu descrever em termos simples. Contrataríamos um artista para o ambiente, talvez dois. Tenho confiança de que podemos fabricar um grande número de ambientes a partir de um número relativamente pequeno de blocos de construção. Tenho muito interesse por gerar sistemas que ensinem o computador a fazer coisas legais. Acho que esse pode ser dessa forma. Cory escreveria um metatexto, que poderia ser adaptado para diferentes jogadores. Incluiria algumas mensagens crípticas, mas elas poderiam ser lidas de forma diferente dependendo do leitor."

"Me parece que o jogo teria um quê de teatro imersivo", disse Cronish. "O que me interessa muito. Na verdade, vocês viriam a Nova York em algum momento para ir a uma montagem de teatro imersivo? Estão montando *A montanha mágica* na ilha Roosevelt, e ouvi dizer que a qualidade da produção é excelente."

Imediatamente Cory se lembrou do convite recente de Greer. "Você podia vir ficar comigo", dissera ela, e ele sentiu uma onda de prazer com aquela ideia. Mas talvez aquilo só lhe causasse tristeza, ficar no apartamento dela no Brooklyn, onde ele deveria ter ido morar e onde nem sequer pisara naqueles anos todos.

Ainda que agora parecesse que iam arranjar um investidor-anjo, isso não queria dizer que Cory teria "sucesso" no futuro, porque esse termo tinha significados demais dependendo do contexto. Você era um sucesso se alguém investisse no seu videogame, ou só se muita gente de fato o jogasse? E exatamente quantas pessoas precisavam jogar o jogo para ele ser um sucesso? Seria você um sucesso para gente que achava que videogames eram imbecis e uma perda de tempo, ou, pior, responsáveis em parte pela morte da leitura e do colapso da civilização?

Não importava muito para Cory se ele era um sucesso ou não. Ainda assim, enquanto sua vida começou a ser tomada pela criação do jogo, aconteceram outras mudanças. Certa noite, na casa de Logan e Jen, sua colega Halley Beatty olhou para ele sorrindo de um jeito diferente.

"Quer vir para a minha casa mais tarde?", sussurrou ela. Halley era pálida e sardenta como poucos; havia sardas até em suas pálpebras, notou ele na cama com ela na casa de fazenda em que alugava em Greenfield.

Ali não havia hostilidade, como houvera entre ele e Kristin Vells. Nenhuma sensação de tempo perdido, de um relógio no quarto batendo cada vez mais alto. Depois que Alby faleceu, Cory tinha retrocedido ao forte consumo de pornografia, que não acessava com tanta intensidade desde a adolescência. O pornô sempre dava uma sensação de familiaridade, tão gratificante, disponível e grosseiro quanto um saco morno de comida direto da janela do drive-in do Wendy's.

Tocando uma escondido em seu quarto, com a mãe por perto, como se estivesse de volta à adolescência, Cory assistia à imagem em seu laptop, o tempo inteiro sabendo e ativamente pensando: Essa mulher não me quer. Essa atriz pornô não tem interesse em mim, mas provavelmente um leve desprezo. Não que isso o contivesse. Ele ficara poucas vezes na vida. As primeiras — Clove Wilberson, depois Kristin — o deixaram de mal consigo mesmo; a mais recente, Halley, lhe dera uma sensação de que estava mais ágil, mais desperto, lembrando-o de que a soma daquela coleção de partes que ele carregava por aí ainda formava o corpo de um homem moço.

Certa manhã, numa quinta-feira, quando Cory estava prestes a sair para a faxina da professora Elaine Newman, sua mãe apareceu para ele na cozinha, totalmente vestida, "Posso ir?", perguntou ela.

"Como assim?"

"Posso ir à casa da professora? Faz muito tempo. Talvez eu possa ajudar."

Cory não queria fazer espetáculo de sua surpresa. Ainda que ela tivesse parado de ferir os braços e de dizer que tinha visto Alby, fazia anos desde que sua mãe tivera vontade de ir a algum lugar ou de fazer alguma coisa, e ele não esperava mais nenhuma grande mudança. "Claro", disse ele. "Estou com o material todo ali." Foram juntos em silêncio no carro, e quando ele entrou com ela na casa dos Newman, sua mãe olhou bem ao redor, avaliando os cômodos. Ela passou um dedo pela superfície do banco no saguão de entrada, e quando ele voltou limpo, ela o olhou com aprovação.

"Ótimo", disse ela. "Você usa Pledge, não a marca baratinha?" Ele fez que sim. "Ótimo. Limpa melhor." Depois que ela revisitou os cômodos que costumava limpar em sua outra vida, ele pegou o balde com materiais do armário do saguão e entregou um par de luvas de borracha para sua mãe, e começaram a trabalhar.

Ele não via Benedita demonstrar interesse nem tomar decisões nem ficar plenamente distraída de seu luto há muito tempo; não a via fazer nenhum esforço físico em tanto tempo, também. Mas ali estava ela de quatro na cozinha da professora Newman, limpando os azulejos que costumava limpar toda semana. Até se podia dizer que fazer faxina na casa de outra pessoa era um trabalho ruim. Que era nojento se emaranhar com os hábitos e costumes de outras pessoas, encontrar aparas de unha — de dedos das mãos e dos pés — e ninhozinhos de pelos e tubos pela metade de cortisona em creme e até lubrificante, tudo isso evidenciando uma vida em que na verdade você não queria pensar muito.

Mas você podia também dizer apenas que era um trabalho. E que trabalhar era admirável, mesmo se fosse difícil, pouco convidativo ou pouco apreciado, ou tantas vezes odiosamente mal pago se você fosse mulher, conforme Greer costumava lembrar a ele. A mãe dele não estava acima daquele serviço. Talvez um dia não tivesse gostado muito dele, mas agora estava sendo aliviada e revivida por ele. Durante a manhã toda ela lhe mostrou macetes: como usar vinagre branco para diversos fins. Como dobrar um lençol com elástico para ele entrar direitinho na prateleira do armário de roupa de cama. Eles abriram janelas pela casa e deixaram o ar circular.

"Você é muito bom nisso", observou ela.

Foi este o dia a partir do qual sua mãe começou a melhorar. Ele entendeu na mesma hora, e com o passar do tempo foi ganhando mais certeza disso, em retrospecto. Trabalhar tonificava as pessoas, mas para sua mãe era uma vitamina e tanto. No mínimo dos mínimos, como ela parara de conseguir trabalhar depois da morte de Alby, agora o trabalho era uma forma de medir sua recuperação. Se você fosse capaz de trabalhar de novo, não importando o tipo de trabalho que era, é porque estava melhorando.

Ela pediu para ir junto com ele da próxima vez, e da seguinte. Trabalhando calados lado a lado, espanando os livros de história de Elaine Newman e limpando seu piso com lustrador de madeiras Bona, os cheiros artificiais inundando seus sentidos, Cory ficou observando sua mãe como que saindo pouco a pouco de um poço. Ele não queria apressá-la; nem mesmo lhe perguntava a cada semana se ela queria ir com ele. Mas logo ela começou a simplesmente aguardá-lo quando era hora de ir até lá, usando as roupas que costumava usar para fazer faxina em casa alheia: camisa velha, moletom e tênis.

Cory começou a gostar daqueles passeios com ela – primeiro a volta de carro tranquila, depois as horas passadas juntos na casa vitoriana, ligando o sistema de som de ponta e tocando a música mais à mão. Os Newman gostavam de Sondheim. Ele pensou, ao ouvir os versos, "*Isn't it rich / Are we a pair?*" que sim, eram *mesmo* uma dupla, Cory e Benedita Pinto. Um filho de imigrantes deveria supostamente crescer até superar seus pais, mas em vez disso ele estava no mesmo nível que a mãe: verdadeiramente uma dupla.

Ela foi ficando cada vez melhor, e começou a tomar suas medicações de forma escrupulosa. Certo dia, quando Cory estava no carro aguardando sua mãe sair da visita à assistente social, ela veio à porta e fez sinal para ele entrar. Cory, surpreso, entrou e sentou-se no pequenino escritório domiciliar de Lisa Henry, a pessoa grande e paciente que estava cuidando de Benedita fazia anos.

"Sua mãe e eu pensamos que hoje seria uma boa hora para conversar uma coisa com você", disse Lisa. "Ultimamente andamos falando aqui sobre como seria se ela tivesse mais independência."

A mãe de Cory olhou para ele nervosamente, assentindo, e então ela parou de falar. Ele percebeu que era a vez dele de falar. "Certo", disse ele. "Isso é bom. Independência é sempre bom. De que tipo de independência estamos falando?"

"Talvez", disse a mãe dele, "eu pudesse ir morar com a tia Maria e o tio Joe."

"Em Fall River?"

"Agora eles têm espaço, depois que o Sab se mudou."

Por um pequeno milagre, o primo de Cory, Sab, havia se endireitado com a ajuda do Narcóticos Anônimos, e estava trabalhando como subchef no Embers de Deerfield. Aquelas mãos que antes haviam batido e separado carreiras de heroína e cocaína com tanta perícia agora estavam envolvidas com sérios picadinhos de manjericão, e *brunoises* de cenoura, aipo e cebola. Só a ideia de que Sab conhecesse palavras como aquelas, francesas, era surpreendente. Sab tinha seu próprio jogo de facas que levava para o trabalho, uma excelente Wüsthof e uma Shun digna de um prêmio, trancafiando-as de noite em casa num armário como se fossem armas. Alguns meses antes ele havia se casado com a chef de sobremesas do Embers, uma mulher mais velha e divorciada com duas filhas. A era do envolvimento com heroína e com a venda de diversas substâncias se encerrara junto com os últimos vestígios de sua adolescência. Como o bigodinho adolescente mais adoentado do mundo, ela fora desflorestada, e Sab tinha recomeçado do zero.

"Sua tia vem conversando sobre isso com sua mãe há um tempo", disse a assistente social. "Ela sabia que sua mãe tinha começado a te ajudar a fazer faxina de novo para a ex-patroa dela. E que os pensamentos dela estão mais organizados, e que os remédios estão funcionando, e ela tem se responsabilizado mais pelo autocuidado. A tendência geral parece ser de melhora."

"Acho que sim", disse Cory, meio zonzo. "Então supondo que isso fosse se realizar", perguntou ele, "e quanto à casa?"

"Podíamos vendê-la", disse Benedita. "O preço de mercado pode ser até decente."

Ele olhou bruscamente para ela. "Quem te ensinou essa frase?"

"A sua mãe ligou para a Century 21", explicou a assistente social.

"Além disso", acrescentou Benedita, timidamente, "às terças à noite, dez da noite, assisto a *Is There a Buyer In the House?.*"

As coisas não paravam de acontecer à volta dele, e embaixo dele. A areia movediça se tornava um redemoinho: Cory se lembrava de como se sentira ao cheirar heroína com seu primo pela primeira vez. O piso se curvara e afundara, e aquilo estava acontecendo de novo agora.

E quanto a mim?, pensou ele.

Lisa Henry sabia o que ele estava pensando. "Cory", disse ela, "você quer voltar outra hora para conversar comigo sobre a logística?"

Ele olhou para a mãe. "Não quero me intrometer", afirmou, mas ela fez um gesto com a mão dizendo que não era nada. De forma que na semana seguinte ele voltou sozinho ao escritório de Lisa Henry, Assistente Social, onde não conversou sobre logística, mas sobre sua própria vida. A voz de Lisa Henry era tão suave que só aquilo quase o levou às lágrimas.

"Cory?", disse ela. "Quer me contar como você está absorvendo a notícia dos planos da sua mãe?"

Ele ficou imediata e assustadoramente bravo com ela por sua suavidade, sua gentileza, que o deixaram trêmulo e instantaneamente emotivo. Não sabia se ela era mãe, se ela tinha filhos pequenos, ou se enquanto terapeuta só estava acostumada a falar com todo mundo daquele modo – falar com as crianças que seus clientes foram um dia. Cory, aquele homem gigante, de vinte e seis anos de idade, sentado numa poltrona pequena demais para ele, quase se deixou vencer pela emoção.

"Estou bem."

"Imagino que você esteja se sentindo sobrecarregado. Você reformulou sua vida toda depois do acidente, e agora talvez esteja pensando que vai ter que reformulá-la toda de novo."

Não era nem o que ela estava falando que lhe apertou a garganta, mas que ela estava falando com toda a paciência e cuidado do mundo, a cabeça inclinada e preocupada. Chamando-o de Cory assim de largada. Ele ouviu sua voz como que de muito longe. Cory, repetia ela. Cory? Era como alguém lhe gritando o seu nome a três quintais de distância. De repente ele sentiu nostalgia da infância, que o habitava feito seu próprio quintal a distância. Então percebeu, enquanto a terapeuta continuava conversando com ele, que sentia saudade não da infância, nem de ser criança, mas de ter intimidade com uma mulher. Era isso que ele não tinha mais.

Ele se lembrou da primeira vez em que acariciou o cabelo de Greer quando estavam os dois com dezessete anos. Ficara abismado com aquela maciez. Era como se estivesse tocando um gramado levíssimo, aerado. O cabelo das meninas tinha que pesar menos que o dos meninos; tinha que haver alguma distinção científica. Seus seios eram sobrenaturalmente macios também. Sem falar na pele e boca. Mas sua maciez não era apenas a tangível; havia a sua voz macia. Não importa quão alto ela falasse, ele conseguia falar mais alto. Se fizessem queda de braço, ele sempre ganhava, mas ela não era fraca. Garotas não eram fracas. Às vezes tinham uma suavidade, mas nem sempre. Seja lá o que tivessem, era um complemento para o que ele tinha.

Mas parecera, quando Cory terminou com Greer, que ela ficara áspera feito uma escova de aço. Onde estavam as qualidades que ele amara nela? Assumira ele mesmo algumas delas. Porque é claro que todo mundo era suave e duro. Esqueleto e pele. Mas as mulheres reclamavam para si o reino da suavidade, o que os homens enjeitavam. Talvez fosse mais fácil dizer que você gostava daquilo nas mulheres. Mas, na verdade, talvez você só quisesse ter aquilo você mesmo.

Cory puxava lenço após lenço de uma caixa que fora aumentada por uma capa feita de metal dourado. Que objeto mais deprimente, aquele, feito para ocultar lenços, sendo que os clientes de Lisa Henry precisavam deles o tempo todo. Só de estarem em frente a ela, provavelmente eles se transformavam em um farrapo emocional. Tratados com ternura, eram amaciados feito uma carne, e acabavam chorando. Cory assoou o nariz ruidosamente, como se tentasse retomar o controle. O som rude pareceu um grasnido de ganso.

"Desconfio que não esteja acostumado a falar sobre você", disse ela.

"Não estou, mesmo. Deixou de ser meu costume."

"E por quê?"

Ele encolheu os ombros. "Fim de namoro complicado. Mas isso faz muito tempo."

Ela fechou os olhos e depois os abriu; ele se lembrou na mesma hora de Slowy, que vivia fazendo isso. Será que nesse momento Slowy estava fazendo força para pensar, ou será que estava viajando em sua mentalidade réptil?

"Não sei se o tempo é tão determinante assim em matéria de aceitação", disse Lisa. "Você ainda pensa nessa pessoa?"

"Sim. A Greer."

"A Greer era alguém com quem você conversava sobre você mesmo, ou seja, sobre o que você sentia. E agora você perdeu isso."

"Sim. Isso e basicamente tudo o mais."

A palavra *perdeu* o fez se lembrar do SoulFinder. Mas ele nunca mais reencontraria Alby. Ele perdera Greer de forma mais corriqueira: terminando o namoro. As pessoas raramente falavam de términos como algo trágico; não, terminar namoros fazia parte da vida. Mas quando você e a outra pessoa terminavam, você podia procurá-las por toda parte, e talvez as encontrasse fisicamente, mas mesmo que fossem a mesma pessoa, não eram para você; não seriam suas. O evaporamento do amor era como uma morte. Lisa Henry obviamente entendia isso. Ela olhou para ele com uma expressão tão compadecida, que parecia considerá-lo perfurado por mil setas.

O tempo tinha acabado. Ela ficou de pé, depois ele, e ambos se despediram com um aceno de cabeça, e ela abriu a porta. Aquela única sessão já bastava para ele, percebeu. Vê-la uma vez fora útil, mas era o suficiente. Cory saiu, vendo uma tarde que terminava, mas parecia ter sido suavemente esfumada enquanto ele estava lá dentro. O mundo é dos jovens, pensou, e foi para o seu carro.

CATORZE

O dia, quando você estava desempregada, não era algo que passava correndo, mas algo em que você se demorava. Greer, desempregada, descobriu locais ao sol e com boas brisas, e um café no Brooklyn que tinha um bom meio-termo entre o silêncio e o barulho. Ela ficava sentada nesses lugares e lia livros tal como fazia quando nova, na época em que não tinha mais nada pra fazer, nenhum lugar onde devesse estar, e ninguém procurando por ela. Ela lia com "abandono", seria o jeito de chamar aquilo, ainda que, quando você lesse um livro, nada fosse abandonado; você mandava tudo pra dentro, isso sim. Depois que saíra da Loci e largara Faith daquela forma tão dramática, vira que os livros continuavam à sua espera. Ela leu Jane Austen e leu *Jane Eyre*; as duas Janes, que Zee um dia confundira. Ela leu um romance contemporâneo francês em que todos os personagens estavam desesperados, e não havia aspas, e sim travessõezinhos, e isso deixava Greer se sentindo louca, mas também um pouco francesa.

Ela ficava no café sem pressa nenhuma de sair, e pensava em como sempre ficava pensando quem eram aquelas pessoas que ficavam sentadas nos cafés no meio do dia, e que agora sabia. Algumas delas eram, tal como ela, desempregadas e perdidas. Enquanto estava lá, se sentia distante da imagem que tinha de si. Ela tinha dinheiro suficiente para se sustentar por uns meses, então não precisava correr para arrumar outro emprego. Loci ficara para trás, e mais do que isso, Faith Frank também. Zee estava apenas meio para trás; ultimamente tinham trocado alguns e-mails, em que Greer tentara se prostrar de novo, primeiro a sério, depois com um quê de brincadeira, e Zee respondera com uma série de mensagens curtas e divertidas, então parecia que estavam começando a ter um degelo.

Certa tarde, quando estava em casa, cochilando no sofá, Cory ligou.

"Greer", disse ele. "É Cory Pinto."

"Mas que outro Cory seria?"

"Talvez você conhecesse outro", disse ele. "É possível. Então, você lembra de que tinha me dito que eu podia ficar na sua casa se algum dia fosse a Nova York?"

"Claro."

"Fique à vontade para voltar atrás. Mas vou aí para ver uma peça. Teatro de imersão. Nosso investidor quer que eu vá, e comprou entrada para mim. Pensei se eu podia ficar umas duas noites, se não for muito incômodo."

Cory veio de carro de Macopee e apareceu numa quinta-feira à noite de mochila. Eles deram um abraço desajeitado à porta. Em seguida ela pediu delivery do restaurante tailandês, sabendo que a comida ia distraí-los da estranheza da situação. Comeram à pequena mesa na sala de Greer. À meia-luz, cercados pelas embalagens abertas, ele contou a ela sobre o lento e esmerado desenvolvimento do videogame, sua parceria com o amigo da Valley Tek, os artistas que haviam contratado para a ambientação do jogo, e o investidor que estava pagando por tudo isso.

"Não temos garantia de que isso vá dar em alguma coisa", disse Cory. "Não é nem um pouco *mainstream*, e o mercado está transbordando de lançamentos. Mas não sei, é pretensioso demais dizer que tenho um pouco de esperança?"

"Não, acho ótimo", falou ela.

"E quanto à minha mãe, eu não sabia que podia haver uma melhora dessas depois de tanto tempo, mas houve. Não acho que ela precise mais de mim, não tanto assim."

"Que ótimo. E o que isso quer dizer pra você?"

"É exatamente o que fiquei me perguntando", disse Cory. "Vou ficar bem, Greer, não precisa se preocupar."

"Não estou preocupada", afirmou ela, mas lembrou de que ficou superpreocupada com ele, sim, depois que Alby morrera. Ficara tão preocupada de que ele fosse se perder e ela, perdê-lo. Mas não era questão de ele se perder. É que sempre seria a pessoa a ficar para ajudar. "Sinto muito pelo jeito como eu me portei", disse ela. "Com você."

"Bem, eu também sinto muito. Pelo jeito como *eu* me portei." Ele deu um sorriso. "Se alguém já teve uma conversa mais genérica e indefinida que essa, nunca ouvi falar."

"É estranho", disse ela, "o jeito como às vezes se está *dentro* da sua vida, mas em outras, se está olhando para trás como se fosse só um espectador. É uma coisa que vai e volta, vai e volta."

"E aí você morre."

Ela deu uma risadinha. "Sim. E aí você morre."

"Ei, eu assisti ao seu discurso", disse ele de repente.

"Assistiu?" Ela ficou atônita, tensa; a palestra estava solta no mundo, podia ser encontrada.

"Você foi bem", afirmou. "Muito legal pensar em você subindo ao palco na frente de tanta gente."

"Eu falando pra fora, e não pra dentro", comentou ela rápido. Em seguida, acrescentou, "Bem, de qualquer modo, essa história acabou. Toda essa história de Loci."

O que ela sentia ao falar da Loci, para além de sua aflição e raiva, era uma espécie esquisita de luto estrangulado. Não podia ser comparado ao luto de Cory, que o teria tirado completamente do páreo, mas ainda assim se qualificava. Seu luto não era pelo emprego – uma demissão era algo de que podíamos nos recuperar. Talvez ela voltasse a dar palestras algum dia, seja lá onde viesse a trabalhar, até mesmo breves apresentações em uma sala de reuniões, para doze pessoas. E provavelmente haveria outros empregos com gostinho de benfazejos em seu futuro; outros escritórios com mesas a que Greer sentaria, e um cheiro de minestrone ou *moo shu* perto do meio-dia, e colegas que teriam dias bons e dias de mau humor. Gente com bafinho de café e hábitos pessoais a que você se acostumaria, como se fossem namorados e não apenas gente que trabalha no mesmo local.

O luto, que agora havia sido trazido à baila, como muitas vezes ocorria quando ela pensava em ter saído de seu emprego, era sobre Faith. Faith, que mal era ainda uma pessoa perfeitamente formada na mente de Greer. Ela sentiu um desabafo lhe subindo, e pensou: Lá vamos nós.

"A questão da Faith Frank?", disse ela para Cory. "A questão em que fico sempre pensando? Ela não era minha amiga exatamente. Com certeza era minha patroa, mas isso não é tudo. O que ela era? Eu adorava a causa que ela defendia. Eu queria defender as mesmas coisas também. E no final, tudo caiu por terra, e ela se voltou contra mim. Talvez tenha razão em se portar assim. Talvez, mesmo ela sendo a Faith Frank, seja perfeitamente admissível ter um momento horrível, em que diga alguma coisa não tão legal a alguém. Só não gostei de ter sido a pessoa que ouviu isso. Mas nem tenho moral para dizer isso. Fiz uma enorme sujeira com a Zee." Cory olhou surpreso para ela. "Fiz mesmo", prosseguiu ela. "Sabe, você não espera uma coisa dessas. É como se as pessoas não pudessem se segurar, *tivessem* que fazer coisas ruins umas com as outras. Estou me resolvendo pouco a pouco com a Zee, quanto a isso. Estamos caminhando. Já quanto à Faith... Quando penso bem na Faith, eu sinto essa opressão horrível no peito de que parece que nunca vou me recobrar."

"Você vai", garantiu Cory. "E tenho autoridade para falar disso." Ele bocejou logo em seguida e, envergonhado, imediatamente tentou disfarçar.

"Você está cansado", disse ela.

"Não, tudo bem. Podemos continuar conversando."

Greer foi até o armário e puxou dele uma toalha. "Toma", disse ela. "Vou arrumar o sofá-cama pra você."

Ele levou suas parcas coisas de banho ao banheiro enquanto ela forrava com lençóis o colchão do pequeno sofá-cama. Naquela era, sofás-camas eram abertos e esticados com frequência; naquela época, as pessoas ainda estavam à deriva, sem terem pousado definitivamente, ainda carecidas de lugares para dormir à noite de vez em quando. Estavam fazendo o que podiam, dormindo de favor em casas alheias, vivendo extemporaneamente. Logo o ritmo seria atingido, a matéria sólida da vida assumiria o seu lugar. Muito em breve, o sofá-cama permaneceria sofá.

Cory saiu do banheiro quando Greer estava jogando a colcha por cima dos lençóis. Ele usava uma camiseta diferente, uma de dormir, e cheirava a alguma loção ou sabonete pouco familiar; ele mudara a rotina, pensou ela um pouco infeliz, como se devesse ter sido avisada dessa mudança. Mas é claro que fazia muito tempo desde que um havia visto os produtos que o outro usava. O pessoal e o corriqueiro, juntos, formavam a intimidade. Cory foi até o sofá aberto e deitou nele, seu corpo compridão precisando ser encolhido para poder caber; ela ouviu as molas gemendo em exausto protesto, e desligou a luz e foi deitar em sua própria cama do outro lado do cômodo.

Com as persianas fechadas, o apartamento estava selado na escuridão, e nenhum deles ficou pensando mais nas suas missões. Em vez disso, ficaram intensamente autoconscientes, e cada ruído que vinha de qualquer parte do cômodo era demais, e talvez os fizesse dar um pulo. Nenhum deles queria assustar o outro, nem fazer algo de errado, então ficaram deitados, respeitosamente quietos, como se fossem pacientes na mesma ala de hospital à noite.

"Está bem acomodado aí?", perguntou ela.

"Estou sim", disse Cory. "Obrigado por me abrigar, Kadetsky Espacial."

Estava tão escuro que no começo ela não conseguia enxergá-lo no outro lado do cômodo, mas mal e mal o ouvia reposicionando seus membros e bocejando de novo, a articulação da mandíbula se abrindo, permanecendo aberta involuntariamente, depois se fechando. Ele estava em algum lugar por ali; era disso que ela sabia. Por algum tempo ficou sem vê-lo, mas depois seus olhos se acostumaram, e ela o viu.

QUINZE

Era uma daquelas festas onde era impossível você encontrar o seu casaco. O que talvez não fosse tão ruim assim, porque ninguém queria sair dali e ir enfrentar o mundo, que mudara tão bruscamente. Até hoje, anos depois, ninguém conseguira se acostumar com aquilo; e a conversa nas festas ainda girava ao redor da forma como ninguém tinha previsto aquilo. Simplesmente não conseguiam acreditar no que acontecera com o país. "A grande horripilância", disse uma mulher alta, magricela e intensa, diretora de marketing online da editora que estava dando aquela festa. Ela estava apoiada em uma parede naquele corredor, sob uma fileira de fotos de Diane Arbus, sendo o centro das atenções. "O que me pega mesmo", disse ela, "é que o *pior* tipo de homem, o tipo com que você *nunca* ia se permitir ficar a sós, porque você sabe que seria perigoso para você, ficou a sós com todas nós."

Eles deram uma risada sombria, o grupo de mulheres e alguns homens, bebericaram seus coquetéis, e caíram num breve silêncio. Uma indignidade acontecera depois da outra, investidas constantes contra tudo aquilo em que acreditavam, e eles vinham marchando, organizando e se enfurecendo, mas como defesa também viviam entrando em momentos de apaziguamento pessoal, um ciclo que já vinha se repetindo fazia anos. Beber se tornara parte do apaziguamento. Celebrar também se tornara algo essencial, e às vezes até justificado. Parecia, mais uma vez, que a desesperança tinha deixado claro quanto a luta sempre fora indispensável. "Presumi que haveria algum progresso e depois um pouco de retrocesso, sabe? E depois um pouco mais de progresso. Mas não, a *ideia* de progresso como um todo é que saiu de cena, e quem previa uma coisa dessas, não é?", disse aquela mulher articulada.

Naquela noite, estavam comemorando o fato de que o livro de Greer Kadetsky, *Falando para fora*, tinha acabado de completar um ano no alto da lista de best-sellers. Um ano inteiro que parecia um dedo no olho da grande horripilância. O livro, com certeza não o primeiro sobre o assunto, era um manifesto grandioso e positivo incentivando as mulheres a não terem medo de falar bem alto, com um título que também fazia referência à ideia de mulheres como alguém que estava "de fora".

Greer, agora aos trinta e um anos de idade, estava palestrando em todo o país em sua turnê do *Falando para fora*. Ela visitou presídios femininos, empresas, faculdades e bibliotecas, e foi a escolas públicas onde meninas se espremiam nos ginásios, e dizia para elas: "Agora quero ver a voz com que vocês falam para fora!" Elas olhavam nervosas para seus professores, apoiados nas paredes. Os professores autorizavam com as palavras "tudo bem" sem som, e as menininhas punham-se a gritar, primeiro com timidez, depois a todo o volume.

Falando para fora recebia críticas frequentes, é claro. Não falava por todas as mulheres, disseram a Greer. Muitas mulheres, a maioria delas, estavam tão longe do privilégio e da liberdade de ação que Greer Kadetsky tinha atualmente. Ainda assim, ela recebia mensagens de mulheres e meninas de todo o país, que escreviam textos francos, afetuosos e empolgados para ela no seu site e no fórum sobre *Falando para fora*, dizendo-lhe como o livro tinha afetado suas vidas. Falava-se em uma Fundação Falando Para Fora, mas nada concreto ainda. O livro havia estimulado mulheres a perseverarem, serem fortes e falarem alto. E isso de perseverar, ser forte e falar alto estava na ordem do dia.

Alguns anos antes, no começo da grande horripilância, antes de ela ir morar com Cory e antes de Emilia nascer, liberada da Loci, Greer fora à Marcha das Mulheres na capital norte-americana. Marchara com um grupo de meio milhão de pessoas, e a sensação fora vigorosa, de frio cortante nas bochechas, e de júbilo. As endorfinas bailaram pelo sangue feito balões pelo céu azul. A onda durou as quatro horas e meia no ônibus quente até em casa e por semanas a fio, foi em parte barato de endorfina, em parte desespero. Ela andava vendo Cory todo fim de semana ou no Brooklyn, ou em Macopee, onde ele ainda morava enquanto ajudava sua mãe a vender a casa e a se mudar, e naquela época Greer trabalhava em um café gourmet, inalando vapor, espuma e canela – "acho que estou com pneumocanelite aguda", dissera ela a Zee – e à noite, enquanto isso, trabalhava no seu livro.

Mas havia momentos agora em que Greer, exausta e entediada de tanto repetir os mantras de seu livro sem parar, ficava pensando se seu livro, apesar do sucesso, não era um pouco ridículo. Afinal, você podia muito bem falar para fora e gritar até perder a voz, mas às vezes não parecia que os gritos estavam sendo ouvidos.

Naquela noite úmida, escorregadia e fria, a editora, Karen Nordquist, dera aquela festa na sua casa estupenda, que tinha uma sala com pé-direito altíssimo e um paredão de livros com escada e tudo. Algum tempo antes, Karen subira na escada para brindar a Greer. Todos olharam nervosos para ela enquanto ela subia ainda segurando o martíni, mas ela era inabalável. E quando chegou no alto e olhou para o público lá embaixo, falou, meio de pileque, "Nossa, estou vendo como o cabelo de todo mundo está muito bem partidinho". Risadas. "Estou vendo como vocês todos se importam com o cuidado pessoal. Mas, voltando ao assunto, estou vendo como todos vocês ligam para esse livro incrível, esse fenômeno, *Falando para fora*. E eu também. Greer, nós amamos você!"

Lá de baixo, Greer disse, complacente: "E eu amo vocês também." Mas então ela olhou à sua volta e sentiu-se engolfada. E não pelo amor, embora, é claro, amasse várias pessoas naquele recinto – Cory estava lá, segurando Emilia, e havia bons amigos por todo lado – mas é que era outra coisa. Ela percebeu o jeito como todos a olhavam com expectativas. As pessoas queriam que as outras fizessem *alguma coisa*. Queriam alguém que dissesse alguma coisa que pudessem absorver e transformar em outra coisa. Uma palavra talvez tivesse um efeito assim; talvez nem mesmo uma palavra. Talvez um gesto, ou um momento de escuta. Aquela plataforma, o livro esforçado e estimulante de Greer, não era, ela sabia, original nem brilhante; aquela plataforma com toda certeza tinha suas imperfeições. E Greer não era uma agitadora. Nunca conseguiria ser isso.

"Vou ser breve", disse ela, e viu algumas pessoas na plateia demonstrarem alívio. Ninguém queria um autor se estendendo no evento do próprio livro. "Estamos aqui hoje em tempos estranhos. Tempos estranhos que estão demorando a passar. Cada novidade que nos choca é apenas isso, um choque. Mas surpresa? Não, isso não. O sucesso desse livro numa época como essa", disse Greer, "é enigmático. Mas também é bem-vindo. Embora, é claro, meus pobres tímpanos estejam sofrendo. Hoje de manhã fui visitar uma escola, numa turma de terceira série, e aquelas meninas têm umas vozes... estou com dor até agora!" Risadas. "Eu nunca fui de fazer barulho", disse Greer. "Hoje em dia vocês sabem bem disso. Ah, vocês sabem tudo sobre mim a essa altura." Depois ela disse, "Vou ler só um trechinho do livro. Um aperitivo." Ela pegou o livro com sua capa expressiva com a imagem da boca aberta agora tão reconhecível, e leu por exatamente um minuto e quarenta segundos, e então deu a fala por encerrada. Todos bateram palmas, depois voltaram às suas conversas preocupadas e coquetéis. O rosto de Greer estava vermelho e quente, como até hoje ficava depois de falar em público.

Cory veio para perto dela, Emilia enrodilhada em seu pescoço, ainda que seus olhos estivessem um pouco inquietos. Com quinze meses de idade ela não devia estar acordada tão tarde, mas por que não; sua mãe permanecera um ano inteiro no alto da lista de mais vendidos. Emilia ficara às voltas pela festa, batendo o pé, a noite toda, quase fora de si. Mais cedo, havia subido dois degraus da escada antes de sua babá agarrá-la pelo colarinho e puxá-la de volta. Agora aquela babá, Kay Chung, que tinha dezesseis anos, estava no colégio, e morava com sua família em Sheepshead Bay, estava de pé do outro lado de Cory com sua mão na cabeça de Emilia. Kay era baixinha e impetuosa, e usava um pesado suéter nórdico e uma minissaia. Greer a contratara por recomendação de uma amiga, mas Kay se mostrou não apenas maravilhosa com a menina, como também maravilhosa de forma geral. Kay era, conforme se descrevia sem ironia nem gracejo, radical na maioria das suas opiniões, mas alertava que elas não se conformavam a nenhuma ortodoxia.

"Então o quê, exatamente, você está dizendo?" Greer lhe perguntara certo sábado, tarde da noite. Ela e Cory tinham acabado de voltar de um jantar. Estavam de pé no saguão do prédio de pedra marrom onde moravam atualmente, esperando um carro vir pegar a babá e levá-la para casa.

"Acho que sou uma pessoa cética", disse Kay. Se pressionada, ela tentava descrever o que queria dizer. "Quero que você saiba que eu acho *você* ótima, Greer. De verdade mesmo. Meus amigos e eu todos lemos o seu livro e eles estão impressionados que eu seja babá pra você", disse ela, bondosamente. "Com certeza todas nós devemos nos afirmar mais no mundo, isso é cem por cento verdade. Mas olho para tudo que as mulheres fizeram e disseram na história recente, e ainda assim agora regredimos à idade da pedra. E nossas reações a isso simplesmente não bastam, porque as estruturas ainda estão no lugar, não é?"

Ela não estava perguntando nada a Greer, era simplesmente um argumento. Kay estava sempre se organizando em sua escola, se envolvendo em assembleias e minipasseatas e o que chamava de "tuitaços", em que falava para arrasar e nunca pedia desculpas. Ela e seus amigos não ligavam para figuras de proa, disse ela com desdém, líderes de causas, como antigamente. Essas figuras não eram necessárias, e nem mesmo eram de verdade. "A gente não precisa de gente em cima de pedestais", dizia ela. "Todo mundo pode liderar. Todo mundo pode chegar e participar."

Ela verbalizava essas opiniões como se fossem completamente novas; o deleite e o entusiasmo em sua voz eram inspiradores. Greer poderia ter dito a ela, "Sim, sei de tudo isso. A Faith falou que as mulheres diziam a mesma coisa lá nos anos setenta", mas teria sido maldade.

Não deveria haver hierarquia, explicou Kay, porque isso sempre levava a alguém ser deixado por baixo, e já bastavam os exemplos disso que aconteceram em toda a história, e ninguém mais precisava disso, que presumia que a visão branca, cisgênero e binária de tudo era a certa, a única, quando, na verdade, não era. Isso acabou de vez, afirmou ela. E, de qualquer modo, prosseguiu Kay num tom tagarela e superconfiante, não era tanto sobre pessoas e sim sobre ideias.

Greer não soube o que responder ao solilóquio da babá exceto por repetir parte do que já dissera no livro, adotando um tom de encorajamento e raiva; "enco-*raiva*-mento", conforme o chamara. Como Kay ficava cuidando de Emilia nos fins de semana, Greer acabara lhe dando todos os artigos relacionados a *Falando para fora*: a edição de capa dura, o caderno de atividades, o calendário de mesa, e, disse Cory, as barras de cereal. Além disso, Kay vivia dizendo também, "se você tiver alguma coisa para me dar para ler..." e Greer e Cory lhe deram livros, muitos deles, romances e coleções de ensaios, e até alguns de seus velhos textos de faculdade, altamente sublinhados, além do livro que Greer pegara emprestado do professor Malick e se esquecera de devolver. Greer nunca compreendera aquele livro, mas Kay dizia que era muito interessante e até mesmo engraçado ler aquelas formas de pensamento tão datadas.

"A nossa babá é mais inteligente do que nós", Greer gostava de dizer às pessoas. "Muito mais. Estou dizendo, ela vai longe." Mas o problema era que a babá não podia ser tratada como bebê, não podia ser aninhada e consolada pelo *Falando para fora*. O pequeno triunfo de ter um grito de luta feminista bem-intencionado na lista dos mais vendidos não parecia ajudar em nada aquela moça, que sabia ter um futuro de verdade, mas estava com medo de que tudo voltasse a ser estilhaçado e reduzido a pó vezes sem conta.

Agora chegava o momento de deixar a festa da editora em homenagem a Greer, ainda que a festa fosse continuar sem ela. As pessoas mais velhas iam embora e as mais novas permaneceriam. Greer e Cory ofereceram uma carona a Kay, mas ela agradeceu e disse que não, será que se importavam se ela ficasse um pouco mais? A babá travara amizade com alguns dos estagiários. Ela beijou rápido o alto da cabeça de Emilia, disse, "tchau, coelhinha", e depois voltou ao grupo de estagiários, que a engolfou.

"Estou tão de saco cheio da expressão 'falando para fora'", disse Greer a Cory no carro, indo para casa.

"Foi você quem a jogou no mundo."

Ela se recostou nele, apertadinha porque a cadeirinha da bebê tomava muito espaço. Emilia já fechara os olhos, sua cabecinha suada inclinada num ângulo ruim. O carro trilhou as ruas calmas e rumou para a ponte. Quase imediatamente depois que entraram no Brooklyn, toparam com obras à frente. Sempre havia obras à frente. Seu prédio ficava em Carroll Gardens; eles moravam ali desde que o livro fora vendido, o que se seguiu imediatamente das vendas para o exterior. De repente, Cory e Greer tinham dinheiro, o que os surpreendeu e os deixou um tanto perturbados. Estavam prestes a começar a reforma do apartamento quando Cory teve a ideia de que deveriam deixá-lo como estava; já era bom o bastante para se morar, e talvez, em vez disso, deveriam dar uma grande soma mensal à mãe de Cory e aos pais de Greer, que bem que estavam precisando. E uma vez que tinham feito isso, foi fácil e natural doar mais dinheiro seu a gente que não era parente. Nenhum deles sabia quanto tempo duraria aquele dinheiro; ele não ia se renovar sozinho para sempre. Greer tivera um best-seller; não era gerente de um fundo de cobertura, e talvez nunca mais fosse ter outro livro na lista de mais vendidos, mas pelo menos haviam feito o possível.

O SoulFinder, quando por fim foi lançado, não obtivera grande sucesso financeiro, embora ainda ocupasse um lugar pequeno e respeitado no mundo dos videogames independentes, alcançando um sucesso mais gradual. Quem jogara o game era apaixonado por ele. No momento, o próximo jogo de Cory estava sendo planejado, e o mesmo investidor já havia se comprometido com ele. Cory pensara em entrar no mundo do microfinanciamento, tantos anos depois de ter pensado nisso inicialmente, mas os procedimentos haviam mudado e ele não estava a par de nada, e dinheiro era sempre um risco, e ele tinha medo de mandar mal. Ele ainda não havia "se encontrado" profissionalmente, e ninguém sabia se jamais iria, mas não havia tanta pressa assim. Cory estava trabalhando, e era interessado em seu trabalho; além disso, fazia muitas coisas em casa, cozinhando nuggets de peixe caseiros para Emilia e pratos vegetarianos para Greer, e era o encarregado do cronograma geral. Ele pusera na cabeça que ia ensinar português para Emilia. Até lhe comprara um DVD de canções e rimas infantis portuguesas. E se por um lado o DVD o fazia pensar em sua mãe, que agora morava em Fall River e estava indo muito bem, também o fazia pensar no seu pai, em Lisboa; ou talvez ele já estivesse pensando no pai desde antes, e foi por isso que comprara o DVD na internet. Cory disse que queria ir a Portugal em algum momento para ver seu pai, apesar do que ele fizera. Queria ir vê-lo e levar a família junto, para fazer turismo, embora a viagem fosse ter que esperar até Emilia ter idade o suficiente para aproveitar um pouco.

Em casa, depois da festa, colocaram Emilia em seu berço, e ela não despertou. Naquela noite não seriam necessárias historinhas, nem água, nem aquela lamparina motorizada que projetava formas no teto, nem mais histórias, nem mais água. Greer viu, no telefone, que Zee havia enviado uma mensagem lá de Chicago. "Te mandei um link", escreveu Zee. "Me liga. Quero ver sua reação em tempo real."

Então Greer sentou-se no gabinete e ligou para Zee; as duas sentaram-se em frente a seus respectivos laptops, e Greer clicou no link que levou a um vídeo, registrado em um celular tremido. A ambientação era vagamente tropical. Primeiro um homem parrudo, de calvície avançada abriu a porta de seu apartamento com jardim. Assim que a porta se abriu, um balde de lixo úmido foi jogado na sua cara, e a câmera deu uma recuada para mostrar quem tinha atirado o lixo, uma moça, que começou a gritar. "Seu lixo humano, isso não chega aos pés do que você merece", gritou ela, e o homem, coberto de lixo na porta da própria casa, pareceu abalado no começo, e disse, "epa, epa, que merda é essa", mas depois, em segundos, ele já dava risada e desafiava. "Isso mesmo", disse ele, tirando lixo grudado em seu rosto. "Continua me jogando lixo, isso é agressão, continua aí."

Greer pausou o vídeo, congelou-o. "Espera aí, por que estou assistindo a isso?", perguntou ela.

"Coloca em tela cheia", disse Zee.

Então Greer fez a imagem preencher a tela de seu laptop, e então aproximou seu rosto até ele estar quase apoiado no rosto pausado do homem. Ela estudou a insipidez, o sorriso preguiçoso, os olhos bem separados, tudo vagamente familiar, mas ainda assim, muito pouco. Quando você pensava, tudo parecia familiar. Toda história tinha seus antecedentes, e toda pessoa também. O homem risonho coberto de lixo e a mulher furiosa, capturados juntos em uma rua residencial em algum lugar de clima quente. No começo, eram familiares apenas em sua familiaridade, porque você já conhecia aquele tipo de história: a mulher furiosa e o homem indiferente, que não estava nem aí. Aquelas histórias eram ancestrais; Greer ouvira algumas delas na Loci e na turnê do *Falando para fora*, mas também as conhecia desde bem antes disso. De ler peças gregas, de ter crescido como menina. Uma informação crucial estava lhe chegando de uma grande e exaustiva distância. Greer permitiu-se atingir por ela; pacientemente aguardou sua chegada, observando a cara congelada. Então ela se lembrou.

"Tinzler?", disse ela, sua voz parca de espanto.

"Sim."

"Darren Tinzler? *Não*. Onde você encontrou isso? O que é isso?"

"Alguém mandou para a Chloe Shanahan e ela me mandou", disse Zee. "O Darren Tinzler é dono de um site pornô de vingança chamado BitchYouDeserveThis.com. Ele publica vídeos e fotos de mulheres com link para seus perfis de Facebook, e faz com que paguem a ele um valor enorme para tirar do ar. Os valores vão para um escritório de advocacia fantasma em Chicago. E essa mulher tentou processá-lo, mas não podia, porque a identidade dele estava escondida. De qualquer forma, as leis ainda são uma merda. Então ela o rastreou, e foi até a porta dele jogar lixo nele com a amiga, que filmou tudo. O plano era postar tudo na internet, achando que iam envergonhá-lo, acabar com ele. Mas sabe do que mais? O Darren Tinzler retuitou o vídeo. Não ficou com vergonha nem acabado. Achou engraçadíssimo."

As duas caíram num silêncio, ponderando aquilo tudo. Greer e Zee haviam usado o rosto de Darren Tinzler em suas camisetas fazia treze anos, haviam encarado aquele rapaz de olhos tão separados. Ele parecia quase o mesmo agora, exceto que seu rosto estava mais largo, e o cabelo tinha na maior parte desaparecido, assim como o boné. Sua campanha da camiseta não tivera a menor eficácia, e naquela noite no banheiro feminino, Faith as alertara de que, se o perseguissem, "as outras pessoas iam começar a ficar com dó dele", mas talvez ela estivesse errada. Talvez, se tivessem insistido mais, pensou Greer, ele teria acabado sendo convidado a se retirar da faculdade, e acabasse com um histórico que o perseguisse por anos. Talvez ele fosse monitorado e observado em vez de ficar à solta por tanto tempo, fazendo o que bem entendia.

"É como se tentássemos sempre aplicar as mesmas regras", disse Greer, "e essas pessoas ficassem nos dizendo, sem parar, 'não entenderam? Nunca vou obedecer a essas regras'." Ela suspirou. "Eles sempre parecem ditar os termos. Sabe, eles simplesmente chegam e *estipulam*. Não ficam pedindo: chegam e fazem. Até hoje é verdade. Não quero continuar repetindo isso para sempre. Não quero continuar morando nesses prédios que eles constroem. E nos círculos que eles traçam. Sei que estou descritiva demais, mas você entende."

"Você pode chamar seu próximo livro de *Os círculos que eles traçam*."

"Não estou dizendo isso só de brincadeira. Não quero que sejam só palavras, nem um dito inteligente. Não sei se algum dia vamos conseguir planejar a Fundação Falando Para Fora, ou seja lá o que isso venha a ser. Com certeza não pode ser só a gente se sentindo bem com a gente mesma na adversidade."

"Não sei, não. Fundações? Será que a resposta é essa? Olha só para a Loci."

"Não, não poderia ser como a Loci", disse Greer. "Aquela coisa toda do dinheiro. Agora o clima é diferente. E você podia vir me ajudar a pensar como seria."

"Sim, claro. Vou resolver todos os problemas."

"Você tem essa experiência corpo a corpo com o povo de Chicago", disse Greer. "Você é tão boa com isso. A Noelle podia encontrar uma escola aqui, não podia? Sei que isso soa um pouco como 'Vamos montar algo que pareça bem na foto'. Não quero que seja isso. Só estou dizendo que, se isso algum dia for para a frente, você podia participar. E estou te devendo um emprego", disse ela com leveza.

"Não deve, não", disse Zee. "Mas de jeito nenhum." Ela fez uma pausa. "E de qualquer forma, Greer, eu adoro meu trabalho."

"Eu sei."

Ficaram ambas caladas, pensando em Darren Tinzler. Um homem que degradava e ameaçava mulheres te dava vontade de fazer tudo o que fosse possível. Gritar e berrar; ir a uma passeata; discursar; ligar para o Congresso 24 horas por dia; se apaixonar por uma pessoa decente; mostrar para uma mulher mais jovem que nem tudo está perdido, apesar dos pesares; mudar a sensação horrível de ser uma mulher andando à noite em todos os lugares do mundo, ou de ser uma menina saindo de uma lojinha KwikStop em Macopee, Massachusetts, com o dia claro e um sorvete na mão. Ela não teria que se preocupar com seus seios, se iriam crescer algum dia, e quanto. Ela não teria que pensar em nada físico nem sexual sobre si a não ser que estivesse com vontade. Ela poderia se vestir como bem entendesse. Ela podia se sentir capaz, segura e livre, coisas que Faith Frank sempre quisera para as mulheres.

Faith reaparecia em momentos como aquele, entrando de atropelo na conversa. Andando pela cidade, Greer às vezes via uma mulher mais velha elegante, talvez ladeada por outras mulheres, e apertava o passo para chegar perto dela. Mas então a mulher virava o rosto para o lado, revelando-se, e não só não era Faith, como não era Faith nem de longe. A mulher tinha trinta anos. Ou a mulher era negra. Ou, uma vez, a mulher era um homem. Ou, na maioria das vezes, a mulher era alguém vagamente semelhante a Faith e poderia ter sido sua dublê num filme de ação: bela e com cara de realizada na vida. Durante a Marcha das Mulheres, todas flutuando na sensação de estarem cobertas de razão, Greer teve certeza de que Faith estava ali em algum lugar — ela não era uma das oradoras — e, portanto, talvez fosse vê-la. Ainda que sua relação tivesse terminado da pior forma possível, ali o gelo seria instantaneamente quebrado, e nada do que tivesse acontecido entre elas importaria mais. Às vezes você tinha que renunciar a suas convicções, ou pelo menos afrouxá-las bem mais do que você jamais achou que faria. Ela bradaria, "Faith?", e em meio à ruidosa multidão de mulheres, Faith giraria a cabeça para a sua direção e a veria. Seu longo período de separação chegaria ao fim. Ela seria devolvida a Greer tal e qual uma alma perdida do SoulFinder. Ainda que, conforme Zee certa vez observou, no SoulFinder você tinha que ir atrás da pessoa que você havia perdido.

Faith, agora, estava mais próxima dos oitenta que dos setenta. Ainda trabalhava na fundação, embora três anos atrás Emmett Shrader tivesse falecido de um ataque cardíaco fulminante. Sua morte foi, em si, uma pauta importante, amplamente coberta no noticiário do jornal e estendendo-se à seção de economia, com perfis e panegíricos; mas também havia boatos na internet sobre a causa da morte. Ele teria morrido na cama com uma jovem, dizia-se, tendo tomado um remédio para disfunção erétil. Não é que tivessem lhe dito para não tomar o remédio; parece que haviam lhe dito para não fazer *sexo*, nunca mais, ou pelo menos não o sexo que parecia ser o preferido de Emmett, sexo ativo, atlético, de corpo inteiro, coração retumbante.

A fundação deveria continuar, ditara ele em seu testamento, ainda que não tivesse dedicado atenção aos detalhes de como isso ia se dar, e as pessoas do andar de cima haviam decidido reduzir o orçamento operacional da Loci pouco a pouco até que a fundação se tornou essencialmente um modesto fórum de oradoras. Ocupava um lugar no mundo similar ao que a *Bloomer* ocupava no final de sua carreira.

Mas ainda assim, ela continuava existindo, e ainda era Faith Frank quem a comandava, com uma equipe muitíssimo reduzida e um escritório muito menor em um andar mais baixo do edifício Strode. Nada havia vazado para o público sobre o programa de mentoras. Ben, que continuava na Loci, contou a Greer que Faith vivia ficando até mais tarde no trabalho, e que, como sua sala nova era muito menor, ela tivera que mandar tirar alguns centímetros de cima e de baixo de sua mesa feita da porta das sufragistas para ela poder caber. Greer ficou imaginando Faith amuada, assistindo a alguém chegar com um serrote para aparar a porta.

A Loci não fazia mais reuniões de cúpula, e sim pequenos encontros de vinte e cinco a trinta pessoas, coisas assim, do mesmo tamanho que os almoços que costumavam oferecer como aperitivo pouco antes das reuniões de cúpula. Faith escrevia muito ocasionalmente editoriais de convidada para o *New York Times* e o *Washington Post*, mas praticamente parara de falar em público. De vez em quando, Greer via fotos de Faith; mais exatamente, ela as procurava na internet. Era Faith mesmo, apesar das linhas mais profundas no rosto, como uma pescadora em uma xilogravura. Faith com o sorriso, e a inteligência, e sempre de botas sensuais, sua marca registrada. Mas Faith em um espaço menor, com um orçamento menor, numa época incerta e turbulenta. Faith ainda trabalhando. A misoginia tomara o mundo de assalto numa investida sem peias, sem disfarce.

A vaga no senado de Anne McCauley, que se aposentara e cujo hobby de terceira idade eram compotas de ameixa, fora preenchida por sua filha, Lucy McCauley-Gevins, cuja visão dos direitos reprodutivos eram ainda mais extremistas que a da mãe, e que recebera ainda mais apoio e dinheiro. A Loci estava menor; a senadora Lucy McCauley-Gevins estava crescendo; o *Fem Fatale* tinha perdido a popularidade nos últimos anos, mas havia outros sites para substituí-lo, mais novos e inovadores, oferecendo comentários perspicazes, humor e um receptáculo para a raiva; a peça *Ragtimes*, tão adorável, ainda era ocasionalmente montada em teatros locais e colégios pelo país; e *Falando para fora* não dava sinal de esmorecer em seu posto nos mais vendidos.

Além disso, o velho hit de Opus, "The Strong Ones", agora era a música de fundo num famoso comercial de televisão, acompanhado de um par de mãos femininas que puxava uma folha de papel-toalha, que não se rasgava nem se desintegrava. Havia quem defendesse a decisão de Opus, dizendo que era bom existir arte vendável, porque aí pelo menos você depositava sua mensagem no reservatório da cultura popular. Todo mundo sabia que nunca se podia descansar, nunca se podia deixar de vigiar, e ainda que o trabalho incessante não resolvesse mais tudo todas as vezes, ainda assim ninguém podia se dar ao luxo de parar de trabalhar. Faith ficava em sua mesa em sua salinha até tarde da noite, à luz de luminária, cheia de papéis espalhados à sua volta.

Por muito tempo Greer pensara que se algum dia viesse a entrar em contato com Faith, lhe daria todo o relatório atualizado de sua vida. Ela escreveria:

Imagine só, Faith. Acabei me casando com meu namoradinho de colégio, por quem certa vez chorei no seu escritório. No começo eu hesitei em me casar; não estava certa de como me sentia a respeito. Mas a gente sabia que queria ter filhos, então, financeiramente, fazia sentido. Eu sabia que o amava, mas não acho que todos os relacionamentos amorosos tenham que culminar em casamento. No começo eu estava ambivalente, mas agora estou firme.

Nos casamos numa colina bem perto de onde nós dois crescemos. Na recepção, minha mãe fez um show como palhaça para as crianças presentes. Meu pai ficou de pé olhando para o vale e parecia muito feliz por mim, mas talvez fosse só a leve onda que sentia. Além disso, minha amiga Zee se casou com sua companheira de muito tempo. A gente brincou que ela parecia bem menos ambivalente sobre se casar do que eu. Ela estava doida para casar; ficou tão feliz. Não só pelo fato de que ela e Noelle *puderam* casar – o fato de ser legal e comum e termos progredido tanto nisso –, mas principalmente porque *estavam* casando. Ela adorou se envolver com todos os aspectos do planejamento. O chá de panela. A marcação de lugares. A música que tocaria na primeira dança. Adorou tudo. Seus pais, ambos juízes, encabeçaram a cerimônia. Todos choraram.

E Cory e eu tivemos uma filha. Emilia, batizada em homenagem à avó de Cory. Fiquei em trabalho de parto por vinte e três horas, e ela saiu igualzinha ao Cory, como se eu não tivesse nada a ver com aquilo. Só agora, bem mais tarde, é que estou começando a aparecer nela.

A principal novidade comigo é que vivo me sentindo cansada. Mas estou cansada, em parte, porque meu livro me obriga a promovê-lo incessantemente. O dia em que o vendi, o dia em que recebi o telefonema, foi tão empolgante. Às vezes penso na sua empolgação quando acontecia alguma coisa boa para outra pessoa. Em como você sempre dizia que era bom para todo mundo ver mais mulheres trabalhando com suas paixões. Acho que você se empolgaria por mim. Na minha opinião, você já se empolgou. Mas sei que você tem mais coisas em que pensar, outras pessoas querendo o seu tempo, que sei que você provavelmente tem que repartir com muito, muito cuidado, preservando-se. (Falo um pouco disso no meu livro.) Porque se você não se preservar, conservar o suficiente para você, então é claro que não terá mais nada para doar.

Você viu que eu te citei em primeiro nos agradecimentos? Fiquei pensando se você veria, e talvez me ligar, ou me mandar um bilhete que dissesse "mandou bem!". A verdade é que sem você eu nunca teria escrito o livro, e espero que saiba disso. Apesar do que aconteceu entre nós. (Às vezes penso que talvez você se arrependa do que você me disse no final, na sua sala. Me permito pensar que você se arrepende, sim, um pouco.)

Porém, ultimamente, Greer andava com o desejo de dizer algo diferente a Faith.

Você abriu minha cabeça ao meio na faculdade, diria a ela. Então, por anos, observei você pegar seja lá o que tivesse – sua força, suas opiniões, sua generosidade, sua influência; e é claro, sua indignação com injustiças; tudo isso – e despejar isso em outras pessoas, geralmente mulheres. Você nunca dizia a essas mulheres: certo, agora você precisa passar isso adiante. Mas era isso que muitas vezes acontecia: a longa e grandiosa história de mulheres despejando o que tinham nas outras. Talvez um ato reflexo, ou às vezes, uma obrigação; mas sempre uma necessidade.

No final da carta, Greer diria: quando entrei na sua sala daquela última vez, e você estava tão aborrecida comigo que me chamou a atenção sobre a minha conduta, mesmo naquele momento ruim aquilo teve uma espécie de efeito. Você tornou necessário que eu fosse lá pedir desculpas à minha melhor amiga, contar a verdade para ela; não sei por que não vi antes que era isso o que eu tinha de fazer. Digo, fiquei anos sem ver.

Mas quando Greer parou para se imaginar contando tudo isso a Faith, ainda assim não sabia se o faria algum dia. Talvez fosse excesso de informação. Talvez não fosse bem-vindo. Talvez ela e Faith estivessem desde sempre numa longa e escandida trajetória para o colapso, até que por fim ele ocorrera. No momento em que a mais velha incentiva a mais nova, talvez a mais velha já saiba que aquilo vai acontecer. Ela sabe, enquanto que a mais jovem, inocente disso, é puro entusiasmo. Uma pessoa substitui a outra, pensou Greer. É isso o que acontece; é isso que fazemos, vezes sem conta.

Quem será que vai me substituir? pensou ela, inicialmente atônita com a ideia, e depois achando-a meio engraçada, e acabando por se tranquilizar a respeito. Ela viu várias mulheres passando pela sua casa, povoando o lugar feito policiais com mandado de busca, muito sem cerimônia, revirando o que bem entendessem. Ela se aproximou de uma Kay Chung mais velha, remexendo nos pertences de Greer. Kay perambulava, curiosa, empolgada, folheando os mais diferentes livros nas estantes, olhando alguns que Greer não lhe emprestara mas pareciam interessantes, depois petiscando as castanhas de caju de Greer, pegando um par do multivitamínico de Greer do grande frasco âmbar na bancada da cozinha, como se pudessem lhe dar a energia, o poder e a estatura de que necessitaria para seguir adiante. Kay entrou no gabinete e olhou para a poltrona macia que havia ali, a luminária de leitura reclinada sobre ela.

Sente-se na poltrona, Kay, pensou Greer. Recoste-se e feche os olhos. Imagine que você está na minha pele. Não é grande coisa, mas imagine assim mesmo.

Na Loci, todas elas viviam falando pomposamente sobre o poder, fazendo reuniões de cúpula a respeito, como se ele fosse algo quantificável que iria durar para todo o sempre. Mas não durava, e você não sabia disso quando mal estava começando na vida. Greer pensou em Cory sentado no quarto do irmão, longe de tudo que tivesse a ver com poder, tirando Slowy de sua caixa e colocando-o perto, no carpete azul. Slowy piscando, mexendo um braço, espichando a cabeça para a frente. O poder acabava se dissipando, pensou Greer. As pessoas faziam o que podiam, com todo o poder que podiam, até não conseguirem mais fazer. Não havia muito tempo. No final, pensou ela, a tartaruga talvez vivesse mais do que todos eles.

AGRADECIMENTOS

Sou infinitamente grata pela ajuda, incentivo, opiniões e sabedoria de minha brilhante editora, Sarah McGrath, assim como à minha incansável assessora de imprensa, Jynne Martin, e o meu editor de longa data, Geoffrey Kloske. Também devo muito a Suzanne Gluck, que é simplesmente a agente perfeita.

As seguintes pessoas me ajudaram de grandes e pequenas maneiras, e elas têm minha gratidão e admiração: Jennifer Baumgardner; Elly Brinkley; Jenn Daly; Jen Doll; Delia Ephron; Alison Fairbrother, que é generosa até mais não poder e sabe muito sobre tudo; Sheree Fitch; Lisa Fliegel; Jennifer Gilmore; Adam Gopnik; Jesse Green; Jane Hamilton; Katie Hartman; Lydia Hirt; Sarah Jefferies; Danya Kukafka; Julie Klam; Emma Kress; Laura Krum; Sandra Leong; Sara Lytle; Laura Marmor; Joanna McClintick; Claire McGinnis; Lindsay Means; Susan Scarf Merrell, cujo instinto e amabilidade não têm igual; Ann Packer; Martha Parker; Glory Anne Plata; Katha Pollitt, feminista brilhante cujo incentivo e conversas sobre este livro tanto significaram para mim; Suzzy Roche; Ruth Rosen; Cathleen Schine, que compartilhou comigo seu valiosíssimo olhar de romancista; Janny Scott; Clio Seraphim; Courtney Sheinmel, por suas *brainstorms* de fim de noite e amizade; Marisa Silver; Peter Smith, um grande observador, leitor de ficção, e amigo; Julie Strauss-Gabel; Courtney Sullivan, que tinha muitos sábios conselhos para dar, além de torcer por mim; Rebecca Traister, por suas palavras essenciais; Karla Zimonja.

E por fim, como sempre, agradeço com amor aos meus pais, e a Nancy e Cathy, e a Richard, Gabriel, Devon e Charlie.

Impressão e Acabamento:
GRÁFICA STAMPPA LTDA.